दो अकालगढ़

(उपन्यास)

बलवन्त सिंह

लोकभारती प्रकाशन

पहली मंजिल, दरबारी बिल्डिंग, महात्मा गाँधी मार्ग, इलाहाबाद-1

लोकभारती प्रकाशन
पहली मंजिल, दरबारी बिल्डिंग, महात्मा गाँधी मार्ग
इलाहाबाद-211 001
वेबसाइट : www.lokbhartiprakashan.com
ईमेल : info@lokbhartiprakashan.com
शाखाएँ : 1-बी, नेताजी सुभाष मार्ग, दरियागंज
नई दिल्ली-110 002
अशोक राजपथ, साइंस कॉलेज के सामने
पटना-800 006 (बिहार)
36-ए, शेक्सपियर सरणी
कोलकाता-700 017

मूल्य : ₹ 450

द्वितीय संस्करण : 1983
तृतीय संस्करण : 2007
चतुर्थ संस्करण : 2013

इण्डियन प्रेस प्राइवेट लिमिटेड
इलाहाबाद द्वारा मुद्रित

Do Akalgarh
by Balwant Singh

ISBN : 978-81-8031-739-2

शशिप्रभा शास्त्री को

मैं मल्ल लाँ तख़्त लाहौर दा।
मैं खोह लाँ राजे दियाँ रानियाँ।

दीदार सिंह

दो अकालगढ़

दीदारसिंह

मैं मल्ल लाँ तख़्त लाहौर दा।
मैं खोह लाँ राजे दियाँ रानियाँ।।

✡

उस समय उसकी उम्र क़रीब चौदह साल की थी, लेकिन वह इतना दुबला-पतला था कि ग्यारह-बारह साल का ही दिखायी देता था—इसीलिए दूसरे जाट लड़कों ने उसका नाम बकरीसिंह रख दिया था।

उन दिनों वह शहर के खालसा स्कूल में पढ़ता था, और बोर्डिंग-हाउस में रहता था। यह कहने को ही बोर्डिंग-हाउस था, वरना इसे घोड़ों का अस्तबल कहना ज़्यादा ठीक था। छोटे-शहर के बाहर एक चौड़ी कच्ची सड़क के किनारे बोर्डिंग-हाउस की बेढंगी-सी इमारत थी। कच्ची सड़क पर या तो धूल उड़ती रहती थी, या बरसात में जगह-जगह छोटे-छोटे तालाब-ही-तालाब नज़र आते थे। इमारत का काफ़ी हिस्सा तो नानकशाही ईंटों का बना हुआ था, लेकिन अब इसके कुछ हिस्से बढ़ा दिये गये थे।

इमारत चौकोर थी। बाहर फुटबॉल, हॉकी, कबड्डी वगैरह खेल खेलने के लिए ख़ूब फैला हुआ मैदान था। इमारत के भीतर काफ़ी लम्बा-चौड़ा दालान था, जिसकी उलझी हुई सूखी घास में मेंढक फुदका करते थे। इस दालान के चारों ओर, कमरों के आगे दस हाथ चौड़ा बरामदा था। बरामदे के फ़र्श की ईंटें जगह-जगह से उखड़ चुकी थीं, और इनमें से धूल उड़-उड़कर चलनेवालों के जूतों और कपड़ों को गन्दा करती रहती थी। कमरे काफ़ी बड़े थे, और हर कमरे में कम-से-कम छह लड़के रहते थे। हर लड़के को एक अल्मारी, आधी मेज़, एक चारपाई, लकड़ी के तख़्तोंवाली एक कुर्सी मिली हुई थी।

रसोईघर का सारा इन्तज़ाम लड़कों के हाथ में था। वहाँ तीन नौकर थे। एक रसोइया और दो खाना खिलाने और दूसरे कामों के लिए। रसोईघर में बहुत कम चीज़ें ख़रीदकर लायी जाती थीं। सभी जाट के लड़के थे। घी, गेहूँ और दालें देहात से आ

जाती थीं। ईंधन, सब्ज़ी-भाजी वगैरह मार-धाड़ से वसूल की जाती थीं। बोर्डिंग-हाउस के पीछे एक अराईं (सब्ज़ियाँ बोनेवाले) के खेत थे। इस अराईं की एक छैल-छबीली लड़की भी थी। जाट लड़के बोर्डिंग-हाउस की छत पर बैठे दिन भर लड़की को आँखें मार-मारकर इशारे किया करते, और रात को खेतों से ताज़ी सब्ज़ियाँ उड़ा लाते। बेचारे अराईं ने कई बार शिकायतें कीं, लेकिन सूजे हुए चेहरेवाला वार्डन कुछ न कर पाता। वह सिर्फ़ अपनी उलझी हुई दाढ़ी को खुजलाकर रह जाता।

स्कूल में आठ दिन की छुट्टियाँ हो चुकी थीं। इसलिए दूसरे लड़कों के साथ बकरीसिंह भी अपने गाँव जाने की तैयारी कर रहा था।

अपनी रोज़ाना की आदत के मुताबिक़ वार्डन आज भी बरामदे के कोने से आता दिखायी दिया। वह पक्का सिक्ख था। ख़ूब लम्बी, उलझी और लहराती हुई दाढ़ी, छोटे पीले रंग के साफे पर उसका यह बड़ा नीले रंग का पग्गड़, चुस्त पाजामा, ढीला-ढाला कोट। नीचे सलवार, ऊपर चूहे के रंग की नेकटाई। पाँव में पम्प-शू, जो हमेशा पालिश के लिए तरसते रहते थे। उसका इज़ारबन्द उससे कभी नहीं सँभलता था, हमेशा नीचे झूलता रहता।—वह रोज़ गुरुद्वारे जाकर पाठ ज़रूर करता। बीवी और बच्चे हमेशा बीमार रहते। उनकी दवा-दारू से फ़ुरसत पाकर उसे बोर्डिंग-हाउस के अक्खड़ लड़कों से निबटना पड़ता। बकरीसिंह को छोड़कर हर लड़का लड़की का शहतीर या भालू नज़र आता था। यूँ दिखाने को तो लड़के वार्डन की बड़ी इज़्ज़त करते थे, पर असल में उसे ठेंगे पर रखते थे।

वार्डन बोर्डिंग-हाउस में घुसता तो अकसर उसके साथ रसोइया ज़रूर होता था। बरामदे में आते ही वह रुक जाता, और टाँगें फैलाकर खड़ा हो जाता। उसके होंठ और आँखें हमेशा सूजी रहती थीं, और आँखों से हमेशा पानी बहता रहता था। वह झाड़नुमा रूमाल से थोड़ी-थोड़ी देर बाद आँखें पोंछ डालता। बरामदे में खड़ा होकर वह हलकी-सी बनावटी खाँसी खाँसता, इससे सबको उसके आने की ख़बर हो जाती। वह नौकर को किसी बेकार-सी बात पर डाँटने लगता—"क्यों बे सुअर! यह पानी तूने गिराया?... अबे! रास्ते में ही?.. ऐं?— किसी ने भी गिराया, तूने इसे साफ़ क्यों नहीं कर दिया झाड़ू से... ?"

आज भी जब वार्डन ने नौकर को डाँटना शुरू किया तो सब लड़के सँभलकर बैठ गये। फिर सबसे पहले पहलवाननुमा बगदादसिंह हाथी की तरह झूमता हुआ आगे बढ़ा, और बड़ी गम्भीर सूरत बनाकर हाथ जोड़ते हुए बोला—"सत सिरी अकाल!... वार्डन साब जी!"

"सत सिरी अकाल" वार्डन ने जल्दी से जवाब देकर सवाल किया— "क्यों, सब ठीक-ठाक है न?"

बगदादसिंह ने अपना बड़ा-सा पंजा धप मारने के अन्दाज़ में उठाते हुए जवाब दिया— "सब ठीक-ठाक है जी!"

धीरे-धीरे दूसरे लड़के भी आ गये, और उन्होंने वार्डन को अपने घेरे में ले लिया।

बकरीसिंह जल्दी-जल्दी सामान बाँधने में लगा हुआ था। वह चाहता था कि सामान तैयार हो जाने के बाद वह बाज़ार से कुछ चीज़ें ख़रीद लाये, और फिर दोपहर का खाना खाकर तीन बजे तक अपनी साइकिल पर गाँव को चल दे।—उसका गाँव शहर से चालीस-बयालीस मील दूरी पर था।

जो लड़के दूसरे दिन जानेवाले थे वे मौज़ में आकर वार्डन का तमाशा देख रहे थे। वार्डन मोटा तो था ही, पर कसरत न करने के कारण उसका ऊपर का धड़, बाज़ू और नीचे का हिस्सा, यानी टाँगें बहुत पतली थीं—सिर्फ़ पेट ख़ूब उभरा हुआ था। जब कभी वह इत्मीनान के साथ गम्भीर सूरत बनाकर और कोट को पेट के आगे से हटाकर दोनों हाथों को कूल्हों पर रखकर खड़ा होता, तो उसका फूला हुआ पेट और भी आगे को लटक पड़ता, और वह किसी सँपेरे की बीन की तरही दिखायी पड़ने लगता। अब भी उसे इस अन्दाज़ में खड़े देखकर लड़कों को हँसी आ गयी। दिल में वह भी समझता था कि लड़के उसका मज़ाक उड़ा रहे हैं, लेकिन उनका मन रखने के लिए वह भी मुस्कुराने लगा। फिर बनावटी ग़ुस्से से पूछा—"बगदादसिंह! आजकल तुम बड़े शैतान हो गये हो, क्या वजह है इसकी?"

"जी मैं?" बगदादसिंह अपनी मोटी भद्दी उँगली अपनी छाती पर रखकर हैरानी जाहिर करते हुए बोला—"वाह गुरू! वाह गुरू!.. मैं तो आपका ग़ुलाम हूँ जी!... कहिये तो अभी सिर उतारकर रख दूँ।"

इस बात पर लड़के ख़ूब दाँत निकालकर हँसे। पीछे से किसी ने धीरे से सवाल किया—"किसका सिर?"

बगदादसिंह नथुने फुलाकर ललकारने लगा—"ओय ओय! बच्चू। सरदार जी यहाँ न खड़े होते तो मैं अभी तेरा कुक्कड़ (मुर्ग़ा) बना देता पकड़कर।"

वार्डन ऐसी ही बातें करता हुआ सारे बोर्डिंग-हाउस में लट्टू की तरह घूम गया। बाहर निकलने से पहले उसने अर्थपूर्ण ढंग से लड़कों की ओर देखते हुए पूछा—"अच्छा, अब सब्ज़ी बाज़ार से आती है न?"

फिर बगदादसिंह ने ही जवाब दिया— "जी, बिलकुल, बिलकुल! अब तो हम लिखते भी जाते हैं कि किस दिन कितनी सब्ज़ी आयी— आप हिसाब देखेंगे?"

वार्डन उनके हिसाब-किताब को अच्छी तरह समझता था। वह इसी बात में ख़ुश था कि लड़के कम-से-कम उसकी इज़्ज़त तो रख लेते हैं। वह बिना देखे वहाँ से चलता बना।

वार्डन के जाने के बाद लद्धासिंह ने पानी का गिलास उठा लिया। उसने कुछ बूँदें आँखों पर टपकाते हुए और फिर उन्हें तौलिये से पोंछते हुए वार्डन की-सी

आवाज़ में पूछा— "ओं हूँ! ओं हूँ! बगदादसिंह! सब ठीक-ठाक है न?"

वार्डन से फ़ुर्सत पाकर लड़के मन बहलाने के लिए बकरीसिंह से छेड़छाड़ शुरू कर देते। वह लड़का तो बकरीसिंह के नाम से ही बहुत चिढ़ता था। कभी-कभी ग़ुस्से में आकर वह किसी लड़के को एकाध घूँसा भी मार बैठता। सरकारी साँड़ों की तरह पले हुए जाटों के लड़के बकरीसिंह-जैसे मरियल पर हाथ उठाना गो-हत्या के बराबर समझते थे। इसलिए वे उससे मार खाकर भी सिर्फ़ हँसकर रह जाते। लेकिन आज उसे काम में जुटा पाकर किसी लड़के ने उससे छेड़छाड़ नहीं की।

यह भी ज़रा हैरानी की बात थी कि बकरीसिंह-जैसा दुबला-पतला लड़का चालीस-बयालीस मील तक साइकिल कैसे चला ले जाता था। असलियत यह थी कि दूसरे जाट लड़कों के मुक़ाबले में वह कमज़ोर नहीं था। आख़िर वह देहाती लड़का था, और ख़ालिस घी-मक्खन खाता था, और असली दूध-लस्सी पीता था। इसीलिए उसमें साइकिल चलाने का दम था।

साढ़े तीन बजे तक बकरीसिंह ने पूरी तैयारी कर ली। कुछ किताबों और मैले कपड़ों की गठरी साइकिल के पीछे कैरियर पर बाँध ली। पंचर जोड़ने का सोल्यूशन और फालतू रबर साइकिल की गद्दी के पीछे लटके हुए थैले में रख लिये। पम्प भी फ्रेम के पिछले डण्डे से फँसा दिया। उसका तीस मील का रास्ता तो पक्की सड़क का ही था, लेकिन बाक़ी दस-बारह मील की पगडण्डियाँ खेतों में से होकर जाती थीं, इसलिए ज़रूरी था कि वह अँधेरा होने से पहले-पहले गाँव तक पहुँच जाय।

जब वह शहर से बाहर के हिस्से में पहुँचा तो अपनी आदत के मुताबिक़ कुम्हार की एक दुकान के सामने साइकिल की रफ़्तार धीमी कर दी। वहाँ उसी की उम्र की कुम्हार की लड़की थी, जो उसे बहुत ही अच्छी लगती थी। चाहे वह इश्क़ लड़ाने की उम्र में नहीं पहुँचा था, फिर भी जब कभी वह उधर से गुज़रता तो उस लड़की को देखे बिना न रह सकता। उसने सोहनी-महिवाल-जैसे प्रेमियों का क़िस्सा सुन रखा था, जिसे अकसर देहाती गा-गाकर लोगों को ख़ुश किया करते थे। सोहनी भी तो कुम्हारन थी—। न जाने सोहनी कितनी सुन्दर रही हो, लेकिन यह लड़की तो सचमुच बड़ी हसीन थी। वह कभी-कभी इसी दुकान से सुराही ले जाता था, और उसे बोर्डिंग-हाउस में बड़े प्रेम से अपने पास रखता। जब कभी वह दुकान पर जाता तो वही लड़की उसे बर्तन उठा-उठाकर दिखाती। लड़की की माँ लड़के को कल का बच्चा समझकर उसकी ओर ध्यान ही न देती। वह अल्हड़-सी लड़की भी तो उसे शक़ की नज़र से नहीं देखती थी। वह उससे इस अन्दाज़ में बातें करती जैसे वह सात-आठ साल का बच्चा हो, "अच्छा! यह सुराही तुम्हें पसन्द नहीं है?... क्या ख़राबी है इसमें ?.. अच्छा तो यह ले लो...."

बकरीसिंह रोब में आकर कहता— "नहीं-नहीं, अगर तुम चाहती हो तो मैं यही ख़रीद लेता हूँ।"

बकरीसिंह ने साइकिल बिलकुल रोक दी। उसने सोचा कि पैसे जमा करने की एक गुल्लक ही ख़रीद ली जाय। माँ मकान के भीतर घुसी बैठी थी। लड़की सिर पर कपड़े का एक टुकड़ा डाले इधर-उधर काम करती फिर रही थी। उसका चेहरा गर्मी से तमतमाया हुआ था। गाल दहक रहे थे। उसे रुकते देखकर लड़की ने उस पर नज़र डाली। वह अपने ग्राहक को फ़ौरन पहचान गयी। मुस्कुराकर बोली—"आजकल हमने नमकीन मिट्टी की सुराहियाँ बना रखी हैं। एक ले जाओ। पानी इतना ठण्डा हुआ करेगा कि बस याद करोगे उमर भर।"

बकरीसिंह का जी चाहा कि वह लड़की के क़दमों में अपने को न्यौछावर कर दे। जल्दी से बोला—"हाँ, ज़रूर ले जाऊँगा। ऐसी एक सुराही बोर्डिंग-हाउस में ले जाकर रखूँगा।.. अभी तो मैं गाँव को जा रहा हूँ।"

"तो फिर?" लड़की ने अपने सिर को ज़रा-सा हिलाकर पूछा।

"अभी मैं पैसे रखने की एक गुल्लक लूँगा।"

लड़की ने छोटी-बड़ी दो-तीन गुल्लकें उसे दिखायीं, जिनमें से एक ख़रीदकर उसने अपनी गठरी में ठूँस ली—। अब उसका दिल बल्लियों उछल रहा था। आज तक उसकी समझ में नहीं आया कि उस लड़की से मिलकर उसे इतनी ख़ुशी क्यों होती थी।

वह इतना ख़ुश था कि उसे धूप की तेज़ी का एहसास नहीं हो रहा था। सड़क बड़े-बड़े खेतों में से होकर जाती थी। सड़क से ज़रा परे हटकर जगह-जगह रहट चलते दिखायी दे रहे थे। कुओं का साफ़ पानी छोटे-छोटे झरनों की तरह नीचे को गिरता हुआ आँखों को कितना भला लग रहा था। इन कुओं के आस-पास कैंची से कतरी हुई दाढ़ियोंवाले मुसलमान किसान मोटे सूती कपड़े के हरे-नीले तहमद बाँधे बड़े सरूर में हुक्के गुड़गुड़ाते नज़र आते थे। सिक्ख किसानों की भी कमी नहीं थी। उन्होंने अपनी पगड़ियाँ उतारकर पेड़ों की डालों से लटका दी थीं, और मोटे-मोटे जूड़ों पर जालियाँ बाँधे खेतों में फावड़े चला रहे थे। जवान लड़कियाँ और औरतें भी मटक-मटककर घूम-फिर रही थीं, और उनकी लम्बी-लम्बी चोटियाँ नागिनों की तरह बल खाकर लहरा रही थीं। बैलों की टाँगों में घुस-घुसकर भौंकनेवाले कुत्ते अलग शोर मचा रहे थे। कुछ छोटी-छोटी ग़रीब लड़कियाँ अपनी मैली-कुचैली झोलियों में सूखे हुए गोबर के टुकड़े जमा कर रही थीं। कभी-कभी उनमें से कोई लड़की गिलहरी की तरह चौंककर बकरीसिंह की तरफ़ देखने लगती।

इतनी गर्मी के बावजूद सारे वातावरण में मानो हँसती, उबलती और मचलती ज़िन्दगी से भरी ताक़त फैली हुई थी। बकरीसिंह साइकिल दौड़ाता चला जा रहा था। चलते-चलते उसे लगा कि अगले पहिये की हवा निकल गयी है। पहले तो उसने फ़िक्र नहीं की, लेकिन जब टायर बिलकुल ही पिचक गया तो ट्यूब के कट जाने के डर से वह नीचे उतर पड़ा। उसने इधर-उधर पानी की तलाश में नज़र दौड़ायी।

एक रहट था तो सही, लेकिन सड़क से दूर। उसे पास के गड्ढे में कुछ पानी दिखायी दिया। वह साइकिल को लुढ़काकर वहाँ तक ले गया, और उसे ज़मीन पर लिटाकर रिंच से टायर खोल डाला। पंक्चर काफ़ी बड़ा था। सो उसे डबल रबर के टुकड़े लगाने पड़े। तब उसने ट्यूब को अन्दर करके टायर ऊपर चढ़ा दिया। हवा भरी और अपनी पुरानी सैण्डो घड़ी पर नज़र डाली तो पता चला कि इस सारे काम में आधा घण्टा गुज़र चुका था। उसने सोचा कि अब उसे साइकिल और भी तेज़ चलानी पड़ेगी, वरना वह अँधेरा होने से पहले अपने गाँव तक नहीं पहुँच पायेगा।

क़िस्मत ने बकरीसिंह का साथ नहीं दिया। कुछ ही मील तय करने के बाद बड़े ज़ोर का धमाका हुआ। एक बार तो उसका दिल धक् से होकर रह गया। उसकी समझ में नहीं आ रहा था कि यह गोला कहाँ फटा। लेकिन दूसरे ही पल उसे पता चल गया कि उसके पिछले पहिये की ट्यूब फट गयी है। ओह! वह कितनी बार घरवालों से कह चुका था कि उसकी दोनों ट्यूबें अब गल चुकी हैं, और उन्हें बदलवाने की ज़रूरत है, लेकिन किसी ने उसकी बात पर कान ही नहीं धरा। अब की उसे सड़क के नज़दीक ही एक रहट दिखायी दिया। वह साइकिल को लुढ़काता हुआ वहाँ पहुँचा तो कपड़े धोती हुई कुछ जवान लड़कियाँ उसे देखकर आँखें मटकाने और हँसने लगीं। बकरीसिंह की सूरत भी बकरी की तरह ही थी, इसलिए उसे जो भी पहली बार देखता वह मुस्कुराये बिना न रह सकता। भला ये लोग क्या जानें कि यही बकरीसिंह किसी बहुत ही हसीन कुम्हारन लड़की को दिल की गहराइयों से प्यार करता है। हालाँकि उसे उस प्यार का मतलब भी समझ में नहीं आता था। वह यह भी नहीं जानता था कि लड़कियों से प्यार क्यों किया जाता है। वह सिर्फ़ इतना जानता था कि वह कुम्हारन उसे बहुत अच्छी लगती है..।

इस बार टायर खोलने पर पता चला कि ट्यूब जोड़ से ही उखड़ गयी है। उसकी मरम्मत करना उसके बस की बात नहीं थी। इसका मतलब यह था कि अब उसे क़िला जैमलसिंह तक, छह-सात मील का फ़ासला पैदल तय करना पड़ेगा।

थोड़ी ही देर बाद बेचारा बकरीसिंह ढीली टाँगों से क़दम उठाता हुआ और साइकिल लुढ़काता क़िला जैमलसिंह की ओर बढ़ता दिखायी दिया। आती-जाती लारियों की धूल उसके पसीने से तर चेहर पर जमती जा रही थी— आख़िर वह क़िला जैमलसिंह पहुँच ही गया।

साइकिलवाला दूसरे काम में लगा था। बकरीसिंह की ट्यूब का हाल सुनकर साइकिलवाले ने अनजाने में अपनी मूँछ एक ओर से खींचते हुए कहा— "बेटा! इसमें काफ़ी वक़्त लगेगा।"

बकरीसिंह अपने भाग्य पर धीरज करके शर्बतवाले की दुकान पर चला गया। पहले तो उसने इकन्नी में नींबू का शर्बत पिया और फिर अपनी पगड़ी के लटके हुए

शमले से पसीना पोंछते हुए पेड़ की छाँव तले जा बैठा— अबकी ट्यूब ठीक होने में एक घण्टा लगा!

जब बकरीसिंह ने पैडल पर पाँव रखा तो सूरज देवता क्षितिज से डेढ़ हाथ ऊपर रह गये थे। ताव में आकर बकरीसिंह ने ज़ोर-ज़ोर से साइकिल चलायी तो सड़क पर दाना-दूना चुगती हुई मुर्गियाँ कुड़कुड़ाती और पर फड़फड़ाती इधर-उधर फरार हो गयीं। बकरीसिंह आठवें दर्ज़े तक अपने गाँव के नज़दीकवाले एक स्कूल में पढ़ता रहा था। अब शहर के खालसा स्कूल में उसने नवीं कक्षा में नाम लिखा लिया था। गाँव से शहर तक वह ज़्यादा घूमा-फिरा नहीं था। सो उसे डर था कि कहीं अँधेरा हो गया तो वह सड़क से गाँव तक का रास्ता ही न भूल जाय।—अभी तक उसने आधा सफर भी तय नहीं किया था। अब कम-से-कम उसे इस बात की तसल्ली थी कि धीरे-धीरे सड़क ठण्डी हो जायगी, और उसकी साइकिल की ट्यूबें उसे ज़्यादा परेशान नहीं करेंगी।

रफ़्तार से बकरीसिंह कई मील आगे निकल गया। हालाँकि सूरज डूब चुका था, फिर भी काफ़ी रोशनी थी। वह चाहता था कि इस रोशनी में ही वह छोटी नहर की उस पुलिया तक पहुँच जाय, जहाँ से उसके गाँव की ओर पगडण्डी जाती थी..।

लगता था कि तक़दीर उसके रास्ते में नयी-से-नयी अड़चनें खड़ा करने पर आमादा थी। अभी वह छोटी नहर की पुलिया से कुछ मील की दूरी पर था कि उसने देखा कि आगे सड़क बनायी जा रही है। शायद सड़क चौड़ी की जा रही थी। उसकी मरम्मत करनेवाले मज़दूर राशे थे। असल में वे पठान थे, लेकिन उस इलाक़े में उन्हें राशा कहा जाता था। बच्चे उनसे काफ़ी डरते थे, क्योंकि कहा जाता था कि ये राशे बच्चों को बोरों में बन्द करके अफ़ग़ानिस्तान ले जाते हैं, और वहाँ उनका सिर उस्तरे से मूँड़कर, और उसके बीचोंबीच कील ठोंककर उनकी मोमयायी निकाल देते हैं। नीचे आग पर खाली कड़ाही रखी जाती है, उसके ऊपर पेड़ की डाल से बच्चे की टाँगें बाँधकर उसे उलटा लटका दिया जाता है। जब बच्चे का सिर गर्म हो जाता है तो उसमें से चर्बी पिघल-पिघलकर कील के सहारे टप-टप करके कड़ाही में गिरने लगती है—इसी को मोमयायी कहते हैं।

आने-जानेवाली लारियाँ पक्की सड़क से उतरकर खेतों में से होकर गुज़रती थीं। धुँधली रोशनी में ऐसी ऊबड़-खाबड़ ज़मीन पर साइकिल चलाना बकरीसिंह के लिए नामुमकिन था। एक बार फिर बेचारे को पैदल चलना पड़ा। पौने दो या दो मील तक उसे इसी तरह चलना पड़ा।

उसे दूर से एक घुड़सवार दिखायी दिया, जो अपने घोड़े को इतनी तेज़ी से दौड़ाये जा रहा था, जैसे न तो कभी उसका घोड़ा थकेगा और न कहीं धरती ख़त्म होगी। बस इसी तेज़ी और बिजली की-सी चाल के साथ वह घुड़सवार आख़िर तक

घोड़ा उड़ाता ही चला जायगा। आसमान पर चिड़ियों की टोलियाँ वापस अपने घोंसलों को उड़ती दिखायी दीं। तेज़ हवा के झोंकों में मीलों तक फैले हुए खेतों के पौदे ऐसे झुके जा रहे थे जैसे विदा होती हुई रोशनी को सलाम कर रहे हों।

अँधेरा गहरा होता चला जा रहा था। लाल-लाल चेहरोंवाले राशे अपने-अपने झोंपड़ों के आगे बैठे हुक्के पी रहे थे। जब वे अपनी लाल-लाल आँखों से उसकी ओर देखते तो उसका दिल ज़ोर-ज़ोर से धड़कने लगता। दहकती हुई आग की रोशनी में राशों के चेहरों की लकीरें और उलझे हुए बाल कितने डरावने दिखायी दे रहे थे।

बकरीसिंह सोचने लगा कि अच्छा ही होता जो वह रातोंरात क़िला जैमलसिंह के गुरुद्वारे में टिक जाता। फिर उसे अपने घर का ख़्याल आया। उनके सेहन में एक छोटा-सा कुआँ था। उसकी चरखड़ी से एक डोल रस्सी से बँधा पड़ा रहता था। उसने सोचा कि वह कुएँ पर डोल भर-भरकर नहायेगा। माँ कई-कई तहोंवाले मक्खन के पराठे पकायेगी, और वह डेलों के अचार के साथ इन पराठों को मज़े ले-लेकर खायेगा— इसीलिए तो वह आगे-ही-आगे बढ़ता चला गया।

बड़ी मुश्किल से राशोंवाला गन्दा रास्ता भी ख़त्म हो गया, और वह एक बार फिर पक्की सड़क पर पहुँचकर साइकिल पर सवार हो गया।

उसके सिर पर चमगादड़ें पर फैलाये चुपचाप उड़ी जा रही थीं, और उसकी आँखें टाहली के पेड़ों में उस पुलिया की तलाश कर रही थीं, जहाँ से मुड़कर उसे अपने गाँववाली पगडण्डी पकड़नी थी। नहर की वह पुलिया बहुत बदनाम थी, क्योंकि वहाँ कुछ क़त्ल हो चुके थे। आख़िर दाहिनी ओर उसकी नज़र के सामने पुलिया की धुँधली-सी शक्ल दिखायी दी।

अब उसे फिर डर महसूस होने लगा। कहीं पुलिया के पास कोई आदमी छिपा न हो, जो उसका गला कृपाण से काटकर उसकी साइकिल और सामान ही लूट ले। पुलिया के पास दोनों ओर बबूल और शरीहँ के ऊँचे-ऊँचे पेड़ थे; और उनके बीच में नहर का पानी साँप की तरह चुपचाप बल खाता हुआ बहता जा रहा था। पास के खेतों से टिड्डों के बोलने का शोर सुनायी दे रहा था। माहौल डरावना था, लेकिन उसे वहाँ कोई आदमी दिखायी नहीं दिया। वह नहर की पटरी-पटरी साइकिल चलाता हुआ बढ़ा। एकाध बार घबराकर उसने पीछे की ओर देखा तो नहर के दो दर आदमी की खोपड़ी की दो खोखली आँखों की तरह दिखायी दिये। वह अपने बायें ओर देखता जा रहा था। उसे वह पगडण्डी नज़र नहीं आ रही थी, जो पीर काकूशाह की मज़ार के नज़दीक से होकर गुज़रती थी। इस डर से कि कहीं वह बहुत आगे ही न निकल जाय, वह नहर की पटरी छोड़कर एक पगडण्डी पर हो लिया। अब भी उसे यक़ीन नहीं था कि वह असली पगडण्डी पर ही जा रहा है। काफ़ी दूर निकल आने पर भी जब पीर काकूशाह की मज़ार दिखायी नहीं दी तो वह घबरा गया। लौटना बेकार

समझकर वह आगे ही बढ़ता चला गया। उसने सोचा कि शायद चलते-चलते उसे ठीक रास्ता मिल जाय।

आसमान पर चाँद भी तो सहमा-सहमा-सा था, तभी बदलियों के पीछे मुँह छिपाता फिरता था। धुँधली रोशनी में वह बढ़ता चला गया। यहाँ तक कि खेत भी ख़त्म हो गये। आगे बंजर ज़मीन थी, जिसे कल्लरवाली धरती कहते थे। उस धरती में कुछ भी पैदा नहीं हो सकता था। दूर-दूर तक पेड़ों के झुण्ड यों दिखायी देते थे जैसे देव काले लबादे पहने खड़े हों। उसे लगा जैसे वह किसी नये देश में आ निकला हो। आस-पास कोई भी चीज़ तो पहचानी हुई नहीं थी। इस धरती का इतना फ़ायदा ज़रूर था कि वह साइकिल पर सवार होकर सफर तय कर सकता था। वह अन्धा-धुन्ध साइकिल चलाता ही चला गया...।

यकायक उसे दूर से धूल उड़ती दिखायी दी। वह ठिठककर रुक गया।

जल्दी ही उसे एक साँड़नी-सवार दिखायी दिया, जो अपनी धुन में साँड़नी दौड़ाये चला जा रहा था। बकरीसिह नहीं चाहता था कि साँड़नी-सवार उसे देख पाये। पास कोई पेड़ भी नहीं था, वरना वह उसकी छाया तले चला जाता। अब इसके सिवा कोई चारा नहीं था कि वह चुपचाप साइकिल का हैण्डिल थामे खड़ा रहे। मुमकिन था कि साँड़नी-सवार उसकी ओर ध्यान न दे। जाने वह कोई चोर था या डाकू। इस सुनसान जगह पर चीख़-पुकार सुननेवाला भी तो कोई नहीं था।

बकरीसिंह बार-बार मन में मना रहा था क वह साँड़नी-सवार उसकी ओर देखे बिना अपने ही रास्ते चला जाय। पहले तो लगा कि वह सीधा निकल जायगा, फिर एकाएक ही सवार ने साँड़नी की चाल धीमी कर दी, और उसकी ओर मुड़ा। अब वह सीधा उधर को ही आ रहा था। साँड़नी के भारी क़दमों की हर धमक मानो बकरीसिंह के सीने के भीतर पड़ रही थी। फ़ासला कम होने पर उसे महसूस हुआ जैसे ऊँट के ऊपर एक दूसरा ऊँट बैठा हो। बिलकुल उसके सामने पहुँचकर साँड़नी-सवार रुक गया। वह लम्बा-तड़ंगा इकहरे बदन का बलिष्ठ सिक्ख जवान था। उसके चेहरे की बनावट अण्डे की तरह लम्बूतरी-सी थी। रंग गहरा गेहुँआ था.. इतना गहरा कि वह काला होने से बाल-बाल बचा था। दाढ़ी छोटी और उसके बाल मकड़ी के जाले की तरह थे। भँवें घनी, नाक ऊँची, नथुने फड़फड़ाते हुए। आँखों की पुतलियाँ काली, लेकिन पुतलियों के आस-पास दीदों की सफ़ेदी बिजली की तरह चमकदार। ठुड्डी बिलकुल बीच में से दबी हुई थी, कानों में सुनहरी बालियाँ और गले में सोने का चमकता हुआ कण्ठा। उसके सिर पर पगड़ी बँधी हुई थी, लेकिन मोटा-सा जूड़ा पगड़ी के बाहर था। उस उठे हुए जूड़े पर सूत के तागों की जाली बँधी हुई थी, जिसकी दो तनियों के चार छोटे-छोटे हरे-नीले-पीले फुँदने उसके बायें कान के पास झूल रहे थे।

उसकी आँखें बढ़ई के बर्मे की तरह थीं, जिनसे वह लकड़ी में छेद बनाता है। बकरीसिंह को लगा कि सवार की आँखें उसके आर-पार देख रही हैं। वह सवार कुछ देर तक मुँह खोले बकरीसिंह की ओर निहारता रहा, फिर उसने बैठे हुए भारी लहज़े में पूछा—"कहो भई लौंडे! कौन हो तुम?"

बकरीसिंह का दिल डूब गया। मिमियाकर बोला— "जी मैं विद्यार्थी हूँ। अपने गाँव को जा रहा हूँ।"

"कहाँ से आ रहे हो?"

"शहर से.... जी।"

"वहाँ क्या करते हो?"

"जी—पढ़ता हूँ।"

"क्या पढ़ते हो?"

बकरीसिंह इस सवाल पर चकराया—"किताबें पढ़ता हूँ जी।"

शायद अबकी साँड़नी-सवार चकरा गया। पल-दो-पल अपने गाल के भीतर ज़बान घुमाने के बाद उसने कहा— "तो तुम पोथी पढ़ते होगे!"

बकरीसिंह ने जल्दी से जवाब दिया— "हाँ जी, पोथी ही पढ़ता हूँ जी।"

अब फिर पल-दो-पल के लिए सन्नाटा छा गया।

सवार के हाथ में एक ख़ास तरह का हथियार था, जिसे छव्वी कहा जाता है। उसके पीछे दस्ता इतना लम्बा लगा था कि सवार साँड़नी पर बैठे-बैठे किसी पर भी छव्वी का वार कर सकता था। उस जवान ने छव्वी मुट्ठी में लेकर उसके दस्ते से साइकिल के पीछे बँधी गठरी को कचोका देते हुए कहा—"इसमें क्या है?"

"जी, इसमें मैले कपड़े हैं.... क्या जी खोलकर दिखाऊँ? इसमें मेरी पोथियाँ भी हैं जी। आप देखेंगे जी?"

बकरीसिंह का दम सूख रहा था, इसीलिए वह 'जी' शब्द का ज़्यादा-से-ज़्यादा इस्तेमाल कर रहा था।

एक बार तो ऐसा लगा जैसे सवार अपनी डाची (साँड़नी) की नकेल को झटका देकर वहाँ से चलने को ही हो...लेकिन वह फिर रुक गया, और माथे पर बल डालकर बोला—"ऐसी रात में तुम जा कहाँ रहे हो?"

"जी अपने गाँव को।"

"कौन गाँव?"

"जी.... बद्दो रत्ता।"

"बद्दो रत्ता?" सवार को कुछ हैरानी हुई।

"जी हाँ।" बकरीसिंह ने काठ के उल्लू की तरह सूरत बनाते हुए जवाब दिया।

सवार कुछ सोच में डूब गया। उसने कमर सीधी करके लम्बी गहरी साँस ली, तो उसका चौड़ा सीना और भी चौड़ा हो गया और फैले हुए कन्धे और भी फैल गये। आख़िर उसने अपने मन-ही-मन में कुछ फ़ैसला किया—"इधर आओ।"

बकरीसिंह डरते-डरते साँड़नी के पहलू में जा खड़ा हुआ।

सवार ने फिर कहा—"साइकिल नीचे रख दो।"

बकरीसिंह ने काँपते हुए हाथों से साइकिल को धरती पर लिटा दिया। तब सवार ने बाज़ू फैलाकर कहा— "मेरा हाथ पकड़कर पीछे बैठ जाओ।"

बकरीसिंह के लिए इसके अलावा कोई चारा नहीं था कि वह सवार का हाथ थाम ले। तब सवार ने उसे एक ही झटके से यों ऊपर खींचा कि वह हलकी-फुलकी चिड़िया की तरह उड़कर सवार के पीछे जा बैठा। अपनी छव्वी के दस्ते को मज़बूती से थामकर सवार ने उसमें साइकिल का फ्रेम फँसाया और उसे ऊपर खींच लिया, और फिर एक रस्सी लेकर साइकिल को साँड़नी पर रखी भारी-भरकम काठी से बाँध दिया। इस तरह बकरीसिंह सवार के पीछे लटक-सा गया और उसकी साइकिल सवार की बायीं ओर झूलने लगी। जब सवार ने नकेल को झटका दिया तो साँड़नी बिलबिलाकर पहले तो चार-छह क़दम पीछे को हट गयी, और फिर मानो बड़े गर्व से गर्दन उठाकर लम्बी-लम्बी टाँगें फेंकती हुई आगे को चल दी।

बकरीसिंह पहले कभी साँड़नी पर सवार नहीं हुआ था, इसलिए वह नीचे को खिसका ज़ा रहा था। उसने अपने दोनों बाजू सवार की कमर के गिर्द लपेट दिये। उस जवान के कपड़े पसीने से तर हो रहे थे। बकरीसिंह की बाँहें भी कुछ नमदार हो गयीं। उसकी नाक में पसीने की तेज़ गन्ध पहुँची तो उसने नाक ऊपर को उठाकर ठुड्डी सवार की पीठ पर टिका दी। सवार का जूड़ा इतना कसकर बंधा हुआ था कि उसके बालों के खिंच जाने से उसकी गुद्दी का मांस जगह-जगह से यूँ उभर आया था जैसे नन्हीं-नन्हीं फुन्सियाँ निकल आयी हों।

साँड़नी-सवार की भारी आवाज़ सुनायी दी, "क्या तुम्हें यह भी नहीं पता कि तुम्हारा गाँव किधर को है? क्या तुम समझते हो कि सचमुच तुम अपने गाँव को ही जा रहे थे?"

"मुझे यह रास्ता ठीक से याद नहीं। अगर अंधेरा न हो जाता तो मैं रास्ता न भूलता। मुझे इतना ही याद था कि पीर काकूशाह के मज़ार के पासवाली नहर की पुलिया से मुझे पक्की सड़क छोड़कर कच्चे रास्ते पर चलना होगा...।"

सवार ने गम्भीर लहज़े में कहा—"वह पुलिया तो बहुत पीछे रह गयी। तुम दो मील बादवाली पुलिया से मुड़े होगे...इस तरह तो तुम सारी रात भी चलते रहते तो अपने गाँव तक न पहुँच पाते। तुम्हारे-जैसे छोटे लड़कों को रात के वक़्त ऐसी सुनसान जगहों पर हरगिज़ नहीं घूमना चाहिए।"

अब तक तो बकरीसिंह के मन में उस अनजाने जवान का भय बैठा हुआ था, लेकिन उसकी यह बात सुनकर उसका भय कम होने लगा। उसने हिम्मत से काम लेते हुए कहा—"कहते हैं कि अगर घर में दिन के समय एक-दूसरे को कहानी सुनायी जाय तो उस घर का कोई-न-कोई आदमी रास्ता भूल जाता है। मेरे घरवालों ने भी ज़रूर ही दिन में कोई कहानी कही होगी, तभी तो मैं राह भूल गया।"

अब बकरीसिंह के कानों में साँड़नी-सवार की हलकी-सी हँसी सुनायी दी। हँसी की आवाज़ सुनकर बकरीसिंह का दिल और बढ़ गया। उसके दिल को बहुत-कुछ इत्मीनान हो गया। लेकिन साँड़नी की बेढब सवारी से वह परेशान हो रहा था। हर पल नीचे को खिसक जाने का डर और फिर सवार की बगलों से निकलनेवाली बदबू ने भी उसे परेशान कर दिया था। यही नहीं बल्कि सवार के जूड़े से बँधी हुई जाली के नीचे को लटकते हुए फुँदने कभी बकरीसिंह के मुँह में जा घुसते और कभी उसके नथुनों में।

देखने में वह जवान चाहे जैसा भी था, लेकिन वह इतना ज़रूर जानता था कि चौदह साल के बच्चे के साथ कैसा बरताव और कैसी बातचीत होनी चाहिए। वह साँड़नी को अन्धा-धुन्ध दौड़ाये भी जा रहा था, और मज़े-मज़े की बातें भी कर रहा था।

वे एक ऐसे पेड़ के पास से गुज़रे जिस पर बयों के घोंसले लटक रहे थे। एक घोंसला तो बकरीसिंह के इस क़दर नज़दीक था कि उसे झपट लेने के लिए उसने झट हाथ आगे बढ़ा दिया। घोंसला उसकी पकड़ से बाहर रहा।

सवार लड़के की इस हरकत पर मुस्कुराया, और बोला, "बया बड़ी समझदार चिड़िया होती है। वह अपना घोंसला बड़ी मेहनत और कारीगरी से बनाती है। दुनिया की कोई और चिड़िया इतना सुन्दर घोंसला नहीं बना सकती। तुमने बाँसों पर लटके हुए घोंसले नहीं देखे? बड़े ही भले लगते हैं वे। जैसे हवा में लहराती हुई टोपियाँ। बये फुदककर कभी अन्दर चले जाते हैं, कभी बाहर आ जाते हैं। वे दो तरह के घोंसले बनाते हैं। एक तो अपने रहने के लिए मुलायम तिनकों और पत्तों से बनाते हैं, जिसके एक ओर भीतर जाने का रास्ता होता है और दूसरा घोंसला झूले की शक्ल का होता है। जब बादल घिर-घिर आते हैं, हलकी-हलकी फुहार पड़ने लगती है, ठण्डी हवा के झोंके चलते हैं तो बये चहचहाते हुए इन्हीं झूलों पर झूलने लगते हैं।"

लड़के को ये सब बातें बहुत ही दिलचस्प लगीं, बोला— "सुना है बये रोशनी के लिए जुगनूँ पकड़-पकड़कर अपने घोंसलों के भीतर तिनकों में ठूँस देते हैं।"

सवार ने सिर हिलाकर लड़के को यक़ीन दिलाते हुए कहा—"हाँ, यह बात बिलकुल ठीक है। बया बहुत ही चालाक पंछी होता है।"

इस पर बकरीसिंह ने बन्दर और बये की कहानी सुनायी, जो उसने पाँचवें दर्जे की किताब में पढ़ी थी। कैसे बये ने बारिश में ठिठुरते हुए बन्दर को नसीहत दी कि वह आदमियों-जैसे हाथ-पाँव होते हुए भी अपने लिये छोटा-मोटा घर क्यों नहीं बना लेता तो बन्दर ने ताव खाकर बये का घोंसला ही बर्बाद कर दिया।—सवार ने बड़े ध्यान से वह कहानी सुनी।

इस तरह बन्दर से दूसरे जानवरों का ज़िक्र चल निकला। लड़के ने कहा—"अँधेरा हो जाने पर मुझे डर लगा कि कहीं किसी झाड़ी में कोई भेड़िया ही न निकल आये।"

"इसीलिए तो मैंने कहा था कि छोटे लड़कों को सुनसान जगहों पर नहीं घूमना चाहिए। इधर भेड़िये कम हैं, लेकिन शेखपुर के इलाक़े में ख़ूनी भेड़ियों की टोलियाँ जंगलों में घूमा करती हैं। उफ़! डील-डौल में वे गधे से कम नहीं होते....।"

बकरीसिंह को बड़ी हैरानी हुई, बोला—"अगर कोई भूला-भटका राही उधर जा निकलता होगा, तो भेड़िये उसके टुकड़े-टुकड़े करके खा जाते होंगे।"

उसने बड़ा-सा मुँह फैलाकर कहा—"हाँ... एक बार एक आदमी उसी इलाक़े में जा रहा था—मैंने यह बात किसी से सुनी थी...।"

"क्या वह कोई बड़ा ताक़तदार आदमी था।"

"हाँ, वह बहुत तगड़ा आदमी था...दोपहर के समय रास्ता चलते-चलते वह थक गया तो एक पेड़ के नीचे आराम करने के लिए बैठ गया। भूख भी लग आयी ...अपनी खद्दर की चादर में बँधी हुई रोटियाँ और अचार निकालकर उसने पेट भर लिया तो उसे ऊँघ आने लगी। वह पेड़ के तने से पीठ लगाकर सो गया। फिर यकायक ही उसकी आँख खुली तो उसने कुछ अजीब-सी आवाज़ें सुनीं। उसे झाड़ियों में से जानवरों की थूथनियाँ दिखायी दीं....।"

लड़के ने उत्सुकता से पूछा—"वे भेड़िये होंगे। है न?"

"हाँ। शायद तुम नहीं जानते कि भेड़िये का मुँह काफ़ी बड़ा होता है। उसके जबड़े ऐसे सुर्ख़ होते हैं जैसे ख़ून में लिथड़े हुए हों। असल में भेड़िया बहुत ही मक्कार जानवर है...।"

"फिर क्या हुआ?"

"बस भई! वह आदमी उठ खड़ा हुआ। उसने देखा कि आस-पास की झाड़ियों में से भेड़िये बालिश्त-बालिश्त भर की ज़बानें निकाले चोर-नज़रों से उसे घूर रहे हैं। उसने महसूस किया कि अब वह बचकर नहीं निकल सकता। पेड़ का तना इतना चिकना था कि फ़ुर्ती से उस पर चढ़ना भी मुमकिन नहीं था। उसे यह भी पता था कि वह पेड़ पर चढ़ने की कोशिश करेगा तो भेड़िये उस पर झपट पड़ेंगे।"

"तो क्या भेड़िये बड़े आदमी पर भी हमला कर देते हैं।"

"नहीं, आम तौर पर तो ऐसा नहीं होता, लेकिन अगर कभी भेड़िये ज़्यादा तादात में हों तो अकेले आदमी पर हमला करने से भी नहीं चूकते।"

"अच्छा तो भेड़िये उस आदमी को खा गये?"

"सुनो तो—उस आदमी ने इधर-उधर नज़र डाली। उसके पास न कोई लाठी थी न कोई हथियार। ख़ुशक़िस्मती से तीन-चार ईंटें दिखायी दीं। शायद किसी ने उन ईंटों का चूल्हा बनाकर रोटी पकायी थी। उसे एक तरक़ीब सूझी। उसने जल्दी से वे ईंटें खद्दर की मोटी चादर के कोने में रखकर ऊपर से मज़बूत गाँठ दे दी। भेड़ियों का घेरा धीरे-धीरे छोटा होता जा रहा था। फिर एकदम ही वे उस पर पिल पड़े। आदमी ने चादर का दूसरा कोना मज़बूती से पकड़कर ईंटों को चारों ओर ज़ोर-ज़ोर से घुमाना शुरू कर दिया। जो भेड़िया पास आता, ईंटें उसकी थूथनी पर इतनी ज़ोर से लगतीं कि वह घबराकर पीछे हट जाता। भेड़िये कुछ देर तक तो बढ़-बढ़कर हमले करते रहे, लेकिन धीरे-धीरे उनका ज़ोर कम हो गया। दो-चार भेड़िये करारी चोटें खाकर ठण्डे पड़ गये। उस आदमी की तक़दीर अच्छी थी। थोड़ी देर बाद कुछ और राही भी वहाँ आ पहुँचे। उन्होंने ज़ोर-ज़ोर चिल्लाना शुरू कर दिया। बचे-खुचे भेड़िये इतना शोर सुनकर भाग निकले। इस तरह उस आदमी की जान बच गयी।"

कहानी ख़त्म हो गयी, और बकरीसिंह के शरीर का रोम-रोम खड़ा हो गया।

पीले चाँद की फीकी रोशनी माहौल को और भी डरावना बना रही थी। कहीं बहुत दूर से किसी के गाने की उड़ती हुई तान सुनायी दी। शायद वे किसी छोटी-मोटी बस्ती के पास से गुज़र रहे थे।

साँड़नी अपनी बेढ़ंगी चाल से लपकी हुई बढ़ी चली जा रही थी। एक ऊँचे पेड़ की डाल पर लौकी की बेल फैली हुई थी। सवार ने चलते-चलते छव्वी का वार किया और सूखी लौकी आधी कटकर धरती पर गिर गयी। सवार बोला— "देखो, इसे तूम्बी कहते हैं। बचपन में जब हम लोग नहर पर नहाने जाया करते थे तो बस इसी तरह की तूम्बी छाती के नीचे दबाकर बोतल के काग की तरह पानी की सतह से ऊपर सिर निकाले हिचकोले लिया करते थे।"

बकरीसिंह का ध्यान अब भी भेड़ियों की ओर लगा हुआ था। उसने फिर वही बात छेड़ते हुए कहा—"मुझे किसी और भेड़िये की कहानी सुनाइये।"

सवार ने दाढ़ी पर हाथ फेरते हुए उसे भेड़ियों की कई कहानियाँ सुनायीं। "एक आदमी ने तो अपने दोनों हाथ भेड़िये के मुँह में घुसेड़कर उसका जबड़ा ही फाड़ दिया था...।"

लड़के को अपने आगे बैठा हुआ सवार किसी वीर नायक से कम नहीं दिखायी दे रहा था। वह सोचने लगा कि शायद कभी उस सवार का भी भेड़ियों से पाला पड़ा

हो। यही सोचकर उसने पूछा— "क्यों जी, क्या आपका कभी किसी भेड़िये से मुक़ाबला नहीं हुआ?"

"नहीं—लेकिन फिर भी मैं अपनी एक आप-बीती तो सुना ही सकता हूँ।"

लड़का ख़ुश हो गया। सवार ने आप-बीती सुनानी शुरू कर दी—"एक बार मैं अपने ननिहाल को जा रहा था। रास्ते में जंगल पड़ता था। मुझे इसकी कुछ फ़िक्र नहीं थी। मेरे हाथ में लम्बी-सी मज़बूत लाठी थी, जिसके नीचे लोहे की मोटी शाम लगी हुई थी। उस लाठी की एक भी ठिकाने की चोट किसी भेड़िये पर पड़ जाती तो वह वहीं ढेर हो जाता। ख़ैर! दोपहर का समय था। हर ओर सन्नाटा छाया हुआ था। अभी मैं जंगल में थोड़ी ही दूर गया था कि आहट पाकर मैंने दाहिनी ओर नज़र दौड़ायी। देखा कि वहाँ झाड़ी के पीछे एक भेड़िया खड़ा है। मैं चौकन्ना होकर रास्ता तय करने लगा। कुछ देर बाद मुझे बायीं ओर एक दूसरा भेड़िया दिखायी दिया। वे दोनों मेरे दायें-बायें बढ़े जा रहे थे। मैंने लाठी उठाकर कन्धे पर रख ली। कभी तो वे पास आ जाते, और कभी दूर चले जाते। मैंने एक अजीब बात यह भी देखी कि कभी दायें हाथवाला भेड़िया बायें हाथ को आ जाता, और बायें हाथ का दाहिने हाथ को चला जाता। मैं होशियारी से दायें-बायें देखता हुआ अपना रास्ता तय करता रहा। वे कभी भी मुझ पर हमला कर सकते थे, लेकिन ऐसा हुआ नहीं। यहाँ तक कि जंगल ख़त्म हो गया। मैं अपने ननिहाल पहुँच गया, और वे दोनों भेड़िये जंगल में ही रह गये।"

लड़के ने सवार के चौड़े कन्धों और ताक़तवर बाहुओं का जायज़ा लेते हुए कहा—"अगर उन दोनों में से कोई भेड़िया आप पर हमला कर देता तो आप लाठी के एक ही वार से उसे मार गिराते।"

"इसमें शक़ नहीं कि लाठी की मार भेड़िये की खोपड़ी तोड़ सकती है, और अगर पीठ पर पड़े तो उसकी रीढ़ की हड्डी के भी दो टुकड़े कर सकती है— लेकिन शर्त यह है कि लाठी का निशाना ठीक बैठे।"

"आपकी लाठी का निशाना तो बहुत सच्चा होगा!"

"इसके लिए बड़ा अभ्यास करना पड़ता है। लाठीबाज़ वही अच्छा है जो लाठी को चाहे किसी भी तरफ़ से घुमाकर लाये, लेकिन निशाने पर चोट दे दे। अभ्यास से शरीर के सारे पुट्ठे कुछ ऐसे ढंग के सध जाते हैं कि लाठी का निशाना सच्चा हो जाता है। मैं भी लाठी चलाना अच्छी तरह जानता हूँ, लेकिन मुझे सफा-जंग और छव्वी से लड़ना ज़्यादा पसन्द है। इसमें मेरा अभ्यास भी है...।"

बकरीसिंह मन-ही-मन में सोचने लगा कि ये दोनों हथियार ज़रूर ही आदमी की जान ले लेते हैं। लाठी से तो जान बच भी सकती है... भला इस साँड़नी-सवार को ऐसे ख़तरनाक हथियारों से इतनी गहरी दिलचस्पी क्यों है?

साँड़नी-सवार की रोचक बातों में लड़के का ध्यान तो बँटा रहा, लेकिन असल में उसके बदन का एक-एक जोड़ दुःखने लगा था। जामुन बेचनेवाले मिट्टी की छोटी-सी हँड़िया में पिसा हुआ नमक और जामुन डालकर ख़ूब हिलाते हैं, ताकि सब जामुनों को नमक लग जाय। वही हाल उसका भी हो रहा था। नमक के स्थान पर धूल की पतली-सी तह उसके कपड़ों और बदन पर जम गयी थी।

भेड़ियों के क़िस्से ख़त्म हो चुके तो थोड़ी देर के लिए सन्नाटा छा गया। साँड़नी के भारी पाँवों की थपा-थप का शोर सुनायी देता रहा। लड़का सोच ही रहा था कि अब क्या बातचीत की जाय कि इतने में ही उसके कानों में एक अजीब-सा धीमा-धीमा शोर सुनायी दिया। वह चौंककर इधर-उधर देखने लगा कि यह शोर कहाँ से आ रहा है। दूर, बहुत दूर उसे फैले हुए पेड़ों के झुण्ड दिखायी दिये। यों लगता था जैसे उन पेड़ों के पत्तों और शाखाओं में से रोशनी की हवाइयाँ छूट रही हों। ऐसे सुनसान इलाक़े में यह नज़ारा भी कितना अनोखा था। धीरे-धीरे उस शोर में ढोल और बाजों की आवाज़ उभरने लगी। लड़के के दिल में ख़ुशी की लहरें उठने लगीं। डरावने जंगल में मंगल उसे कितना भला लग रहा था।

लड़के ने उत्सुकता से पूछा— "हम कहाँ आ गये हैं?"

"यह बाबा मीतसिंह का मेला है— क्या तुमने यह मेला कभी नहीं देखा?"

"नहीं तो—"

"ठीक है, तुम्हारे गाँव से यह काफ़ी दूर पड़ता है। लेकिन इलाक़े भर में यह मेला बहुत मशहूर है। पूरे आठ दिन लगता है यह मेला।"

"तो क्या अब हम वहीं जा रहे हैं?"

"हाँ, मुझे वहाँ एक.. से मिलना है। मेले का मतलब ही यह है कि जहाँ किसी से मेल हो सके—क्या समझे?"

लड़का कुछ नहीं समझा।

वे एक चौड़े रेतीले रास्ते पर हो लिये, जिसके दोनों किनारे ऊपर को उठे हुए थे, और दोनों ओर खड़े बबूल के ऊँचे-ऊँचे पेड़ मेले की जगह तक चले गये थे।

पास पहुँचे तो पेड़ों के काले-काले तनों के बीच में से गैस के हण्डे और तम्बू नज़र आने लगे। धीरे-धीरे रौनक बढ़ने लगी। हलवाइयों, बिसातियों, कुम्हारों, खिलौने, शर्बत, फालूदेवालों की बहुत-सी दुकानें थीं वहाँ। नीचे से ऊपर घूमनेवाले झूले और चक्कर में घूमनेवाले झूले अलग दिखायी दे रहे थे। हाथों-बाजुओं वगैरह पर नाम या फूल वगैरह गोदनेवालों की भी कमी नहीं थी। घोड़े, गधे, बैल, ऊँट, छकड़े, ताँगे, रेढ़ियाँ, ठेले वगैरह सभी कुछ तो था वहाँ। रात भीग जाने पर भी वहाँ ख़ूब गहमा-गहमी हो रही थी। मर्दों, औरतों, बच्चों और बूढ़ों के झुण्ड-के-झुण्ड इधर-उधर घूम रहे थे। मेला रात भर चालू रहना था, क्योंकि आज आख़िरी दिन था।

मेले में पहुँचकर सवार ने एक पेड़ के नीचे साँड़नी को ज़मीन पर बैठा दिया। बकरीसिंह उतरा तो उसकी टाँगें सुन्न हो रही थीं। वह खड़ा न रह सका। उसकी यह हालत देखकर सवार ने दाँत निकाल दिये—"क्यों, थक गये?"

बकरीसिंह कुछ झेंप-सा गया। वह अपनी टाँगों को थपथपाकर खड़ा हो गया।

जब सवार साँड़नी पर से उतरा, और वे बराबर-बराबर खड़े हुए, तब बकरीसिंह को पता चला कि सवार कितना लम्बा-तड़ंगा था। उसके बोर्डिंग-हाउस में बड़े-बड़े जवान जाट लड़के रहते थे, लेकिन उनमें से कोई भी इस सवार के कन्धे से ऊपर नहीं पहुँच सकता था।

सवार ने पूछा—"तुम्हें भूख तो लगी होगी ख़ूब ज़ोर से?"

यह तो उसने बकरीसिंह के मन की बात कही। डर और परेशानी के कारण वह अपनी भूख को भूल चुका था, लेकिन अब यकायक उसकी भूख चमक उठी थी। उसने ज़रा झेंपकर जवाब दिया—"भूख तो लगी है जी।"

सवार लड़के को मेले की सबसे बड़ी हलवाई की दुकान पर ले गया। देशी घी के कड़ाह आग पर चढ़े हुए थे। एक ओर गर्मा-गर्म जलेबियाँ उतर रही थीं, दूसरी ओर चटपटी कचौरियाँ तली जा रही थीं। बकरीसिंह लोहे की कुर्सी पर बैठ गया। उसके साथी ने उसकी पीठ पर हलकी-सी थपकी देते हुए कहा— "अब तुम जो जी चाहे खाओ। शर्माना मत। ख़ूब पेट भर खाना, समझे!"

बकरीसिंह को दुकान पर छोड़कर वह ख़ुद एक ओर को चल दिया।

बकरीसिंह कचौरियाँ और जलेबियाँ चरने लगा। दुकान के पास ही कुछ गाना-बजाना हो रहा था। एक आदमी शमलेवाली पगड़ी बाँधे तिरछा-बाँका जवान बना खड़ा था। वह एक हाथ से मूँछ को बल देता हुआ धीरे-धीरे नाच रहा था। उसके नज़दीक ही एक लड़का सिर पर दुपट्टा डाले लड़की बना कूल्हे हिला रहा था—लोगों ने उन्हें घेरे में ले लिया। बकरीसिंह कुर्सी के ऊपर खड़ा होकर जलेबियाँ खाता हुआ यह तमाशा देखने लगा। पता चला कि वे एक स्वाँग कर रहे हैं, जिसमें मर्द का नाम हाकिम होता है और औरत का नाम भागन। पहले भागन हवा में हाथ फेंककर गाती हुई सवाल करती है :

हैं वे कित्थे चल्ले ओ? (ओ तुम कहाँ जा रहे हो?)

हाकिमा तुसी, तुसी वे, कित्थे चल्ले ओ? (ऐ हाकिम तुम कहाँ जा रहे हो?)

अब हाकिम उत्तर देता है :

हैं नी! दिल्ली चले आँ। (अरी! दिल्ली जा रहे हैं।)

भागने! असी, असी नीं दिल्ली चल्ले आँ (ऐ भागन! हम दिल्ली जा रहे हैं।)

यह सुनकर भागन ख़ुश हो जाती है और उसके दिल में लड्डू फूटने लगते हैं। कहती है :

हैं वे! कीह ल्यावोगे? (अरे! तुम वहाँ से क्या लाओगे?)

हाकिमा! तुसी, तुसी वे कीह ल्यावोगे? (ऐ हाकिम! तुम वहाँ से क्या लाओगे?)

हाकिम शरारत से कहता है :

हैं नी! बिल्ली ल्यावाँगे (अरी! बिल्ली लायेंगे।)

भागने! असी, असी नीं बिल्ली ल्यावाँगे (ऐ भागन! हम बिल्ली लायेंगे।)

बिल्ली का नाम सुनकर भागन का जी जल जाता है, तेवर बिगड़ जाते हैं। तुनककर पूछती है :

बिल्ली कीह करजेगी? (बिल्ली करेगी क्या?)

हाकिम बिल्ली, बिल्ली वे कीह करजेगी ? (ऐ हाकिम! तुम्हारी यह बिल्ली करेगी क्या?)

हाकिम कनखियों से भागन की ओर देखता है। उसके बिगड़ जाने से उसे मज़े का एहसास होता है। कहता है :

हैं नी! नौहन्दर मारेगी! (अरी! वह नाख़ून मारा करेगी।)

भागने! बिल्ली, बिल्ली नीं नौहन्दर मारेगी। (ऐ भागन! बिल्ली नाख़ून मारा करेगी।)

भागन इस बात पर ख़ुश होती है कि बिल्ली हाकिम को नाख़ून मारा करेगी, और फिर व्यंग्य करती हुई पूछती है :

पट्टी कौन बन्न्हेगी? (पट्टी, ज़ख़्म पर कौन बाँधेगा?)

हाकिमा! पट्ट, पट्टी वे कौन बन्न्हेगा? (ऐ हाकिम! ज़ख़्म पर पट्टी कौन बाँधेगा?)

हाकिम की बारी आती है तो भागन समझती है कि हाकिम से कोई बात न बन पड़ेगी। लेकिन हाकिम शरारत से भरी तिरछी नज़रों से भागन की ओर देखते हुए कहता है :

पट्टी तू बन्न्हेगी। (पट्टी तुम बाँधोगी।)

भागने! पट्टी, पट्टी नीं तू बन्न्हेगी (ऐ भागन! पट्टी तो तुम ही बाँधोगी!)

यह गाना ख़त्म होते ही लोगों ने ख़ुशी के नारे लगाये।

बकरीसिंह तमाशा देखने और जलेबी खाने में मग्न था। हलवाई के नौकर ने उसकी टाँग को थपथपाते हुए कहा— "कुछ और चाहिए?"

"नहीं।"

"तो, दाम लाओ। कुर्सी खाली करो।"

यह सुनकर बकरीसिंह बहुत घबराया। उसके पास उतने पैसे नहीं थे। मुश्किल से तीन-चार आने थे। उसने चारों ओर नज़र दौड़ायी, लेकिन उसे अपना साथी दिखायी नहीं दिया। उसने हलवाई के हट्टे-कट्टे नौकर की ओर घबरायी हुई नज़र से देखा, और बोला—"जो मेरे साथ आया था, पैसे वही देगा।"

"अच्छा, जब तक वह नहीं आता तुम यहीं कुर्सी पर बैठे रहो।"

बकरीसिंह सिमटकर कुर्सी पर बैठ गया।

थोड़ी देर बाद हलवाई का नौकर फिर बड़बड़ाने लगा। बकरीसिंह डरा कि वह कहीं उसे दो-चार चपत ही न जमा दे।

मन-ही-मन बकरीसिंह मना रहा था कि उसका साथी जल्दी-से-जल्दी वहाँ पहुँच जाय— एकाएक उसे आते देखकर बकरीसिंह की जान-में-जान आयी। इत्तफ़ाक से उस समय फिर नौकर कुछ बकवास कर रहा था। बकरीसिंह का साथी यह देखकर ग़ुस्से में झल्ला उठा। उसने अपना हाथ बढ़ाकर नौकर की गर्दन थाम ली तो उसकी लम्बी उँगलियाँ और अँगूठे का शिकंजा इतनी ज़ोर से कस गया कि नौकर की आँखें बाहर को उबल पड़ीं। उसने धीमी लेकिन भारी आवाज़ में कहा— "हरामी के पिल्ले! धमका रहा है हमारे छोकरे को!"

जब कुछ शोर-गुल हुआ तो हलवाई की नज़र इधर पड़ी। नौकर की गर्दन उस जवान के चंगुल में देखकर वह सकते में आ गया। अब तक उसे पता ही नहीं चला था कि उसके नौकर ने कितनी बड़ी भूल कर डाली है। वह हाँफता हुआ दुकान से नीचे उतरा और हाथ जोड़कर बोला— "क्या हुआ अन्नदाता?"

बकरीसिंह के साथी ने एक झटका देकर नौकर को परे धकेल दिया। वह खौलते हुए घी के कढ़ाहे में गिरने से बाल-बाल बचा। फिर वह हलवाई को लाल-लाल आँखों से घूरते हुए बोला— "क्यों बे सुअर! तुझे इतनी ज़ुर्रत क्योंकर हुई कि तू हमारे छोकरे से पैसे लेने के लिए चढ़ दौड़ा?"

हलवाई ने सिर दायें-बायें हिलाते हुए जवाब दिया—"मैंने पैसे नहीं माँगे... अजी मुझे तो पता भी नहीं कि इस हरामज़ादे ने कब तकाज़ा शुरू कर दिया।"

साँड़नी-सवार बोला— "ख़ून पी लूँगा ख़ून।..यहाँ अंग्रेज़ का राज नहीं, मेरा राज है— कहो तो अभी दुकान बराबर कर दूँ तुम्हारी!"

इतने में एक लम्बे क़द का मुसलमान जवान आगे बढ़ा। शायद उसका साँड़नी-सवार से पुराना परिचय था। उसने पीछे से आकर उसके कन्धे पर हाथ रखते हुए कहा— "जाने दे यार! अब ये ऐसी भूल कभी नहीं करेंगे।"

साँड़नी-सवार ने मुड़कर अपने दोस्त को देखा तो उसकी बाँछें खिल गयीं। दोनों एक-दूसरे के गले से लिपट गये। शायद बहुत दिनों बाद दोस्तों का मिलाप हुआ था।

वह मुसलमान फिर बोला— "आओ यार, थोड़ी मेले की घुमायी की जाय...तुम तो कभी मिलते ही नहीं।"

आगे बढ़ने से पहले साँड़नी-सवार ने हलवाई को घूरकर देखा और गुर्राकर बोला— "तुम जानते हो न कि मैं कौन हूँ?"

हलवाई दोनों हाथ जोड़कर धरती पर बिछते हुए बोला— "सरकार आपको कौन नहीं जानता—यह सारी दुकान आपकी है।"

हलवाई को इतनी धमकी ही काफ़ी समझी गयी। इसके बाद वे तीनों मेले की सैर करने लगे। साँड़नी-सवार और उसका दोस्त आगे चल रहे थे। वे दोनों परिन्दे बाज़ की तरह चौकन्ने दिखायी देते थे। लड़का उनसे एक-दो क़दम पीछे उनकी लम्बी-लम्बी टाँगों पर नज़र जमाये चल रहा था। वे मुक़दमों, पुलिस और थाने वगैरह की बातें कर रहे थे।

मेले से ज़रा हटकर खुले खेत में अलगोज़े बज रहे थे। लोग-बाग बड़े-से घेरे में बैठे या खड़े थे। कुछ लोग हुक्के का धुआँ उड़ा रहे थे। बाज़ लोग बगलों में लाठियाँ दबाये और कुछ लाठियों पर ठुड्डियाँ टिकाये सहज रूप से खड़े हुए थे। अलगोज़े बजानेवाले के पास एक गबरू हाथ कान पर धरे बड़े दर्दभरे स्वर में पूरन भगत का क़िस्सा गा-गाकर सुना रहा था। महफ़िल पर सन्नाटा छाया हुआ था। केवल गानेवाले की दर्द में डूब-डूबकर उभरनेवाली आवाज़ वातावरण में गूँज रही थी। जब गानेवाला एक बोल कहकर चुप हो जाता तो अलगोज़ों का लुभावना संगीत लहकने लगता।

कुछ देर तक पूरन भगत का क़िस्सा सुनने के बाद वे तीनों आगे बढ़ गये। वहाँ ख़ूब हुल्लड़ मचा हुआ था। कुछ लोगों ने एक रंगीन मिज़ाज मस्त बूढ़े को घेरे में ले रखा था। बूढ़े की सफ़ेद दाढ़ी और लम्बे-लम्बे पट्टे हवा में उड़ रहे थे। पहले वह एक लम्बी हाँक लगाकर बड़ी लय के साथ कोई अश्लील-सी बोली सुनाता, और जब लोग क़हक़हे लगाते तो बूढ़ा हाथ उठाकर चुटकियाँ बजाता और कोहनियाँ हिलाता हुआ उछल-उछलकर नाचने लगता। उसके मुँह के ज़्यादातर दाँत ग़ायब हो चुके थे, लेकिन आँखों में बला की चमक थी। चलते-चलते इन तीनों ने भी उसकी बोली सुनी। बूढ़े ने शोख़ नज़रों से लोगों की ओर देखते हुए अपनी आवाज़े उठायीं :

ओए!... नाले बाबा रात रह गया

नाले दे गया दवानी खोटी

हो—हो—हो,—हो—हो—हो!

अर्थात् बुड्ढा रात भर रहा, लेकिन सुबह जाते समय सिर्फ़ एक खोटी दुअन्नी दे गया।

"बल्ले! ओए बाब्या।" हर ओर से लोग पुकार उठे।

यहाँ से भी वे तीनों आगे बढ़ गये। थोड़ी दूर जाकर एकाएक साँड़नी-सवार ने मुड़कर लड़के की ओर देखा और बोला— "काका! तुमने कभी ऊँटनी का दूध पिया है?"

अब साँड़नी-सवार लड़के को काका कहने लगा था, जैसे अकसर पंजाब में छोटे लड़कों को दुलार से कहा जाता है।

काके ने सिर हिलाते हुए जवाब दिया— "नहीं तो।"

"अरे! मेले में आकर ऊँटनी का दूध न पीना तो अपने-आप पर जुल्म करने के बराबर है... आ-हा! क्या बात है ऊँटनी के दूध की! आओ तुम्हें ऐसा दूध पिलायें कि उमर भर याद रखोगे।"

मेले से ज़रा हटकर एक जगह पर बहुत-सी ऊँटनियाँ बँधी हुई थीं। इधर-उधर खुले मैदान में चारपाइयाँ बिछी थीं और उन पर मैले-कुचैले कपड़े पहने कुछ आदमी बैठे दिखायी दे रहे थे। धुँधली रोशनी के कारण उनके चेरहे साफ़ नज़र नहीं आते थे। वे तीनों भी एक चारपाई पर जा बैठे। साँड़नी-सवार ने अपने सामने दूध दुहाया। फिर तीन टिण्डों में दूध भर दिया। मिट्टी की बनी हुई पक्की टिण्ड की शक्ल एक बड़े कुल्हड़ से मिलती है और इसमें ढाई-तीन सेर दूध समा सकता है। इस तरह की टिण्डों का इस्तेमाल अकसर रहटों में किया जाता है।

साँड़नी-सवार और उसका दोस्त अपनी-अपनी टिण्ड एक ही साँस में चढ़ा गये। लेकिन प्यास के बावजूद बकरीसिंह इतना दूध न पी सका। इस पर साँड़नी-सवार उसकी टिण्ड भी पी गया। जब वे फिर वापस मेले में पहुँचे तो वहाँ की रौनक कुछ कम होती दिखायी दी। इसका कारण यह था कि कुछ औरतें-बच्चे, जो पासवाले गाँव में रहते थे, वापस अपने घरों को चले गये थे। उधर बाबा मीतसिंह की समाधि पर भजन-कीर्तन का सिलसिला भी शुरू होनेवाला था, जहाँ बहुत-से आदमी पहुँच चुके थे। कहते हैं कि बाबा मीतसिंह के एक दोस्त कोई मुसलमान फ़क़ीर भी हुए थे। उनके मक़बरे पर मुसलमान मुजरे कराते थे, और वहाँ कव्वालियाँ गायी जाती थीं। बहुत-से लोग मक़बरे के दालान में पहुँच गये।

साँड़नी-सवार के मुसलमान दोस्त के साथ वे उस मक़बरे की ओर ही चल दिये। वहाँ मुजरे की तैयारियाँ हो रही थीं। सफ़ेद लम्बी दाढ़ीवाले एक बुजुर्ग चमकदार हरा चोगा पहने तख़्तपोश पर पधार चुके थे। वही उस मक़बरे के मुजाविर थे। उनके दाँतों में हुक्के की नली दबी हुई थी, और उनके आस-पास उनके चेले-चाँटों का जमघट हो रहा था। कुछ युवतियाँ हार-सिङ्गार करने के बाद पाँव में घुँघरू बाँध रही थीं। तबले पर गीला आटा थापा जा रहा था। थोड़ी-थोड़ी देर बाद थप-थप का शोर सुनायी दे जाता। एक ओर सारंगीनवाज़ बैठे सारंगियों के कान उमेठ रहे थे। थोड़ी

देर बाद जब उनके हाथों में पकड़े हुए गज़ सारंगी की तारों पर तैरने लगे तो उनके सिर पर बँधे हुए बड़े-बड़े पगगड़ भी सुर-ताल के साथ हिलने लगे। अब लोगों की नज़रें उन युवतियों पर जमी हुई थीं, जो बल खा-खाकर सौ-सौ ढंग से अपने टखनों और पिण्डलियों की ओर देख रही थीं। हरे चोगेवाले पीर की सुर्मा लगी आँखों से लेकर मामूली-से-मामूली शख़्स की आँखें युवतियों की सुन्दरता और जवानी का जायज़ा ले रही थीं।

साँड़नी-सवार का मुसलमान दोस्त मुजरा देखने का शौक़ीन था। शायद साँड़नी-सवार भी उसका साथ देता, लेकिन मुमकिन है बकरीसिंह के ख़्याल से उसने वहाँ ज़्यादा देर तक रुकना मुनासिब नहीं समझा। वह अपने दोस्त से अलग हो लिया। कुछ ही देर बाद साँड़नी-सवार अपनी साँड़नी की नकेल पकड़कर मेले से बाहर निकल आया।

उनके आगे दायें-बायें झाड़ियाँ और ऊँचे पेड़ थे। थोड़े ही फ़ासले पर दो-चार तम्बू भी नज़र आ रहे थे। एक जगह पर रुककर साँड़नी-सवार ने नकेल की रस्सी बकरीसिंह के हाथ में दे दी, और ख़ुद रेतीले रास्ते को छोड़कर उसके किनारे पर दो-चार डग भरता हुआ ऊपर चढ़ गया।—वह तुन्न के पेड़ के पास पहुँचकर रुक गया। पल-भर बाद एक जवान लड़की तने की ओट में से बाहर निकल आयी। वे दोनों हँस पड़े और धीमी आवाज़ में बातें करने लगे।

पेड़ के नीचे रोशनी इतनी थी कि बकरीसिंह लड़की की सूरत अच्छी तरह से नहीं देख पाया, लेकिन जब वे मटरगश्ती करते हुए पेड़ की छाँव से निकलकर चाँद की रोशनी में आ गये तो लड़की का वजूद साफ़ दिखायी देने लगा।

वह ख़ूब पली हुई जंगली बिल्ली की तरह थी। उसके चलने का अन्दाज़ भी उस मोटी-ताज़ी बिल्ली की तरह था, जो चूहा खा लेने के बाद खुर-खुर कर रही हो। ख़ूब खिंची-तनी हुई वह ठसाठस मांस का तड़पता हुआ एक टुकड़ा थी; जैसे खरबूजे का टुकड़ा, या सन्तरे की रसभरी फाँक। उसने गहरे नीले रंग की चुँदरी ओढ़ रखी थी। कभी-कभी माझे के इलाक़े की औरतें ऐसे ढंग से चुँदरी ओढ़ती हैं कि उसमें से सिर्फ़ उनका चेहरा ही दिखायी देता था। इसे माझी बुक्कल कहते हैं। अभी तक लड़की ने माझी बुक्कल ही बना रखी थी, जिसमें से उसका चेहरा चाँद की तरह दमक रहा था, लेकिन धीरे-धीरे उसने अपनी चुँदरी को खोलकर फैला दिया। उसकी आँखों में सुर्मे की घटा थी, भौंहें लचकती हुई कटार थीं। साफ़ चमकदार दाँत, अखरोट की छाल से रँगे हुए मसूढ़ों में से हँसते समय बिजली की तरह कौंध जाते थे। उसके होंठों में सागर की लहरों का-सा उतार-चढ़ाव था, और जब वह जल्दी-जल्दी कुछ कहती तो उसके होंठ गर्म-गर्म बालू पर पड़ी लाल मछली की तरह पेचो-ताव खाने लगते..तड़पने लगते।

उनकी बातें इतनी धीमी आवाज़ में हो रही थीं कि बकरीसिंह के पल्ले कुछ नही पड़ रहा था। अलबत्ता लड़की के होंठों के उतार-चढ़ाव और एच-पेच से मालूम होता था क़िस्से सुनायें जा रहे हैं... कभी वह शोख़ नज़र जवान पर डालकर ठेंगा दिखाने के अन्दाज़ में ऊपरवाला होंठ भींचकर नीचे का होंठ आगे बढ़ा देती— उसने अपनी चुँदरी को सँभाला तो उसके काले घने और लम्बे बाल बारिश की बौछार की तरह बाहर को ढलक पड़े। सुराहीदार गर्दन की झलक भी पल भर को दिखायी दी, और फिर गर्दन का यह नज़ारा बादलनुमा चुँदरी में ग़ायब हो गया। वह मस्ती में आयी हुई कबूतरी की तरी अठखेलियाँ कर रही थी—साँड़नी-सवार ने शायद उसकी ठुड्डी उठाने के लिए हाथ आगे बढ़ाया तो लड़की ने नर्मी से उसका हाथ अपने हाथ से रास्ते में ही रोक दिया, और फिर बड़े बाँकपन से ठुमककर उसके पास सरक गयी और उसके कान में फुसफुसाकर कुछ कहने लगी। इस पर साँड़नी-सवार ने गर्दन घुमाकर बकरीसिंह की ओर देखा और मुस्कुराते हुए दो क़दम पीछे हट गया।

पत्तों में से छन-छनकर आनेवाली चाँदनी में लड़की की तेज़ आँखों में से चमक की किरणें-सी निकलती दिखायी दे रही थीं—और जब साँड़नी-सवार वापस लौटा तो वह पेड़ के तने के साथ लगकर खड़ी हो गयी। वह अपनी उदास आँखों से सवार की ओर टकटकी बाँधकर देखने लगी। वापस पहुँचकर साँड़नी-सवार ने साँड़नी को बैठाया, फिर दोनों एक-दूसरे के पीछे साँड़नी की पीठ पर बैठ गये। साँड़नी बिलबिलाकर उठी और धीरे-धीरे आगे बढ़ने लगी। जवान ने हाथ हिलाकर मानो लड़की से विदा ली। चलते-चलते बकरीसिंह ने दो-तीन बार पीछे मुड़कर देखा तो लड़की तब तक पेड़ के तने के साथ सटकर खड़ी रही।

एक बार फिर वे खेतों में पहुँच गये। साँड़नी-सवार ने अपना सिर घुमाकर बड़े बटुवे-जैसा मुँह खोल दिया। वह नाक की जगह मुँह से साँस लेने लगा। उसकी छोटी-छोटी मूँछों के नीचे भरपूर होंठों पर हलकी-सी मुस्कुराहट फैल रही थी। उसने भारी आवाज़ में पूछा— "काका! क्या सोच रहे हो तुम?"

काका जो कुछ सोच रहा था उसके ख़्याल से झेंपकर रह गया।

साँड़नी निचला होंठ ख़ूब आगे को बढ़ाये रूठी रानी की तरह ठुमक-ठुमककर चली जा रही थी। सवार ने लोहे के कड़ेवाला हाथ कान पर रख लिया और दूसरा हाथ हवा में फैलाकर एक लम्बी हाँक लगायी।—एकाएक ही उसकी यह हाँक सुनकर लड़का चौंक पड़ा...

साँड़नी-सवार के मुँह से फेफड़ों की पूरी ताक़त के साथ जो आवाज़ निकली वह वातावरण में फैलती चली गयी। उसकी आवाज़ सितारों से टकरायी और आसमान के चक्कर लगाती हुई धीमी पड़ गयी। इतनी खुली और भरपूर आवाज़ बकरीसिंह ने पहले कभी नहीं सुनी थी। उसकी आवाज़ में संगीत न सही, लेकिन एक

ऐसी कशिश, एक ऐसा करारापन था जिस पर संगीत से भरपूर हज़ारों स्वर क़ुर्बान किये जा सकते थे। लम्बी हाँक के बाद वह गाने लगा :

ओए!
मैं मल्ल लाँ तख़्त लाहौर दा!
मैं खोह लाँ राजे दियाँ रानियाँ!
ओए...हो-हो....हो!

(मैं लाहौर के सिंहासन पर क़ब्ज़ा कर लूँ। मैं राजा की रानियाँ छीन ले आऊँ।)

उस समय तो पंजाब पर अंग्रेज़ों का राज्य था, शायद यह बोल उन दिनों गाये जाते थे जब लाहौर पर पठानों का अधिकार था—बस ये दो बोल गाकर साँड़नी-सवार ने लड़के से पूछा—"कहो काका! तुम्हें मेरा गाना पसन्द आया?"

गाना तो जो था, सो था ही, लेकिन उन दो बोलों में ज़िन्दगी की जो ललकार, और जवान के अन्दाज़ में जो निडरता थी उससे कौन इनकार कर सकता था।

साँड़नी-सवार ने पूछा—"तुम भी गाना जानते हो क्या?"

"नहीं।"

बकरीसिंह के मन में ख़्याल आया कि काश वह भी गाना गाकर अपने मेहरबान को ख़ुश कर सकता, लेकिन सचमुच ही उसे गाना नहीं आता था।

बकरीसिंह ने बातचीत का रुख़ बदलते हुए सवाल किया—"वह मुसलमान कौन था?"

"वह मेरा ज़िगरी दोस्त नूरमुहम्मद था। हम उसे नूरा या नूरू कहते हैं। लम्बे अरसे के बाद 'बड़े घर' से लौटा था, अच्छा ही हुआ जो मुझसे मुलाक़ात हो गयी।"

"बड़ा घर क्या होता है?" बकरीसिंह ने पूछा।

साँड़नी-सवार ने हैरानी जाहिर करते हुए कहा— "अरे! तुम 'बड़ा घर' नहीं जानते? अफ़सोस! तुम 'बड़े घर' कभी नहीं जा सकोगे। सिर्फ़ बड़े आदमी ही बड़े घर में जा सकते हैं...।"

"अच्छा तो जब मैं बड़ा हो जाऊँगा, क्या तब भी बड़े घर नहीं जा सकूँगा?" बकरीसिंह ने उत्सुकता से पूछा।

"सरदार बहादुर! बस यह समझ लो कि 'बड़ा घर' केवल उन्हीं लोगों के लिए होता है जो सरकार यानी गौरमेण्ट की सेवा करते हैं। 'बड़े घर' में उन्हें आराम करने के लिए भेजा जाता है। वहाँ चैन से बैठकर सरकार और प्रजा की सेवा की नयी-नयी तरक़ीबें सोचा करते हैं। आराम करने के बाद बड़े घर से निकलते हैं तो फिर समाज-सेवा में जुट जाते हैं। जो शख़्स जितनी ज़्यादा मेहनत करता है उतनी जल्दी ही ज़्यादा-से-ज़्यादा वक़्त के लिए 'बड़े घर' में भेज दिया जाता है।"

बकरीसिंह बहुत देर तक इस मसले पर अक़्ल के घोड़े दौड़ाता रहा। वह बड़े घर की कल्पना करने लगा।—उसके साथी ने फिर कहना शुरू किया, "नूरे के बड़े घर जाने से पहले एक बार हम दोनों किसी गाँव में रात के वक़्त किसी के घर में घुस गये। हर ओर सन्नाटा छाया था। हम धीमी-से-धीमी आहट पर कान लगाये हुए थे। जितनी देर तक हम मकान के भीतर रहे उतनी देर तक हमने किसी तरह का शोर नहीं सुना। लेकिन जब हम बाहर निकलने लगे तो क्या देखते हैं कि उस मकान को लोगों ने घेर रखा है...."

"आप लोग मकान में घुसे ही क्यों थे?"

"ओ-हो! देखो काका! ऐसी बातों में टोकना अच्छा नहीं होता। जब हम घर के अन्दर घुसे थे तो सब लोग सो रहे थे। बाद में शायद खटका सुनकर उनमें से कोई जाग पड़ा होगा, और फिर चुपके-चुपके उन्होंने सारे गाँववालों को जमा कर लिया—इतने आदमियों का जत्था देखकर हम बहुत घबराये। एक कोने में दुबककर सोचने लगे कि कैसे यहाँ से जान बचाकर भागें। इस बात का भी डर था कि अगर इस तरह हमें सुबह हो गयी तो उस वक़्त तक थाने से पुलिस भी पहुँच जायगी..."

बकरीसिंह सोचने लगा कि यह साँड़नी-सवार कहीं कोई चोर या डाकू तो नहीं है। यह बात मानने को उसका मन नहीं चाहता था। उसे तो अपने साथी से गहरी हमदर्दी हो गयी थी। उसने पूछा— "फिर आपने क्या किया?"

"हमें एक तरक़ीब सूझी। हम एक-दूसरे की पीठ-से-पीठ जोड़कर बाहर निकल आये। गली चौड़ी थी, लेकिन वहाँ आदमी-ही-आदमी खड़े थे। लाठियाँ हमारे हाथों में थीं। बस हमने लाठियाँ घुमानी शुरू कर दीं। लोगों में हलचल मच गयी। लाठियों से बचने के लिए दो-चार आदमी भागे तो दूसरे लोगों में भी भगदड़ मच गयी। फिर जब उन्होंने देखा कि हम तो सिर्फ़ दो ही आदमी हैं, तो उनकी हिम्मत बढ़ी। वे लपक-लपककर हमारे नज़दीक पहुँचने की कोशिश करने लगे। हम लहू-लुहान तो हो गये, लेकिन हमने किसी को अपने पास फटकने नहीं दिया। आख़िर हम उनका घेरा तोड़ने में क़ामयाब हो गये। गाँव के बाहर कुछ दूरी पर रहट के नज़दीक हमारे घोड़े खड़े थे। हम उन पर बैठकर हवा हो गये—इसी से तुम अन्दाज़ा लगा सकते हो कि मेरा यह दोस्त नूरा कितना हिम्मती है। उस मौक़े पर छोटे-मोटे आदमी का डर के मारे दम ही निकल जाता।"

बकरीसिंह ने हैरानी से पूछा— "तो क्या सारे गाँव में एक भी ऐसा आदमी नहीं था जो आपका मुक़ाबला कर सकता?"

"उस गाँव में तो क्या पूरे इलाक़े में भी कोई ऐसा आदमी नहीं है....हाँ, मेरे मामा-जैसा कोई आदमी वहाँ होता तो ज़रूर मुसीबत खड़ी हो जाती।"

"तो क्या आपके मामा बहुत ताक़तवर आदमी थे?"

"ओय सरदार बहादुर! मेरे मामें की क्या बात पूछते हो : तुमने सड़क कूटने का इंजन तो देखा ही होगा—बस-बस, मेरा मामा सड़क कूटने के इंजन से कम नहीं था..."

बकरीसिंह को उसकी बातें सुनने में बड़ा मज़ा आ रहा था। खामोश रात में साँड़नी के गले की घण्टियों की टन-टन ने अलग समाँ बाँध रखा था। बकरीसिंह कुछ और पूछने को ही था कि इतने में एक ज़ोरदार फुंकार की आवाज़ सुनायी दी। उन्होंने मुड़कर देखा तो कुछ क़दम परे ऊँची-सी जगह पर एक नाग फन उठाये लहरा रहा था। बकरीसिंह के बदन में बिजली की लहर-सी दौड़ गयी।

सवार ने साँड़नी रोक दी, और कुछ देर तक नाग की ओर देखता रहा। फिर फुसफुसाकर बोला—"यह साँपों का राजा नाग है। उफ़। किस क़दर काला और डरावना है। वह किसी को डस ले तो उसे पानी माँगने की मोहलत भी न मिले।"

लड़के को साँड़नी पर बैठे छोड़कर सवार नीचे उतर आया। नाग का फन अभी तक हवा में लहरा रहा था। सवार ने कन्धे से चादर उतारकर उसे बायें बाजू पर लपेट लिया, और दाहिने हाथ में लाठी लेकर वह आगे बढ़ा। वह असील मुर्ग़ की तरह फूँक-फूँककर क़दम रख रहा था। उसकी घनी भँवों के नीचे उसकी तेज़ आँखें चमक रही थीं। उसने अपना लोहे का कड़ा कलाई से पीछे हटाकर बाजू पर फँसा लिया। अब दोनों की नज़रें मिलीं।

बकरीसिंह ने अपने उजड्ड साथी को आवाज़ देकर वापस चले आने के लिए कहा। लेकिन उसने पीछे मुड़कर देखे बिना हाथ से चुप रहने का इशारा किया, और ख़ुद नाग के और भी नज़दीक चला गया।

लड़के ने इधर-उधर नज़र दौड़ाकर देखा। कोई आदमी, जानवर या पक्षी दिखायी नहीं दे रहा था। चाँद की रोशनी तेज़ हो गयी थी। बबूल, शीशम और तुन के पेड़ चुपचाप खड़े थे। उनकी टहनियों की नर्म कोंपलें तक नहीं हिल रही थीं। यों लगता था जैसे—आस-पास की किसी भी चीज़ का इन दोनों से दूर का भी रिश्ता नहीं था। ऐसी सुनसान जगह पर उस नौजवान और नाग का मुक़ाबला बकरीसिंह के लिए नयी और हैरानी की बात थी। उसे डर था कि कहीं नाग धोखे से उसके साथी की टाँग में दाँत न गड़ा दे। अगर ऐसा हुआ तो उसका साथी वहीं तड़प-तड़पकर मर जायगा। वह लड़की भी तो बहुत पीछे रह गयी थी, वरना वह भागकर उसी को बुला लाता। शायद लड़की उसे मौत के मुँह में जाने से बचा लेती।

साँड़नी-सवार नाग की आँखों में आँखें डाले मुस्करा रहा था। इस समय वह एक शरारती बच्चे की तरह जिद्दी और खिलन्दड़ा दिखायी दे रहा था। वह चादरवाला बायाँ हाथ नाग के फन के आगे हिलाने लगा, और दायें हाथ में लाठी तौलने लगा। नाग ने फन बढ़ा-बढ़ाकर दो-तीन बार चादर पर वार किया। फिर

अचानक ही नाग के दाँत चादर में घुसे और वह उससे लिपट गया। सवार ने फ़ौरन चादर ज़मीन पर फेंक दी, और फिर उसे लाठी से पीटना शुरू किया। अब नाग भाग निकला। सवार ने उसका पीछा किया। रेतीली सपाट ज़मीन पर वे आगे-पीछे दौड़े जा रहे थे। सवार ने बार-बार लाठी हवा में उड़ायी—तब वह ज़मीन पर गिर पड़ा...उठा, और फिर गिर पड़ा...बकरीसिंह का धड़कता हुआ दिल धक् से होकर पल भर को रुक गया। वह सोचने लगा कि वह लड़की जो कुछ समय पहले हँस-हँसकर उसके साथी से बातें कर रही थी, शायद अभी तक उसी पेड़ के तने के साथ लगी खड़ी हो...

अब उसे अपना साथी वापस आता दिखायी दिया। बकरीसिंह ने दूर ही से पूछा—"क्या नाग ने आपको डस लिया?"

"नहीं तो!" उसके साथी ने सफ़ेद-सफ़ेद दाँत दिखाते हुए जवाब दिया— "वहाँ धरती गीली थी। मेरा पाँव रपट गया। देखो यह मेरा तहमद भी तो इस जगह से कीचड़ में लथपथ हो गया है... एक बार गिरकर उठने लगा तो फिर गिर गया..."

"तो नाग भाग गया क्या?"

"भला मैं उसे भागने देता! तुम नहीं जानते कि अगर नाग ज़ख़्मी होकर एक बार बच निकले तो अपने दुश्मन से बदला ज़रूर लेता है। इसीलिए मैं उसके पीछे भागा था। मैंने उसका सिर अच्छी तरह कुचल दिया। है। आओ नीचे उतरो। तुम्हें भी नाग दिखा लाऊँ।"

जब वे मरे हुए नाग के पास पहुँचे तो बकरीसिंह ने देखा कि वह बहुत लम्बा था। बल खाया हुआ मरा नाग अब भी इतना डरावना दिखायी देता था कि उसके पास जाने की अब भी हिम्मत नहीं होती थी। वे वापस आकर फिर साँड़नी पर सवार हो गये।

बकरीसिंह को अब भी पसीना छूट रहा था, लेकिन उसके साथी ने साँड़नी को ललकारकर हाँकते हुए कहा— "इस जात का नाग बड़ा ज़ालिम होता है। यह गाय का थन मुँह में लेकर दूध पी जाता है। कभी-कभी यह आदमियों का दुश्मन बन बैठता है। जो आदमी दिखायी दे उसे डसने से नहीं चूकता।"

"मैं समझता था कि साँप आदमी को देखकर भाग जाता है, लेकिन यह नाग तो अपनी जगह पर डटा रहा।"

"हाँ, अकसर साँप भाग जाते हैं, लेकिन नाग सापों का राजा है। यह तो दौड़ते हुए घोड़े पर भी हमला कर देता है।"

"सच?"

"हाँ, वह भागते हुए घोड़े पर उछलकर हमला करता है, और उसकी टाँगों से लिपट जाता है। घोड़ा लुढ़कनियाँ खाता हुआ ज़मीन पर गिर पड़ता है— ऐसे नाग से वाह गुरू ही बचाये।"

अब फिर बातें शुरू हो गयीं। बकरीसिंह तो उन बातों में ही खो गया। एकाएक साँड़नी-सवार ने हाथ उठाकर कहा—"बोलो! यह सामने तुम्हारा ही गाँव है न?"

बकरीसिंह को इधर-उधर का कुछ भी ख़्याल न रहा था। सचमुच वह अपने गाँव पहुँच गया था। अब वे क़ब्रिस्तान के पास से गुज़र रहे थे। झड़बेरियों के बीच में उभरी-उभरी क़ब्रें चाँदनी रात में बड़ी डरावनी लग रही थीं। सामने धरेक के पेड़ों के नीचे चमारों का कुआँ नज़र आ रहा था। कुएँ की चर्खी यों दिखायी दे रही थी जैसे अँधेरे में कोई नक़ाबपोश चुपचाप कुएँ की मुँडेर पर खड़ा हो।

चमारों के कुएँ के पास से गुज़रकर वे अरूढ़ियों के पास पहुँचे। कूड़े-करकट के उस ढेर से परे जहाँ दिन के समय मुर्गियाँ और उनके नन्हें-नन्हें चूज़े पंजों से ज़मीन कुरेदते फिरते थे, गाँव के सिरे पर एक रहट था। रहट के पास पहुँचकर सवार ने नकेल खींची। पहले साँड़नी रुकी, फिर धम्म से नीचे बैठ गयी। सवार ने साइकिल की रस्सी खोलकर उसे ज़मीन पर लिटा दिया। फिर बकरीसिंह को उतारकर उसकी गठरी उसके हवाले कर दी।

गाँव में उस समय सन्नाटा छाया हुआ था। सब लोग अपने कच्चे मकानों की छतों पर पड़े सो रहे थे। आधी से ज़्यादा रात बीत चुकी थी। रहट के बैलों को हाँकनेवाला आदमी भी गद्दी पर पड़ा-पड़ा सो गया था। बैल धीरे-धीरे अपने गोल रास्ते के चक्कर काटे जा रहे थे। बकरीसिंह जानता था कि जब कभी वे रुक जाते होंगे तो गद्दी पर बैठा आदमी नींद में ही उन्हें ललकार देता होगा, और वे फिर चलने लगते होंगे। गाँव के दूसरे सिरे से कुत्तों के भौंकने की हलकी-हलकी आवाज़ें आ रही थीं।

बकरीसिंह ने अरूढ़ियों के पास कच्चे मकान की दीवार के साथ टिकाकर साइकिल खड़ी कर दी, और अपनी गठरी उस पर रख दी। मुड़कर देखा तो साँड़नी-सवार रहट की झाल से गिरनेवाले पानी के नीचे हाथ रखे अपनी प्यास बुझा रहा था। जब उसने झाल से मुँह हटाया तो उसकी मूँछों से पानी की बूँदों की एक झालर-सी लटकती दिखायी देने लगी। साँड़नी-सवार अपनी आस्तीन से मूँछें पोंछते हुए बोला—"कहो, अब तो घर पहुँच जाओगे? रास्ता तो नहीं भूलोगे?"

बकरीसिंह ने कुछ झेंपकर जवाब दिया— "जी नहीं, अब मैं रास्ता नहीं भूलूँगा।"

बकरीसिंह साँड़नी-सवार को धन्यवाद देना चाहता था, लेकिन उसकी समझ में नहीं आ रहा था कि वह यह कैसे कहे। कुछ देर तक वे दोनों एक-दूसरे की ओर देखते रहे, फिर सवार ने अपना हाथ आगे बढ़ाते हुए कहा—"अच्छा, अब तुम घर जाओ...मैं भी जाता हूँ।"

ऊँचे और भारी खम्भे की तरह खड़े साँड़नी-सवार ने अपने दोनों भारी-भरकम हाथों में बकरीसिंह का बचकाना हाथ थाम लिया। इतने बड़े आदमी से हाथ मिलाने में बकरीसिंह को बड़प्पन-सा महसूस होने लगा। साँड़नी-सवार बोला—"काका! हम इतनी देर एक साथ रहे, लेकिन तुमने अपना नाम तो बताया ही नहीं।"

लड़का जल्दी में पहले तो बकरीसिंह कह गया, फिर वह सँभलकर बोला—"मेरा नाम प्यारासिंह है।—आइये, हमारे घर चलिये न।"

साँड़नी-सवार ने अर्थपूर्ण ढंग से मुस्कुराते हुए कहा—"फिर कभी आऊँगा।"

प्यारासिंह ने अँगुली उठाकर पूछा—"ज़रूर?"

"हाँ, ज़रूर!"

अब प्यारासिंह ने सवाल किया—"आपने अपना नाम तो बताया ही नहीं।"

उसका लम्बा-तड़ंगा साथी छव्वी सँभालकर साँड़नी पर सवार हो गया। फिर उसने नकेल को एक झटका देकर कहा—"मेरा नाम दीदारसिंह है।"

प्यारासिंह साँड़नी-सवार को तब तक देखता रहा जब तक कि वह धूल के छोटे-छोटे बादल पीछे छोड़ता हुआ पेड़ों की धुँधली क़तार के पीछे ग़ायब नहीं हो गया।

उस समय प्यारासिंह की नज़र एक जंगली बिल्ले पर जा पड़ी, जो अरूढ़ियों के पास मिट्टी की बनी हुई दीवार के पास बैठा अपनी लाल-लाल जीभ से अपनी मूँछें साफ़ कर रहा था।

प्यारासिंह साइकिल का हैण्डिल थामकर उसे तंग गलियों में लुढ़काता हुआ अपने मकान के सामने पहुँच गया। उसने तीन-चार बार साँकल खटखटायी तो उसकी माँ ने छत पर से नीचे झाँककर देखा। आज वह बेटे के आने का इन्तज़ार करती रही थी। उसने घर के सभी लोगों को जगा दिया। दरवाज़ा खोला, सबने लड़के को प्यार किया। वे हैरान थे कि प्यारासिंह इतनी देर से गाँव में क्यों पहुँचा।

जब प्यारासिंह ने सारा क़िस्सा सुनाया, और फिर आख़िर में साँड़नी-सवार का नाम बताया तो सबके चेहरों पर हवाइयाँ उड़ने लगीं। वे समझ गये कि उनका बच्चा आज उच्चा अकालगढ़वाले दीदारसिंह के साथ ही इतनी देर तक घूमता रहा था।

इस पर माँ ने बच्चे को यों बाँहों में भर लिया जैसे मुर्ग़ी चूज़े को चील से बचाने के लिए अपने पैरों के नीचे छिपा लेती है।

(बकरीसिंह के माध्यम से दीदारसिंह का परिचय पाकर अब हम बकरीसिंह से विदा होते हैं।)

●

एक

: १ :

सुबह के वक़्त जब रोशनी का फ़व्वारा पूरब से छूटा तो उसने उच्चा अकालगढ़ और नीवाँ अकालगढ़ को भी अपनी लपेट में ले लिया। ज़िन्दगी का हर रूप अँगड़ाइयाँ ले-लेकर मचल पड़ा :... क्या जानवर, क्या पक्षी, क्या युवक, क्या युवतियाँ, क्या बूढ़े, क्या बच्चे...

उच्चा अकालगढ़ और नीवाँ अकालगढ़—ये दोनों गाँव-एक दूसरे के निकट ही थे। वे इतने पास-पास थे कि एक गाँव से दूसरे गाँव की हर चीज़ साफ़ दिखायी देती थी। उच्चा अकालगढ़ काफ़ी ऊँची ज़मीन पर बसा हुआ था। ज़मीन के ऐसे ऊँचे टुकड़े को पंजाबी में टिब्बा कहते हैं। यह भी मुमकिन है कि पुराने समय से ज़मीन के इसी टुकड़े पर कई गाँव आबाद और फिर बर्बाद हो चुके हों। पहले मलबे पर दूसरा गाँव बसता गया हो। असल में बात जो कुछ भी हो, इस समय तो उच्चा अकालगढ़ बड़ी शान और घमण्ड से सिर उठाये टिब्बे पर खड़ा था। अब भी उसकी दीवारें मिट्टी की कच्ची ईंटों से बनी हुई थीं। कहीं-कहीं तो कच्ची ईंटों का भी इस्तेमाल नहीं किया गया था; सिर्फ़ पानी में गुँधी हुई मिट्टी को ही थोप-थापकर दीवारें खड़ी कर दी गयी थीं।

नीवाँ अकालगढ़ नीची या सपाट ज़मीन पर बसा हुआ था। लेकिन यह गाँव उच्चा अकालगढ़ के मुक़ाबले में कुछ नया था, क्योंकि—यहाँ किसी मकान की एक-दो दीवारें पक्की ईंटों की बनी दिखायी देती थीं। बाज मकानों की ड्योढ़ियों के चबूतरे पक्के थे, और चबूतरे के दोनों ओर एक-एक कर्सी बनी हुई थी। पलस्तर का कहीं नाम तक न था। सिर्फ़ पक्की ईंटें अपनी झलक दिखाती थीं।

असल में नीवाँ अकालगढ़ ऊँचा था, और उच्चा अकालगढ़ नीचा था। इसका कारण यह था कि नीवाँ अकालगढ़ में बड़े-बड़े सरदार रहते थे, जो ज़मीनों के मालिक थे, और उच्चा अकालगढ़ में ज़्यादातर वे लोग थे, जो इन्हीं ज़मींदारों के खेतों में काम करते थे। उच्चा अकालगढ़ के जो आदमी ज़मींदारों के यहाँ काम नहीं करते थे, वे या तो मामूली दुकानदार थे, या मोची, बढ़ई, नाई, कुम्हार, भंगी वगैरह थे।

गर्मी का मौसम होते हुए भी सुबह का वक़्त बहुत सुहावना था। घनी आबादी नहीं थी, शहरों के पक्के मकानों की तपन और घुटन नहीं थी, कारख़ानों की चिमनियों और रेलवे के इंजनों का धुआँ नहीं था, बल्कि मीलों तक फैले हुए खेतों की भुरभुरी ज़मीन की सोंधी-सोंधी ख़ुशबू ठण्डी हवा में घुल-मिल गयी थी।

दोनों गाँवों में, और उनके आस-पास ज़िन्दगी की गहमा-गहमी के साथ-साथ एक गहरी शान्ति का एहसास भी होता था। लड़के-बाले गाय-भैंसों को लेकर या तो बड़े जौहड़ में घुसे हुए थे, या नहर तक जा पहुँचे थे। जब सात से बारह-तेरह साल के लड़के साफ़ पानी में डुबकियाँ लगाकर बाहर निकलते और एक-दूसरे के पीछे भागते तो उनके नंगे शरीर, धूप में चमकने लगते।

दूध बिलोनेवाली औरतें अपना काम तारों की छाँव में ही शुरू कर देती थीं। वे अब तक दही बिलोकर और मक्खन के पेड़े सँभालकर पराठे या रोटियाँ पकाने में जुटी थीं। इनमें से कुछ तो खेतों पर गये अपने मर्दों के लिए 'छाहवेला' यानी सुबह का नाश्ता, पराठे, अचार, मक्खन, लस्सी की मटकियाँ सिर पर रखे अपनी मंज़िल की ओर चल भी दी थीं। जिन बड़े-बड़े ज़मींदारों को हल चलाने की कोई ज़रूरत नहीं थी, वे सरसों के तेल से दाढ़ियाँ और मूँछें चुपड़कर अपने-अपने घरों में ही नाश्ता करने बैठ चुके थे।

बाज़ दुकानदार शहर से हफ़्ते भर का सामान ख़रीदकर ले आते थे, जब वह बिक जाता तो फिर शहर चले जाते। इस तरह हर दिन एक-न-एक दुकानदार शहर जाया करता था। वहाँ से शेखूपुरा अट्ठारह मील की दूरी पर था, सो वहाँ तक पहुँचने के लिए किसी-न-किसी सवारी की ज़रूरत पड़ती थी। पक्की सड़क दो-ढाई मील परे थी। वहाँ लारिया चलती थीं। दुकानदारों के लिए लारियों में सफ़र करना बेकार था। उन्होंने अपने लिये रेढ़ियाँ बनवा रखी थीं। रेढ़ी दो पहिये की गाड़ी होती थी। उसकी शक्ल बिना ढक्कन के चौकोर डिब्बे की-सी लगती थीं। आगे घोड़ा जोता जाता था। दुकानदार शहर से सामान की बोरियाँ रेढ़ी में लाद लेते। उन्हें सोलह मील पक्की सड़क, और दो-ढाई मील कच्चे रास्ते पर चलना पड़ता था। जाते समय तो वे मौक़ा पड़ने पर शहर के लिए कुछ सवारियाँ भी ले लेते थे, जिनसे वे थोड़े-बहुत पैसे वसूल कर लेते; लेकिन लौटते समय रेढ़ी सामान से भर जाती, इसलिए वे सवारी नहीं लेते थे।

अकेले-दुकेले मुसाफ़िरों, ख़ासकर औरतों को लारी पर ही सफ़र करना पड़ता था। उस ज़माने में आज की तरह गद्देदार सीटोंवाली बसें नहीं चलती थीं, बल्कि सपाट तख़्तों की सीटोंवाली ऐसी लारियाँ चलती थीं कि जिनमें कुछ देर सफ़र करने से सवारी का अंजर-पंजर ढीला हो जाता था।

उच्चा अकालगढ़ और नीवाँ अकालगढ़ में हिन्दू, सिक्ख और मुसलमान, इन सभी धर्मों के लोग रहते थे, लेकिन ये गाँव सिक्खों के ही माने जाते थे, क्योंकि उनका

इलाक़े भर में काफ़ी ज़ोर था। यों तो मुसलमानों की भी आधी कच्ची, आधी पक्की बनी छोटी-सी मस्जिद थी, लेकिन इन गाँवों से दो फर्लांग परे सिक्खों का बहुत बड़ा ऐतिहासिक गुरुद्वारा था। हिन्दू सिक्खों में कोई फ़र्क़ नहीं था। इसलिए हिन्दुओं ने अलग से अपना कोई मन्दिर नहीं बना रखा था। उन्हें पूरी छूट थी! वे अपने घरों में रामायण, महाभारत की कथा कराते रहते थे, लेकिन बाक़ी सब कामों में वे सिक्खों का ही साथ देते थे। सिक्खों तथा हिन्दुओं में रोटी-बेटी का भी रिश्ता था, और खाने-पीने में कोई फ़र्क़ नहीं था।

जहाँ तक मस्जिद का सम्बन्ध है, वह एक तरह से मौलवी जी का निवास बनी हुई थी। मस्जिद के एक सिरे पर उनके रहने के लिए दो-तीन कोठरियाँ थीं, जिनमें मौलवी सलामतउल्ला अपने परिवारसहित रहते थे। उनके बच्चे सारा-सारा दिन मस्जिद के सेहन में रीठे की गोलियों से खेला करते थे। मुसलमानों के भी सिक्खों से बहुत ही अच्छे सम्बन्ध थे। किसी मज़हबी मौक़े पर मौलवी सलामतउल्ला को मुसलमानों से ज़्यादा सिक्खों से चन्दा मिलता था। इसका कारण यह था कि वहाँ मुसलमानों की संख्या बहुत कम थी; और जो थे भी वे मुश्किल से अपना गुज़ारा कर पाते थे।

इस इलाक़े को बार का इलाक़ा कहते थे। यह पंजाब के उन भागों में से था, जिन्हें धाकड़ लोगों का गढ़ समझा जाता था।

ऐतिहासिक गुरुद्वारा ही ऐसी धार्मिक जगह थी जहाँ साल में कई बार काफ़ी रौनक हो जाती थी। सिक्खों के अलावा अमीर हिन्दू भी बड़ी श्रद्धा से दिल खोलकर गुरुद्वारों को चन्दा देते थे। महाराजा रणजीतसिंह के ज़माने से गुरुद्वारे के साथ काफ़ी ज़मीन भी लगी हुई थी, जिससे सालभर में अच्छी-ख़ासी आमदनी हो जाती थी। गुरु नानकदेव और आख़िरी गुरु श्री गोविन्दसिंह के जन्मदिन तो मनाये ही जाते थे, लेकिन इनके अलावा गुरु अर्जुनदेव तथा गुरु तेगबहादुर के बलिदान-दिवस भी बड़ी धूम-धाम से मनाये जाते थे। इन शहीदी-दिनों को मनाने की जगहें दो थीं; यानी लाहौर में गुरु अर्जुनदेव का शहीदी-दिन मनाया जाता था और दिल्ली में गुरु तेगबहादुर का। जो हिन्दू-सिक्ख लाहौर या दिल्ली जा सकते थे, वे वहाँ चले जाते, लेकिन ज़्यादातर लोग अकालगढ़ के गुरुद्वारे में ही ये त्योहार और शहीदी-दिन मनाया करते थे।

अकालगढ़ का गुरुद्वारा काफ़ी बड़ा था, इसलिए वहाँ बारहों मास रौनक रहती थी। इस गुरुद्वारे से ज़्यादा रुतबा इस इलाक़े में ननकाना साहब को दिया जाता था। सिक्खों के पहले गुरु श्री नानकदेव का जन्म वहीं पर हुआ था। उस जगह का भी ऐतिहासिक महत्त्व था, 'जिसे सच्चा सौदा' कहते थे। गुरु नानकदेव बचपन में थोड़ा-बहुत पढ़ने-लिखने के बाद कुछ बड़े हुए तो उनके पिता कालूराम ने सोचा कि उन्हें किसी कारोबार में लगा देना चाहिए। पिता ने बेटे को कुछ रुपये देकर घर से इसलिए भेजा कि वह शहर से सौदा ख़रीद लाये। गुरु नानकदेव की बचपन से ही भगवान्

की लगन थी, इसलिए दुनियादारी की ओर उनका ध्यान ही नहीं था। कहते हैं, जब वे शहर जा रहे थे तो रास्ते में उन्हें कुछ भूखे-प्यासे साधु मिले। उन्होंने पिता के दिये हुए रुपयों से खाने-पीने का सामान ख़रीदा और साधुओं का पेट भर दिया। आख़िर जब बाप को पता चला तो उसने बेटे को बहुत डाँटा-फटकारा। इस पर बेटे ने कहा कि पिताजी मैंने सच्चा सौदा किया है—इसीलिए वह जगह सच्चा-सौदा कहलाती थी।

अकालगढ़ गुरुद्वारे का महत्त्व ख़ासकर इसलिए था कि बड़े-बड़े अमीर सरदार उसके सरपरस्त थे।

आठ-दस साल पहले जब अकालियों की गुरुद्वारे के बारे में अंग्रेज़ी सरकार से टक्कर हुई, तो उन दिनों यह गुरुद्वारा अकालियों और बब्बर अकालियों का गढ़ बना रहा। कई बब्बर अकालियों को, जो सरकार की नज़र में मुज़रिम होते थे, इसी गुरुद्वारे में रहने का मौक़ा दिया जाता था। यहाँ से सत्याग्रह करनेवाले अकालियों के जत्थे भरती होकर अमृतसर या दूसरी जगहों को भेजे जाते थे। इन सब कारगुज़ारियों का नतीज़ा यह हुआ कि कुछ ही दिनों बाद पुलिस गुरुद्वारे का घेरा डाले बैठी रही। आख़िर में जब अंग्रेज़ी सरकार ने हार मानकर अकालियों की सारी माँगें मान लीं तो पुलिस वहाँ से हटा ली गयी। उस मौक़े पर आस-पास के साहसी जाटों ने गुरुद्वारे में आकर नाम लिखवाये और जत्थों में शामिल होकर सारे भारत में नाम कमाया। उस वक़्त से इस गुरुद्वारे को वैसा ही रुतबा मिल गया जैसा कि किसी ऐतिहासिक गुरुद्वारे को मिल जाता है।

अब गुरुद्वारे के अहाते में बने हुए कमरों में अकसर सिक्ख या हिन्दू मुसाफ़िर टिके रहते थे। ये, आवश्यक रूप से वे मुसाफ़िर नहीं होते थे जो तीर्थ करने के लिए घर से निकलते हैं, बल्कि किसी भी मुसाफ़िर को वहाँ रात काटने की ज़रूरत होती तो वह वहाँ रह सकता था। मुसाफ़िरों को दोनों वक़्त का खाना भी मुफ़्त दिया जाता था।

कभी-कभी वहाँ निहंग सिंहों का जत्था भी आ पहुँचता था। निहंगसिंह वे लोग होते थे, जिनका ख़ास काम सिर्फ़ लड़ाई में हिस्सा लेना था। वे न तो शादी करते थे, और न घर बसाते थे। बस जत्थे बनाकर सारे पंजाब में घूमा करते थे। महाराजा रणजीतसिंह के ज़मानें में, और उससे पहले भी, निहंगसिंह हमेशा किसी-न-किसी लड़ाई में जूझते रहे थे। अगर किसी लड़ाई में दुश्मन भारी पड़ जाता, और सिक्खों के पाँव उखड़ने लगते तो फिर निहंगसिंह आ धमकते, और वे अकसर लड़ाई का रंग बदल देते, उसका पाँसा पलट देते।

लेकिन सिक्ख राज्य ख़त्म हो जाने के बाद निहंगसिंह बेकार हो गये। अब उन्हें किसी धार्मिक लड़ाई में हिस्सा नहीं लेना पड़ता था, फिर भी उन्होंने अपनी परम्पराओं को नहीं छोड़ा। वे अब भी हथियारबन्द रहते थे। पीठ पर ढाल, कमर में तलवार

और खण्डा, हाथ में भाला, सिर की लम्बूतरी पगड़ी में लोहे के चक्र फँसे होते थे। ये जिस गाँव में पहुँचते वहाँ के रहनेवालों पर ही इन जत्थों को खिलाने-पिलाने की ज़िम्मेदारी होती थी। वे भीख नहीं माँगते थे, बल्कि राशन की वसूली करते थे। उनके नारों से ज़मीन और आसमान काँप उठते। उनकी बोलियाँ भी कुछ अलग ही थीं। बकरे को चटँगा यानी 'चार टाँगोंवाला' कहते थे। मिर्च को 'लड़ाकू', बासी रोटी को 'मीठे पराठे', चने को 'बादाम,' दाल को 'दाला'— यहाँ तक कि बोली को भी 'बोला' ही कहते थे। उनकी हर हरकत 'मर्दाना' होती थी, इसलिए स्त्रीलिंग का भी पुँल्लिग बना देते थे।

निहंगों को वीर-रस के गीत बेहद पसन्द थे। इन गीतों को गानेवाले ढाढी कहलाते थे। ढाढियों के जत्थे में तीन या चार आदमी होते थे। एक आदमी सारंगी बजाता और दो या तीन डमरू बजाते थे, जिसे ढढ कहा जाता था। यह डमरू दाहिने हाथ की उँगलियों से बजाया जाता था। सिक्ख-इतिहास में बहादुरी की कई घटनाएँ ऐसी थीं, जिन पर देहाती कवियों ने गीत बना रखे थे। ढाढी इन्हीं को गाया करते थे।

निहंगसिंह काफ़िले बनाकर चलते थे। घोड़े, गधे, ऊँट, बैलगाड़ियाँ वगैरह काफ़ी बड़ा आडम्बर उनके साथ होता था। वे 'जो बोले सो निहाल!' 'सत सिरी अकाल' के नारे लगाते हुए चलते थे। उन्हें देखकर यों लगता था जैसे निहंगों की फ़ौज किसी क़िले पर चढ़ायी करने जा रही हो।

आम जनता को इन चलते-फिरते सन्त-सिपाहियों पर बड़ी श्रद्धा थी। वे अपनी मन्नतें मानने के लिए जत्थेदार के पास जाते। उनकी कामना जान लेने के बाद जत्थेदार और उसके निहंग साथी श्री-गुरु-ग्रन्थ-साहब के सामने 'अरदास' करते कि गुरु के शरण में आये हुए भक्त की कामना पूरी हो। लोगों में यह बात मशहूर थी कि इन खानाबदोश सन्त-सिपाहियों की 'अरदास' कभी .खाली नहीं जाती। अकालगढ़ के एक तरफ़ यह गुरुद्वारा था, तो दूसरी ओर सरकारी मिडिल-स्कूल था। स्कूल अकालगढ़ से आधे मील की दूरी पर था। यह इसलिए कि अकालगढ़ के अलावा आस-पास के दूसरे गाँवों के लड़के भी वहाँ पढ़ने आ सकें। इस स्कूल की इमारत भी कच्ची ईंटों की बनी हुई थी। एक ही क़तार में पाँच कमरे थे, दोनों ओर चौड़े बरामदे, और इन दो बरामदों के दोनों कोनों पर भी एक-एक कमरा बना हुआ था। एक गज़ ऊँची कच्ची दीवार इस स्कूल के चारों ओर बनी हुई थी। इस चारदीवारी के भीतर जितनी जगह थी, उसे फुलवारी भी कह सकते थे, और दालान या सेहन भी। इस दालान के एक कोने में हरी-भरी पत्तियोंवाले धरेक के पेड़ थे। इन पेड़ों में काबुली चने के बराबर फल लगते थे। छोटे बच्चे झाड़ी का एक काँटा ज़मीन में गाड़कर और कुछ दूसरे काँटों में वह बीज ठोंसकर झूला-सा बना लेते, और धरती में गड़े काँटे पर उसे घुमाया करते थे। धरेक के पेड़ों के इस झुण्ड के नज़दीक ही एक तंग-सा कुआँ था, जिसे खुई कहते थे। इस पर लकड़ी की एक चरखड़ी गड़ी

थी, जिसमें लोहे का एक डोल बँधा रहता था।

जैसा कि देहात के स्कूलों का क़ायदा है, वहाँ आने-जाने का कोई समय तय नहीं होता। थोड़ी-सी धूप फैलने पर लड़के खद्दर के बने बस्ते बगल में दबाकर या गले में लटकाकर स्कूल की ओर चल देते थे। आम बोली में इस स्कूल को मदरसा कहा जाता था। कुछ लड़के छह-छह मील की दूरी से पैदल वहाँ आते थे। वे अकसर सूरज उगते ही अपने-अपने घर से चल देते। धूप कम हो जाने पर लड़के पास के मैदान में कई तरह के खेल खेला करते थे। कबड्डी भी होती थी, और कपड़े की बनी हुई गेंद और हाकी की तरह मुड़ी हुई लाठियों से 'खिददू खूँडी' भी खेली जाती थी।

फुलवारी में ज़्यादातर गेंदे के पीले-पीले फूल ही खिलते थे। कुछ सीधी-सादी सब्ज़ियाँ जैसे—लौकी, तोरी, भिण्डी, बैगन वगैरह भी उगायी जाती थीं। ये सब्ज़ियाँ अकसर हेड-मास्टर के घर जाती थीं। हेड-मास्टर साहब बड़े ही भले आदमी थे और वे इस बात का भी ख़्याल रखते थे कि दूसरे मास्टरों को भी हरी सब्ज़ियाँ मिलती रहें। स्कूल के बड़े लड़के पले हुए साँड़ों से कम नहीं थे। कुएँ से पानी निकाल-निकालकर क्यारियों को सींचने का काम उन्हीं को करना पड़ता था।

उन दिनों वहाँ के हेड-मास्टर लाला टेकचन्द थे। छोटे मास्टर मुन्शी कहलाते थे और हेड-मास्टर साहब बड़े मुन्शी कहलाते थे। वे बहुत ही भले आदमी थे। इलाक़े भर में उनकी शराफ़त की धूम थी। सिक्खों में वे बहुत ही लोकप्रिय थे। इसके दो कारण थे; एक तो यह कि उनका गुरु घर से बड़ा लगाव था, और वह रोज़ बिना नागा सुबह चार बजे गुरुद्वारे में ज़रूर पहुँचते थे। उनकी लोकप्रियता का दूसरा कारण यह था कि वे गुरु की वाणी का बड़े शुद्ध ढंग से उच्चारण करते थे। स्वर में भी रस और मिठास थी, इसलिए जब वे ऊँची आवाज़ में पाठ करते तो सुननेवाले मस्त हो जाते। आम तौर पर वे सिर पर चपटी-सी गोल टोपी पहना करते थे, लेकिन गुरुद्वारे में पाठ करते समय क़ायदे के मुताबिक़ वे सिर पर बड़ा-सा सफ़ेद रूमाल बाँध लेते।

सुबह के समय पूरब की ओर पहले तो आसमान पर गहरी लाली छा गयी; फिर कुछ देर बाद सूरज देवता का उजला चेहरा उभरा और वे आख़िर में क्षितिज पर ठुड्डी टिकाकर थोड़ी देर रुके रहे।

सुबह की लाली के साथ ही एक साँड़नी-सवार धूल उड़ाता हुआ अकालगढ़ की ओर बढ़ा। चढ़ती धूप के साथ उसकी साँड़नी के दौड़ने की रफ़्तार भी तेज़ होती गयी।

वह दीदारसिंह था।

दीदारसिंह उन आदमियों में से था जो जिधर से भी निकल जायँ, लोग रुककर उन्हें देखने लगते हैं। साँड़नी के चौड़े और भारी पाँव धरती पर पड़ने से ज़ोर की

धमक पैदा होती, और उसके ऊपर बैठा दीदारसिंह उसकी चाल की 'लय और ताल' के मुताबिक़ उभरता-पिचकता रहता। साँड़नी मोड़ लेने पर भी अपनी चाल को कम नहीं करती थी। उन दोनों को इस तरह धरती के सीने पर मूँग दलते देखकर देहाती कुत्ते भी सहम जाते, और वे भौंकना भूलकर दुम टाँगों में दबाये एक ओर को सटक जाते।

दीदारसिंह कई दिनों के बाद अपने गाँव को लौट रहा था। इसलिए सभी जानकार लोग हाथ हिला-हिलाकर उसका स्वागत कर रहे थे। शायद वे सब उसे न तो प्रेम करते थे और न उसकी इज़्ज़त करते थे, लेकिन वे सब उससे डरते ज़रूर थे। इसी दबदबे के कारण हर किसी को उसकी ख़ुशामद करने और प्रेम जतलाने की चिन्ता लगी रहती थी।

स्कूल में बहुत-से लड़के आ चुके थे। जब वे फ़र्श पर बिछाये जानेवाले गज भर चौड़े और कई-कई गज़ लम्बे टाटों की धूल दालान में झाड़ रहे थे तो दीदारसिंह मदरसे के बिलकुल पास पहुँच गया।

साँड़नी पर सवार दीदारसिंह मदरसे की छत से भी कुछ ऊँचा ही था। वह मदरसे के बड़े दालान में घुस आया। जब नकेल खींचकर उसने साँड़नी को बैठाना चाहा तो वह मुँह से झाग उड़ा-उड़ाकर अड़ियलपने से धरती पर पाँव पटक-पटककर धूल उड़ाती रही, और फिर अपनी आँखों के बड़े-बड़े ढेले इधर-उधर घुमाकर नीचे बैठ गयी।

दीदारसिंह बड़े मुन्शी जी को बहुत मानता था, बल्कि उसका बाप नत्थासिंह भी बड़े मुन्शी जी की बहुत इज़्ज़त करता था। दीदारसिंह ने यह बात अपने बाप से ही सीखी थी।

चार दिन पहले एक छोटा मुन्शी दूसरे इलाक़े से इस मदरसे में नौकरी करने आया था। उसका नाम गोवर्धनदास था, और वह मुश्किल से तेईस-चौबीस साल का होगा। उस समय वह मदरसे के बरामदे में बैठा अपने देशी जूते को अन्दर-बाहर से कड़वे तेल से चुपड़ रहा था, ताकि चमड़ा नर्म पड़ जाय और उसे पहनने में पाँव को कोई तकलीफ़ न हो। बेचारे गोवर्धनदास ने साँड़नी से दीदारसिंह को नीचे उतरते देखा तो उसके हाथ जहाँ-के-तहाँ रुक गये। वह इकहरे बदन का दुबला-पतला आदमी था, इसलिए दीदारसिंह-जैसा जवान देखकर वह हक्का-बक्का रह गया।

पहले तो गोवर्धनदास की समझ में नहीं आया कि यह साँड़नी-सवार उनके मदरसे में क्यों आया है। लेकिन जब बड़े मुन्शी जी मुस्कराते हुए दीदारसिंह की ओर बढ़े तो छोटे मुन्शी के दम में दम आया। दीदारसिंह बड़े मुन्शी जी से कह रहा था—
"मैं इधर से गुज़रा तो आपके दर्शन किये बिना नहीं रह सका।"

बूढ़े बड़े मुन्शी जी ने एड़ियाँ उठाकर अपना हाथ दीदारसिंह की पीठ तक पहुँचाने की कोशिश करते हुए उसे बड़े प्यार से हलकी-सी थपकी दी और साथ ही बुज़ुर्गाना अन्दाज़ में बोले—"जीते रहो बेटे!"

इधर-उधर की बातें होने लगीं। बड़े मुन्शी जी ने ज़रा पहलू बचाकर पूछा—"इस बार तो बहुत दिन लगा दिये... क्या कुछ ज़्यादा काम-काज पड़ गया था?"

मन में बड़े मुन्शी जी अच्छी तरह जानते थे कि दीदारसिंह किस 'काम-काज' में लगा रहता है। फिर भी वे बात ऐसे ढंग से करते थे—जैसे दीदारसिंह भी घर-गृहस्थीवाला ज़िम्मेदार आदमी हो जो, गले-गले दुनियादारी के कामों में डूबा हो।

दीदारसिंह ने अपने दोनों बड़े-बड़े हाथ की उँगलियाँ फैलाकर हवा में लहराते हुए जवाब दिया—"आप तो जानते ही हैं चाचा!...बहुत काम करना पड़ता है मुझे..."

अब इससे आगे दीदारसिंह को यह नहीं सूझा कि वह किस तरह का काम-काज बताये। बड़े मुन्शी जी ने समझदारी से काम लेते हुए जान-बूझकर उसे इस बात का मौक़ा भी नहीं दिया। एक बार फिर उसकी पीठ थपथपाते हुए बोले—"हाँ, बेटा! जब आदमी बड़ा हो जाता है तो उसके कन्धों पर ज़िम्मेदारियों का बोझ भी लद जाता है... अच्छा, तो अभी घर नहीं गये?"

"नहीं चाचा! अभी तो मैं बाहर से ही आ रहा हूँ। यहाँ से भी सीधा घर नहीं जाऊँगा। पहले गुरुद्वारे जाकर मत्था टेकूँगा, फिर घर जाऊँगा।"

दीदारसिंह की यही आदत थी कि जब वह कुछ दिनों के लिए गाँव से बाहर जाता तो गुरुद्वारे में माथा ज़रूर टेकता और जब लौटकर आता तो भी माथा टेके बिना घर न जाता।

इधर-उधर की बातें हो चुकीं तो दीदारसिंह बोला—"ज़रा साँड़नी को भी पानी दिखा ही दूँ। शयद इसे प्यास लगी हो।"

बड़े मुन्शी जी ने कुएँ की ओर इशारा कर दिया। कुएँ के पास ईंटों की पक्की हौजी बनी हुई थी। दीदारसिंह ने जल्दी-जल्दी पाँच-छह डोल पानी कुएँ से निकालकर हौजी में उँड़ेल दिया। साँड़नी को खड़ी करके वहाँ तक ले गया। वह पानी पीने लगी।

टाट झाड़नेवाले लड़के दीदारसिंह के आ आने पर थोड़ी देर अपना काम रोककर उसे देखते रहे। अब फिर उन्होंने टाट झाड़ने शुरू कर दिये। दीदारसिंह धरेक के पेड़ों की ओर चला गया। उसने अपनी लम्बी छव्वी ऊपर उठाकर एक नाज़ुक-सी टहनी काटी। टहनी नीचे गिरी तो उसने अपने बालिश्त से नापकर एक टुकड़ा काट लिया और फिर उसे छील-छालकर दातुन बनायी और दाँतों में दबा ली।

साँड़नी पानी पी चुकी थी। दीदारसिंह ने उसे फिर से नीचे नहीं बैठाया। साँड़नी को दालान की दीवार के बराबर खड़ी करके वह दीवार पर चढ़ गया और एक ही

छलाँग में साँड़नी पर सवार हो गया। हवा में हाथ हिलाते हुए उसने बड़े मुन्शी जी की ओर देखा और कहा—"तो चाचा! अब मैं चलता हूँ—फिर मुलाक़ात होगी।"

: २ :

मुन्शी गोवर्धनदास जूते चुपड़ने का काम भूलकर बरामदे के खम्भे से कन्धा टेके दीदारसिंह और बड़े मुन्शी जी को बातें करता देखता रहा। दीदारसिंह के रुख़्सत होते ही उसने पहले तो अपने जूते उठाकर उनकी एड़ियाँ दीवार से लगा दीं और फिर बड़े मुन्शी जी के पास पहुँचकर बोला—"मास्टर साहब! यह भूत कौन था?"

हेड-मास्टर साहब ने दूर जाते हुए साँड़नी-सवार से नज़र हटाकर छोटे मुन्शी की ओर देखते हुए कहा,—"सिर्फ़ यही नहीं, इसके ख़ानदान का हर आदमी भूत की तरह है।"

"बड़े-बड़े जवान देखे हैं, पर ऐसे डील-डौल का आदमी मेरी नज़र से नहीं गुज़रा। इसके चेहरे का रंग कैसा है...जैसे शाम के समय सुर्मे के रंग की हर ओर फैलती हुई धूल। कितनी चमकदार आँखें हैं इसकी और पुतलियाँ तो मानो छेदती हुई-सी लगती हैं—यह कौन है, क्या काम करता है?"

बड़े मुन्शी जी उस समय दाँतों में लम्बी-सी दातुन चबा रहे थे। उन्होंने पहले दातुन मुँह से बाहर निकालकर उसे सेहन की दीवार पर दो-चार बार पटका और बोले—"मैं यह नहीं बता सकता कि यह काम क्या करता है...मैं तुम्हें यही सलाह दूँगा कि तुम किसी से भी इसके काम-काज के बारे में मत पूछना।"

मुन्शी गोवर्धनदास सहम गया। लेकिन वह मुँह से कुछ नहीं बोला, क्योंकि बड़े मुन्शी जी की सूरत से नज़र आ रहा था कि अभी वह बात चालू रखेंगे।

हेड-मास्टर साहब दातुन को दाँतों पर घिसते रहे और मन में यह भी सोचते रहे कि नये मुन्शी को ये सब बातें कैसे समझायें।—आख़िर खाँसकर गला साफ़ करते हुए उन्होंने कहना शुरू किया—"मुन्शी, तुम अकालगढ़ में नये-नये आये हो और तुम्हारी भलाई इसी में है कि तुम यहाँ का सारा ऊँच-नीच अच्छी तरह समझ लो। हम मुन्शी लोगों का काम सिर्फ़ बच्चों को पढ़ाना-लिखाना है। हमें यहाँ के किसी और धुर-पटास में पड़ने की ज़रूरत नहीं..."

"धुर-पटास क्या होता है?"

"धुर-पटास का मतलब जो कुछ भी होता हो, लेकिन तुम्हें सिर्फ़ यह समझना है कि यहाँ के झगड़े-टण्टों से बिलकुल बचकर रहो और सिर्फ़ अपने काम-से-काम रखो। इतना तो तुम्हें मालूम हो गया होगा कि यहाँ दो अकालगढ़ हैं; एक उच्चा अकालगढ़ और दूसरा नीवाँ अकालगढ़। लेकिन नीवाँ अकालगढ़ में ऊँचे आदमी

बसते हैं और उच्चा अकालगढ़ में 'नीच आदमी' बसते हैं...यह जो साँड़नी-सवार आया था, इसका नाम दीदारसिंह है, और यह उच्चा अकालगढ़ में रहता है।''

''तो गोया यह नीच जाति का है।''

बड़े मुन्शी जी ने यह सुनते ही अपने मुँह पर उँगली रख ली और हलकी-सी सीटी की-सी आवाज़ निकालते हुए कहा—''फिर कभी यह बात इतने ज़ोर से मत कहना।''

गोवर्धनदास सिकुड़कर चारों ओर देखने लगा।

बड़े मुन्शी जी ने फिर कहना शुरू किया, ''तुम चुपचाप मेरी बातें सुनते रहो—नीवाँ अकालगढ़ में वे जाट सरदार रहते हैं, जिनका रंग गोरा, डील-डौल ज़बर्दस्त, लेकिन शारीरिक ताक़त कम, जिनके पास ज़मीनें हैं, मकान हैं, भैंसें और घोड़े हैं। उनकी सरकार तक पहुँच है। उच्चा अकालगढ़ में मोचियों, धोबियों, नाइयों, अराइयों वगैरह के अलावा दीदारसिंह का ख़ानदान भी रहता है। ये लोग मज़हबी सिक्ख कहलाते हैं।''

''आपका मतलब है कि ये धर्मी सिक्ख होते हैं, और दूसरे सिक्ख अधर्मी होते हैं।''

छोटे मुन्शी की यह बात सुनकर मुन्शी जी उलझन में पड़ गये। वे सोच रहे थे कि किसी तरह ठीक शब्दों में वे अपने दिल की बात छोटे मुन्शी को समझायें। बोले, ''पंजाब में बेचारी लड़कियों की बहुत ही गत बनती रही है। यह मैं बहुत पहले की बात बता रहा हूँ। यहाँ पर अकसर लड़कियों को पैदा होते ही मार डालते थे। दसवें गुरु श्री गोविन्दसिंह ने कुड़ी-मारों की बड़ी खिलाफ़त की, तो धीरे-धीरे बहुत-से लोगों ने यह आदत छोड़ दी। औरतों की कमी हो जाने के कारण बहुत-से जाट अछूत औरतों को रख लेते थे। ऐसे औरतों के बच्चे ही मज़हबी सिक्ख कहलाने लगे। दीदारसिंह का बाप अपने-आपको मज़हबी सिक्ख नहीं मानता। शायद कोई ऐसा ज़माना भी आ जायगा कि जब यह भेद-भाव ख़त्म हो जायगा, और जो असल में मज़हबी सिक्ख हैं वे भी जाटों से कम नहीं माने जायँगे।''

अब गोवर्धनदास अपने मन की बात कहे बिना नहीं रह सका। वह बोला, ''लेकिन हेड-मास्टर साहब! आप ये सब बातें मुझे क्यों बता रहे हैं?''

''तुम्हें मालूम होना चाहिए कि असली जाट सरदारों और दीदारसिंह के ख़ानदान का भीतर-ही-भीतर झगड़ा चलता रहता है। कभी-कभार खुल्लमखुल्ला टक्कर भी हो जाती है।'' ज़रा खाँसकर बड़े मुन्शी ने फिर कहना शुरू किया—''इस समय इतनी फ़ुर्सत नहीं है कि इन लोगों के झगड़े की लम्बी कहानी सुनायी जाय, लेकिन थोड़े में इतना समझ लो कि कभी इधर की बात उधर और उधर की बात इधर मत करो। हमें यह नहीं भूलना चाहिए कि जहाँ दो हाथी टक्कर ले रहे हों, वहाँ उनके बीच

में घुसने की ज़रूरत ही क्या है। तुमसे बड़ा होने के नाते यह मेरा फ़र्ज़ है कि तुम्हें यहाँ की हालत के बारे में पहले ही आगाह कर दूँ।''

बड़े मुन्शी उठकर खड़े हो गये, और बोले ''बस, बहुत देर हो गयी। इस बारे में तो बातें होती ही रहेंगी, लेकिन इस समय इतना याद रखो कि इन लोगों के रास्ते से बचकर रहना।''

बड़े मुन्शी जी नहाने के लिए कुएँ की ओर बढ़े तो छोटे मुन्शी ने उनके पीछे लम्बे-लम्बे डग भरते हुए कहा—''इसका मतलब यह हुआ कि अगर मेरे-जैसा आदमी इनकी लपेट में आ जाये तो छब्बी के एक ही वार से मेरी गर्दन साफ़ कर देंगे...''

बड़े मुन्शी जी यह बात सुनकर रुक गये। उन्होंने दुबले-पतले गोवर्धनदास को सिर से पाँव तक देखा, और कहा—''नहीं, तुम्हारी गर्दन कोई नहीं काटेगा—दीदार-जैसा आदमी तुम्हें उठाकर अपने हाथ की हथेली पर रखेगा, और फिर एक फूँक इतनी ज़ोर से मारेगा कि तुम उड़कर सीधे परलोक में ही गिरोगे।''

सभी मुन्शी सुबह के समय मुँह में दातुन लेकर और बगल में पायजामे-कुर्ते दबाकर मदरसे में पहुँच जाते थे। वहाँ वे मौज़ में कुएँ पर नहा-धोकर कपड़े बदल लेते। जब उनके चेले आते तो उनमें से चार-छह को अपने गीले और मैले कपड़े देकर घर भेज देते। लौटते समय वे इनका नाश्ता भी लेते आते। कुछ लड़कों का यही काम था कि वे मुन्शी लोगों के घरों में जाकर छोटे-मोटे काम करें; जैसे उनके कपड़े धोना, उनके नन्हें बच्चों की टट्टी उठाना, दीवारों पर पुताई के लिए गाँव से गोबर उठाकर उनके घरों में पहुँचाना वगैरह।

थोड़ी देर में हेड-मास्टर साहब नहा चुके तो फिर दूसरे मुन्शी लोगों की बारी आयी।

लड़कों ने टाट झाड़-वाड़कर कमरों और बरामदों के फ़र्श पर बिछा दिये। छोटे लड़के अपनी तख़्तिया लेकर तैयार हो बैठे। कुछ लड़के तो घर से ही तख़्ती पर मुल्तानी मिट्टी मलकर आते थे, और कुछ ने अब मुल्तानी मिट्टी मलकर तख़्तियों को सूखने के लिए धूप में टिका दिया था। बाज़ लड़के अपनी मिट्टी की दवातों में कपड़े का छोटा-सा टुकड़ा, काली रोशनाई और पानी मिला रहे थे और बाज़ सरकण्डे की क़लमें गढ़ने में लगे हुए थे।

धीरे-धीरे सब लड़के मदरसे में पहुँच गये। उन्होंने अपनी रोटियों की पोटलियाँ धरेकों की शाखाओं के साथ बाँधकर लटका दीं। अब प्रार्थना शुरू हुई। स्कूल के सब लड़के एक ओर खड़े हो गये, और दो लड़कों ने उनके सामने खड़े होकर प्रार्थना शुरू की :

तारीफ़ उस ख़ुदा की, जिसने जहाँ बनाया।
कैसी ज़मीं बनायी, क्या आसमाँ बनाया।

दो

: १ :

मदरसे से चलकर दीदारसिंह अकालगढ़ के बाहर से होता हुआ सीधा गुरुद्वारे की ओर बढ़ा।

उस समय गुरुद्वारे का वातावरण शान्त था। ज़्यादा गहमा-गहमी पूर्णमासी के दिन होती थी। रोज़ सूरज उगने से बहुत पहले ग्रन्थी सुखमनी साहब और जपजी साहब का पाठ ज़रूर करता था। जिन लोगों को आना होता था, वे सूरज उगने से पहले ही वहाँ पहुँचकर माथा टेकते, और कुछ देर पाठ सुनने के बाद वापस चले जाते। सभी को अपने-अपने कामों पर जाना होता था। जो लोग बेकार रहने के आदी थे, वे अपनी बेकारी में ही मस्त रहते थे, उन्हें गुरुद्वारे जाने की फ़ुर्सत ही नहीं मिलती थी। इस समय ग्रन्थी के बच्चे गुरुद्वारे के उजड़े-उजड़े बाग में खेलते फिर रहे थे। ज़्यादा धूप चढ़ जाने पर जब माँ की डाँट पड़ती तो छह में से दो बड़े बच्चे मदरसे भाग जाते। वहाँ भी पहले उन्हें मुर्ग़ा बनना पड़ता, फिर पढ़ाई शुरू होती। गुरुद्वारे के मुसाफ़िरख़ाने में ठहरे हुए मुसाफ़िर अपने जाँघिये धो-निचोड़कर दो पेड़ों के बीच तनी हुई रस्सी पर डाल रहे थे।

वैसे तो अब गुरुद्वारे की नयी इमारत बन गयी थी, लेकिन वहाँ पुराने ज़माने का भी एक बड़ा-सा हुजरा बना हुआ था। इसकी बनावट मुगल कला का ही नमूना थी, लेकिन बड़े मामूली दर्ज़े पर। आठ पहलू का एक चबूतरा था, जिसके ऊपर जालीदार हुजरा बना था। चबूतरे तक थोड़ी-सी पक्की सीढ़ियाँ थीं और हुजरे में घुसने के लिए तंग और नीचा-सा दरवाज़ा था। कहते हैं कि इसमें भी दूसरे गुरु साहब ने एक बार बैठकर तपस्या की थी।

हुजरे के चारों ओर, बाहर और भीतर, गुरुओं की रंगीन तस्वीरें बनी हुई थीं। ज़्यादातर तो गुरुओं की जीवन की झलकियाँ थीं। एक जानी-पहचानी तस्वीर तो काफ़ी

बड़े आकार की बनी हुई थी। इसमें पहले गुरु श्री नानकदेव जी हरे-भरे पत्तोंवाले एक पेड़ के नीचे बैठे दिखाये गये थे। पत्तों में किसी किस्म के पीले-पीले फल और लाल-लाल चोंचोंवाले तोते बैठे दिखायी देते थे। श्री गुरु नानकदेव एक टाँग पर सहज से दूसरी टाँग रखे थे और उनके कन्धों पर चारख़ाने की चादर पड़ी थी। उनके दोनों ओर भाई बाला और भाई मरदाना, उनके दो चेले बैठे थे। एक के हाथ में चँवर और दूसरे के हाथ में रबाब था। तस्वीर के रंग फीके पड़ चुके थे, फिर भी वातावरण बड़ा ही शान्ति देनेवाला था। किसी तस्वीर में गुरु जी अमीर और ग़रीब की कमायी का फ़र्क़ बता रहे थे। दोनों की रोटियाँ अलग-अलग मुट्ठियों में दबा रहे थे, अमीर की कमायी की रोटी में से ख़ून की धारा, और ग़रीब की हलाल की रोटी में से दूध की धारा नीचे गिर रही थी। एक तस्वीर में कौडा राक्षस से सामना दिखाया गया था। इसी तरह दूसरे गुरुओं की ज़िन्दगी की भी झलकियाँ तस्वीरों द्वारा दिखायी गयी थीं।

गाँव का एक सिक्ख जवान, जिसे गाने का शौक़ था, संगीत सीखने के लिए ग्रन्थी के पास आया करता था। वह एक कमरे में बैठा हारमोनियम पर ऊँची आवाज़ में स-स-रे, रे-रे-ग, ग-ग-म तथा म-म-प वगैरह बजा रहा था। उसकी आवाज़ में कोई ख़ास रस नहीं था, लेकिन वह अपनी धुन में सरगम का अभ्यास किये जा रहा था।

सरदारों के ख़ानदान में सबसे ज़्यादा रुतबा गुलज़ारासिंह को मिला हुआ था। गुरुद्वारे के मामले में वह काफ़ी दिलचस्पी लेता रहता था, क्योंकि वह गुरुद्वारे की देख-भाल करनेवाली कमेटी का मुखिया था। इस समय भी गुलज़ारासिंह गुरुद्वारे के ग्रन्थी से सलाह करने के लिए वहाँ आया हुआ था। गुलज़ारासिंह ने दो घोड़े की बोस्की का कुर्ता, और चाबी मार्का लट्ठे की गुब्बारानुमा शलवार पहन रखी थी। उजली शलवार पर, कुर्ते के नीचे से, जालीदार फुँदनोंवाला रेशमी इज़ारबन्द लटक रहा था। ऐसा भूल के कारण नहीं था, बल्कि यह फ़ैशन की बात थी। उसके पाँव में पेशावरी चप्पल थे, और सिर पर तुर्रेदार कलफ़ लगी पगड़ी थी। माथे के ऊपर, पगड़ी से नीचे लिपटी हुई गहरी नीली दस्तार का ख़ूबसूरत तिकोन बना हुआ था। उसका रंग गोरा था, लेकिन देहात की खुली हवा के थपेड़ों और धूप की तपिश से रंग में ताँबे की-सी लाली आ गयी थी। क़द ऊँचा था, लेकिन चर्बी के कारण सारे अंग गोल-मटोल-से होकर रह गये थे।

इस समय वे गुरुद्वारे की चारदीवारी के बाहर बने हुए पक्की ईंटों के लम्बे-चौड़े दालान में टहल रहे थे। धीरे-धीरे क़दम उठाते दालान के इस सिरे से उस सिरे तक और फिर उस सिरे से इस सिरे तक मटरगश्त-सी कर रहे थे।

ग्रन्थी बड़ी मुलायमियत से उसके एक क़दम पीछे-पीछे चल रहा था। गुलज़ारासिंह जितना भारी-भरकम था, ग्रन्थी उतना ही दुबला-पतला था। इसीलिए वह सरदार जी

से क़द में छोटा होते हुए भी ज़रा दूर खड़े होने पर भी गुलज़ारासिंह के बराबर दिखायी देता था। ग्रन्थी के दुबले-पतले चेहरे पर ख़ून का एक छींटा भी दिखायी दे रहा था। हालाँकि गुलज़ारासिंह का चेहरा इतना लाल था कि लगता था कि जैसे चुटकी भरने पर भी ख़ून टपक पड़ेगा। उसने अपनी भारी-भरकम दाढ़ी को ठुड्डी के नीचे बाँधकर बालों की गुठली को भीतर ही अड़स रखा था और गुफ़्फेदार मूँछों के बाल ऊपर को उठे, आसमान की ओर इशारा कर रहे थे। ग्रन्थी की दाढ़ी उसके चेहरे की तरह दुबली-पतली थी। कल्लों के बाल बहुत हलके थे, लेकिन ठुड्डी और उसके नीचे के बाल ख़ूब लम्बे थे, जो उसकी नाफ़ तक चले गये थे। यों लगता था जैसे पानी का पतला-सा झरना ठुड्डी से गिरता हुआ सीने तक पहुँचकर जम-सा गया है। उसने खद्दर के कुर्ते के नीचे खद्दर का ही पायजामा पहन रखा था। घुटनों पर से पायजामों के दो थैले-से आगे को लटक आये थे। पाँव में खड़ाऊँ थी, जिसके आगे लगी छोटी-सी लकड़ी की खूँटी को उसने अँगूठों और उँगलियों से दबा रखा था।

गुलज़ारासिंह बातें करते समय कभी अपने बल्लों को थपथपाता, कभी दोनों हाथ कूल्हों पर रख लेता, और कभी उँगलियों से मूँछों को छूने लगता—जैसे अपने-आपको यक़ीन दिलाना चाहता हो कि उसकी मूँछें जहाँ-की-तहाँ मौजूद हैं या नहीं—इतने में ही गुरुद्वारे के बड़े दरवाज़े तक आनेवाली कच्ची सड़क पर साँड़नी के बिलबिलाने की आवाज़ सुनायी दी।

गुलज़ारासिंह के कान खड़े हो गये।

साँड़नी बड़े दरवाज़े के पास आकर रुकी, मचली और फिर भद से नीचे बैठ गयी।

दूसरे ही पल दीदारसिंह लहराते हुए तहमद के साथ दिखायी दिया। इतने ऊँचे दरवाज़े में से भी गुज़रते समय उसे ज़रा नीचे झुकना पड़ा। हाथ में छव्वी सँभाले वह लम्बे-लम्बे डग भरता हुआ आया। गुलज़ारासिंह टहलना बन्द करके जहाँ-का-तहाँ खड़ा रह गया—एकाएक ही उन दोनों की आँखें चार हुईं।

दीदारसिंह पल भर को रुका। वह यों खड़ा था जैसे घने जंगल में बारहसिंगा सींग हवा में उछाले खड़ा हो। दीदारसिंह के होंठों पर मुस्कुराहट नहीं आयी, बल्कि उसकी आँखों में पल भर को बिजली-सी चमक गयी। उसने बेरस आवाज़ में कहा—"वाहे गुरू जी का खालसा! वाहे गुरुजी की फ़तह!"

गुलज़ारासिंह ने ज़रा-सा सिर को हिला दिया और उसके भिंचे हुए दाँतों में से 'वाहे गुरुजी की फ़तह' की आवाज़ बड़े ही रूखेपन से निकली—दीदारसिंह ने उनकी ओर ज़्यादा ध्यान नहीं दिया और न इस बात का इन्तज़ार किया कि गुलज़ारासिंह उसकी 'फ़तह बुलाने' का जवाब देता है या नहीं।

दालान के दूसरे सिरे पर पहुँचकर दीदारसिंह ने अपने धूल से अटे भारी-भरकम जूते बिना हाथ लगाये झटककर उतार दिये और गुरुद्वारे के भीतर चला गया।

जब दीदारसिंह माथा टेकने के बाद लौटकर आया तो भी गुलज़ारासिंह जहाँ-का-तहाँ खड़ा था। इस बार दीदारसिंह ने उन दोनों की ओर एक नज़र भी नहीं डाली! वह दुबकी-सी मारकर बाहर के दरवाज़े में से निकल गया।

एक बार फिर साँड़नी के बिलबिलाने का शोर उठा, फिर वह अपने सवार को लेकर दौड़ी और जब तक वह काफ़ी दूर नहीं चली गयी, तब तक उसके भारी-भरकम पाँव की पथ-पथ उन दोनों के कानों तक पहुँचती रही।

गुलज़ारासिंह यों खड़ा था जैसे दीदारसिंह के आने से उसके ख़यालों की कड़ी टूट गयी हो और बातों का मज़ा ही किरकिरा हो गया हो। कुछ देर तक वह उधर देखता रहा जिधर दीदारसिंह गया था, फिर धीरे से दाँत किटकिटाकर बोला—"मगरमच्छ के बच्चे!"

इतना कहकर गुलज़ारासिंह ने ज़रा हाँफते हुए ग्रन्थी की ओर देखा। ग्रन्थी ने आँखें झुका लीं।

गुलज़ारासिंह को यह नहीं पता था कि मगरमच्छ का यह बच्चा पिछली रात मेले में उसी की बेटी स्वरूप कौर यानी रूपी से मिलकर आया है।

वह यही समझता था कि उसकी बेटी अपने ननिहाल गयी हुई है।

: २ :

यों तो गाँव में घूमते-फिरते दीदारसिंह का रूपी से कई बार सामना हो चुका था, लेकिन पिछली बरसात में एक दिन आटे की चक्की पर उन दोनों की असल में मुलाक़ात हो गयी।

उच्चा अकालगढ़ से कुछ दूरी पर नत्थासिंह का तबेला था, जहाँ एक रहट और गन्ना पेरने का लकड़ी का कोल्हू भी था। वहीं पर उन्होंने बड़ी-सी चक्की लगा रखी थी, जिसे चलाने के लिए ऊँट जोता जाता था। यह चक्की दीदारसिंह के दादा के ज़माने से चली आ रही थी।

इत्तफ़ाक की बात कि रूपी के घर के सभी मर्द किसी मुक़दमे के सिलसिले में शहर की कचहरी पहुँचे हुए थे। घर में दलिया पिसवाने की बात चली तो, रूपी ने इस काम का बीड़ा उठाया। उसने माँ से कहा कि कोई और आदमी जायगा तो दलिया या तो बहुत मोटा या बहुत बारीक दलवा लायेगा। और फिर वह पन्द्रह सेर गेहूँ की गठरी उठाकर नत्थासिंह की चक्की की ओर चल दी।

उन दिनों दीदारसिंह कुछ फ़ुर्सत में था, इसलिए अकसर वह चक्की के काम पर ही रहता था।

दोपहर का समय था। दीदारसिंह को दूर ही से रूपी आती दिखायी दी। ख़ुशक़िस्मती से उस समय वहाँ और कोई नहीं था।

रंगीन तहमद लहराती हुई रूपी इस तरह दिखायी दे रही थी जैसे रंग-बिरंगी फिरकी तेज़ी से घूमती चली आ रही हो। हवा में उमस थी। तूफ़ान के ज़ोर से बिफरी हुई आँधी का गहरा मटियाला गुबार यों बल खा-खाकर उठ रहा था जैसे कोई डरावना देव धूलभरे कपड़े झाड़ता हुआ उठ रहा हो।

उनकी चक्की उनके इलाक़े में ही थी। दो कच्ची ईंटों के कमरे बने हुए थे, जिनकी खिड़कियों में लोहे की सलाखों की जगह लकड़ी की पतली-पतली चौकोर बल्लियाँ लगी हुई थीं। उन्हीं में से एक कमरे में दीदारसिंह ढीली-ढाली चारपाई पर अधलेटा-सा हो रहा था। लेकिन ज्यों ही उसने रूपी को आते देखा, वह झट चौकन्ना-सा होकर बैठ गया। पहले तो उसने अपने जूड़े को कस उस पर रंगीन फुँदनोंवाली जाली बाँधी और फिर पगड़ी को झाड़कर सिर पर लपेटने लगा। उसने दाढ़ी के नरम-नरम बालों को सँवारा और तहमद को झटक-झटककर उसके बल ठीक करने लगा।

कुछ ही देर पहले ऊँट चलते-चलते थककर ख़ुद ही रुक गया था, लेकिन दीदार ने उसे हाँकने की कोशिश नहीं की। वह जानता था कि अनाज क़रीब-क़रीब पिस चुका है, शायद ही कहीं मुट्ठी भर दाने फँसे होंगे।

आगे घटनेवाली घटना के ख़्याल से सनसनी की एक लहर उसके बदन में दौड़ गयी। उसके रोएँ-रोएँ से चिनगारियाँ-सी निकलने लगी थी। इस समय वहाँ वह बिलकुल अकेला था और किसी के वहाँ आ जाने की उम्मीद भी नहीं थी। उधर आँधी और बारिश पूरे गाँव को अपनी लपेट में लेने ही वाली थी। ऐसे मौक़े पर रूपी का वहाँ आना कोई मामूली घटना नहीं थी।

एकाएक उसके दिल में शक़ उठा कि कहीं रूपी किसी और काम से किसी दूसरी जगह तो नहीं जा रही है? लेकिन कुछ ही पलों के बाद उसका शक़ दूर हो गया। यह सिर्फ़ वहम था, नहीं तो उनकी चक्की के अलावा इस ओर कोई ऐसी जगह नहीं थी, जहाँ कि अकेली-दुकेली लड़की आने की सोच भी सकती।

रूपी के पास आ जाने पर दीदार खिड़की के आगे से हट गया और दरवाज़े से निकलकर बाहर जा खड़ा हुआ। घड़ी भर बाद रूपी अन्दरवाले अहाते में आ गयी। उसकी पायल की आवाज़ पल भर को जादू जगाकर चुप हो गयी। उसने अपने सुडौल बाजुओं से गठरी सिर से उतारकर चबूतरे पर पटक दी और फिर दूध से उजले दाँतों की चमक दिखाते हुए बोली—"लो, इस गेहूँ का जल्दी से दलिया बना डालो, आँधी आनेवाली है।"

आँधी आनेवाली नहीं थी बल्कि आ चुकी थी। धूल के हलके-हलके बगूले कूल्हे मटकाते हुए अपने पीछे आती हुई आँधी की इत्तला दे रहे थे। दीदार को

रूपी प्यारी लगती थी। लेकिन गाँव में कौन ऐसा मर्द था जिसे वह प्यारी नहीं लगती थी। वे एक-दूसरे को जानते थे। लेकिन गाँव की छोटी-सी आबादी में कौन किसे नहीं जानता था। बस, इसके अलावा उनके बीच और कोई रिश्ता नहीं था।

दीदारसिंह कुछ रुका। उसकी मूँछें फड़कीं, जैसे वह कुछ कहने को हो। उसने सिर पर बँधी हुई जाली के अन्दर अँगुली घुसेड़कर जूड़े की जड़ को खुजाया, लेकिन फिर उसकी ताक़त व हिम्मत ने जवाब दे दिया। उसने शुतुरमुर्ग़ की तरह टाँगें हिलायीं और गठरी को एक ही हाथ से पकड़कर उठा लिया। ऊँट उसे अपनी ओर आते देखकर ही ठुमक-ठुमक चलने लगा था। उसके हर क़दम की धमक से उसका निचला होंठ झटका खा जाता। लेकिन दीदार को ऊँट के नखरे देखने का होश ही कहाँ था। दीदार ने रूपी के गेहूँ को चक्की में डाल दिया।

हवा फर्राटे भरने लगी। आँधी की तेज़ आहों की आवाज़ों से माहौल काँप उठा। आसमान की ऊँचाइयों में जैसे भीम कौरवों के बीच घुसकर गदा घुमा रहा था। बिजली का हण्टर आसमान के इस सिरे से लेकर उस सिरे तक तड़पता, फिर देखते-ही-देखते काले-काले बोझिल बादल उसे निगल जाते।

दीदार इतना काम ख़त्म कर पाया था कि बादलों ने मोटी-मोटी बूँदों के भाले बरसाने शुरू कर दिये। आँधी ने रूपी-जैसी दिलेर लड़की को भी अपनी लपेट में ले लिया। सीने पर चुनरी की दूसरी तह जमाकर उसने चक्की की ओर क़दम बढ़ाया तो दीवार ने चिल्लाकर कहा—"कमरे में चली जाओ। यहाँ छत है तो क्या हुआ। आड़ी-तिरछी बौछार से बचाव तो नहीं हो सकेगा।"

रूपी एकदम पलटकर कमरे की ओर भागी और एक ही झपाटे में दरवाज़े के अन्दर जा घुसी। उसे कमरे में जाता देखकर दीदार के दिल में घी के चिराग जल उठे। उसकी समझ में नहीं आ रहा था कि क्या हो रहा है। वह यह सब समझने की सिर-तोड़ कोशिश कर रहा था। उसका दिल भी भीम की गदा बना हुआ था। उसकी एक-एक चोट की आवाज़ उसके कानों तक पहुँच रही थी। वह इन्तज़ार कर रहा था कि उसके दिमाग़ पर छाया हुआ कोहरा कम हो और दिल की धड़कन ज़रा सँभले तो वह भी कमरे का रुख़ करे।

दीदार के देखते-देखते जब पहले-पहल सूखी धूल पर पानी की बूँदें टकरायीं तो धूल मचलकर ऊपर को उड़ी, बूँदों के ताबड़तोड़ हमलों से ज्यों-का-त्यों बैठ गयी। फिर पानी की तलैया बन गयी तो यों दिखायी देने लगा जैसे बूँदें अपने हमले से आईने के तल को दाग़दार कर रही हैं। दीदार ने एक निगाह ऊँट पर डाली, जो बहुत ज़्यादा भोली सूरत बनाये चक्कर लगा रहा था। फिर उसने अपनी गर्दन पर गिरे हुए गुद्दी के बालों को गीले हाथ के दबाव से ऊपर को समेट लिया। दाढ़ी को सँवारा

फिर लम्बे-लम्बे डग भरता हुआ दरवाज़े तक पहुँचा और बड़े धमाके से कमरे में घुस गया।

कमरे में दीदार का घुसना ऊँट के घुसने से कम नहीं था, लेकिन रूपी ने उस पर एक भी नज़र नहीं डाली। वह खिड़की के सामनेवाले तख़्त पर दोनों पाँव बढ़ाये घुटने जोड़े और उन पर ठुड्डी टिकाये बैठी थी। उसने आधे से ज़्यादा सिर चुनरी से ढाँप रखा था और उसकी कई तहें सीने पर जमा रखी थीं। उसकी मोटी-मोटी आँखें एकटक खिड़की के बाहर देखे जा रही थीं। आसमान में जैसे दुमदार सितारों की बारिश हो रही थी। बीच-बीच में तेज़ हवा के झोंके बारिश की बौछारों को लहराने पर मज़बूर करते तो ऐसा लगता जैसे जलपरियाँ झूला झूल रही हों।

इस क़दर धूम-धड़ाके से अन्दर आने पर दीदार उसे अपनी ओर खींच नहीं सका तो सोचने लगा कि ऐसा कौन-सा मसला हो सकता था कि जिसमें रूपी दिलचस्पी ले सके। उस समय उसके दिल की तूफ़ानी हालत उसकी ज़बान से कोई शब्द निकलने ही नहीं दे रही थी। वह इसी उलझन में था कि बड़ी ज़ोर से बिजली चमकी और बादल ऐसे गरजे जैसे दो पहाड़ आपस में टकरा गये हों। उस ग़ैर-मामूली शोर को सुनकर रूपी सिर से पाँव तक काँप गयी और उसके होंठों से अनायास निकल गया—"हाय बेबे!"

इस तरह माँ को याद करते हुए उसने कनखियों से दीदारसिंह पर ऐसी नज़र डाली जैसे उसकी मौजूदगी दिलासा देने के लिए काफ़ी हो। उचटती हुई उस एक नज़र से ही दीदार का दिल इतराने लगा।

उसने सुन रखा था कि जब बादल गरजता है तो उसके डर से प्यारियाँ अपने प्यारों के गले से लिपट जाती हैं। यहाँ ऐसा कुछ नहीं हुआ, लेकिन नज़रों से नज़रें मिल तो गयीं। पल भर को ही सही।

दीदारसिंह को ऐसा लगा जैसे बातचीत शुरू करने का यही क़ीमती मौक़ा हो, लेकिन जैसा कि आम तौर पर होता है, दीदार के मुँह से भी बहुत ही बेरस और बेतुकी बात निकल गयी—"रूपी, तुम यहाँ चली कैसे आयीं?"

इस सवाल का यह मतलब भी निकाला जा सकता था कि उसे रूपी के आने से ख़ुशी नहीं हुई थी। रूपी ने उसकी ओर देखे बिना जवाब दिया—"बस चले आये!'

उसकी अदा से ऐसा लगता था जैसे रूपी कह रही हो कि तुम सचमुच बड़े ही गधे हो कि इतनी मामूली-सी बात को भी समझ नहीं पाते।

"नहीं, नहीं!" दीदार ने जल्दी से कहा—"मेरा मतलब है कि क्या तुमको अकेले आते हुए डर नहीं लगा?"

"डर!" रूपी ने नाक को ज़रा ऊपर चढ़ाकर कहना शुरू किया—"डरती किससे? तुमसे?"

इसके साथ ही उसकी काली पुतलियाँ ठुमककर घूमीं और क़हर की हलकी-सी बारिश करके अपनी जगह पर जा टिकीं। शायद उसके दिल में नफ़रत तो नहीं थी।

दीदारसिंह ऐसे गहरे मतलब से वाकिफ़ न था। बात चल निकली थी। रूपी की आवाज़ उसके कानों में मन्दिर की घण्टियाँ-सी बजा रही थी...क्या यह कम था?

रूपी ने धीरे से अपने पैर नचाकर स्लीपर उतार दिये, जिनका रंग कभी लाल था, लेकिन अब किसी भी रंग की पहचान करना नामुमकिन था। उसके पाँव के गुलाबी तलुवे जगमगाते दिखायी दे रहे थे। उसने रूखेपन से कहा— "तुम जाकर ऊँट को क्यों नहीं हाँकते? ऐसा न हो कि मैं बैठी रह जाऊँ और तुम्हारा ऊँट खड़ा-खड़ा दुम हिलाता रहे!"

"फ़िक्र न करो। ऊँट रुक नहीं सकता। जब बादल गरजता और बिजली कड़कती है तो यह ऊँट डर के मारे और भी तेज़-तेज़ चलने लगता है।"

उसका ख़्याल था कि रूपी कम-से-कम हलकी-सी हँसी हँसेगी ही। उसने सुन रखा था कि औरत हँसी कि फँसी—रूपी नहीं हँसी।

आगे सरककर दीदार ने उँगली उठायी और उसके टखने की ओर बढ़ाते हुए बोला—"यह पायल कैसी सुन्दर है?"

अनजाने में ही रूपी अपना तहमद सरकाकर पायल की ओर देखने लगीं। दीदार की आँखें चौंधिया गयीं। गुलाबी तलुवों और गदराये हुए टखनों से लेकर भरपूर पिण्डलियों तक रोएँ-रोएँ को उसकी नज़रें चूम रही थीं, उसकी मोटी लम्बी उँगली पायल से लड़खड़ाकर गिरी और पिण्डली पर अटक गयी।

"आदमी बनो आदमी!" कहते हुए रूपी ने एड़ी धरती पर मारकर उसकी उँगली को गन्दी मक्खी की तरह हटा दिया।...लेकिन वह उँगली मक्खी की तरह ढीठ भी थी। रूपी के माथे और गालों पर निढाल-सी जुल्फें काली की बजाय गहरी भूरी दिखायी दे रही थीं। दीदार ने उँगली से उनको और भी परेशान करते हुए कहा—"ये तो बिलकुल रेशम की लच्छियाँ हैं।"

रूपी ने उसकी ठुड्डी पर हथेली जमाकर ज़ोर का धक्का देते हुए कहा—"तुमसे मतलब?"

दीदार पाँव के बल उकड़ूँ बैठा था, धक्का खाकर उसके पाँव तो ख़ैर उखड़ने ही थे, लेकिन वह उस अचानक धक्के से पीछे गिर पड़ा। फिर भी रूपी के होंठों पर मुस्कुराहट का निशान तक न था।

वह फिर बैठ गया। उसका हाथ उठा, लम्बी-लम्बी उँगलियाँ खुलीं और फिर उसका हाथ रूपी के हाथ पर यों पिल पड़ा जैसे बाज़ कबूतर पर झपट्टा मारता है। रूपी ने दाँत पीसकर कलाई झटकनी चाही, लेकिन इसी खींचतान में दीदार ने उसकी

दूसरी कलाई भी पकड़ ली और अपना चेहरा उसके चेहरे के पास लाने की कोशिश करने लगा। जाने कैसे, रूपी ने अपनी दोनों कुहनियाँ जोड़कर उसके टेंटुए पर जमा दीं। अब जब वह चेहरा आगे बढ़ाने की कोशिश करता, उसकी गर्दन में तेज़ दर्द का एहसास होता। इसके अलावा रूपी ने तेज़ नाख़ूनों से जब भी मौक़ा मिला, उसका चेहरा नोच डाला। आख़िर दीदार उसकी कलाइयाँ छोड़ने पर मज़बूर हो गया।

वे बिफरकर एक-दूसरे को इस तरह घूर रहे थे जैसे दो लड़ाकू असील मुर्ग़ एक-दूसरे पर झपट्टा मारने पर तुले हों। रूपी न तो घबरायी, न डरी। उसके तेवर बताते थे कि वह बीच मैदान में अपनी इ़ज़्ज़त बचाने की क़सम खाये हुए थी। उधर दीदार के दिल की गहराइयों में से न जाने कौन-सी भावना उभर आयी थी कि वह लड़की को अपनी मज़बूत बाँहों में जकड़कर मज़बूर बना डालने का बीड़ा उठाये हुए था।

कुछ देर तक वे एक-दूसरे को घूरते रहे। फिर एकाएक दीदार ने झपट्टे मारने शुरू किये, लेकिन रूपी ने उसकी एक न चलने दी। इस खींचतान में उनके कपड़े कहीं-कहीं से फट गये। दीदार ने सपने में भी कभी नहीं सोचा था कि जब औरत अपनी आबरू की हिफ़ाजत करने पर उतर आये तो इस हद तक अपने उद्देश्य में क़ामयाब हो सकती है और मर्द को हार मानने पर मज़बूर कर सकती है। आख़िरी झपट में जब दीदार ने सोचा कि अब वह रूपी को मज़बूर कर देगा, तो रूपी ने उसकी बाँह में दाँत गाड़ दिये। वह जानवर की तरह चीखकर पीछे हट गया। अब उसे एहसास हुआ कि वह लड़की नहीं, जंगली बिल्ली है, जिसके दाँत और नाख़ून दोनों ही तेज़ हैं।

आख़िर दीदारसिंह पीछे हट गया, उसकी बाँह से ख़ून रिसने लगा। वह ज़रा परे हटकर दीवार से पीठ लगाकर बैठ गया। दस-बारह मिनट की कशमकश के बाद वे दोनों हाँफ रहे थे। दोनों को खरोंचें लगी थीं, लेकिन दीदार की हालत कहीं ज़्यादा बुरी थी। क्योंकि मर्द होने के कारण उसने अपने नाख़ूनों और दाँतों से काम नहीं लिया था।

थोड़ी देर बाद जब दीदार के दिमाग़ की गर्मी दूर हुई तो उसे अपने बर्ताव पर ख़ुद हैरत होने लगी। वह सोचने लगा कि आख़िर उसने यह करम क्यों किया। भला किसी शरीफ़ लड़की को अपनाने और उसके दिल में घर करने का यह भी कोई ढंग है। ज्यों-ज्यों वह सोचता रहा, उसे अपनी बेवक़ूफ़ी का एहसास होता चला गया। वह ग्लानि की भावना से खिन्न था। वह उसका कुछ भी तो नहीं बिगाड़ सका था। यह ठीक है कि वह काफ़ी ताक़त-आज़मायी कर चुका था, लेकिन कशमकश के बीच में बार-बार उसे ऐसा लगने लगता जैसे अगर उसने ज़रा और ज़ोर लगाया तो चीनी या रबर की गुड़िया-सी रूपी का कोई-न-कोई अंग ज़रूर टूट जायगा। लेकिन जो जीत का एहसास रूपी की नज़र में था उसे देखकर उसे अपनी पूरी हार का एहसास

होने लगा। हार से ज़्यादा उसे ग्लानि का एहसास हो रहा था कि आख़िर मर्द होकर उसने यह क्या कर डाला।

बारिश धीरे-धीरे धीमी पड़ने लगी। बादल छँटने लगा। रूपी ने दीवार के साथ टेक लगाकर बैठे-बैठे कहा— ''जाकर देखो, दलिया बन गया या नहीं।''

इस आवाज़ में न दुःख था न ख़ुशी, न व्यंग्य, न घमण्ड, न प्रेम और न नफ़रत, लेकिन दीदार को उस आवाज़ में हलके-से मान की झलक ज़रूर मिली। वह चुपचाप उठा। थोड़ी ही देर में लौटकर उसने बताया कि दलिया बन चुका है।

''क्या उसे गठरी में बाँध दूँ?''

रूपी कपड़े झाड़कर उठते हुए बोली, ''मैं ख़ुद ही बाँध लूँगी।''

लेकिन दीदारसिंह उसके आगे-आगे भाग गया। उसने रूपी की खद्दर की मोटी चादर में सारा दलिया उलटकर मज़बूत गठरी बाँध दी।

जब वह वापस कमरे में आया तो उसने देखा कि रूपी ज्यों-की-त्यों दीवार से पीठ लगाये बैठी है। वह खिड़की में से आसमान की ओर देख रही थी, जहाँ के तेज़ थपेड़ों से बच निकलने के लिए बादलों के झुण्ड सिर छिपाने की जगह खोज रहे थे। कुछ ही देर पहले उन्होंने अपने शोर से आसमान सिर पर उठा रखा था। इसी शोर-शराबे में वे दोनों भी गुत्थम-गुत्था होते रहे थे। दीदार दरवाज़े की चौखट से कन्धा लगाकर खड़ा हो गया। कहीं से एक लम्बा-सा तिनका पाकर वह उसका सिरा मुँह में डालकर जुगाली-सी किये जा रहा था।

बूँदा-बूँदी हो रही थी। दलिया गीला हो जाने का डर था वरना इतनी हलकी बारिश रूपी को रोक नहीं सकती थी। रूपी चुप थी। दीदार चुप था। चक्की चुप थी। ऊँट चुप था। सिर्फ़ बारिश की बूँदों की हलकी-हलकी चटर-पटर सुनायी दे रही थी।

आख़िर जब रात की काली परी ने ज़ुल्फ़ें लहरायीं और इक्का-दुक्का तारा दिखायी देने लगा तो बारिश भी बन्द हो गयी। रूपी उठी। कमरे से बाहर आकर वह दलिया की गठरी की ओर बढ़ी तो दीदार ने लपककर गठरी उठा ली। रूपी पल भर के लिए हिचकिचायी, फिर उसने अपनी लम्बी भारी-भरकम चोटी को, जो आगे गिरी हुई सीने की ऊँचाइयों पर निढाल पड़ी थी, हाथ के एक ही झटके से पीछे पीठ पर फेंक दिया।

आगे-आगे रूपी, पीछे-पीछे दीदार। दीदार ने एक-दो बार कुछ कहना चाहा, लेकिन कह नहीं पाया। अब गाँव पास आ रहा था। वह माफ़ी माँगे तो कैसे? यह ज़ाहिर था कि रूपी के आईने-जैसे दिल पर आया हुआ बाल आज के बाद कभी दूर नहीं हो सकेगा। दीदार ने इस ढंग से गला साफ़ किया जैसे किसी अनोखे राग का आलाप शुरू करने जा रहा हो—''तुम अब मुझसे कभी नहीं बोलोगी रूपी?''

छम, छम, छम! रूपी चुप थी। उसकी पायल दीदार को मुँह चिढ़ा रही थी।

"तुम मेरी ओर फिर कभी नज़र उठाकर देखोगी भी नहीं?"

छम, छम, छम!

रूपी का मकान पास आ गया तो उसने पलटकर दोनों हाथ गठरी की ओर बढ़ाये। दीदार ने झट से गठरी उसके कन्धे पर रख दी और ख़ुद वहीं का वहीं खड़ा रह गया।

धरेक के भीगे-भीगे पेड़ों के पास से होती हुई रूपी मकान की ड्योढ़ी तक पहुँची तो उसने दरवाज़े को धक्का देकर खोला। अन्दर शायद किसी कोने में मिट्टी का दीया जल रहा था। उसकी धीमी रोशनी में दीदार ने देखा कि रूपी ठिठक गयी। उसने ज़रा अदा से सिर घुमाकर उसकी ओर देखा और फिर हाथ के इशारे से अन्दर बुलाया।

दीदार का दिल कलाबाज़ी खा गया। उसने एकदम अपने पीछे देखा, वहाँ और कोई नहीं था। फिर उसने चोर-निगाहों से आस-पास देखा। तसल्ली हो जाने पर उसने अपने बदन को पाँव के पंजों पर तौला और फिर लम्बे-लम्बे डग भरता हुआ दरवाज़े तक पहुँच गया। उसने कुछ कहने, कुछ सुनने के लिए मुँह आगे को बढ़ाया ही था कि रूपी ने कमाल की फ़ुर्ती से दरवाज़े के दोनों पट खटाक से बन्द कर दिये। दीदार की लम्बी नाक उनके चपेट में आने से बाल-बाल बच गयी।

रूपी ने दरवाज़े के पट ज़रा से खोले और महीन आवाज़ में पूछा—"चोट तो नहीं आयी?"

"नहीं, ...नहीं तो!"

दीदार ने उलटे उसी को तसल्ली देते हुए जल्दी से कहा।

रूपी ने झुकी-झुकी मुस्कराती हुई आँखों से उसको देखते हुए सिर दायें-बायें हिलाया—"तुत...तुत!"

फिर वह बदन चुराकर घर में घुस गयी। लेकिन झुटपुटे के उस माहौल में उसकी सुरीली मुस्कराहट दीदार के दिल के नीरस कोनों में रस भरती चली गयी।

उस शाम के बाद वे दोनों एक-दूसरे के क़रीब आ गये। दीदार ने एक चंचल मीरासन के ज़रिये सन्देश भेजने शुरू किये। उधर से भी जवाब आने लगे। देहात में इस तरह की बातें फैलने में देर नहीं लगतीं। सो दीदार और रूपी दोनों ही बड़े चौकन्ने रहे। बहुत ही सोच-समझकर किसी अच्छे मौक़े पर एक-दूसरे से मिलते। अगर किसी छोटे-मोटे आदमी ने उन्हें एक साथ देख भी लिया तो दीदारसिंह के डर के कारण उसे यह बात रूपी के घरवालों तक पहुँचाने की हिम्मत नहीं हुई।

मेला देखने के लिए रूपी अपने नाना-नानी के गाँव पहुँच गयी, जिससे वहाँ मेले में दीदार से मुलाक़ात कर सके।

: २ :

गुरुद्वारे से साँड़नी दौड़ाते हुए जब दीदारसिंह गाँव के पास पहुँचा तो उसने साँड़नी की चाल धीमी कर दी। अब वह मटियाली दीवारोंवाले गाँव में दाख़िल हो रहा था। जिधर से वह गाँव में घुसा उधर शिग्लीगरों की दुकानें थीं। ये काले-कलूटे और नाटे क़द के सिक्ख चाकू-छुरे बनाते थे। वे अकसर पुरानी रेतियाँ जमा कर लाते और जो चाकू और छुरे वे इन रेतियों के लोहे से बनाते थे, उन्हें बेचते भी ज़्यादा दामों में थे।

शिग्लीगरों का अपना ही पूरा ख़ानदान था। वे मैली-कुचैली पगड़ियाँ यों सिर पर बाँधते थे जैसे मोटा-सा रस्सा लपेट रखा हो। सारा दिन धौंकनी से कोयले दहकाते रहते और लोहे के टुकड़ों को लाल कर-करके हथौड़ों से पीटते रहते थे।

जब दीदारसिंह गाँव में घुसा तो पहले अरूढ़ियों पर चुगनेवाले मुर्ग़ियाँ-मुर्गे साँड़नी की टाँगों से बिदककर कुड़-कुड़ करते और पर फड़फड़ाते दूर-दूर बिखर गये। कुछ लड़के-बाले दौड़-दौड़ आये और साँड़नी के साथ-साथ चलने लगे। उनमें लड़कियों के उलझे हुए बाल या तो यों ही बिखरे हुए थे, या चूहे की दुम की तरह पतली-पतली चोटियाँ उनके सिर के पीछे-पीछे झूल रही थीं। लेकिन लड़कों की चोटियाँ उनके सिर के ऐन ऊपर गुँथी हुई थीं। इनमें से कुछ ने तो उन्हें कसकर जूड़ा बना रखा था और दूसरों की मोटी-मोटी चोटियाँ सिर के ऊपर से लटक रही थीं और दौड़ते समय कभी दायें-बायें और कभी उनके चेहरे के आगे आ गिरती थीं। लगभग हर बच्चे की नाक की नली बह रही थी और बाहर से साफ़ नज़र आती थी। जब कभी वे ऊपर को साँस सुड़कते, तो नली पल-भर को नज़रों से ओझल हो जाती और फिर झट से बाहर निकल आती... जैसे अँधेरे बिल में सफ़ेद चूहा झाँक-ताँक कर रहा हो।

शिग्लीगरों की दुकान पर पहुँचकर दीदारसिंह ने साँड़नी को चबूतरे के बराबर रोका और फिर उसे बिठाये बिना चबूतरे पर कूद पड़ा। अगर वह साँड़नी पर बैठे-बैठे गाँव के भीतर चला जाता तो अधिकतर मकानों के सेहन उसे साफ़-साफ़ दिखायी दे सकते थे। लेकिन यह अच्छी बात नहीं थी, क्योंकि गाँव की औरतें और लड़कियाँ अकसर अपने सेहनों में नहाती-धोती थीं, या बेतकल्लुफ़ी से कूल्हे मटकाती फिरती थीं। चाहे कोई मर्द कितना भी बदमाश क्यों न हो, उसे अपने गाँव की बहू-बेटियों की इज़्ज़त का ख़्याल रखना ही पड़ता था।

शिग्लीगरों के काले चेहरों में उनके सफ़ेद-सफ़ेद दाँत चमक उठे। यह मुस्कराहटें दीदारसिंह के स्वागत के लिए थीं! 'वाह गुरू जी की फ़तह!' के बाद एक-दूसरे के हाल-चाल पूछे गये। फिर दीदारसिंह ने चबूतरे से उतरकर साँड़नी की नकेलवाली रस्सी हाथ में थामी और अपने घर की ओर चल दिया।

यहाँ की ज़्यादातर दीवारें राशों की बनायी हुई थीं। उनमें कच्ची ईंटों का भी इस्तेमाल नहीं किया गया था। राशों का ढंग यह था कि वे पीठ पर ढीली-ढीली मिट्टी गांव के बाहर से लाते, और नीचे-ऊपर थोपकर दीवार को ऊपर उठाते चले जाते। बाद में औरतें गाय के गोबर में भूसा मिलाकर दीवारों पर पोचा अर्थात् पंजाब का देहाती पलस्तर फेर देती थीं। गलियाँ भी ऊबड़-खाबड़, तंग और कच्ची थीं। ज़रा-सी बारिश हो जाती तो यही गलियाँ नहरें बन जातीं।

दीदारसिंह अपने मकान की ओर बढ़ता चला गया। असल में साँड़नियाँ तबेले में ही बाँधी जाती थीं। गाँव के मकान का एक तो सेहन ही बहुत बड़ा नहीं था, दूसरे उसका दरवाज़ा भी इतना ऊँचा नहीं था कि उसमें से ऊँट या साँड़नी गुज़र सके।

इसीलिए दीदारसिंह ने नकेल की रस्सी दरवाज़े की कुण्डी में डालकर हलकी-सी गाँठ बाँध दी, और ख़ुद सेहन में दाख़िल हुआ।

सेहन के बीचोंबीच एक भारी चारपाई पर उसका बाप नत्थासिंह हाथ फैलाकर उन्हें चारपाई के बाजू पर टेके माथे पर बल डाले बैठा था। नत्थासिंह एक बड़े और पुराने जहाज की तरह था और इस समय यों लग रहा था जैसे कोई बड़ा-सा गिद्ध पर फैलाये बैठा हो। नत्थासिंह की दाढ़ी के ज़्यादातर बाल सफ़ेद, बाक़ी सलेटी, पीले या भूरे रंग के थे; लेकिन दाढ़ी कुल मिलाकर बहुत घनी और भारी थी। वह फ़ौज में रह चुका था, इसलिए अब भी अपनी दाढ़ी पर मोटी-सी डोरी बाँधकर बालों को उनमें उड़स देता था, ऊपर से कपड़े की एक चौड़ी-सी पट्टी, जिसे ठाठा कहा जाता था, कसकर बाँध लेता। इस तरह उसकी दाढ़ी काफ़ी सिमटी रहती, लेकिन सिमटकर भी बबर शेर की अयाल की तरह नज़र आती थी। सिर के बाल काफ़ी हलके हो गये थे, इसलिए उसके जूड़े की बनावट भी छोटी हो गयी थी। घर में वह अकसर नंगे सिर ही रहता था। उसके कानों पर भी लम्बे-लम्बे बाल थे। भँवें यों दिखायी देती थीं जैसे उसकी आँखों पर दो ज़हरीले बिच्छू बैठे हों—दीदारसिंह को देखकर उसके माथे पर कई नये बल उभर आये।

बाप-बेटों में ज़्यादा बातचीत नहीं होती थी और जो बात भी होती वह सिर्फ़ मतलब की। ख़ासकर दीदारसिंह बहुत ही कम बोलता था। चार भाइयों में सबसे बड़ा गज्जनसिंह था, दूसरे नम्बर पर दीदारसिंह, तीसरा भाई बन्तासिंह और सबसे छोटे का नाम तेजासिंह था। चारों-के-चारों जवान, ताक़तवर, उजड्ड और निधड़क थे। लेकिन इन भाइयों में दीदारसिंह ही सबसे ज़्यादा ताक़तवर था। बाक़ी तीनों की ख़ासियत यह थी कि वे बड़े हथछुटे थे। लड़ने-भिड़ने में देर नहीं लगाते थे। घर में कम बोलते थे, लेकिन बाहरवालों से उन्हें कोई हिचक नहीं होती थी। दीदारसिंह में सहनशीलता सबसे ज़्यादा थी, वह हथछुट भी नहीं था, लेकिन जब लड़ने पर उतर आता तो छव्वी सफ़ाजंग या लाठी उसके हाथो में यों घूमती थी जैसे भँवर में फँसा हुआ तिनका।

चार भाइयों की एक बहन थी। उसका नाम अमरीक कौर था, लेकिन उसे अमरो कहकर बुलाया करते थे। वह भाइयों की तरह लम्बे लेकिन गठे हुए शरीरवाली लड़की थी। रंग कम साँवला था और नयन-नक़्श तीखे थे। वह भी इतनी ताक़तवर थी कि छोटे-छोटे मर्द का टेंटुआ दबाकर मार सकती थी, लेकिन भाइयों के सामने बोलने की उसे हिम्मत नहीं होती थी। उसकी माँ चरन कौर या चरनो बड़ी मुँहफट थी। जब चिल्लाती तो आधा गाँव उसकी आवाज़ सुनता था। निडर ऐसी कि चोर-डाकू भी उससे बचकर रहते थे। वह पठानों की तरह बड़े घेरेवाली शलवार पहनती थी, उस पर ढीला-ढाला कुर्ता, गले में मैला-फटा दुपट्टा और कलाई पर वाह गुरू का नाम जपने के लिए माला लिपटी रहती थी। सुबह जितनी बार नाम जपती, दिन भर में उससे कई गुना ज़्यादा गालियाँ देकर सारी कसर पूरी कर लेती।

इस समय जबकि नत्थासिंह लड़के से कुछ कहे बिना मन-ही-मन में कुढ़ रहा था, चरनो बाहर निकल आयी। उसके पीछे-पीछे अमरो थी। भाई को इतने दिनों बाद देखकर अमरो की आँखों में एक हलकी-सी चमक पैदा हुई। चरनो जल्दी से आगे बढ़कर बेटे की बलाएँ लेने लगी, तो वह अपनी धुन में खिसककर सेहन के दूसरे कोने में चला गया। माँ भी पीछे गयी और अपनी पाटदार आवाज़ में शिकायत करते हुए बोली—"न जाने हमारे बेटे कौन-सा मैदान मारने जाते हैं। कभी सब भाई घर में इकट्ठे नहीं होते। अब यह आया है तो बाक़ी तीनों ग़ायब हैं। अरे! लोगों के जवान बेटे घर के सारे बोझ बड़े होते ही अपने कन्धों पर उठा लेते हैं लेकिन तुम लोगों को तो घर की कोई परवाह ही नहीं है..."

माँ की आवाज़ सेहन में गूँज रही थी, लेकिन बेटे के लिए यह भाषण कोई नयी बात नहीं थी। यह भीतर कमरे में छव्वी रखने के लिए जाने लगा तो उसकी नज़र सेहन में बैठे अपने कुत्ते डब्बू पर पड़ी। डब्बू ने उठकर उसका स्वागत नहीं किया। जब मालिक से आँखें मिलीं तो डब्बू बैठे-बैठे धीरे से दुम हिलाने लगा।

जाते-जाते दीदारसिंह के क़दम रुक गये। उसने सवाल हवा में उड़ा दिया—"डब्बू को क्या हुआ है?"

अब फिर माँ ने पोथी खोल दी। सारी कथा का मतलब यह था कि डब्बू बीमार है, उसे भूख नहीं लगती, कुछ खाता-पीता नहीं और उसकी अगली टाँग में न जाने क्या हुआ है कि वह ठीक से चल भी नहीं सकता।

दीदारसिंह के चेहरे से परेशानी झलकने लगी। भीतरवाले कमरे में जाने की जगह पर उसने छव्वी पसार की दीवार से टिका दी और डब्बू की ओर बढ़ा। जब मालिक ने प्यार से पीठ पर हाथ फेरा तो डब्बू कुछ कठिनाई से उठ खड़ा हुआ, लेकिन वह अगली बायीं टाँग पर अधिक बोझ नहीं डाल पा रहा था।

दीदारसिंह की सूरत से लग रहा था कि उसे घरवालों से शिकायत थी कि उन्होंने उसकी ग़ैरहाज़िरी में डब्बू की देखभाल ठीक ढंग से नहीं की। और कुछ नहीं तो

साँहसी को ही बुलाकर दिखला देते। दीदारसिंह ने यह सब-कुछ मन-ही-मन में सोचा, लेकिन मुँह से कुछ नहीं बोला। वह चुपचाप डब्बू के गले में रस्सी डालकर चलने लगा तो माँ ने मुँह फैलाकर कहा—"पुत्तर! दो घूँट लस्सी तो पीते जाओ।"

शायद दीदारसिंह इस काम के लिए न रुकता, लेकिन पहले ही से इशारा पाकर अमरो काँसे के छन्ने (कटोरे) में लस्सी और मक्खन का गोला डालकर ले आयी थी। दीदारसिंह ने मक्खन का गोला हलक में फेंका और लस्सी चढ़ा गया। फिर ऊपरवाले होंठ और मूँछों के कुछ बालों को जीभ से ही पोंछ डाला।

दरवाज़े में से बाहर निकलने से पहले साँड़नी की ओर इशारा करते हुए उसने बहन से कहा—"अमरो! डाची को तबेले में छोड़ आओ।"

इतना कहकर दीदार डब्बू के गले में पड़ी रस्सी थामे दरवाज़े से बाहर निकल गया। कुत्ता भी गिरता-पड़ता मालिक के पीछे-पीछे हो लिया।

उसके जाते ही नत्थासिंह बमक पड़ा—"देख रही हो चरनो! इस हराम के तुख़्म ने बाप से एक बात नहीं की। डब्बू बाप से भी ज़्यादा प्यारा है न!"

चरनो मुँह से चाहे कुछ कहे, लेकिन मन में उसे अपने बेटों की कोई बात बुरी नहीं लगती थी। नत्थासिंह की इस तरह की बातें सुनकर वह यही समझती थी कि वह सठिया गया है।

दीदारसिंह कुत्ते को लेकर गाँव के दूसरे सिरे पर बाहरवाले हिस्से में दीनू साँहसी के घर पहुँचा। ये साँहसी नीच जाति के समझे जाते थे। वे कुत्ते पालते थे और जंगली बिल्लों का शिकार करके उन्हें खा भी जाते थे। वे हर तरह के कुत्ते पालते थे: बहुत नाटे, जिन्हें वे पस्ता कहते थे; भारी-भरकम मोटे-ताज़े या जटावाले भूटानी कुत्ते, जिन्हें डग कहते थे; और फिर बहुत पतली कमरवाले ऊँचे इकहरे बदन के कुत्ते, जिन्हें वे शिकारी कुत्ते कहते थे। जब शिकारी कुत्ते किसी जंगली बिल्ले या ख़रगोश के पीछे फ़र्राटे भरते हुए दौड़ते थे, तो बस मज़ा आ जाता था। अपने लड़कपन में दीदार इन साँहसियों के साथ रहकर ऐसी अनगिनत कारगुज़ारियों में हिस्सा ले चुका था।

दीदारसिंह को यह तो नहीं मालूम था कि दीनू की उम्र क्या है, लेकिन दीनू को वह बचपन से ही ज्यों-का-त्यों देख रहा था। उसके बदन पर मांस बहुत कम था, लेकिन उसकी चौड़ी-चौड़ी हड्डियों का फैलाव बहुत बड़ा था। उसकी लम्बी घूमी हुई मूँछें थीं, जैसे ताश के पत्तों में हुकुम के बादशाह की होती है। सिर के बाल लम्बे-लम्बे पट्टों की शक्ल के थे, जो उसकी गुद्दी तक पहुँचकर ऊपर को घूम गये थे। उसका काला रंग तेज़ सूरज की सीधी किरणों की तपिश सह-सहकर पुराने चमड़े की तरह झुलसा हुआ था।

घर की हर दीवार साफ़-सुथरी थी, क्योंकि औरतें इन पर रोज़ पोचा फेरती थीं। यह अलग बात थी कि घर में कुत्तों की भरमार थी, जो कमरों के भीतर भी घूमते-

फिरते थे और चूल्हे पर रखी मिट्टी की हाँड़ियों को भी सूँघते फिरते थे। अगर वहाँ कोई अनजाना आ जाता तो सब कुत्ते भौंक-भौंककर घर को सिर पर उठा लेते, लेकिन वे दीदारसिंह को पहचानते थे, इसलिए उसे देखकर दुमें हिलाने लगे।

यह तो मानी हुई बात है कि कुत्तों की आपस में कभी नहीं पटती। डब्बू को देखकर कुछ डग कुत्ते दाँत निकोसने लगे। यह देखकर दीदार ने अपने कुत्ते को परे ही भैंस के खूँटे से बाँध दिया।

दीनू मकान के बाहर टहल-टहलकर हुक्का पी रहा था। दीदारसिंह को देखते ही उसने हुक्का लौंडे को पकड़ा दिया। सभी जानते थे कि सरदार लोग हुक्का, तम्बाकू, सिगरेट पसन्द नहीं करते, क्योंकि उनके धर्म में तम्बाकू का इस्तेमाल किसी भी रूप में मना है।

दीनू ने अपने लम्बे-लम्बे पीले दाँत दिखाते हुए कहा—"साहब सलामत!"

"साहब सलामत! कहो दीनू चाचा, क्या हाल-चाल है?"

दीनू चाचा हँसा तो उसकी आँखों के कोने में कौए के पंजे की तरह बल-से उभर आये। उसने जवाब दिया—"हाल बुरा है, और चाल टेढ़ी है। ज़्यादा बीत गयी, थोड़ी रह गयी। अल्लाह ज़िन्दगी के बाक़ी दिन भी किसी-न-किसी तौर पर गुज़ार ही देगा।"

यह कहते-कहते दीनू ने कनखियों से डब्बू की ओर देखा। फिर बोला—"डब्बू की हालत कुछ ठीक नज़र नहीं आती—क्या बात है?"

"दीनू चाचा! तुम तो जानते ही हो कि मैं इतने दिनों से बाहर था। मेरे पीछे न जाने डब्बू को क्या हुआ। घरवालों ने इतना भी नहीं किया कि इसे तुम तक ही ले आते।"

अब दीनू डब्बू की ओर बढ़ने लगा। उसके अपने कुत्ते साथ चले, तो उसने उन्हें दुत्कारकर पीछे भगा दिया और डब्बू के पास जा बैठा।

जब दीनू डब्बू की टाँग-वाँग को टटोलने लगा तो फिर एकाएक ही उसने नज़र उठायी और चुपके से दीदारसिंह को कोहनी से टहोका दिया।

दीदारसिंह चौकन्ना हो गया। दीनू धीरे से बोला—"उधर जो आदमी चादर लपेटे जा रहा है, उसे देखा तुमने?"

दीदारसिंह ने उस ओर देखा तो चौंतीस-पैंतीस साल का एक लम्बा-ऊँचा, हट्टा-कट्टा और चौड़ा-चकला सरदार उसके गाँव से निकलकर नीवाँ अकालगढ़ की ओर ढलान पर सहज से क़दम उठाता हुआ चला जा रहा था। उसका चेहरा चुकन्दर की तरह लाल था। घनी दाढ़ी के भारी-भरकम बाल उसने उस डोरी में अड़स रखे थे, जो ठुड्डी के नीचे से निकलकर उसके कल्लों पर से होती हुई जूड़े के पीछे गाँठ की शक्ल में बँधी हुई थी। व़ह सुअर की तरह मोटा-ताज़ा था। चलते समय यों लगता था जैसे पहाड़ लुढ़क रहा हो। उसकी गर्दन न होने के बराबर थी।

दीदारसिंह ने उस आदमी को पहले कभी नहीं देखा था। उच्चा या नीवाँ अकालगढ़ में तो क्या सारे इलाक़े भर में उसकी ऐसी शक्ल के आदमी से मुलाक़ात नहीं हुई थी। उसने धीरे से कहा—''यह तो कोई नया ही आदमी मालूम होता है।''

''हाँ, बिलकुल नया है। तुम तो बाहर गये हुए थे, हम इसे पिछले पाँच-छह दिनों से घूमते-फिरते देख रहे हैं।''

''यह करता क्या है?''

''अभी तक तो कुछ पता नहीं चला।''

''लेकिन यह खाता-पीता कहाँ से है? किसके यहाँ ठहरा हुआ है?''

''यह सरदारों के घर में रहता है।''

''घर में?'' दीदार ने ज़रा हैरत से पूछा।

''मेरा मतलब है कि उन्होंने ही इसे रहने को जगह दे रखी है। मुझे पता चला है कि इसके खाने-पीने का सारा ख़र्चा गुलज़ारासिंह ही देते हैं।''

''तो इसमें भी कोई राज़ होगा?''

''हाँ, लगता तो यही है—लेकिन इसकी ताक़त की बड़ी धाक बैठी हुई है। कहते हैं कि पहले यह लाट साहब के बाडीगाड में नौकर था। जहाँ इसने अजीब हरकत की। इसे दूसरे सिपाहियों के साथ रहने के लिए क्वाटर मिला हुआ था। वहाँ एक और बाल-बच्चेदार सिपाही रहता था। एक दिन जबकि वह सिपाही ड्यूटी पर गया हुआ था और उसके बच्चे पढ़ने गये थे तो यह क्वाटर में जा घुसा। औरत अकेली थी, इसने दरवाज़ा भीतर से बन्द कर लिया। फिर इसने औरत को जा दबोचा। उसने शोर मचाना चाहा तो इसने हाथ से उसका मुँह बन्द कर दिया। फिर ज़बर्दस्ती उससे मुँह काला किया—पड़ोस की एक औरत ने इसे क्वाटर में घुसते देख लिया था। उसने अपने आदमी को बताया। उसके आदमी ने दौड़कर उस सिपाही को ख़बर कर दी। वह भागा-भागा घर पहुँचा तो दरवाज़ा भीतर से बन्द था। बहुत-से दूसरे लोग भी इकट्ठे हो गये। पहले एक आदमी दीवार फाँदकर सेहन में पहुँचा, और उसने भीतर से दरवाज़े का कुण्डा खोल दिया। अब इस लफंगे के लिए कोई रास्ता नहीं रह गया था। पिछवाड़े एक खिड़की थी, जिसका चौखटा भी लोहे का था, और उसमें लगी मोटी-मोटी सलाखें भी लोहे की थीं। उस खिड़की को हाथी ही टक्कर मारकर तोड़ सकता था। लेकिन लोगों की हैरानी की हद न रही जब उन्होंने भीतर जाकर देखा तो यह लफ़ंगा उसी खिड़की की सलाखों को तोड़-मोड़कर और उन्हें चौखटे सहित बाहर फेंककर फ़रार हो गया था।''

दीदारसिंह के गहरे साँवले माथे पर दो बल पड़ गये।

दीनू ने फिर कहना शुरू किया—''लेकिन इससे क्या होता है। वह औरत इसे पहचानती थी। जिस औरत ने उसे क्वाटर में घुसते देखा था, उसने भी उसका नाम

बता दिया। फिर क्या था, मुज़रिम को पकड़कर फ़ौज के बड़े अंग्रेज़ अफ़सर के सामने पेश कर दिया गया।''

यह कहकर दीनू पल-भर को रुका, फिर बोला—जब बड़े साहब ने इस पर नज़र डाली तो इसका डील-डौल देखकर वह सकते में आ गया। उसने लोहे की खिड़की की तुड़ी-मुड़ी सलाखें देखीं तो उँगलियाँ दाँतों में दबा लीं। फिर उसने अंग्रेज़ी में कहा—''वाह! कैसा अनोखा जवान है!''

दीदारसिंह के चेहरे से अब भी उसके मन की भावनाओं का पता लगाना कठिन था।

अब दीनू ने डब्बू की टाँग पर कोई दवाई लगाकर उस पर पट्टी बाँध दी, और अपनी बात जारी रखते हुए बोला—''अगर बड़ा साहब इसके डील-डौल पर रीझ न जाता तो इसे लम्बी क़ैद हो जाती। लेकिन बड़े साहब ने इसे फ़ौज से निकाल दिया। यह तीन-चार साल पहले की बात है। वैसे यह रियासत जींद का रहनेवाला है। न जाने सरदारों से इसकी मुलाक़ात कैसे हो गयी। वे इसे यहाँ ले आये—इसका नाम वधावासिंह है।''

''डब्बू को भूख क्यों नहीं लगती?''

दीदारसिंह के इस सवाल से लगता था जैसे वधावासिंह की कहानी का उसके मन पर कुछ भी असर न पड़ा हो।

दीनू बोला—''भूख भी लगने लगेगी। इसके दूध में थोड़ी-सी गन्धक पीसकर डाल देना। उससे पेट ठीक हो जायगा।''

''कितनी गन्धक?''

''यही, चुटकी भर।''

जब दीदारसिंह डब्बू को लेकर लौटने लगा तो दीनू ने प्यार से उसके कन्धे पर हाथ रखते हुए कहा—''दीदार! तुम इससे होशियार रहना...मेरा मतलब है वधावासिंह से।''

दीदारसिंह ने अपनी चमकदार आँखें दीनू की आँखों में डालकर कहा—''अगर इस वधावासिंह के खोपड़े में तिल भर भी अक़्ल है तो वह मेरे रास्ते से बचकर रहेगा।''

दीनू ने गर्दन आगे बढ़ाकर भेद भरी आवाज़ में कहा— ''मुझे बतानेवालों ने बताया है कि तुम्हें नीचा दिखाने के लिए ही वधावासिंह को रखा गया है। इस बार जब सौंची होगी तो इसी को तुम्हारे मुक़ाबले पर खड़ा किया जायगा। सरदारों का ख़्याल है कि उनका साँड़ तुम्हारी हड्डी-पसली बराबर कर देगा। इलाक़े भर में जो तुम्हारी धाक बैठी हुई है, वह धूल में मिल जायगी।''

दीदारसिंह के चेहरे पर हलके-से ग़ुस्से के कारण अँधेरे की एक और तह चढ़ गयी। उसके होंठों पर बहुत हलकी और कड़ुवी-सी मुस्कुराहट पैदा हुई। वह अपना एक हाथ सहज से अपनी कमर पर रखकर धीमे लेकिन भारी स्वर में बोला—"दीनू चाचा! शायद तुमसे यह कहने की ज़रूरत नहीं है कि अगर तुम्हारी जगह कोई और आदमी यह बात कहता तो मैं उसके दाँत तोड़कर उसकी ज़बान काट डालता।"

दीनू दीदारसिंह की झुलसा देनेवाली आँखों के आगे से लड़खड़ाकर दो क़दम पीछे हट गया।

दीदारसिंह डब्बू को लेकर अपने घर की ओर चल दिया।

: ४ :

अमरो डाची की नकेल थामकर तबेले की ओर चल दी। तबेला गाँव से काफ़ी दूर था। लेकिन अमरो के लिए डर की कोई बात नहीं थी। वह पतली और सीधी कमरवाली प्यारी-सी लड़की थी, जिसके चारों भाइयों को इलाक़े भर में लोग जानते थे। किसी की इतनी ज़ुर्रत नहीं हो सकती थी कि उसकी ओर आँख उठाकर भी देख सके। अपनी आदत के मुताबिक़ वह सीना तानकर और सिर ज़रा पीछे फेंककर चलती थी।

भाइयों की चाहे जैसी भी धाक बैठी हुई हो, लेकिन अमरो के सीने में भी एक धड़कता हुआ दिल था। उसकी उम्र भी ऐसी थी जब आँखों के आगे कलियाँ चटख़ती हैं और फूल खिलते नज़र आते हैं। यह कोई ज़रूरी तो नहीं था कि कोई उससे छेड़खानी ही करे। बिना मुँह से कुछ कहे आँखों से भी तो नौजवान प्रेम का सन्देश भेज सकते थे। और वह भी आँखों-ही-आँखों में इनकार या इक़रार कर सकती थी। यह अलग बात थी कि अपने-आप पर नाज़ करनेवाली हर लड़की की तरह अमरो भी अपना दिल सिर्फ़ एक ही मर्द को दे सकती थी...

इतनी छोटी उम्र में बहुत कम लड़कियाँ बुरे-भले मर्द को पहचान सकती हैं। इस उम्र की लड़कियाँ अकसर ऐसे मर्दों के चंगुल में फँस जाती हैं, जो उनकी ज़िन्दगी ख़ुशियों से भरने के बजाय उन्हें तबाह कर डालते हैं। बुरे-भले की तमीज़ तो उम्र बड़ी होने पर ही आती है।

ऊबड़-खाबड़ रास्तों पर चलते-चलते अमरो की आँखों की पुतलियाँ दायें-बायें घूम रही थीं। हर ओर झाड़ियाँ थीं, पेड़ थे, झड़बेरियाँ थीं—उनमें कोई छिप भी सकता था, कोई उसे देखकर मुस्करा भी सकता था, कोई उसके मन की बगिया में फूलों की ख़ुशबू भी फैला सकता था...

यह अमरो का सिर्फ़ वहम ही नहीं था, बल्कि इसके पहले भी कई बार ऐसा ही हो चुका था।

धीरे-धीरे नाप-नापकर क़दम रखती हुई अमरो तबेले के पास पहुँची तो उसके कानों में हलका-सा शोर सुनायी दिया। उसका दिल उछल पड़ा। वह जानती थी कौन दबे-पाँव उसका पीछा कर रहा है। उसने पीछे मुड़कर देखने की ज़रूरत महसूस नहीं की।

दबे पाँव चलने की आवाज़ उसके और भी नज़दीक आ गयी। बिलकुल ऐसे ही जैसे कोई चीता चुपके से हिरणी का पीछा कर रहा हो। फिर माहौल में धीमी लेकिन भारी आवाज़ गूँजी—"अमरो!"

अमरो के क़दम रुक गये। अब शक़ की कोई बात नहीं रह गयी थी। वह नाहरसिंह की ही आवाज़ थी।

नाहरसिंह की टाँगें ज़रूरत से ज़्यादा लम्बी थीं, उसका मुँह ज़रूरत से ज़्यादा चौड़ा था, उसकी नाक ज़रूरत से ज़्यादा ही ऊँची थी। गेहुँए रंग में कालिख भी ज़रूरत से ज़्यादा ही मिली हुई थी। फिर भी उसमें एक तरह का खिंचाव था।

नाहरसिंह नीवाँ अकालगढ़ में रहता था, और उसका उठना-बैठना भी सरदारों के घर में होता था। नत्थासिंह और उसके बेटे इस बात को जानते थे, लेकिन अमरो या तो इस बात को जानती नहीं थी, या उसे इसकी परवाह नहीं थी। नाहरसिंह ने उससे अपना रिश्ता जोड़ते समय इस बात का ख़्याल रखा कि गुलज़ारासिंह के छोटे भाई फिलौरासिंह के अलावा किसी को कानोंकान ख़बर न हो। नत्थासिंह और उसके बेटों को तो उसने कुछ भी पता नहीं चलने दिया। चारों भाई कभी गाँव में इकट्ठे तो हो पाते नहीं थे, और उनमें से जो कोई भी गाँव में रहता उसे अपने ही कामों से फ़ुर्सत न मिलती। नत्थासिंह भी बूढ़ा हो जाने के कारण अपने काम-से-काम रखता था। बैठकबाज़ी से उसे ज़्यादा दिलचस्पी नहीं रही थी। उधर नाहरसिंह भी अच्छा-ख़ासा धाकड़ माना जाता था। उसमें इतना दम तो नहीं था कि वह नत्थासिंह और उसके बेटों को ललकारकर उनसे सीधी टक्कर ले सके, लेकिन दूसरे लोगों पर उसका इतना रोब ज़रूर जमा हुआ था कि वे उसकी चुग़ली खाने की हिम्मत नहीं कर पाते थे। मतलब यह कि अमरो के भोलेपन और नाहरसिंह की चतुराई से उन दोनों का 'प्रेम' गहरा होता चला गया। नाहरसिंह ने अपने-आपको क़ाबू में रखा। कभी किसी के सामने न तो उसने कोई ऐसी हरकत की और न ऐसी बात की जिससे किसी के मन में कोई शक़ उठ पाता। देहात में हर प्रेमी को फूँक-फूँककर क़दम रखना पड़ता है। दीदारसिंह-जैसा जवान भी तो यही कुछ कर रहा था।

सरदारों में से भी कुछ को नाहर और अमरो के प्रेम का धीरे-धीरे पता चल गया। इसमें कुछ भी शक़ नहीं कि इसका पता चल जाने पर वे बहुत ख़ुश थे।

नाहरसिंह यह भी जानता था कि उसे ज़रूरत पड़ी तो ये सरदार हर तरह से उसकी मदद करेंगे। सरदार तो नाहरसिंह को अपना ही पट्ठा समझते थे। नत्थासिंह के हर दुश्मन के वे दोस्त थे। वे ऐसे मौक़े की तलाश में रहते थे कि जब नत्थासिंह की बेइज़्ज़ती की जा सके, या उसे किसी मुसीबत में डाला जा सके।

असल में नाहरसिंह की नीयत का किसी को कुछ पता नहीं था। वह भी अभी प्रेम किये जा रहा था। शायद वह ख़ुद भी इस बात का पक्का फ़ैसला नहीं कर पाया था कि उसका मक़सद क्या है।

नाहरसिंह की आवाज़ सुनकर पहले तो अमरो रुकी, और फिर उसने दबी नज़रों से उसकी ओर देखा।

उस समय तबेला सुनसान पड़ा था। वहाँ दिन भर रौनक उन्हीं दिनों रहती थी जब आटे की चक्की चला करती थी।

नाहरसिंह अपने सफ़ेद, ज़रा बड़े, लेकिन मज़बूत दाँत दिखाते हुए बोला—"अमरो! तुम तो कई-कई दिन तक घर से ही नहीं निकलती। जब निकलती हो तो बिलकुल ऐसा ही लगता है जैसे बादलों के घेरे से बचकर पूरा चाँद उभर आया हो।"

प्रेम के कारण नाहरसिंह के मोटे दिमाग़ में भी इतनी काबिलियत भर गयी थी कि वह कवियों की तरह बातें करने लगता।

अमरो धरती की ओर देखती हुई बोली—"घर में काम ज़्यादा रहता है... ज़रा कम ही बाहर निकलती हूँ।"

"लेकिन मुझे भी तो देखो! मैं सारा-सारा दिन इसी ताक में रहता हूँ कि कहीं तुम अपने घर से बाहर दिखायी पड़ो तो तुमसे दो-चार बातें कर लूँ।"

यह सुनकर अमरो अपने नंगे पाँव के अँगूठे से नर्म धरती को यों कुरेदने लगी जैसे वह धरती के बीच में ही धँस जाना चाहती हो।

नाहरसिंह ने उसकी घबराहट कम करने को पूछा—"आज दीदारसिंह वापस लौट आया है न?"

अमरो ने सिर हिलाते हुए जवाब दिया—"हाँ।"

"मैं साँड़नी को देखकर ही समझ गया कि दीदारसिंह वापस घर पहुँच गया है। वह तो घुड़सवार भी बहुत अच्छा है। लेकिन लगता है कि उसे डाची (साँड़नी) की सवारी करने में ही मज़ा आता है। मुझे घोड़े के मुक़ाबले में साँड़नी की सवारी से बड़ी घबराहट होती है।"

शायद अमरो यह सोच रही थी कि कहीं नाहरसिंह यह न समझे कि वह जान-बूझकर साँड़नी को तबेले में लायी है, ताकि उससे मुलाक़ात हो सके। यही बात समझाने के लिए वह बोली—"वीर (भइया) जब लौटा तो डब्बू की तबीयत ख़राब

थी। वह डब्बू को लेकर दीनू साँहसी के यहाँ चला गया। और जाते-जाते मुझसे कह गया कि मैं डाची को तबेले में पहुँचा दूँ।''

नाहरसिंह अपने ख़ास अन्दाज़ से मुँह के एक कोने को खींचकर मुस्कुराहट और हँसी के बीच में लटका रह गया। सोने के पतरेवाला उसका दाँत चमक उठा। छिदरी दाढ़ी के बालों को छूते हुए वह बोला—''इसका मतलब तो यह है कि अगर तुम्हारा वीर डाची के साथ तुम्हें यहाँ न भेजता तो मुझे आज भी तुम्हारी सूरत दिखायी न देती...''

इतने में ही पास के खेत से मूलसिंह के ज़ोर से बोलने की आवाज़ सुनायी दी। मूलसिंह उनका कम्मी था, वह उनके खेतों में काम करने के लिए नौकर रखा गया था।

मूलसिंह की आवाज़ सुनकर अमरो कुछ बेचैन-सी हो गयी।

नाहरसिंह ने पीछे की ओर सरकते हुए कहा—''अच्छा, अब फिर मुलाक़ात होगी।''

इधर नाहरसिंह झाड़ियों में ग़ायब हुआ, उधर मूलसिंह तबेले के दूसरे कोने पर आता दिखायी दिया। डाची को देखकर वह इधर ही चला आया।

अमरो नकेल की रस्सी उसकी ओर फेंकते हुए बोली—''यह लो।''

मूलसिंह ने रस्सी का सिरा दबोचते हुए पूछा—''दीदारसिंह जी लौट आये?''

'हाँ' में सिर हिलाकर अमरो जल्दी-जल्दी क़दम उठाते हुए गाँव की ओर चल दी।

तीन

: १ :

रूपी के ननिहाल में बहुत-से सेठ रहते थे, इसलिए वह साहूकारों का गाँव कहलाता था। इन साहूकारों की ख़ासियत यही थी कि वे किसानों और दूसरे आदमियों को भारी सूद पर कर्ज़ा दिया करते थे। असल में साहूकारों का ख़ानदान एक ही था। इनमें से तीन-चार के पास काफ़ी माल था, और दूसरों के पास बहुत कम। लेकिन उनका आपस में ख़ून का ही रिश्ता था, और वे सब सूद पर रुपया चलाते थे। कुछ तो नाम के ही साहूकार थे। यानी वे साहूकारों के रिश्तेदार होने के कारण साहूकार ही कहलाते थे, लेकिन उधार देने की बजाय इन्हें कई बार चुपके से उधार लेना भी पड़ता था—इन्हीं में सेठ दुनीचन्द भी थे। उनके तीन बेटे थे। उन तीनों को सेठ जी के इस काम से कोई दिलचस्पी नहीं थी। भूल असल में दुनीचन्द की ही थी। उसने अपने बेटों को पहले गुजराँवाला शहर और फिर लाहौर पढ़ने के लिए भेज दिया। देहाती लड़कों ने शहर की तड़क-भड़क देखी तो उनकी आँखें चकाचौंध हो गयीं। उन दिनों मूक फ़िल्में चला करती थीं, अभी बोलते गाते-नाचते चलचित्रों का आम रिवाज़ नहीं था। इस बात को सोचा भी नहीं जा सकता था कि किसी ज़माने में चलती-फिरती ये ख़ामोश तस्वीरें बोलने और गाने भी लगेंगी। बड़े शहर के सिनेमा-घरों में सुलोचना और माधुरी की फ़िल्में चला करती थीं। कालेजों के नौजवान इन हसीन लड़कियों की फ़िल्में देखने के लिए पागल हो उठते। अपने समय के मुताबिक़ शहरों के नौजवान फ़ैशन में भी आगे-आगे थे। ऐसे रंगीन माहौल में दुनीचन्द के देहाती लड़के 'जेण्टलमैन' बन गये, और मौज़ मारने लगे। पढ़ने में कम ध्यान देते, गुलछर्रे ज़्यादा उड़ाते। इसका नतीज़ा यह हुआ कि वे हर दर्ज़े में दो-तीन साल लगाने के बाद ही पास होते थे। उनकी पढ़ाई ख़त्म होते-होते सेठ दुनीचन्द लाला दुनीचन्द बन गये। अगर वे इतने बड़े सेठों के रिश्तेदार न होते तो शायद उन्हें कोई लाला भी न कहता, बल्कि सिर्फ़ दुनी कहकर बुलाया करता।

सबसे बड़ी मुसीबत उन पर यह पड़ी कि उनका दीवाला निकल जाने के बाद बेटे पढ़-लिख गये, तो गाँव में उनका मन ही नहीं लगा। उस रूखे-सूखे माहौल में उनका उदास हो जाना स्वाभाविक ही था। वे सारा-सारा दिन बाप की गद्दी पर

चिपके रहने को तैयार नहीं थे। उन्होंने शहर में नौकरियाँ कर लीं। सब-के-सब बाबू बन गये।

उन दिनों 'बाबू' शब्द का भी बड़ा रोब था। जब कभी दुनीचन्द शहर जाता तो देखता कि सभी लोग उसके बेटों को बाबू कहकर बुलाते हैं। यह देखकर दुनीचन्द का सीना फूल जाता। लड़के खुले पाँयचों की पतलूनें पहनते, कोई सड़ी-गली नेकटाई गले में लटकाये रहते, और अपने अंग्रेज़ी ढंग के बालों में ख़ुशबूदार तेल रचाये रहते। जब वे इस तरह सज-धजकर गाँव में आते तो दुनीचन्द आगे-आगे और तीनों लड़के पीछे-पीछे चलते। बाप-बेटों का यह जलूस अकसर सारे गाँव के चक्कर लगाता। दुनीचन्द की भी यही मर्ज़ी थी कि सब लोग उसके बाबू बेटों को देखें।

असल में उसके दुबले-पतले फ़ैशनेबल बाबू बेटे देखने लायक थे। गाँव के खुजली मारे कुत्ते और नाक सुड़सुड़ाती छोटी-छोटी लड़कियाँ और लड़के तो उनका पीछा ही नहीं छोड़ते थे। वे जिधर जाते थे कुत्ते और बच्चे उनके चारों ओर मक्खियों की तरह भिनभिनाने लगते। बाज़ कुत्ते तो उलझन में आकर भौंकने भी लगते।

दुनीचन्द गप्प हाँकने में बड़ा गुरू था। वह सीधे-सादे देहातियों पर अपने लड़कों का रोब जमाता रहता था। कहता था—"बाबू हैं बाबू!—अंग्रेज़ी फाउण्टेनपेन से दो शब्द लिखकर लोगों की तक़दीर बना या बिगाड़ सकते हैं। अंग्रेज़ साहब के पास कोई दूसरा फटकने की हिम्मत भी नहीं कर सकता, वहाँ यही बाबू लोग जा सकते हैं। बाबू जिस जगह उँगली रख दे, बड़े साहब को आँखें बन्द करके दस्तख़त करने पड़ते हैं...."

ऐसी बातें कहते समय दुनीचन्द अपनी बण्टा-सी आँखों से चारों ओर देखता रहता था। उसके लड़के बार-बार अपनी ढीली और नीचे को खिसकती हुई पतलूनों को खींच-खाँचकर ऊपर ले जाते। जब एक टाँग थक जाती तो अपने हलके-फुलके शरीर का बोझ वे दूसरी टाँग पर डालकर खड़े हो जाते।

दुनीचन्द ने 'बाबू' शब्द की इतनी धाक बैठायी कि लोगों ने उसके घर को बाबुओं का घर कहना शुरू कर दिया। ऊपर की लीपा-पोती और चमक-दमक के असर से लोगों ने अपनी लड़कियाँ भी उनके लड़कों से ब्याह दीं। थोड़े दिनों में उन सबको भी पता चल गया कि बाबुओं के घर में 'बाबू' शब्द के अलावा और कुछ भी नहीं है। मज़बूरन उन्हें भी 'बाबू' शब्द का ही ढिंढोरा पीटना पड़ा।

इन्हीं हालात में दुनीचन्द की मौत हो गयी। उसकी मौत का किसी को ख़ास दुःख नहीं था। बाबू बेटे तो वैसे ही अपनी बबुआइन बीवियों में मग्न थे, सो बाप का होना या न होना उनके लिए एक बराबर था। यहाँ तक कि लाला जी की ललाइन के दिल में भी कोई टीस न उठी। वे दोनों ही काफ़ी बूढ़े हो चुके थे। इतने बूढ़े होकर, एक लड़की और तीन लड़कों को पढ़ा-लिखाकर उनकी शादियाँ कर लेने और पोतों-

पोतियों के मुँह देख लेने के बाद मरनेवाला गृहस्थ आदमी ख़ुशक़िस्मत ही तो होता है। इस सबके बावजूद भी 'स्यापा' यानी बाक़ायदा रोना-धोना एक ऐसा सामाजिक रिवाज़ था, जिसे पूरा करना ज़रूरी था।

लाला के मरने पर तीनों बाबू, उनकी बबुआइनें और फिर उनके चीखते-चिल्लाते बच्चे सभी गाँव में जमा हो गये। बेटी पहले से ही घर पर मौजूद थी। दामाद भी आ पहुँचा। इन सबके अलावा साहूकारों के सभी ख़ानदान लाला दुनीचन्द के घर में भर गये। हर ओर शोर-गुल मचा हुआ था। बिना आँसुओं के चीख़-पुकार भी हो रही थी, और हँसी की फुलझड़ियाँ भी छूट रही थीं।

लाला जब तक ज़िन्दा रहा तब तक तमाशा बना रहा, लेकिन मरने पर भी तमाशा ही रहा। उसका ख़ानदानी कच्चा मकान काफ़ी बड़ा था। दालान ख़ूब बड़ा था। उसके मरने से कुछ ही दिन पहले गोबर, चिकनी मिट्टी, भूसों के तिनकों को मिलाकर सारे मकान की पुताई की गयी थी। इस समय सुबह की धूप में दीवारें दमक रही थीं। आस-पास के मकानों की छतों पर लड़कियों और औरतों की भीड़ जमा थी। वे भी यह तमाशा देखने आयी थीं। क्या सेहन, क्या छतें, सब पर मर्दों, औरतों, लड़कियों और बच्चों की भीड़ दिखायी दे रही थी।

उन दिनों बड़े घरानों की यह रीत थी कि स्यापा करने के लिए मीरासिनें बुलायी जाती थीं। उन्हें थोड़ा-सा मेहनताना दे दिया जाता, और वे लहक-लहककर ऊँची लय में स्यापा करती थीं। आम तौर पर उनके बोल यों होते थे। पहले एक मीरासिन पाटदार आवाज़ में बोल उठाती—

कित्थे भैन ग्वाचा तेरा बब्बर शेर?
(ऐ बहन! तेरा बब्बर शेर कहाँ खो गया?)

अब दूसरी मीरासिनें मिल-जुलकर टीप का बोल उठातीं—

हाय! हाय तेरा बब्बर शेर!

जंगल विच्च ग्वाचा तेरा बब्बर शेर।
(तेरा बब्बर शेर जंगल में खो गया।)

हाय! हाय तेरा बब्बर शेर!

बीबी! कित्थे सुत्ता तेरा बब्बर शेर?
(ऐ बीबी! तेरा बब्बर शेर कहाँ जाकर सो गया?)

हाय! हाय! तेरा बब्बर शेर!

जंगल दे विच्च सुत्ता तेरा बब्बर शेर।
(तेरा बब्बर शेर जंगल में जाकर सो गया।)

हाय! हाय! तेरा बब्बर शेर!

धिये! कदों ग्वाचा तेरा बब्बर शेर?
(ऐ बेटी! तेरा बब्बर शेर कब गुम हुआ?)
हाय! हाय! तेरा बब्बर शेर!

कल राती ग्वाचा तेरा बब्बर शेर।
(तेरा बब्बर शेर कल रात ही गुम हुआ।)
हाय! हाय! तेरा बब्बर शेर!

जंगल विच्च धाया तेरा बब्बर शेर।
(तेरा बब्बर शेर जंगल में जा घुसा।)
हाय! हाय! तेरा बब्बर शेर!

मुड़के फेर न आया तेरा बब्बर शेर।
(तेरा बब्बर शेर वहाँ से लौटकर नहीं आया।)
हाय! हाय! तेरा बब्बर शेर!
हाय! हाय! तेरा बब्बर शेर!

ये थे असली स्यापे के बोल। लेकिन दुनीचन्द के यहाँ मामला गड़बड़ा गया। इधर बड़ी मीरासिन दुपट्टा सँभालकर स्यापा करने के लिए खड़ी हुई तो एक और मीरासिन ने आकर उसके कान में फ़ुसफ़ुसाकर कहा कि ललाइन ने सिर्फ़ एक अठन्नी दी है। हालाँकि एक रुपया और इसके साथ साबुन और तेल देने का भी वायदा किया गया था।

यह ख़बर सुनते ही बड़ी मीरासिन जलकर क़बाब हो गयी। अब पीछे हटने का तो सवाल ही नहीं था, इसलिए अपने नयी तरक़ीब कर डाली। उसने अपना हाथ आसमान की ओर उठाया और पाटदार आवाज़ में मुँह से यह बोल निकाला—

कित्थे ग्वाचा तेरा गिद्दड़ नीं?
(क्यों री! कहाँ खो गया तेरा गीदड़!)

दूसरी मीरासिनों के लिए भी यह नयी बात नहीं थी, फौरन बोल उठीं—
हाय! हाय तेरा गिद्दड़ नीं!

मीरासिन के पहले बोल से ही तमाशा देखनेवालों की दबी-दबी हँसी की आवाज़ें सुनायी दे गयीं, लेकिन अब बड़ी मीरासिन रुकनेवाली नहीं थी। उसने तुरन्त ही दूसरा बोल उठाया—

जंगल विच्च ग्वाचा तेरा गिद्दड़ नीं।
(तेरा गीदड़ जंगल में खो गया।)
हाय! हाय! तेरा गिद्दड़ नीं!

बीबी कित्थे सुत्ता तेरा गिद्दड़ नीं?
(ऐ बीबी! तेरा गीदड़ कहाँ जाकर सो गया।)
हाय! हाय! तेरा गिद्दड़ नीं!
नाले विच्च सुत्ता तेरा गिद्दड़ नीं।
(तेरा गीदड़ गन्दे नाले में जाकर सो गया।)
हाय! हाय! तेरा गिद्दड़ नीं!

इस तरह आख़िरी बोल यों उठाया गया—
मोरी दे विच्च डिग्गा तेरा गिद्दड़ नीं!
(तेरा गीदड़ गन्दी नाली में जा गिरा।)
हाय! हाय! तेर गिद्दड़ नीं!
फेर न उत्ते चढ्या तेरा गिद्दड़ नीं!
(तेरा गीदड़ फिर गन्दी नाली में से निकल नहीं पाया।)
हाय! हाय! तेरा गिद्दड़ नीं!
हाय ! हाय! तेरा गिद्दड़ नीं!

बड़ी मीरासिन के ये बोल सुनकर सब लोग खुल्लमखुल्ला दाँत निकालने लगे। साहूकार अपनी इतनी बेइज़्ज़ती कैसे सहन कर लेते। बिरादरी के किसी आदमी ने ललाइन को समझाया-बुझाया, तो ललाइन ने एक और अट्ठन्नी मीरासिनों के हवाले कर दी।

अब बड़ी मीरासिन ने दो नये बोल यों उठाये—
न गिद्दड़ न शेर, कि लाला विचला मेल।
(लाला न गीदड़ है न शेर, बल्कि वह दोनों के बीच का, यानी हिजड़ा है।)
हाय! हाय! लाला विचला मेल!
दित्ता इक रुप्पय्या, रह गया साबन तेल।
(एक रुपया तो दे दिया लेकिन साबुन और तेल नहीं दिया।)
हाय! हाय! लाला विचला मेल!

मीरासिनें स्यापा ख़त्म करके भीड़ में से रास्ता बनाती हुई बाहर की ओर बढ़ीं। वहाँ खड़ी एक कुँआरी लड़की ने बड़ी मीरासिन से कहा—"बे बे! (अम्माँ) हमने तूफ़ान मेल सुना, बाम्बे मेल सुना, कलकत्ता मेल सुना—लेकिन यह विचला मेल कौन-सी लाइन पर चलता है?"

बड़ी मीरासिन चमककर बोली—"बेटी! जब तुम्हारा ब्याह होगा और लाला दुनीचन्द-जैसे घरवाले के पल्ले पड़ोगी, तो तुम्हें अपने-आप पता चल जायगा कि यह विचला मेल क्या होता है।"

मीरासिनों के चले जाने के बाद सारा स्यापा खटाई में पड़ गया। जो लोग तमाशा देखने के लिए वहाँ जमा हुए थे वे धीरे-धीरे इधर-उधर सरकने लगे। असल में मीरासिनों का स्यापा बहुत मशहूर था। उनका स्यापा देखने और सुनने का लोगों को बहुत शौक़ था। आज का स्यापा तो बेजोड़ रहा। कुछ लोग कह रहे थे कि इस अनोखे स्यापे के कारण लाला दुनीचन्द का नाम सालों तक भुलाया नहीं जा सकेगा।

यह फ़ज़ीहत देखकर बड़े-बूढ़े साहूकार लाला दुनीचन्द के लड़कों पर बिगड़ उठे। तीनों भाई अपनी पतलूनें ऊपर को खींचते हुए माँ के पास पहुँचे। माँ-बेटों में थोड़ी देर खुसर-फुसर होती रही। लेकिन मीरासिनों के कारण जो होना था सो हो चुका था। उसका अब क्या हो सकता था।

ललाइन हिम्मत हारनेवाली नहीं थी। उसने कई औरतों से बातचीत करके मानो फिर से अपनी वानर-सेना जमा कर ली। वे सब स्यापा करने के लिए बीच सेहन में जा खड़ी हुईं। साहूकारनियों की एक बड़ी-बूढ़ी ने दोनों हाथ आसमान की ओर फेंकते हुए बोल उठाया—

वड्डी गोगड़ वाल्या! कित्थे गयो?

(ऐ बड़ी तोंदवाले! तू कहाँ गया?)

हाय! हाय! वड्डी गोगड़ वाल्या!

इस तरह साहूकारनियों ने चीख़-चिल्लाकर आसमान सिर पर उठा लिया। उनके टरटराते स्वर सुनकर छतों पर बैठी हुई बची-खुची औरतें भी वहाँ से खिसकने लगीं। सिर्फ़ कुछ लड़कियाँ मुँड़ेरों के पास डटी रहीं। इन्हीं में एक लड़की अपनी बड़ी-बड़ी आँखों से इस सारे नज़ारे को बहुत ही ध्यान से देख रही थी। उसके होंठों पर नहीं, लेकिन आँखों में मुस्कुराहट थी। वह ख़ुद चंचल नहीं थी, लेकिन जवानी से छलकते हुए उसके बदन का अंग-अंग फड़कता था। उसके पास बैठी सहेलियाँ दो-चार बार कोहनियाँ मारकर वापस चलने को कह चुकी थीं, मगर वह बैठी रही।

आख़िर उसके घर से एक लड़की वहाँ आयी, और बोली—"अब चलो! तुम्हें नाना बुला रहे हैं।"

मोटी आँखोंवाली लड़की ने पलकें झपकाते हुए नयी आनेवाली लड़की से पूछा—"क्या बात हैं?"

"अब तुम्हें अपने गाँव लौटना पड़ेगा।"

लड़की अपने दमकते हुए माथे पर तेज़ खंजर का-सा बल डालकर बोली—"क्यों?"

"इसलिए कि तुम्हारे चाचा (बाप) ने बुलाया है तुम्हें।"

लड़की कुछ बिगड़कर बोली, "नहीं—अभी मैं वापस नहीं जाऊँगी.."

"कैसे नहीं जाओगी? तुम्हारे चाचा ने घोड़ी भी भेज दी है। अब तुम्हें जाना ही पड़ेगा—तुम मुझे घूर-घूरकर क्यों देख रही हो? मैं तो तुम्हें नहीं भेज रही हूँ। मेरा क्या, यहाँ पर तुम्हारी सभी सहेलियों का यही जी चाहता है कि तुम कुछ दिनों तक और हमारे पास ही रहो।"

यह सुनकर लड़की आँचल सँभालती हुई उठ खड़ी हुई। उसके साथ उसकी सहेलियाँ भी खड़ी हो गयीं, और फिर सब वहाँ से चल दीं।

बड़ी-बड़ी आँखोंवाली यह लड़की रूपी थी।

: २ :

अपनी नानी के पास पहुँचकर रूपी को पता चला कि उसके बाप गुलज़ारासिंह ने अपने नौकर केहरसिंह को उसे वापस ले जाने के लिए भेजा है। रूपी बच्चों की तरह नानी की गोद में सिर रखकर मचल गयी, और ठनठनाती आवाज़ में बोली—"मैं नहीं जाऊँगी।"

नानी प्यार से उसके बालों पर हाथ फेरने लगी। वह जानती थी कि गुलज़ारासिंह के भेजे हुए आदमी को यों ही नहीं टाला जा सकता। उसने रूपी के दोनों गालों पर प्यार से हाथ फेरते हुए कहा—"तुम तो अपने बाप को जानती ही हो। अगर मैंने तुम्हें रोक भी लिया, तो वह कितना बमकेगा।"

अपने मन में रूपी भी अच्छी तरह जानती थी कि उसे बाप के भेजे हुए नौकर के साथ जाना ही पड़ेगा। वैसे तो वह अपने बाप की लाड़ली बेटी थी, लेकिन बाज़ कामों में वह बाप के सामने चूँ नहीं कर सकती थी। वह नानी को तो लाड़ दिखा ही सकती थी।

रूपी की तसल्ली के लिए नानी ने पास बैठी एक लड़की से कहा—"जाओ, ज़रा केहरसिंह को तो बुला लाओ। ज़रा पता तो करें कि रूपी के बाप को बेटी वापस बुला लेने की जल्दी क्यों पड़ी है।"

असल में रूपी नानी के पास काफ़ी दिन रह चुकी थी। उसे वापस जाना ही चाहिए था। लेकिन रूपी को जो आज़ादी ननिहाल में मिली हुई थी वह माँ-बाप के घर में नहीं थी। वहाँ तो माता-पिता के अलावा दूसरे बड़े-बूढ़ों की भी टोका-टाकी चालू रहती थी। ननिहाल में उसे टोकनेवाला कोई नहीं था। वह जंगली हिरनी की तरह अपनी सहेलियों के साथ नहर पर कपड़े धोने और नहाने के लिए भी चली जाती; और आस-पास के मेले-ठेले भी देखती-फिरती थी। नानी के लिए वह अभी दूध पीती बच्ची थी।

थोड़ी ही देर में केहरसिंह उनके सामने आ खड़ा हुआ। वह देखने में ऐसे गीदड़ की भाँति नज़र आता था, जिसे बहुत दिनों खाने-पीने को कुछ न मिला हो। उसकी उम्र इक्कीस-बाईस साल की होगी, लेकिन उसके चेहरे का चौखटा और बदन का दुबला-पतला ढाँचा ऐसा था कि वह तीस साल से भी ऊपर नज़र आता था। वह नानी के सामने कमर पर हाथ रखकर और ठुड्डी ऊपर उठाकर यों खड़ा हो गया, जैसे मौक़ा पाते ही वहाँ से भाग निकलेगा।

नानी ने रूपी का हाथ अपने हाथ में लेते हुए केहरसिंह से पूछा—"क्यों रे! तू अभी रूपी को यहीं पर छोड़ नहीं सकता?"

केहरसिंह ज्यों-का-त्यों खड़ा रहा। उसकी ऊँची हड्डीवाली नाक के नथुने फड़फड़ाये, और वह बोला—"नहीं जी।"

इनकार करने का उसका यह अन्दाज़ किसी को भी अच्छा नहीं लग सकता था, लेकिन ऐसे अनपढ़ और अनगढ़ देहाती से और किसी अन्दाज़ की उम्मीद भी तो नहीं की जा सकती थी।

किसी तरह का ज़ोर देना बिलकुल बेकार समझकर भी नानी ने रूपी की तसल्ली के लिए बात जारी रखते हुए पूछा—"आख़िर ऐसी भी क्या मज़बूरी है?"

"सरदार जी... दा हुक्म।"

सचमुच सरदार जी का हुक्म कैसे टाला जा सकता था?—और फिर केहरसिंह तो धरती में गड़े हुए खूँटे की तरह खड़ा था। वह यों बोल रहा था जैसे कोई महान् अभिनेता रंगमंच पर खड़ा बहुत ही गम्भीर अभिनय कर रहा हो।

नानी ने कहा—"अच्छा केहरसिंह! तुम अभी जाकर थोड़ा आराम कर लो। फिर दिन का खाना खा लेने के बाद यहाँ से चल देना।"

"अच्छा जी!" इतना कहकर केहरसिंह सेना के सिपाही की तरह पहले तो अबाउट टर्न हुआ, और फिर चल दिया। उसका कच्छा घुटनों तक का था, जिसके नीचे उसकी पतली पिण्डलियाँ थीं और पाँव मोटे चमड़े के देशी जूतों में ग़ायब थे। जब तक वह मकान के बाहर नहीं चला गया, तब तक उसके जूतों की खड़ाप-खड़ाप सुनायी देती रही।

नानी ने रूपी की ठुड्डी पकड़कर उसका चेहरा अपनी ओर घुमाया और लाड़ से बोली—"बेटी रूपी! आज तो तुम चली ही जाओ। लेकिन तुम चिन्ता मत करो, मैं किसी बहाने से जल्दी ही तुम्हें पास बुला लूँगी।"

इस पर रूपी ख़ुश हो गयी, और उसने बाँहें नानी के गले में डाल दीं।

खाने के समय तक रूपी अपने कपड़े और छोटी-मोटी चीज़ें जमा करती रही। नानी अपनी बेटी, यानी रूपी की माँ को कुछ कपड़े और मिठाई वगैरह भेजना चाहती

थी। उसने कपड़े पहले से ही ख़रीद रखे थे। रंग-बिरंगी बूँदी के बहुत बड़े-बड़े लड्डुओं, मैदे की चौकोर मिठाइयों और छोटे तवे के बराबर चौड़ी और ख़ूब मोटी-मोटी फीकी मठरियों से एक कनस्तर भर दिया। इसके अलावा रूपी के भाई-बहनों के लिए भी उसने कपड़े तैयार कर रखे थे। इस तरह खाने के समय तक पूरा सामान तैयार करके गठरियों के रूप में ऐसे ढंग से बाँध दिया गया कि उसे घोड़ी पर लादा जा सके।

अकालगढ़ से वहाँ तक केहरसिंह घोड़ी पर सवार होकर उसे दौड़ाता हुआ आया था, इसलिए कम समय में वहाँ पहुँच गया। लेकिन लौटते समय रूपी को घोड़ी पर सवार होना था, और केहरसिंह को घोड़ी के आगे-आगे पैदल चलना था। इसके लिए अधिक समय की ज़रूरत थी। अगर वे खाना खाने के बाद तुरन्त ही चल देते तो सूरज डूबने तक वे अकालगढ़ पहुँच जाते। मगर कुछ ज़्यादा ही देर हो गयी। खाना खाने के बाद रूपी गाँव के हर उस घर में गयी जहाँ कहीं उसकी सखी रहती थी। उसे इस बात की तो चिन्ता ही नहीं थी कि घर पहुँचने में देर हो जायगी। उसकी सखियाँ उसके लौट जाने पर बिलकुल ख़ुश नहीं थीं। रूपी ने उन्हें यह कहकर तसल्ली दी कि नानी ने जल्दी ही उसे वापस बुला लेने का वायदा किया है।

उधर खपरैल के नीचे चारपाई पर बैठ केहरसिंह के पेट में मरोड़ उठ रहे थे। वह जानता था कि लौटने में ज़रा भी देर हो गयी तो सरदार गुलज़ारासिंह शेर की तरह दहाड़ने लगेंगे। उनके बार-बार दहाड़ने का ही यह नतीज़ा था कि वह गीदड़-सा नज़र आने लगा था।

घोड़ी पर ज़ीन कसी जा चुकी थी। मिठाई और कपड़ों की बँधी हुई गठरियाँ चारपाई की पाँयती की ओर पड़ी थीं। घोड़ी चलने के लिए बेताब हो रही थी। कभी वह धीरे से हिनहिनाती और कभी टापें धरती पर मारने लगती।

आख़िर बड़ी मुश्किल से रूपी अपनी नानी और कुछ लड़कियों के साथ आती दिखायी दी। केहरसिंह ने तुरन्त उठकर गठरियाँ काठी के पीछे घोड़ी पर लाद दीं। रूपी फ़ुर्तीली लड़की थी। वह बहुत अच्छी घुड़सवार तो नहीं थी, लेकिन बिना झिझक घोड़ी पर बैठकर उसे थोड़ा-बहुत दौड़ा सकती थी। वह लगाम थामकर और रिकाब में पाँव टिकाकर फुर्र से हवा में उठी और काठी पर जमकर बैठ गयी। उस समय भी लड़कियों की बातें ख़त्म होने में नहीं आ रही थीं। केहरसिंह बुरा फँसा हुआ था। वह अच्छी तरह जानता था कि इस सारी देरी की सज़ा उसे ही भोगनी पड़ेगी। वाह गुरु अकाल पुरुख से मन-ही-मन में मना रहा था कि जल्दी-से-जल्दी रूपी के ननिहाल से निकल जाय। बातों का सिलसिला ख़त्म न होते देखकर केहरसिंह ने घोड़ी के मुँह के पास से उसकी लगाम अपने हाथ में थाम ली, और धीरे-धीरे आगे बढ़ने लगा। जब तक वह अहाते के हद से बाहर नहीं निकल गया तब तक बातें होती रहीं।

आख़िर जब गाँव से बाहर निकलकर वे कच्चे रास्ते पर चल दिये तो केहरसिंह ने इत्मीनान की साँस ली। रूपी ने माझी बुक्कल मार ली, ताकि सारा शरीर चादर में छिपा रहे, और चेहरे का भी कम-से-कम भाग दिखायी दे। दो पल को केहरसिंह ने घोड़ी रोक दी। उसने अपने जूते एक-दूसरे से जोड़कर पगड़ी के ऊपर रख लिये और ठुड्डी के नीचे से पुट्टीनुमा ठाठा ले जाकर जूतों के ऊपर दोनों सिरों को मज़बूत गाँठ दे दी। जूते पहने रहकर वह तेज़ी से क़दम नहीं उठा सकता था।

जिस ओर को वे जा रहे थे उधर पक्की सड़क तो क्या कच्ची सड़क भी नहीं थी। उन्हें पेड़ों और झाड़ियों में से होकर ज़्यादातर तो मिटी-मिटी-सी पगडण्डियों पर चलना था, या कहीं-कहीं चौड़े से रेतीले रास्ते पर भी चल निकलते थे।

घोड़ी ठुमक-ठुमक चली जा रही थी। केहरसिंह प्यासे कौवे की तरह मुँह खोले दूर-दूर तक नज़र दौड़ाता हुआ आगे-आगे बढ़ रहा था। उनमें आपस में कोई ख़ास बात-चीत भी नहीं हो सकती थी। वे दोनों अपने-अपने ख़यालों में खोये हुए थे। ऐसे में रूपी को ऊँघ आने लगी। उसके दोनों पाँव रिकाबों में भीतर तक घुसे हुए थे, और पीठ टेकने के लिए पीछे की ओर दो गठरियाँ थीं। इसका नतीज़ा यह हुआ कि उसकी आँखों के पपोटे भारी होने लगे। कभी वह कुछ देर के लिए ऊँघ जाती फिर एक ही धचके से जाग पड़ती। उसने एकाध बार इस तरह चौंककर जागने पर केहरसिंह की ओर देखा। लेकिन केहरसिंह को कुछ भी ख़बर नहीं थी। उसकी सूरत से लगता था कि अब वह अकालगढ़ पहुँचकर ही पीछे की ओर देखेगा। उसका हाथ घोड़ी के मुँह के पास लगाम से जकड़ा देखकर रूपी फिर निश्चिन्त हो जाती और ऊँघने लगती।

उन्हें घर से चलने में ही देर हो गयी थी और थोड़ी देर बाद सूरज डूबने लगा। जब गर्मी की तपिश कुछ कम हुई तो रूपी की ऊँघ भी उखड़ने लगी। थोड़ी देर में सचेत होकर उसने अपनी कमर सीधी की, और एक हाथ से चुँदरी का कोना आँखों पर मला, ताकि सुस्ती दूर हो जाय। इसी बीच उसकी नज़र सामने पड़ी—घोड़ी की लगाम उसके हाथ से छूटते-छूटते बची।

अब उसके आगे-आगे केहरसिंह नहीं चल रहा था...

वह कौन था?

एक बार तो सनसनी की लहर उसकी नस-नस में दौड़ गयी। समझ में नहीं आ रहा था कि वह सचमुच जाग पड़ी थी, या सोये-सोये सपना देख रही थी। नहीं, यह सपना नहीं था। उसके आगे सचमुच कोई और ही आदमी चल रहा था। वह केहरसिंह से बहुत अधिक लम्बा था, उसके कन्धे कहीं अधिक चौड़े थे, उसका एक हाथ केहरसिंह के दो हाथों के बराबर था।

वह घबराकर पूछने जा ही रही थी कि वह कौन है, और केहरसिंह कहाँ है?—लेकिन उसके शब्द होंठों पर ही जम गये। मानो किसी ने मन्त्र पढ़ दिया, और

उसे एकाएक ख़्याल आ गया कि वह दीदारसिंह के अलावा और कोई नहीं हो सकता था।

इस ख़याल के आते ही उसके मन का बोझ हलका हो गया। दिल में गुदगुदी होने लगी। दीदारसिंह का अचानक वहाँ पहुँच जाना उसे बड़ा ही अनोखा लगा। उसे शरारत सूझी। उसने रिकाब में पाँव निकालकर अपनी तिल्लेवाली हलकी-फुलकी जूती उसकी पीठ पर खींच मारी।

आगे-आगे चलनेवाला मर्द रुक गया। वह एकदम पीछे हटकर झुका, और जूती उठाकर उसकी ओर बढ़ाते हुए बोला—"छोटी सरदारनी जी!...यह जूती आपकी है क्या?"

अब दीदारसिंह का चेहरा नज़र आया तो रूपी खिलखिलाकर हँस पड़ी। बोली—"चोट तो नहीं आयी?"

"चोट तो बहुत पहले ही लग चुकी थी।"

रूपी ने चारों ओर देखते हुए पूछा—"केहरसिंह कहाँ है?"

"उसकी जगह मैं जो मौजूद हूँ, छोटी सरदारनी जी!..."

रूपी ने माथे पर बल डालकर बनावटी ग़ुस्से में कहा—"यह छोटी सरदारनी की रट क्या लगा रखी है?.... लगता है कि मैं तो दीदार को पहचान गयी, लेकिन दीदार अपनी रूपी को नहीं पहचाना।'

"यह बात है तो एक सुझाव देता हूँ—मानोगी?"

"ज़रूर।"

"यह जाने बिना कि वह सुझाव क्या है?"

"हाँ, यह जाने बिना।"

"तो फिर या तो तुम घोड़ी से उतरकर मेरे साथ-साथ क़दम उठाती हुई चलो, या मुझे भी घोड़ी पर सवार होने दो।"

पल भर को रूपी की आँखें झुक गयीं। फिर झेंपकर बोली, "मैं तो नीचे नहीं जाऊँगी।"

"तो मैं ऊपर आऊँ?"

रूपी ने चुपचाप लगाम उसकी ओर फेंक दी। लगाम अपने हाथ में दबोचकर दीदारसिंह एक ही छलाँग में घोड़ी पर रूपी के आगे बैठ गया।

पहले कभी रूपी उसके साथ इस ढंग से नहीं बैठी थी कि दोनों के बदन छू जायँ। लेकिन आज पहली बार दीदारसिंह की चौड़ी सिल-जैसी पीठ उसके बदन से छू रही थी।

दीदारसिंह बोला—"तुम कैसे बैठी हो! मुझे थामे रहो, कहीं गिर न जाओ।"

रूपी का जी चाहा कि वह दोनों बाँहें उसकी कमर पर लपेट दे, लेकिन उसका दिमाग़ उलझन में ही फँसा रहा..

एकाएक दीदारसिंह ने लगाम को झटका दिया। मानो घोड़ी के भीतर भरा हुआ पारा मचल गया। वह बिफरकर दौड़ पड़ी। अनायास ही धचका लगने पर रूपी के दोनों बाज़ू उसकी कमर से लिपट गये।

घौड़ी दौड़ी चली जा रही थी। जब रूपी को एकदम एहसास हुआ कि वह कैसे दीदारसिंह से लिपटी हुई है, तो उसे इस बात का एहसास भी हो गया कि दीदारसिंह ने एकदम घोड़ी क्यों दौड़ा दी थी। वह बोली—"तुम बड़े चालाक हो!"

"रूपी! हमारे-जैसे लोग जो इस तरह अपना दिल लड़कियों के हवाले कर देते हैं वे बहुत भोले होते हैं। चालाक होते तो दिल न हारते।"

रूपी अपने गाँव का रास्ता जानती थी, लेकिन दीदारसिंह उसके गाँव की ओर नहीं जा रहा था। उसने कहा—"क्या तुम मुझे कहीं भगाये लिये जा रहे हो?"

"हाँ—चलोगी न मेरे साथ?"

"नहीं!"

"क्यों? तुमने तो ज़िन्दगी भर मेरे साथ रहने का फ़ैसला कर रखा है।"

"इसीलिए तो, मैं नहीं चाहती कि तुम मुझे भगाकर ले जाओ।"

"तुम चाहती हो कि मैं सेहरा बाँधकर, दूल्हा बनकर, बरात लेकर तुम्हें ब्याहने के लिए तुम्हारे घर पर आऊँ?"

"हाँ।"

"अपने बाप को जानती हो?"

"हाँ।"

"तुम समझती हो कि वह तुम्हारा ब्याह मुझसे करने के लिए तैयार हो जायेंगे? हरगिज़ नहीं।"

रूपी चुप रही।

दीदार फिर बोला—"इसका मतलब है कि आज या कल, इस साल या अगले साल...या दो-चार साल के बाद—आख़िर मुझे तुमको भगाकर ही ले जाना होगा। लेकिन तुम भागने के लिए तैयार नहीं हो फिर जो तुमने मेरे साथ सारी ज़िन्दगी बिताने का फ़ैसला कर रखा है, उसका क्या बनेगा।"

रूपी कुछ देर चुप रही। दीदार अपने सवाल के जवाब का इन्तज़ार करता रहा। आख़िर वह बोली—"भगाना है तो मर्दों की तरह भगाओ।"

"मेरे मर्द होने में तो कोई शक़ ही नहीं है लेकिन फिर भी मैं यह जानना चाहता हूँ कि तुम्हारा मतलब क्या है? आख़िर मर्दों की तरह लड़की को कैसे भगाया जाता है?"

"डंके की चोट पर आओ, मेरे बाप और दूसरे रिश्तेदारों के सामने कहो कि मैं रूपी को ले जाने के लिए आया हूँ..."

"भगा ले जाने के लिए..."

"हाँ, भगा ले जाने के लिए..."

"फिर ?"

"फिर मुझे भगा ले जाओ।"

"वह तो तभी हो सकता है जब तुम मेरा साथ दो। सवाल तो यह है कि मैं इस तरह खुल्लमखुल्ला आकर इस बात का दावा करूँ, और तुम्हारा नाम पुकारकर तुम्हें बुलाऊँ... तो क्या तुम मेरा साथ दोगी, या औरतों में घुसकर छिपी बैठी रहोगी?"

रूपी ने उसके सवाल के जवाब में सवाल कर दिया—"दीदार! तुम गुलज़ारसिंह की बेटी से क्या उम्मीद रखते हो?"

दीदारसिंह कहकहा लगाकर तो बहुत कम ही हँसता था। इस समय भी रूपी के शब्द सुनकर उसके भिंचे हुए होंठों पर हलकी-सी मुस्कुराहट आयी, और इसके साथ ही उसने घोड़ी को एड़ दी, और घोड़ी अपने शरीर की पूरी ताक़त से दौड़ने लगी। वह गुलज़ारासिंह की ख़ुद की सवारी के घोड़ों में से सबसे अच्छा था। अपनी पीठ पर दो जनों और कुछ सामान का बोझ-लेकर तेज़ी से दौड़ना उसके लिए मुश्किल नहीं था।

कुछ देर तक वे इसी चाल से आगे-ही-आगे बढ़ते चले गये। आस-पास की झाड़ियाँ, खेत, पेड़ और पौदे मानो पीछे को भागे जा रहे थे। यहाँ तक कि वे नदी-नुमा चौड़ी नहर की पटरी तक पहुँच गये। यह जगह सुनसान थी। नहर के दोनों ओर पटरी के साथ-साथ शीशम के पेड़ों के सिलसिले मीलों तक चले गये थे। पटरी की ढलान पर छोटी-छोटी घास थी, जो पेड़ों की धनी छाँह तले बहुत ही हरी-भरी दिखायी देती थी। वहीं एक पेड़ के नीचे दीदार ने घोड़ी रोक ली। वह नीचे उतरा, और उसने रूपी को भी उसकी दोनों बगलों में हाथ देकर नीचे उतारा। घास पर चारख़ाने का खेस बिछाकर रूपी तो अधलेटी-सी हो गयी, और दीदारसिंह ने ज़ीन खोलकर काठी और दूसरा सामान घोड़ी के पीठ से उतारकर एक ओर को रख दिया। पसीने से तर घोड़ी का सारा शरीर गीली साटन की तरह दिखायी दे रहा था। फिर दीदारसिंह घोड़ी की पीठ को थपथपाते हुए बोला—"रूपी! तुम यह मत समझना कि मैं तुम्हें भगा लाया हूँ। अब तो वही होगा जो तुमने कहा है।"

दो अकालगढ़ ✤ ७५

रूपी हँसने लगी। हँसते समय उसकी दोनों आँखों की लम्बी-लम्बी पलकें एक-दूसरे के निकट आकर झिलमिलाने लगती थीं। उस समय वह बड़ी भली लगती थी। उसने अपनी आँख पर बार-बार गिरनेवाले बालों की एक बदतमीज़ लट को हाथ से पकड़कर पीछे फेंकते हुए पूछा—"तुमने केहरसिंह को कहाँ भगा दिया है? कहीं ऐसा तो नहीं कि जब मैं ऊँघ रही थी तो उस समय तुमने उसका गला दबाकर किसी अन्धे कुएँ में फेंक दिया हो?"

"तुम्हारे ऊँघने का मैंने सिर्फ़ इतना ही फ़ायदा उठाया है कि केहरसिंह को अपना घोड़ा देकर मैंने आगे भगा दिया है। वह अकालगढ़ से एक-डेढ़ कोस इधर ही बैठा हमारा इन्तज़ार कर रहा होगा।"

रूपी के चेहरे से यों लग रहा था जैसे उसे दीदार के इस हथकण्डे के बारे में जानकर बहुत मज़ा आ रहा है। वह दिलचस्पी लेते हुए गर्दन ज़रा आगे बढ़ाकर बोली—"तो क्या तुमने उसे पहले ही पटा रखा था?"

"हाँ।"

"तो क्या तुम्हें मालूम था कि आज केहरसिंह मुझे लेने के लिए आयेगा?" रूपी ने बच्चों के-से अन्दाज़ में पूछा।

दीदारसिंह घोड़ी की लगाम पकड़कर उसे पानी पिलाने के लिए नहर की ओर बढ़ते-बढ़ते पल भर को रुका, और कहने लगा—"रूपी! मुझे तुम्हारे बारे में हर बात की ख़बर रहती है। तुम कब जम्हाई लेती हो, कब झालरवाली पंखिया को झलती हो, कब तिनके से कान कुरेदती हो—मुझे ऐसी छोटी-छोटी बातों की भी ख़बर रहती है।"

यह सुनकर रूपी की दोनों भँवें एकदम ऊपर को उठ गयीं, मानो फैली हुई आँखें भँवों के पर लगाकर आसमान को उड़ जायेंगी। उसे मालूम नहीं था कि दीदारसिंह को उसके बारे में इन सब बातों की ख़बर मिलती रहती है। दीदार की यह बात सुनकर उसे बुरा नहीं लगा, बल्कि बहुत ही भला लगा। उसने अपने बोझल बालोंवाले सिर को दायें-बायें यों हलके-हलके झटके दिये जैसे आसमान से मौलसिरी के फूलों की बारिश हो रही हो, और वह फूलों की इसी बारिश में नहा रही हो। उसने निचले होंठ पर ज़बान फेरी तो उसकी ललाई और भी दमक उठी। उसने जान-बूझकर अनजान बनते हुए जल्दी-जल्दी पलकें झपकायीं और पूछा—"तुम ऐसा क्यों करते हो?"

उसकी बात के साथ ही दीदारसिंह लम्बे-लम्बे डग भरता हुआ नहर की ओर बढ़ने लगा। जाते-जाते उसने सिर घुमाकर रूपी की ओर देखा और बोला—"अभी लौटकर तुम्हारी इस 'क्यों' का जवाब देता हूँ।"

: ३ :

कुछ ही देर पहले सूरज डूबा था, लेकिन अपने अहाते में रंगीन पावोंवाले पलँग पर बैठे गुलज़ारासिंह को यों लग रहा था जैसे न जाने कितने घण्टों से सूरज डूब चुका हो। अहाते में और भी कई लोग जमा थे। उसकी अपनी बिरादरी के लोग थे, उसी के गाँव के दो अच्छे खाते-पीते मुसलमान भी अहाते में दूसरी चारपाई पर बैठे थे। वे हुक्का पी रहे थे। लेकिन दूर बैठे होने पर भी इस बात का उन्हें ख़ास ख़्याल था कि हुक्के का धुआँ उनके सिक्ख दोस्तों की ओर न जाने पाये। वहाँ नाहरसिंह भी था और वधावासिंह भी मौजूद था। दूसरों के कहकहों के साथ गुलज़ारासिंह के कहकहे भी घुल-मिल रहे थे। लेकिन मन में वह बहुत चिन्तित था।

कुछ ही देर पहले नीवाँ अकालगढ़ का एक आदमी उसके कान में फुसफुसाकर कह रहा था कि उसने रूपी और दीदारसिंह को एक साथ देखा था। वे उससे काफ़ी दूर थे, लेकिन दीदारसिंह के डर से उसे पास जाने की हिम्मत नहीं हुई।

उसकी यह बात सुनकर गुलज़ारासिंह अपने-आपमें ही खो गया। उसकी बेटी का मामला था। वह किसी से उसके बारे में कह देता तो बात का बतंगड़ बन जाता। इसलिए वह मुँह से तो कुछ नहीं बोला, मन-ही-मन में सोच रहा था कि अब क्या करना चाहिए। आख़िर उसने अपने एक भरोसे के आदमी को कान में यह कहकर दौड़ा दिया कि घोड़े पर सवार होकर रूपी को रास्ते में ही जा मिले। सूरज डूब चुका था, रूपी के साथ सिर्फ़ केहरसिंह है, कहीं बेचारी को डर न लगे!

पास बैठे बिरादरी के एक-दो ने उसकी फुसफुसाती आवाज़ सुन ली, लेकिन वे इस बात पर चौंके नहीं।

उस समय दीनू साँसही भी उधर आ निकला! सभी उसे देखकर ख़ुश हुए। इसलिए कि उसकी बातें बड़ी लच्छेदार होती थीं। वह जब किसी महफ़िल में होता तो कोई-न-कोई दिलचस्प और अचरज भरा क़िस्सा ज़रूर सुनाता।

दीनू साँहसी ने आते ही एक हाथ उठाकर और सिर ज़रा-सा झुकाकर गुलज़ारासिंह की ओर देखा और बोला—"साब सलामत है जी।"

गुलज़ारासिंह ने कुर्ते की उजली आस्तीन में से निकला हुआ गोरा हाथ यों हवा में उठाया जैसे साँहसी को आशीर्वाद दे रहा हो, "आओ भई दीनू, इधर दो-तीन दिन से तुम कहीं दिखायी नहीं दिये।"

"मैं दूसरे गाँव चला गया था—मुरीदपुर।"

मुरीदपुर अकालगढ़ से चार कोस की दूरी पर था। वहाँ दीनू साँसही के कुछ रिश्तेदार रहते थे।

दीनू को बैठने के लिए एक पीढ़ी दी गयी। वह बैठकर सबकी गप-शप में हिस्सा लेने लगा। बातों में से बातें निकलती चली गयी। एकाएक दीनू को कुछ याद आया तो बोला—"पिछली रात भी मैं मुरीदपुर में था। वहाँ बड़े मज़े की बात हुई।"

सभी लोग कोई अनोखी घटना सुनने के लिए तैयार हो बैठे।

इतने में हुक्का भी चक्कर लगाता हुआ दीनू तक पहुँच गया। मुसलमानों में ख़ासियत यह थी कि हुक्के के मामले में इनमें ऊँच-नीच का भेद-भाव नहीं था। जो हुक्का गाँव का रईस पीता था, उसे दीनू साँहसी भी पी सकता था। फ़र्क़ केवल इतना था कि दीनू हुक्के की नली को मुँह में लेकर इसे दाँतों से नहीं पकड़ सकता था। इसलिए दीनू ने अपनी मुट्ठी के निचले सिरे में हुक्के की नली दबा ली और दो-चार गहरे कश लेने के बाद उसने कहना शुरू किया—कल आधी रात के बाद मुरीदपुर के एक कोने से 'चोर-चोर!' का शोर उठा। किसी ने मोमबत्ती जलायी, किसी ने दीया जलाया। दो-चार आदमी लालटेनें लेकर उधर को भाग निकले। धीमी रोशनी में कोई भी चीज़ ठीक ढंग से दिखायी नहीं देती थी। घरवालों के शोर मचा देने पर चोर भाग निकला। वह अकेला था। दो-तीन आदमियों ने उस पर हाथ डाला, लेकिन उसे पकड़ नहीं पाये। बात असल में यह थी कि उसने सारे शरीर पर ख़ूब तेल मल रखा था। तेल की चिकनाई इतनी ज़्यादा थी कि जो कोई उस पर हाथ डालता, चोर हाथ में से ही फिसल जाता। वह इकहरे बदन, और काले रंग का जवान था। गाँव के आदमी निराश हो गये कि वह उनके क़ाबू में न आ सकेगा। लेकिन बदक़िस्मती से वह ऐसी गली में जा घुसा जो आगे से बन्द थी। शायद वह मुरीदपुर में पहली ही बार आया था। जब चोर बन्द गली में रास्ता न पाकर वापस लौटा तो उसने देखा कि पैंतीस-चालीस आदमी उसका रास्ता रोके खड़े हैं। उनमें से एक ने फ़ुर्ती से चोर के ऊपर बड़ी-सी चादर फेंक दी। फिर सब लोग उस पर पिल पड़े। इस तरह क़ाबू में करके चोर को भूसे की कोठरी में बन्द कर दिया। एक आदमी को इलाक़े के थाने की ओर दौड़ा दिया गया। दिन चढ़ने पर पुलिस वहाँ पहुँच गयी। चोर को हथकड़ी लगा दी गयी और कुछ लोगों के बयान लिये गये—मज़ा तो तब आया जब पुलिस चोर को वहाँ से लेकर चली। हथकड़ी लगे बाजुओं को ऊपर उठाकर चोर लहक-लहककर गाने लगा—

राम नाम सत्त ए
इक मोया दूजा बत्त ए।

(राम का नाम सत्य है। एक चोर मरा तो क्या हुआ, कोई दूसरा उसकी जगह ले लेगा।)

यह सुनकर सब लोग देर तक हँसते रहे। फिर किसी ने कहा—"इसका मतलब है कि हमको होशियार रहना चाहिए। आजकल चोरियाँ बहुत होने लगी हैं।"

दीनू साँहसी ने अपना बड़ा-सा हाथ हवा में लहराकर कहा—“अजी, हम लोगों को चिन्ता करने की ज़रूरत नहीं। जब तक दीदारसिंह-जैसे लोग अकालगढ़ में मौजूद हैं तब तक ऐसे मामूली चोर तो क्या, बड़े-बड़े डाकू भी इधर का रुख़ नहीं कर सकते।”

दीदारसिंह का नाम सुनते ही सारी महफ़िल को मानो साँप सूँघ गया। पल-दो-पल को सन्नाटा छाया रहा।

दीदारसिंह के ज़िक्र से गुलज़ारासिंह को कुछ और ही याद आ गया। वह बेचैनी से उठ खड़ा हुआ, और दोनों हाथ पीठ पीछे बाँधकर इधर-से-उधर, और उधर-से-इधर टहलने लगा।

धीरे-धीरे अँधेरा बढ़ने लगा तो बाहर से आये हुए लोग उठ-उठकर विदा हो लिये। गुलज़ारासिंह की घबराहट बढ़ने लगी। कहीं ऐसा तो नहीं कि दीदारसिंह रूपी को ज़बर्दस्ती ही अपने साथ ले गया हो। इन बदमाशों से हर ऐसी बात की उम्मीद की जा सकती थी।

इतने में ही उसका भेजा हुआ घुड़सवार वापस आ गया। अभी वह घोड़े से उतरा ही था कि गुलज़ारासिंह ने लपककर आगे बढ़ते हुए पूछा—“कहो, क्या ख़बर लाये हो?”

कर्मसिंह को यह सवाल अजीब-सा लगा, क्योंकि उसे पता नहीं था कि असल में गुलज़ारासिंह किस उलझन में फँसा है। यह बोला—“वे दोनों आ रहे हैं।”

गुलज़ारासिंह और आगे बढ़कर अहाते के चौड़े मेहराबदार दरवाज़े में जा खड़ा हुआ। आगे लम्बा-सा गलियारा था। रूपी घोड़ी पर बैठी थी, केहरसिंह लगाम थामे चला आ रहा था। जब वे पास पहुँच गये तो गुलज़ारासिंह को उनकी शक्ल से कोई अजीब बात दिखायी नहीं दी।

घोड़ी अहाते के भीतर पहुँची तो गुलज़ारासिंह ने हाथ का सहारा देकर रूपी को नीचे उतारा। गुलज़ारासिंह उसके चेहरे को ध्यान से देखता रहा। लेकिन रूपी हमेशा की तरही बड़ी गम्भीर थी।

केहरसिंह दोनों बँधी हुई गठरियाँ उठाकर रूपी के पीछे-पीछे चला गया। जब वह लौटकर आया तो उसने घोड़ी की काठी उतारकर भीतर कोठरी में रख दी। इतनी देर तक गुलज़ारासिंह सोचता रहा कि वह केहरसिंह से अपने मन की बात कैसे पूछे। घर के दूसरे मर्द तो अहाते में इधर-उधर गप-शप कर ही रहे थे। कोठरी ज़रा दूरी पर पड़ती थी। इसलिए गुलज़ारासिंह ने केहरसिंह को दरवाज़े से निकलते ही रोक लिया—“केहरसिंह! क्या तुम लोगों को रास्ते में दीदारसिंह मिला था?”

केहरसिंह को उल्लू की-सी सूरत बनाने के लिए ख़ास कोशिश करने की ज़रूरत नहीं थी। उसने अपने खुले मुँह को और ज़्यादा खोल दिया, और फैली हुई आँखों से हैरानी ज़ाहिर करते हुए बोला—"नहीं तो।"

यह कहकर केहरसिंह बेवक़ूफ़ों की तरह अपने मालिक की ओर देखने लगा। गुलज़ारासिंह ने जल्दी से मक्खी उड़ाने के अन्दाज़ में हाथ हिलाते हुए कहा—"जाओ, अपना काम करो।"

केहरसिंह यों आगे बढ़ गया जैसे किसी ने अचानक ही पीछे से धक्का दे दिया हो।

गुलज़ारासिंह को अपनी बेटी पर कोई शक़ नहीं था। उसने सोचा कि उस आदमी की आँखों ने धोखा खाया होगा। उसने दूर ही से किसी को देखकर यह मान लिया कि वे दोनों दीदारसिंह और रूपी थे। पास जाकर तो देखा नहीं।

गुलज़ारासिंह यह ज़रूर जानना चाहता था कि वे इतनी देर से क्यों पहुँचे। वह दोबारा केहरसिंह से बात नहीं करना चाहता था। उसने सोचा कि जब भीतर जाऊँगा तो रूपी से ही पूछ लूँगा।

अपनी बेटी के सही-सलामत घर पहुँच जाने पर गुलज़ारासिंह के मन का बहुत बड़ा बोझ हलका हो गया। वह एक बार फिर पलँग पर बैठ गया और इत्मीनान से हँस-हँसकर गप्पें हाँकने लगा।

थोड़ी देर बाद वह खाना खाने के लिए भीतर गया। गर्मी के कारण खाना मकान की छत पर ही खाया जाता था। खाने की कुछ चीज़ें ऊपर पहुँच चुकी थीं, और कुछ वहाँ पहुँचायी जा रही थीं। रूपी एक चारपाई पर लेटी थी। उसने बाप को देखा तो उठकर बैठ गयी। गुलज़ारासिंह ने प्यारभरे स्वर में कहा—"लम्बा सफ़र है, तुम तो घोड़ी पर बैठी-बैठी थक गयी होगी।"

"हाँ चाचा, बड़ी थकान हो गयी है।"

"सुबह तक ठीक हो जायगी—"

रूपी चुप रही।

गुलज़ारासिंह दीदारसिंह का ज़िक्र करने जा रहा था। वह यह जानना चाहता था कि उसकी बात से रूपी चौंकती है या नहीं। फिर उसे झिझक हुई कि अपनी बेटी से ऐसी बात कहना ठीक होगा या नहीं। मन में उसे यक़ीन तो हो ही गया था कि दीदारसिंहवाली बात ग़लत थी, लेकिन इसके साथ यह भी शक़ होता था कि कहीं रूपी ने ही केहरसिंह को मना कर दिया हो। आज तक उसे रूपी और दीदार के बारे में कभी कोई ख़बर नहीं मिली थी। आख़िर उसने यही तय किया कि रूपी से दीदारसिंहवाली बात का सरसरी ज़िक्र कर देना चाहिए। इसका इतना फ़ायदा तो होगा

कि अगर कहीं रास्ते में पल-दो-पल को दीदार ने बातचीत की भी हो तो रूपी को यह पता चल जायगा कि उसके बाप को हर बात की ख़बर मिलती रहती है। इस तरह आगे को वह दीदार से बचकर रहेगी।

यह सोचकर गुलज़ारासिंह ने मानो बात को हँसी में उड़ाते हुए कहा—"जानती हो मुझे एक आदमी ने क्या ख़बर दी!"

"क्या ?"

"उसने बताया कि तुमको और दीदारसिंह को उसने आज एक साथ देखा था।"

रूपी कुछ नहीं बोली। गुलज़ारासिंह धुँधली रोशनी में बेटी के चेहरे की कैफ़ियत को भली-भाँति देख नहीं पाया। फिर वह ख़ुद ही बोलीं—"कैसी बेवकूफ़ी की बात कही उसने!...लेकिन जब अँधेरा हो जाने तक भी तुम नहीं पहुँची तो मैं परेशान हो उठा। इसीलिए मैंने कर्मसिंह को घोड़े पर भेजा कि वह तुम लोगों का पता लगाये।"

"हाँ चाचा, वह तो हमें उस समय मिला जब हम गाँव से काफ़ी दूर थे।"

"बेटी, तुम्हें मालूम होना चाहिए कि दीदारसिंह का सारा ख़ानदान हमारा दुश्मन बना हुआ है। इसीलिए मुझे घबराहट होने लगी कि कहीं रास्तें में दीदारसिंह ने तुम्हें परेशान न किया हो..."

इतने में रूपी की माँ हरदेई भी छत पर आ गयी। उसने पति के आख़िरी कुछ शब्द सुन लिये, और हँसकर बोली—"क्या बातें हो रही हैं बाप-बेटी में?"

गुलज़ारासिंह ने चुपके से इशारा करके बीवी को समझा दिया कि उससे इस मसले पर वह अलग से बात करेगा।

खाने का सारा सामान ऊपर पहुँच गया तो रूपी को खाना खाने के बाद तुरन्त ही नींद आ गयी। बेटी को सोते देखकर गुलज़ारासिंह पत्नी को छत के दूसरे सिरे पर ले गया। वहाँ वे एक बड़ी-सी पलँगनुमा चारपाई पर बैठ गये। उनकी छत गाँव में सबसे ज़्यादा ऊँची थी, वहाँ से पूरे गाँव के छोटे-बड़े मकान काले-मटियाले धब्बों की तरह दिखायी दे रहे थे। कुछ दूर पर उच्चा अकालगढ़ अलग से खड़ा नज़र आ रहा था। कहीं-कहीं से मवेशियों के बोलने और घोड़ों के हिनहिनाने की आवाज़ें आ रही थीं।

पत्नी ने बात शुरू करते हुए पूछा—"आप दीदारसिंह के बारे में क्या कह रहे थे?"

"हाँ, मैंने तुम्हें पहले यह बात इसलिए नहीं बतायी कि तुम घबरा न जाओ—हुआ यह कि मुझे एक आदमी ने ख़बर दी कि उसने आज दीदार और रूपी को बड़ी नहर के किनारे एक साथ बैठे देखा था।"

"किसने कही थी आपसे यह बात?"

"उसका नाम अब रहने दो। औरतें पेट की कच्ची होती हैं; किसी से तुमने उसका नाम बता दिया, और इस तरह दीदारसिंह के कानों में यह बात पहुँच गयी तो वह उस आदमी का सिर काट देगा।"

"मुझे तो यह बात बिलकुल झूठी मालूम होती है। इनके रास्ते में बड़ी नहर तो पड़ती ही नहीं। वहाँ जाने के लिए सीधे रास्ते से दो कोस परे जाना पड़ता है..."

"उसने अपनी ओर से झूठ कहा न होगा, लेकिन मुमकिन है उसकी आँखों ने धोखा खाया हो—तुमने रूपी से देरी का कारण पूछा?"

"हाँ, उसने बताया कि सखियों से मिलने-मिलाने में उसे देर हो गयी। यही बात केहरसिंह ने भी कही।"

दोनों पर मौन छा गया। पति-पत्नी के मन में एक ही विचार था। आख़िर हरदेई बोली—"इन सब परेशानियों का तो एक ही उपाय है।"

"क्या ?"

"अब रूपी का ब्याह कर दिया जाय।"

गुलज़ारासिंह को यह सुनकर धक्का-सा लगा। उसकी नज़र में रूपी अभी बच्ची ही थी। वैसे भी जाटों में लड़की की शादी काफ़ी बड़ी उम्र हो जाने पर ही की जाती है। उसने झिझकते हुए पत्नी की ओर देखा और पूछा—"क्या तुम्हारे ख़्याल में रूपी अब इतनी बड़ी हो गयी है?"

"इतनी बड़ी नहीं भी है तो फिर क्या करें? कल को कोई ऐसी-वैसी बात हो जाय तो फिर?"

गुलज़ारासिंह ने कुछ भी जवाब नहीं दिया। वह चारपाई से उठकर इधर-उधर टहलने लगा।

●

चार

: १ :

आजकल हेड-मास्टर टेकचन्द कुछ ज़्यादा ही व्यस्त दिखायी देते थे। स्कूलों के इन्स्पेक्टर की ओर से ख़बर मिली थी कि ज़िले का कमिश्नर उनके इलाक़े में से गुज़रनेवाला है। इसलिए ज़रूरत थी कि स्कूल के सब लड़के पक्की सड़क के किनारे खड़े होकर कमिश्नर का स्वागत करें। हर बड़े अंग्रेज़ अफ़सर को लाट साहब कहा जाता था। इसलिए एक दिन पहले ही मदरसे के अहाते में सुबह की प्रार्थना ख़त्म हो जाने पर जब लड़के अपने-अपने दर्ज़ों की ओर भागने ही वाले थे कि हेड-मास्टर ने हाथ उठाकर उन सबको रोक दिया। पढ़ते समय मुन्शी टेकचन्द चश्मे का इस्तेमाल करते थे। पीतल के फ्रेम में गोल-गोल शीशेवाले उनके चश्मे का सब लड़कों—यहाँ तक कि छोटे मुन्शी लोगों पर भी बड़ा रोब पड़ता था। वे दिल में मनाया करते थे कि काश वह दिन जल्दी आये जब वे भी चश्मा लगा सकें। जब कभी चोरी से उन्होंने हेड-मास्टर साहब का चश्मा आँखों पर चढ़ाया तो आस-पास की हर चीज़ उलटी-सीधी नज़र आने लगती। उन्हें इस बात पर दुःख होता था कि उनकी आँखों को ऐसी क़ाबिलियत मिल नहीं सकी कि वे चश्मा लगा सकें।

मुन्शी टेकचन्द ने लड़कों के सामने खड़े होकर पहले तो अपने चश्मे के शीशों पर मुँह की भाप छोड़ी, फिर मख़मल के घिसे हुए टुकड़े से उन्हें पोंछ दिया। लड़कों को सन्देश देने से पहले मुन्शी जी ने स्कूलों के इन्स्पेक्टर के भेजे हुए रुक्के को एक बार फिर ध्यान से पढ़ा। तब उन्होंने सिर ऊपर उठाया, आँखों के आगे से चश्मा हटाया, और लड़कों पर नज़र डालते हुए बोले—"तुम सबको मालूम होना चाहिए कि लाट साहब हमारे इलाक़े में से गुज़रनेवाले हैं। हम सबको उनका स्वागत करना है। हर लड़के को चाहिए कि वह अपनी पगड़ी या टोपी हरे रंग में रँगवा लें। सफ़ेद कुर्ता और खाकी रंग का नेकर या कच्छा या जाँघिया होना चाहिए। उस दिन सब लड़के अपने जूते पहनकर आयें। स्वागत करते समय जो लड़का नंगे पाँव होगा, उसे स्वागत करने की इजाज़त नहीं दी जायगी। उसे सज़ा भी दी जायगी।"

एक छोटे मुन्शी ने कुछ दूरी से अपने बारीक स्वर में सवाल किया—"मुन्शी लोगों को भी इसी रंग के कपड़े पहनने पड़ेंगे?"

"जी।" मुन्शी टेकचन्द ने अपने हाथ में थामे हुए चश्मे से अपनी ओर इशारा करते हुए जवाब दिया—"सिर्फ़ छोटे मुन्शी नहीं, बल्कि बड़े मुन्शी—आपके हेड-मास्टर को भी इसी रंग के पकड़े पहनने पड़ेंगे।"

यह कहते-कहते टेकचन्द के चेहरे पर कुछ व्यंग्य और कुछ ग़ुस्से के निशान पैदा हुए। लेकिन किसी को उनके चेहरे की इस कैफ़ियत का एहसास नहीं हुआ।

इसके बाद लड़के अपने-अपने दर्ज़ों की ओर भाग निकले। छोटे मुन्शी हेड-मास्टर को घेरकर खड़े हो गये, यह बड़ी सनसनीवाली ख़बर थी। छोटे मुन्शी लोगों की साँस फ़ूल गयी। मानो उन पर बहुत बड़ी मुसीबत आनेवाली हो। एकाएक हेड-मास्टर साहब बोल उठे, "अरे, मैं यह बताना तो भूल ही गया कि हर लड़के के गले में गुलाबी रंग का रूमाल बँधा होना चाहिए।"

पल भर को टेकचन्द जी उलझन में पड़ गये। फिर वह मुन्शी लोगों की ओर देखते हुए बोले—"देखिये, यह बात अपने-अपने दर्ज़े में बता दीजियेगा।"

"बहुत अच्छा।"

मुन्शी लोगों की शक्ल यों बनी हुई थी जैसे लाट साहब तोपखाने सहित आयेंगे, और उन सबको तोप के गोलों से उड़ा दिया जायगा। इस ख़बर का उन पर इतना रोब छा गया था कि उनकी समझ में यह नहीं आ रहा था कि वे क्या कहें, और क्या न कहें।

लड़कों के मन पर भी रोब तो पड़ा था, लेकिन उन्हें डर नहीं लग रहा था। लड़कों में से जिस किसी ने इत्तफ़ाक से कभी किसी अंग्रेज़ को देखा था, वह साथियों पर बड़ा रोब जमा रहा था!

"अरे यार! अंग्रेज़ का चेहरा बिलकुल सफ़ेद और लाल होता है... जैसे बन्दर के चूतड़...

अभी लाट साहब के आने में आठ दिन बाक़ी थे। पहले दिन ही यह ख़बर सुनकर लड़कों में सनसनी तो पैदा हो ही गयी थी, लेकिन उन्होंने वापस जाकर अपने-अपने गाँव में भी तहलका मचा दिया! सब लोग एक-दूसरे को यही ख़बर सुनाने पर तुले हुए थे कि लाट साहब सड़क पर से गुज़रनेवाले हैं।

अगले आठ दिनों में लड़कों ने अपनी पगड़ियाँ हरे रंग में रँगवा डालीं। सिक्ख लड़के तो पगड़ी बाँधते ही थे, लेकिन हिन्दू लड़के भी ज़्यादातर पगड़ी ही बाँधते थे! टोपी का इस्तेमाल बहुत कम होता था। इसलिए तय किया गया कि टोपी को बिलकुल ही उड़ा दिया जाय, और सब लोग हरी पगड़ियाँ बाँधकर आयें। इस तरह सबके कपड़े सिर से पाँव तक एक-से नज़र आयेंगे।

बनिये को पैसे देकर शहर से हरे रंग का पतंगी काग़ज़ मँगवाया गया। फिर हर लड़के ने अपने लिये एक-एक हरे रंग की झण्डी तैयार की।

जब ये सारी तैयारियाँ हो चुकीं तो लड़कों को मैदान में खड़ा किया गया, और उन्हें बताया गया कि जब लाट साहब आयेंगे तो उन्हें कैसे अपने हाथों में थमी हुई झण्डियाँ हिलानी पड़ेंगी।

इस काम का रिहर्सल कई बार कराया गया। अन्त में हेड-मास्टर साहब ने लड़कों से कहा—"पल-भर को तुम यह समझ लो कि मैं ही लाट साहब हूँ। जब मैं इधर से साइकिल पर बैठकर आऊँ तो तुम लोग झण्डियाँ हिलाना शुरू कर देना। जब तक मैं तुम लोगों के आगे से गुज़र न जाऊँ, तब तक झण्डियाँ हिलाते रहना। लेकिन याद रखना कि लाट साहब साइकिल पर सवार होकर नहीं आयेंगे। यह मोटर गाड़ी में बैठकर आयेंगे।"

इतना कहकर मुन्शी टेकचन्द लड़कों के झुण्ड से दूर चले गये। पहले उन्होंने अच्छी तरह अन्दाज़ा लगाया कि सिर पर हरी पगड़ियाँ बाँधे और गले में गुलाबी रूमाल लटकाये सब लड़के कैसे लगेंगे। इत्मीनान हो जाने पर वे साइकिल पर सवार हुए और धीरे-धीरे लड़कों के आगे से गुज़रने लगे। लड़कों ने चहक-चहककर झण्डियाँ हिलानी शुरू कर दीं।

इतनी तैयारियों और मेहनत के बाद आख़िर वह दिन भी आ पहुँचा जिस दिन लाट साहब को उधर से गुज़रना था। उसके गुज़रने का कोई ख़ास समय तय नहीं था। अन्दाज़े से बता दिया गया था कि वे दिन के ग्यारह बजे के क़रीब वहाँ से गुज़रेंगे। इस डर से कि कहीं लाट साहब एक घण्टा पहले ही न आ जायें, लड़कों को दस बजे ही सड़क तक पहुँचा दिया गया। सब लड़के रोज़ की तरह अपनी-अपनी रोटियाँ बाँधकर साथ ले गये। सड़क के किनारे पेड़ कम थे, लेकिन जहाँ कहीं कोई छोटा-सा पेड़ भी दिखायी दिया, लड़कों ने रोटियों की पोटलियाँ उसी की डाली से बाँध दीं।

हेड-मास्टर साहब ने अपनी बास्केट में से एक पुरानी, मोटी और भारी-सी जेबघड़ी निकाली। इस घड़ी के डायल पर रोमन ढंग के आँकड़े छपे हुए थे, और इसके बीच में रेल का इंजन धुआँ छोड़ता हुआ दिखाया गया था। पौने-ग्यारह हो चुके थे। सब लड़कों को क़तार में सड़क के किनारे खड़ा कर दिया गया। मुन्शी लोगों ने भाग-दौड़कर देखा कि हर लड़के के गले में रूमाल ठीक ढंग से बँधा हुआ है या नहीं, और उनमें से हर एक अपने हाथ में झण्डी थामे हुए है या नहीं।

इस तरह सब लोग तैयार हो गये। लेकिन पौन घण्टा इन्तज़ार करने के बाद वहाँ से ईंटों से लदा हुआ एक ट्रक गुज़रा...

लड़के खड़े-खड़े थक गये थे, सो उन्हें सड़क के किनारे बैठने की इजाज़त दे दी गयी। किसी को पेड़ की छाया मिली, किसी को नहीं मिली। जो लड़के बहुत छोटे थे उनकी हालत देखने लायक थी।

मुन्शी टेकचन्द बच्चों की यह हालत देखकर उदास हो गये। इन सैड़कों बच्चों के लिए उनके सीने में एक बाप का-सा दिल था। बच्चों के मन की कैफ़ियत को वे अच्छी तरह समझते थे।

ज्यों-ज्यों धूप तेज़ होने लगी, त्यों-त्यों सभी को प्यास सताने लगी। वहाँ पानी का कोई इन्तज़ाम नहीं किया गया था। अब इसके अलावा कोई चारा नहीं था कि लड़के दो-ढाई फ़र्लाङ्ग पर चलते हुए रहट से पानी पी आयें। बड़े मुन्शी जी नन्हें बच्चों को वहाँ नहीं भेजना चाहते थे। उन्होंने सोचा कि बच्चे वहाँ से पानी पीकर धूप और गर्मी में वापस लौटेंगे तो पक्की सड़क पर पहुँचते-पहुँचते फिर प्यास महसूस करने लगेंगे, इसलिए उन्होंने बड़ी उम्र के लड़कों से कहा कि वे छोटे बच्चों के लिए पानी लेते आयें। पानी के लिए कोई बर्तन नहीं था, लेकिन रहट के पास ही एक तबेला देखकर हेड-मास्टर साहब ने सोचा कि शायद वहीं से कोई घड़ा या मटका मिल जाये।

मुन्शी टेकचन्द का अन्दाज़ा ठीक ही निकला। बड़े लड़के रहट पर पहुँचे तो तबेले से उन्हें दो घड़े भी मिल गये और आठ-दस ख़ूब बड़ी-बड़ी टिण्डें भी मिल गयीं। यह रहट दूसरे गाँव की सीमा था। तबेले के मालिक ने सारी बात सुनी तो लड़कों को घड़े और टिण्डे भरकर ले जाने की इजाज़त दे दी। उसने इतना ज़रूर कह दिया कि जब वे अपने घरों को लौटने लगें तो घड़े और टिण्डे उसे वापस करते जायँ।

बड़ी सड़क पर बैठे बच्चे पानी के घड़े देखकर चहक उठे। सबने जी भरकर प्यास बुझायी। इस तरह एक बार फिर लाट साहब की सवारी का इन्तज़ार होने लगा।

लाट साहब एक बजे तक भी नहीं आये। मुन्शी टेकचन्द बार-बार अपनी घड़ी की ओर देखते और सटपटाकर रह जाते। यह भी गनीमत थी कि क़रीब-क़रीब सभी लड़के अपने साथ थोड़ी-बहुत रोटियाँ लेते आये थे। एक बार फिर रहट से पानी लाना पड़ा। खाना खाकर सब पेड़ों के नीचे लेट गये। कुछ लड़के तो पेड़ों की छाँव की तलाश में पक्की सड़क से काफ़ी परे चले गये। मन बहलाने के लिए कुछ लड़के गाने लगे, कुछ कहानियाँ सुनाने लगे और कुछ इधर-उधर की गप्पें हाँकने लगे।

अब तो मुन्शी टेकचन्द के सब्र की हद हो गयी। ऊपर से जवाब-तलबी का डर न होता तो वह एकदम सब लड़कों को लेकर वापस लौट जाते। लेकिन बेचारे मज़बूर थे। सारी उम्र इसी नौकरी में गल गयी थी। अब बुढ़ापे में वे अपनी ज़िन्दगी का—कोई बिलकुल ही नया अध्याय नहीं शुरू कर सकते थे।

इसी हालत में जब ढाई बज गये तो—छोटे मुन्शी भी बड़बड़ाने लगे। वही लड़के, जिनके चेहरे सुबह के समय फूलों की तरह खिले हुए थे, अब मुरझा गये थे। मुन्शी लोगों का डर न होता तो अब तक वे वहाँ से खिसक गये होते। मुन्शी टेकचन्द अपने मन की गहराइयों में विदेशी राज को बिलकुल पसन्द नहीं करते थे।

वह गाँधी-भक्त थे। खुल्लमखुल्ला अपनी देश-भक्ति किसी पर जाहिर न होने देते, लेकिन कभी-कभी—यार दोस्तों में भड़क उठते।

इतने में एक बार फिर दूर से सड़क पर धूल उठती दिखायी दी। पहले तो आशा बँधी कि शायद लाट साहब की कार हो, लेकिन जल्दी ही तेज़ नज़र के लड़कों ने पहचान लिया कि यह मुसाफ़िरों की लारी है। उस ज़माने की लारियाँ भी ऐसी होती थीं जैसे जूते रखने के डिब्बे, जिनमें पहिये लगा दिये गये हों।

लारी पास पहुँची तो रुक गयी। इसका मतलब था कि आस-पास के गाँव का कोई मुसाफ़िर लारी में सवार था। पल भर बाद अकालगढ़ का नम्बरदार—खड़कसिंह उतरा। उसने मैले कपड़ों के बावजूद बहुत ही सफ़ेद कलफ़ लगी पगड़ी सिर पर लपेट रखी थी, जिसके ऊपर-नीचे के तुर्रे हवा में लहरा रहे थे।

इसके पहले कि कोई उससे कुछ पूछता, नम्बरदार ने ख़ुद ही सवाल हवा में उछाल दिया—"क्या आप लोग लाट साहब के स्वागत के लिए यहाँ खड़े हैं?"

कुछ लड़कों ने रोनी शक्ल बनाकर 'हाँ' में सिर हिला दिये। इतने में बड़े मुन्शीजी भी नम्बरदार के पास पहुँच गये, और बोले—"देखो न नम्बरदार जी! सुबह से सड़क के किनारे खड़े-खड़े लड़कों की क्या हालत हो गयी है!"

नम्बरदार ने अपने मूठदार मोटे और लम्बे खूँटे को ज़रा ऊपर लहराकर कहा—"लाट साहब आनेवाले हैं।"

मुन्शी टेकचन्द ने ऊबे हुए स्वर में पूछा—"कितनी देर तक उम्मीद है?"

नम्बरदार ने चुटकी बजाकर कहा—"बस आप लोग तैयार हो जाइये, लाट साहब की सवारी आ रही है—जब तक वे इधर से गुज़र न जायँ, मैं भी यहीं रुकूँगा—बस आप लोग बाक़ायदा खड़े हो जाइये।"

लड़के फ़ौरन पगड़ियाँ सँभालते हुए सड़क पर खड़े हो गये। हाथों में झण्डियाँ सँभाल लीं।

इस बार उन्हें निराशा नहीं हुई। आठ-दस मिनट में काली-सी कार आती दिखायी दी। नम्बरदार ने बड़ी गम्भीरता से अपनी मूँछों पर हाथ फेरते हुए कहा—"यह लाट साहब की कार है।"

लड़कों ने दूर से ही हरे काग़ज़ की झण्डियाँ हिलानी शुरू कर दीं! उनके दिल ज़ोर-जोर से धड़कने लगे। 'लाट साहब!'—कैसा अनोखा शब्द था यह। कितना रोब और कितना असर था इस शब्द में।...

पल-पल में कार निकट आती गयी। फिर सड़क के दोनों ओर लड़कों की क़तारों में से कार फ़र्राटे भरती हुई ज़न्न से गुज़र गयी। पक्की सड़क होते हुए भी वहाँ धूल की कुछ कमी नहीं थी। इसीलिए कार उनके आगे से निकलते ही धूल के बादलों में

छिप गयी। किसी ने पिछली सीट पर दुबककर ऊँघते हुए लाट साहब की उड़ती झलक देखी, और किसी ने नहीं देखी। लाट साहब ने वहाँ खड़े एक लड़के को भी नहीं देखा, और न उन्होंने देखा कि सुबह से अब तक मदरसे के मासूम बच्चे गर्मी में भूख और प्यास झेलते रहे, और अब उनके स्वागत के लिए झण्डियाँ हिला रहे हैं। अलबत्ता लाट साहब की कार धूल की सौगात अपने पीछे छोड़ गयी, और जब बच्चों ने अपने मुँह बन्द किये तो उन्हें यों लगा जैसे उनके मुँह मिट्टी से भर गये हों।

नम्बरदार ने अपना 'खूँटा' हवा में यों लहराया जैसे कोई बहुत बड़ा क़िला जीत लिया हो। उसकी घनी दाढ़ी और मूँछों में से एकाएक उसका फैला मुँह दिखायी दिया, और उसकी आवाज़ हवा में गूँजी— "लो! छुट्टी हुई—अब मैं भी चलता हूँ।"

यह कहकर नम्बरदार लम्बे-लम्बे डग भरता हुआ अकालगढ़ को चल दिया।

नम्बरदार का तूतिया रंग का तहमद तेज़ धूप में झिलमिला रहा था।

: २ :

सभी मुन्शी और लड़के यों महसूस कर रहे थे जैसे उन्हें अपनी ज़िन्दगी की बहुत बड़ी हार का सामना करना पड़ रहा हो। बच्चों के दिल फीके पड़ गये थे। उनकी समझ में नहीं आ रहा कि सुबह से अब तक यह नाटक क्यों खेला जा रहा था। वे कुछ और ही समझ बैठे थे। उनका ख़्याल था कि लाट साहब की कार रुकेगी, और लाट साहब ख़ुद अपनी कार से नीचे उतरकर हर बच्चे की नेकर, उसका गुलाबी रूमाल और उसकी हरी पगड़ी बड़े ग़ौर से देखेंगे। फिर 'वेरी गुड' बोलेंगे। जब जाने के लिए कार पर सवार होने लगेंगे, तो लड़कों की लहराती हुई झण्डियों के जवाब में वह भी अपना हाथ हिला देंगे। शायद कुछ बच्चों ने खट-मिट्टी गोलियों की आस भी लगा रखी हो।...

जब वे अकालगढ़ को लौट रहे थे तो यों लगता था कि जैसे लड़ाई के मैदान में दुश्मनों के हाथों बुरी तरह पिटकर सिपाही अपने-अपने घरों को जा रहे हैं। वापसी में किसी ने कोई ख़ास बातचीत नहीं की।

अकालगढ़ के पास पहुँचे तो सब लड़कों को अपने-अपने घर को भेज दिया गया। जो लड़के दूसरे गाँव के रहनेवाले थे वे पहले से ही जा चुके थे।

सब मुन्शी, और आठ-दस बड़े लड़के मदरसे की ओर चल दिये। मदरसा मुन्शियों का क्लबघर भी तो था। अकालगढ़ के बड़े लड़के क्यारियों को पानी देने के लिए उनके साथ चले आये।

अभी वे मदरसे से कुछ दूरी पर ही थे कि वहाँ का इकलौता चपरासी, जो चौकीदारी भी करता था, लपककर उनकी ओर आता दिखायी दिया। वह हेड-मास्टर साहब के पास पहुँचा तो हाँफ रहा था। वह उखड़ी साँस को सँभालते हुए बोला—"हेड-मास्टर साहब!... सरदार जी आये हैं....।"

चपरासी की सूरत देखकर मुन्शी टेक़चन्द के फीके ओठों पर कुछ ताज़गी की मुस्कुराहट आ गयी, बोले—"कौन सरदार जी आये हैं?"

चपरासी ने हाथ हवा में उठाकर मदरसे की ओर इशारा करते हुए कहा—"अजी वह...वह...दीदारसिंह के बाप हैं...."

चपरासी दीदारसिंह के बाप का नाम जानता था, लेकिन लगता था कि उसे नत्थासिंह की सबसे बड़ी ख़ासियत यही मालूम होती थी कि वह दीदारसिंह का बाप है।

मुन्शी टेकचन्द ने चपरासी के उस्तरे से मुँड़े हुए सिर पर लहराती हुई पतली-सी चोटी को प्यार से छुआ, और बोले—"चलो, अभी उनसे मिलते हैं।"

मुन्शी टेकचन्द के नत्थासिंह से दोस्ताना ताल्लुक़ात थे। जाने को वह गुलज़ारासिंह के अहाते में भी अकसर पहुँच जाते थे, लेकिन चूँकि वह उधर की बात इधर और उधर की बात उधर कभी नहीं कहते थे, इसलिए उनकी दोनों जगह इज़्ज़त होती थी। गुलज़ारासिंह तो मदरसे में कभी-कभार ही आता था, लेकिन नत्थासिंह का मुन्शी टेकचन्द से इतना गहरा लगाव था कि वह गप-शप करने के लिए अकसर मदरसे में पहुँच जाता।

मुन्शी टेकचन्द मदरसे की चारदीवारी में घुसे तो उन्होंने देखा कि लम्बे-चौड़े गिद्ध की तरह नत्थासिंह बाहर धूप में ही टहल रहा है। इस पर मुन्शी टेकचन्द ने चपरासी की ओर देखते हुए पूछा—"क्यों राम्या! कमरे का दरवाज़ा नहीं खोला? सरदार जी को भीतर क्यों नहीं बैठाया?"

चपरासी राम की वानर-सेना के सिपाही की तरह उछलकर बोला—"मैंने तो दरवाज़ा खोल दिया था जी। मैंने आपवाली कुर्सी भी इन्हें दे दी थी..."

यह बहुत बड़ी बात थी। सारे मदरसे में बाजुओंवाली कुर्सी सिर्फ़ हेड-मास्टर साहब की ही थी। उस कुर्सी पर किसी आदमी को बैठने की इज़ाज़त दे देना गोया उसकी बहुत ज़्यादा इज़्ज़त करना था।

नत्थासिंह ख़ुद ही बोला—"मुन्शी जी! इस बेचारे का कोई कुसूर नहीं। इसने तो फ़ौरन ही दरवाज़ा खोल दिया, और कुर्सी आगे सरका दी। मैं कुछ देर बैठकर आपका इन्तज़ार करता रहा। फिर जब इन्तज़ार करते-करते ऊब गया तो बाहर आकर टहलने लगा।"

मुन्शी टेकचन्द ने कुछ दुःख जाहिर करते हुए कहा—"अरे! आप धूप में क्यों टहलने लगे!"

"अजी मुन्शी जी! ऐसी धूप से हमारा क्या बिगड़ सकता है।"

बड़े मुन्शी जी का हाथ आसानी से नत्थासिंह के कन्धे तक नहीं पहुँच सकता था, इसलिए उन्होंने उसकी कमर को हलकी-सी थपकी देते हुए कहा—"अच्छा, आइये, अब तो भीतर चलिये।"

भीतर जाकर मुन्शी टेकचन्द ने अपनी बाजुओंवाली कुर्सी मेज़ से परे खिसकाते हुए नत्थासिंह से कहा—"आइये, आप यहाँ बैठिये।"

नत्थासिंह ने अपने दोनों हाथ, जो देखने में लम्बे-चौड़े भालू के पंजे लगते थे, हिलाते हुए कहा—"नहीं बड़े मुन्शी जी! मैं इस कुर्सी पर नहीं बैठूँगा। आप अच्छी तरह जानते हैं कि मैं आपकी कुर्सी पर कभी नहीं बैठता।"

यह कहते-कहते नत्थासिंह कमरे के कोने में बने हुए ईंटों के चबूतरे पर बैठ गया। असल में ये चबूतरे छोटे मुन्शियों के लिए थे। इन पर दरी और उसके ऊपर मैली-सी चादर बिछी रहती थी।

मुन्शी टेकचन्द उस अड़ियल सिक्ख की विनम्रता से बहुत प्रभावित थे। उन्होंने फिर भी नत्थासिंह का हाथ थामकर उसे चबूतरे से उठाने की नाक़ामयाब कोशिश करते हुए कहा—"हाँ, यह मैं जानता हूँ कि आप मेरी कुर्सी पर कभी नहीं बैठते। लेकिन मेरी इच्छा है कि आप आज इसी कुर्सी पर बैठें।"

इनकार के तौर पर नत्थासिंह का हाथ सिर पर से ऊपर उठ गया, जिसकी मोटी-मोटी उँगलियों की पोरों की पिछली ओर टिड्डी की मूँछों की तरह बाल खड़े थे, और वह बोला—"नहीं, आपकी जो कोई भी और इच्छा हो, मैं पूरी करने को तैयार हूँ, लेकिन इस कुर्सी पर नहीं बैठूँगा।"

बड़े मुन्शी जी ने दुःख ज़ाहिर करते हुए पूछा—"लेकिन क्यों?"

"इसलिए कि इस कुर्सी पर आप-जैसे विद्वान् को ही बैठना शोभा देता है। मुझे तो आप जानते ही हैं कि मैं ऊड़ा, एड़ा, ईड़ी के अलावा कुछ जानता नहीं।"

नत्थासिंह के मन में बड़े मुन्शी जी के लिए बड़े आदर की भावना थी। मुन्शी जी समझ गये कि नत्थासिंह न तो ख़ुद चबूतरे से उठेगा और न कोई उसे उठाकर कुर्सी पर बैठा सकता है। मज़बूर होकर मुन्शी जी कुर्सी पर बैठ गये, और खद्दर के एक अँगोछे से पसीना पोंछने लगे।

नत्थासिंह ने बातचीत शुरू करते हुए कहा—"कहिये, आज कैसी गुज़री? आप तो बहुत ही व्यस्त रहे होंगे।"

बड़े मुन्शी जी ने अँगूठे और उँगलियों से अपनी कनपटियों को दबाते हुए जवाब दिया—''व्यस्त थे...नत्थासिंह! यह तो ग़ुलामी है ग़ुलामी।''

नत्थासिंह बड़े मुन्शी जी के इन विचारों से अपरिचित नहीं था। वह अंग्रेज़ की बनायी हुई सेना में सालों नौकरी कर चुका था, और फिर उसके बाद ऐसे झंझटों में फँसा रहा कि अंग्रेज़ों की ग़ुलामी के बारे में उसे सोचने का ज़्यादा समय ही नहीं मिला। लेकिन जब कभी बड़े मुन्शी जी इस तरह की बातें करते तो वह बहुत ही ध्यान से सुनता। अंग्रेज़ों के ख़िलाफ़ उसके मन में भी धुँधली-सी नफ़रत थी। धुँधली-सी इसलिए कि देश की राजनीतिक हालत को वह भलीभाँति नहीं समझता था। सुधार करने के लिए सिक्खों ने अंग्रेज़ों से टक्कर ली थी तो अंग्रेज़ सरकार ने अकालियों पर बड़े-बड़े जुल्म किये थे। जेनों के मुक़ाम पर पाँच सौ सिक्खों के जत्थे को गोलियों से भून डाला था। उसे मुन्शी जी के मुँह से सुनकर यह भी पता था कि अब महात्मा गाँधी और पण्डित नेहरू-जैसे नेता देश की आज़ादी के लिए बड़े-बड़े आन्दोलन चला रहे हैं।

बड़े मुन्शी जी ने अपनी एक उँगली सीधी करके नत्थासिंह की ओर देखा और बोले—''नत्थासिंह जी ज़रा ग़ौर कीजिये कि हमारे मासूम बच्चे कब से इस 'लाट साहब' के स्वागत की तैयारियाँ कर रहे थे। आज भूखे-प्यासे ये भारत के नौनिहाल सड़क के किनारे घण्टों धूप में खड़े रहे। आख़िर 'लाट साहब' आये भी तो ऊँघते हुए। उन्होंने नज़र उठाकर भी नहीं देखा कि सैकड़ों मासूम बच्चे उनके स्वागत में सुबह से खड़े हैं। बताइये, इससे ज़्यादा ग़ुलामी क्या हो सकती है। आख़िर हज़ारों मील दूर से आये हुए इन विदेशियों को क्या हक़ है कि वे हमें हमारे ही देश में अपने पाँव की जूती बनाकर रखें।''

नत्थासिंह को मुन्शी जी की बातों से सत्य का एहसास ज़रूर होता था, चाहे वह पूरी तरह से इस मामले को नहीं समझता था।

फिर मुन्शी टेकचन्द ने आगे को झुककर और भी गर्म होकर कहा—''आपको तो याद ही है कि गुरुद्वारा ननकाना साहब में क्या हुआ था। वहाँ का महन्त सिक्खों को गुरुद्वारे का क़ब्ज़ा देने को तैयार नहीं था। सिक्ख वहाँ पर क़ब्ज़ा जमाने पर तुले हुए थे—आख़िर में दो सौ सिक्खों का जत्था गुरुद्वारा ननकाना साहब में पहुँचकर वहाँ धरना देकर बैठ गया। गुरु ग्रन्थ साहब का पाठ भी शुरू हो गया! अंग्रेज़ों की शह पाकर महन्त ने पहले से ही बहुत-से पठानों को वहाँ छिपाकर रखा था। उन्होंने एकाएक निहत्थे सिक्खों पर गोलियों की बौछार शुरू कर दी। बहुत-से सिक्ख गोलियों से मारे गये, और जो बच गये उनमें से कुछ पर पेट्रोल छिड़ककर माचिस दिखा दी गयी, और कुछ को जण्ड के पेड़ों से बाँधकर जला दिया गया। महन्त की इस हरकत से हाहाकार मच गया। सरकार सिक्खों के आगे झुकने पर मज़बूर हो गयी। बाद में एक अंग्रेज़ अफ़सर घोड़े पर सवार आया और चाबियों का गुच्छा हवा में लहराते

हुए बोला—'अम ये चाबियाँ सीख लोग को दे रहा है। इस पर झब्बर गाँव के रहनेवाले एक सवार ने आगे बढ़कर चाबियों का गुच्छा अंग्रेज़ के हाथ से झपट्टा मारकर छीन लिया और कहा, "ये चाबियाँ तुम हमको नहीं दे रहा, हम तुमसे ले रहा है।"

हाँ—नत्थासिंह को यह सब-कुछ याद था। यह पुराने इतिहास की बात नहीं थी, बल्कि यह सब-कुछ पिछले कुछ सालों में उन लोगों पर बीत चुकी थी। नत्थासिंह का जी चाहता था कि बड़े मुन्शी जी इस मसले पर कुछ और बोलें! इसके लिए नत्थासिंह को ज़्यादा इन्तज़ार नहीं करना पड़ा। मदरसे के दूसरे मुन्शी भी पास ही बैठे थे। उनमें से गोवर्धनदास बोल उठा—"हेड-मास्टर साहब, यह तो मानना पड़ेगा कि अट्ठारह सौ सत्तावन में जब गदर हुआ तो उसी में अंग्रेज़ हिन्दुस्तान से बाहर धकेल दिये जाते, लेकिन दु:ख तो इस बात का है कि पंजाबियों ने, ख़ासकर सिक्खों ने अंग्रेज़ों की मदद की। जिसका नतीज़ा यह हुआ कि आज़ादी की वह लड़ाई क़ामयाब नहीं हो पायी।"

इस पर मुन्शी जी ने अपने हाथ की दो उँगलियों से गोवर्धनदास की चिकनी ठुड्डी को छूते हुए व्यंग्यपूर्ण ढंग से कहा—"आप बच्चे हैं इसलिए बच्चों की-सी बातें कर रहे हैं।"

मुन्शी टेकचन्द ने यह बड़ी अनोखी बात कही थी। सभी को इस विषय से गहरी दिलचस्पी हो गयी, और वे थोड़ा-थोड़ा आगे सरक आये।

बड़े मुन्शी जी सबकी इतनी दिलचस्पी देखकर मुस्कुरा दिये, "इस विषय में मैं अभी आपको कुछ ऐसी बातें बताऊँगा जो शायद आप नहीं जानते—लेकिन इससे भी पहले ज़रा नाश्ते-पानी का कुछ इन्तज़ाम होना चाहिए।"

उस ज़माने में चाय-कॉफ़ी का उस इलाक़े में आम रिवाज़ नहीं था लेकिन नाश्ता सभी करते थे। बड़े लड़के अहाते में कुएँ का पानी निकाल-निकालकर क्यारियों को सींच रहे थे। लोहे के डोल की डंगाडंग भीतर तक सुनायी दे रही थी। उनके कहने पर एक मुन्शी बाहर से दिलीपसिंह को बुला लाया। हेड-मास्टर साहब ने उससे कहा—"दिलीप! भूख लगी है, कुछ नाश्ते-पानी का इन्तज़ाम करो।"

दिलीप अच्छा विद्यार्थी था, इसलिए मुन्शी जी उसे बहुत चाहते थे। उसने जवाब दिया—"आप जो कहिये, मैं गाँव से ले आता हूँ।"

हेड-मास्टर साहब ने पल-भर सोचने के बाद जवाब दिया—"पहला काम तो यह करो कि मक्की और चना भुँजा लो। और फिर कुछ गुड़ और सत्तू लेकर यहाँ पहुँच जाना। सत्तू और गुड़ से हम शर्बत बना लेंगे और भुँजे हुए दाने वैसे चबा लेंगे।"

उस ज़मानें में विद्यार्थियों और गुरुओं के सम्बन्ध आज से बिलकुल भिन्न होते थे। विद्यार्थी अपने गुरुओं की सेवा करने में बड़ी ख़ुशी और गर्व महसूस करते थे।

दिलीप बड़े मुन्शी जी का हुक्म पाकर जल्दी-जल्दी क़दम उठाता हुआ अकालगढ़ को चल दिया। उसके जाने के बाद कमरे में कुछ देर तक मौन छाया रहा। बड़े मुन्शी जी अपने विचारों को सँजोने की कोशिश कर रहे थे। वे धीरे-धीरे सिर पर हाथ फेरते रहे, और अपनी ही धुन में चोटी को उँगली पर लपेटते रहे। फिर एकाएक चोटी छोड़कर उन्होंने वही उँगली गोवर्धनदास के आगे यों खड़ी कर दी जैसे वह उनका नासमझ विद्यार्थी हो, जिसे वे कोई बहुत ही ख़ास बात बताने जा रहे हों। बोले—"तुम लोग इस सिलसिले में एक बड़ी ही भारी भूल करते हो। तुम्हारी ऐसी बातें सुनकर लगता है जैसे तुमने इतिहास थोड़ा-बहुत भी नहीं पढ़ा...।"

गोवर्धनदास और दूसरे मुन्शी बड़े ध्यान से उनकी ओर देख रहे थे। वे बड़े मुन्शी जी की डाँट-फटकार का भी बुरा नहीं मानते थे। बड़े मुन्शी जी ने फिर कहना शुरू किया—"इस तरह का एतराज़ उठानेवाले यह बात भूल जाते हैं कि १८५७ के आठ-नौ साल पहले १८४९ में पंजाब के सिक्खों और अंग्रेज़ों में घमासान लड़ाई हुई थी। सिक्खों के कन्धे-से-कन्धा मिलाकर लड़नेवाले पंजाबी, मुसलमान और हिन्दू भी थे। यह बात तो अंग्रेज़ इतिहासकार भी मानते हैं कि १८४९ में चिल्लियाँवाला की लड़ाई में अंग्रेज़ों की बहुत बड़ी हार हुई थी। यहाँ तक कि गोरे सिपाही धरती पर हाथ टेक-टेककर अपने मुँह से घास उखाड़ते थे और पंजाबियों से कहते थे 'अमको मत मारो। अम गऊ है। देखो, अम घास खाता...।' दु:ख की बात यह है कि स्वर्गीय महाराजा रणजीतसिंह की सेना ने इस मौक़े का फ़ायदा उठाने की कोशिश नहीं की। यह उनकी बहुत बड़ी चूक थी। अगर वे हारे हुए दुश्मन पर अपना दबाव जारी रखते तो अंग्रेज़ों के पाँव न सिर्फ़ पंजाब से उखड़ जाते, बल्कि मुमकिन था कि वे हिन्दुस्तान से ही निकाल दिये जाते। मैं फिर यह बात दोहरा दूँ कि अंग्रेज़ इतिहासकार इस बात को भी मानते हैं कि उस समय तक हिन्दुस्तान में उन्होंने जितनी भी लड़ाइयाँ लड़ी थीं, उन सबमें यह लड़ाई सबसे ज़्यादा भयानक थी और जब इस हार की ख़बर इंग्लिस्तान पहुँची तो एक बार वहाँ का राज-सिंहासन भी डोल उठा।"

नत्थासिंह और छोटे मुन्शी हेड-मास्टर साहब की बात में बड़ी दिलचस्पी ले रहे थे।

बड़े मुन्शी जी ने अपनी बात जारी रखते हुए कहा—"सिक्खों और अंग्रेज़ों की पहली लड़ाई १८४५ के आख़िर में शुरू हुई और उसी में मुदकी की लड़ाई भी हुई। मुदकी की लड़ाई में अंग्रेज़ों के मन से यह शेख़ी निकल गयी कि हिन्दुस्तान में कोई सेना उनसे डटकर मुक़ाबला नहीं कर सकती। अंग्रेज़ सेना में एक अफ़सर कनिंघम भी था। एक लड़ाई में जबकि सिक्ख सेना के पीछे नदी थी और आगे दुश्मन, तो उन्हें एकाएक पता चला कि उन्हीं की सेना में कुछ देशद्रोही भी थे, जिन्होंने बारूद की जगह पर सरसों भरकर भेज दी थी। वे भीतर-ही-भीतर अंग्रेज़ों से मिले हुए थे। इस

तरह से सिक्ख सेना बिना गोले-बारूद के दुश्मनों से घिर गयी। कनिंघम अपनी आँखों देखा हाल लिखता है कि उस मौक़े पर जबकि सिक्ख सिपाहियों को जाहिर हार अपनी आँखों के आगे दिखायी दे रही थी, तो भी उनमें से एक-एक सिपाही शेर की तरह दुश्मनों के कई-कई सिपाहियों पर झपटता था। उनमें से एक-एक आदमी मारा गया, लेकिन गुरु गोविन्दसिंह के एक भी सिक्ख ने हथियार हाथ से नहीं फेंका, किसी ने क्षमा नहीं चाही, किसी ने अपनी ज़िन्दगी की भीख नहीं माँगी।...''

यह कहते-कहते मुन्शी जी का गला भर आया। उन्होंने थरथराती आवाज़ में कहा—''ज़रा ध्यान से सोचिये—यह बात हमारे दुश्मनों की सेना का एक अफ़सर कहता है। इसीलिए अंग्रेज़ों ने कनिंघम के लिखे हुए सिक्खों के इतिहास में से वे सब हिस्से काट डाले हैं, जिनमें सिक्खों की बहादुरी की तारीफ़ की गयी है। लेकिन जब हमारा देश आज़ाद हो जायगा तो उस समय हम कनिंघम के लिखे हुए सिक्ख इतिहास के ये भाग पढ़ सकेंगे।''

एक मुन्शी ने पूछा—''तो आपने ये सब बातें कहाँ से पढ़ीं?''

''मेरे पास कनिंघम का लिखा हुआ इतिहास मौजूद है, जो किताब के रूप में छप चुका है। वह काफ़ी पुराना एडीशन है। आप जब चाहें उसे मेरे घर पर आकर देख सकते हैं—लेकिन भई यह बात बाहर नहीं निकलनी चाहिए। ऐसा न हो कि हमारी यह विदेशी सरकार मुझसे यह किताब ही छीनकर ले जाय।''

इस पर नत्थासिंह एकदम बोल उठा—''भला आपकी यह बात किसी और से कहेगा कौन?''

इतना कहकर नत्थासिंह ने अपनी लाल-लाल आँखों से छोटे मुन्शी लोगों की ओर देखा। मुन्शी लोग समझ गये कि अगर इस चेतावनी के बाद भी इस बारे में उनके मुँह से कोई बात निकल गयी तो उनकी जान की ख़ैर नहीं।

मुन्शी जी ने धीरे से मुस्कुराकर कहा—''लेकिन चिल्लियाँवाला की लड़ाई १८४९ में हुई थी। इस भयंकर हार का जो असर अंग्रेज़ों पर पड़ा, उसका अन्दाज़ा इसी बात से लगाया जा सकता है कि अंग्रेज़ कवि जार्ज मेरेडिथ ने चिल्लियाँवाला के बारे में एक कविता भी लिखी थी। उस कविता में वह लड़ाई की भयानक रात, चिल्लियाँवाला गाँव और झेलम नदी का ज़िक्र करता है। वह अपने वर्णन में बताया है कि उस समय लड़ाई के मैदान में अंग्रेज़ सेना की क्या गत हुई और इस हार के कारण कैसे अंग्रेज़ों का दिल थर्रा उठा था। जैसे कि मैं पहले कह चुका हूँ कि सिक्ख-सेना की सबसे बड़ी भूल यह थी कि उन्होंने हारे दुश्मन पर पूरा दबाव डालकर उन्हें पूरी तरह मटियामेट नहीं कर दिया, जिसका नतीज़ा यह हुआ कि १८४९ में इक्कीस फरवरी को गुजरात के मुक़ाम पर सिक्खों को अंग्रेज़ों से उस समय लोहा लेना पड़ा जब दुश्मन का पलड़ा बहुत भारी था। लड़ाई के बारे में भी एक अंग्रेज़ सेनापति ने

लिखा है कि सिक्खों ने नंगे हाथों से अंग्रेज़ों की बन्दूकों पर चढ़ी हुई संगीनों को पकड़-पकड़कर दाहिने हाथ से तलवार की चोटे-देनी शुरू कर दीं। उसने यह भी लिखा है कि जो दिलेरी सिक्खों ने दिखायी उसकी मिसाल मुश्किल से ही कहीं और मिल सकेगी। इसके बाद उसने लिखा है कि वह सिक्ख तोपचियों की तारीफ़ किये बिना नहीं रह सकता, क्योंकि जब उनके चारों ओर अंग्रेज़ों की तोपें आग बरसा रही थीं, तब भी उन्होंने ऐसी हिम्मत दिखायी कि जिसका वर्णन करना नामुमकिन है।''

हेड-मास्टर की ये नयी और सच्ची बातें सुनकर सभी के मन में अजीब-सा जोश पैदा हो गया। तब मुन्शी जी के होंठों पर एक कड़वी मुस्कुराहट पैदा हुई, और वह सिर को ज़रा ऊँचा उठाकर बोले—''जब बेईमान अंग्रेज़ इस तरह हिन्दुस्तान के आख़िरी आज़ाद हिस्सों को अपना ग़ुलाम बनाने में क़ामयाब हो गये तो एक सिक्ख सरदार ने उन्हें अपने हाथ की सबसे छोटी उँगली दिखाते हुए कहा था—''ठीक है, कुछ कारण थे कि हम तुमसे हार गये, लेकिन तुममें और हममें इस छोटी उँगली के बराबर ही फ़र्क़ है।''

इतना कहकर मुन्शी टेकचन्द का सिर आगे को झुक गया। उन्होंने आँखें मूँद लीं। शायद वे अपने मन की आँखों से लड़ाई का मैदान देख रहे थे, जब शेरे-पंजाब महाराजा रणजीतसिंह की मौत के बाद पंजाब के बेटों ने अंग्रेज़ों से ऐसी टक्कर ली कि जिसके बारे में ख़ुद दुश्मन ने भी माना कि जब से उन्होंने हिन्दुस्तान की धरती पर क़दम रखा, तब से किसी ने उनके दाँत ऐसे खट्टे नहीं किये थे।

गोवर्धनदास उनकी इस सारी बातचीत से बहुत प्रभावित हुआ। फिर बोला—''हेड-मास्टर साहब! अभी आपने अपनी बात पूरी नहीं कि—मैंने १८५७ की बात छेड़ी तो आपने हमें....''

हेड-मास्टर साहब चौंककर बोले—''हाँ, मैं कहना यह चाहता था कि १८५७ में आगरा और अवध के जिन हिन्दुस्तानी सिपाहियों ने अंग्रेज़ों के ख़िलाफ़ हाथ उठाये, वही हिन्दुस्तानी सिपाही १८४९ में पंजाब पर हमला करने में अंग्रेज़ों का साथ दे रहे थे। वे अंग्रेज़ों से मिलकर आज़ाद पंजाब के ख़िलाफ़ लड़े। उनकी गिनती कुछ कम नहीं थी। एक अंग्रेज़ सिपाही के साथ तीन या चार यही हिन्दुस्तानी सिपाही थे। उनकी इस हरकत से हारे हुए पंजाब में यही समझा गया कि वे हिन्दुस्तानी सिपाही देश-भक्त नहीं देशद्रोही थे। अगर उस समय वे हिन्दुस्तानी सिपाही चाहे पंजाब की ओर से न लड़ते, लेकिन कम-से-कम वे अंग्रेज़ों का साथ न देते तो उन्हें १८५७ वाली नाक़ामयाब लड़ाई न लड़नी पड़ती।''

गोवर्धनदास ने कहा—''इसका मतलब यह है कि पंजाबवालों के मन में १८४९ में जो कड़वाहट पैदा हुई, वह १८५७ तक भी मिट नहीं सकी।''

हेड-मास्टर साहब एक-एक शब्द पर बल देते हुए बोले—"गोवर्धनदास! यह सब अंग्रेज़ों का खेल था। उन्होंने पहले हिन्दुस्तानी सिपाहियों की मदद से पंजाब को जीता, और फिर पंजाबियों की मदद से उन्हीं सिपाहियों को दबा दिया, जिन्होंने आठ-नौ साल पहले इतने बड़े दुश्मन के ख़िलाफ़ उनकी मदद की थी—सच पूछो तो अंग्रेज़ों पर दोष धरने का भी कुछ लाभ नहीं। हमें अपनी बेवकूफ़ी को मान लेना चाहिए। हमें यह भी क़बूल करना चाहिए कि हम ख़ुद ही अंग्रेज़ों के झाँसे में आकर आपस में लड़ते रहे, अगर हममें कोई सूझ-बूझ होती, या देशभक्ति की सच्ची भावना होती तो हम इस तरह विदेशियों के हाथों की कठपुतलियाँ बनकर न रह जाते।"

एक पुराने मुन्शी जी बोले—"लाला जी! हमें यह भी नहीं भूलना चाहिए कि जब तक हममें एका नहीं होगा, हम अंग्रेज़ों को अपने देश से बाहर नहीं निकाल पायेंगे। आज़ाद हो जाने के बाद भी अगर हममें एका न रह पाया, तो हम अपनी आज़ादी फिर खो देंगे—मेरा ख़्याल है कि पिछली बातें याद कर-करके एक-दूसरे के ख़िलाफ़ नफ़रत की भावना रखना बहुत ही बुरा है। आपकी बातों से हमारी गल्तियाँ ज़ाहिर होकर हमारे सामने आ जाती हैं। हमें अब इस बारे में सीख हासिल कर लेनी चाहिए।"

"मैं आपसे सहमत हूँ। मैंने तो बहुत ही थोड़े में बातें बतायी हैं, लेकिन जो कोई भी चाहे उसे इस मामले पर बहुत-सी किताबें मिल सकती हैं।"

इस तरह वे सब उस समय तक बातचीत करते रहे जब तक कि दिलीपसिंह अकालगढ़ से वापस नहीं लौट आया।

अब गप्पों के साथ-साथ दानें भी चबाये जा रहे थे।

पाँच

: १ :

अँधेरा हो जाने पर भी लाला टेकचन्द और दूसरे मुन्शी गप्पे मारने में जुटे हुए थे। अब उनकी बातचीत का रुख़ तो बदल चुका था, लेकिन यह ऐसा विषय था, जिसमें नत्थासिंह को कोई दिलचस्पी नहीं थी। वह चबूतरे से उठा, और लालाजी से इजाज़त लेकर मदरसे से बाहर निकल आया।

अँधेरे में दूर तक खेत फैले हुए थे। कहीं-कहीं भूसे की धड़ें दिखायी दे रही थीं। भूसे के उन ढेरों पर गीले और गाढ़े गारे का लेप कर दिया गया था, जिससे वर्षा हो तो भूसा गीला होने से बचा रहे। नत्थासिंह ने दोनों हाथ सिर के पीछे ले जाकर उनकी उँगलियाँ एक-दूसरे में फँसा दीं, और एड़ियाँ उठाकर ज़ोर की अँगड़ाई ली। फिर वह गाँव की ओर चल दिया।

अकालगढ़ के दोनों गाँव रात के अँधेरे में काले धब्बों की तरह दिखायी दे रहे थे। कहीं-कहीं किसी छत पर लालटेन की रोशनी हो रही थी। नत्थासिंह को लगा, जैसे वे दोनों गाँव जंगली जानवर हों। उच्चा अकालगढ़ झपट्टा मारने को तैयार नज़र आता था, और नीवाँ अकालगढ़ धरती के साथ लगा मानो उच्चा अकालगढ़ के पास आते ही उसे गर्दन से दबोच लेना चाहता था। वे दोनों गाँव कैसे रहस्यमय जानवर नज़र आ रहे थे।

नत्थासिंह लम्बी-लम्बी टाँगों से लम्बे-लम्बे डग भरता हुआ बढ़ता जा रहा था। रास्ते में छोटी-सी नहर पड़ती थी। उसके किनारे तक पहुँचकर नत्थासिंह ने अपने भारी-भरकम देशी जूते पाँव से अलग किये, और एक के बाद दूसरे जूते को परले किनारे पर फेंक दिया। तब उसने अपनी तहमद को पेट तक ऊपर उठा लिया। अँधेरे में सुनसान जगह पर नंगे हो जाने में भी क्या डर था—नहर के बीच में पानी उसकी जाँघों तक चढ़ आया, और एक बार तो उसके खुसिये भी ठण्डे-ठण्डे पानी से छू गये। बड़ा अजीब-सा लगा। नहर पार करके उसने दोनों जूते उठाकर अपने आगे रखे ,और फिर पाँवों को बारी-बारी ज़ोर से झटककर उन्हें जूतों में घुसेड़ दिया।

कुछ और आगे बढ़ने पर भेड़ों की भें-भें और कुत्तों के भौंकने की धीमी-धीमी आवाज़ें सुनायी देने लगीं। ज्यों-ज्यों वह आगे बढ़ता गया, त्यों-त्यों उसका रुख़ उच्चा अकालगढ़ की ओर होता गया। उच्चा अकालगढ़ में घुसने के लिए थोड़ी चढ़ायी भी चढ़नी पड़ती थी। जब वह चढ़ायी चढ़ गया तो दीनू साँहसी अपने कच्चे मकान के आगे चारपाई पर बैठा हुक्का पीता दिखायी दिया। नत्थासिंह को देखते ही दीनू ने हुक्का एक ओर को सरकाकर चारपाई के साथ टिका दिया, और खड़ा होकर बोला—"साहब सलामत! सरदार जी!"

"साहब सलामत—कहो दीनू, क्या हाल है?"

"जो झट लँघ जाये। (जो घड़ी बीत जाय सो ग़नीमत)—अल्लाह का शुक्र है।"

नत्थासिंह दोनों हाथ कमर पर टेककर वहीं रुक गया, और कुछ इधर-उधर की बातें करता रहा। दीनू ने जो दीदारसिंह से कही थी, वही बात नत्थासिंह को बता दी—"मालूम है, यहाँ वधावासिंह क्यों आया है?"

पहले तो नत्थासिंह को याद ही नहीं आया कि यह वधावासिंह कौन है। फिर एकाएक बोला—"अच्छा तो तुम उस बिना गर्दन के साँड़ की बात कर रहे हो?"

"हाओ! (हाँ)—मुझे पता चला है कि नीवाँ अकालगढ़ के सरदारों ने वधावासिंह को दीदारसिंह का दिमाग़ ठिकाने पर लगाने के लिए ही बुलाया है। मैंने माना कि आपको और लड़कों को इस बात की कुछ भी परवाह नहीं है। परवाह होनी भी नहीं चाहिए, लेकिन मैं इतनी बात ज़रूर कहूँगा कि दुश्मन को कभी भी कमज़ोर नहीं समझना चाहिए। इसलिए वधावासिंह से होशियार रहने की ज़रूरत है।"

अक्खड़ तो नत्थासिंह भी बहुत था, लेकिन ज़िन्दगी के तज़ुर्बों के बाद बुढ़ापे में वह काफ़ी सँभल चुका था। उसने दुःख का इज़हार करते हुए कहा—"अब तुम्हें क्या बताऊँ, दीनू! मैं तो इन छोकरों से बहुत तंग आ चुका हूँ। अच्छी सन्तान भी क़िस्मत से ही मिलती है!"

शब्द 'अच्छी' की परिभाषा नत्थासिंह के मन में कुछ और ही थी। जो उसके अगले शब्दों में पूरी तरह साफ़ हो जाती है। उसने अपना भारी-भरकम पंजा दीनू साँहसी के कन्धे पर रखते हुए कहा—"अरे! तुम्हें यह जानकर हैरानी होगी कि जब से ये लड़के बड़े हुए हैं तब से इन्हें एक साथ मैंने घर पर कभी नहीं देखा—मेरी तो आँखें तरस गयीं, इन लड़कों को एक साथ देखने के लिए। मैंने माना कि ये डाके डालते हैं, जुआ खेलते हैं, औरतों के पीछे भागते हैं, रण्डियों का गाना सुनते हैं...लेकिन मैं कहता हूँ बेशक यह सब-कुछ करो, लेकिन अपने बूढ़े बाप का भी तो ख़्याल किया करो।"

दीनू को नत्थासिंह की बातों में कोई भी बात अनोखी नहीं मालूम हुई। वह नत्थासिंह के दुःख को अपना दुःख समझकर कुछ समय तक मौन खड़ा रहा।

नत्थासिंह ने फिर कहा—"दीनू! एक बात मैं आज ही तुमसे कहे देता हूँ। मुझे इस बात की चिन्ता नहीं कि वे वधावासिंह को बुलाते हैं या गोतावासिंह को बुलाते हैं। मैं तो बस इतनी-सी बात जानता हूँ कि जिस दिन नत्थासिंह और उसके चारों बेटे इकट्ठे हो गये तो वे इन सरदारों को नीवाँ अकालगढ़ से निकालकर ही दम लेंगे, वरना नीवाँ अकालगढ़ को आग लगाकर फूँक देंगे और इस पर हल चला देंगे।"

दीनू जानता था कि नत्थासिंह बेकार की धमकी नहीं दे रहा है। वह उन लोगों में से था जो एक बार बात कहते हैं तो उसे कर गुज़रते हैं।

उसके बाद दीनू ने डब्बू का हाल पूछा। नत्थासिंह ने कहा—"डब्बू का हाल अच्छा है। सच पूछो तो आजकल दीदार बाप से भी ज़्यादा डब्बू की देखभाल करता है। सच पूछो तो नत्थासिंह डब्बू बना हुआ है—और डब्बू... कभी-कभी इस डब्बू पर भी मुझे बड़ा ग़ुस्सा आ जाता है। अगर कभी मैंने ताव में आकर लाठी का एक हाथ डब्बू को जड़ दिया, तो उस भानछोद की सारी टैं निकल जायगी।"

यह कहते समय नत्थासिंह के मुँह से थूक के छींटे उड़ रहे थे।

दीनू ने उसे ठण्डा करने के लिए उसका बाजू दबाकर कहा—"यह सब उम्र-उम्र की बात है। आप उलटे-सीधे ख़यालों को अपने मन में मत आने दीजिये। डब्बू को मार देने से क्या होगा? हाँ, इतना ज़रूर होगा कि दीदार के मन में गाँठ पड़ जायगी।..."

नत्थासिंह बोझल क़दमों से घर की ओर चल दिया। वह जानता था कि दीनू ने जो बात कही है वह बिलकुल ठीक है। भिड़ने को तो वह अपने बेटों से भी भिड़ सकता था, दीदारसिंह से भी भिड़ सकता था...लेकिन वह यह भी जानता था कि अपने मन की गहराई में वह अपने हर बेटे को कितना चाहता है। जब कभी वह इस बारे में ठण्डे दिल से सोचता तो इसी नतीज़े पर पहुँचता कि उसे बड़े सब्र के साथ उस घड़ी का इन्तज़ार करना चाहिए जब उसके बेटों को भी जीवन के तज़ुर्बे बहुत-कुछ सिखा देंगे। तब वे सीसा पिलायी हुई दीवार की तरह अपने बाप के पहलू-ब-पहलू खड़े हो जायेंगे।

अभी नत्थासिंह गाँव की सबसे चौड़ी गली ही में था कि सामने से भेड़ों और बकरियों का गल्ला आता दिखायी दिया। नत्थासिंह अपनी धुन में रुका नहीं। वह चलता गया, और ज़रा देर बाद चारों ओर से भेड़ों और बकरियों से घिर गया। उनकी बदबू और उनकी मैं-मैं की आवाज़ों से वह चौंक पड़ा, लेकिन अब वह पीछे क्या हटता। वह धीरे-धीरे बढ़ता चला गया। बकरियाँ हाँकनेवाले लड़के ने पहले से ही चिल्ला-चिल्लाकर नत्थासिंह को ख़बरदार करना चाहा, नत्थासिंह ने सुना-अनसुना कर दिया। अब वह लड़का घबरा गया कि कहीं नत्थासिंह उसी को एकाध झापड़ रसीद ने कर दे। लेकिन नत्थासिंह रुक-रुककर, धीरे-धीरे बचता-बचाता अपने घर की ओर बढ़ता गया।

जब वह बड़े दरवाज़े तक पहुँचा तो देखा कि एक उपला दीवार से नीचे गिरा पड़ा था, और उसके टुकड़े दरवाज़े के आगे ही बिखरे हुए थे। उसने जूते की नोक से उन टुकड़ों को दायें-बायें हटा दिया—उसी समय उसे दालान में से हँसने-बोलने की आवाज़ें सुनायी दीं।

नत्थासिंह को लगा कि आज घर में कुछ गहमा-गहमी है। उसका यह ख़्याल ठीक ही निकला। आज गज्जनसिंह, उसका सबसे बड़ा बेटा, वापस लौट आया था, कितने दिन घर में रहेगा?...यह वाह गुरू जानें।

गज्जनसिंह हँसमुख और ख़ुशमिजाज़ तो नहीं था, लेकिन दीदारसिंह की तरह वह ज़्यादा बातें बनाने से भी हिचकता नहीं था। उस समय अमरो दालान के कोने में खड़ी तन्दूर के भीतर रोटियाँ जमा रही थी। गज्जनसिंह सिर्फ़ एक तहमद बाँधे पसार के दरवाज़े में खड़ा था। क़द में वह दीदारसिंह से एकाध अंगुल कम ही था, और बदन भी दीदारसिंह से कुछ हलका था। उसकी पसलियाँ भूखे भेड़िये की पसलियों की तरह अलग-अलग नज़र आ रही थीं। गले में सोने के मोटे-मोटे मनकों की माला थी, कानों में सोने के मुँदरे काँप रहे थे। उस समय भाई-बहन ख़ुश नज़र आते थे। न जाने किस विषय पर बात हो रही थी। भाई किसी बात पर हँस रहा था। उसके गालों पर मांस बस नाम को ही था। लगता था जैसे कल्लों की हड्डियों पर चमड़ी मढ़ी हुई है। हँसते समय उसकी इन्हीं हड्डियों के नीचे गालों पर कई बल पड़ जाते थे। उसका रंग दीदारसिंह की तरह गहरा गेहुँआ नहीं था, बल्कि क़रीब-क़रीब काला ही था। उसके काले रंग में उसके सफ़ेद दाँत और भी ज़्यादा दमकते हुए नज़र आते थे। उसके दाँत ख़ूबसूरत तो थे ही, लेकिन वह उनकी देखभाल भी बहुत अच्छी तरह करता था। सुबह वह फुलाह या बबूल की दातुन से अपने दाँतों को काफ़ी देर तक साफ़ करता रहता था।

नत्थासिंह ने दालान में क़दम रखा तो उसके बेटे और बेटी दोनों ने उसे देख लिया। अमरो कुछ गम्भीर हो गयी, और गज्जनसिंह ने मुँह दूसरी ओर फेर लिया। अपने काले आकार, सिर के बड़े से ढीले-ढाले जूड़े, और गुद्दी के नीचे गिरे हुए बालों के कारण वह प्राचीन भारत के किसी ऋषि-मुनि-जैसा दिखायी दे रहा था।

बाप-बेटे में कोई बात नहीं हुई। शायद गज्जनसिंह ने बातचीत का मौक़ा ही नहीं दिया। वह कमरे के भीतर चला गया। नत्थासिंह दीवार से टिकी चारपाई को एक हाथ से दालान में गिराकर उस पर बैठ गया। उसने अपना सिर दोनों हाथों में थाम लिया और कोहनियाँ रानों पर टिका दीं। वह दालान के कोने में टिके हुए लम्बे लकड़ी के हल को खोयी-खोयी नज़रों से देख रहा था। इतने में ही चरनो बाहर से बड़ी ख़ुशी में धम-धम करती दालान में आ घुसी। नत्थासिंह उसकी ओर देखे बिना ही समझ गया कि वह बेटे के घर आ जाने पर ख़ुशी से फूली नहीं समा रही है।

जब चरनो की नज़र अपने पति पर पड़ी तो वह बड़े बटुवे की तरह मुँह खोलकर बोली—"अमरो के चाचा! गज्जनसिंह आ गया है।"

नत्थासिंह भरा बैठा था। वह अपने दोनों हाथ रानों पर मारकर बोला—"तो मैं क्या करूँ। मैं तो सिर्फ़ इतना जानता हूँ कि एक हरामज़ादा आता है, और दूसरा हरामज़ादा चला जाता है।"

चरनो हैरानी ज़ाहिर करते हुए बोली—"हाओ हाय! कैसे बाप हो! दीये-बत्ती के समय अपनी ही औलाद को गालियाँ दे रहे हो।"

नत्थासिंह लाल-लाल आँखें दिखाते हुए बोला—"या तो मैं उल्लू का पट्ठा हूँ, या तुम सब उल्लू के पट्ठे हो।"

चरनो सकते में आ गयी। वह बढ़कर अपनी बेटी के नज़दीक चली गयी। अमरो हाथ पर कपड़ा लपेटकर तन्दूर के भीतर से रोटियाँ उतारने जा रही थी। चरनो इतनी ज़ोर से फुसफुसाकर बोली कि उसके शब्द नत्थासिंह ने भी सुन लिये—"अमरो! यह तुम्हारे बाप को हुआ क्या है?...क्या गज्जन से कोई झगड़ा हुआ है।"

अमरो ने इनकार में सिर हिलाते हुए बहुत धीरे से जवाब दिया—"इन दोनों में तो एक बात भी नहीं हुई।"

अमरो को भी बाप के बरताव से ही शिकायत थी। वह अपने बूढ़े बाप के मन की पेचीदगियों को कैसे समझ पाती।

बेटी का जवाब सुनकर तो चरन कौर की हैरानी और भी बढ़ गयी। वह नाक पर उँगली रखकर धरती पर ज़ोर-ज़ोर से पाँव मारती हुई पति के सामने पहुँचकर बोली—"हर समय तुम्हारा गुस्सा नाक पर बैठा रहता हैं। वाह गुरु अकाल पुरुख का शुक्र नहीं करते कि उसने चार-चार शेर-जैसे बेटे दिये हैं..."

नत्थासिंह ने उसकी बात काटते हुए गरजकर कहा—"ये शेर के बेटे नहीं हैं, ये हरमज़ादे सुअर के बच्चे हैं...कुत्ते के बलूँगे (पिल्ले) हैं...भानछोद कहीं के!"

चरनो पति वे गुस्से को देखकर दो क़दम पीछे हट गयी, फिर भड़ककर अपना पंजा हवा में लहराते हुए बोली—"मुँह को लगाम दो। ख़बरदार जो दीये-बत्ती के समय मेरे बेटों को गालियाँ दीं तो..."

"चुप हरामज़ादी कहीं की! ज़्यादा, ज़बान लड़ायेगी तो मट्टी की बोरी की तरह उठाकर दीवार के ऊपर से गली में फेंक दूँगा।"

गज्जनसिंह कमरे के भीतर ही अपने माँ-बाप का यह झगड़ा सुन रहा था। बाप की आख़िर धमकी सुनकर वह चीते की-सी तेज़ी के साथ मानो सरककर बाहर निकल आया। वह मुँह से कुछ नहीं बोला, लेकिन वह ऐसी जगह पर खड़ा हो गया जहाँ से बाप उसे देख सके।

नत्थासिंह ने उसे देखकर अपनी पत्नी से कहा—"तुम चाहती हो कि अब इन हराम के पिल्लों में से कोई घर लौट आये तो मैं तुम्हारी तरह सारे अकालगढ़ में भाँगड़ा डालता फिरूँ...तुम कभी इन्हें अकल की बात नहीं समझातीं। समझाओ भी कैसे, तुम्हारे खोपड़े में भेजा है ही कहाँ....गोबर भरा है गोबर!"

चरनो दोनों हाथ कूल्हों पर रखकर बोली—"अच्छा, मेरे खोपड़े में गोबर भरा है—तुम्हारे खोपड़े में भेजा है न! तुमने इन्हें क्या सिखाया है?"

नत्थासिंह बमककर बोला—"हरामज़ादी! ज़बान लड़ाने से बाज़ नहीं आती।"

चरनो हवा में एक हाथ हिलाते हुए बोली—"बस वही बात हुई न कि झूठे की चैं-चैं!...."

नत्थासिंह पागल हो उठा। उसका जी चाहा कि वह इस बेवकूफ़ औरत को अपने हाथों में मक्खी की तरह मसलकर फेंक दे। लेकिन वह गज्जनसिंह की मौजूदगी में ऐसा नहीं करना चाहता था। वह जानता था कि अगर उसने चरनो पर हाथ उठाया तो गज्जनसिंह बीच में कूद पड़ेगा। वह यह भी जानता था कि उनका यह शोर-शाराबा सुनकर अड़ोस-पड़ोस के लोग अपनी-अपनी छतों पर दुबके यह तमाशा देख रहे होंगे। अगर बाप-बेटे में हाथापायी हो गयी तो यह ख़बर सारे अकालगढ़ में फैल जायगी। सरदारों के घर में घी के दीये जल उठेंगे। इन सब बातों को सोचकर नत्थासिंह ज़रा ठण्डा पड़ गया। उसने अपने स्वर को पहले से कुछ धीमा करके कहा—"अरी भली मानस! कभी सोचा है कि अब तक तो तुझे दादी बन जाना चाहिए।"

"हाय-हाय! दादी कैसे बन जाऊँगी। पहले तुम इनका ब्याह करो तो मैं दादी बनूँ।"

"घास खा गयी हो क्या!...इस काले भूत का ब्याह तो हो चुका है। मैंने इसीलिए तो बारह साल की उम्र में ही इसका ब्याह कर दिया था। अब तो बहू जवान हो गयी है। यह सूर दा पुत्तर उसे जाकर ले क्यों नहीं आता?"

चरनो ने व्यंग्यपूर्ण स्वर में कहा—"यह सूर दा पुत्तर ले तो आये अपनी औरत को, लेकिन तुम्हीं ने उसके ससुरालवालों से बिगाड़ कर रखा है। तुम्हें अपनी ज़बान पर क़ाबू तो है नहीं। ज़रा-ज़रा-सी बात पर हर किसी की माँ-बहन तक चढ़ दौड़ते हो, दूसरे लोग तुम्हारी औलाद या तुम्हारी जोरू तो नहीं हैं कि तुम्हारी हर गाली सुनकर चुप हो रहें।"

नत्थासिंह चारपाई से उठकर खड़ा हो गया, और माथे पर हाथ मारकर बोला—"गधी कहीं की! तुझे इतनी भी तो अक़्ल नहीं है कि मेरे लड़ाई-झगड़े से कुछ नहीं होता। मुझसे झगड़े का मतलब यह तो नहीं है कि वे लोग अपने दामाद से भी झगड़ा किये बैठे हैं। अरे, मैं जानता हूँ कि मेरी उनकी कुछ ऊँच-नीच हो गयी थी, लेकिन कल को अगर उनका यह काला भूत...उनका दामाद उनके दरवाज़े पर जा खड़ा हो,

दयालसिंह के होंठों पर हलकी-सी मुस्कुराहट पैदा हुई, लेकिन अभी वह इस उलझन में था कि उसे ख़ुशी जाहिर करनी चाहिए या नहीं। उसने अपने छोटे भाई को इशारा किया कि वह घोड़े की लगाम थाम ले। इसके बाद दयालसिंह एकदम घर में जा घुसा।

भैंसें घास चरने गयी हुई थीं, इसलिए छोटे साले ने घोड़े की बाग एक खाली खूँटे में बाँध दी। इतना करने के बाद उसकी समझ में नहीं आया कि वह अपने बहनोई से क्या कहे। पास ही एक चारपाई पड़ी थी। छोटे साले ने उसे उठाकर पेड़ की छाँव में बिछा दिया और हाथ से इशारा करके बोला—"बैठो।"

गज्जनसिंह ने अपने साले को खोयी-खोयी नज़रों से देखा, और जूते पहने ही अपना एक पाँव चारपाई की पट्टी पर रख दिया।—छोटे साले को इससे आगे कुछ कहने की हिम्मत नहीं हुई।

वातावरण में अजीब-सा रूखापन और मौन-सा छाया हुआ था। सिर्फ़ बढ़ई के बसूले की खटाखट और पेड़ की डालों में बैठी हुई लालियों के पर फड़फड़ा-फड़फड़ाकर लड़ने का शोर सुनायी दे रहा था। शायद गज्जनसिंह के मन में भी ख़ामोशी छायी हुई थी...ऐसी ख़ामोशी जैसे आँधी के आने से पहले छा जाती है।

कुछ देर तक वह इसी तरह खड़ा रहा। छोटे साले की समझ में नहीं आ रहा था कि उसे वहीं खड़े रहना चाहिए, या उसे भी घर में घुस जाना चाहिए। वह सिर्फ़ पन्द्रह साल का था। उसने सुन रखा था कि उसकी बड़ी बहन करतार कौर दूर के एक गाँव अकालगढ़ में ब्याही हुई है। उसकी समझ में कुछ और नहीं आया तो उसने पूछा—"तुम अकालगढ़ से आये हो क्या?"

गज्जनसिंह ने उसकी ओर यों देखा जैसे वह गाय का नन्हा-सा बछड़ा या घोड़ी का बछेड़ा हो। फिर उसने साले से आँखें हटाकर क्षितिज की ओर टकटकी बाँधकर देखते हुए जवाब दिया—"हाँ।"

उसकी आवाज़ में इतना रूखापन था कि उसके साले को फिर कोई और बात पूछने की हिम्मत नहीं हुई।

गज्जनसिंह सोच रहा था कि न जाने घर के भीतर क्या हो रहा है। वे आपस में क्या सलाह कर रहे हैं। न मालूम वे तारो को भेजना चाहते हैं या नहीं भेजना चाहते। एक बार तो उसके मन में आया कि वह घोड़े पर सवार होकर उलटे पाँव लौट जाय। लेकिन वह यह भी जानता था कि ऐसा करने पर घर में कितना झंझट हो जायगा। लोगों में बदनामी भी हो जायगी कि उसके ससुरालवालों ने लड़की भेजी ही नहीं। इसलिए अब तो उसकी यही कोशिश होनी चाहिए कि जिस तरह भी हो सके वह दुल्हन को लेकर ही जाय—कम-से-कम उसे पूरी कोशिश तो करनी चाहिए। अगर

फिर भी काम न बने तो भाड़ में जायँ उसके ससुरालवाले, और भाड़ में जाय उसका बाप...

एकाएक ही बड़े ज़ोर का शोर सुनायी दिया। घर के भीतर से एक अधेड़ उम्र की औरत और अधेड़ उम्र का मर्द दोनों ही हाथ फैलाये बाहर निकले और जल्दी-जल्दी क़दम उठाते हुए उसकी ओर बढ़े।

अनुमान से ही गज्जनसिंह ने पहचान लिया कि उनमें से औरत उसकी सास है, अड्डैर मर्द उसका ससुर।

उसका यह अनुमान ठीक था। सास और ससुर दोनों का शरीर भारी-भरकम था। खाये-पिये लोगों की तरह उनके गाल फूले हुए थे। लगता था कि दामाद के आने की ख़बर सुनते ही उन्होंने जल्दी-जल्दी अपने कपड़े बदले थे। दोनों ने चाबी मार्का लट्ठे की दूध-जैसी सफ़ेद, कलफ़ लगी, फूली-फूली सलवारें पहन रखी थीं। उनके लाल और हरे रंग के रेशमी इज़ारबन्द घुटनों तक लटके हुए थे। सास ने गोटेवाला गहरे जामुनी रंग का शनील का कुर्ता पहन रखा था, और ससुर की बोस्की की कमीज़ पर सफ़ेद सीप के बटनोंवाली काली बास्केट बाहर दिखा रही थी। सास के सिर पर गुलाबी रंग का दुपट्टा ज़रा अनोखा-सा लगता था; लेकिन वह सुहागिन होने के नाते शोख़ रंग के कपड़े पहनना अपना हक़ समझती थी। ससुर के सिर 'पेशावरी लुंगी' बँधी थी, जिसका ऊपर का शमला नीचे को लटका हुआ था। दोनों बाजू फैलाये आगे बढ़ते हुए सास-ससुर यों लग रहे थे जैसे वे बहुरूपिये बनकर स्टेज पर नाटक करने आये हों। पहले तो ससुर जी ने दामाद को गले से लगाया, और फिर बड़े उल्लास से हाथ मिलाया। इसके बाद सास दामाद की बलाएँ लेने लगी। इस अफरातफरी में गज्जनसिंह बौखला गया, लेकिन फिर भी उसे याद आ गया कि सास के पाँव छूने चाहिए। वह दोनों हाथ बढ़ाकर नीचे को झुका, लेकिन वह पाँव छू भी नहीं पाया था कि सास ने उसका सिर अपने भारी-भरकम, गोल-मटोल और पिलपिले बाजुओं में दबोच लिया, और चटाख़ से उसका काला माथा चूम लिया।

यह सब-कुछ हो चुका तो घर के दूसरे लोग भी, जो बाहर आ चुके थे, दामाद जी को लेकर घर के भीतर चले। गज्जनसिंह ने सोचा कि इतनी देर तक घर के आदमियों में से किसी के भी बाहर न आने का कारण यही होगा कि पहले तो उन्होंने आपस में सलाह की होगी, और फिर सास-ससुर ने जल्दी-जल्दी घर में पहने हुए मामूली कपड़े उतारकर धुले-धुलाये साफ़-सुथरे कपड़े पहने होंगे।

इसी दौरान आस-पास की कुछ पड़ोसिनें और बच्चे-बच्चियाँ भी तमाशा देखने के लिए वहाँ जमा हो गये। जब यह छोटा-सा जलूस घर के भीतर घुसने लगा तो एक पड़ोसिन ने जलूस के पीछे-पीछे चलती हुई सास के कन्धे को छूकर टूटे हुए दाँतोंवाली मुस्कुराहट पेश करते हुए पूछा—"क्या तुम्हारा जमाई आया है?"

सास का बड़ा-सा मुँह सूरजमुखी की तरह खुल गया और उसने दोनों हाथ जोड़कर आसमान की ओर इशारा करते हुए कहा—"हाँ बहन!...यह सब वाह गुरू अकाल पुरुख की महिमा है।"

घर के भीतर बाहरवाले पसार में रंगदार पायोंवाला बड़ा-सा पलँग रखकर उस पर दरी, खेस और ऊपर से फूलदार चादर बिछा दी गयी थी। चादर पर ये फूल करतार कौर ने अपने हाथ से काढ़े थे। सास यही सोचे हुए थी कि वह बातों-बातों में कह देगी कि ये फूल, इतने सुन्दर फूल उसकी दुल्हन ने अपने हाथ से काढ़े हैं।

एकदम घर में यह शोर तो मच ही गया कि भाइया जी (जीजाजी) आये हैं। करतार के नन्हें-से भतीजे ने कह दिया—"बुआ! भाइया जी तुम्हें लेने आये हैं...वह तुम्हें ले जायेंगे न?"

बादामरंगी करतार झेंपकर मकान के सबसे पिछवाड़ेवाले कमरे में चली गयी। वहाँ कोने में भारी-भरकम पावोंवाला निवाड़ का पलँग बिछा था। वह उस पर लेट गयी, और उसने अपने चेहरे को दस्ती पंखे से ढाँप लिया। उसकी साँस ज़ोर-ज़ोर से चल रही थी और ऊपर उठते-दबते सीने की वैसी ही हालत हो रही थी, जैसे समुद्र में ज्वार-भाटा आ गया हो। उसका दिल मुँहज़ोर घोड़े की तरह मानो सरपट भागा जा रहा था। वह किधर को दौड़ रहा था? कौन-सी मंज़िल थी उसकी?—वह कुछ समझ नही पा रही थी। उसका दिमाग़ धुआँ-धुआँ हो रहा था।

पलँग पर बैठे गज्जनसिंह को सारा गाँव देखने आ रहा था। वह काले संगमरमर का बड़ा अनोखा और चलता-फिरता बुत-सा नज़र आता था। इस रंग के बावजूद किसी में इतनी हिम्मत नहीं थी कि उसकी आँखों में आँखें डाल सके। आँखों की तेज़ी के मामले में सिर्फ़ दीदारसिंह उससे आगे बढ़ा हुआ था।

सबसे पहले दामाद को सेर भर मट्ठे का छन्ना (कटोरा) पीने के लिए पेश किया गया। सास के एक हाथ में जितना मक्खन समा सका, उतने ही मक्खन का गोला मट्ठे में तैर रहा था। गज्जनसिंह ने एक घूँट पीकर जब नमक की डली माँगी, तो उसकी दो छोटी सालियाँ और दी-तीन दूसरे बच्चे नमक की डलियाँ ले-लेकर उसकी ओर दौड़े।

वह दिन बड़ी चहल-पहल में बीता। दामाद पलँग पर पसरा रहा। भीतरवाले कमरे में छिपी तारो (करतार कौर) को उसकी सहेलियाँ गुदगुदाती रहीं, और उसके कूलें में चुटकियाँ भरती रहीं। तारो कुलबुला-कुलबुलाकर बिना पानी की मछली की तरह पलँग पर मचलती और तड़पती रही।

सास-ससुर ने दिन भर में मिठाई, बड़ी-बड़ी मट्ठियाँ, रंग-बिरंगी बूँदी के छोटे नारियल के बराबर लड्डू और दाल की पिन्नियाँ (एक तरह के लड्डू) घर के घी में तैयार करवायी, सलाह-मशविरे करके दूल्हा-दुल्हन के कुछ ज़रूरी कपड़े अलग

कर दिये गये। उनकी लड़की तो पहले ही ब्याही हुई थी, और उसके दहेज़ का तो अब सवाल ही नहीं आता था, इसलिए ऐसे मौक़े पर जो थोड़ा-बहुत सामान ज़रूरी होता है, वह उन्होंने दिन ढले तक तैयार कर लिया। दामाद से कहा गया कि वह दो-चार दिन वहीं टिका रह जाय, लेकिन उसने एक ज़रूरी काम का बहाना बनाकर कहा कि वह दूसरे दिन मुँह-अँधेरे ही चल देगा। इस पर यह तय किया गया कि दो कहार बहँगियों पर मिठाइयाँ, कपड़े और दूसरा सामान लेकर आधी रात के बाद ही वहाँ से चल दें। उनके साथ दो फालतू कहार भी भेजने का फ़ैसला किया गया, ताकि वे रास्ते में कन्धा बदलते रहें। यों तो दुल्हन को भी डोली में भेजा जाना था, लेकिन गज्जनसिंह ने ज़ोर दिया कि वह दुल्हन को घोड़े पर ही बैठाकर ले जायगा। इसका उपाय यह सोचा गया कि घर से गाँव के बाहर कुछ दूर तक दुल्हन डोली में बैठकर जाय, उसके बाद गज्जनसिंह उसे घोड़े पर बैठाकर ले जाय। गज्जनसिंह को रास्ते में कुछ और कारगुज़ारी भी करनी थी, इसलिए उसने रात के तीसरे पहर ही वहाँ से चल देने की ठान ली।

रात के समय खाना खाने के बाद गज्जनसिंह तो गहरी नींद सो गया, लेकिन सास-ससुर को नींद नहीं आयी। दुल्हन भी कभी ऊँघ जाती, कभी हड़बड़ाकर जाग उठती। वह सालों से अपने दूल्हे के आने का इन्तज़ार कर रही थी। जब कोई लड़का ख़ुद लड़की को लेने के लिए आ जाता है तो हर लड़की इस पर फ़ख्र का एहसास करती है। यही कैफ़ियत तारो की हो रही थी। यह उसकी ज़िन्दगी की सबसे बड़ी जीत थी। जब तक दूल्हा उसे लेने नहीं आया था तो उसे सदा यही एहसास होता था जैसे वह ज़िन्दगी की बाज़ी हार चुकी हो। आज एकाएक ही उसकी हार जीत का रूप अख़्तियार कर गयी। कैफ़ियत की सनसनी उसकी सहन-शक्ति से बाहर हुई जा रही थी....

अभी वह कुछ सोयी-सी कुछ जागी-सी थी कि उसकी सहेलियों ने उसे घसीटकर पलँग से उतारा। सेहन के एक कोने में पर्दा करने के लिए चारपाइयाँ खड़ी कर दी गयीं। उन पर चादरें डाल दी गयीं। उसके सारे कपड़े उतारकर उसके हाथों और पाँव पर से पिछली शाम की लगी हुई मेंहदी भी धो डाली गयी। उसके शरीर पर बेसन और छिड्डी ख़ूब अच्छी तरह मली गयी। यहाँ तक कि उसका बादाम का-सा रंग जगमगा उठा। उसकी एक सहेली 'नी कबूतरिये बादामरंगिये!' वाला गाना धीरे-धीरे गुनगुनाने लगी। फिर दुल्हन उजली चादर में लपेटकर पिछले कमरे में ले जायी गयी। उसका हार-सिंगार शुरू हुआ। पाँव से सिर तक उसे गहनों से लाद दिया गया। पाँव में पायल, अँगूठे पर आरसी, अँगुलियों में नन्हीं-नन्हीं घण्टियोंवाली अँगूठियाँ, कलाइयों में सीने के गोखरू और हाथीदाँत की लाल चूड़ियाँ, नाक में नथ, कानों में लम्बे-लम्बे झुमके, कनपटियों पर तवीतड़ियाँ, सिर पर सोने का बड़ा-सा चौंक। इस तरह सज-धजकर दुल्हन ने लाल मख़मल का जोड़ा पहना। रस-भरे

अंगूर की तरह उसका अंग-अंग दमक उठा। जब सखियाँ उसे बाजुओं से पकड़कर बाहर अहाते को ले चलीं तो वह सिसकियाँ भरने लगी। दिल रोता भी था, गाता भी था।

अहाते में गज्जनसिंह घोड़े पर ज़ीन कस रहा था। वह एकाएक ही जाग उठा था। उसके साले उसी समय उसके पास आ पहुँचे। उसे अपने साथ खेतों में ले गये। शौचादि से फ़ुर्सत पाकर गज्जनसिंह ने अपने साले का दिया हुआ दातुन मुँह में डाल लिया, और वे गुरुद्वारे के छोटे-से कुएँ की ओर चल दिये। साले कुएँ से पानी के डोल भर-भरकर निकालते रहे और इस तरह गज्जनसिंह ने नहा-धोकर साफ़-सुथरे कपड़े पहन लिये।

जब वह लौटकर घर आया तो सास ने उसके लिए शुद्ध घी के लुस-लुस करते पराठे बना रखे थे। उनके ऊपर ताज़ा मक्खन चुपड़ा हुआ था। साथ डेलों और सहजन की फलियों का अचार था। पत्थर का कटोरा दही से भरा था, जिस पर भूरे रंग की मुट्ठी भर खाँड़ बिखरी हुई थी। साथ ही उसी समय की बिलोयी हुई लस्सी का कटोरा रखा था।

नाश्ते से फ़ुर्सत पाकर गज्जनसिंह अहाते में गया और घोड़े को ले जाकर चौड़े गलियारे में खड़ा कर दिया। कच्ची दीवारों पर रखे हुए बड़े-बड़े उपले यों दिखायी देते थे जैसे कछुए क़तारों में बैठे हों। कुछ रिश्तेदार अहाते में आ चुके थे, दो घड़ी बाद गज्जनसिंह का ससुर भी उन्हीं में आ खड़ा हुआ। दुल्हन को घर की औरतें घेरे में लिये बाहर निकलीं। हवा के झोंके से तारो का घूँघट पल भर को ज़रा-सा ऊपर उठ गया तो उसे दीवार के पास दूल्हा दिखायी दिया। धुँधली रोशनी में दूल्हा घोड़े को थपथपाता हुआ काली परछाईं की तरह नज़र आता था। दुल्हन को यह लम्बी-तड़ंगी परछाईं बहुत ही रहस्यमयी लगी।

दुल्हन को डोली में बैठाया गया, और दूल्हा घोड़े पर सवार हुआ। पहले उन्हें गाँव के गुरुद्वारे में ले जाया गया। वहाँ दूल्हा-दुल्हन ने गुरु ग्रन्थ साहब के आगे माथा टेका।

अब बिदाई की घड़ी आ चुकी थी। पहले दुल्हन की चीख़ें निकलीं, फिर उसकी सखियाँ ज़ोर-ज़ोर से रोने लगीं। जब माँ ने करतार कौर को सीने से लिपटाकर सिसकियाँ भरते हुए उसे तसल्ली दी, तो बेटी को एक गीत के वो बोल याद आ गये, जिनमें कहा गया था कि जब माँ-बेटी एक-दूसरे के गले से लिपट गयीं तो घर की चारदीवारी तक हिल गयी।

आँसुओं की चिलमन में से सखियाँ धुँधली होती हुई डोली को देखती रहीं, जो क़दम-क़दम उनसे दूर होती जा रही थी। साथ-साथ दूल्हा घोड़े पर सवार चला जा

रहा था। जब वे पेड़ों और झाड़ियों की ओट में उनकी आँखों से ओझल हो गये तो सभी लोग अपने-अपने घर चल दिये।

एक ख़ास जगह तक पहुँचकर कहारों ने डोली नीचे रख दी। गज्जनसिंह घोड़े से उतरा। उसने दुल्हन को उसका हाथ थामकर डोली से बाहर निकाला। जब तारो का हाथ अपने दूल्हे के हाथ की पकड़ में आया तो उसे नस-नस में ख़ुशी और सनसनी की लहर का एहसास हुआ।

गज्जनसिंह ने अपने तहमद के पल्लू को बाहर खींचा, उसकी गाँठ खोलकर चाँदी का एक रुपया निकाला। यह रुपया उसने कहारों के हवाले किया, और झुककर सलाम करने के बाद वे खाली डोली उठाकर वापस लौट गये।

गज्जनसिंह कुछ देर तक काठी पर अपनी कोहनी टेके और बोझ घोड़े की पीठ पर डाले उस ख़ासी डोली की ओर देखता रहा। तब उसे अपनी दुल्हन का ख़्याल आया, जो लम्बा-सा घूँघट निकाले उसके पीछे खड़ी थी। गज्जनसिंह सोचने लगा कि क्या उसकी दुल्हन अपने-आप घोड़े पर सवार हो सकेगी या नहीं। लेकिन तारो रूपी की तरह घुड़सवारी नहीं जानती थी। जब गज्जनसिंह ने उससे पूछा तो दुल्हन का लम्बा-सा घूँघट दायें-बायें हिलते देखकर वह समझ गया कि वह घोड़े पर अपने-आप सवार नहीं हो सकेगी।

गज्जनसिंह बहुत देर तक किसी उलझन में फँसे रहने का आदी नहीं था। उसने हाथ बढ़ाकर तारो को उसकी कमर से कुछ ऊपर से दबोच लिया और उठाकर उसे घोड़े पर बैठा दिया।

तारो इस बात के लिए बिलकुल तैयार नहीं थी। वह समझती थी कि शायद दूल्हा पहले उसका घूँघट उठाकर उसका चेहरा देखेगा। लेकिन गज्जनसिंह को इतनी फ़ुर्सत नहीं थी। दुल्हन के आगे वह ख़ुद बैठ गया। उसने दुल्हन को होशियार करने की भी ज़रूरत नहीं समझी। पिछले दिन से ही हर घटना रेंग रही थी। वह और उसका घोड़ा दोनों ही इस हालत से परेशान हो उठे थे। घोड़े के सारे बदन में मानो बिजली-सी भरी थी, जो उसे पल भर को भी थिर नहीं रहने देती थी। इसलिए ज्यों ही गज्जनसिंह ने लगाम को झटका दिया तो मानो घोड़े ने चारों टापें धरती की छाती पर पटककर धरती की सतह को छोड़ दिया, और फिर हवा से बातें करने लगा।

एकाएक ही झटका लगने पर तारो की चूड़ेवाली बाँहें अपने दूल्हे की कमर से लिपट गयीं। उसे लगा जैसे वह आँधी के कन्धों पर सवार उड़ी चली जा रही हो। अब पहली बार उसे अपने दूल्हे का कुछ परिचय मिला। गज्जनसिंह चौड़े रास्ते को छोड़कर खेतों पर रेंगती हुई पगडण्डियों पर हो लिया। घोड़े की टापों से ओस के छींटे उड़-उड़कर करतार कौर की अंगूरों की तरह भरभूर और चिकनी पिण्डलियों

पर पड़ने लगे। भुरभुरी मिट्टी और लहलहाते पौधों की महक से दुल्हन को नशा-सा महसूस होने लगा।

वे दोनों चुप थे। तारो का घूँघट ग़ायब हो चुका था। वह अपना दुपट्टा और चादर सिर पर ओढ़ भी नहीं पा रही थी। हवा उसके बालों में घुस गयी और उसकी छोटी लटों को उसके माथे और कनपटियों पर बिखरा दिया। कभी-कभी करतार गज्जनसिंह की दाढ़ी के बालों में बार-बार उलझनेवाले कानों के मुँदरों और उसकी गर्दन में लटके हुए कण्ठे की माला के सुनहरे मनकों को एक नज़र देख लेती, और कभी उसके मोटे-से जूड़े पर बँधी जाली के लटकते हुए रंग-बिरंगे फुँदने दुल्हन की भँवों को चूमने लगते।

यह सुनसान और वीरान इलाक़ा था। यहाँ घनी झाड़ियों के पीछे भेड़ियों के झुण्ड-के-झुण्ड घूमा करते थे, और कई तरह के साँप रेंगते-फिरते थे। कहीं-कहीं घने पेड़ों के सिलसिले दूर तक फैले दिखायी देते थे। इस तरह क़रीब चार कोस तय करने के बाद पेड़ों के एक फैले हुए झुण्ड में पहुँचकर गज्जनसिंह ने घोड़ा रोक लिया। छलाँग लगाकर वह उतर पड़ा। फिर उसने दुल्हन को एक ही बाजू की लपेट में लेकर नीचे उतार लिया।

तारो कुछ भी समझ न पायी। अब उसका घूँघट ग़ायब हो चुका था लेकिन गज्जनसिंह ने उसे आँख भरकर नहीं देखा। वह फिर घोड़े पर सवार हो गया। आगे बढ़ने से पहले गज्जनसिंह बोला—"मैं थोड़ी देर में लौट आऊँगा। अगर कोई तुम्हारे ज़ेवरों पर हाथ डाले तो उसे बता देना कि तुम किसकी औरत हो। फिर वह तुमसे कुछ नहीं कहेगा।"

करतार कौर को अपने अनाड़ी पति की यह बात जँची नहीं। लेकिन इससे पहले कि वह कुछ कह पाती, गज्जनसिंह का घोड़ा आगे बढ़ गया। कुछ देर तक तारो को घोड़े के सरपट दौड़ने का शोर सुनायी देता रहा, जो धीरे-धीरे मद्धिम पड़ गया।

अब दुल्हन के चारों ओर सन्नाटा-ही-सन्नाटा था। तारो एक बड़े-से पेड़ के मोटे तने से लगकर खड़ी हो गयी। उसकी समझ में नहीं आ रहा था कि अब क्या होनेवाला है। आज तक रात के अँधेरे में उसे बिलकुल अकेली कहीं आने-जाने का इत्तफ़ाक नहीं हुआ था। वह सोचने लगी कि क्या उसके अनाड़ी दूल्हे को यह भी नहीं मालूम कि सारे ज़ेवर देकर भी एक जवान सुन्दरी के लिए अपनी लाज बचाना नामुमकिन हो जाता है।

वह मज़बूर थी। इधर-उधर भटकना बेकार था। धीरे-धीरे उस सन्नाटे की कोख में से धीमी-धीमी और नयी-नयी आवाज़ें सुनायी देने लगीं। कभी झाड़ियों में सरसराहट होती, कभी दूर से गीदड़ों की 'हुआ-हू' की पुकार उठने लगती।

समय बीतता गया। वह बहुत ज़्यादा थकान महसूस कर रही थी। यों तो ऐसी भयानक जगह पर नींद आने का सवाल ही नहीं उठता था, लेकिन बहुत अधिक थकान के कारण पहले तो तारो पेड़ के तने से लगकर बैठ गयी, और फिर ऊँघ गयी।

न जाने कब वह हड़बड़ाकर जाग उठी। आसमान पर धुले-धुलाये तारे बड़े मोहक लग रहे थे। उसका जी चाहा कि पेड़ तले से निकलकर खुली जगह में बैठ जाय। लेकिन डर के मारे वह अपनी जगह से हिली तक नहीं। जब कभी पेड़ पर से किसी सोते हुए पक्षी की चूँ-चूँ की आवाज़ सुनायी देती तो उसकी हिम्मत बढ़ जाती।

गज्जनसिंह ने अपने 'ख़ास काम' के लिए सीधा रास्ता छोड़ा, और फिर वह धर्मपुरा गाँव की ओर घोड़ा दौड़ाता हुआ बढ़ा। घास और नन्हें-नन्हें पौधे घोड़े की टापों तले कुचले जा रहे थे, और इस शोर से गीदड़ और सोये हुए ख़रगोश हड़बड़ाकर इधर-उधर भाग निकले। आसमान के तारे इस दृश्य को आँखें झपका-झपकाकर देख रहे थे।

दो कोस की दूरी गज्जनसिंह ने बड़ी जल्दी से पार की। जब उसे धर्मपुरा गाँव दिखायी देने लगा तो उसने घोड़ा रोक लिया। चारों ओर नज़र दौड़ायी, और फिर एक घनी छायावाले पेड़ के नीचे घोड़े को ले जाकर बाँध दिया। वह ख़ुद गाँव की ओर बढ़ा।

उसने मन में अन्दाज़ा लगा रखा था कि जिस आदमी की उसे खोज है, वह दारे (सामूहिक चौपाल) में ही मिलेगा। दारे में अधिकतर मुसलमान ही ठहरते थे। हिन्दू और सिक्ख किसी धर्मशाला या गुरुद्वारे में रुकते थे। चूँकि पुलिस के सिपाही मुसलमान थे, इसीलिए गज्जनसिंह ने सोचा कि वे अपने क़ैदी रनजोधसिंह के साथ रात दारे में ही काटेंगे।

दबे पाँव चलता हुआ जब गज्जनसिंह दारे के नज़दीक पहुँचा तो फीकी चाँदनी में उसे सिपाहियों की वर्दियाँ एक खड़ी चारपाई के पाये से लटकती नज़र आयीं। वह और आगे बढ़ा तो दारे के बाहर बैठा एक दुबला-पतला कुत्ता नाक-ही-नाक में गुर्राने लगा। गज्जनसिंह ने पोटली में से दो पराठे निकाले। पहले उसने आधा पराठा कुत्ते की ओर फेंका। घी में तले पराठे की ख़ुशबू पाते ही कुत्ते ने जिस तरह लपककर मुँह मारना शुरू किया, उससे पता चल गया कि वह कितना भूखा था। इन कुत्तों को किसी दिन तो ज़रूरत से ज़्यादा खाने के लिए रोटियाँ मिल जाती थीं, वरना उन्हें दूध पीते बच्चों के हगते समय उनकी माताएँ कूर-कूर कहकर बुलातीं, और वे तुरन्त वहाँ पहुँचकर सफ़ाई कर डालते-गज्जनसिंह ने एक क़दम और आगे बढ़कर उसके सामने

दूसरा टुकड़ा भी डाल दिया; कुत्ता दुम हिलाने लगा। गज्जनसिंह ने दूसरा पराठा पोटली में दबाये रखा, और कुत्ते के पास से होकर आगे बढ़ गया।

दारे के भीतर उसे चार चारपाइयाँ दिखायी दीं। एक दारोग़ा की थी, दो सिपाहियों की थीं। सिपाहियों की चारपाइयों के घेरे में एक टूटी हुई चारपाई पर रनजोधसिंह लेटा हुआ था। उसकी उम्र पैंतालीस साल से ऊपर हो चुकी थीं। शरीर न मोटा था न दुबला। उसने पगड़ी को गोल करके तकिया बना रखा था, और उसकी दाढ़ी तथा सिर के बाल इधर-उधर बिखरे हुए थे। वह क़त्ल के इल्ज़ाम में गिरफ़्तार किया गया था, फिर भी गहरी नींद में डूबा ख़ुर्राटे ले रहा था।

गज्जनसिंह एक सिपाही की चारपाई के नीचे घुस गया। उसके दाहिने हाथ में लम्बी लाठी थी, जिसके एक सिरे पर छव्वी चढ़ी हुई थी। धीमी रोशनी में छव्वी की चमक भी उदास-उदास थी। चारपाई के नीचे बैठे-बैठे उसने सोचा कि रनजोधसिंह को कैसे जगाया जाय। डर इस बात का था कि अगर उसने उसका बाजू हिलाया तो शायद वह हड़बड़ाकर उठ बैठे, और उसके मुँह से कोई आवाज़ भी निकल पड़े। इस तरह दोनों सिपाही और दारोग़ा जाग उठते, और उसका बना-बनाया काम बिगड़ जाता। उसने आँखें फाड़-फाड़कर देखा कि कहीं दारोग़ा की पिस्तौल नज़र आ जाय तो उसे वह पहले से ही उड़ा दे। लेकिन पिस्तौल दिखायी नहीं दिया। शायद दारोग़ा ने उसे अपने तकिये के नीचे, या तकिये के गिलाफ़ के भीतर रख दिया था। गज्जनसिंह नहीं चाहता था कि पिस्तौल पर क़ब्जा जमाने की कोशिश में वह अपना काम ही बिगाड़ ले।

आख़िर गज्जनसिंह को एक तरक़ीब सूझी। वह फ़ुर्ती से सिपाही की चारपाई के नीचे से निकला, जल्दी से सोये हुए सिपाहियों और दारोग़ा पर नज़र डाली, और फिर झपटकर एक हाथ रनजोधसिंह के मुँहं पर रखकर दबा दिया, और दूसरे बाजू में उसका सिर जकड़ लिया।

रनजोधसिंह की नींद पटाख़ से खुल गयी। उसके मुँह से चूँ भी नहीं निकल सकी, लेकिन वह हैरान था कि उसका सिर कहाँ फँसकर जकड़ा गया है। एकदम ही गज्जनसिंह ने उसके कान में फुसफुसाकर कहा—"शोर मत मचाना, मैं गज्जनसिंह हूँ।"

दोनों की नज़रें मिलीं। रनजोधसिंह ने फटी-फटी आँखों से देखकर गज्जनसिंह को पहचान लिया तो गज्जनसिंह ने उसके मुँह से हाथ हटाकर उसका सिर बाज़ू की जकड़ से आज़ाद कर दिया।

रनजोधसिंह सब-कुछ समझ गया, लेकिन मुश्किल यह थी कि उसकी कलाइयों में हथकड़ियाँ और पाँव में बेड़ियाँ पड़ी थीं। फिर भी गज्जनसिंह को देखकर रनजोधसिंह का साहस बढ़ गया, अब वह पुलिस की हिरासत से निकल सकता था।

गज्जनसिंह ने रनजोध की खुली हुई पगड़ी उसके सिर पर लपेट दी और वे दोनों सिपाही की चारपाई के नीचे से खिसकते हुए दारे के बाहर निकल आये। अब गज्जनसिंह ने पूरा पराठा कुत्ते की ओर फेंक दिया। कुत्ते की भूख अभी ख़त्म नहीं हुई थी, सो वह दुम हिलाता हुआ जल्दी से पराठे की ओर बढ़ा।

आपस में फुसफुसाकर दोनों ने सलाह की, और फिर गज्जनसिंह ने रनजोधसिंह को अपनी पीठ पर गेहूँ के बोरे की तरह उठा लिया। रनजोधसिंह का बोझ कम तो नहीं था, लेकिन गज्जनसिंह की शारीरिक ताक़त भी कम नहीं थी। वह उसे पीठ पर लादे-लादे घोड़े के पास पहुँच गया। वहाँ उसने रनजोधसिंह को पीठ से उतार दिया। रनजोधसिंह ज़रा ऊँची-सी जगह पर बैठते हुए बोला—"लेकिन इन हथकड़ियों और बेड़ियों का क्या बनेगा?"

गज्जनसिंह ने गम्भीर स्वर में जवाब दिया—"इन्हें काटने के लिए मेरे पास छैनी और हथौड़ा है, लेकिन अभी हमें यहाँ से भाग निकलना चाहिए। अगर वे जाग पड़े तो पीछा करते हुए यहाँ पहुँच सकते हैं। यहाँ से कुछ दूरी पर निकल जायँ तो फिर इन्हें काट डालेंगे।"

रनजोधसिंह कुछ नहीं बोला। गज्जनसिंह ने उसे उठाकर घोड़े की पीठ पर बैठा दिया, और फिर ख़ुद काठी पर बैठकर घोड़ा दौड़ा दिया। गज्जनसिंह रनजोधसिंह को हथकड़ी सहित अपनी दुल्हन के सामने नहीं ले जाना चाहता था, इसलिए कोस भर पार करने के बाद वह फिर शीशम के पेड़ों के झुण्ड में घुस गया। वहाँ रनजोधसिंह को नीचे उतारा, और उसकी हथकड़ियों और बेड़ियों पर छैनी टिकाकर हथौड़े की चोटों से उन्हें काट डाला। कटी हुई हथकड़ियाँ और बेड़ियाँ एक घनी झाड़ी में फेंककर वे दोनों आगे बढ़ गये।

करतार कौर की निराशा बढ़ती जा रही थी। वह इस ख़्याल से ही काँप उठी थी कि ऐसी ख़ौफ़नाक जगह पर वह जाने कितनी देर तक सोयी रही। अगर उस समय कोई चोर-डाकू आ जाता तो क्या होता। या भेड़ियों की टोली ही वहाँ पहुँच जाती। इस ख़याल से ही वह सिहर उठी। फिर एकदम ज़ोर का शोर सुनायी दिया। घोड़े की टापों की आवाज़ से सारा वातावरण गूँज उठा। वह तुरन्त ही पेड़ की ओट में छिप गयी। वह तसल्ली कर लेना चाहती थी कि आनेवाला घुड़सवार कोई अजनबी तो नहीं है।

नहीं—वह उसका दूल्हा ही था। लेकिन उसके पीछे एक और मर्द सवार था, जिसे उसने पहले कभी नहीं देखा था। गज्जनसिंह को दुल्हन नहीं दिखायी दी तो वह अठखेलियाँ करते हुए घोड़े पर बैठे-बैठे इधर-उधर नज़र दौड़ाने लगा। करतार कौर पेड़ की ओट से निकल आयी। इस बीच वह अजनबी मर्द घोड़े से नीचे छलाँग लगा चुका था। दुल्हन को ठीक-ठाक देखकर गज्जनसिंह भी घोड़े से उतरा और उसकी

लगाम एक छोटे-से दुबले-पतले पेड़ के तने से बाँध दी। अजनबी मर्द अगर इकहरे बदन का होता तो गज्जनसिंह के बराबर लम्बा दिखायी देता, लेकिन उसके मुक़ाबले में भारी होने के कारण वह उससे कुछ नाटा दिखायी दे रहा था। उसका रंग गेहुँआ था; और चेहरा माता के दागों से छलनी हो रहा था। उसकी नाक बेडौल बैंगन की तरह थी। एक कान से दूसरे कान तक चिरा हुआ उसका मुँह मेंढक की तरह लग रहा था। गाल पर नाक के पास, बड़ा-सा काला मस्सा था। बये के घोंसले की-सी दाढ़ी थी। उसकी पगड़ी मोटे रस्से की तरह उसके सिर पर लिपटी हुई थी।

रनजोधसिंह ने दुल्हन पर उचटती हुई नज़र डालने के बाद गज्जनसिंह की ओर देखकर कहा—"मैंने कभी सोचा भी नहीं था कि तुम मुझे पुलिस के चंगुल से इस तरह छुड़ा लाओगे। तुमने सारा काम बड़ी होशियारी और फ़ुर्ती से किया। वाह गुरु! वाह गुरु! अगर एक बार मैं शहर के थाने तक पहुँच जाता तो फिर मेरा फ़रार होना नामुमकिन था। मुझे उसी तरह रास्ते में ही बचाया जा सकता था।

रनजोधसिंह बोले जा रहा था, और गज्जनसिंह चुपचाप घोड़े की पीठ पर कोहनी टेके उसकी ओर टकटकी बाँधे देख रहा था। आख़िर रनजोधसिंह ने भँवों से दुल्हन की ओर इशारा करते हुए पूछा—"यह तुम्हारी औरत है?"

गज्जनसिंह ने 'हाँ' में सिर हिला दिया।

"चलो, अच्छा किया। छुटपन में तुम्हारी शादी हो गयी थी, तुम्हारे लिये यही वाजिब था कि तुम ख़ुद अपनी औरत को घर ले आते।"

गज्जनसिंह ने उसकी इस बात का कुछ जवाब नहीं दिया।

रनजोधसिंह ने अपनी कमर से साफ़ी खोलकर अपने जूते झाड़ते हुए कहा—"इस बार मुझे फाँसी के फन्दे से कोई नहीं बचा सकता था। तुमने सचमुच कमाल कर दिखाया।"

गज्जनसिंह ने भावनाओं में डूबकर खोखली आवाज़ में कहा—"तुमने यह नहीं पूछा कि जिससे मेरी ख़ानदानी दुश्मनी चली आ रही है उसे मैंने पुलिस के चंगुल से क्यों छुड़ाया?"

रनजोधसिंह ने मैले-मैले और बड़े-बड़े छिदरे दाँत दिखाते हुए जवाब दिया—"यह सोचने की ज़रूरत ही क्या है? मैं यह कभी नहीं भूलूँगा कि तुमने मेरी जान बचायी।"

"—और मैं यह कभी नहीं भूल सकता कि तुम मेरे ख़ानदानी दुश्मन हो, और मेरे उस मामा का क़त्ल तुमने किया, जिसे मैं अपने बाप से ज़्यादा चाहता था।"

रनजोधसिंह के चेहरे पर परेशानी के निशान उभरे। वह बोला—"लेकिन अब तो सारी बात ही बदल गयी है। तुमने मेरी जान..."

"नहीं बात ज्यों-की-त्यों है।" गज्जनसिंह ने उसकी बात काटते हुए कहा।

रनजोधसिंह का साफ़ीवाला हाथ बेदम हो गया, और वह मैली आँखों से गज्जनसिंह की ओर देखने लगा।

गज्जनसिंह ने घोड़े की गर्दन पर हाथ फेरते हुए कहा—"अगर तुम मेरे हाथ से मरने की जगह फाँसी पा जाते, तो मैं दुनिया में किसी को मुँह दिखाने क़ाबिल न रहता।"

रनजोधसिंह को मानो अपने कानों पर यक़ीन ही न हो रहा हो। कुछ पल चुप रहने के बाद वह बोला—"देखो गज्जन। उम्र में तुम मेरे बेटे के बराबर हो। आज तुम पहली बार अपनी औरत को घर ले जा रहे हो। जो हुआ, उसे भूल जाओ। चुपके से घर जाकर चैन से रहो। आज से मेरी-तुम्हारी कोई दुश्मनी नहीं है—"

उसकी बात अधूरी रह गयी। उसने देखा कि गज्जनसिंह एक और लाठी पर छव्वी चढ़ा रहा था।

रनजोधसिंह के कानों पर उगे हुए छोटे-छोटे बाल खड़े हो गये, और उसके होंठों पर पपड़ियाँ जम गयीं। उसने भावावेश में काँपते हुए स्वर में कहा—"तुम यह न समझो कि मैं तुमसे डरता हूँ। माना तुम सैकड़ों में एक जवान हो, लेकिन मैं भी इसी मैदान का पुराना खिलाड़ी हूँ। तुम यह भी जानते हो कि इस इलाक़े में पुलिस आते हुए डरती है। मेरी गिरफ़्तारी यहाँ नहीं हुई। मैं दूसरे इलाक़े में पकड़ा गया। लेकिन पुलिस को इस इलाक़े से गुज़रते समय रात हो गयी। वे दारे में टिक गये। तुम यह भी जानते हो कि इस इलाक़े में अगर मैंने तुम्हारी हत्या भी कर दी तो कोई पूछने नहीं आयेगा—"

गज्जनसिंह छव्वी चढ़ी हुई दोनों लाठियाँ लेकर रनजोधसिंह के सामने जा खड़ा हुआ, और बेरस स्वर में बोला—"इनमें से एक उठा लो—तुमसे निबटना ज़रूरी है। यह झगड़ा है। यह झगड़ा भी हमेशा के लिए ख़त्म हो जायगा—अब तो तुम्हारा कोई लड़का भी ज़िन्दा नहीं रहा जो तुम्हारा बदला मुझसे ले। और फिर तुम्हारी हत्या का किसी को पता भी नहीं चलेगा। अगर पता चल भी जाय, तो तुम ख़ुद ही यह कह चुके हो कि पुलिस इस इलाक़े में आने से घबराती है।"

करतार कौर की आँखें सुर्मे की मोटी रेखा के कारण और भी बड़ी दिखायी दे रही थीं। वह साँस रोके खड़ी थी।

सहसा चुप्पी टूट गयी। रनजोधसिंह ने साँड़ की तरह फुफकारकर छव्वीवाली एक लाठी उठा ली, और झट से दो क़दम पीछे हटकर बोला—"गज्जनसिंह! अब भी मेरी बात मान जाओ। क्यों बिना मौत के मरते हो। याद रखो छव्वी की लड़ाई में कभी कोई मेरे हाथ से बचकर जा नहीं सका।"

उसकी बात के जवाब में गज्जनसिंह ने सिर्फ़ छव्वी ऊपर उठायी। फिर क्या था! लाठी से लाठी, और छब्बी से छव्वी टकराने लगी। उनके तहमद हवा में तड़पने लगे।

ढीले-ढाले कुर्ते फड़फड़ाये। सोते हुए पक्षी चीख़-चीख़कर पेड़ों से उड़े और अँधेरे में डालों से टकराने लगे। धरती की छाती धड़क उठी।

धुँधले प्रकाश में एक-दूसरे पर झपटती, बचती, लपकती और सरकती हुई दो परछाइयाँ परे हटती-हटती पेड़ों और झाड़ियों की ओट में चली गयी। अब करतार कौर के कानों में एक डरावना शोर ज़रूर पहुँच रहा था, लेकिन उसकी आँखें कुछ देख नहीं पा रही थीं।

अचानक उनमें से एक बड़े धमाके के साथ धरती पर गिरा और उसकी कराहने की आवाज़ रात के अँधेरे में घुल-मिल गयी।

करतार को लगा जैसे उसकी टाँगों में से सारी ताक़त निकल गयी हो। क्षण भर को उसके दिमाग़ में आँधी-सी आयी और फिर वह दोनों हाथ छाती पर रखकर उधर को दौड़ पड़ी—वहाँ पहुँचकर उसने देखा कि गज्जनसिंह खड़ा एक अँगोछे से छव्वी का फल साफ़ कर रहा था। फिर उसने छव्वियाँ लाठियों में से निकाल लीं। जिस समय उसने अपनी छव्वी रनजोधसिंह के फटे हुए पेट में से उछलकर बाहर को गिरी हुई आँतों में से बाहर निकाली तो करतार काँप उठी। लाठियों को भी साफ़ कर चुका तो वह बिना कुछ कहे-सुने घोड़े की ओर बढ़ा। करतार गाय की बछिया की तरह पीछे-पीछे लपकी।

पहले की तरह वे घोड़े पर सवार हो गये तो करतार कौर ने काँपती हुई आवाज़ में कहा—"अगर तुम्हें कुछ हो जाता तो।"

गज्जनसिंह ने पीछे बैठी दुल्हन की ओर देखे बिना कहा—"मुझे क्या हो सकता था—देखो तारो! फिर कभी तुम्हारे दिमाग़ में ऐसा ख़्याल भी आया तो मैं इतनी ज़ोर का झाँपड़ दूँगा कि तुम्हारा मुँह घूमकर पीठ की तरफ़ जा लगेगा।"

उसके स्वर में ग़ुस्सा नहीं था, झुँझलाहट नहीं थी, धमकी भी नहीं थी...लेकिन उसका स्वर छव्वी की धार की तरह तेज़ था।

गज्जनसिंह ने घोड़े को एड़ दी, और एक बार फिर घोड़ा हवा को पीछे छोड़कर भाग निकला।

●

छह

: १ :

इसे चाहे गज्जनसिंह की ख़ुशक़िस्मती समझा जाय या रनजोधसिंह की बदक़िस्मती, लेकिन हुआ यह कि रनजोध की लाश जंगल में बहुत देर तक ज्यों-की-त्यों पड़ी न रह सकी। उसी रात भेड़ियों या लकड़बग्घों ने उसका मांस खा डाला। पंजर बच गया। पाँव का कुछ हिस्सा और चेहरे का कुछ हिस्सा बच रहा। जब पुलिसवाले सुबह जागे तो उन्होंने देखा कि क़ैदी ग़ायब हो चुका है। यह बड़ी ही हैरानी की बात थी। क़ैदी को न सिर्फ़ हथकड़ियाँ और बेड़ियाँ पहना दी गयी थीं बल्कि उनकी बेड़ियों में से मोटा-सा रस्सा निकालकर उसे एक सिपाही की चारपाई से भी बाँध दिया गया था। क़ैदी से कहा गया था कि अगर रात को उसे पानी पीना हो या पेशाब करना हो तो वह किसी भी सिपाही को जगा दे। यह तो मुमकिन था कि क़ैदी ने किसी-न-किसी तरह से रस्से की गाँठ खोल ली हो, लेकिन हथकड़ियों और बेड़ियों समेत वह वहाँ से भागा कैसे?

अगर ऊपरवाले अफ़सरों को यह मालूम हो जाता कि इलाक़े का दारोग़ा और दो सिपाही ऐसी गहरी नींद सोये रहे कि उन्हें क़ैदी के फ़रार हो जाने का पता ही नहीं चला, तो उन्हें बहुत ही फटकार पड़ती। इसलिए यही मशहूर किया गया कि रनजोधसिंह के कुछ साथी आये और क़ैदी को उठाकर ले गये। पुलिस ने रनजोधसिंह और उसके साथियों का पीछा भी किया, लेकिन वे अँधेरे का फ़ायदा उठाकर जंगल में ग़ायब हो गये।

दो दिन बाद जब रनजोधसिंह का अंजर-पंजर मिल गया, और उनके कपड़ों के कारण उसकी शिनाख़्त भी हो गयी तो मामला और भी संगीन हो गया। यहाँ तक कि शेखपुरे से बड़ा थानेदार तफ़्तीश करने के लिए आ पहुँचा। चूँकि ऐसे कामों में अकालगढ़ ने बड़ा नाम कमा रखा था, इसलिए यह नामुमकिन था कि इतनी संगीन वारदात हो जाय और पुलिस अकालगढ़ न जाय।

पुलिस को खानापूरी के लिए यह सारी कार्यवाही करनी पड़ती थी वरना वे भी जानते थे कि वहाँ अगर क़त्ल की वारदात हो जाय तो उसका पता लगाना नामुमकिन-सा ही था। इलाक़े के दौरे करने का फ़ायदा यह होता था कि शहर से आनेवाले बड़े

दारोग़ा का हवा-पानी बदल जाता, खाने को मुर्गे और पीने को शराब मिलती। वे चार-छह दिन मौज़ उड़ाने के बाद ख़ूब ताज़ा-दम हो जाते। शहर से जो दारोग़ा आया, उसका नाम दीवानसिंह था। उम्र क़रीब चालीस के। जाट ख़ानदान का लम्बा-चौड़ा सिक्ख था। वर्दी, तुर्रेदार पगड़ी और चमकदार काले बूटों के कारण वह और भी रोबदार दिखायी देता था। अकालगढ़ में पुलिस के अफ़सरों के रहने का ठिकाना भी एक ही था—यानी सरदार गुलज़ारासिंह का घर।

गुलज़ारासिंह का छोटा भाई फिलौरासिंह था। उसे उच्चा अकालगढ़ के नत्थासिंह से बड़ी ख़ार थी। वह उसके सारे ख़ानदान से नफ़रत करता था। उसका बस चलता तो वह उन्हें ज़मीन में ज़िन्दा गाड़ देता, या सबके गले काटकर बड़ी नहर में फेंकवा देता। यह सब उसके बस के बाहर था; लेकिन वह हमेशा ताक में रहता कि किसी तरह अपने दुश्मनों को नुकसान पहुँचा सके। उसी ने नाहरसिंह को अमरो के पीछे लगा रखा था। वह चाहता था कि किसी-न-किसी तरह अमरो नाहरसिंह के साथ भाग जाय, तो फिर नत्थासिंह और उसके चारों लड़कों की नाक बीच खेत के कट जाय। यह माना कि नत्थासिंह और उसके बेटे बड़े धाकड़ और बदमाश थे, लेकिन वे फिलौरासिंह की तरह कमीने नहीं थे। वे सरदारों से टक्कर लेने को हर पल तैयार रहते थे, लेकिन चोरी-छिपे या चालाकी से उन्हें नुकसान नहीं पहुँचाते थे। उनकी बुद्धि इस ढर्रे पर चल ही नहीं पाती थी। वे बीच खेत के टक्कर ले सकते थे, लेकिन चोरी-छिपे गन्दी हरकतें नहीं कर पाते थे। इसमें भी शक़ नहीं कि सरदारों के पास उनके मुक़ाबले में कहीं अधिक धन था, कहीं अधिक साधन थे, और वे नत्थासिंह को नीचा दिखाने के लिए हर क़दम उठाने को तैयार रहते थे। नत्थासिंह और उसके बेटों के लिए भी ज़रूरी ही था कि जवाबी तौर पर सरदारों को परेशान करते रहें। उनकी ग़लती सिर्फ़ इतनी ही तो थी कि वे सरदारों का रोब नहीं मानते थे और उनकी जी-हुजूरी नहीं करते थे।

जब फिलौरासिंह को पता चला कि रनजोधसिंह नाम का कोई आदमी मारा गया है और शहर का एक दारोग़ा तफ़्तीश करने के लिए अकालगढ़ आ रहा है, तो वह बहुत ख़ुश हुआ। उसे ऐसे ही मौक़ों की तलाश रहती थी। उसने बोस्की की कमीज़ और लट्ठे की धुली हुई सलवार पहनी। इस बात का ख़ास ख़्याल रखा कि उसका रेशमी इज़ारबन्द कमीज से नीचे लटकता रहे। सर्ज का कोट, सिर पर रेशमी लूँगी, गले में नेकटाई और पाँव में पम्प-शू पहने। नेकटाई भी वह सिर्फ़ ऐसे ही मौक़ों पर लगाता था। पम्प-शू भी झाड़न में लिपटे उसके लकड़ी के सन्दूक में बन्द पड़े रहते थे। जब किसी बड़े अफ़सर से मुलाक़ात का मौक़ा आता तो वह पम्प-शू पहन लेता।

इस तरह ठाट-बाट से तैयार होकर फिलौरासिंह ने हाथ में हाथी-दाँत की मूँठवाला लम्बा-सा सोंटा पकड़ा और शहर से आनेवाले दारोग़ा की अगवानी के लिए

घर से चल पड़ा। वधावासिंह और नाहरसिंह भी उसके साथ थे। गली में पहुँचने पर दुकानों के चबूतरों पर बैठे लोगों ने फिलौरासिंह के ये ठाठ देखे तो समझ गये कि आज नीवाँ अकालगढ़ में कोई बड़ा हाकिम आनेवाला है। किसी के पूछने पर फिलौरासिंह नथुने फुलाकर बता देता कि आज शहर से बड़े दारोग़ा दीवानसिंह आ रहे हैं। कुछ आदमी फिलौरासिंह के साथ-साथ हो लिये।

उधर दीवानसिंह घोड़े पर सवार था और इलाक़े का दारोग़ा कुछ सिपाहियों सहित उसके साथ पैदल चला आ रहा था। गाँव से कुछ दूरी पर जब दीवानसिंह ने देखा कि फिलौरासिंह ख़ुद उसका स्वागत करने को आ रहा है, तो वह घोड़े पर से उतर पड़ा। यह देखकर फिलौरासिंह ने असील मुर्ग़े की तरह गर्दन घुमाकर चारों ओर यों देखा जैसे सारे संसार के लोग उसकी एड़ियों के नीचे दबे पड़े हों। यही तो सरदारों की शान थी। उन्हें देखकर शहर का दारोग़ा भी घोड़े से नीचे उतर जाता था। पास पहुँचकर दोनों ने हाथ मिलाये। दीवानसिंह की गर्दन अफ़सरी शान से अकड़ी हुई थी, फिलौरासिंह उसके सामने बिछा जा रहा था। बाँछों में से हँसी फूट-फूटकर निकल रही थी। फिर फिलौरासिंह ने दीवानसिंह के पहलू में खड़े होकर गाँव की ओर रुख़ का इशारा किया। उसके साथ आनेवाले तुरन्त अपने-अपने तहमद सँभालते हुए एक ओर को हट गये।

अब इस छोटे-से जलूस में सबसे आगे फिलौरासिंह दीवानसिंह के आगे-आगे चल रहा था। इलाक़े का दारोग़ा एक क़दम पीछे और सिपाही और भी पीछे-पीछे चले जा रहे थे। यह जलूस गाँव के अन्दर पहुँचा तो लोग सकते में आ गये। झुक-झुककर 'सत-सिरी-अकाल' कहने लगे। दुकानों के चबूतरों पर बैठे हुए सभी आदमी खड़े हो गये। कभी-कभी फिलौरासिंह चौड़ी आस्तीन में से हाथ फैलाकर दीवानसिंह को कोई बात समझाता। दीवानसिंह सोंटे को उँगलियों में फँसाये हर बात पर सिर हिलाता चला जा रहा था।

दोनों दारोग़ा तो सरदारों की बड़ी बैठक में बैठाये गये। सिपाही बड़े अहाते में चले गये। प्यास बुझाने के लिए लस्सी और मक्खन से दोनों अफ़सरों की सेवा की गयी। इसके बाद फिलौरासिंह ने नाहरसिंह को भेजा कि वह गाँव में से मोटे-मोटे मुर्ग़े टटोलकर ले आये।

दारोग़ा दीवानसिंह भी जानता था कि अभी दिन भर किसी पूछताछ की ज़रूरत ही नहीं। वह पहले भी एक बार वहाँ आ चुका था, और अच्छी तरह जानता था कि उसे क्या करना है और क्या नहीं करना है। एक बात तय थी रुख़्सत होने से पहले-पहले वह कुछ लोगों को बुलाकर तफ़्तीश करेगा, और उनके बयान लिखेगा।

इतने में फिलौरासिंह का बड़ा भाई गुलज़ारासिंह भी बैठक में पहुँच गया। चूँकि दीवानसिंह अंग्रेज़ी सरकार का नौकर था, इसलिए वह— 'वाह गुरू जी का ख़ालसा,

वाह गुरू जी की फ़तह' नहीं कह सकता था। अब फ़तह तो अंग्रेज़ बहादुर की हो ही चुकी थी, इसलिए दीवानसिंह सिक्खों से सिर्फ़ 'सत-सिरी-अकाल' ही कहा करता था। दूसरे लोग भी इस बात को समझते थे, और वे 'सत सिरी अकाल' के आगे नहीं बढ़ते थे।

दिन में शराब पीने का सवाल ही नहीं उठता था। सिर्फ़ मोटे-मोटे छह मुर्ग़ों का झटका किया गया। घर के घी में जब शोरबेदार मुर्ग़ा बना तो उसके साथ तन्दूर की रोटियाँ खाकर मेहमान तृप्त हो गये। बैठक में एक पलँग पहले से मौजूद था, और दूसरा पलँग भी बैठक में ही लगा दिया गया। भोजन करने के बाद दोनों अफ़सरों को गुलज़ारासिंह ने धुले हुए तहमद बाँधने के लिए दिये। अफ़सरों ने अपने पिस्तौल और गोलियाँ गुलज़ारासिंह के हवाले कर दिये, ताकि वह उन्हें सन्दूक में बन्द करके रख दे। बनियाइनें और तहमद बाँधे दोनों दारोग़ा अपने-अपने पलँग पर लेट गये। एक बड़ा लम्बा झालरदार पंखा छत से लटक रहा था, जिसकी रस्सी कमरें के बाहर बैठे एक बुड्ढे के हाथ में थी। वह सारी दोपहर रस्सी खींचता रहा, और दारोग़ा लोग पंखे की हवा में ख़र्राटे भरते हुए मीठी नींद का मज़ा लेते रहे।

तीसरे पहर बादाम, ख़शख़ाश, और चारों मगज़ घोंटकर ठण्डाई तैयार की गयी। ज्यों ही अफ़सरों की आँखें खुलीं, त्यों ही ठण्डाई से भरे हुए बड़ेवाले लम्बे-लम्बे गिलास उनके हाथों में थमा दिये गये।

दिन ढले शराब का दौर शुरू हो गया। अब मुर्ग़े तन्दूर में पकाये गये, ताकि शराब के साथ भी काम आ सकें। इस तरह जब दोनों अफ़सर अच्छे मूड में आ गये तो उन्होंने रनजोधसिंह के बारे में बातचीत शुरू कर दी। फिलौरासिंह तो इस मौक़े की तलाश में ही था। असली बात यह थी कि रनजोधसिंह काफ़ी बदनाम आदमी था। उसके इस तरह मर जाने से कई लोगों ने अपने घरों में घी के दीये जलाये। पुलिस भी रनजोधसिंह के रिकार्ड से अच्छी तरह वाकिफ़ थी। रनजोधसिंह ने उसकी भी नाक में दम कर रखा था, इसलिए पुलिस ने भी उनके मर जाने से सुख की साँस ली फिर भी क़ानूनी कार्यवाही तो ज़रूरी थी ही। भला फिलौरासिंह कब चूकनेवाला था। बोला—"थानेदार साहब! वह जो कहते हैं कि बद अच्छा और बदनाम बुरा, वही कहावत रनजोधसिंह पर भी लागू होती है। असल में बेचारा इतना बुरा नहीं था, जितना कि बदनाम था।"

दीवानसिंह ने जान-बूझकर दोनों भँवें ख़ूब ऊपर उठाकर कहा—"अच्छा ! तो यह बात थी!"

"जी हाँ" फिलैरासिंह ने अपना जादू चलते देखकर ज़ोर देने के लिए कहा।

लेकिन दीवानसिंह सब 'हरामज़ादों' को अच्छी तरह समझता था, चाहे वह फिलौरासिंह हो, रनजोधसिंह हो, या कोई और।

गुलज़ारासिंह फिलौरासिंह के मुक़ाबले में कहीं ज़्यादा तज़ुर्बेकार और गम्भीर आदमी था। जब दारोग़ा साहब ने रनजोधसिंह के फ़रार होने की कहानी सुनायी तो गुलज़ारासिंह बोला—"यह है तो बड़ी अनहोनी बात! मेरा मतलब है कि हथकड़ियों और बेड़ियों समेत एक मुजरिम का पुलिस के चंगुल से निकल भागना नामुमकिन-सा लगता है।"

दीवानसिंह बोला—"मैं तो यही समझता हूँ कि दिनभर की थकान के कारण पुलिसवाले बड़ी गहरी नींद सो गये होंगे। इसलिए रनजोधसिंह के साथी उसे उड़ा ले जाने में क़ामयाब हो गये।"

दीवानसिंह ने शब्द 'थकान' का इस्तेमाल जान-बूझकर किया था, ताकि दूसरे दारोग़ा की पोजीशन ख़राब न होने पाये। वैसे मन में वह जानता था कि रनजोधसिंह का फ़रार होकर मर जाना अच्छा था, क्योंकि अदालत सबूत माँगती है। जब कोई सबूत नहीं मिलता तो असली क़ातिल भी बरी हो जाते हैं।

दीवानसिंह ने फिर कहा—"जो अंजर-पंजर रनजोधसिंह का पाया गया, उसके बारे में अजीब बात यह है कि न हाथों में हथकड़ियाँ थीं, और न पैरों में बेड़ियाँ। अब सवाल यह उठता है किं वे हथकड़ियाँ और बेड़ियाँ कहाँ गयीं। इन्हें गीदड़ तो खा नहीं सकते। इसका एक ही मतलब हो सकता है कि हथकड़ियाँ और बेड़ियाँ पहले ही काट दी गयी थीं।

गुलज़ारासिंह कुछ दिलचस्पी न होते हुए भी गहरी दिलचस्पी दिखा रहा था। लेकिन फिलौरासिंह चाहता था कि किसी-न-किसी तरह नत्थासिंह के लड़कों को इस केस में घसीटा जाय। वह बोला—"दारोग़ा साहब! सावाल तो यह है कि रनजोधसिंह का क़तल किया गया है या—लेकिन, और क्या हो सकता है?"

अब दूसरा दारोग़ा बोल उठा—"यह हो सकता है कि रनजोधसिंह के साथी उसे छोड़कर किसी और काम से कहीं चले गये हों, उनके पीछे रनजोधसिंह थकान की वजह से सो गया होगा। उस समय कहीं से भेड़ियों की टोली ने वहाँ आकर सोये हुए आदमी पर हमला बोल दिया होगा...इस तरह..."

यह बात किसी को नहीं जँची, ख़ुद उस दारोग़ा को भी नहीं जँची, और फिर वह चुप हो गया।

लेकिन जब दूसरे पहलू पर ग़ौर किया गया तो वह भी बड़ा अजीब लगा। आख़िर जिन्होंने रनजोधसिंह को छुड़ाया, उसकी हथकड़ियाँ काटीं, तो फिर उन्होंने ही उसकी हत्या क्यों की। ख़ुद पुलिस के अफ़सरों को यह मसला टेढ़ा लग रहा था। इसका अच्छा पहलू सिर्फ़ यही था कि रनजोधसिंह कुत्ते की मौत मारा गया। न जाने कचहरी में उसे फाँसी मिलती या न मिलती। सेशन तक तो फाँसी की सज़ा बहाल

रह सकती थी, लेकिन हाईकोर्ट में उसके छूट जाने का डर था। सबसे बड़ी बात यह थी कि लोग रनजोधसिंह के ख़िलाफ़ गवाही देने से घबराते थे।

फिलौरासिंह जल्दी से हार माननेवाला नहीं था। कहने लगा—"हमारे यहाँ तो दीदारसिंह और उसके भाई ही ऐसे हैं कि जिन्होंने सारे इलाक़े की नाक में दम कर रखा है।"

दीवानसिंह उनके बारे में भी बहुत-कुछ जानता था। उसे यह भी मालूम था कि उनके ख़िलाफ़ गवाही देने के लिए सारे इलाक़े में एक आदमी भी खड़ा होने को तैयार नहीं है। यहाँ तक कि सरदारों के ख़ानदान में से भी हर मर्द उन चारों भाइयों के ख़िलाफ़ गवाही देने में घबराता था। लेकिन इस समय पुलिस सरदारों का नमक खा रही थी, इसलिए उनकी तसल्ली करने के लिए दीवानसिंह ने पूछा, "लेकिन फिलौरासिंह जी! क्या आपके ख़्याल में इन भाइयों का इस क़त्ल से कोई ताल्लुक़ हो सकता है।"

"क्यों नहीं ? मैं आपको इस बात का सबूत दे सकता हूँ कि कार्रवाई की रात को गज्जनसिंह उसी इलाक़े में था।"

दीवानसिंह ने कहा—"उसी इलाक़े में होना तो कोई ज़ुर्म नहीं। मैं यह जानना चाहता हूँ कि इस क़त्ल की कोई वजह भी हो सकती है या नहीं?"

"अजी उनकी तो पुरानी लगती थी आपस में। एक-दूसरे से बहुत ख़ार खाते थे। रनजोधसिंह ने नत्थासिंह के साले का क़त्ल कर दिया था।"

"यह कब की बात है?"

"यही कोई आठ-नौ साल पहले की बात है।"

"बहुत पुराना क़िस्सा है यह।"

"जी हाँ, क़िस्सा तो पुराना है, लेकिन पूछताछ करने में क्या हर्ज़ है।"

दीवानसिंह ने फिलौरासिंह की हाँ-में-हाँ मिलाते हुए कहा—"मै आपकी बात मानता हूँ। पूछताछ करने में कोई हर्ज़ नहीं। आख़िर हम तफ़्तीश के लिए ही वहाँ आये हैं।"

यह सुनकर फिलौरासिंह बहुत ख़ुश हुआ। अब या तो पुलिस नत्थासिंह के घर जायगी, या उसे यहाँ बुलाया जायगा।

दीवानसिंह ने पूछा—"नत्थासिंह के कितने लड़के हैं?"

फिलौरासिंह तो चाहता ही था कि इस मामले पर बातचीत होती रहे, ताकि वह उनके ख़िलाफ़ ज़्यादा-से-ज़्यादा कह सके। तुरन्त बोला—"चार लड़के हैं, लेकिन थानेदार साहब! चारों-के-चारों बदमाश हैं। हम लोग तो इन्हें मगरमच्छ के बच्चे कहा

करते हैं। मज़े की बात यह है कि आप कभी भी उनके यहाँ जायँ तो चारों-के-चारों लड़के घर में हरगिज़ नहीं मिलेंगे।''

दीवानसिंह ने थोड़ी-सी हैरानी जाहिर करते हुए पूछा, ''वह क्यों?''

''सबसे छोटे को माँ-बाप के पास रहना पसन्द ही नहीं है। उसका नाम तेजासिंह है। अपने ननिहाल में रहता है तो वहाँ ऊधम मचाता है, और अगर कभी कुछ दिनों के लिए यहाँ आ जाता है तो सारे अकालगढ़ में ऊधम मचाता फिरता है। उससे बड़े का नाम बन्तासिंह है। उसके बस में हो तो वह बाप की सारी ज़मीनें बेचकर जुए में उड़ा दे, या तवायफ़ों को खिला दे। उसका भी यहाँ मन नहीं लगता। उलटे-सीधे तरीक़ों से वह इलाक़े भर से रुपया बटोरता है, और शहर में जाकर तवायफ़ों को खिला देता है। आजकल गुजरात की एक रण्डी से फँसा हुआ है। मैंने सुना है कि वह बहुत ही ख़ूबसूरत है। लोगों में तो यहाँ तक अफ़वाह फैली हुई है कि बन्तासिंह उससे शादी करना चाहता है। असली बात तो वाह गुरू ही जाने, लेकिन इस तरह की अफ़वाहें बिलकुल ही बेबुनियाद तो नहीं होतीं...आपका क्या ख़्याल है?''

दीवानसिंह मन में सोच रहा था कि बन्तासिंह अगर शराब पीता है, रुपया उड़ाता है, या तवायफ़ों की सोहबत में रहता है, तो यह उसका निजी मामला है। फिलौरासिंह को परेशान होने की क्या ज़रूरत है। इलाक़े के दारोग़ा ने पहले से ही दीवानसिंह के कान में यह बात फूँक दी थी कि सरदारों की नत्थासिंह के ख़ानदान से दुश्मनी है, बल्कि हालत यह है कि उच्चा अकालगढ़ के ज़्यादातर लोग नत्थासिंह का साथ देते हैं, और नीवाँ अकालगढ़ के लोग ज़्यादातर सरदारों की हिमायत करते हैं, असल में वे इन दोनों से सिर्फ़ डरते हैं, उनका साथ नहीं देना चाहते।

दीवानसिंह ने फिलौरासिंह के सवाल का कुछ जवाब न देते हुए उससे पूछा—''बाक़ी दो भाई क्या करते हैं?''

सबसे बड़ा गज्जनसिंह तो डाकू ही समझिये। पुलिस के रिकार्ड से आपको ये सब बातें मालूम हो जायँगी। गज्जनसिंह से छोटा भाई दीदारसिंह है। यह बड़ा घुन्ना है...''

''घुन्ना क्या?'' दीवानसिंह ने बात काटते हुए पूछा।

''मतलब यह है कि वह बहुत कम बोलता है। उसकी सूरत से इस बात का अन्दाज़ा लगाना नामुमकिन है कि उसके मन में क्या है। उसकी आँखें बर्छियों की तरह तेज़ हैं। किसी की ओर देखता है तो मालूम होता है जैसे—दीदारसिंह उसके आर-पार देख रहा हो। वह जो कुछ करता है चुपचाप करता है। उसका यक़ीन इस कहावत में है कि करो सब-कुछ, लेकिन किसी के क़ाबू में मत आओ।''

मुस्कुराते हुए दीवानसिंह ने कहा—''यह आदमी दिलचस्प मालूम हाता है।''

नीवाँ अकालगढ़ का एक और ज़मींदार भी पास बैठा था। वह कहने लगा—"थानेदार साहब! इन चारों भाइयों की ख़ासियत यह है कि ये हजारों आदमियों में खड़े कर दिये जायँ तो भी सबसे अलग नज़र आते हैं। सारे पंजाब में एक-से-एक जवान भरे पेड़ हैं, लेकिन ऐसे चुने हुए जवानों में भी इन चारों का दर्ज़ा अलग है—"

दीवानसिंह ने सिर हिलाते हुए कहा, "मैं यही सोच रहा था कि इन चारों भाइयों ने इलाक़े भर में जो धाक बैठा रखी है, उसकी वजह क्या है। अब वह वजह समझ में आयी।"

फिलौरासिंह बोला—"यह सब-कुछ तो ठीक है, लेकिन ये चारों भाई इसी क़ाबिल हैं कि इन्हें ज़िन्दा ज़मीन में गाड़ दिया जाय। अगर इलाक़े के लोग इस बारे में कुछ भी करने से मज़बूर हैं तो कम-से-कम सरकार को ज़रूर बन्दोबस्त करना चाहिए इनका।"

दीवानसिंह कहना चाहता था कि जवान और धाकड़ होना तो कोई ऐसा ज़ुर्म नहीं है कि जिसकी वजह से सरकार किसी को गिरफ़्तार कर सके। लेकिन वह जानता था कि ऐसी कोई भी बात फिलौरासिंह और सरदारों के ख़ानदान के दूसरे आदमियों को बहुत कड़वी लगेगी। उसने फिलौरासिंह को सिर्फ़ यही जवाब दिया—"बात यह है कि आजकल अंग्रेज़ों का राज है। आजकल की सरकार सबूत चाहती है। जब तक किसी के ज़ुर्म का सबूत न मिले, उसे सज़ा नहीं दी जा सकती—लेकिन फिर भी सरकार पूरी कार्यवाही करेगी।"

आख़िरी वाक्य सुनकर फिलौरासिंह का दिल फूल की तरह खिल उठा। उसके ख़्याल में यह कोई मामूली बात नहीं थी। जब सरकार पूरी कार्यवाही करेगी तो नत्थासिंह और उसके चारों बेटों को अपनी-अपनी नानी याद आ जायगी।

फिलौरासिंह चारों ओर फ़ख़्र से देखते हुए दारोग़ा से बोला—"तो क्या कल नत्थासिंह को यहीं पर बुलाया जाय, या आप उसके घर पर जाकर तफ़्तीश करेंगे?"

दीवानसिंह ने कहा—"हमें उसके घर जाने की क्या ज़रूरत है—कल सबेरे नत्थासिंह को यहीं बुला लिया जायगा।"

फिलौरासिंह को ये दोनों बातें ही मंजूर थीं। वही बात थी कि चित भी मेरा और पट भी मेरा—अगर दारोग़ा साहब नत्थासिंह के घर जाते तो सब लोग देखते कि उसके घर में पुलिस पहुँची हुई है। इससे उसकी बदनामी होती। और अगर नत्थासिंह को बुलाया जाता है, तो वह भी बड़े मज़े की बात होगी। नत्थासिंह ऐंठ के मारे कभी सरदारों के घर नहीं आता था। थानेदार साहब के बुलाने पर उसे सरदारों की उस देहलीज़ पर आना पड़ेगा, जहाँ क़दम रखने से यह कतराता है। अकालगढ़ के दोनों गाँवों के लोगों को पता चल जायगा कि थानेदार साहब ने दो सिपाही भेजकर नत्थासिंह

को पूछताछ के लिए बुलाया है।

फिर फिलौरासिंह के मन में नया शक़ पैदा हुआ। उसने सोचा कि कहीं नत्थासिंह ने आने से इनकार कर दिया, तो फिर क्या होगा। वह सारा ख़ानदान ही इतना उजड्ड है कि वह किसी बात पर भी अड़ सकता है। फिलौरा अपने मन की परेशानी छिपा नहीं सका, और उसने दीवानसिंह से कहा—"अजी वह बड़ा ही उजड्ड ख़ानदान है। बहुत ही सिड़ी लोग हैं। मैं तो डरता हूँ कि नत्थासिंह कहीं आने से ही इनकार न कर दे।"

दीवानसिंह ने सहजता से कहा—"देखा जायगा।"

फिलौरासिंह ने दीवानसिंह के चेहरे के एक-एक उतार-चढ़ाव से उसके मन को समझने की कोशिश करते हुए कहा—"लेकिन सरकार को तो पूरी कार्रवाई करनी ही पड़ेगी।"

इस सारी बातचीत में गुलज़ारासिंह कुछ नहीं बोला। वह बात की तह में पहुँचनेवाला आदमी था। वहाँ कई और लोग भी मौजूद थे, जिनके बारे में गुलज़ारासिंह को शक़ था कि वे इधर-की-उधर, और उधर-की-इधर लगा दिया करते हैं। वह जानता था कि अगर उसके मुँह से कोई ऐसी-वैसी बात निकल गयी तो वह रातों-रात नत्थासिंह के कानों तक जा पहुँचेगी। गुलज़ारासिंह नहीं चाहता था कि उसके मन की कोई भी बात उसके दुश्मन तक पहुँचे। और फिर अपने दुश्मनों को होशियार करने में भी उसे यक़ीन नहीं था।—लेकिन उस रात फिलौरासिंह ने हर किसी को यह ख़ुशख़बरी सुना दी कि सरकार पूरी कार्यवाही करेगी। फिलौरासिंह यह बात कुछ ऐसे भेद-भरे अन्दाज़ में कहता कि सुननेवाले समझते कि इस बात का ख़ास महत्त्व है।

: २ :

नत्थासिंह भी कच्ची गोलियाँ नहीं खेले हुए था। जिस दिन गज्जनसिंह अपनी औरत को लेकर लौटा था, उसी दिन बाप को पता चल गया कि उसके लड़के ने रनजोधसिंह को ठिकाने लगा दिया है। नत्थासिंह को इस पर कोई एतराज़ नहीं था, सिर्फ़ इतनी ही फ़िक्र थी कि उसका लड़का पुलिस के हत्थे न चढ़ जाय। बाप-बेटे में इस मसले पर खुल्लमखुल्ला बातचीत भी हो गयी। जिस कपड़े पर ख़ून के दाग़ थे, उसे तुरन्त ही तन्दूर में डालकर जला दिया गया। फिर नत्थासिंह ने बेटे को लाहौर भेज दिया, और ताक़ीद कर दी कि जब तक वह उसे लौट आने को न कहे, वह लौहार में डटा रहे, या अमृतसर चला जाय। ज़रूरत हुई तो वह करतार को भी किसी बहाने अमृतसर भेज देगा।

सरदारों के घर रात की दावत के दूसरे दिन नाश्ते-पानी के बाद दो सिपाही नत्थासिंह को बुलाने के लिए भेज दिये गये। जब लाल-लाल पगड़ियोंवाले सिपाही उच्चा अकालगढ़ की ढलान पर ऊपर को आते दिखायी दिये तो सब लोग चौकन्ने हो गये। कुछ लोगों को उड़ती-उड़ती ख़बर मिली थी कि थानेदार साहब नत्थासिंह को बुलायेंगे, क्योंकि रनजोधसिंह के क़त्ल का शक़ गज्जनसिंह पर किया जा रहा है।

नत्थासिंह के कानों में भी यह बात पहले से ही पहुँच चुकी थी। उसने दिन चढ़ते ही लकड़ी के बड़े सन्दूक में से अपनी पुरानी फ़ौजी वर्दी निकाली। उस वक़्त उसके पास 'ब्रासो' तो था नहीं, इसलिए उसने उपलों की राख़ से पीतल के बटनों को माँजकर चमका दिया। भारी फ़ौजी बूटों पर पॉलिश कर डाली। इस तरह वह पहले से ही तैयार हो बैठा। जब सिपाहियों ने आकर उसके सेहन का दरवाज़ा खटखटाया तो उसने तुरन्त ही दरवाज़ा खोल दिया। सिपाहियों का बहुत ही प्रेम के साथ स्वागत किया। पहले से ही सेहन में बिछे हुए उजले बिस्तर पर उन्हें आदर से बैठाया। न जाने कहाँ से बढ़िया अंग्रेज़ी बिस्कुटों के डिब्बे में से बिस्कुट निकालकर उसके आगे रखे। बड़े ठाठ के साथ चाय का सामान भी सजाया गया। उसमें चायदानी, दूधदानी, चीनीदानी प्लेट-प्याले, चाँदी के चम्मच, यानी ठाठ-बाट का सब सामान मौजूद था। सिपाहियों ने इतनी शान से अंग्रेज़ अफ़सरों को ही चाय पीते देखा था। चाय पीते-पीते उन्होंने अपने आने का मक़सद बताया।

नत्थासिंह ने बड़े प्रेम से जवाब दिया, "आप लोग चाय पीजिये, मैं अभी तैयार होकर आपके साथ चलता हूँ।"

थोड़ी देर बाद जब नत्थासिंह पूरी वर्दी पहने, और वर्दी के ऊपर तमगे तथा कलर सजाये बाहर सेहन में आया तो एक बार तो सिपाहियों की आँखें भी चौंधिया गयीं। वे खड़े हो गये, और एड़ियाँ टकराकर सैल्यूट देने से बाल-बाल बचे।

जब नत्थासिंह घर से बाहर निकला तो अकालगढ़ के लोगों ने बड़ा ही अनोखा नज़ारा देखा। क्या हुआ जो नत्थासिंह बूढ़ा था, लेकिन ऊँचा क़द होने पर भी वह बिलकुल सीधा होकर चलता था। उसकी रीढ़ की हड्डी में ज़रा-सा भी झुकाव नहीं आया था। उसने दाढ़ी को समेटकर, मोटा धागा बाँधकर सारे बालों को फ़ौजियों की तरह धागे में घुसाकर अड़स दिया था। और फिर दाढ़ी पर बारीक धागों की जाली भी कस दी थी। गुफ्फेदार मूँछों का रुख़ ऊपर की ओर था। सिर पर फ़ौजी ढंग से गोल दोहरी पगड़ी बँधी हुई थी। माथे के बीचोंबीच ऊपर की ओर, पगड़ी के नीचे बँधे हुए काले साफ़े का तिकोन-सा दिखायी दे रहा था। चेहरा घी की मालिश के कारण जगमगा रहा था। सिर से पाँव तक वर्दी के कारण उसका रोब और भी बढ़ गया था। धूप में पीतल के बटन और पेटी का बक्सुआ चमक उठे। वह बड़े सहज से क़दम उठाता हुआ उच्चा अकालगढ़ की ढलान से उतर रहा था।

बेचारे दोनों सिपाहियों के मन पर इतना रोब छा गया कि वे दो क़दम हटकर पीछे-पीछे चलने लगे। सिपाहियों के अच्छे-ख़ासे क़द थे, लेकिन नत्थासिंह उनसे भी चार-छह अंगुल ऊपर को निकलते हुए क़द का था। अकालगढ़ के लोगों को यह नहीं लगा कि नत्थासिंह को पुलिस के सिपाही पूछताछ के लिए थानेदार के सामने ले जा रहे हैं, बल्कि ऐसा लगा जैसे वह कोई बड़ा सरकारी अफ़सर हो, और पुलिस के दोनों सिपाही उसकी अरदल में थे।

जब इस ठाठ के साथ नत्थासिंह सरदारों के अहाते में दाख़िल हुआ तो फिलौरासिंह के हाथों के तोते उड़ गये। उसे मालूम नहीं था कि नत्थासिंह इतना खुर्राट आदमी है। नत्थासिंह ने सारी उम्र गाँव में ही नहीं बितायी थी। इतने सालों तक फ़ौज की नौकरी करने के दौरान उसने बड़े-बड़े अफ़सरों और अंग्रेज़ों के रंग-ढंग देखे थे। वह जानता था कि किस मौक़े पर कैसी बात होनी चाहिए। उसका अपनी ज़बान पर, अपनी आँखों और भँवों पर पूरा क़ाबू था। वह जानता था कि किस मौक़े पर किस अंग से किस तरह का काम लेना चाहिए।

दीवानसिंह पुराने ढंग के उन पुलिस अफ़सरों में नहीं था, जो उजड्डपने में ही शान मानते हैं। वह पढ़ा-लिखा और सूझ-बूझवाला आदमी था। नत्थासिंह की छाती पर लगे हुए कलर और तमगों का मतलब वह अच्छी तरह समझता था। पहली नज़र में ही नत्थासिंह को देखकर दीवानसिंह ने महसूस किया कि उससे उसका बर्ताव क़ानून-क़ायदे के भीतर ही होना चाहिए। नत्थासिंह ने दीवानसिंह के सामने पहुँचते ही दोनों हाथ जोड़कर कहा—"सत सिरि अकाल, सरदार साहब।"

नत्थासिंह ने जान-बूझकर 'थानेदार साहब' नहीं कहा। दीवानसिंह के लिए यह कोई बेइज़्ज़ती की बात नहीं थी। उसने महसूस किया कि नत्थासिंह भी अंग्रेज़ी सरकार की सेना में छोटा-मोटा अफ़सर रह चुका है। उसके तमगों से पता चलता था कि उसने बहादुरी के बदले में इन्हें जीता है। उसके कलर्ज़ बताते थे कि उसने किस-किस देश की लड़ाई में हिस्सा लिया था।

इन सारी बातों को मद्देनज़र रखते हुए दीवानसिंह ने भी अपनी कुर्सी से उठकर नत्थासिंह का स्वागत किया, उससे हाथ भी मिलाया, और पासवाली कुर्सी पर बैठने को कहा।

फिलौरासिंह, नाहरसिंह, वधावासिंह वगैरह सभी के रंग फीके पड़ गये। जो तमाशा वे देखना चाहते थे, वह तो हुआ ही नहीं।

बात यहीं पर ख़त्म नहीं हुई, बल्कि थानेदार साहब ने नत्थासिंह के लिए मक्खन के गोलेवाला लस्सी का गिलास मँगवाया। लस्सी पी लेने के बाद नत्थासिंह ने जेब में से बड़ा-सा फूलदार रेशमी रूमाल निकाला। पहले तो रूमाल का एक कोना पकड़कर उसे हवा में हलका-सा झटका दिया, और फिर उससे मूँछें पोंछकर उसे

लपेटा और जेब में रख लिया। आख़िर नत्थासिंह ने अपनी एक टाँग पर दूसरी टाँग जमायी, हाथों की उँगलियाँ एक-दूसरे में उलझा लीं, और कुर्सी पर बैठे-बैठे ज़रा-सा आगे झुककर उसने गम्भीरता से दीवानसिंह से पूछा—"कहिये, आपने मुझे कैसे याद फ़र्माया।"

यह सारा नक़्शा देखकर फिलौरासिंह और उसके दूसरे साथियों का रोंआँ-रोंआँ जल उठा।

नत्थासिंह को इज़्ज़त से बैठाने का मतलब यह नहीं था कि दीवानसिंह उसके रोब में आ गया था, लेकिन एक ज़िम्मेदार अफ़सर होने के नाते उसने नत्थासिंह से घटिया दर्ज़े का बर्ताव करना ठीक नहीं समझा, ऐसा किये बिना भी पूरी और ठीक ढंग से तफ़्तीश हो सकती थी। इसलिए दीवानसिंह ने रनजोधसिंह के क़त्ल के बारे में बताने के बाद कहा—"मैं इसी केस की तफ़्तीश के सिलसिले में आपके इलाक़े में आया हूँ। चूँकि आप भी यहाँ के जाने-माने हुए आदमी हैं, इसलिए आपसे पूछताछ करना भी ज़रूरी था।"

इस पर नत्थासिंह ने बड़े ही सभ्य ढंग से मुस्कुराते हुए जवाब दिया—"आपको पूरी मदद देने का यक़ीन दिलाता हूँ।"

"मुझे इसी बात की उम्मीद थी।"

मन में तो नत्थासिंह-जैसा घाघ आदमी सब-कुछ समझता था और उसके लिए तैयार होकर ही आया था। उधर दीवानसिंह इस सोच में था कि गज्जनसिंह के बारे में पूछताछ किस तरह से शुरू करे। नत्थासिंह थानेदार के मन की उलझन को फ़ौरन भाँप गया। वह हँसकर बोला—"पल भर को मेरे मन में यह ख़्याल भी आया कि शायद आप मेरे बेटे गज्जनसिंह के सिलसिले में मुझसे पूछताछ करना चाहते हैं।"

दीवानसिंह को यह देखकर इत्मीनान हुआ कि नत्थासिंह ने ख़ुद ही अपने लड़के का ज़िक्र कर दिया। उसने एक होशियार पुलिस अफ़सर होने के नाते पूछा, "क्यों, आपके मन में यह ख़्याल क्यों आया कि मैं आपके बेटे गज्जनसिंह के बारे में पूछताछ करूँगा।"

दीवानसिंह अपने इस सवाल से बहुत ख़ुश था। लेकिन नत्थासिंह भी पूरी तरह से तैयार था। उसने बिना किसी भी हिचक के जवाब दिया—"इसकी दो वजहें हैं। एक तो यह कि जिस रात यह क़त्ल हुआ, उस रात गज्जनसिंह उसी इलाक़े में था। दूसरी वजह यह है कि हमारे इलाक़े में कई लोग ऐसे हैं जो एक-दूसरे से ख़ार खाते हैं। इसलिए यह मुमकिन है कि किसी ने आपके कान भी भरे हों—हालाँकि मैं जानता हूँ कि एक होशियार और तजुर्बेकार अफ़सर पर इसका कोई ख़ास असर नहीं पड़ता।"

उसके इस जवाब से दीवानसिंह समझ गया कि नत्थासिंह होशियार और सूझ-बूझवाला आदमी है। उसने तुरन्त ही दूसरा सवाल किया, "लेकिन क्या आप बता

सकते हैं कि आपका बेटा उस इलाक़े में क्या कर रहा था?''

''वह अपनी बीबी को लेने गया था। बहुत पहले लड़कपन में ही उसकी शादी हो गयी थी। इसके बाद हमारे ख़ानदानों का आपस में कुछ खिंचाव भी रहा। लेकिन दिलों में मैल न रहा। मैंने और गज्जनसिंह की माँ ने यही ठीक समझा कि हमारी सबसे बड़ी बहू का घर में आ जाना ही अच्छा है, क्योंकि हमें अब अपने दूसरे लड़कों की शादियाँ भी करनी हैं। जवान बेटी भी घर में बैठी है। उसके रिश्ते की भी फ़िक्र है....''

दीवानसिंह के लिए यह बिलकुल नयी बात थी। क्योंकि फिलौरासिंह या किसी और व्यक्ति ने उसे यह नहीं बताया था कि गज्जनसिंह अपनी दुल्हन को लेने वहाँ गया था।

थोड़ा-सा हिसाब लगाने पर पता चला कि जिस रात रनजोधसिंह की हत्या हुई, उसी रात तीसरा पहर ख़त्म होने को था, जब गज्जनसिंह अपनी बीबी को ससुराल से लेकर घर को चला। यह बात उसके ससुराल से साबित की जा सकती थी कि एक बार अपने ससुराल पहुँचने के बाद वह सिर्फ़ बिदाई के समय ही वहाँ से बाहर निकला था। जिसका मतलब यह था कि विदाई से पहले रात के समय गज्जनसिंह यह कार्यवाही कर नहीं पाया होगा, और उसके बाद यह और भी नामुमकिन था कि जब वह दुल्हन को घर ला रहा था तो उसने रास्ते में यह हरकत की हो। दीवानसिंह ने सोचा कि असल में जो कुछ भी हुआ हो, लेकिन किसी गवाह के बिना यह साबित करना नामुमकिन है कि गज्जनसिंह ने ही यह हत्या की है। ख़ुद दीवानसिंह को भी यह बात नामुमकिन-सी लगी।

नत्थासिंह ने यह भी बता दिया कि गज्जनसिंह कुछ काम से लाहौर गया हुआ है, और वहाँ से अमृतसर चला जायगा। अब वह अपने सबसे छोटे लड़के तेजासिंह के साथ बहू को अमृतसर भेजनेवाला है, ताकि दूल्हा-दुल्हन दरबार साहब के दर्शन कर लें।

दीवानसिंह को यक़ीन हो गया कि फिलौरासिंह ने असली बात छिपाकर गज्जनसिंह को खामुखाह फँसाने की कोशिश की है।

●

सात

: १ :

नत्थासिंह से मुलाक़ात के बाद कार्यवाही पूरी करने के लिए कुछ और लोगों के बयान लिये गये। आसपास के देहातों से बदमाशों को जमा करके हर एक को आठ-आठ दस-दस जूते लगाये गये, और उनके बयान भी लिख लिये गये। यह सारी कार्यवाही इलाक़े के थानेदार ने की। दीवानसिंह उसकी इस कार्यवाही को मुस्कुराते हुए चुपचाप देखता रहा, क्योंकि वह जानता था कि यह सब-कुछ दिखावे के लिए है।

इन सब कामों से फ़ुर्सत पाकर दोनों अफ़सर अकेले में बैठकर सलाह करने लगे तो दीवानसिंह ने अर्थपूर्ण लहजे में कहा, "क्यों थानेदार जी! अकालगढ़ में तीन दिन से मज़ा लूट रहे हैं। अब क्या इरादा है?"

इलाक़े का थानेदार अजीब-सी हँसी हँसकर बोला—"यहाँ और हो भी क्या सकता है। सबसे बड़ी दिक़्क़त तो यही है कि जिन लोगों की यहाँ पर धाक बैठी हुई है, उनके ख़िलाफ़ गवाही देनेवाला कोई नहीं मिलता। किराये के गवाह भी कम ही मिलते हैं, क्योंकि वे जानते हैं कि जिस दिन गवाही दे देंगे उसके दूसरे दिन वे पूरब से सूरज चढ़ता नहीं देखेंगे। बड़ा बदमाश इलाक़ा है। और फिर रनजोधसिंह कौन भला आदमी था। उस पर कई क़त्ल करने का इल्ज़ाम था। उसने दो-चार क़त्ल तो ऐसे भी किये थे, जहाँ मौक़े के गवाह भी मौजूद थे। फिर भी किसी ने गवाही नहीं दी। रनजोधसिंह कई बार गिरफ़्तार हुआ, हवालात में रखा गया, उस पर मुक़दमें भी चलाये गये, फिर भी वह कभी सेशन में ही और कभी हाईकोर्ट में पहुँचकर बरी हो जाता—ऐसे आदमी का मर जाना ही अच्छा है। जिसने भी उसका क़त्ल किया है, उसने इलाक़े की बहुत बड़ी भलाई की। वाह गुरू उसका भला करे...."

इस पर दोनों ही खिलखिलाकर हँस दिये। फिर दीवानसिंह ने पूछा—"गज्जनसिंह के बारे में क्या ख़्याल है?"

"फिलौरासिंह ने पहले से नहीं बताया कि वह अपनी औरत को लेने गया था। इससे शक़ होता है कि वह आपसी दुश्मनी की वजह से उसे ज़बर्दस्ती फँसाने की कोशिश कर रहा है...लेकिन इसके बावजूद यह बिलकुल मुमकिन है कि गज्जनसिंह ने ही यह कार्यवाही की हो। इसके भी दो पहलू हैं। एक तो यह कि हमें यक़ीन हो जाय कि सचमुच उसी ने ही यह क़त्ल किया है। दूसरा पहलू यह है कि इसे कचहरी में कैसे साबित किया जा सकेगा। बस यही बात नामुमकिन है। यहीं पर हिम्मत छूट जाती है। एक मुसीबत और भी है कि अगर यह कार्यवाही गज्जनसिंह ने ही की है तो उसका चश्मदीद गवाह कोई नहीं है। क़त्ल रात के समय सुनसान जगह पर हुआ। मौक़े पर मुआइना करने से पता चलता है कि रनजोधसिंह और उसके दुश्मन में काफ़ी धींगा-मुश्ती हुई थी। किसी ने चुपके से ही उसे नहीं मार दिया। ऐसी सुनसान जगह पर रात के समय उन्हें देखनेवाला कोई नहीं था।"

दीवानसिंह ने एतराज़ करते हुए कहा—"लेकिन हो सकता है कि कोई गवाह मौजूद हो।"

इलाक़े के थानेदार ने इनकार में सिर हिलाते हुए जवाब दिया—"नहीं—अगर कोई गवाह होता तो वह मुझे ज़रूर बता देता। चाहे वह यह भी कह देता कि वह गवाही नहीं देगा। यह तो अकसर होता है कि लोग मुझसे कह देते हैं कि उन्होंने फलाँ कार्यवाही होते देखी है, लेकिन गवाही नहीं देंगे। सरदार साहब! सीधी-सी बात है कि अगर इस इलाक़े के रहनेवाले लोगों की मदद हमें नहीं मिलती, तो फिर हम क्या कर सकते हैं। हम भी सोचते हैं कि तुम भी चले चलो जब तक चली चले। जहाँ जाते हैं, खाते, पीते, मौज़ उड़ाते हैं। तनख़्वाह भी सीधी होती रहती है और दायें-बायें से भी बहुत-कुछ मिल जाता है।"

दीवानसिंह इस पर कोई एतराज़ नहीं कर सकता था, और न वह ऐसा करना चाहता था। इलाक़े के थानेदार ने फिर कहा—"रनजोधसिंह के मर जाने से इलाक़े के हज़ारों लोगों ने सुख की साँस ली होगी। उसका कोई लड़का भी नहीं बचा जो पुलिस को कार्रवाई के लिए मज़बूर करे, और न कोई क़त्ल के इस मुकदमे में रनजोधसिंह की पैरवी करनेवाला होगा। बस इसका तो यही हाल है कि कुछ पूछताछ और कुछ मारपीट के बाद गिनती के कुछ बदमाश हवालात में बन्द कर दिये जायँ। बाद में सबूत न मिलने की वजह से उन्हें छोड़ दिया जाय और फाइल दाख़िल-दफ़्तर कर दी जायगी।"

दीवानसिंह ने महसूस किया कि उसकी 'आत्मा की शान्ति' के लिए बस इतना ही काफ़ी है। उसने हाथ ऊपर को उठाकर लम्बी अँगड़ाई लेते हुए कहा—"तो फिर कल सुबह हमको यहाँ से चल देना चाहिए।"

"जी हाँ, बिलकुल।"

दूसरे दिन जबकि सुबह की धूप अच्छी तरह फैल भी नहीं पायी थी कि पुलिस को बिदा करने के लिए फिलौरासिंह फिर छोटा-सा जलूस बनाकर उसके साथ हो लिया। यह जानते हुए भी कि नत्थासिंह का बाल भी बाँका नहीं हो सका, फिलौरासिंह की गर्दन ज्यों-की-त्यों अकड़ी हुई थी। वह बड़े घमण्ड से सिर ऊपर को उठाये दायें-बायें लोगों को यों देख रहा था जैसे वे सिर्फ़ रेंगती हुई चींटियाँ हों।

गुलज़ारासिंह उनके साथ नहीं था। वह अफ़सरों के साथ अपने अहाते के दरवाज़े तक ही आकर लौट गया था।

यह जलूस गाँव से कुछ क़दम दूर पहुँचा होगा कि दीवानसिंह के क़दम रुक गये। उसकी नज़र एक सिक्ख जवान पर जमी हुई थी, जो मुँह में दातुन दबाये पास के रहट की ओर बढ़ रहा था। अगरचे उसके चेहरे पर अभी दाढ़ी नहीं उगी थी, लेकिन वह देखने लायक जवान था। धुएँ के गहरे और बल खाये हुए बादल की तरह उसका शरीर धरती से ऊपर को उठा लगता था। आँखों में वही तेज़ी थी, जो उस ख़ानदान की ख़ासियत थी। उनके देखने, चलने-फिरने और बातचीत करने का अपना ही ढंग था। थोड़ी-बहुत जानकारी रखनेवाला भी पहचान सकता था कि वह नत्थासिंह के ख़ानदान का है।

दीवानसिंह को उस नौजवान की ओर टकटकी बाँधे देखकर फिलौरासिंह अपना मुँह उसके कान तक ले जाकर फुसफुसाया—"यही तेजासिंह है...नत्थासिंह का सबसे छोटा बेटा। ज़रा तेवर तो देखिये इस हरामज़ादे के।"

दीवानसिंह अगर पढ़ा-लिखा न होता और पिछले तीन दिन से उनका मेहमान बनकर न रहा होता तो वह फिलौरासिंह को गाली देने पर फ़ौरन ही टोक देता। साँवली-सी सन्ध्या के-से रंगवाला तेजासिंह उसकी आँखों को भला लगा। वह सोचने लगा कि जब यह लड़का भरपूर जवान हो जायगा तो फिर कैसा दिखायी देगा—दीवानसिंह कुछ नहीं बोला, सिर्फ़ सिर को हिलाकर आगे बढ़ गया।

तेजासिंह ने पुलिस और फिलौरासिंह की पार्टी की ओर ध्यान देने की ज़रूरत भी महसूस नहीं की। उसने दातुन रहट की झाल से नीचे गिरते हुए पानी के तले कर दी, और फिर दातुन की धुली हुई कूची से दाँतों को ख़ूब साफ़ किया। फिलौरासिंह के पाले हुए पट्ठे, ख़ासकर वधावासिंह तेजासिंह को दूर ही से चुभती हुई नज़रों से देखते रहे।

फिलौरासिंह और पुलिसवालों का यह छोटा-सा जलूस आगे को निकल गया, और तेजासिंह फ़ुर्सत पाकर उच्चा अकालगड़ की ओर चल दिया।

तेजासिंह का सचमुच ही अपनी नानी के पास मन लगता था। यह अलग बात है कि वह वहाँ भी टिक नहीं पाता था। घर में कहा यही जाता था कि नानी के पास है, लेकिन तेजासिंह ननिहाल के आस-पास के देहातों के जवानों के साथ कई तरह

की हुल्लड़बाज़ियों में लगा रहता। फिलौरासिंह ने उसके बारे में जो कुछ कहा था वह ग़लत नहीं था। लेकिन इस बार उसका मन घर में लग गया था। इसका कारण उसकी भाभी करतार कौर थी। देवर-भाभी में पहले दिन से ही ख़ूब पटने लगी थी। तेजासिंह के मन में अपनी भाभी का बड़ा ऊँचा दर्ज़ा था। उसे न सिर्फ़ भाभी की शक्ल पसन्द थी बल्कि उसका बर्ताव भी बहुत पसन्द था।

इस बार जब वह अपने घर लौटा तो उसका ख़्याल था कि वह दो-चार दिन वहाँ रहकर लौट जायगा, लेकिन उसने पिछवाड़ेवाले कमरे के धुँधले प्रकाश में जगमगाती भाभी को देखा तो फिर उसका लौटने को जी नहीं चाहा। करतार घर के दूसरे लोगों की तरह उजड्ड नहीं थी। बड़ा देवर दीदारसिंह तो उससे उतनी ही बात करता था जितनी ज़रूरी होती थी, लेकिन तेजासिंह बच्चों की तरह हर समय उसके चारों ओर मँडराया करता था। तीसरे ही दिन उसने पीछे से नन्हें बच्चे की तरह करतार की गर्दन में बाँहें डालकर कहा—"अरी भाभी! तुम कितनी अच्छी हो। अगर मैंने पहले तुम्हें कहीं देख लिया होता तो तुम्हें भगाकर किसी और देश को चला जाता।"

अमरो कहीं पास खड़ी यह बात सुन रही थी। उसने दुत्कारकर कहा—"दुर! मूरख कहीं का!...भला अपनी भाभी से भी कोई ऐसी बातें करता है।"

भाभी ने अपना नाजुक हाथ लाड़ से उसके गाल पर हलके-से जमाते हुए कहा—"बिलकुल बच्चा है, बच्चा!"

यह बात ठीक थी। अनपढ़, उजड्ड और अनाड़ी तेजासिंह के दिल में ऐसी ही मोहब्बत की भूख थी जैसी गाय के बछड़े के मन में हो सकती है। उसे मज़ाक करना नहीं आता था। बात मुँह से निकल गयी तो पछताया। वह भाभी से और भी चिपककर बोला—"बुरा न मानना भाभी...तुम्हारा देवर बड़ा मूरख है।"

करतार ने अपनी कोमल उँगलियों में उसकी नाक की चोंच दबाकर और उसे दायें-बायें हिलाते हुए कहा—"मेरा देवर बड़ा लाडला है। जब बड़ा होगा तो सब-कुछ समझने लगेगा, बुरे-भले की तमीज़ आ जायगी।"

रहट से लौटते समय तेजासिंह ने देखा कि दीदारसिंह डब्बू को लिये दीनू साँहसी के घर बैठा है। उसे मालूम था कि कुछ दिनों से डब्बू की टाँग की मरहम-पट्टी हो रही है। वह भी वहाँ रुक गया। दीदारसिंह दीनू से कह रहा था—"अब देखने में तो डब्बू ठीक लगता है।"

दीनू ने जवाब दिया—"इसे तुम दूध में कुकड़ी (मुर्ग़ी) का कच्चा अण्डा घोलकर पिलाया करो।"

दीदारसिंह ने तेजे को आते भी देखा था, पर अपनी आदत के मुताबिक़ उसने उससे कोई बात नहीं की।

दीदारसिंह की इस आदत के कारण घर के दूसरे लोगों को भी उससे जल्दी से कोई बात कहने की हिम्मत नहीं होती थी। तेजासिंह ने भी भाई से बात करने की जगह दीनू से पूछा—"दीनू चाचा! अब तुम शिकार पर कब जा रहे हो?"

दीनू ने मुस्कुराकर उसकी ओर देखा, और बोला—"तुम्हें मेरे शिकार पर जाने से क्या मतलब। तुम तो चलती-फिरती परछाईं की तरह हो। आज आये, कल चल दिये।"

"नहीं, इस बार मैं कुछ दिनों तक यहीं टिकूँगा।"

दीनू ने बनावटी हैरानी से आँखें फैलाकर उसकी ओर देखा, और बोला—"अरे! क्या अब सूरज भी पूरब की जगह पच्छिम से निकलने लगेगा—पहले तो कभी तुम यहाँ टिकते नहीं थे। लगता है कि भाभी के कारण तुम्हारा मन लग गया है।"

तेजासिंह खुल्लमखुल्ला यह बात मानने को तैयार नहीं था। उसने कहा—"बात यह है दीनू चाचा, कि बड़ा भ्रा (भाई) अमृतसर पहुँचनेवाला है। चाचा ने मुझसे कहा है कि मुझे अब भाभी को लेकर अमृतसर जाना होगा। इसीलिए मैं यहाँ रुका हुआ हूँ।"

नत्थासिंह को उसके बच्चे चाचा ही कहा करते थे। उन दिनों पंजाब के देहातों में यह आम रिवाज़ था।

दीनू अपने दोनों घुटनों पर हाथ रखकर उठते हुए बोला—"अच्छा तो यह बात है!—हाँ, परसों तक मेरा बाहर निकलने का इरादा तो है। दीदारसिंह भी तो मेरे साथ होगा।"

इस इशारे का मतलब यह था कि तेजासिंह अपने भाई से पूछ ले कि वह उसे अपने साथ ले जाने को तैयार है या नहीं।

तेजासिंह कुछ देर तक चुपचाप खड़ा रहा। फिर बोला—"मैं भी चलूँगा।"

कोई नहीं जानता था कि तेजासिंह ने ये शब्द किससे कहे थे; अपने भाई से या दीनू से।

इसके बाद फिर कुछ देर तक मौन छा गया। तेजासिंह और दीनू समझ गये कि दीदारसिंह को इस पर कोई एतराज़ नहीं है। अगर होता तो वह अपने भारी गड़गड़ाते स्वर में धीरे से कह देता।—"तुम क्या करोगे वहाँ?"—बस यहीं बात ख़त्म हो जाती।

दीदारसिंह ने कोई एतराज़ नहीं किया...शायद इसलिए कि उसे अच्छी तरह याद था कि जब वह तेजासिंह से भी छोटा था तो उसे दीनू चाचा के साथ शिकार पर जाने में कितना मज़ा मिलता था। दीनू जंगली बिल्लों का शिकार करता था और ख़रगोशों का भी। खाने को वह ख़रगोश भी खा जाता था और बिल्ले भी। इसीलिए उसकी

जाति नीच समझी जाती थी। दीदारसिंह को ख़रगोश का मांस पसन्द नहीं था। अजीब रबर की तरह लिजलिजा-सा मांस होता था ख़रगोश का। दीदारसिंह को असली मज़ा तो शिकार की कार्यवाही में ही आता था। आख़िर तेजासिंह भी तो उसी का भाई था। उसे इसका शौक़ क्यों न होता।

मन में ख़ुश तेजासिंह घर को लौट गया।

दूसरे ही दिन शिकार का प्रोग्राम भी बन गया। उच्चा अकालगढ़ से दीनू और दूसरे साँहसियों का जलूस-सा निकला। किसी के हाथ में लम्बी लाठी थी, किसी के हाथ में बेडौल-सी छड़ी और किसी के हाथ में रस्सियाँ थीं। पन्द्रह-सोलह कुत्ते भी भौंकते हुए आगे-पीछे दौड़ रहे थे। नाटे कुत्ते जो 'पस्ता' कहलाते थे छुट्टे थे। वे जिधर चाहते भाग निकलते। उनकी भौं-भौं करने की आवाज़ें भी बारीक थीं। यह कहना मुश्किल था कि वे असल में किस नसल से थे। यों दीनू साँहसी लोगों पर रोब जमाने के लिए उन्हें यही बताता कि उसका अमुक-अमुक कुत्ता विलायती है, और किसी अंग्रेज़ अफ़सर ने मेहरबान होकर उसे वह कुत्ता दे डाला था। कुछ पहाड़ी या भूटानी कुत्ते थे। इनमें मैदानी कुत्ते भी थे। सब-के-सब मोटे, ताज़े और इतने भारी थे कि वे ज़्यादा दूर तक दौड़ भी नहीं सकते थे। उनकी सूरतें बेशक डरावनी थीं। सबसे अच्छी नसल के शिकारी कुत्ते थे। शायद वे 'ग्रे हाउण्ड' जाति के थे। बहुत पतली कमर, पीठ से बहुत नीचे तक फैला हुआ सीना, ऊँची गर्दन और लम्बी थूथनी। यह थी उनकी सूरत। वे भौंकते नहीं थे और अकसर उनके पट्टे जंज़ीर से बँधे रहते। जब शिकार दिखायी दे जाता तो उसी समय उन्हें छोड़ दिया जाता था। उन्हें दौड़ते देखकर तबीयत ख़ुश हो जाती थी। यों लगता था जैसे उनके पाँव धरती को छू ही न रहे हों, बल्कि धरती के साथ फिसलते हुए चलते जा रहे हों।

दीनू साँहसी आगे-आगे था। उस समय उसने अपनी छोटी-सी पगड़ी सिर से उतारकर बगल में दबा रखी थी। उसके बालों के लम्बे-लम्बे पट्टे उसकी गर्दन तक पहुँचते थे। इन पट्टों में चाँद की-सी शक्लवाला बारीक दाँतों का कंघा फँसा हुआ था। दीदारसिंह उसके पहलू-ब-पहलू चला जा रहा था। एक क़दम पीछे तेजासिंह था, लेकिन अपनी उम्र के साँहसी जवानों से बातें करते-करते वह और भी पीछे रह गया। यह तो मानी हुई बात थी कि साँहसी चाहे ख़ुद भूखे रह जायँ, लेकिन वे अपने कुत्तों को पेट भरकर खाना देते थे। गाँव के मरियल, भुक्खड़ और खुजली मारे कुत्ते दाँत निकोस-निकोसकर बेजान स्वरों में साँहसी के कुत्तों को भौंक रहे थे। साँहसी के कुत्तों को उनके भौंकने की ज़रा भी परवाह नहीं थी। साँहसी का कोई कुत्ता आँखें दिखाकर ज़रा-सा गुर्रा देता तो बेचारे मरियल कुत्ते दुम दबाकर भाग निकलते।

चलते-चलते दीनू ने दीदारसिंह से कहा—"अब तो तेजासिंह भी पूरा जवान हो गया है। बदन इकहरा है, इसलिए अगर तुम्हारे बिलकुल पास न खड़ा हो तो क़द में तुमसे कम नज़र नहीं आता।"

दीदारसिंह मन में ख़ुश हुआ कि उसका छोटा भाई जवान हो रहा है। यह ख़ुशी उसके चेहरे पर जाहिर नहीं होने पायी। उसने दो पल चुप रहकर बेरस स्वर में कहा—"अभी लड़का है!"

दीनू ने एक नज़र ख़ासकर दीदारसिंह के चेहरे पर डाली, फिर दूसरी ओर मुँह करके ज़ोर से नाक साफ़ की और बोला—"अभी उसकी मसें भीग रही हैं। बदन के बहुत-से अंग भरे नहीं हैं। लेकिन अब तो वह जवान ही माना जायगा।—यह अलग बात है कि ड़ेढ़-दो साल तक वह भरपूर जवान हो जायगा।"

दीदारसिंह ने इस मसले पर कोई बहस नहीं की। उसने अपनी दोनों हथेलियाँ तहमद से मलकर पसीना और धूल पोंछ डाली। फिर उसने सवाल किया—"आज किधर को हल्ला बोलने का ख़्याल है?"

दीनू ने अपने घने पट्टों में उँगली घुसेड़कर सिर खुजाते हुए जवाब दिया—"बूड़चक्क से अपना एक साँहसी लड़का आया है। उसने ख़बर दी है कि वहाँ जंगली बिल्ले ऊधम मचाये हुए हैं। ख़रगोश तो ख़ैर वहाँ मिलते ही हैं। मेरा ख़्याल है कि अच्छा मौज़-मेला रहेगा।"

बूड़चक्क अकालगढ़ से आठ कोस की दूरी पर था। सभी शिकारी लम्बी-लम्बी टाँगोंवाले थे, और वे जब लम्बे-लम्बे डग भरते तो कोस-पर-कोस तय करते चले जाते। हँसी-मज़ाक, गप-शप, चहल-पहल में उनका सफ़र बड़ी आसानी से तय हो गया। सूरज डूबने में काफ़ी देर थी जबकि वे बूड़चक्क पहुँच गये।

बूड़चक्क से बाहर, आधे कोस की दूरी पर कुछ पुराने खँडहर थे। कोई नहीं जानता था कि वे खँडहर, किस क़स्बे या शहर के थे, और कितने पुराने थे। उनके बारे में अनगिनत अफ़वाहें ज़रूर फैली हुई थीं। लेकिन इन शिकारियों को ऐसी बातों से कोई दिलचस्पी नहीं थी। उन्हें तो यह ख़बर मिली थी कि उन खँडहरों में आजकल बहुत-से बिल्ले छिपे बैठे रहते हैं। रात के समय उनमें से अधिकतर बिल्ले बूड़चक्क में घुसे आते, और मुर्ग़ियाँ उठाकर ले जाते। कुछ बिल्ले आस-पास के दूसरे गाँवों में चले जाते और खेतों में चूहों का शिकार रहते करते। सूरज उगने से पहले इन खँडहरों में लौट आते।

साँहसी ने सोचना शुरू किया कि इन बिल्लों को पकड़ने की क्या सबील बैठायी जाय। दीनू पुराना और तज़ुर्बेकार शिकारी था। उसने गाँव के कुछ लोगों की मदद ली, जो एक ओर से कनस्तर बजाते और हल्ला बोलते हुए खँडहरों में घुस पड़े। इन लोगों ने खँडहरों का तीन-चौथाई अपने घेरे में ले लिया था। बिल्लों के भागने का एक ही रास्ता रह गया था। उधर साँहसी ने अपने कुत्ते खड़े कर दिये थे। जब बिल्ले निकल-निकलकर भागे तो उनमें से कुछ को डग कुत्तों ने दबोच लिया। वे वही पहाड़ी और भूटानी कुत्ते थे। कुछ बिल्ले डग कुत्तों से बच निकले तो उनके पीछे शिकारी कुत्ते

छोड़ दिये गये। तेज़-से-तेज़ भागनेवाला बिल्ला भी शिकारी कुत्तों के आगे ज़्यादा दूर तक नहीं भाग सकता। हाँ, इतना ज़रूर हुआ कि कुछ बिल्ले जान बचाने के लिए बेरी या बबूल के पेड़ों पर चढ़ गये। साँहसी ने उन्हें लाठियाँ फेंक-फेंककर मारा, और वे या तो किसी चपेट में आकर नीचे गिर पड़े, या लाठियों के डर से धरती पर आ गये। इसमें शक़ नहीं कि उस दिन बिल्ले मक्खियों की तरह मारे गये। रात होने से पहले-पहले कुछ ख़रगोशों का शिकार भी हो गया।

दीनू का कहना था कि यों तो उसकी सारी उम्र शिकार खेलने में ही बीत गयी, लेकिन उस दिन से पहले कभी इतने बिल्ले उसके हाथ नहीं लगे थे। इसलिए यह तय किया गया कि उस रात उन खँडहरों में ही जश्न मनाया जाय। शिकार में उम्मीद से ज़्यादा क़ामयाबी हासिल हुई थी, इसलिए दीनू ने कहा कि दूसरे दिन सुबह अकालगढ़ लौट जायेंगे।

दीदारसिंह और तेजासिंह को शिकार का तमाशा देखना था, सो तो अब ख़त्म हो चुका था। उन्हें बहुत मज़ा आया। जब साँहसियों ने खँडहर में जगह-जगह आग जला दी, और बिल्लों की खाल खींचने में लग गये तो वे दोनों भाई बूड़चक्क को चले गये। वहाँ दीदारसिंह की कुछ जान-पहचान थी। उसने सोचा कि वे दोनों रात गाँव में काटेंगे, और अगले दिन साँहसियों के साथ अपने गाँव को लौट जायेंगे। जब वे बूड़चक्क में घुसे तो गलियों में अभी चहल-पहल ख़त्म नहीं हुई थी।

उन दिनों बड़े गाँव में भी सात-आठ से ज़्यादा दुकानें नहीं होती थीं। अँधेरा पड़ते ही इनमें से आधी बन्द हो जातीं, और आधी खुली रहती थीं। धुएँ से काली चिमनीवाली गन्दी-सी लालटेन दरवाज़े के बीचोंबीच लटका दी जाती। ये दुकानें अकसर वही होती थीं, जिनके कच्चे चबूतरों पर गाँव के आठ-दस आदमी बैठे गप्पें हाँका करते थे। उन्हीं में दुकानदार भी होता था। ऐसी महफ़िलें रात के दस-ग्यारह बजे तक गर्म रहती थी। बीच-बीच में एक-दो आदमी उठते, घर पर जाकर खाना खाते, और फिर लौटकर चबूतरे पर बैठ जाते।

गाँव के बाहर कुम्हारों के घर थे। जब दीदारसिंह और तेजासिंह कुम्हारों के मकान के पास से गुज़रे तो कच्चे बर्तनों को पकानेवाले भट्ठे के सेंक से उन्हें ज़रा रास्ते के परले किनारे से होकर चलना पड़ा। दुकानों के चबूतरों पर उन्हें मटमैले बड़े-बड़े धब्बों की तरह बैठे लोगों की टोलियाँ नज़र आयीं। उनमें से कुछ ने लम्बी-सी साफ़ी पीठ के पीछे से लाकर दोनों घुटनों के ऊपर कसकर बाँध रखी थी। इस तरह बैठने में आसानी हो जाती थी, और बहुत देर तक बैठने पर भी इनसान थकता नहीं था। कुछ लोग दीदारसिंह को पहचानते भी थे। इस तरह के लोग 'सत सिरी अकाल' कहकर उसकी ख़ैर-ख़बर पूछते। दीदारसिंह दो पल रुककर आगे बढ़ जाता।

उसके दोस्त का मकान गाँव के दूसरे सिरे पर था। गाँव में सिर्फ़ पाँच गलियाँ थीं, लेकिन वे काफ़ी लम्बी थीं। दीदारसिंह को हर गली में से ही गुज़रना था। अचानक ही एक चबूतरे से ऊँची आवाज़ गूँज उठी—"साब सलामत!..दीदारसिंह!.."

दीदारसिंह के क़दम रुक गये। वह आवाज़ जानी-पहचानी थी। 'साब सलामत' कहनेवाला मुसलमान के अलावा दूसरा नहीं हो सकता था। उस गुट में से एक परछाईं ऊपर को उठी। धुँधली रोशनी में उसके डील-डौल को देखते ही दीदारसिंह उसे पहचान गया।

वह नूरा था!—यह वही नूरा था, जो उसे मेले में मिला था। दूसरे ही क्षण वे दोनों एक-दूसरे के गले से लिपट गये। उन्होंने बारी-बारी से एक-दूसरे को धरती से ऊपर उठाया। मुहब्बत की इस पकड़-धकड़ से बचने के लिए तेजासिंह दो क़दम पीछे हट गया।

चबूतरे पर बैठे हुए लोगों में दीदारसिंह का वह दोस्त भी मौजूद था, जिसके घर उसे रात काटनी थी। उसने भी आगे बढ़कर दीदार से हाथ मिलाया। दीदारसिंह ने कहा—"बलकारसिंह! मैं तुम्हारे ही घर आ रहा था। आज मैं दीनू साँहसी के साथ शिकार का तमाशा देखने चला आया था। सोचा कि रात तुम्हारे यहाँ ही काटूँगा।"

बलकारसिंह ने उसका हाथ थामकर कहा—"तो आओ चलें।"

लेकिन दीदार बलकारसिंह के घर जाने से पहले नूरे से कुछ बातें कर लेना चाहता था। वह जानता था कि बूड़चक्क में नूरा बिना किसी मतलब के नहीं आया है। ख़ास बात तो यह थी कि बूड़चक्क में हस्सी रहती थी...यह वह लड़की थी, जिससे नूरा इश्क़ करता था, और जिससे वह शादी करना चाहता था। वे दोनों दोस्त एक-दूसरे के सभी राज जानते थे। यही सोचकर दीदारसिंह ने बलकार से कहा—"तुम तेजे को लेकर घर चलो, मैं कुछ देर में आ जाऊँगा।"

वे दोनों चले गये और दीदार नूरे का हाथ पकड़कर धीरे-धीरे गाँव के बाहर निकल आया। उस समय गाँव के घरों में कहीं तन्दूर गर्म किये जा रहे थे, और कहीं हँड़ियाँ चूल्हों पर चढ़ायी जा रही थीं। सुलगते हुए उपलों से निकलनेवाले धुएँ की गन्ध सारे वातावरण में फैली हुई थी। ढोर-डंगर अपने ठिकानों पर पहुँचकर या तो सानी खा रहे थे, या इसी इन्तज़ार में अलग-अलग आवाज़ें निकाल रहे थे।

दो-चार बातों में ही दीदार को पता चल गया कि उसका अन्दाज़ा ठीक ही था। नूरा हस्सी के सिलसिले में ही वहाँ आया था। दीदार ने पूछा—"मैं जानता हूँ कि तुम हस्सी को चाहते हो, लेकिन यह तो बताओ कि उसे भी तुमसे कोई दिलचस्पी है या नहीं?"

नूरे ने अपने घने, काले और ख़ूबसूरत पट्टों पर हाथ फेरते हुए जवाब दिया—"देखो भई, अभी तक कोई ऐसी बात हुई नहीं कि जिसके बूते पर मैं यह कह सकूँ

कि वह मुझे चाहती है। हम दोनों में इश्क़ नहीं चल रहा है। सीधी-सी बात है कि मुझे वह पसन्द है, और मैं उससे शादी करना चाहता हूँ। मैंने यहाँ एक बूढ़ी मीरासिन को अपना भेदी बना रखा है। उसके ज़रिये मुझे इतना पता चला है कि हस्सी ने मुझे देख रखा है, और वह मुझे पसन्द करती है।"

"तो क्या तुम्हारी हस्सी से सीधी बातचीत कभी नहीं हुई?"

"बहुत थोड़ा-सी।"

"उसका बर्ताव कैसा रहा?"

"भाई, घरेलू लड़की है। सुन्दर है, शर्मीली है...और चूँकि मुझसे ज़्यादा खुली नहीं, इसलिए बेतकल्लुफ़ी से बातचीत नहीं हो सकी। लेकिन वह बातचीत के दौरान मुस्कुराती रही, और उसके बर्ताव से ऐसा नहीं लगा कि वह मुझसे मेल-जोल पसन्द नहीं करती।"

"बस तो ठीक है, हम यह मान लेते हैं कि वह तुम्हें पसन्द करती है। अब अड़चन क्या है? तुम किसी के ज़रिये उसके माँ-बाप से निकाह की बात क्यों नहीं चलाते?"

"यह भी कर चुका हूँ, लेकिन उसका बाप दायें-बायें की बातें करके टालने की कोशिश कर रहा है।"

गाँव के बाहर बड़ा-सा बरगद का पेड़ था, जिसके नीचे कसरत के लिए वहाँ के जवानों ने एक भारी-सा मुग्दर रख रखा था। वे दोनों वहाँ खड़े थे। नूरे की बात सुनकर दीदार ने बायें पाँव को झटका देकर जूता अलग किया, और नंगा पाँव मुग्दर के ऊपर टिकाते हुए कहा—"उसके दायें-बायें करने से होता क्या है। तुम्हारा यह काम भी बहुत दिनों से घिसटता चला जा रहा है। मैं सोचता हूँ कि अब इसका दो टूक फ़ैसला हो ही जाना चाहिए!"

नूरे ने अपने दोस्त के गहरे साँवले रंग के चेहरे में चमकती हुई आँखों को पल भर देखा, और फिर बोला—"मैं चाहता था कि यह काम बिना किसी झंझट के ही हो जाय तो अच्छा है—दरअसल हस्सी का बाप सारी मुसीबत की जड़ नहीं है, बल्कि हस्सी के दो मामू शफ़ी और आरिफ़ अड़ंगा डाले हुए हैं। एकाध बार मेले में मेरी उनसे झपट हो गयी थी, अब वे इसी का बदला चुका रहे हैं।"

दीदार ने कोहनी अपने घुटने पर जमाकर कलाई पर पड़े कड़े को बेध्यानी में आगे-पीछे सरकाते हुए कहा—देखो नूरे। ऐसे काम में ढील नहीं करनी चाहिए। अगर उन्होंने चुपचाप हस्सी का निकाह किसी और से पढ़वा दिया तो तुम सारी उम्र पछताते रहोगे। देखना यह है कि तुम्हें हस्सी से किस क़दर मुहब्बत है। अगर तुम उसे हासिल किये बिना नहीं रह सकते तो फिर यह काम हो ही जाना चाहिए।"

नूरे ने एक गहरी साँस ली तो उसका चौड़ा सीना और भी फूल गया। वह धीरे से यों बोला जैसे ख़ुद अपने-आप ही से कह रहा हो, मैं हस्सी को नहीं छोड़ सकता...उसके बिना ज़िन्दगी का कुछ मज़ा नहीं।''

दीदार ने अपनी रान पर हाथ मारकर कहा—''चलो, यह बात तो तय हो गयी...''

नूरा उसकी बात काटकर बोला, ''लेकिन तुम तो कल सुबह वापस अकालगढ़ जा रहे हो न।''

दीदारसिंह ने पाँव मुग्दर से हटाकर फिर जूते में घुसेड़ते हुए अपनी चमकदार आँखें नूरे के चेहरे पर गाड़ दीं और बोला—''अब मैं हस्सी से तुम्हारा निकाह पढ़वाकर ही जाऊँगा।''

यह सुनकर पल भर को नूरे का दिल ज़ोर से धड़क उठा। फिर वह सँभलकर बोला—''लेकिन यह मसला इतना आसान नहीं...बहुत टेढ़ा है।''

''मैं इस टेढ़े मसले के बल निकालकर उसे बिलकुल सीधा करके ही बूड़चक्क से जाऊँगा।''

नूरा जानता था कि अब चाहे तो यह मामला किसी-न-किसी तरह से सुलझ ही जाये, वरना दो-तीन आदमियों का ख़ून ज़रूर ही हो जायगा।

नूरा कुछ धर्म-संकट में पड़ गया। जिन लोगों से वह शादी का रिश्ता क़ायम रखनेवाला था, उनसे वह यह नहीं चाहता था कि इस रिश्ते की बिस्मिल्लाह ख़ूनख़राबे से हो।

दीदारसिंह ने उसकी यह हालत देखी तो उसकी पीठ थपथपाते हुए बोला—''अब इस काम का सारा बोझ मेरे कन्धों पर समझो। तुम्हें तो हस्सी से मतलब है, मैं उसे तुम्हारी औरत बनाकर छोड़ूँगा।''

यह कहकर दीदारसिंह फिर गाँव में घुस पड़ा, और नूरा उसके पीछे-पीछे हो लिया। जिस दुकान के चबूतरे पर नूरा बैठा था, वहाँ पहुँचकर दीदारसिंह रुका और पलटकर नूरे से हाथ मिलाते हुए बोला—''अच्छा, कल सुबह तुम बलकार के घर आ जाना। वहीं मुलाक़ात होगी।''

: २ :

जब दीदारसिंह बलकार के घर पहुँचा तो वे खाने के लिए उसी का इन्तज़ार कर रहे थे। तुरन्त ही हाथ धोकर दीदारसिंह और बलकार बड़ी-सी चारपाई पर आमने-सामने बैठकर खाना खाने लगे। पासवाली दूसरी चारपाई पर तेजासिंह बैठ

गया। खाते-खाते दीदारसिंह का हाथ रुका, और वह बोला—"सुनो बलकार, सोचा था कि एक रात रहकर सुबह वापस लौट जाऊँगा। लेकिन लगता है कि मुझे तीन-चार दिन यहीं पर रुकना पड़ेगा।"

बलकार का हिलता हुआ मुँह रुक गया, और उसने कौर को निगले बिना ही मुँह फैलाकर जवाब दिया—"यह तो बड़ी ख़ुशी की बात है।"

तेजासिंह चौंक पड़ा। उसकी समझ में नहीं आया कि उसका भाई क्यों रुकना चाहता है। क्या यहाँ भी कोई नयी मुसीबत खड़ी हो गयी है। दीदारसिंह ने उसकी ओर उचटती हुई नज़र डालकर कहा—"तुम कल सुबह गाँव लौट जाना, तेजे!"

अगर कोई मुसीबत खड़ी हो गयी है तो तेजासिंह ने महसूस किया कि उसका अपने भाई के साथ रहना ज़रूरी है। वह चुप रहा। दीदार उसकी ख़ामोशी का मतलब भाँपकर बोला—"घर में भाभी को आये बहुत दिन नहीं गुज़रे। वहाँ भी तो होना किसी का ज़रूरी है।"

इस बात का तेजासिंह के पास कोई जवाब नहीं था। वह भाई से सहमत था।

खाना ख़त्म होने पर तेजासिंह तो बिस्तर पर लेटते ही सो गया, और वे दोनों दोस्त काफ़ी रात तक गप्पें हाँकते रहे।

दूसरे दिन 'छाह वेला' (सुबह का नाश्ता) हो ही रहा था कि दूर से कुत्तों के भौंकने की हलकी-हलकी आवाज़ें सुनायी देने लगीं। इसका मतलब यह था कि साँहसी वापस लौट रहे थे। यह बात पहले ही तय हो चुकी थी कि उन दोनों भाइयों को साथ लेने के लिए वे बूड़चक्क से होकर जायेंगे।

जब कुत्तों और साँहसियों के जलूस के आगे-आगे चलता हुआ दीनू बूड़चक्क के पास पहुँचा तो उसने दोनों भाइयों और बलकार को अपने इन्तज़ार में खड़े पाया। दीदार ने पूछा, "कहो दीनू चाचा! रात कैसी कटी?"

दीनू ने अपना चौड़ा-चकला हाथ हवा में लहराते हुए कहा—"रात की बात क्या पूछते हो! बस ऐसा जश्न रहा कि सारी उम्र नहीं भूलेगा।"

इस तरह हँसी-मज़ाक की दो-चार बातों के बाद दीदारसिंह ने कहा, "देखो दीनू चाचा, मुझे यहाँ कुछ काम पड़ गया है। मैं दो-तीन दिन तक यहीं रहूँगा। तेजासिंह तुम्हारे साथ जायगा।"

दीनू जानता था कि दीदारसिंह तलंगा आदमी है, चल दिया तो चल दिया, बैठ गया तो बैठ गया, लड़ पड़ा तो लड़ पड़ा। इसलिए उसमें बिलकुल भी कुरेद नहीं थी, और एक बार सीना फुलाकर साँस ज़ोर से छोड़ते हुए बोला, "बिसमिल्लाह....चलो तेजासिंह, तुम ही चलो।"

उधर नूरा बलकार के घर पहुँचा। वहाँ पता चला कि दीदार कहीं गया हुआ है। अब नूरा भी दीदार के पास जा पहुँचा। जब दीनू तेजासिंह और अपने दूसरे साथियों

के साथ आगे बढ़ गया तो ये तीनों दोस्त जहाँ-के-तहाँ खड़े उस क़ाफ़िले को उड़ती हुई धूल में धुँधलाते हुए देखते रहे। यहाँ तक कि कुत्तों के भौंकने की आवाज़ें धीमी होती-होती बिलकुल मन्द पड़ गयीं।

तेजासिंह को भी इस शिकार में बड़ा लुत्फ़ आया था। वह साँहसियों के साथ हँसता-बोलता चलता गया। दोपहर के समय तक उन्हें अकालगढ़ के दोनों गाँव दिखायी देने लगे। तेज़ धूप में उन गाँवों के मकान की पूरी रूप-रेखा साफ़-साफ़ दिखायी दे रही थी। किसी-किसी मकान में कोई पेड़ छतों से भी ऊँचा उठा हुआ था। ऐसे पेड़ों की तालियाँ बजाती हुई हरी-हरी पत्तियाँ तेज़ धूप में चमक-चमक जाती थीं।

जब साँहसी लम्बे बाँसों पर जंगली बिल्लों की सिर सहित खालें लहराते हुए गाँव में घुसे तो बहुत-से लोग तमाशा देखने के लिए रास्ते के किनारे-किनारे खड़े हो गये। साँहसियों ने उच्चा अकालगढ़ की सारी गलियों का चक्कर लगाया। तेजासिंह ने भी उनका साथ दिया। आख़िर जब साँहसी अपने ठिकाने पर पहुँच गये तो तेजासिंह घर को चल दिया। जब उसने सेहन में क़दम रखा तो एक बार डब्बू उसे देखकर भौंका और फिर पहचानकर चुप हो गया।

उसकी माँ अभी-अभी रहट से कपड़े धोकर लायी थी। लोहे के बड़े तसले में धुले और निचोड़े हुए कपड़े यों भरे पड़े थे जैसे मटमैली, बड़ी-बड़ी मरी हुई मछलियाँ। अमरो तन्दूर में रोटियाँ लगा रही थी। बाप का कुछ पता नहीं था। तेजासिंह ने सोचा कि भाभी ज़रूर ही भीतर बैठी होगी।

वह लपकता हुआ पिछवाड़ेवाले कमरे में पहुँचा तो देखा कि करतार दरवाज़े की देहलीज़ पर बैठी हुई सुई में धागा डाल रही है, और सारा कमरा उसी के कारण जगमगा रहा है। तेजा भाभी के सामने ही कच्चे फ़र्श पर घुटने टेककर बैठ गया, और बोला—"भाभी! तुम कब रोटियाँ पकाना शुरू करोगी? या अभी दुल्हन ही बनी रहोगी।"

भाभी हँसी तो मानो उसका मुँह सच्चे मोतियों से भर गया। बोली—"अभी मुझे कोई रोटियाँ पकाने नहीं देता। वे समझाते हैं कि लोग क्या कहेंगे। यही न कि नयी-नवेली दुल्हन से आते ही रोटियाँ पकवानी शुरू कर दीं।—क्या तुम चाहते हो कि मैं ज़रूर ही रोटियाँ पकाऊँ?"

"नहीं, मेरा यह मतलब नहीं। लेकिन क्या बताऊँ, मेरा तुम्हारे हाथ की पकी हुई रोटियाँ खाने को जी चाहता है।"

करतार आँखें नचाकर बोली—"तो ज़रा सब्र कर लो। भाभी को कुछ पुरानी हो जाने दो।"

"पुरानी? नहीं भाभी, तुम पुरानी कभी नहीं हो सकती। तुम सदा यों ही चमकती-दमकती रहोगी।"

एकाएक कुछ याद आ जाने पर भाभी ने पूछा—"क्यों रे! यह नाहरसिंह कौन है?"

तेजासिंह के माथे पर बल पड़ गये। गम्भीर होकर बोला—"क्यों? तुम उसे जानती हो क्या?"

"नहीं, मैं उसे नहीं जानती। इसीलिए तो पूछ रही हूँ कि वह कौन है?"

"यह तो बताओ कि तुम उसके बारे में क्यों पूछ रही हो...वह नीवाँ अकालगढ़ में सरदारों के यहाँ रहता है। कोई अच्छा आदमी नहीं है। लेकिन तुम्हें यह बताना पड़ेगा कि तुम उसके बारे में क्यों पूछ रही हो।"

करतार ने कुर्ते में बटन टाँकते हुए कहा—"आज सुबह मैं और अमरो गुरुद्वारे मत्था टेकने के लिए गये थे। बहुत जल्दी चले गये थे। जब हम लौटे तो उस समय भी सूरज नहीं निकला था, लेकिन उजाला फैल चुका था। हम गाँव को आ रही थीं तो एक मर्द गुरुद्वारे से ही हमारे साथ-साथ हो लिया। कभी दस क़दम आगे, कभी दस क़दम पीछे; कभी दस क़दम बायीं ओर कभी दस क़दम दायीं ओर। कभी वह मुस्कुरा देता था, कभी भँवें हिलाकर इशारे करने लगता। उसने उस समय तक हमारा पीछा नहीं छोड़ा जब तक हम अपने घर में नहीं घुस आयीं। तब मैंने अमरो से पूछा कि वह कौन आदमी था। उसने बताया कि उसका नाम नाहरसिंह है...।"

यह सुनते ही तेजासिंह उठकर सीधा खड़ा हो गया। उसका रंग और भी काला पड़ गया था। इतने में अमरो रोटियाँ टोकरी में समेटकर उनके पास पहुँच गयी। उसे सुबह से ही नाहरसिंह की बेवक़ूफ़ी पर दुःख हो रहा था। वह भाभी को यह तो नहीं बता सकती थी कि उसका और नाहरसिंह का क्या रिश्ता है! शुक्र है कि तारो भी अपने भोलेपन के कारण असली बात नहीं भाँप सकी। माना कि नाहरसिंह ने किसी तरह की बात करने की कोशिश नहीं की, लेकिन उसे उनके साथ-साथ आने की क्या ज़रूरत थी। सबसे बड़ी भूल तो ख़ुद उसी से हो गयी। जब भाभी ने उस आदमी का नाम पूछा था तो उसे टाल देना चाहिए था। टालने में यह डर तो ज़रूर था कि कहीं भाभी बात को ही न भाँप जाय। अनायास ही उसके मुँह से नाहरसिंह का नाम निकल गया।

तारो हैरान थी कि तेजासिंह की सूरत एकदम बदल क्यो गयी थी। उसका हँसता-बोलता खिला हुआ चेहरा पत्थर की तरह सख़्त क्यों हो गया था। बिना कुछ कहे-सुने तेजासिंह ने लाठी पर छव्वी चढ़ायी, और तहमद लहराता हुआ घर के बाहर निकल गया..!

अमरो ने तारो की ओर उदास नज़रों से देखते हुए कहा—"भाभी! यह तुमने क्या किया? अब ख़ूनख़राबा होकर रहेगा।"

तारो ख़ुद सकते में आ चुकी थी। उसने सुई कुर्ते में ठोंसी और उसे लपेटकर एक ओर रखते हुए चिन्ता में पड़कर कहा—"अरी! क्या मालूम था। हँसी-मज़ाक की बातें हो रही थीं। मेरे मुँह से सिर्फ़ इतना निकल गया कि नाहरसिंह कौन है। वह हाथ धोकर मेरे पीछे पड़ गया। मुझे यह तो मालूम नहीं था कि इतनी-सी बात पर ही वह मरने-मारने को तैयार हो जायगा।"

अमरो अपने दिल का हाल कैसे बता सकती थी। वह ठण्डी साँस भरकर बोली—"तुम हमारे ख़ानदान को नहीं जानतीं।"

तारो पहली रात को ही ससुराल आते समय देख चुकी थी कि कैसे उसके पति ने रनजोधसिंह की अँतड़ियाँ छव्वी से काट डाली थीं। इसी एक घटना से उसे अपने ससुरालवालों को समझ लेना चाहिए था, लेकिन अब क्या हो सकता था...!

तेजासिंह छव्वी हाथ में लिये जब दीनू साँहसी के मकान के पास से गुज़रा तो पल-भर को रुक गया और दीनू को सामने हुक्का पीते देखकर बोला—"दीनू चाचा! तुमने नाहरसिंह को तो नहीं देखा?"

दीनू ने हुक्के की नली दाँतों में से निकालकर एक ओर को घुमाते हुए कहा "नहीं—लेकिन बात क्या है?"

तेजासिंह बिना कुछ कहे आगे बढ़ गया। दीनू हुक्का पीना भूलकर चारपाई से उठ खड़ा हुआ। उसकी समझ में नहीं आ रहा था कि अभी कुछ देर पहले तेजासिंह उनके साथ हँस-बोल रहा था, और अब एकाएक क्या हो गया—उसने तीन-चार साँहसी जवान तेजासिंह के पीछे लगा दिये। उन्हें समझा दिया कि अगर कुछ गड़बड़ होने लगे तो वे तेजासिंह के हाथ से छव्वी छीन लें।

तेजासिंह सीधा सरदारों के अहाते में पहुँचा। उनके बड़े दरवाज़े में टाँगें फैलाकर पाँव जमाकर खड़ा हो गया, और फिर कठोर आवाज़ में चिल्लाकर बोला—"कहाँ है भानयावा नाहरसिंह?"

किसी नें बताया कि वह वहाँ नहीं है। इस पर कुछ देर तक तेजासिंह चुपचाप खड़ा गुस्से में खौलता रहा। फिर बोला—"उस सुअर के बच्चे से कह देना कि वह जहाँ कहीं भी मुझे मिल गया, मैं उसका पेट फाड़ डालूँगा।"

यह कहकर तेजासिंह डबल मार्च करता हुआ लौट पड़ा। चारों साँहनी लड़के उसके पीछे-पीछे थे। जब तेजासिंह उच्चा अकालगढ़ के टीले पर चढ़ने लगा तो उस समय उसे नाहरसिंह दिखायी दिया, जो दीनू से बात कर रहा था। उसे देखते ही तेजासिंह ने तहमद कसने के लिए छव्वीवाली लाठी धरती पर रख दी, और फिर तहमद कसने के बाद मुँह पर उलटा हाथ रखा और "भक-भक" की आवाज़ निकालकर बकरा बुला दिया।

उस मौक़े का फ़ायदा उठाते हुए साँहसी लड़कों ने उसकी छव्वी अपने क़ाबू में कर ली। उधर दीनू नाहरसिंह से पूछताछ कर रहा था।—जब तेजे ने हाथ बढ़ाकर छव्वी पकड़नी चाही तो पता चला कि एक साँहसी लड़का छव्वी लेकर दूर जा खड़ा हुआ है, और बाक़ी तीनों उसका रास्ता रोके हुए हैं।

तेजासिंह उनसे उलझना बेकार समझकर गालियाँ देता हुआ नाहरसिंह की ओर दौड़ पड़ा। पास पहुँचते ही वह नाहरसिंह पर झपट पड़ा। उसे कमर से पकड़कर उठाया, उठाकर घुमाया, और घुमाकर परे फेंक दिया। नाहरसिंह ढलान पर कुछ दूरी तक लुढ़कता चला गया। वह ख़ुद हैरान था, और कुछ समझ नहीं पाया था कि एकाएक तेजासिंह उस पर क्यों पिल पड़ा है। उधर दीनू ने तेजे को अपने बाजू में जकड़ लिया। चारों साँहसी लड़के नाहरसिंह को वहाँ से टल जाने की सलाह देने लगे। अमरो की वजह से नाहरसिंह तेजे से उलझना नहीं चाहता था। वह टल जाने के लिए राज़ी हो गया। मगर तेजा दीनू के बूढ़े बाजुओं से निकल आया...।

इस पर नाहरसिंह ने एक हाथ उठाकर कहा—"देखो, तेजे, तुम बाज नहीं आओगे तो मुझे भी तुम पर मज़बूरन हाथ उठाना पड़ेगा...।"

तेजे के भिंचे हुए दाँतों में से दो-चार गन्दी गालियाँ निकलीं और थूक के छींटे उसकी चौड़ी ठुड्डी पर चमकने लगे। नाहरसिंह ने भी तय कर लिया कि इस लौंडे को दो हाथ दिखाने ही पड़ेंगे—मगर जिसको वह कल का लौंडा समझे हुए था वह पारे से भरा हुआ चीता निकला। दोनों गुत्थम-गुत्था हो गये। नाहरसिंह ने मौक़ा पाकर तेजे को बाजुओं के चपेट में ले लिया, लेकिन जब तेजा उसके बाजुओं को हटाकर उसकी पकड़ में से निकला तो नाहरसिंह को यों लगा जैसे उसके बाजू जोड़ों में से हिल गये हों। और फिर जब तेजे ने उसे अपने बाजुओं में लेकर दबाया तो उसकी पसलियाँ कड़कड़ाने लगीं। उसे यों लगा जैसे उसके फेफड़े टमाटर की तरह पिचक जायेंगे। पूरी ताक़त लगाने पर भी वह उसके बाजुओं की जकड़ में से निकल नहीं सका।

भला हो साँहसी लड़कों का! उनमें दो-दो ने तेजे के एक-एक बाजू को पकड़कर खींचा और नाहरसिंह से अलग कर दिया। नाहरसिंह के मन से यह ख़्याल हवा हो गया कि वह इस कल के लौंडे को मज़ा चखा सकता है। अब तक कई और लोग जमा हो गये थे। उनमें से कुछ ने तेजासिंह को घेरे में ले लिया, और कुछ ने नाहरसिंह को। बाज़ लोग नाहरसिंह को समझाने लगे—"इस अनदाढ़िये (बिना दाढ़ीवाले लौंडे) से तुम क्यों लड़ते हो...!"

उनका मतलब था कि उस कल के लौंडे से जीत जाने पर नाहरसिंह की शान नहीं बढ़ जायगी, लेकिन हार जाने पर नाक ज़रूर कट जायगी।

नाहरसिंह ग़ुस्से में लाल-पीला होता हुआ, लोगों में घिरा नीवाँ अकालगढ़ की ओर चल दिया। उसके शरीर पर जहाँ-जहाँ तेजे का हाथ पड़ा था, तहाँ-तहाँ फोड़े की तरह दु:ख रहा था। वह सिर से पाँव तक पके हुए फोड़े की तरह हो रहा था—लेकिन देखनेवालों को इस बात का पता नहीं चल सका कि असल में नाहरसिंह का जोड़-जोड़ हिल गया है और नस-नस दु:खने लगी है।

: ३ :

नाहर और तेजे की इस झपट से उच्चा अकालगढ़ और नीवाँ अकालगढ़ में सनसनी फैल गयी। लोग कहते थे कि यह बड़ी क़िस्मत की बात है कि लड़ते समय उन दोनों के पास कोई हथियार नहीं था, वरना दोनों में से एक का क़त्ल हो जाता। देखनेवालों ने देख लिया था कि निहत्थी लड़ाई में भी तेजासिंह का पलड़ा भारी रहा था। उधर जब सरदारों के घराने में इस लड़ाई की ख़बर पहुँची, और पता चला कि नाहरसिंह पीले चेहरे के साथ लँगड़ाता हुआ लौट आया है तो वहाँ के सभी लोग हैरान रह गये। नाहरसिंह बड़ा धाकड़ और दिल-गुर्देवाला जवान समझा जाता था। एक अनदाढ़िये जवान के सामने से पसपा होकर इस तरह मैदान छोड़ आना उसकी शान से गिरी हुई बात थी। इससे सरदारों की मूँछ नीची हो जाने का डर था।

यह झगड़ा ख़त्म हो जाने के थोड़ी देर बाद जब सरदारों के अहाते में यह ख़बर पहुँची तो सरदारों के पाले हुए कई पट्ठे बाहर दौड़ पड़े। थोड़ी ही देर पहले तोजासिंह अहाते में आकर नाहरसिंह को खुल्लमखुल्ला गाली दे गया था। उस समय उनकी समझ में नहीं आया कि उन्हें क्या करना चाहिए। वे बिना फिलौरासिंह की इजाज़त के कोई क़दम नहीं उठाना चाहते थे। फिलौरासिंह घर पर नहीं था। लेकिन जिस समय झगड़े की ख़बर अहाते में पहुँची तो तुरन्त ही उसने अपने कुछ पट्ठों को वहाँ जाने का हुक्म दिया। जब वे गलियारे में से होकर भागते हुए बाहर निकले तो पता चला कि झगड़ा ख़त्म हो चुका है। कुछ लोग तेजासिंह को घेरे में लेकर उसे घर तक छोड़ आये, और कुछ लोग नाहरसिंह को सरदारों के अहाते की ओर ला रहे थे। तब फिलौरासिंह के आदमी नाहरसिंह से पूछताछ करने लगे। पूछने लगे कि झगड़ा किस बात पर हुआ। यह बात तो ख़ुद नाहरसिंह भी नहीं समझ पाया था, वह दूसरों को क्या बताता। जब गाँव के लोगों ने देखा कि फिलौरासिंह के आदमी नाहरसिंह को अपने अहाते की ओर से चले हैं, तो वे उनका साथ छोड़कर इधर-उधर बिखर गये। दोनों गाँवों के लोग गलियों में या दुकानों के सामने छोटी-बड़ी टोलियाँ बनाये खड़े थे, और इसी मसले पर बातचीत कर रहे थे। यह कोई मामूली घटना नहीं थी, इसी से झगड़ा बढ़ भी सकता था। अभी तक नत्थासिंह और सरदारों के घराने की यही

दुश्मनी भीतर-ही-भीतर चल रही थी। ख़ासकर फिलौरासिंह नत्थासिंह, उसके बेटों, और उनसे हमदर्दी रखनेवालों के ख़िलाफ़ कुछ-न-कुछ करता रहता था, लेकिन आज खुल्लमखुल्ला झगड़ा हो गया था। राज़ की बात यह थी कि इस झगड़े की वजह का किसी को पता नहीं चला। हालाँकि देहात में कोई भी लड़ाई होने से पहले वजह का पता चल जाता है।

उधर जब नाहरसिंह सरदारों के अहाते में पहुँचा तो फिलौरासिंह उसके चेहरे को देखकर हैरान-सा रह गया। उसने सबके सामने पूछताछ करना ठीक नहीं समझा। वह उसे अलग कोठरी में ले जाकर बोला—"क्यों नाहरसिंह! बात क्या है? तुम्हारे चेहरे पर तो ख़ून की एक बूँद भी नज़र नहीं आ रही। ऐसा लगता है जैसे तुम्हारे बदन में से सारा ख़ून निकल गया हो, जैसे किसी ने नींबू निचोड़कर परे फेंक दिया हो।"

फिलौरासिंह की यह बात ग़लत नहीं थी। नाहरसिंह के मन को बड़ा गहरा धक्का पहुँचा था। सबसे बड़ी बात यह थी कि उसने कभी सपने में भी नहीं सोचा था कि तेजे के बाजुओं में इतनी ताक़त है। तेजे ने उसे रबर के बबुए की तरह कभी इधर पटका कभी उधर। जब तेजे ने उसे अपने बाजुओं में लेकर दबाया था, तो उसे यों लगा था कि अगर पल-दो-पल तक वह उसके चंगुल से नहीं छूटा तो उसकी पसलियाँ चटख़ जायँगी। नाहरसिंह को ग़ुस्सा भी आ रहा था, और वह मन में डर भी चुका था।

उसे चुप देखकर फिलौरासिंह ने फिर कहा—"तुम्हें चाहिए था कि तेजे की अच्छी तरह मरम्मत कर देते। तुम दोनों निहत्थे तो थे ही। एक बार उसकी हड्डी-पसली बराबर हो जाती तो वह सारी शेख़ी भूल जाता।"

नाहरसिंह का शरीर निढाल हो चुका था, लेकिन उसका दिमाग़ बड़ी तेजी से काम कर रहा था। फिलौरासिंह उसके बहुत-से राज़ जानता था। इन्हीं में से एक अमरो से उसका प्रेम भी था, क्योंकि उसने ख़ुद ही नाहरसिंह को अमरो के पीछे लगाया था। इसी पर नाहरसिंह को बात सूझ गयी, और वह बोला—"आप यह भी तो सोचिये कि अगर मैं तेजासिंह की अच्छी तरह मरम्मत कर देता तो अमरो के बिगड़ जाने का डर था। आख़िर वह उसकी बड़ी बहन है।"

फिलौरासिंह सोच में पड़ गया, और फिर बोला—"हाँ, यह बात तो ठीक है।"

इससे नाहरसिंह कि हिम्मत बढ़ी, वह कहने लगा, "एक बार तो मेरे मन में आयी कि उसे ऐसा मज़ा चखाऊँ कि सारी गुण्डई भूल जाय। लेकिन मुझे यह सोचकर हाथ रोकना पड़ा कि कहीं आप बुरा न मान जायँ। इस बात का तो डर था ही कि इस तरह अमरो हाथ से निकल जायगी।"

इस पर फिलौरासिंह ने नाहरसिंह की पीठ पर हलकी-सी थपकी देते हुए कहा—"तुमने अच्छा किया। मेरा ख़्याल है कि लोगों ने यह तो नहीं समझा होगा कि तुम तेजे से दब गये हो।"

''बिलकुल नहीं—तेजे के हाथ में छव्वी थी, जो साँहसियों ने उसके हाथ में नहीं रहने दी। फिर वह निहत्था ही मुझ पर झपटा। लेकिन बहुत-से आदमी बीच-बचाव करने लगे। खुलकर लड़ाई भी नहीं होने पायी कि लोगों ने हम दोनों को अलग कर दिया।''

''चलो अच्छा हुआ। झगड़ा बढ़ जाता तो अमरोवाला मामला खटाई में पड़ जाता।''

''जी हाँ, यही सोचकर तो मैं चुप रह गया।''

''लेकिन नाहरसिंह!...इस बात का पता नहीं चल सका कि बिना किसी वजह के तेजा तुमसे क्यों लड़ पड़ा।''

''पहले तो मैं भी नहीं समझ पाया, लेकिन अब सोचता हूँ तो एक बात समझ में आती है।''

''वह क्या?''

''आज सुबह अमरो गुरुद्वारे गयी थी। उसके साथ एक और लड़की थी। अब मैं समझा हूँ कि वह गज्जनसिंह की औरत थी। उस समय मैंने सोचा कि गाँव की कोई ऐसी लड़की होगी, जिसे मैंने पहले कभी नहीं देखा, या उसकी कोई सहेली दूसरे गाँव से उसके घर आयी होगी।''

फिलौरासिंह ने चौंककर पूछा—''तो क्या तुमने कुछ छेड़छाड़ की थी?''

''जी नहीं, खुल्लमखुल्ला छेड़छाड़ तो कुछ भी नहीं हुई। मैं कभी बारह-चौदह क़दम पीछे रह जाता था, कभी आगे, कभी दायें, कभी बायें...लेकिन मैंने मुँह से कुछ नहीं कहा, और न ही मैं उनके पास गया। सच मानिये एक बात तक नहीं हुई।''

''लगता है कि अमरो की भाभी कुछ भाँप गयी होगी। उसी ने तेजे को यह बात बतायी होगी।''

''मेरे ख़्याल में भी यही हुआ होगा—आप तो जानते ही हैं कि अमरो मुझसे काफ़ी घुल-मिल गयी है। वह मुझसे प्रेम करने लगी है। जब पहले उसने घरवालों को कभी नहीं बताया तो आज क्यों बताती?''

''हाँ, ये सब सोचने की बातें हैं।—आओ बाहर चलें।''

जब वे कमरे से बाहर निकलकर अहाते में आये तो वधावासिंह भारी-भरकम भालू की तरह धीरे-धीरे चलता हुआ फिलौरासिंह की ओर बढ़ा, और बोला—''सरदार जी! इस लौंडे का बड़ा हौसला बढ़ गया है। आप कहिये तो मैं आज ही उसकी गर्दन मरोड़कर फेंक दूँ।''

वधावासिंह फिलौरासिंह की गहरी साज़िशों को नहीं समझता था। फिलौरासिंह बोला—''मेरे ख़्याल में हमें अपने-आप कोई क़दम नहीं उठाना चाहिए। बड़े भ्रा जी

की राय के बिना कुछ भी करना ठीक नहीं होगा। वह घर में ही बैठे हैं। मैं उन्हें बुला लाता हूँ।''

यह कहकर फिलौरासिंह घर की ओर बढ़ा। अहाते और उनके घर के बीच में एक छोटा-सा दरवाज़ा था, जिसमें से काफ़ी झुककर उन्हें भीतर जाना पड़ता था।

मकान का सेहन काफ़ी बड़ा था। उसके बीचोंबीच लम्बी दस्तीवाला नल था। दस्ती हिलाने पर नल के खुले मुँह में से गटागट पानी नीचे गिरने लगता था। नल के चारों ओर छोटा-सा चहबच्चा बना हुआ था। सीमेण्ट की मुश्किल से पौन फुट की चौकोर-सी मुँडेर थी, जिसका फ़र्श भी सीमेण्ट का था। औरतें मुँह-हाथ तो बिना पर्दे के ही धो लेती थीं, लेकिन जब कभी किसी औरत को नहाना होता तो नल के चारों ओर चारपाइयाँ खड़ी करके उन पर चादरें या खेस डाल दिये जाते थे।

उस समय भी एक औरत चहबच्चे की मुँडेर पर बैठी पिण्डलियों तक सलवार के पाँयचे उठाये नल के नीचे एड़ियाँ रगड़-रगड़कर पाँव धो रही थी।

इतने में गुरुद्वारे का ग्रन्थी गुरुमुखसिंह हाथ में पीतल का बड़ा-सा कमण्डल लिये सेहन के दूसरे किनारे पर आ खड़ा हुआ। घरवालों को अपने पहुँचने की ख़बर देने के लिए उसने न बहुत ऊँचे न बहुत धीमे स्वर में कहा—''सत नाम!...''

उसके लम्बे खद्दर के कुर्ते के नीचे से घुटनों तक के कच्छे का इज़ारबन्द झूल रहा था। उसका इज़ारबन्द रेशमी नहीं था, लेकिन उसका नीचे झूलना तो वहाँ का फ़ैशन ही था।

एड़ियाँ रगड़ती हुई औरत ने सलवार के पाँयचे खिसकाकर पिण्डलियाँ ढक लीं, और बिगड़कर बोली—''ग्रन्थी जी! तुमको सौ बार कहा है कि यों दनदनाते हुए अन्दर न आया करो।....ज़रा परे ख़ड़े रहा करो। किसी समय इनसान न जाने कैसी हालत में होता है....''

ग्रन्थी कब का पीछे हट चुका था। उसका मुँह ऊपर को उठा हुआ था। गर्मियों में चेहरा ऊपर उठाये रखने की उसकी आदत-सी हो गयी थी। उसकी दाढ़ी बहुत घनी थी। ठुड्डी के नीचे गर्दन के पास बाल पसीने से तर रहते थे। हमेशा अनजाने में चेहरा ऊपर उठाये रखने से हवा का कोई-न-कोई भूला-भटका झोंका आता और उसे ठण्डक का एहसास होने लगता।

वह सीधा-सादा तो था, लेकिन इसका यह मतलब नहीं कि वह बिलकुल ही बेवक़ूफ़ था...वह जानता था कि आज उस औरत ने यह बात क्यों कही है। पिण्डली! आख़िर पिण्डली में क्या रखा है। अगर कोई देख भी ले तो इससे क्या बिगड़ता है। यह 'सौ बार' की भी ख़ूब रही। हालाँकि यह बात उससे पहली बार ही कही गयी थी। वह हरगिज़ इस तरह दनदनाता हुआ अन्दर न आता। लेकिन मुश्किल यह थी अगर वह बाहर खड़ा होकर सारा दिन भी 'सत नाम! सत नाम!' कहता रहे तो कोई

उसकी आवाज़ भी सुन न पाये। अगर वह ज़ोर से आवाज़ देता, तो इस पर भी उसको टोका जाता था।

ग्रन्थी के लिए मुसाफ़िर भी बड़ी मुसीबत थे। न वे रोज़-रोज़ आते न उसको रोटियाँ माँगनी पड़तीं। अपने लिये तो वह कभी भी रोटियाँ माँगने न आये...ये औरतें भी ख़ूब होती हैं! एड़ियाँ रगड़नेवाली इस औरत की तो कुछ सूरत भी है, लेकिन एक लाजो भी तो है। न सिर न पैर; फिर भी अपने-आपको न जाने क्या समझती है। एक बार किसी से कह रही थी कि ग्रन्थी जी मेरी ओर ऐसी चुभती हुई नज़रों से देखते हैं कि शर्मा जाती हूँ।

ग्रन्थी चौराहे पर पड़ी हुई मिट्टी की हाँड़ी की तरह था। जिसका जी चाहा उसे एकाध ठोकर लगा सकता था। गुरुद्वारे में 'कड़ाह परशाद' बाँटने के मौक़े पर कुछ लोगों को यह शिकायत हो जाती थी कि वह उन्हें कम 'कड़ाह परशाद' देता है। अगर वह बच्चों को गुरुद्वारे की फुलवारी उजाड़ने से मना करता तो उनके बाप-भाई उससे लड़ने को तैयार हो जाते। उसकी बीवी को भी बड़े घरानों की औरतें अपनी दासी समझती थीं। कोई उसको कपड़े सिलने के लिए बुला लेता, कोई कपड़े धोने के लिए। मुसीबत यह थी कि ग्रन्थी की एक बीवी किस-किस के घर में यह बेगार काम करती फिरे। उससे जितना बन पड़ता वह करती, लेकिन किसी-न-किसी को उससे यही शिकायत रहती कि वह उसके घर का काम टाल जाती है। आख़िर ग्रन्थी के अपने बच्चे भी तो थे। उनकी देखभाल उसकी बीवी न करे तो और कौन करेगा।—ग्रन्थी यह सब-कुछ सोचता, औरत के ताने भी सहता, लेकिन वह मज़बूर था। वह कुछ नहीं कर सकता थ। उसे हमेशा यही डर लगा रहता कि न जाने किस दिन उसे कान पकड़कर नौकरी से बाहर निकाल दिया जाय।

जब फिलौरासिंह सेहन में घुसा तो उसने उस औरत की बात सुन ली। वह अपने तहमद को दोनों ओर से मुट्ठियों में भरकर ज़रा ऊपर को उठाते हुए ग्रन्थी की ओर बढ़ा और कठोर स्वर में बोला—"तुम बाल-बच्चेदार आदमी हो, और फिर गुरुद्वारे के ग्रन्थी हो....ज़रा अक़्ल से काम लिया करो।"

ग्रन्थी ने मिमियाकर कहा—"मैं सेहन के बाहर खड़ा हो जाऊँ तो मेरी आवाज़ भीतर तक नहीं पहुँचती..."

...."और अगर तुम भीतर आ जाओ तो तुम्हें टोक दिया जाता है। क्यों, यही बात है न? अरे भाई! ज़रा देख लिया करो। अगर सेहन में कोई औरत मुँह-हाथ धो रही हो तो थोड़ी देर के लिए बाहर रुक ज़ाया करो।"

ग्रन्थी को बहस करने की इजाज़त नहीं थी। उसने आँखें झुकाकर जवाब दिया—"जी, बहुत अच्छा, आगे ऐसा ही होगा।"

फिलौरासिंह कुछ देर तक ग्रन्थी को घूर-घूरकर देखता रहा, फिर मुड़कर उस औरत से कहने लगा—"ग्रन्थी को रोटियाँ थमाकर चलता क्यों नहीं कर देतीं। रोटियाँ तैयार रखा करो। ज्यों ही यह आये किसी बच्चे के हाथ रोटियाँ बाहर भिजवा दिया करो।"

इतना कहकर फिलौरासिंह घर के भीतर चला गया। गुलज़ारासिंह पलँग पर लेटा था, और उसकी बीवी पंखा झल रही थी। फिलौरासिंह ने भीतर जाते ही पूछा—"आज आपने झगड़ेवाली बात सुनी?"

गुलज़ारासिंह दोनों कोहनियों पर बोझ डालकर अधलेटा-सा हो गया। बोला—"अभी-अभी चौकीदार आया था। उसने बताया कि नाहर और तेजे की हाथापाई हो गयी—क्यों, ख़ैरियत तो है न है?"

"अभी तक तो ख़ैरियत है, लेकिन हमारे सब आदमी ताव खाये हुए हैं। अभी-अभी वधावासिंह कह रहा था कि अगर उसे हुक्म मिल जाय तो वह तेजे की गर्दन मरोड़कर फेंक दे।"

गुलज़ारासिंह के मन में नत्थासिंह और उसके ख़ानदान के लिए हमदर्दी बिलकुल नहीं थी, वह उस ख़ानदान को अच्छी तरह जानता था। वह जल्दबाजी में कोई क़दम नहीं उठाना चाहता था। उसने पूछा, "अगर सिर्फ़ हाथापाई हुई है तो फिर इतनी गर्मी में आने की क्या ज़रूरत है। कोई मरा तो नहीं, किसी के टाँग या बाजू तो नहीं टूटे।"

"भाई जी, अगर इन लोगों को रोका न गया तो एक दिन सब-कुछ हो जायगा।"

"फिलौरासिंह, तुम यह बात क्यों नहीं समझते कि ये किराये के टट्टू हमारे बहुत ज़्यादा काम नहीं आ सकते। मान लिया कि ये ख़ूनख़राबा कर ही देंगे, लेकिन बाद में जो हालत होगी वह तो हमको ही सँभालनी पड़ेगी।"

फिलौरासिंह ने कुछ झल्लाकर जवाब दिया—"जो हालत है सो मैंने आपके आगे रख दी है। अब आप जानें, और आपका काम। लेकिन इतना याद रखिये कि इन हरामियों को खुली छुट्टी देकर आप अपना भला नहीं कर रहे हैं। ये काले नाग हैं, और जब मौक़ा पायेंगे, ये हमें ज़रूर डसेंगे।"

"यह सब मैं अच्छी तरह जानता हूँ। लेकिन हम दो ख़ानदानों में जो फ़र्क़ है उसे समझने की भी तुम्हें कोशिश करनी चाहिए। वे नंगे हैं, हम इज़्ज़त-आबरूवाले हैं। हम न उनकी तरह नंगे हो सकते हैं, और न उनके नंगेपन का मुक़ाबला कर सकते हैं। उसके लिए हमें भी नंगा होना पड़ेगा, जो हमारे बस की बात नहीं है। भले आदमी और बदमाश आदमी में बस इतना ही फ़र्क़ होता है।"

बड़े भाई की यह बात फिलौरासिंह की समझ में कुछ-कुछ आ गयी। अपने मन की गहराई में वह मानता था कि उसका बड़ा भाई अच्छी सूझ-बूझ का मालिक है। इसलिए ग़ुस्से में आ जाने पर भी वह भाई से सलाह ज़रूर लेता था।

अब गुलज़ारासिंह उठकर बिस्तर पर बैठ गया। उसके साफ़-सुथरे पाँव सिल्क की तहमद में से टखनों तक बाहर आ गये। वह एक पाँव के अँगूठे को उँगलियों से दबाये हुए बोला, ''देखो फिलौरासिंह, गुरु-ग्रन्थ साहब में लिखा है कि पापी को मारने के लिए उसका पाप ही काफ़ी होता है। तुम समझते हो कि हम हाथ-पर-हाथ रखकर बैठे रहेंगे तो उनकी हिम्मत बढ़ती जायगी। पहले तो तुम यह बातें ठीक तरह समझ लो कि हम हाथ-पर-हाथ रखे नहीं बैठे हैं। हमने भी पूरा इन्तज़ाम कर रखा है। लेकिन फिर भी हमारे-उनके फ़र्क़वाली बात आ जाती है। हमें बदमाश किराये पर रखने पड़ते हैं, और वे ख़ुद ही बदमाश हैं। इसलिए हमें फूँक-फूँककर क़दम रखना चाहिए। मुमकिन है कि कोई ऐसी सूरत पैदा हो जाय जिसके कारण वे अपने-आप ही फँस जायँ। तुम ख़ुद ही सोचो कि ऐसे गन्दे कामोंवाले पुलिस के हाथों से कब तक बचते रहेंगे। किसी-न-किसी दिन वे रँगे हाथों पकड़े जायेंगे, और फिर हमें अपनी छोटी उँगली भी नहीं उठानी पड़ेगी। उनमें से कोई जेल में पहुँच जायगा, और कोई फाँसी के तख़्ते पर चढ़ जायगा। जब तक ऐसा नहीं होता, तब तक हमने भी अपने बचाव का पूरा इन्तज़ाम कर रखा है। मेरा ख़्याल है कि आज की झड़प को ज़्यादा तूल देने की ज़रूरत नहीं है।''

फिलौरासिंह बड़े भाई की इज़ाज़त के बिना कुछ नहीं कर सकता था। उसे यह मानना ही पड़ा। उसके मन को यह इत्मीनान भी था कि उसने अमरो को नाहरसिंह के प्रेम में फँसाकर बड़ी गहरी चाल चल रखी है। जिस दिन मौक़ा पाकर अमरो नाहर के साथ भाग निकलेगी, उसी दिन नत्थासिंह और उसके बेटों की नाक गन्दे कीचड़ में धँस जायगी।

इतनी बातचीत के बाद फिलौरासिंह वापस अहाते में पहुँच गया। वहाँ उसने सबको समझा-बुझा दिया कि बड़े सरदार जी ने कहा है कि अभी झगड़ा बढ़ाने की ज़रूरत नहीं है।

नत्थासिंह को भी इस झगड़े की ख़बर मिल गयी। लोगों ने उसके कान भी भरे। वह बड़ा निडर भी था, और चतुर भी। उसकी आदत यह थी कि जब कभी कोई ऐसी वारदात हो जाय तो वह अपने लड़कों को कहीं बाहर भेज देता था। उसने सारी स्थिति का जायज़ा लेने के बाद यही फ़ैसला किया कि अभी तेजे का वहाँ से चले जाना ही अच्छा है। उसे अपना सबसे छोटा लड़का और भी ज़्यादा प्यारा था। उस समय उसके बाक़ी तीनों बेटे गाँव में मौजूद नहीं थे। उसका झगड़ा अकेला पड़ता था। वह यह भी अच्छी तरह जानता था कि सरदारों ने किराये के गुण्डे क्यों पाल रखे हैं।

इन सब बातों पर सोच-विचार करने के बाद उसने बेटे को बुलाया और कहा—''तेजे! मेरे ख़्याल में अब तुम भाभी को लेकर श्री अमृतसर चले जाओ...।''

यह सुनकर तेजासिंह भड़क उठा, और चिल्लाकर बोला, "चाचा, इस तरह से सरदारों का ख़ानदान समझेगा कि मैं उनके डर से भाग गया हूँ।"

नत्थासिंह जानता था कि वह अपने बेटे को यह बात नहीं समझा सकता कि दुश्मन की छव्वी का वार बचाने के लिए सिर को दायें-बायें झुका देना ही अच्छा होता है। इसलिए उसने समझाया—"भला सरदारों के मन में यह ख़्याल कैसे आ सकता है कि तुम डर के मारे यहाँ से भागे जा रहे हो। मैंने तो पहले ही उस दिन शहरवाले थानेदार से कह दिया था कि मेरा छोटा लड़का अपनी भाभी को लेकर श्री अमृतसर जानेवाला है। सरदारों के ख़ानदान को भी मालूम है कि तुम पहले ही से जाने को तैयार बैठे हो।"

अब तेजे को जवाब नहीं सूझा।—बाप ने फिर कहा—"हम इन सरदारों से डरते तो नहीं हैं। मौक़ा आने पर सारे ख़ानदान के टुकड़े-टुकड़े करके इन्हें मिट्टी के तेल में जला देंगे। लेकिन इस समय तो रनजोधसिंहवाली वारदात भी ताज़ी ही है। उधर तुम गज्जनसिंह को भी जानते हो। अगर तुम भाभी को लेकर वहाँ न पहुँचे तो वह बिगड़ जायगा।"

तेजासिंह भी अपने बड़े भाइयों का रोब मानता था। दूसरे दिन वह जाने को तैयार हो गया। पहले पक्की सड़क पर भाभी के साथ लारी में बैठा, और शहर पहुँचकर वे दोनों रेलगाड़ी पर सवार हो गये।

●

आठ

: १ :

दीदारसिंह ऐसे आदमियों में से था, जो किसी भी गाँव में टिक जाय तो गाँववालों को दाल में कुछ काला नज़र आने लगता है। लेकिन बूड़चक्क में वह एक ऐसे आदमी के घर में रुका हुआ था, जिसके बारे में गाँववालों को न तो कोई शक़ था और न उन्होंने किसी बुरे काम के सिलसिले में उसका नाम सुना था। बलकारसिंह सीधा-सादा जाट था, लेकिन वह यारों का यार भी था। अगर कभी दीदारसिंह को उसकी मदद की ज़रूरत पड़ती तो वह कभी क़दम पीछे नहीं हटाता था। दीदारसिंह भी उसकी ज़िन्दगी के ढर्रे को समझता था, और वह ख़ुद भी इस बात का ख़्याल रखता था कि किसी वजह से बलकार की बदनामी न होने पाये। बूड़चक्क में दीदारसिंह इतनी शराफ़त से रहा करता था कि वहाँ के कुछ लोग तो यह भी मानने लगे थे कि उसे बेकार में ही बदनाम किया जाता है। लेकिन इस बार ऐसी अड़चन आ पड़ी थी कि बलकारसिंह की मदद ज़रूरी थी।

जब दीदारसिंह ने बलकार से इस बात का ज़िक्र किया तो उसने सीधे-सादे ढंग से मुस्कुराकर उसे तसल्ली दी कि वह उसकी हर तरह से मदद करेगा। बलकारसिंह निडर आदमी था, और अगर उसकी समझ में यह बात आ जाय कि किसी नेक काम के लिए उसकी मदद की ज़रूरत है तो फिर वह मैदान में डट जाता था। दीदारसिंह के लिए तो कभी कोई बुरा काम भी करना पड़े तो वह इनकार नहीं कर सकता था। बलकार से तसल्ली पाकर दीदार ने नूरे से कहा—"अभी मैंने बलकार को असली बात नहीं बतायी। मेरे ख़्याल में अभी कुछ कहने की ज़रूरत भी नहीं है। अभी तो हमें यह सोचना है कि हमारा पहला क़दम क्या होना चाहिए।"

नूरा कई बार बड़े ख़तरनाक मौक़ों पर दीदारसिंह का साथ दे चुका था, लेकिन उसकी अक़्ल बहुत बारीक नहीं थी। दीदारसिंह अपने बाप की तरह चतुर भी था और निडर भी। जब तक चतुराई से काम निकल सकता, वह बिना लड़ाई-झगड़े के ही अपना काम निकाल लेता। लेकिन जब कभी आग में कूदने की ज़रूरत महसूस होती, तो वह बिना किसी हिचक के कूद पड़ता। इस समय भी नूरे ने इस मसले का हल

अपने दोस्त पर ही छोड़ दिया। उसे मालूम था कि दीदारसिंह रोज़ नये हथकण्डों से काम लेता रहता है। यह सब-कुछ सोचना नूरे के बस की बात नहीं थी।

उस समय वे बलकार के छोटे-से अहाते में ही थे। एक कोने में लकड़ियों और पत्तों की छोटी-सी छत बनी हुई थी, जिसके मोटी-मोटी डालों के दो शहतीर एक ओर से कच्ची दीवार में धँसे हुए थे, और उनके दूसरे सिरे अहाते की धरती में गड़े हुए थे। इस छोटी-सी छत के नीचे एक हाथ ऊँचा कच्चा चबूतरा बना हुआ था, ताकि बारिश होने पर अहाते में जमा होनेवाला पानी उस छत के नीचे न पहुँच जाय। आपस में सलाह-मशविरा करने के लिए इन दोनों को यह बहुत ही अच्छी जगह लगी। वहाँ बैठकर वे चुपके-चुपके कोई भी साज़िश कर सकते थे। कुछ दूरी पर दीवार के पास बँधी हुई भैंसें और बैल ही उनकी बात सुन सकते थे।

दीदारसिंह सोच में डूबा-डूबा टहलता हुआ भूरी भैंस के पास पहुँच गया। वह पल-दो-पल भैंस की पीठ पर हाथ फेरता रहा। मन-ही-मन किसी फ़ैसले पर पहुँचकर उसने छत के नीचे कच्चे चबूतरे पर बैठे हुए अपने दोस्त की ओर देखा, और कहा—"नूरे! मैं सोचता हूँ कि कोई भी क़दम उठाने के पहले मुझे हस्सी से एक मुलाक़ात कर लेनी चाहिए।"

नूरे के होंठों पर फीकी-सी मुस्कुराहट फैल गयी, वह बोला—"बात तो तुमने अच्छी कही है। वाह! इसका जवाब नहीं है। लेकिन दोस्त! मैं तो हस्सी से मिल नहीं पाता, तुम्हें कैसे मिला सकता हूँ।—अगर तुम्हें कोई एतराज़ न हो तो मुझे इतना तो बता दो कि तुम्हारे मिलने से फ़ायदा क्या होगा?"

"मैंने पूरी सबील बैठा ली है। मैं सोचता हूँ कि अगर हस्सी से एक मुलाक़ात हो जाय तो पहले मैं उसके दिल को टटोलूँ कि वह तुम्हें कहाँ तक चाहती है। अगर वह तुम्हें वाकई पसन्द करती है तो फिर उसे यह भी बता देना ठीक होगा कि हम उसे हासिल करने के लिए किस तरह का क़दम उठाने जा रहे हैं।"

नूरा हैरत में आ बोला—"तुम्हारा मतलब है कि हम उसे सारी बात बताकर पहले से ही अपना भाँड़ा फोड़ दें?"

"नहीं, अपना भाँड़ा फोड़कर हम उसे अपनी साज़िश में शामिल कर सकेंगे।"

"कहीं ऐसा न हो कि वह उखड़ जाय।" नूरे ने डर ज़ाहिर करते हुए कहा।

"अगर वह तुम्हें चाहती है तो उसके उखड़ने का सवाल ही नहीं उठता। अगर लड़की को मालूम हो जाय कि जिसे वह पसन्द करती है वह उसे हासिल करने के लिए किसी भी हद तक जा सकता है, तो उखड़ने के बजाय वह और भी ख़ुश हो जाती है।"

"भाई मेरा तो सिर चकरा रहा है तुम्हारी बातों से—लेकिन हम ऐसा कौन-सा क़दम उठा रहे हैं कि...।"

दीदारसिंह ने उसकी बात काटते हुए कहा—"मुमकिन है कि हमें हस्सी के दोनों मामुओं, यानी शफ़ी और आरिफ़ को कुछ दिनों के लिए ग़ायब करना पड़े।"

यह सुनते ही नूरा चबूतरे से उठ खड़ा हुआ। कहने लगा—"यह तो बड़ा ख़तरनाक क़दम है।"

"इन दोनों को ग़ायब कर देने में मुझे कुछ भी परेशानी नहीं होगी। हमारे लिये इसमें क्या ख़तरा हो सकता है। वे दूध पीते बच्चे तो हैं नहीं। उनके ग़ायब हो जाने पर हमें तो कोई दोष नहीं दे सकता—हाँ! ख़तरा सिर्फ़ इतना ही है कि अगर कभी हस्सी को पता चले कि इसमें तुम्हारा हाथ था तो वह बिगड़ जायगी या उसे शक़ हो जाय कि तुमने उससे निकाह करने के लिए उसके मामुओं को ख़त्म कर दिया है, या ग़ायब कर दिया है, तो वह तुमसे उखड़ सकती है...।"

नूरा झल्लाकर बोला—"...और दूसरी तरफ़ यह कह रहे हो कि तुम पहले से ही हस्सी को सब-कुछ बता देना चाहते हो...।"

"हाँ इन दोनों बातों में बहुत फ़र्क़ है।—तुम यह सब-कुछ मुझ पर छोड़ दो। अब यह बताओ कि तुम मुझे उससे मिला सकते हो या नहीं? अगर नहीं मिला सकते तो मैं अपना ही कोई तरीक़ा निकालता हूँ।"

नूरे को इस बात पर तो कोई एतराज़ नहीं था कि दोनों मामुओं को ग़ायब कर दिया जाय, लेकिन वह हस्सी को ये सब बातें बताने के हक़ में नहीं था। वह यह भी जानता था कि दीदारसिंह जिस बात का फ़ैसला कर ले उसे पूरा किये बिना नहीं रहता। वह मज़बूर-सा हो गया। बेबसी में कन्धे हिलाते हुए बोला—"मेरी समझ में कुछ नहीं आ रहा। तुम्हारा जो जी चाहे सो करो।"

दीदारसिंह की जगह कोई और होता तो ताव खाकर कहता कि जाओ भाड़ में, जब तुम इस काम में कोई दिलचस्पी लेने के लिए तैयार नहीं हो तो फिर मेरे भी जूते से। दीदार ने ऐसा नहीं किया। वह भूरी भैंस को छोड़कर नूरे की पीठ थपथपाते हुए बोला—"नूरे भैंसे! इश्क़-मुहब्बत में ऐसा ही होता है। तुम यह चाहते हो कि हस्सी चाँदी की तश्तरी में रखकर तुम्हारी ख़िदमत में पेश कर दी जाय—फ़िक्र मत करो, ऐसा ही होगा।"

नूरा समझ गया कि अब तख़्त या तख़्तेवाली बात है। दीदारसिंह ने उसके काम का बीड़ा उठाया है, इसलिए या तो हस्सी उसे मिलकर रहेगी या फिर उसका ख़ानदान जड़ से उखड़ जायगा...ऐसा उखड़ेगा कि उसका अता-पता भी नहीं मिलेगा।

उस समय दिन ढल रहा था। इधर से मशविरे हो रहे थे, लेकिन दीदारसिंह को नहीं मालूम था कि उसी दिन अकालगढ़ में तेजे और नाहर की कैसी ज़बर्दस्त झपट हुई थी। घरवाले उसे इस बात की ख़बर भी नहीं भेज सकते थे, क्योंकि उसने तेजे

और दीनू को मना कर दिया था कि वे घर पर जाकर उसके बारे में कुछ न बतायें। यह अलग बात थी कि अकालगढ़ से आने-जानेवाला कोई साँहसी उसे उसकी ख़बर पहुँचा दे।

नूरा बोला—"आज का दिन तो हमने सलाह-मशविरे में ही गँवा दिया।"

दीदार कुछ देर चुपचाप अपने दोस्त की ओर देखता रहा, फिर अपनी भारी आवाज़ में बोला—"बेशक तुमने तो सारा दिन गँवाया ही—लेकिन मैंने एक पल भी नहीं गँवाया।"

नूरे के माथे पर कई बल उभर आये—"अरे भाई मैं तो अभी इस उलझन में पड़ा हुआ हूँ कि हस्सी से तुम्हारी मुलाक़ात कैसे होगी।"

"फ़िक्र मत करो, मैंने इसका इन्तज़ाम भी कर लिया है।"

"वह कैसे?'

"तुम भी भोले बादशाह हो—ऐसे काम मीरासिनों और नाउनों के ज़रिये होते हैं। इस गाँव की एक बड़ी ही होशियार मीरासिन को मैं अच्छी तरह जानता हूँ। वह बेचारी मेरी मदद कर दिया करती है। इस बार भी ज़रूर कुछ करेगी—तुम मौज़ करो, मैं उससे मिलकर आता हूँ।"

"अच्छा तो तुम दिन भर मीरासिनों से मिलते रहे?" नूरे के चेहरे पर उम्मीद की किरन फूटी।

दीदारसिंह ने चुपचाप सिर्फ़ सिर हिला दिया, फिर वह अपनी सारस की-सी लम्बी-लम्बी टाँगें हिलाता हुआ वहाँ से निकल गया।

गाँव के एक सुनसान कोने में सक्की नाम की मीरासिन का टूटा-फूटा घर था। उसने बहुत-सी मुर्ग़ियाँ पाल रखी थीं। इनमें कुछ ऊँची-ऊँची कलगियोंवालें मुर्ग़े भी थे। मुर्ग़ियाँ-मुर्ग़े मकान के फ़र्श, छत और दीवारों पर घूमा करते थे। पीपल के पास ही बहुत बड़ी अरूढ़ी थी, जहाँ गाँव के अधिकतर लोग अपने घरों का कूड़ा-कर्कट फेंका करते थे। अँधेरा हो चला था, और गाँव के वातावरण में घर-घर दहकनेवाले उपलों का धुआँ फैल चला था।

दीदारसिंह ने टूटे-फूटे मकान के दरवाज़े की कुण्डी भेद-भरे अन्दाज़ में खटखटायी।

एक मोटा-ताज़ा मुर्ग़ा, जो छत पर अपने एक पर में पंजा फँसाकर सुन्दर-सी मुर्ग़ी के चारों ओर उसे लुभाने के लिए नाच-सा रहा था, कुण्डी का शोर सुनकर मुँडेर की ओर चला आया, और कानी आँख से नीचे की ओर देखने लगा।

दीदारसिंह ने दोबारा कुण्डी खटखटायी। मीरासिंन ने पहली बार भी कुण्डी की आवाज़ सुन ली थी, लेकिन उसे अपना लहँगा सँभालने और लौकी-जैसी छातियों

को छिपाने के लिए कुर्ता पहनने में कुछ देर लग गयी। दूसरी बार कुण्डी की आवाज़ सुनते ही उसने दरवाज़ा खोल दिया और दीदारसिंह को देखकर वह अपना बिना दाँत का मुँह खोलकर हँसने लगी। मुँह क्या था, अलीबाबा और चालीस चोरों की गुफ़ा-सी नज़र आती थी। दीदारसिंह उसका इशारा पाकर झट से भीतर घुस गया। सक्की ने दरवाज़े की चौखट पर हाथ जमाकर दायें-बायें नज़र दौड़ायी। यह इत्मीनान हो जाने पर कि आस-पास देखनेवाला कोई नहीं है, उसने दरवाज़ा बन्द करके भीतर से कुण्डी चढ़ा दी।

मकान के पसार में पहुँचकर उसने अपनी ढीली चारपाई की ओर इशारा करते हुए कहा—"बैठो, सरदार बहादुर।"

दीदारसिंह खड़े-खड़े बोला—"नहीं अम्माँ! मेरा खड़े रहना ही ठीक है! अगर मैं बैठ गया तो तुम्हारी चारपाई का यह ढीला-ढाला सड़ा बाध चरड़ से बोल जायगा, मैं धरती से जा लगूँगा, और तुम चारपाई पर सोने से रह जाओगी।"

इस पर सक्की फिर बिना दाँतों की हँसी हँस दी, और अपने सूखे हुए दोनों हाथों से उसकी बलाएँ लेती हुई बोली—"तुम बातें बड़े मज़े की करते हो।"

अभी तक सक्की की हँसी के जवाब में दीदारसिंह एक बार भी नहीं मुस्कुराया—धौंस गाँठने के लिए नहीं, मीरासिन भी जातनी थी कि उसकी आदत ही ऐसी है।

दीदारसिंह ने पूछा—"कहो, मेरे काम का कुछ पता लगाया?"

"लगाया क्यों नहीं—न लगाती तो जाती कहाँ।" यह कहते-कहते सक्की गुफानुमा मुँह से फिर हँसी और हँसते-हँसते उसने अपनी एक आँख बन्द कर ली।

अब की दीदारसिंह के होंठों पर बड़ी ही हलकी-सी मुस्कुराहट पलभर को पैदा होकर ग़ायब हो गयी। बोला—"अब जल्दी से फूटो—मेरे पास वक़्त बहुत कम है।"

सक्की ने भेद-भरे अन्दाज़ में मुँह आगे बढ़ाकर धीरे से कहा—"तुम जानते हो कि यहाँ से दो कोस परे सैदे का ठट्टा नाम का एक गाँव है।"

"हाँ, मैं जानता हूँ। मैं उस गाँव के भीतर तो कभी नहीं घुसा, लेकिन दो-तीन बार उसके पास से होकर गुज़रा हूँ।"

"यह तो और अच्छा है। तुम्हें वहाँ कोई पहचानता भी नहीं होगा।"

"हो सकता है—तुम आगे कहो।"

"बात यह है कि आजकल लड़कियाँ सूत बेचने के लिए वहाँ जाया करती हैं। हस्सी ने भी बहुत-सा सूत कातकर इकट्ठा कर रखा है। कल वह अपनी सहेलियों के साथ सैदे के ठट्टे जायगी। वहाँ उनका भी कोई रिश्तेदार नहीं है, और तुमको जाननेवाला भी कोई नहीं होगा। इसलिए अच्छा यह रहेगा कि तुम उससे वहीं पर मिलो। मौक़ा लगे तो रास्ते में बात कर लो। लेकिन उस वक़्त उसके साथ दूसरी लड़कियाँ भी होंगी। गाँव में तो मौक़ा मिल ही जायगा।"

दीदारसिंह ने दीवार पर अपने बायें हाथ का पंजा टेकते हुए पूछा—"वे सुबह किस समय यहाँ से चलती हैं?"

"बस, 'छाह वेला' कर लेने के बाद वे अपना-अपना सूत सिर पर रखकर चल पड़ती हैं। कभी-कभी रोटियाँ बाँधकर भी ले जाती हैं, ताकि भूख लगे तो पेट भर सकें। कभी ऐसा भी होता है कि थोड़ा चना और मक्की बाँधकर ले जाती हैं। वहाँ इन्हें भुँजाकर गुड़ के साथ खा लेती हैं..."

दीदारसिंह ने सक्की की ओर एहसान भरी नज़रों से देखा, फिर वह लपकता हुआ दरवाज़े की ओर बढ़ा। कुण्डी खोलकर पहले तो एक नज़र दायें-बायें डाली, और फिर फ़ुर्ती से क़दम उठाता हुआ बलकार के मकान की ओर चल दिया।

वहाँ नूरा बड़ी बेचैनी से उसका इन्तज़ार कर रहा था। उसने छूटते ही पूछा—"कहो, काम बना?"

दीदार ने उसकी ओर घूरकर देखते हुए कहा—"बनता क्यों नहीं, तुम जानते ही हो कि मैं कच्ची गोलियाँ नहीं खेलता।"

नूरे को यह बड़ी ही अनहोनी-सी बात लगी। लेकिन दीदारसिंह की सूरत से उसे लगा कि वह अब इस सिलसिले में ज़्यादा बात नहीं करेगा।

दूसरे दिन दीदार ने नूरे से कहा—"अब तुम चुपचाप बैठे रहो। अगर दोपहर तक मेरी शक्ल दिखायी न दे तो घबराने की ज़रूरत नहीं। मैं शाम तक तुमसे ज़रूर ही मिल लूँगा।"

दीदारसिंह अपने दोस्त बलकार से भी कह गया कि दोपहर के समय वह खाने पर उसका इन्तज़ार न करे। वह समय पर पहुँच गया तो खाना खा लेगा, वरना फिर शाम ही को खायेगा।

दीदारसिंह जब गाँव से बाहर निकला तो पहले तो वह लम्बे-लम्बे डग भरता हुआ कुछ दूरी तक बिना दायें-बायें देखे बढ़ता ही चला गया। यह वह चौड़ा-सा रेतीला रास्ता था, जो सैदे के ठट्टे को जाता था। कुछ दूरी पर रास्ते के किनारे एक रहट था। किसी वजह से आजकल वह रहट चालू नहीं था। उसके चरखड़े ग़ायब हो चुके थे। बैलों का गोल रास्ता बिलकुल फीका पड़ चुका था, और उसके दोनों ओर बनी हुई कच्ची दीवारें धीरे-धीरे गिरती जा रही थीं। वहाँ पर सन्नाटा छाया रहता था। कभी-कभी वहाँ खड़े शरीह के पेड़ों की पत्तियों में छिपी हुई फाख्ताएँ 'कू-कू' बोल उठतीं।

दीदारसिंह वहीं रुक गया। रास्ते के बिलकुल किनारे कुएँ की टूटी-फूटी मुँडेर पर बैठ गया। वह जानता था कि हस्सी और उसकी सहेलियाँ सूत की अँटियाँ गठरियों में बाँधे, और उन्हें सिर पर रखे हुए उधर ही से गुज़रेंगी।

कुछ ही दूरी पर बूढ़चक्क दिखायी दे रहा था। अकालगढ़ के मुक़ाबले वह काफ़ी छोटा था। उस समय गाँव के बाहरवाले पोखरे के धूप से झिलमिलाते पानी में कुछ परिन्दे पर फड़फड़ाते हुए नहा रहे थे। गायें और भैंसें अपने घरों से निकलकर घास चरने को बाहर चल दी थीं। उनके चलने से धूल के बादल आसमान की ओर उड़ निकले थे। पीछे-पीछे एक लड़का लम्बी-सी छड़ी लिये उन्हें हाँकता जा रहा था। उस सुनसान जगह पर बैठे-बैठे दीदार को गाँव का यह नज़ारा बहुत ही भला लगा। वह अपने ही ख़यालों की दुनिया में खो गया—इतने में ही गाँव के चलते-फिरते लोगों में से लड़कियों की टोली अलग होती आ रही थी, दीदारसिंह सँभलकर बैठ गया।

यों तो नूरे ने उसे हस्सी का पूरा हुलिया बता दिया था, लेकिन सक्की ने पहली मुलाक़ात में हस्सी की यह निशानी बतायी कि वह अपनी सहेलियों में सबसे ज़्यादा लम्बी है। इसलिए दीदारसिंह ने दूर ही से सबसे लम्बी लड़की पर नज़र जमा दी। पास आने पर उसने हस्सी की शक्ल का जल्दी से जायज़ा ले लिया। उसका सिर्फ़ क़द ही लम्बा था। बाक़ी सब चीज़ें छोटी थीं। हाथ छोटे, पाँव छोटे, गोल चेहरा भी छोटा-सा था। चेहरे पर नाक भी छोटी-सी थी, मुँह छोटा, दमकते हुए छोटे-छोटे दाँत कच्चे भुट्टे के दूधिया दानों की तरह नज़र आते थे। यहाँ तक कि उसकी आँखें भी बड़ी नहीं थीं। लेकिन दीदार को वह बहुत ही प्यारी लड़की लगी। बाल लम्बे नहीं थे, लेकिन ख़ूब घने और गीले कोयले की तरह काले थे।

दीदारसिंह ने उसे पहचान तो लिया, लेकिन ख़ुशक़िस्मती से उसके पास से गुज़रते समय एक लड़की ने उसी लम्बी लड़की के कन्धे पर हाथ रखकर उसे 'हस्सी' कहकर पुकारा। अब तो दीदारसिंह के मन में कोई शक़ नहीं रह गया।

लड़कियाँ हँसती-खेलती और बात-बात पर बल खाती हुई आगे बढ़ गयीं। हस्सी ने काले रंग की तहमद बाँध रखी थी, जिसके फड़फड़ाते हुए कपड़े के नीचे से उसके सन्दली रंग के पाँव झिलमिलाते दिखायी दे रहे थे। तहमद के ऊपर लाल छींट का कुर्ता था, जिस पर सफ़ेद और नीले रंग की बूटियाँ दिखायी दे रही थीं। दूसरी लड़कियों की तरह उसने भी सिर अच्छी तरह ढक रखा था। लेकिन उसके बालों का निचला कुछ हिस्सा पीली चुँदरी के बाहर दिखायीं दे रहा था। दीदारसिंह ने उन्हें आगे निकल जाने दिया। यहाँ तक कि वे लड़कियाँ हरे-भरे खेतों के बीचोंबीच उड़ती हुई रंग-बिरंगी पंखुड़ियों की तरह नज़र आने लगीं। तब दीदार उठा और सैदे के ठट्टे की ओर चल दिया।

हस्सी को तो वह पहचान ही चुका था, इसलिए वह लड़कियों से काफ़ी दूर-दूर रहा। फिर सैदे के ठट्टे तक पहुँचते-पहुँचते वे रंगीन पंखुड़ियाँ उसकी आँखों के आगे नाचती रहीं।

सैदे का ठट्टा बूड़चक्क से भी छोटा था। लड़कियाँ पहले तो जुलाहों के यहाँ पहुँचीं। सबका सूत अलग-अलग तौला गया। मोल-तोल में लड़कियों को काफ़ी समय लग गया। इतनी दूर से चलकर आयी थीं, इसलिए दोपहर होने तक उनकी भूख चमक उठी। उस दिन भी कुछ लड़कियों के पास रोटियाँ थीं, और कुछ चने और मक्की अपने साथ बाँधकर लायी थीं। वे दाने भुँजाने के लिए भड़भूँजे के यहाँ पहुँचीं। वैसे तो शाम के वक़्त ही कड़ाही गर्म की जाती थी, लेकिन इतनी सारी लड़कियों को देखकर भड़भूँजे ने कपास के सूखे डण्ठल भट्ठी में झोंक दिये। लड़कियों ने सोचा था कि दाने भुँजाने के बाद एक लड़की के रिश्तेदार के यहाँ चली जायँगी, और वहीं से गुड़ लेकर दाने भी चबायेंगी और रोटी भी खा लेंगी।

दीदारसिंह कुछ दूरी पर खड़ा उन्हें निहारता रहा था। इतनी देर में उसने यह तो भाँप लिया था कि ज़रूरत से ज़्यादा चंचल न होते हुए भी हस्सी निडर और हिम्मती लड़की है। न जाने लड़कियों ने आपस में क्या सलाह की, लेकिन वे इस नतीजे पर पहुँचीं कि उन्हें अपने लिये गुड़ दुकान से ख़रीद लेना चाहिए। सबने एक-एक पैसा मिलाया, और हस्सी सारे पैसे लेकर एक सहेली के साथ दुकान की ओर बढ़ी। रास्ते में दीदारसिंह गली के किनारे दीवार से टेक लगाये खड़ा था। जब दोनों लड़कियाँ उसके पास से गुज़रीं तो दीदारसिंह ने बहुत धीरे से 'हस्सी'! कहकर उसे बुलाया।

दूसरी लड़की ने तो कुछ ख़्याल नहीं किया, लेकिन हस्सी अपना नाम सुनकर ठिठक गयी। उसकी सहेली को पता नहीं चला कि हस्सी पीछे रुक गयी है। हस्सी की दोनों भँवों के बीच में नन्हा-सा बल पड़ गया, और उसने बड़ी निडरता से दीदारसिंह की आँखों में आँखें डालकर दबी, लेकिन तेज़ आवाज़ में पूछा—"तुम कौन हो जी?"

"मुंझे नूरे ने तुम्हारे पास भेजा है। तुमसे ज़रूरी बातें करनी हैं?"

इतनी देर में उसकी सहेली दुकान तक पहुँच चुकी थी। तब उसने मुड़कर जो देखा तो पाया कि हस्सी पीछे रह गयी है। सहेली को अपनी ओर देखते जानकर बिना कुछ जवाब दिये हस्सी ने मुँह दूसरी ओर कर लिया, और फिर दुकान की ओर बढ़ गयी।

दीदारसिंह ने सोचा कि अब या तो हस्सी उससे मिलने का कोई रास्ता निकालेगी, या अगर उसके मन में नूरे के लिए कोई जगह नहीं है तो उसे वह टाल जायगी।

जब लड़कियाँ गुड़ लेकर लौटीं तो दीदारसिंह वहीं खड़ा था। पास से गुज़रते समय हस्सी ने एक उचटती हुई नज़र उस पर डाली, लेकिन कुछ कहे बिना आगे बढ़ गयी। दीदारसिंह उनके आस-पास मँडराना ठीक नहीं समझा। वह और भी परे हट गया, लेकिन उसने लड़कियों को नज़रों से ओझल नहीं होने दिया। उसके लिए यह कोई नया काम नहीं था। अब तक वह इसी तरह के कामों में उलझा रहा था।

दाने भुँजा लेने के बाद लड़कियाँ घूमती-फिरती एक मकान में जा घुसीं। ख़ुशक़िस्मती से वह मकान भी गाँव के किनारे पर था। उसके आस-पास देखने-दाखनेवाला भी कोई नहीं था। दिन के समय ज़्यादातर मर्द खेतों को चले जाते थे, सो शाम होने तक बहुत चहल-पहल नहीं नज़र आती थी।

दीदारसिंह ने उस मकान से कुछ दूरी पर डेरा जमा लिया। उसके हाथ में लाठी, सफाजंग या छव्वी नहीं थी। वह जान-बूझकर निहत्था होकर निकला था ताकि ख़ामुख़ाह लोगों को शक़ न हो। वह ऐसी जगह पर बैठा था, जहाँ से मकान का दरवाज़ा बिलकुल सामने पड़ता था। वह टकटकी बाँधे दरवाज़े की ओर देखता रहा।

दूर खेतों में काम करते हुए कुछ लोग नज़र आ रहे थे। कुम्हार गाँव के बाहर से मिट्टी गधों पर लादकर उन्हें गाँव में लाते, और मिट्टी फेंककर गधा दौड़ाते हुए वापस चले जाते।

इस तरह काफ़ी वक़्त गुज़र गया। एक बार दरवाज़ा थोड़ा-सा खुला और दीदारसिंह की तेज़ आँखें तुरन्त पहचान गयीं कि हस्सी गर्दन बाहर निकाले इधर-उधर झाँक रही थी। जब उसकी आँखें दीदारसिंह से मिलीं तो उसने सिर भीतर करके दरवाज़ा बन्द कर लिया। दीदारसिंह ने समझ लिया कि वह उसे भूली नहीं है। वह सब्र करके जहाँ-का-तहाँ बैठा रहा। समय बिताने के लिए वह छोटी-छोटी कंकड़ियाँ उठाकर अपने सामने पड़े गोबर के सूखे टुकड़े का निशाना बाँध-बाँधकर उन्हें फेंकता रहा।

एक बार फिर दरवाज़ा खुला। इस बार फिर हस्सी ने सिर बाहर निकाला। दोनों की आँखें मिलीं तो हस्सी ने अपने नाज़ुक हाथ से इशारा करके उसे पास बुलाया। उठते-उठते दीदारसिंह ने दायें-बायें नज़र घुमाकर देख लिया कि आस-पास कोई और तो नहीं है। जब वह दरवाज़े के पास पहुँचा तो दोनों तख़्तों को थोड़ा-सा खुला रखते हुए हस्सी ने चेहरा पीछे हटा लिया। शायद इसलिए कि अगर घर के भीतर से उसकी कोई सहेली आ जाय या आवाज़ दे दे तो वह तुरन्त दरवाज़ा बन्द कर दे।

हस्सी जल्दी से बोली—"यहाँ मेरी-तुम्हारी बात नहीं हो सकती।"

"लेकिन मुझे बहुत ज़रूरी बातें करनी हैं। तुम इसका कोई तरीक़ा निकालो, वरना बहुत गड़बड़ हो जायगी।"

हस्सी के चेहरे पर घबराहट के कुछ आसार पैदा हुए, वह कुछ डरे हुए स्वर में बोली—"क्या हो जायगा?"

दीदारसिंह को मालूम नहीं था कि उसकी इस मामूली-सी बात पर हस्सी परेशान हो जायगी। वह ख़ुद नहीं जानता था कि हस्सी से बात-चीत न होने पर क्या गड़बड़

हो जायगी। लेकिन अब उसे जवाब देना ज़रूरी हो गया था। उसे और कुछ नहीं सूझा तो बोला—"नूरा तो गले में फन्दा डालकर मरने जा रहा था...मैंने उसे रोका..."

यह सुनते ही हस्सी फटी-फटी आँखों से दीदारसिंह की ओर देखने लगी। वह नहीं जानता था कि हस्सी इतनी भोली-भाली लड़की है। वह उसकी बात को सच मान बैठी थी। उसके मुँह से बेअख़्तियार ही निकल गया—"तो फिर?"

दीदारसिंह ने दोनों हाथ मज़बूरी से हिलाते हुए कहा—"तुम कोई ऐसी जगह बताओ जहाँ कुछ देर बैठकर इत्मीनान से बातें हो सकें।"

हस्सी बार-बार पीछे की ओर देख रही थी। शायद वह डर रही थी कि कहीं पीछे से कोई लड़की न आ जाय। जल्दी से बोली, "मेरे साथ इतनी सहेलियाँ हैं..वहाँ तो किसी तरह भी बात नहीं हो सकती।"

"तो फिर बूड़चक्क में मुलाक़ात हो सकती है—मैं आजकल वहीं अपने एक दोस्त के यहाँ रुका हुआ हूँ।"

हस्सी की सूरत से लग रहा था कि वहाँ भी कोई ऐसी जगह नहीं थी, जहाँ वह मुलाक़ात कर सके।

दीदारसिंह उसकी मज़बूरी को भाँपकर बोला—"बूड़चक्क में तुम सक्की मीरासिन को जानती हो?"

"हाँ।"

"उसके घर में मुलाक़ात हो सकती है!"

हस्सी कुछ झिझकते हुए बोली—"और अगर उसने किसी से कह दिया तो?"

"तुम्हारा मतलब यह है कि वह अपनी ज़िन्दगी से इतना ही तंग आयी हुई है?"

हस्सी ने डरी हुई आँखों से दीदारसिंह की ओर देखा।

दीदारसिंह ने मुस्कुराकर उसके डर को कम करने की कोशिश करते हुए कहा—"तो तुम आज दिन ढले सक्की मीरासिन के घर आ जाना—आओगी न?"

"हाँ।" हस्सी जल्दी से सिर हिलाकर बोली।

हस्सी को वापस भीतर लौटने की जल्दी थी, और दीदारसिंह भी दरवाज़े के आगे से हट जाना चाहता था। फिर भी उसने कह दिया—"हस्सी! आज तो तुम्हारे पीछे न कुछ खाया न पिया।"

इस पर हस्सी ने अपनी झोली के भुँजे हुए दाने और उनमें पड़ी गुड़ की डली उसकी ओर बढ़ा दी।

दीदारसिंह उसकी इस हरकत से झिझक गया। वह बोली—"लो न!"

दीदार ने जल्दी से एक मुट्ठी भर ली, और थोड़ा-सा गुड़ तोड़ते हुए बोला, "तो आज शाम को, दिन ढले सक्की मीरासिन के घर..."

हस्सी ने 'हाँ' में सिर हिलाते हुए कहा—"अब मैं चलूँ। बहुत देर हो गयी।"

दीदारसिंह चुपचाप सटककर आगे बढ़ गया, और पीछे से उसे दरवाज़ा बन्द होने का खटका सुनायी दिया।

: २ :

हस्सी से इतनी बातचीत हो जाने के बाद दीदारसिंह ने सैदे के ठट्टे में और अधिक समय तक रुकना ठीक नहीं समझा, ख़ुशक़िस्मती से सारा काम बिना किसी गड़बड़ के हो चुका था। उस छोटे-से गाँव में कोई भी आने-जानेवाला बहुत देर तक अनजाना नहीं रह सकता था।

वह वापस लौट पड़ा। उसे अपनी मुट्ठी में दबे भुँजे हुए दानों का ख़्याल आया। चलते-चलते उसने दाने फाँक डाले, और उनके साथ गुड़ भी खा लिया। रास्तें में एक रहट पड़ता था, वहाँ उसने पेट भरकर पानी पिया। इतने से भुँजे हुए दानों से भला उसकी क्या तसल्ली हो सकती थी। फिर भी वह ख़ुश था कि हस्सी से यह मुलाक़ात नाक़ामयाब नहीं रही।

जब वह बूड़चक्क में बलकार के यहाँ पहुँचा तो नूरा पहले से ही वहाँ बैठा उसका इन्तज़ार कर रहा था। उसको देखते ही नूरे ने बेसब्री से पूछा—"कहो भाई, क्या ख़बर लाये? कुछ काम बना?"

दीदार नूरे के पास कच्चे चबूतरे पर बैठते हुए बोला—"वाह! इश्क़ के खेल भी न्यारे हैं। तुमने अपने दोस्त से यह तो नहीं पूछा कि सुबह से उसने कुछ खाया-पिया भी या नहीं।"

"यह तो पूछना ही बेकार है। तुम बिना कुछ खाये-पीये ही साँड़ दिखायी देते हो।"

दीदार ने बिना हँसी की आवाज़ निकाले दाँत दिखा दिये, और बोला—"मैं ज़रा लड़के को आवाज़ देकर खाने के लिए कह दूँ... मालूम होता है बलकार घर में नहीं है।"

बलकार किसी काम से बाहर गया था, और उसका लड़का आवाज़ देने पर दीदार के लिए खाना ले आया।"

खाना खाते-पीते दीदार ने नूरे को सारी कहानी सुना दी। अन्त में बोला—"मुझे ख़ुशी तो इस बात की है कि हस्सी के मन में भी तुम्हारे लिये जगह है। कम-से-कम आज इस बात का पक्का सबूत तो मिल गया। यह जानना भी बहुत ज़रूरी था।"

"तो क्या आज शाम को तुम अकेले उससे मिलोगे, या मुझे भी तुम्हारे साथ चलना होगा?"

"तुम क्या करोगे? तुम क्या वहाँ पहरा दोगे?—घबराओ मत! पहले तो मैं ही अकेले में उससे बातचीत करूँगा, इसके बाद तुम भी आ जाना। मेरी उसकी तो काम की बातें होंगी। तुम सिवा प्यार जतलाने के और क्या करोगे।"

नूरा मुस्कुराकर चुप रह गया। फिर दीदार ने उसकी रान पर हाथ मारते हुए कहा—"आज हमने तो अपनी होनेवाली भाभी के हाथ का कुछ-न-कुछ खा ही लिया।"

"सच?"

"हाँ भई—भुँजे हुए दाने और गुड़!"

"क़िस्मत के धनी हो!"

"क़िस्मत के धनी तो तुम भी हो, जिसकी वह बीवी बननेवाली है—अच्छा भाई, अब मैं थोड़ी देर लेटना चाहता हूँ। रात भी नींद पूरी नहीं हुई, और सुबह से भूखा-प्यासा भागता फिर रहा हूँ। शाम तक मुझे फिर से ताज़ा दम हो जाना चाहिए।"

इतना कहकर दीदारसिंह ने बाजू सिर के नीचे रखा और बिना बिस्तर की चारपाई पर सो गया।

वह काफ़ी देर सोया रहा। जब जागा तो सूरज डूबने को था। नूरा दिखायी नहीं दिया। शायद वह अपने मेज़बान के घर चला गया था।

दीदारसिंह की पगड़ी खुलकर उसके गले का हार हो रही थी। वह पाँव धरती पर टेककर चारपाई पर बैठ गया। पगड़ी हाथ में पकड़कर उसे चारपाई की पट्टी पर पटका, ताकि उसमें से धूल निकल जाय। उसका बड़ा-सा जूड़ा भी ढीला हो गया था। वह बालों में लगे कंघे को तलाश करने लगा, जो धरती पर गिर पड़ा था। चारपाई के नीचे झाँका तो कंघा दिखायी दिया। उसने अपने लम्बे घने बाल खोल दिये और सिर नीचे को झुकाकर उसमें कंघा किया, और फिर जूड़े के पीछे छोटे-से कंघे को भीतर तक ठोंस दिया। फिर वह नंगे सिर बलकार के घर के भीतर गया। उसका दोस्त घर में नहीं था और न कोई बच्चा ही दिखायी दिया। शायद वे खेलने चले गये थे। बलकार की औरत से कहा—"भाभी मुँह धोने के लिए थोड़ा पानी मिलेगा?"

औरत ने पीतल के छोटे-से कमण्डल में पानी भरकर दे दिया। दीदार ने सेहन के कोने में खड़े-खड़े चेहरे पर ठण्डे पानी के छींटे फेंके और गले में पड़ी साफ़ी में मुँह पोंछते हुए बोला—"भाभी, मुझे भूख लगी है...मैं पगड़ी बाँधकर आता हूँ।"

बलकार की बीवी उसे भाई की तरह मानती थी लेकिन मुँह से ज़्यादा बोलने की उसकी भी आदत नहीं थी। दीदारसिंह पगड़ी बाँधने चला गया तो सेहन में दीदार

से एक हाथ इधर धरती के भीतर बने हुए चूल्हे के ऊपर रखा मिट्टी का ढक्कन जिसे चापड़ कहा जाता है, उसने हटाकर अलग किया। उपलों की बहुत ही धीमी आँच पर दूध की मिट्टी की हाँड़ी रखी थी। उसने लकड़ी के ढक्कन को हटाया और बड़े-से काँसे के कटोरे में दूध ढालने लगी। धीरे-धीरे पकने से दूध का रंग भूरा हो गया था, और ऊपर जमी मोटी मलाई का रंग और भी ज़्यादा भूरा हो चुका था। दूध में से अजीब-सी सोंधी-सोंधी ख़ुशबू आ रही थी। दूध कटोरे में डाल लेने के बाद उसने लकड़ी की कड़छी सँभाली और उसमें मलाई भरकर कटोरे में डाल दी।

दीदारसिंह लौटकर आया और बाहरवाले पसार में बिछी चारपाई पर बैठ गया। औरत ने दूध का कटोरा उसके हाथ में देते हुए एक मुट्ठी भर बूरा खाँड़ दूध के ऊपर फैला दी। दीदारसिंह ने अपनी छोटी-छोटी मूँछों को पहले उँगली से एक ओर को दबा दिया, ताकि दूध में न जा घुसें। वह धीरे-धीरे एक-एक घूँट पीता रहा। दूध ख़त्म करके उसने कटोरा चारपाई के नीचे ढकेल दिया।

जब वह चारपाई से उठा तो उस समय तक अँधेरा काफ़ी फैल चुका था। गाँव के मवेशी घरों को लौट आये थे। आसमान में चमगादड़ उड़ते दिखायी देने लगे थे। उसने चलने के लिए क़दम बढ़ाया तो औरत बोली, रात को रोटी घर पर ही खाना—काके का चाचा (बलकारसिंह) दिन में भी तुम्हारा इन्तज़ार करता रहा था।

दीदारसिंह ने अपने जूतों को पाँव के पंजों पर लटकाकर उन्हें बारी-बारी झाड़ते हुए जवाब दिया—"मैं घर पर ही रोटी खाऊँगा। बलकार से कह देना कि मैं जल्दी ही लौट आऊँगा।"

दीदारसिंह ने गाँव के भीतर से होकर जाना ठीक नहीं समझा। वह पहले तो गाँव से बाहर निकल गया। फिर खेतों में से होता हुआ सक्की मीरासिन के दरवाज़े पर पहुँच गया। वह दीवार से टेक लगाकर खड़ा हो गया, ताकि उसे कोई देख न ले। अगर देख भी लेता तो इसमें नुकसान की कोई बात नहीं थी, फिर भी वह ज़्यादा-से-ज़्यादा लोगों की नज़र से बचना चाहता था।

दरवाज़ा खटखटाने पर जल्दी ही खुल गया। सक्की हाथ में सरसों के तेल का दीया लिये खड़ी थी। उसकी आँखों में मोतियाबिन्द उतरना शुरू हो गया था, इसलिए उसे दीदारसिंह को पहचानने में कुछ देर लगी, लेकिन पहचानते ही वह मुँह फैलाकर हँस दी।

दीदारसिंह झट से भीतर घुसा और उसने दरवाज़े पर कुण्डी चढ़ा दी। तब उसने अपने बड़े से हाथ में सक्की की ढीली-ढीली पतली गर्दन थाम ली, और अपना अँगूठा उसके टेंटुए पर रखते हुए बोला—"सक्की, एक बात पूछूँ तुमसे?"

अगर उसके होंठों पर मुस्कुराहट न होती तो मीरासिन डर के मारे चीख़ पड़ती। वह कुछ हकलाकर बोली—"पूछो।"

"अगर इसी तरह रात के घेरे में कोई आदमी आकर तुम्हारी गर्दन मरोड़ डाले तो क्या हो!... किसी को पता भी नहीं चलेगा।"

सक्की जानती थी कि वह उसकी गर्दन मरोड़नेवाला नहीं है, फिर भी उसे यों लगा जैसे उसका बदन एक बार तो काँप गया हो। बोली—"बेटा! मुझ बुढ़िया से किसी को क्या लेना?"

"मगर मुझे कुछ लेना है।"

"क्या?"

दीदारसिंह उसकी गर्दन से हाथ हटाकर छोटे-से सेहन में से गुज़रता हुआ उसकी कोठरी की ओर बढ़ा, और अपनी ख़ास भारी आवाज़ में बोला—"मुझे तुमसे कुछ काम लेना है।"

बुढ़िया बेढ़ंगेपन से भागकर कोठरी में पहले ही जा घुसी ताकि वहाँ दीये की रोशनी हो जाय। वह दीये को एक आले में रखते हुए बोली—"अरे बेटा तुम्हें जो मुझसे काम लेना है, वह तो मैं जानती हूँ। पहले जो तुमने चाहा सो मैंने बता दिया और अब जो कुछ तुम चाहो मैं करने को तैयार हूँ। क्या तुम हस्सी से मिलना चाहते हो?"

उस समय दीदारसिंह की सफाजंग उसके हाथ में थी, जिसे उसने एक कोने में टिका दिया। "हाँ, अब उससे मुलाक़ात करनी होगी।"

बुढ़िया अपनी ठुड्डी पर उँगली रखकर बोली—"तो इसका भी कोई तरीक़ा निकालना पड़ेगा।"

"तरीक़ा निकालने की कोई ज़रूरत नहीं...वह यहीं आयेगी।"

उसके मुँह से ये शब्द निकले ही थे कि दरवाज़े पर हलकी-सी खट-खट सुनायी दी। दीदारसिंह तुरन्त बारहसिंघे की तरह लम्बे-लम्बे डग भरता दरवाज़े के पास पहुँचा, कुण्डी खोली, और ख़ुद तख़्ते की ओट में हो गया।

वह हस्सी ही थी।

दीदार ने दरवाज़ा बन्द करके कुण्डी चढ़ा दी।

हस्सी हाँफ रही थी। अपने-आपको अकेली दीदारसिंह के पास पाकर पल भर को वह घबरा गयी। फूली हुई साँस के कारण उसके नाजुक नथुने फड़क रहे थे, उसने फुसफुसाते स्वर में पूछा—"क्या नूरा यहीं है?"

"नूरा तो नहीं है, लेकिन सक्की मीरासिन है—घबराओ मत, पहले हम तुम कुछ बातें कर लें। नूरा भी बस आता ही होगा।"

वह हस्सी को लेकर कोठरी की ओर बढ़ा जहाँ दीया जल रहा था। यों तो एक और कोठरी भी थी, लेकिन उसने बुढ़िया से कहा—"सक्की तुम सेहन में

दरवाज़े के पास बैठो। थोड़ी देर में मेरा एक दोस्त आयेगा। फ़ौरन दरवाज़ा खोल देना।''

बुढ़िया दरवाज़े की ओर चली गयी। वह पूरी-पूरी मदद देने को तैयार थी।

''दीये की टिमटिमाती रोशनी में दीवारों पर पड़नेवाली उन दोनों की परछाइयाँ भी थरथरा रही थीं। एक कोने में बुढ़िया की ढीली-ढाली चारपाई पड़ी थी, जिस पर पुराना चारख़ाने का खेस बिछा था। दीदार ने लड़की को तसल्ली देते हुए कहा—''देखो हस्सी, घबराने की बिलकुल कोई ज़रूरत नहीं है। अगर तुम इस तरह घबरायी रहोगी तो हम ठीक से सलाह-मशविरा भी नहीं कर सकेंगे—लो, अब तुम चारपाई पर बैठ जाओ...''

हस्सी एक क़दम बढ़कर रुक गयी और मुड़कर दीदारसिंह की ओर देखते हुए बोली—''तुम कहाँ बैठोगे?''

''मेरी फ़िकर मत करो...चलो, यह मैं बैठ गया।''

यह कहते-कहते दीदारसिंह दरवाज़े की देहलीज़ पर बैठ गया।

जब हस्सी भी चारपाई पर बैठ गयी तो वे दोनों एक-दूसरे को देखकर मुस्कराने लगे। दीदारसिंह ने कहा—अब तो तुम मुझे अजनबी नहीं समझती हो न?''

''मैं दिन के समय भी तुम्हें अजनबी नहीं समझी।''

''ओह! यह बात है।''

''मैंने पहले से ही तुम्हारा नाम सुन रखा था।''

''क्या कभी नूरे ने मेरी ज़िक्र किया था?''

''नहीं—मेरे मामूँ जब अब्बा से बातें करते हैं तो कभी-कभार तुम्हारा नाम भी आ जाता है।''

दीदारसिंह ज़रा सँभलकर बैठ गया, और कुछ हैरानी ज़ाहिर करते हुए बोला—''तो गोया तुम्हारे मामूँ मेरे बारे में कुछ-न-कुछ जानते हैं।''

''हाँ...और उन्हें यह भी मालूम है कि तुम नूरे के दोस्त हो।''

यह बात सुनते ही दीदारसिंह उठ खड़ा हुआ। वह कुछ बेचैनी से कोठरी में इधर-उधर टहलने लगा। हस्सी ने पूछा—''क्या बात है? क्या कुछ गड़बड़वाला मामला है।''

दीदारसिंह चारपाई के पास रुक गया, और ज़रा आगे को झुकते हुए बोला—''हस्सी! तुमने भोलेपन में बड़े पते की बात कह दी है।''

हस्सी हैरान-सी चुपचाप बैठी रह गयी।

दीदारसिंह एक अँगुली उठाकर समझाने लगा—''तुम्हारे ये दोनों मामूँ जानते हैं कि नूरा तुमसे निकाह पढ़वाना चाहता है। वे यह भी जानते हैं कि दीदारसिंह नूरे का

दोस्त है—लेकिन इसके बावजूद वे इस बात पर अड़े हुए हैं कि तुमसे शादी नहीं होगी—ठीक?''

''हाँ।''

''इसका मतलब समझीं?''

''नहीं।''

''इसका मतलब यह है कि उन्हें भी किसी की शह मिली हुई है। वे समझते हैं कि अगर दीदारसिंह ने इस काम में अपनी टाँग अड़ायी, तो वे किसी और की मदद ले लेंगे।''

हस्सी के चेहरे पर उलझन के निशान पैदा हुए। वह भोली-भाली नहीं जानती थी कि इतनी-सी बात में इतने बड़े पेंच भी पड़ सकते हैं। उसे इस मसले से दिलचस्पी-सी हो गयी।

दीदार बोला—''देखो हस्सी, अब मेरे लिये सोचने की बात यह है कि उन्हें किसकी शह मिली हुई है। लेकिन उससे भी पहले मैं तुमसे यह जानना चाहता हूँ कि तुम सचमुच नूरे से शादी करना चाहती हो या नहीं?—शर्माओ मत, अब तुम्हें जवाब देने की ज़रूरत नहीं, अगर तुम्हारा मन न होता तो तुम दिन में ही मुझे टरका देतीं और रात के अँधेरे में यहाँ न आतीं।''

हस्सी कमज़ोर आवाज़ में बोली—''लेकिन मुझे यह मालूम नहीं था कि इतना झंझट होगा।''

हस्सी चिन्तित थी, लेकिन हर लड़की की तरह वह मन में ख़ुश थी कि उसे हासिल करने के लिए नूरे को इतना बखेड़ा करना पड़ रहा है। ऐसी कौन लड़की होगी जो यह देखकर ख़ुश न हो कि उसका प्रेमी उसके लिए कैसी-कैसी क़ुर्बानी करता है, कैसी-कैसी मुसीबतें सहता है।

दीदारसिंह बोला—''इस तरह के झंझट कोई नयी बात नहीं। बड़े-बूढ़े सदा से कहते आये हैं कि इस संसार में तीन चीज़ों की वजह से झगड़ा होता है; यानी ज़न, ज़र, ज़मीन। आसान लफ़्ज़ों में औरत या सोना (धन, दौलत) या ज़मीन ही आदमियों में झगड़े की वजह बनते हैं—तुम्हारे-जैसी हस्सियाँ हर ज़माने में जनम लेती हैं, और नूरे-जैसे प्रेमी हर ज़माने में अपनी हस्सियों को हासिल करने के लिए इसी तरह की मुसीबतें उठाते आये हैं।''

हस्सी के दोनों गाल शर्म से लाल हो गये।

उसकी यह हालत देखकर दीदारसिंह मन में ख़ुश हुआ। उसने सोचा कि इस शर्म का मतलब इसके सिवा क्या हो सकता है कि हस्सी ने अपने मन की गहराई में नूरे को अपना मान लिया है।

इतने में अनायास ही सेहन में एक लम्बी परछाईं-सी दिखायी दी। वे दोनों चौंक पड़े। दीदार ने आगे बढ़कर दरवाज़े के तख़्ते पर हाथ रखते हुए धीरे से पूछा—"कौन?"

इतने में वह परछाईं और पास आ गयी, और दरवाज़े में से बाहर जानेवाली दीये की धुँधली रोशनी में दीदार उसे पहचानकर बोला—"अरे नूरे! तुम हो। तुम चुपके से कैसे यहाँ पहुँच गये?"

सक्की, जो पीछे-पीछे चली आ रही थी, खोखले मुँह से बोली—"इसने धीरे से दरवाज़ा खटखटाया, और मैंने धीरे से खोल दिया...."

दीदारसिंह ने दरवाज़े से बाहर निकलकर बुढ़िया के कन्धे पर हाथ रखते हुए कहा—"अच्छा अम्माँ! अब तुम जाकर दरवाज़े के पास बैठ जाओ। इस बात की आहट लेती रहना कि कोई अचानक आ न जाय। अगर आ जाय तो हमें झट से ख़बर कर देना।"

बुढ़िया भी बड़ी घाघ थी। दुनिया का खट्टा-मीठा चखे हुए थी। वह समझ गयी कि ये लोग नहीं चाहते कि इनकी बातें उसके कानों में पड़ें। वह चुपचाप दरवाज़े की ओर लौट गयी।

हस्सी को भीतर चारपाई पर बैठे देखकर नूरा झिझक गया। वह दरवाज़े के पास ही खड़ा रहा। जब दीदार बुढ़िया से निबटकर दरवाज़े से भीतर घुसा तो उसने एक हाथ से नूरे की ओर इशारा करते हुए हस्सी से कहा—"हस्सी! जानती हो यह कौन है?—यह क़िस्मत का मारा एक आशिक़ है। इसे एक लड़की से प्रेम हो गया है। लेकिन बेचारे को यह मालूम नहीं कि उस लड़की के दिल में उसके लिए जगह है या नहीं। कहता है कि अगर वह लड़की न मिली तो मैं गले में फन्दा डालकर या बड़ी नहर में कूदकर अपनी जान दे दूँगा।—उस लड़की का नाम हस्सी है।"

फिर दीदारसिंह ने नूरे की कोहनी पर हाथ रखकर कहा—"ऐ मौलाना! यह लड़की वैसी नहीं है जैसा तुम समझते रहे हो। बेशक यह इस समय गर्दन दूसरी ओर को घुमाये धरती पर आँखें गाड़े हुए हैं, लेकिन यह तुम्हारे जज़्बात की क़द्र करती है। शायद उसे मालूम नहीं था कि उसका पाला ऐसे घोंचू आदमी से पड़ा है। तुम तो कुछ कर न पाये... और अगर करते भी तो ज़्यादा-से-ज़्यादा अपने गले में फन्दा डाल लेते या नहर में कूद जाते...लेकिन आज मैं हस्सी को तुम्हारे पास ले आया हूँ। बल्कि यों समझो कि वह मेरी वजह से हमेशा के लिए तुम्हारी बननेवाली है। इस तरह मैं अपनी यह अमानत तुम्हारे हवाले करता हूँ...और अगर तुम इसे ख़ुश न रख सके तो याद रखना दीदारसिंह बहुत दूर नहीं होगा। वह पुरानी कहावत तुमने सुनी होगी कि रब नेड़े के घुस्सुन (भगवान् नज़दीक या मुक्का) बस, इस कहावत को याद रखना..."

नूरा और हस्सी आज तक एक-दूसरे से ज़्यादा खुले नहीं थे। दोनों ही झेंप रहे थे। नूरे ने कहा—"देखो भाई! ये कहावतें तो मैं बाद में भी सुन और याद रख सकता हूँ, लेकिन अब ज़रूरी बातें तो कर लो।"

"ज़रूरी बातें हो चुकी हैं—सबसे अच्छी बात तो यह है कि हस्सी हमारे साथ है। वह पीछे नहीं हटेगी।"

नूरा चुप रहा। हस्सी चुप रही।

दीदार ने फिर कहना शुरू किया—"हस्सी की ज़बानी पता चला है कि इसके दोनों माँमू मेरे नाम से बड़ी अच्छी तरह वाकिफ़ हैं। वे यह भी जानते हैं कि मेरी-तुम्हारी गहरी दोस्ती है। हैरानी की बात तो यह है कि यह सब-कुछ जानते हुए भी वे अपनी ज़िद पर अड़े हुए हैं। इसकी एक ही वजह हो सकती है। वह यह कि उन्हें भी किसी की शह मिली हुई है। यह शह मेरे दुश्मनों के सिवा और कौन दे सकता है?—कुछ समझे?"

नूरा दीदार के कान तक मुँह ले जाकर धीरे से बोला—"कहीं उन्हें सरदारों की शह तो नहीं मिली है?"

"बिलकुल ठीक, मैं भी यही समझता हूँ।"

"फिर तो वे दोनों अकालगढ़ आते-जाते होंगे।"

"ज़रूर आते-जाते होंगे। लेकिन जब मैं उन्हें जानता ही नहीं तो मुझे कैसे पता चलता?"

"तो अब पता लगाना पड़ेगा।"

"उसकी तुम मत फ़िक्र करो। गाँव के कुछ लोग ऐसे हैं, जो देखने को तो हमसे मिले रहते हैं लेकिन हमारे भेद सरदारों तक पहुँचा देते हैं। हम उन्हें कोई काम की बात मालूम ही नहीं होने देते। उधर सरदारों के यहाँ भी हमने आदमी छोड़ रखे हैं। वे वहाँ की सारी ख़बरें हम तक पहुँचा देते हैं। उन्हीं में किसी से कहकर मैं पता लगा लूँगा कि वे लोग वहाँ जाते हैं या नहीं।"

नूरे ने गहरी साँस भरकर कहा—"इसका मतलब यह है कि हमारा यहाँ का काम तो पूरा हो गया।"

"भोले बादशाहो! काम ख़त्म नहीं हुआ, अब शुरू हुआ—अब तुम दोनों चाहो तो आपस में बातचीत कर लो। फिर हस्सी को भी घर लौट जाना चाहिए...घर से कोई बहाना बनाकर आयी होगी। क्यों हस्सी?"

हस्सी ने सिर झुकाये-झुकाये जवाब दिया—"मैं एक सहेली का नाम बता आयी थी कि मैं उसके घर जा रही हूँ। लेकिन ज़्यादा देर हो जाने पर हो सकता है कि घरवाले किसी को मुझे बुलाने के लिए उसके घर भेज दें।"

''यही तो मैं सोच रहा था। अच्छा हस्सी, तुमसे फिर मुलाक़ात होगी। अभी तो मुझे सिर्फ़ यह कहना है कि तुम किसी तरह भी परेशान न होना। हम जो कुछ भी करें, हमारी यही कोशिश रहेगी कि तुम्हारे माँमुओं की गर्दन बची रहे। आख़िर को तुम दोनों का निकाह होना है, इसलिए यह अच्छा नहीं लगता कि इस दौरान कोई गड़बड़ हो जाय। हाँ, इतना याद रखो कि अगर तुम पर कोई बड़ी मुसीबत आ पड़े, तो तुम इसी गाँव के बलकारसिंह से बिना किसी झिझक के कह देना। वह फ़ौरन मुझे बुलवा देगा। वैसे तुम्हें कुछ नहीं करना है। बस इतना ख़्याल रहे कि तुम्हारा मन डाँवाँडोल न होने पाये।''

इतना कहकर दीदारसिंह कोठरी से बाहर निकल गया। नूरा और हस्सी वहाँ अकेले रह गये। कुछ देर तक मौन छाया रहा। हस्सी अपने दोनों हाथ गोद में रखे, झुकी-झुकी आँखों से अपने नाख़ूनों को देखती रही। आख़िर नूरे ने सोचा कि मैं मर्द हूँ, मुझे ही कोई बात शुरू करनी चाहिए। वह धीरे से बोला—''हस्सी! शायद मैं तुमसे बहुत-कुछ कहता, लेकिन दीदारसिंह की बातों से लगता है कि उसने ख़ुद सब-कुछ कह दिया है। मुझे इस बात की बहुत ख़ुशी है कि तुम मेरा साथ देने को तैयार हो। कभी मैं तुमसे यह बात पूछ नहीं पाया, इसलिए मैं डाँवाँडोल हो रहा था कि न जाने इस बारे में तुम्हारे क्या ख़याल हैं। अब मेरे मन का शक़ दूर हो चुका है, और मैं बहुत ख़ुश हूँ। मैं तुम्हें यक़ीन दिलाना चाहता हूँ कि मेरी ओर से कभी तुम्हें कोई तकलीफ़ नहीं होगी...।''

वह इतना कुछ कह चुका तो कोठरी में एक बार फिर मौन छा गया। इस मौन से नूरे का दम घुटने लगा। वह जल्दी से बोला—''आओ चलें।''

नूरा देहलीज़ पार करके सेहन की ओर बढ़ा। हस्सी चुपचाप उसके पीछे-पीछे हों ली। उन्हें आते देखकर दीदारसिंह ने दरवाज़ा खोला और गर्दन निकालकर इधर-उधर झाँका। तसल्ली हो जाने पर उसने हस्सी को दरवाज़े के बाहर कर दिया। वह चुपचाप उसे देखता रहा, और जब वह गली के नुक्कड़ से मुड़ गयी तो उसने नूरे से कहा—''हस्सी दाहिनी ओर गयी है, तुम बायीं ओर को चल दो। मैं अभी आता हूँ।''

नूरा भी बाहर निकल गया तो दीदार ने बुढ़िया की ठुड्डी पर दो उँगलियाँ जमाकर कहा—''अम्माँ! गर्दन दबानेवाली जो बात मैंने तुमसे कही थी, वह तुम्हें भूल तो नहीं जायगी?''

''हाय हाय! भूलूँगी कैसे—अरे बेटा! मुझे इस गाँव में रहना है या नहीं?''

दीदारसिंह तहमद सँभालता हुआ जल्दी से बाहर निकला और बायीं ओर को चल दिया।

●

नौ

: १ :

चेनाब नदी के किनारे बसा हुआ गुजरात नाम का शहर बहुत बड़ा तो नहीं था, फिर भी वह अपनी दो चीज़ों के लिए मशहूर था। उनमें से एक तो वहाँ की मिट्टी के बर्तन थे, ख़ासकर मिट्टी की हाँड़ियाँ। दूसरे वह शहर और इलाक़ा औरतों की सुन्दरता के कारण मशहूर था। गुजरात का यह माल, सुन्दर लड़कियाँ और औरतें; दूसरे बड़े शहरों को भी भेजा जाता था। उन्हीं में एक जानकी भी थी। जानकी को कहीं आने-जाने की ज़रूरत नहीं हुई, क्योंकि वह अभी छोटी ही थी कि उसके गाने-नाचने की मशहूरी गुजरात शहर और आस-पास के इलाक़ों में हो गयी। शौक़ीन लोग उस पर माल और जान क़ुर्बान करने लगे।

जानकी के बारे में किसी को भी कुछ ज़्यादा जानकारी नहीं थी। कोई कहता था कि वह मुसलमान है, लेकिन अपना नाम हिन्दुओं का-सा रख लिया है। कोई कहता था कि असल में, वह जाँगलियों कि लड़की है। ये जाँगली ख़ानाबदोश होते थे, जो गाँव-गाँव घूमते थे, लेकिन कहीं टिकते नहीं थे। वें तम्बुओं में रहते और कई तरह के छोटे-मोटे काम करके अपना पेट पालते थे। मौक़ा पाने पर चोरी भी कर लेते। इसमें शक़ नहीं कि वे लोग बहुत ही सुन्दर होते थे। जानकी के बारे में ऐसी कई तरह की अफ़वाहें फैली हुई थीं। असल में वह जो भी थी, लेकिन अब वह जानकी थी...सिर्फ़ जानकी, जिसके गाने और ख़ूबसूरती की दूर-दूर तक धूम मची हुई थी।

बन्तासिंह उसके जीवन में कैसे आया? यह कोई बहुत ही अनोखी कहानी नहीं है। बन्तासिंह तेजे से दो-ढाई साल ही बड़ा था। लेकिन धाकड़पने में वह बड़े-बड़ों के कान काटता था। जाननेवाले जानते हैं कि पंजाब में कुछ इलाक़े ऐसे भी थे, जहाँ जवानों को अपनी जवानी और बाजुओं की ताक़त का सबूत देना पड़ता था। वे जवान मार-धाड़ करके, लड़-भिड़कर, या ऊँचे दर्ज़े पर डाके डालकर अपनी ताक़त का सबूत दिया करते थे। कच्ची उम्र में ही बन्तासिंह का वास्ता इसी तरह के लोगों से पड़ गया। अपनी जिस्मानी ताक़त और निडरता के कारण वह बड़ों का भी बड़ा बन बैठा। ख़ुशक़िस्मती से किसी भी डाके के मौक़े पर बिना क़त्ल किये उसका काम चल

निकला। किसी ने उसे यह गुरु-मन्त्र भी दे दिया था कि जब किसी डाके में एक-दो क़त्ल हो जाते हैं तो मामला और भी संगीन हो जाता है। कुछ उजड्ड डाकू यह भी कहते थे...कि भला वह भी क्या डाका होगा, जिसमें दो-चार आदमी ही न मारे जायँ। लेकिन अब तक बन्तासिंह को बहुत ही क़ामयाबी मिली थी। उसे किसी का सिर काटने में कुछ झिझक नहीं हो सकती थी, लेकिन वह इतना समझदार ज़रूर था कि जब तक बिना ख़ूनख़राबा किये काम चल सकता था तब तक चलाता रहे। इसका नतीज़ा यह हुआ कि अभी तक उसके ऊपर क़त्ल का इल्ज़ाम नहीं लगा। यहाँ तक कि बहुत-कुछ जानते हुए भी पुलिस के पास ऐसा कोई सबूत नहीं था कि जिसकी बिना पर उसे कचहरी में घसीटा जा सके। बन्तासिंह इस आज़ादी की दिल से क़द्र करता था। धीरे-धीरे उसका यह यक़ीन पक्का होता गया कि पुलिस के चंगुल में न आना ही अच्छा है। उसकी इसी चतुराई के कारण बहुत-से अनाड़ी और उजड्ड जवान उसको अपना अगुवा मानने लगे।

गाँठ में मुफ़्त का माल हो, और आलम जवानी का हो, तो फिर नाच-रंग की बातें भी सूझने लगती हैं। इसी तरह इत्तफ़ाक से बन्तासिंह एक रात जानकी के कोठे पर चढ़ गया। जानकी भी इस साँवले सजीले जवान को पसन्द करने लगी। धीरे-धीरे उनके ताल्लुक़ात बढ़ते गये और अटूट होते गये। यहाँ तक कि बन्तासिंह अपना अधिकतर समय जानकी के पास ही बिताने लगा। आख़िर यहाँ तक नौबत आ पहुँची कि बन्तासिंह को शराब और जानकी के ख़ूबसूरत चेहरे के अलावा दुनिया की किसी चीज़ से दिलचस्पी न रही। यहाँ तक कि उसे लोगों का धन उड़ाने की भी फ़ुर्सत नहीं मिलती थी। लेकिन तवायफ़ को तो धन की ही ज़रूरत होती है। शायद जानकी ज़्यादा एतराज़ न भी करती, लेकिन उसके दूसरे रिश्तेदार, जिनकी दाल-रोटी उसी के धन्धे से चलती थी, बड़बड़ाने लगे। तब बन्तासिंह ने नया ही इन्तज़ाम किया। उसने डाके मारने लगभग छोड़ दिये, और....उसकी जगह पर शहर में जुए के अड्डे बना दिये और पुलिस से मेल-जोल बढ़ा लिया। वह जानता था कि बिना पुलिस की मदद हासिल किये उसके जुआघर चार दिन भी नहीं चल सकते। उसने हर पुलिस अफ़सर और हेडकान्स्टेबिल का भत्ता बाँध दिया। थोड़ी-सी होशियारी उसने यह भी बरती कि आम लोगों के लिए अपने जुआघरों के दरवाज़े बन्द रखे। वहाँ सिर्फ़ बड़े-बड़े धनी ही जा सकते थे। गुजरात इतना बड़ा शहर तो था नहीं कि वहाँ के धनी लोगों से इतनी दौलत जमा हो जाय कि पुलिस के भत्ते निबटाने के बाद बन्तासिंह के पास भी बहुत-कुछ बच जाय। इसका उपाय यह निकाला गया कि लाहौर और अमृतसर तक के धनी लोगों को फाँस-फाँसकर गुजरात लाया गया। हर शहर में तो जुए की इतनी सहूलियतें मिल नहीं सकतीं, इसलिए ऐसे लोगों का गुजरात तीर्थ बन गया। बन्तासिंह की योजना क़ामयाब हुई, और उस पर दौलत की बारिश होने लगी। वह ख़ुद अंग्रेज़ी शराब का गिलास हाथ में थामे जानकी की जुल्फ़ों से खेला करता था।

रात के दो-दो तीन-तीन बजे तक जुआ चलता रहता था। दूर के शहरों से आये जुआरी रात-रात भर डटे रहते। बन्तासिंह दिन के समय इन जुआघरों की जाँच-पड़ताल ज़रूर करता था। उसके लिए यह बड़े आराम का काम था। वह जानता था कि अगर उसने ज़रा-सी भी सुस्ती की तो उसका सारा बना-बनाया काम बिगड़ जायगा। ऐसी आरामतलबी की ज़िन्दगी बिताने की वजह से उसके बदन में कुछ चर्बी आ गयी थी। अभी भद्दा मोटापा उससे कोसों दूर था, लेकिन अपनी उम्र के लिहाज से वह कुछ ज़्यादा ही मोटा हो गया था। थोड़ी-बहुत चर्बी की वजह से उसकी जिस्मानी ताक़त में कमी नहीं आयी थी।

अकालगढ़ में उसके बारे में सिर्फ़ अफ़वाहें-ही-अफ़वाहें थीं। किसी को असलियत का पता नहीं था। सरदारों ने तो यही अफ़वाह उड़ा रखी थी कि रात के समय वह डाके डालता है, और दिन के समय तवायफ़ों के यहाँ पड़ा रहता है। घर का कोई आदमी उसके पास कभी-कभार ही जाता था। उनके रहने और खाने-पीने का इन्तज़ाम वह अलग मकान में कर देता था। बाप किस-किस लड़के के पीछे भागता फिरता, वह तो सिर्फ़ वाह गुरु अकाल पुरुख के भरोसे पर गाँव में ही बैठा था। वह सोचता था कि कभी तो वह दिन आयेगा, जब उसका सारा परिवार एक छत के नीचे जमा हो जायगा। भाइयों में से किसी को फ़ुर्सत नहीं थी कि वे एक-दूसरे के काम में टाँग अड़ाते फिरें। वे सब अपने-अपने कामों में लगे रहते थे। चाहे वह काम आवारागर्दी का ही क्यों न हो।

माँ का बस और तो कुछ चलता नहीं था, लेकिन वह अपने पति को उकसा-उकसाकर बन्तासिंह के नाम ख़त लिखवाती रहती थी। नत्थासिंह गुरुमुखी के अलावा कुछ जानता नहीं था, और गुरुमुखी लिखने-पढ़ने में भी उसे बड़ी उलझन होती थी। बीवी के समझाने-बुझाने और पीछे पड़ने पर वह महीने-दो-महीने के बाद कलम सँभालकर बैठ जाता। एक ख़त लिखने में पूरा दिन बर्बाद हो जाता। वह बन्तासिंह को सब-कुछ उसकी माँ की ओर से लिखता था—तुम्हारी बेबे कहती है कि तुम यहाँ आकर रहो। तुम्हारी बेबे कहती हैं कि गाँव में भाई ही एक-दूसरे के बाजू होते हैं, जब वे इधर-उधर तितर-बितर हो जायँ तो गाँववालों के मन से उनका डर निकल जाता है, और वे बूढ़े माँ-बाप को भी चैन से रहने नहीं देते। तुम्हारी बेबे कहती है कि अब अमरो बड़ी हो गयी है, उसकी शादी करनी है, इसलिए भाइयों का घर में रहकर अपने माँ-बाप का हाथ बँटाना ज़रूरी है।

बेटे पर पहले-पहल तो इन ख़तों का कुछ भी असर नहीं हुआ, लेकिन कहते हैं कि कुएँ की मुँडेर के पत्थर को भी रस्सी यहाँ तक घिस देती है कि उसमें खोड़ें पड़ जाती हैं। यही हालत बन्तासिंह की भी हुई। एक दिन उसने सोचा कि जानकी अब सिर्फ़ उसी की होकर रह गयी है। यह अलग बात है कि कभी-कभी कोई बहुत

बड़ा रईस या पुलिस का अफ़सर आ जाता तो जानकी गाना भी सुना देती और लहँगा पहनकर नाच भी लेती। इन सब बातों पर ग़ौर करने के बाद बन्तासिंह ने सोचा कि क्यों न जानकी को सिंहनी सजाकर (सिक्ख बनाकर) उससे शादी कर ली जाय, और माँ-बाप की ख़िदमत में सुन्दर-सी बहू पेश कर दी जाय।

जानकी को पहले तो यह सुझाव बड़ा अजीब-सा लगा। उसने सपने में भी नहीं सोचा था कि वह घरेलू औरत भी बन सकती है। सच तो यह था कि उसके दिल में घरेलू औरत बनने की तमन्ना भी नहीं थी। इसमें शक़ नहीं कि हर औरत के दिल की गहराई में माँ बनकर घर बसाने की इच्छा होती ज़रूर है, और यह सोयी हुई इच्छा जगाये जाने पर जाग पड़ती है। बन्तासिंह की ज़बानी उसे यह भी मालूम हुआ कि उसके बाप की काफ़ी ज़मीन भी है। जानकी ने अपने भाई रोशनलाल को चुपके-से अकालगढ़ भेजा। वह पूरा पता लगाकर लौटा तो यह ख़बर लाया कि बन्तासिंह ने जो कुछ कहा है, वह सच है। धीरे-धीरे जानकी को यह सुझाव पसन्द आ गया। उसने बन्तासिंह से तो कुछ नहीं कहा, लेकिन अपने सपनों में अपना घरेलू रूप अकसर देखने लगी। घरवालों को मनाना नामुमकिन था—उसने अपने तीन भाइयों में से रोशनलाल को पटा लिया। भाई-बहन ने सलाह की कि इसमें हर्ज़ भी क्या है। अब भी तो वे बन्तासिंह की कमाई खा रहे हैं।

जब जानकी को इतना यक़ीन हो गया कि कम-से-कम रोशनलाल उसका साथ देगा, तो सोचा कि एक बार गाँव में जाकर बन्तासिंह के घर का माहौल देख लेने में हर्ज़ ही क्या है।

मन में यह फ़ैसला करके एक दिन जानकी बन्तासिंह की नयी-नयी उगती दाढ़ी के नर्म बालों को अपनी हथेलियों से धीरे-धीरे दबाते हुए बोली, "तुम मुझे बीवी बनाने की सोचते रहते हो, तो क्या तुम्हारे घरवाले भी मुझे अपना लेंगे?"

बन्तासिंह ने बड़े यक़ीन से कहा—"क्यों नहीं। लेकिन शादी से पहले तुम्हें सिंहनी बनना पड़ेगा।"

"इसमें हर्ज़ ही क्या है। तुम्हारी ख़ातिर मैं वह भी कर लूँगी।"

"बस तो फिर तुम फ़ौरन ही अकालगढ़ चलने की तैयारी करो। मेरे माँ-बाप तुम्हें सिर-आँखों पर बैठायेंगे।"

जानकी अपने होंठों पर उँगली रखकर कहने लगी—"धीरे से बोलो—मैं चाहती हूँ कि अभी किसी और को ख़बर न हो।"

"वह क्यों? हम जो कुछ करेंगे सो डंके की चोट पर करेंगे।"

"अभी उसका मौक़ा नहीं आया। तुम नहीं जानते कि मेरे घर के लोग इसका कितना विरोध करेंगे! डंके की चोट पर यह काम करोगे तो वे लोग मेरे रास्तें में बहुत बड़ी-रुकावटें खड़ी कर देंगे।"

बन्तासिंह उसकी इस बारीक बात को समझ नहीं पाया। जानकी ने उसे यों समझाया जैसे वह छोटा बच्चा हो—"इन लोगों को हम तब पता लगने देंगे, जब हम अपना काम पूरा कर चुकेंगे।"

"तुम्हारा मतलब है कि जब हम शादी-वादी कर लेंगे?"

"हाँ—अभी मैंने रोशनलाल को पटा लिया है। उसे सब-कुछ बता दिया है। उसे मेरा यह सुझाव पसन्द है।"

जानकी आख़िर तवायफ़ थी, वह सब बातों को मद्देनज़र रख रही थी। बोली—"लेकिन, यहाँ के कारोबार का क्या बनेगा?"

बन्तासिंह ने ज़रा हैरत में आकर पूछा—"तुम्हें इसकी फ़िक्र क्यों हो रही है?"

"फ़िक्र क्यों न हो। बड़ी मुश्किल से तुमने यह काम चलाया है। इसे छोड़ देंगे तो हर महीने इतना रुपया कहाँ से पायेंगे।"

बन्तासिंह बेपरवाही से बोला—"छोड़ो इन बातों को, तुम्हें रुपया चाहिए, उसका इन्तज़ाम मैं कर दूँगा।"

जानकी मचलकर बोली—"नहीं, मैं ऐसी हवाई बातों में आनेवाली नहीं।"

"तो फिर तुम क्या चाहती हो?"

"मैं जो कुछ चाहती हूँ, यह तो बाद में बताऊँगी। पर तुम इतना समझ लो कि मैं यह बिलकुल नहीं चाहती कि तुम इस काम को छोड़कर फिर डाके डालने लगो। वह बड़ा गन्दा काम है। मैं ऐसी औरत बनकर नहीं रहना चाहती, जिसके शौहर की ज़िन्दगी हर समय ख़तरे में पड़ी रहे।"

"अरे बाबा! तुम नहीं चाहती तो मैं उधर मुँह भी नहीं करूँगा।"

"हाँ, या तो तुम घर ही बसा लो, या फिर ये आवारागर्दी के काम करते फिरो!"

"अरे भई, मैं गन्दे काम नहीं करूँगा। लेकिन तुम यह मानती हो कि जो काम इस समय मैं कर रहा हूँ वह तो शरीफ़ों का काम है।"

जानकी एकदम ही खिलखिलाकर हँस पड़ी—"हाँ, यह तो इज़्ज़त का काम है। लेकिन ऐसा न हो कि तुम गाँव में पहुँचकर इस काम को छोड़ ही बैठो।"

बन्तासिंह अभी तक यही समझे बैठा था कि उसे यह सब-कुछ छोड़-छाड़कर गाँव जाना पड़ेगा। लेकिन जानकी बिलकुल ही नयी बात कह रही थी। थोड़ा सोचने पर उसे यह सुझाव भला लगा। बोला—"ठीक तो है, मैं इस काम को चालू रखूँगा। अपने गाँव से गुजरात आना कौन मुश्किल काम है। मैं वहाँ से यहाँ भी आता-जाता रहूँगा, और इस तरह हमारी यह आमदनी बनी रहेगी।"

जानकी ने भेद भरे अन्दाज़ में कहा—"पहले हम यहाँ से कोई बहाना बनाकर चलेंगे। घर के किसी आदमी को पता भी नहीं लगने पायेगा कि हम अकालगढ़ जा

रहे हैं। कह देंगे कि लाहौर और अमृतसर की सैर करने जा रहे हैं। जब हम अपना काम पूरा कर चुकेंगे तो घरवालों को अपने-आप ही पता चल जायगा। फिर वे मेरा कुछ नहीं बिगाड़ पायेंगे।"

: २ :

तेजासिंह और नाहरसिंह का झगड़ा बहुत बढ़ने तो नहीं पाया, लेकिन दोनों गुट समझ गये कि अब यह झगड़ा धीरे-धीरे बढ़ता ही जायगा। ख़ानदानी दुश्मनी की आग, जो अब तक दबी हुई थी, धीरे-धीरे दहकने लगी। दोनों गुटों का दृष्टिकोण अलग-अलग था। नत्थासिंह और उसके हिमायती अपनी आदत के मुताबिक़ बेफ़िक्र थे। वे साज़िश करने के मामले में काफ़ी सुस्त थे, लेकिन सरदारों के यहाँ अकसर छोटी-मोटी साज़िशें सोची जाती थीं। कम-से-कम वे ऐसे मौक़े की तलाश में तो ज़रूर रहते थे जब वे अपने दुश्मनों की टाँग घसीट सकें, या उन्हें परेशान कर सकें। यह बात तो उनके सपने में भी नहीं आयी थी कि जल्दी ही बन्तासिंह एक तवायफ़ को लेकर अकालगढ़ पहुँचनेवाला है।

सचमुच वह दिन भी आ ही पहुँचा। पक्की सड़क पर चलनेवाली लारी रुकी और उसमें से बन्तासिंह, जानकी, रोशन और एक भरोसे का नौकर नन्दू—चार लोग नीचे उतरे। उनके पास सामान बहुत ही कम था। दो छोटे-छोटे सन्दूक और दो बिस्तर। यों तो जानकी का घर एक-से-एक ही बढ़िया सामान से भरा पड़ा था, लेकिन उसने दूरन्देशी यह दिखायी कि पहली ही बार में ज़्यादा सामान अपने साथ नहीं लिया।

लारी इन मुसाफ़िरों को उतारकर चल दी और बन्तासिंह लम्बे शहतीर की तरह सड़क के किनारे खड़ा सोच में डूब गया। उसके मन में उलझन-सी पैदा हो गयी। सवाल यह था कि क्या वह जानकी को सीधे घर ही ले जाय या न ले जाय। उसे यह भी मालूम था कि सबसे बड़ा भाई अपनी बीवी को घर ले आया है, लेकिन वह यह नहीं जानता था कि उसकी भाभी तेजे के साथ अमृतसर गयी हुई है। घर में जवान बहन थी। ख़ुद उसे तो इस बात की भी हिचक नहीं थी, लेकिन वह यह जानता था कि उसके माँ-बाप शायद एतराज़ करें। पहले उसने सोचा था कि माँ-बाप को अपने वहाँ पहुँचने की ख़बर भेज दे। जानकी का ज़िक्र किये बिना ख़त लिखना बेकार था। वह अकेला तो अपने घर जब भी चाहे बिना ख़बर किये जा सकता था। इसीलिए उसने तय किया कि वह बिना ख़बर किये ही पहुँच जायगा। लारी से उतरकर उसका मन फिर डाँवाँडोल हो गया।

ये नये मुसाफ़िर सड़क के किनारे खड़े बन्तासिंह की ओर देख रहे थे। जानकी भी समझ नहीं पा रही थी कि बन्तासिंह वहीं क्यों रुक गया है। उसने पूछा—"बन्तासिंह, तुम तो बिलकुल बुत बने खड़े हो। आख़िर बात क्या है?"

बन्तासिंह चौंका, फिर उसने जानकी की ओर देखा, और फिर दूसरे दो लोगों की ओर देखा। बड़ा अजीब-सा नक़्शा था।....लेकिन वह यह नहीं चाहता था कि जानकी उसके मन की उलझन को समझ जाय। उसने तुरन्त अपनी पगड़ी को दोनों हाथों से खिसकाकर ठीक किया और बड़े गम्भीर स्वर में बोला—"बात!...बात तो कुछ भी नहीं। आओ चलें।"

बन्तासिंह को एक नयी तरक़ीब सूझ गयी थी। उसने तय कर लिया कि जानकी को सीधे घर ले जाने की जगह पहले वह उसे तबेले में टिका देगा। इसके बाद घरवालों से बातचीत होगी। अन्त में जानकी उसके माँ-बाप के घर बहू बनकर रहने लगेगी।

जानकी ने देखा कि बन्तासिंह गाँव की ओर जाने की बजाय उन्हें एक रहट के पास ले गया। वहीं पर तबेला बना हुआ था। सीधा-सीधा एक कमरा, उसके साथ छोटी-सी कोठरी, आगे सेहन, जिसकी दीवार गारे की बनी हुई थी। तबेले की हालत भी ख़राब थी। रहट भी चालू नहीं था।

वहाँ पहुँचकर जब जानकी को मालूम हुआ कि यही उनकी मंज़िल है तो वह परेशान हो उठी। उस समय वह बड़े ठाठ में थी। न जाने कितने गज का चमकदार कपड़ेवाला लहँगा पहने हुए थी। ऊपर शनील की कमीज़, गले में हार, कानों में बुन्दे, कलाइयों में सोने की चूड़ियाँ, पाँव में मखमल की तिल्लेदार जूती! उसने खत्रानियों की तरह दोहरा दुपट्टा ओढ़ रखा था। असल में नीचे तो हलके नीले रंग की चादर थी, और उसके ऊपर मलमल का दुपट्टा, जिसमें से नीला रंग झलक रहा था। इस आन-बान के साथ जब उसे गारे की बनी हुई दीवार का सहारा लेना पड़ा तो उसके मन में कई तरह के शक़ उठे। वह बन्तासिंह की ओर देखने लगी।

मज़े की बात यह थी कि अब बन्तासिंह के चेहरे पर घबराहट या परेशानी का निशान भी नज़र नहीं आता था। सेहन की छोटी लेकिन मोटी दीवार के ऊपर टूटी हुई बोतलों का काँच लगा हुआ था। यह चोरों के बचाव के लिए नहीं था बल्कि इसलिए था कि कोई मवेशी भीतर न घुसने पाये। भीतर जाने के लिए बिना दरवाज़े का रास्ता था, जिसके आर-पार दो मोटे-मोटे डण्डे टिके हुए थे। बन्तासिंह उन डण्डों से कई बार निबट चुका था; इसलिए अब भी उसके भारी पम्प शू की एक ही ठोकर से डण्डे इधर-उधर बिखर गये। वह ऊँट की तरह गर्दन उठाये दरवाज़े की ओर बढ़ा। दरवाज़े की सिर्फ़ कुण्डी चढ़ी हुई थी। वहाँ ताला कभी नहीं लगाया जाता था, क्योंकि इलाक़े भर में कोई ऐसा आदमी नहीं था, जो उस तबेले में घुसने की हिम्मत करता।

जब बन्तासिंह ने कुण्डी खोलकर दरवाज़े को धक्का दिया तो जानकी उसके पहलू में ही खड़ी थी। जानकी यह जानना चाहती थी कि आख़िर यह क्या तमाशा

हो रहा है..कभी वह चूलों पर घूमनेवाले उस दरवाज़े को देखती, कभी तबेले की गारे से बनी गन्दी-गन्दी दीवारों को देखती, कभी मड़ियल सेहन को देखती। लेकिन बन्तासिंह ऐसी बेफ़िक्री से खड़ा था जैसे वह जानकी को राजमहल में ले आया हो।

दरवाज़ा खोलने के बाद बन्तासिंह भीतर की ओर झाँकने लगा। जानकी ने भी भीतर झाँककर देखा। सारा कमरा उलटे-सीधे सामान से अटा पड़ा था। कहीं टूटे हुए हल, कहीं पाये, कहीं फावड़े, कहीं खुरपियाँ, कहीं जुये वगैरह।

यह सब-कुछ देखकर जानकी का दिल बैठ गया। उसने पूछा—"बन्तासिंह, हम यहाँ किसलिए आये हैं?"

बन्तासिंह ने उससे आँखें मिलाये बिना जवाब दिया—"यहाँ हम रहेंगे।"

जानकी की चीख़ निकलते-निकलते रह गयी। उसके होंठ सूख गये। गले में से आवाज़ नहीं निकल पायी। वह फटी-फटी आँखों से बन्तासिंह की ओर देखने लगी। वह बोला—"बस यही दो-तीन दिन की बात है।"

इसके बाद बन्तासिंह ने अपने नौकर की ओर देखकर कहा—"नन्दू, यह सारा सामान उठाकर कोठरी में डाल दो। फिर यहाँ झाड़ू लगा देना। झाड़ू भी यहीं कहीं कोने में पड़ा होगा।"

कोई और नौकर होता तो मालिक का यह हुक्म सुनकर उसके छक्के छूट जाते, लेकिन नन्दू जानता था कि उसने ज़रा-सी भी हिचकिचाहट दिखायी तो बन्तासिंह उसे उठाकर कुएँ में फेंक देगा।

बेचारे नन्दू ने बड़े कमरे का सामान उठा-उठाकर कोठरी में फेंकना शुरू कर दिया। बन्तासिंह की मर्ज़ी के मुताबिक़ रोशनलाल ने बिस्तर में से पलँग की दो दरियाँ रहट के पास पेड़ की छाँव में बिछा दीं। जानकी और बन्तासिंह दरी पर बैठ गये, और रोशनलाल उनसे दूर रहने के मक़सद से परे खेत की एक मेंड़ पर जा बैठा। वह जानता था कि अपने पास उसकी मौजूदगी को बन्तासिंह पसन्द नहीं करेगा। जानकी तो इस ख़्याल से आयी थी कि बन्तासिंह के घर में उसका बहुत ही प्रेम के साथ स्वागत किया जायगा। उसे बैठने के लिए रंगदार पीढ़ा दिया जायगा। घर के छोटे-बड़े दौड़-दौड़कर उसकी ज़रूरतें पूरी करेंगे, उसकी ख़िदमत करेंगे। लेकिन अब वह चोरों की तरह या, बिना घर या घाट के कुत्ते की तरह खेतों के पास बैठी थी। ऊपर पेड़ की डालों में कौए काँव-काँव कर रहे थे। उसे पल-पल इस बात का डर लगा हुआ था कि कहीं कोई परिन्दा ऊपर से बीट गिराकर उसके कपड़ों का सत्यानाश न कर दे।

उसकी यह हालत देखकर बन्तासिंह ने गुर्राकर पूछा—"तुम्हारा मुँह क्यों सूजा हुआ है?"

उसके गुर्राने पर जानकी का दिल और दु:ख गया, और उसकी आँखें डबडबा आयीं।

बन्तासिंह ने फुफकारकर कहा—"उल्लू की पट्ठी!"

जानकी के लिए उसकी गुर्राहट और गालियाँ कोई नयी बात नहीं थी। लेकिन यह परिस्थिति ज़रूर नयी थी। वह फुफकारता था, गालियाँ देता था, पीटता था, फिर भी उसे बहुत प्यार करता था। लेकिन अगर वह उसे घर में ले जाकर इज़्ज़त से बैठा देता तो बाद में चाहे उससे जैसा भी सलूक करता, उसे शिकायत न होती।

घर न ले जाकर बन्तासिंह ने उसे पेड़ के नीचे बैठा दिया था, इसीलिए तो उसे इतनी बेइज़्ज़ती का एहसास हो रहा था।

शायद बन्तासिंह उसके मन की इस हालत को अच्छी तरह समझता था, लेकिन वह ऐसी उलझन में पड़ गया था, जिसका कोई भी उपाय उसकी समझ में नहीं आ रहा था। उधर जानकी बार-बार सोच रही थी कि बन्तासिंह ने पहले से ही इस मसले के सारे पहलुओं पर ग़ौर क्यों नहीं किया। अगर शक़ की कोई बात थी तो उसे चाहिए था कि पहले वह अकेला ही अपने घर आता, माँ-बाप को सब-कुछ बता देता, और जब वे किसी फ़ैसले पर पहुँच जाते तो उसे ले आता....लेकिन फिर जानकी ने मन-ही-मन में कहा कि अगर बन्तासिंह को इतनी दूर की और बारीक बात सूझ जाती तो फिर उसे बन्तासिंह कौन कहता...

इतने में बन्तासिंह का पारा और ऊपर चढ़ गया, क्योंकि ज्यों-ज्यों वह इस मसले पर ग़ौर करता था त्यों-त्यों उसकी उलझन बढ़ती जा रही थी। कुछ और नहीं सूझा तो वह रोशनलाल पर ही बरस पड़ा, जो उनसे काफ़ी दूर पर बैठा खेतों पर नज़र दौड़ा रहा था—"तुम वहाँ बैठे-बैठे क्या कर रहे हो। नन्दू की कुछ मदद क्यों नहीं करते। तुम उसका हाथ बँटाओगे तो काम जल्दी ख़त्म हो जायगा...और फिर कुछ चीज़ें इतनी भारी हैं कि वह उन्हें अकेला उठा भी नहीं सकेगा।"

अब तक रोशनलाल भी समझ गया था कि वह और उसकी बहन बड़ी ग़लत स्थिति में पड़ गये हैं। वह यह भी समझता था कि अब किसी तरक़ीब से ही उन्हें निकलना पड़ेगा। अभी तो बन्तासिंह की मर्ज़ी के मुताबिक़ चलना ही ठीक होगा। यह सोचकर वह चुपचाप तबेले के सेहन में जा घुसा। कुछ देर बाद बन्तासिंह को वह आदमी दिखायी दिया, जिसकी उसे तलाश थी। उसने ज़ोर से आवाज़ देते हुए कहा—"मूलसिंह! ओए मूलसिंह!"

जानकी की ओर देखे बिना बन्तासिंह ने धीरे से कहा—"यही आदमी तबेले में रहता है, और इस रहट के आस-पास के खेतों की देखभाल करता है।"

मूलसिंह ने आँखों को सूरज की चमक से बचाने के लिए उन पर हाथ की छाया करते हुए उनकी ओर देखा। यों तो वह आवाज़ भी उसकी जानी-पहचानी थी, लेकिन

सूरत देखकर तो वह बन्तासिंह को पहचान गया। वह लपकता हुआ आया और पेड़ की छाया तले ठिठककर खड़ा हो गया। रहट के परे उसे दो आदमी नज़र आये, जो तबेले का सामान ढो रहे थे और उसकी आँखों के सामने बन्तासिंह एक ऐसी औरत के साथ बैठा था, जिसकी सुन्दरता से उसकी आँखें चौंधिया गयी थीं।

बन्तासिंह ने गरजकर कहा—"ओए सूर दे पुत्तर—उल्लू की तरह आँखें फाड़े क्या देख रहा है?"

यह सुनकर मूलसिंह का तहमद ढीला पड़ गया और उसने दोनों पल्लू खींचकर तहमद कसते हुए कहा—"सत सिरी अकाल!... सरदारजी!"

बन्तासिंह ने अपने भारी-भरकम हाथ से जानकी की ओर इशारा करते हुए कहा—"अपनी सरदारनी जी को सत सिरी अकाल नहीं करोगे?"

मूलसिंह ने दोनों हाथ जोड़कर जानकी की ओर देखा, और 'सत' का 'सस' बनाकर बोला—"सस सिरी अकाल!....सरदारनी जी!"

यह सुनकर जानकी के मन को थोड़ी-सी ख़ुशी हुई। बन्तासिंह कम-से-कम अपने नौकरों के सामने उसे अपनी सरदारनी...अपनी बीवी तो कह रहा था। उसने ख़ामोशी से दोनों हाथ हलके से जोड़कर छोड़ दिये।

बन्तासिंह ने घरवालों के बारे में पूछताछ शुरू कर दी—"घर के सब लोग ठीक हैं न?"

"हाँ जी।"

"आजकल कौन-कौन घर में हैं?"

"आपके भाइयों में से तो कोई भी नहीं है।"

बन्तासिंह को हैरानी हुई—"क्यों, कहाँ चले गये वे सब?"

"गज्जनसिंह जी को पहले वड्डे सरदारजी ने लाहौर किसी काम से भेजा था। वहाँ से वह अमृतसर चले गये। बाद में तेजासिंह जी अपनी भाभी, यानी गज्जनसिंह जी की सरदारनी जी को लेकर अमृतसर चले गये। दीदारसिंह जी साँहसियों के साथ बूड़चक्क में बिल्लों के शिकार पर गये थे। साँहसी तो लौट आये हैं, लेकिन वह अभी घर नहीं पहुँचे।"

बन्तासिंह को कुछ इत्मीनान हुआ कि अब उसे घर के कम-से-कम लोगों से निबटना पड़ेगा। उसने अमरो, बाप और माँ की ख़ैरियत पूछी। आख़िर में सवाल किया...नीवाँ अकालगढ़ के सरदारों ने तो कभी कोई हरकत नहीं की?"

"अजी परसों तेजासिंह जी की नाहरसिंह से झपट हो गयी थी। हथियार दोनों के पास नहीं थे, लेकिन मार-पीट हो गयी।"

"तेजे को कोई चोट-वोट तो नहीं आयी?"

"जी नहीं, लेकिन मैंने सुना है कि नाहरसिंह अब भी गर्म-गर्म रुई से अपनी टाँगें और पसलियाँ सेंकता रहता है।"

"वह खोते दा (गधे का) पुत्तर बाज़ न आया तो मैं उसकी हड्डी-पसली चूर करके खेतों में बिखेर दूँगा।"

नत्थासिंह के ख़ानदान की यह ख़ासियत थी कि वे न सिर्फ़ ख़ुद लम्बे-चौड़े लोग थे, बल्कि बातें भी लम्बी-चौड़ी ही किया करते थे। यही नहीं बल्कि मौक़ा पड़ने पर वे काम भी लम्बे-चौड़े ही कर डालते थे।

बन्तासिंह को घर की हालत का पता चल गया, और अब वह अपना अगला क़दम उठाने से पहले अच्छी तरह सोच-विचार कर सकता था। उसके मन को कुछ तसल्ली-सी हो गयी, और वह आँखों से जानकी की ओर इशारा करते हुए बोला—"देखो मूलसिंह, अभी किसी से ज़िक्र मत करना। पहले तुम गाँव से किसी औरत को बुलवाकर तबेले के भीतर दीवारों पर गोबर और गारे का लेप करा दो। इसके बाद खाने का इन्तज़ाम करना होगा। बेशक घर में कहकर खाना पकवा लेना और यहाँ ले आना—माँ से कह देना कि मैंने मँगवाया है। वह पूछे कि घर क्यों नहीं आया, तो कह देना कि उनके साथ कोई और भी है! उन्हें यह भी समझा देना कि मैं ख़ुद घर आकर सारी बातचीत करूँगा।"

"बहुत अच्छा।"

यह कहकर मूलसिंह अकालगढ़ की ओर चल दिया।

: ३ :

बन्तासिंह का अकालगढ़ के आस-पास पहुँच जाना भूकम्प आने से कम नहीं था। किसी ने उसे लारी से उतरते देखा, किसी ने उसे तबेले की ओर जाते देखा, किसी ने दूर से उसे जानकी के साथ पेड़ के नीचे बैठे देखा—ये सब ख़बरें सरदारों के यहाँ पहुँच गयीं, और उनके यहाँ तहलका-सा मच गया। फिलौरासिंह हर नये आनेवाले 'दूत' से बहुत ही ग़ौर से बन्तासिंह के बारे में ख़बरें सुनता रहा। उसे बड़ी उत्सुकता हो रही थी। वह कुरेद-कुरेदकर सवाल भी किये जा रहा था।

आख़िर फिलौरासिंह ने अपने पाले हुए पट्ठों की ओर चमकती हुई आँखों से देखते हुए कहा—"वाह! मज़ा आ गया।"

नाहरसिंह बोला—"सरदार जी! अभी क्या मज़ा आया है, अभी तो समझिये तमाशा शुरू हुआ है।"

वधावासिंह ने मुँह आगे बढ़ाकर पूछा—लेकिन बन्तासिंह के साथ जो औरत है, वह कौन है?''

नाहरसिंह ने हाथ फैलाकर अँगुलियों से उसकी दाढ़ी को छूते हुए कहा—''नहीं समझे न?—अरे भई, वह औरत गुजरातवाली तवायफ़ के अलावा और कौन हो सकती है।''

यह कहकर नाहरसिंह ने अपने दोनों बाजू ऊपर उठाये, और चुटकियाँ बजाता हुआ भाँगड़ा नाचने लगा। उसके साथ कुछ और जवान भी उठ खड़े हुए। हालाँकि नाहरसिंह का शरीर अब भी दुःख रहा था, वह जोश में आकर नाचे जा रहा था।

इतने में गुलज़ारासिंह मकान के दरवाज़े से निकलकर अहाते में आता दिखायी दिया। उसी समय भाँगड़ा रुक गया। गुलज़ारासिंह अहाते के दूसरे कोने पर बनी हुई बैठक की ओर जा रहा था। फिलौरासिंह के पास से गुज़रते हुए उसने पूछा—''यह सब क्या हो रहा है?''

फिलौरासिंह की आँखें ख़ुशी के मारे चमक रही थीं। वह बोला—''चलिये, मैं आपको बताता हूँ।''

गुलज़ारासिंह आगे बढ़ गया, और उसके पीछे-पीछे चलने से पहले एक पल रुककर फिलौरासिंह ने नाहरसिंह से कहा—''देखो, अब एक-दो लौंडे उनके पीछे लगा दो। मैं चाहता हूँ कि हमें उनके बारे में एक-एक पल और एक-एक घड़ी की बात का पता चलता रहे।''

''बहुत अच्छा।''

गुलज़ारासिंह बैठकवाले बड़े पलँग पर जाकर बैठा ही था कि फिलौरासिंह भी पहुँच गया। फिलौरासिंह ने बन्तासिंह के वहाँ पहुँचने का पूरा क़िस्सा सुनाया। गुलज़ारासिंह ने मन में सोचा कि यह कोई ऐसी बात तो नहीं है कि जिसकी वजह से उनके आदमी भाँगड़ा डालने लगें, फिर भी कुछ-न-कुछ तो रंग-पानी रहेगा ही। गुलज़ारासिंह ने ऐसे सारे काम फिलौरासिंह को सौंप रखे थे। वह चाहता भी तो ख़ुद यह सब नहीं कर सकता था।

फिलौरासिंह बोला—''अब नत्थासिंह और उसके बेटे बन्तासिंह की टक्कर होकर रहेगी। माना कि नत्थासिंह ख़ुद ही नीच जाति का है, लेकिन अब तो वह अपनी गिनती बड़े आदमियों में करने लगा है। भला वह यह कैसे सहन कर सकेगा कि एक बाज़ारी औरत को उसका बैटा घर में अपनी बीवी बनाकर रख ले। अगर रण्डी उसकी बहू बन गयी तो उसके दूसरे लड़कों को अपनी लड़कियाँ कौन देगा। उसकी अमरो को कौन पूछेगा...?''

गुलज़ारासिंह फिलौरासिंह की सब बातें सुनता रहा। वह चुपचाप उसकी बातों और हरकतों का रस लेता रहता था।

इधर ये मश्विरे हो रहे थे सरदारों के यहाँ, और उधर दूसरा ही गुल खिल रहा था।

मूलसिंह जब बन्तासिंह से बिदा हुआ तो उसके मन में एक हलचल-सी मची हुई थी। वह बेचारा सीधा-सादा खेतों में काम करनेवाला उनका नौकर था, न तीन में न तेरह में, न किसी के बुरे में न भले में। उस पर सबसे ज़्यादा असर तो जानकी के रूप का हुआ था। कैसी चिकनी-चुपड़ी और दमकती हुई देह थी उसकी। सीने पर जवानी की बहार थी, आँखों में सुरमे का गुबार था, और नज़र में कोई झिझक, कोई हिचकिचाहट नहीं थी। जानकी ने जब भी उस पर नज़र डाली तो भरपूर नज़र डाली, जिस पर उसकी आँखें फ़ौरन झुक गयीं। अब वह उस उम्र से बहुत आगे निकल चुका था जिस उम्र में दिल पर कामदेव के तीर खाये जाते हैं। चढ़ती जवानी में उसे किसी लड़की ने नहीं पूछा, और अब तो चाचा मूलसिंह कहे बिना उससे कोई लड़की बात भी नहीं करती थी। नत्थासिंह के चारों बेटे उसके हाथों में जवान हुए थे, इसलिए वे तो उसे पूरा नाम लेकर बुला लिया करते थे, लेकिन नत्थासिंह और दूसरे लोग अब भी उसे 'ओय मूल्या!' या सिर्फ़ 'मूल्या' कहा करते थे। इस समय बात इश्क़-विश्क की नहीं थी, सवाल सिर्फ़ यह था कि ऐसी जगमगाती और नयनों के तीर बरसाती सरदारनी बन्तासिंह यहाँ क्यों ले आया। देहाती और अनपढ़ होने पर भी मूलसिंह को इतना तो मालूम हो गया कि यह नयी सरदारनी घरेलू औरत नहीं है। इसकी चटक-मटक ही अलग थी। लेकिन वह बन्तासिंह के साथ थी, और बन्तासिंह उसे अपनी सरदारनी कह रहा था—इसका मतलब है कि अब घर में कुछ-न-कुछ होकर रहेगा। वह सालों से इस घर का नमक खा रहा था, इसलिए घर पर कोई मुसीबत आती थी तो वह भी परेशान हो जाता था।

पहले तो मूलसिंह ने एक कुम्हारिन बुढ़िया को तैयार किया कि वह उनके तबेले में जाकर लीपा-पोती कर आये। उसकी मदद के लिए एक कुम्हार लड़का बुढ़िया के साथ चल दिया। इस काम से बेफ़िक्र होकर मूलसिंह नत्थासिंह के मकान की ओर बढ़ा। जब डब्बू ने उसे देखा तो एक बार ज़ोर से भौंका, और फिर उसे पहचानकर दुम हिलाते हुए उसके चूतड़ सूँघने लगा।

नत्थासिंह ने उस दिन रीठे के छिलके पानी में उबालकर उसी पानी से अपने सिर के बाल धो डाले थे। उन्हें पीछे की ओर बिखराये, और घुटने तक पहुँचनेवाला एक खद्दर का सिर्फ़ कच्छा (जाँघिया) पहने, हाथ में पानी से भरी पीतल की बाल्टी उठाये, कोने में बनी हुई सब्ज़ी की क्यारियों को सींच रहा था। उसकी नज़र इस पर पड़ी तो बोला—"आ मूल्या!"

मूलसिंह उससे बात करने में कतरा रहा था। उसने दबी ज़बान से पूछा—"बेबे कहाँ है?"

चरन कौर भी कहीं भीतरवाले कमरे में छोटा-मोटा काम कर रही थी। उसने मूलसिंह की आवाज़ सुन ली, और बाहरवाले पसार में आकर बोली—"क्या बात है मूल्या?"

मूलसिंह धर्म-संकट में पड़ गया। वह चरनो को धीरे से कुछ समझा नहीं सकता था, क्योंकि जितने फ़ासले पर चरनो खड़ी थी, उतनी ही दूरी पर नत्थासिंह भी मौजूद था। चरनो की आँखें उस पर गड़ी हुई थीं, और नत्थासिंह के कान उसी की ओर लगे हुए थे। वह ज़्यादा देर तक चुप न रह सका। बुझी हुई आवाज़ में बोला—बेबे! तीन-चार आदमियों का खाना बनाना है।"

खाने की वहाँ तो कोई कमी नहीं थी, लेकिन यह जानना तो ज़रूरी था कि यह खाना किसके लिए चाहिए। चरनो ने एक क़दम आगे बढ़कर पूछा—"किसके लिए चाहिए खाना?"

"बन्तासिंह जी गुजरात से आये हैं—उन्हीं के लिए चाहिए।"

चरनो जिस तरह एक क़दम आगे बढ़ी थी, उसी तरह एक क़दम पीछे हट गयी। उसके लिए यह हैरतअंगेज़ बात तो थी ही। दूसरे बेटे तो अकसर घर आ जाते थे। यही होता था न कि एक आया तो दूसरा चल दिया। लेकिन बन्तासिंह तो कभी-कभार ही घर में क़दम रखता था।—अपने तीसरे बेटे का नाम सुनकर नत्थासिंह के कान खड़े हो गये, लेकिन वह चुपचाप पौधों को पानी देता रहा।

चरनो कुछ हैरानी और कुछ ख़ुशी में मुँह फैलाकर बोली—"अरे! तो वह घर क्यों नहीं आ जाता।"

अब मामला टेढ़ा होता जा रहा था। मूले ने बेबे से आँखें मिलाये बिना जवाब दिया—"इस समय उनके साथ कुछ और लोग भी हैं।"

चरनो उत्सुकता से दोनों हाथों की उँगलियाँ फैलाकर और उन्हें हवा में लहराकर बोली—"कुछ और लोग साथ हैं तो फिर क्या हुआ। वह उन्हें भी तो घर पर ला सकता है।"

मूलसिंह चुपचाप धरती की ओर देखने लगा।

"अरे बोलता क्यों नहीं? कहाँ है वह?"

मूले ने आँखें ऊपर उठाये बिना कहा—"वह तबेले में हैं?"

"तबेला?....अरे वह भी कोई ठहरने की जगह है? वहाँ ठहरेगा वह? कौन हैं उसके संग में?"

मूलसिंह का जी चाहा कि वह वहाँ से एकदम भाग जाय। वह भागने की सोच सकता था, लेकिन भाग नहीं सकता था।

चरनो फिर चीख़कर बोली—"मुँह से फूटता क्यों नहीं? आख़िर इसमें राज क्या है?"

अब नत्थासिंह बाल्टी धरती पर रखकर सीधा खड़ा हो गया। वह समझ गया कि दाल में कुछ काला ज़रूर है।

मूलसिंह ने छिपी नज़रों से पहले नत्थासिंह की ओर देखा, और फिर चरनो की ओर। तब घबराये स्वर में बोला—"उन्होंने कुछ बताने से मना किया है।"

सीधी-सादी चरन कौर की समझ में अब भी कुछ नहीं आया, लेकिन नत्थासिंह कुछ समझ गया। वह धीरे-धीरे आगे बढ़ा, और मूलसिंह के पास खड़ा होकर सहज में बोला—"जो बात है सो बता दो।"

अब मूलसिंह की आवाज़ भर्रा गयी—"पर, आप तो जानते हैं कि उनका सुभाव कैसा है!"

"हाँ-हाँ, मैं बाप होकर अपने बेटे का सुभाव नहीं जानूँगा तो फिर कौन जानेगा—लेकिन तुम्हें डरने की क्या ज़रूरत है। हम इतने बेवकूफ़ तो नहीं हैं कि यह मुसीबत तुम्हारे गले में डाल दें। तुम बेफ़िक्र होकर बता दो कि असल में क्या बात है।"

"उनके साथ कोई औरत है!"

"कैसी औरत?"

"बड़ी सुन्दर है।"

"लेकिन वह है कौन?"

मूलसिंह चुह रहा।

नत्थासिंह ने ज़रा गर्म होकर फिर पूछा—"तुम्हें कुछ तो बताया होगा कि उसके साथ कौन औरत है।"

"उन्होंने कहा कि वह उनकी सरदारनी जी हैं।"

नत्थासिंह बेटे को गाली देते हुए बोला—"खाते दा पुत्तर! अरे जब हमने उसकी शादी ही नहीं की तो उसकी यह सरदारनी कहाँ से आ गयी?"

मूलसिंह ने आँखें झुकाकर कहा—"मैं क्या जानूँ!"

नत्थासिंह मूलसिंह का पीछा छोड़कर चरनो की ओर बढ़ा। वह अभी तक पसार में ही खड़ी थी। नत्थासिंह ने उसके कान में फुसफुसाकर कहा—"मुझे तो लगता है कि वह गुजरातवाली रण्डी को अपने साथ ले आया है।"

चरनो की आँखें फैल गयीं। वह नथुनों के साथ मुँह फैलाकर बोली—"हाय हाय! तो क्या हम उस चुड़ैल को अपने घर की बहू बनाकर रखेंगे?"

"यह तुम अपने बेटे से पूछो।—जैसी माँ वैसे बेटे।"

"ज़रा मुँह सँभालकर बात करो न। क्या मैं तवायफ़ ख़ानदान की हूँ!"

"बड़ी औंधी अकल पायी है तुमने। मैं कहता हूँ कि तुम्हें अगर कुछ अकल होती तो अपनी औलाद को भी अकल की बात समझा सकती थीं।"

चरनो कन्धे हिलाकर मचलते हुए बोली—"मैं अभी जाकर उससे पूछती हूँ, और उस चुड़ैल की चुटिया भी न खींची तो मेरा नाम नहीं।"

नत्थासिंह ने उसका बाजू पकड़कर रोकते हुए कहा—"बेवक़ूफ़ कहीं की! अभी तुझे वहाँ जाने की क्या ज़रूरत। उसने खाना माँगा है, तू खाना बनाकर भेज दे। जब वह तबेले तक आ पहुँचा है, तो घर पर भी झख मारकर आयेगा। वह ख़ुद ही मुँह से बकेगा। तब दूध-का-दूध और पानी-का-पानी हो जायगा—ख़बरदार! बन्तासिंह से कुछ कहकर ग़रीब मूल की जान मुसीबत में न डालना, वरना याद रख मैं तुझे चुटिया से पकड़कर तेरा सिर दहकते तन्दूर में घुसेड़ दूँगा।"

यह कहते-कहते नत्थासिंह ने औरत को हाथ से पीछे की ओर धकेल दिया। इतनी देर में अमरो अगर माँ के पीछे न आ खड़ी होती, और लड़खड़ाती माँ को सहारा न दे देती तो नत्थासिंह के धकेलने से चरनो ज़रूर ही गिर पड़ती।

नत्थासिंह मूले के पास पहुँचा, और अपनी एक मोटी उँगली उठाते हुए बोला—"तुम क्यों मरे जा रहे हो! तुमने हमें सब-कुछ बता दिया, बिलकुल ठीक किया। अब न तुम्हें कुछ कहने की ज़रूरत है, और न हमें। थोड़ी देर बाद भत्ते वेले (दोपहर के खाने का समय) तुम उनका खाना ले जाना, और हम चुपचाप घर पर बैठेंगे। उसे झख मारकर यहाँ आना पड़ेगा।"

मूलसिंह सहमकर बोला—"उन्होंने कहा भी था कि वह घर आयेंगे।"

"बस तो ठीक है, हम भी यहाँ बैठकर उसका इन्तज़ार करेंगे—तुम उन्हें खाना देते समय कह देना कि मैं घर पर नहीं था, और बेबे ने तुमसे ज़्यादा पूछताछ नहीं की, समझे?"

मूल ने सिर को झटका देते हुए जवाब दिया—"हाँ जी....समझ गया।"

खाना तैयार हो गया तो मूलसिंह घूम-फिरकर घर आया, और खाना लेकर तबेले में पहुँच गया।

उस समय तक तबेले का बड़ा कमरा खाली हो चुका था, और कुम्हारिन दीवारों पर लिपाई कर रही थी। बन्तासिंह और उसके साथियों ने पेड़ के नीचे ही भोजन कर लिया।

मूलसिंह खाली बर्तन लेकर लौटने लगा तो बन्तासिंह ने पूछा—"क्यों मूलसिंह! घर में कोई ख़ास बात हुई या नहीं?"

"नहीं।"

"उन्होंने पूछा नहीं कि इतना खाना किसके लिए चाहिए?"

"पूछा था—मैंने कह दिया कि आपके दो दोस्त आपके साथ हैं।"

"उन्होंने यह नहीं कहा कि वे सब घर पर क्यों नहीं आ गये?"

"कहा था—मैंने जवाब दिया कि उनके दोस्तों को तबेले में रहना ज़्यादा अच्छा लगता है—क्योंकि वहाँ खुली हवा होती है।"

बन्तासिंह की बाँछें फैल गयीं, बोला—"वाह ओय मूल्या! तू तो बड़ा समझदार हो गया है—अच्छा, जब तक हम यहाँ टिके हुए हैं तब तक तुम खाना पहुँचाते रहना। दूध, मक्खन और लस्सी की भी हमें ज़रूरत रहेगी..."

"क्या आप घर पर नहीं आयेंगे?"

"मैं तो आऊँगा—लेकिन अभी तुम किसी से कुछ मत कहना।"

मूलसिंह चुपचाप बर्तन लेकर चला गया।

घरवाले शाम तक बन्तासिंह का इन्तज़ार करते रहे। अँधेरा पड़ने पर खाना भेज दिया गया, लेकिन जब तक वे सो नहीं गये, उन्हें बन्तासिंह के आने की उम्मीद लगी रही। वह नहीं आया।

दूसरे दिन सुबह का नाश्ता भिजवाया गया, इसके साथ छाछ, दही, मक्खन वगैरह भिजवा दिया गया।

अब जानकी तबेले में रह रही थी। दो ढीली चूलोंवाली चारपाइयाँ तबेले ही से मिली थीं, उनमें से एक पर जानकी सोयी, और दूसरी पर बन्तासिंह। रोशनलाल को ज़मीन पर सोना पड़ा।

जानकी वहाँ आकर पछता रही थी। उसने यह नहीं सोचा था कि अकालगढ़ पहुँचकर उसे इतनी बेइज़्ज़ती सहनी पड़ेगी। उसे बन्तासिंह पर ग़ुस्सा आ रहा था, लेकिन तवायफ़ होते हुए भी वह ज़बर्दस्ती वापस नहीं जा सकती थी। वह अच्छी तरह जानती थी कि अगर बन्तासिंह की तबीयत उखड़ गयी तो गुजरात में पहुँचकर भी उसकी गर्दन मरोड़ देगा। उधर बन्तासिंह जब से वहाँ आया था, तभी से वह चुप्पी साधे हुए था। अगर वह बैठा होता तो दूर खेतों की ओर देखता रहता, अगर बाहर लेटा होता तो आसमान की ओर देखता रहता, और अगर कमरे के भीतर होता तो उसकी नज़रें छत पर टिकी रहतीं।

जानकी और रोशन के मन में बार-बार यही सवाल उठता था कि न जाने अब क्या होनेवाला है।

यहाँ तक कि दूसरे दिन दोपहर के खाने के बाद बन्तासिंह ने थोड़ी देर आराम किया, और फिर उच्चा अकालगढ़ की ओर चल दिया।

: ४ :

सरदारों के यहाँ तो तहलका मचा हुआ था। न जाने फिलौरासिंह की शह पाकर नाहरसिंह और वधावासिंह अपने साथियों को लेकर क्या गुल खिलाते, लेकिन गुलज़ारासिंह के डर से वे भीतर-ही-भीतर खिचड़ी पकाते रहे। वे फूँक-फूँककर क़दम रख रहे थे, क्योंकि वे जानते थे कि अगर कोई बड़ा लफड़ा खड़ा हो गया तो गुलज़ारासिंह उन पर बहुत बिगड़ेगा।

फिलौरासिंह की मर्ज़ी के मुताबिक़ वधावासिंह और नाहरसिंह ने ऐसा इन्तज़ाम कर दिया था कि कुछ दस-बारह साल के लड़के तबेले के आस-पास ही मँडराते रहें। उन पर किसी को कोई शक़ भी नहीं हो सकता था, और वे उन्हें पल-पल की ख़बर भी पहुँचाते रहते थे।

नाहरसिंह की योजना यह थी कि किसी औरत को तबेले में भेजा जाय, ताकि वह गुजरात से आयी हुई तवायफ़ से पूछताछ कर सके। इसमें अड़चन यह थी कि नीवाँ अकालगढ़ या उच्चा अकालगढ़ की कोई मीरासिन, कोई नाउन, कोई महरी, डर के मारे वहाँ जाने को तैयार ही नहीं होगी। फिलौरासिंह भी जानता था कि अगर कभी बन्तासिंह को पता चल गया कि अकालगढ़ की कोई औरत बड़े सरदारों की ओर से जासूसी करने के लिए जानकी के पास गयी थी, तो वह रातोंरात उसका घर फूँक देगा। इस मसले का हल यह निकाला गया कि किसी होशियार औरत को बाहर के गाँव से बुला लिया जाय। तब फिलौरासिंह को याद आया कि साईंपुर गाँव में एक बड़ी ही होशियार मीरासिन रहती है, जो उड़ती चिड़िया के पर काटती है। उसे अकालगढ़ में कोई नहीं पहचानता। अगर वह चुपचाप आये और अपना काम करके लौट जाय, तो किसी को कानोंकान ख़बर नहीं होगी। इस पर तय पाया कि किसी आदमी को साईंपुर भेजकर होली मीरासिन को बुलवा लिया जाय। इसलिए दूसरे दिन एक पहर रात बाक़ी थी कि एक घुड़सवार साईंपुर को भेज दिया गया। उसे ताक़ीद कर दी गयी कि वह होली को लेकर उजाला फैलने से पहले-पहले साईंपुर से चल पड़े। अकालगढ़ के पास पहुँचकर एक कोस दूर ही होली को घोड़े से उतार दिया जाय ताकि अकालगढ़ का कोई आदमी यह न देख पाये कि वह सरदारों के घोड़े पर सवार होकर आयी थी। एक कोस पैदल चलकर भी होली चुपचाप सरदारों के घर पहुँच सकती थी।

यही हुआ। जो घुड़सवार साईंपुर गया था वह होली को मुँह अँधेरे ही अपने पीछे बैठाकर वापस लौट पड़ा। होली उस समय पचपन-छप्पन साल के फेर में थी, उसने घुड़सवार के पीछे बैठने पर कोई एतराज़ नहीं किया। अकालगढ़ से एक कोस परे होली को घुड़सवार ने नीचे उतार दिया, और वह ख़ुद सरदारों के अहाते में पहुँच गया।

उन दिनों पंजाब के देहातों में एक जाति होती थी, जिसकी औरतें गुलेलियाँ कहलाती थीं। वे ज़्यादातर सुइयाँ, बटन, इज़ारबन्द, चुटीले और इसी तरह की चीज़ें बेचा करती थीं। गुलेलियाँ दूर से ही पहचानी जा सकती थीं। गले में कुर्ती, पिण्डलियों तक का लहँगा, पाँव से नंगी या मोटा देशी जूता पहने हुए और सिर पर खुरदुरे कपड़े की पीले या जामुनी रंग की ओढ़नी होती थी। होली की ख़ासियत यह थी कि वह कपड़ों से गुलेली ही नज़र आती थी। अकालगढ़ के जिस भी आदमी की उस पर नज़र पड़ी होगी, उसने उसे गुलेली ही समझा होगा।

होली फिलौरासिंह को अच्छी तरह जानती थी, लेकिन पहले कभी वह अकालगढ़ में नहीं आयी थी। फिलौरासिंह से भी उसकी मुलाक़ात कोई पुरानी नहीं थी। सरदारों के अहाते में मर्दों ने यही सलाह की कि होली को बाहर-ही-बाहर अहाते में बुलाया जाये, यहीं से वह नत्थासिंह के तबेले को चली जाय, और जब वह अपना काम ख़त्म कर चुके तो उसे बाहर के बाहर ही वापस भेज दिया जाय। घर के भीतर जाकर अगर उसकी औरतों से बातचीत हो गयी तो यह बात फैल जाने का डर था। इसी ख़्याल से जो आदमी होली को लाया था, उसे फिर नीवाँ अकालगढ़ के बाहर भेज दिया गया, ताकि वह होली के पहुँचने तक उसे इशारों से अपने साथ अहाते में ले जाय।

इस तरह जब होली सरदारों के अहाते में पहुँच गयी तो फिलौरासिंह, नाहरसिंह और वधावासिंह उसे लेकर बैठक में जा घुसे। गुलज़ारासिंह गुरुद्वारे गया हुआ था, उनके लिए यह बहुत ही अच्छी मौक़ा था।

उन्होंने जल्दी-जल्दी होली को ज़रूरी बातें बतायीं, और समझाया कि तबेले में जाकर उसे क्या करना है। पहला काम तो यह था कि वह इस बात का पता लगाये कि जो औरत तबेले में आयी हुई है, क्या वह सचमुच ही गुजरातवाली तवायफ़ है! अगर वही है तो उसका नाम क्या है, और वह किस मकसद से यहाँ आयी है। दूसरा काम यह था कि होली उस औरत को जहाँ तक बन पड़े बन्तासिंह और उसके ख़ानदान के ख़िलाफ़ भड़काये।

यों तो ये बातें सिखलानेवालों को भी महसूस हो रहा था कि होली के लिए यह काम कितना मुश्किल होगा, आख़िर वह तवायफ़ भी कच्ची गोलियाँ नहीं खेली होगी, जो इस मीरासिन के झाँसों में आ जाय या उसे अपने मन की बात बता दे। लेकिन होली को अपने-आप पर पूरा भरोसा था। फिलौरासिंह ने कहा—"बड़ी अम्माँ! अगर तुम यह काम कर दो तो मैं तुम्हें इनाम देकर ख़ुश कर दूँगा।"

होली फिलौरासिंह की बलाएँ लेती हुई बोली—"सरदार बेटा! तेल देखो, तेल की धार देखो।"

सबड़े बड़ी मुसीबत तो यह थी कि जासूसी करनेवाले लड़के बता रहे थे कि बन्तासिंह तबेले में ही डटा हुआ है। उसकी मौजूदगी में होली के वहाँ जाने का सवाल ही नहीं उठता था। होली बेचारी मज़बूरन सरदारों के अहाते में बैठी इधर-उधर की गप्पें हाँकती रही। गुलज़ारासिंह गुरुद्वारे से लौटा तो अहाते में नहीं रुका, और सीधा भीतर घर में खाना खाने के लिए चला गया। फिलौरासिंह को यह भी पता था कि उसका भाई खाना खाकर घर में ही लेटा रहेगा, और फिर अपनी सरदारनी से बातें करते-करते कुछ देर के लिए सो जायेगा।

होली का खाना अहाते में पहुँच गया। खाना खाकर उसे एक बात याद आयी और वह फिलौरासिंह से कहने लगी—"साईंपुर में दो आदमी रहते हैं, एक का नाम शफ़ी है और दूसरे का नाम आरिफ़।—आप उन्हें जानते हैं न?"

फिलौरासिंह ने दिमाग़ पर ज़ोर डालकर कुछ सोचते हुए कहा—"हाँ! अरे हाँ! उनसे कभी-कभार मुलाक़ात होती रहती है। जब कभी मैं साईंपुर जाता हूँ तो वे बहुत अच्छी तरह मिलते हैं। मैंने उन्हें कई बार यहाँ आने को कहा है...."

होली ने कहा—"तो अब वे जल्द ही आपसे मिलने आयेंगे।"

जिस लहज़े में होली ने यह बात कही उससे फिलौरासिंह ने अन्दाज़ा लगाया कि इसमें भी कोई ख़ास बात है। बोला—"यों तो मैं उन्हें कई बार अकालगढ़ आने को कह चुका हूँ, लेकिन तुम्हारी बात के ढंग से लगता है कि उनके आने में भी कोई राज़ है।"

"राज़ तो है।" होली ने मक्कारी से आँखें मटकाते हुए जवाब दिया।

"कैसा राज़?"

"कहानी तो लम्बी है—लेकिन मैं आपको थोड़े ही में सब-कुछ समझाये देती हूँ। इन दोनों की एक भांजी बूड़चक्क में रहती है। उसक नाम हस्सी है। देखने में बिलंकुल पटाखा है। उसके लिए अच्छे-अच्छे रिश्ते आ रहे हैं। उनमें से एक नूरा भी है, जो हस्सी से इश्क़ करता है। लेकिन वह ठहरा डाकू, और किसी काम का न काज का। आप समझिये कि चोरी करना और डाके डालना कोई कारोबार तो है नहीं। जिस दिन पुलिस ने धर लिया, उसी दिन टाँय बोल जायगा.."

फिलौरासिंह बड़ी उत्सुकता से बोला—"वह सब तो ठीक है, इससे आगे भी तो कहो।"

"हाँ तो शफ़ी और आरिफ़ अपनी भांजी हस्सी का निकोह नूरे के साथ नहीं करना चाहते। तब पते की बात यह है आप ही के उच्चा अकालगढ़ का दीदारसिंह नूरें का जिगरी दोस्त है..."

यह सुनकर फिलौरासिंह उछल पड़ा। अब उसकी दिलचस्पी बढ़ गयी। जल्दी से बोला—"हाँ-हाँ, दीदारसिंह इसी बन्तासिंह का सगा बड़ा भाई है—अच्छा अब आगे कहो।"

"मैंने सुना है कि दीदारसिंह इस बात पर तुला हुआ है कि हस्सी का निकाह नूरे के साथ ही हो..."

"समझ गया...मतलब यह कि अब एक ओर आरिफ़ और शफ़ी हैं, और दूसरी ओर दीदारसिंह और नूरा। इन दोनों गुटों की टक्कर होकर रहेगी।"

"आप बिलकुल ठीक समझे। शफ़ी और आरिफ़ को मालूम है कि दीदारसिंह आप ही के गाँव का रहनेवाला है, इसलिए वे आपसे मिलना चाहते हैं।"

"अजी, वे बड़ी ख़ुशी से यहाँ आयें। हम उन्हें सिर-आँखों पर बैठायेंगे।"

"मेरे ख़्याल में वे आज या कल ही आपके पास पहुँच जायेंगे।"

"जहाँ तक मैं जानता हूँ ये दोनों आदमी भी कमज़ोर तो नहीं हैं।"

"अजी ख़ुदा का नाम लो। अगर कमज़ोर होते तो अब तक हथियार डाल देते। वे यही कोशिश करेंगे कि आप किसी तरह दीदारसिंह को समझा-बुझा दें कि उनके इस काम में वह टाँग न लड़ाये। अगर यह मुमकिन न हो तो वे आपकी मदद हासिल करना चाहेंगे।"

"सुनो होली! ये सारे लड़के ऊत के घिस्से हैं। इन्हें कुछ समझाना-बुझाना बिलकुल बेकार है—हाँ, शफ़ी और आरिफ़ को हम अपनी पूरी मदद देंगे।"

होली ख़ुश होकर बोली—"चलो यह भी अच्छा हुआ कि मैंने आपसे इस बात का ज़िक्र कर दिया।"

फिलौरासिंह बोला—"बड़ी अम्माँ! अच्छा नहीं, बहुत अच्छा हुआ जो तुमने यह बात पहले ही से बता दी। हम अभी से सोचना शुरू कर देंगे कि उनकी मदद किस तरह की जाय।"

इधर ये बातें हो रही थीं, उधर तबेले से एक लड़का भागता हुआ आया और उसने यह ख़ुशख़बरी सुनायी—"बन्तासिंह उच्चा अकालगढ़ को चला गया है।"

यह सुनते ही फिलौरासिंह की बाँछें खिल गयीं। दोनों बाज़ू हवा में फेंककर बोला—"वो मारा!—अच्छा, बड़ी अम्माँ! तुम इस लौंडे के साथ ही चली जाओ। यह तुम्हें तबेले के पास तक पहुँचा आयेगा।"

वे दोनों जाने लगे तो फिलौरासिंह ने अपने तहमद के नेफे में ठुँसा हुआ पल्लू निकाला, और उसकी गाँठ खोलकर कुछ नकदी में से एक चवन्नी निकालकर लड़के के हाथ में रखते हुए कहा—"लो बेटा! ऐश करो।"

सचमुच ऐश करनेवाली तो बात ही थी। दो पैसे की सोडावाटर की मीठी बोतल मिल जाती थी। वह खाँड़ का पकाया हुआ गट्टा, और गुड़ चढ़े सेव जी भरकर खा सकता था, और ऊपर से मीठे सोडावाटर की बोतल पी सकता था। लड़का चवन्नी पाकर उछल पड़ा।

होली गुलेलियों की तरह लटकती-मटकती गाँव से बाहर निकली तो लड़का उसके आगे-आगे चलने लगा। खेतों में से होते हुए जब वे इतनी दूर पहुँच गये कि वहाँ से नत्थासिंह का तबेला दिखायी देने लगा तो लड़का हाथ उठाकर इशारा करते हुए बोला—"बस, अब तुम वहाँ पहुँच जाओ।"

होली लड़के के तमतमाते हुए गाल पर हाथ की हलकी-सी थपकी देते हुए बोली—"हाँ बेटा, तुम भाग जाओ। मैं वहाँ पहुँच जाऊँगी।"

लड़के की भिंची हुई मुट्ठी में पूरी एक चवन्नी की गर्मी थी। उसने मन-ही-मन में वाह गुरु का शुक्रिया अदा किया, अपने जूड़े को कसकर बाँधा, और अकालगढ़ की ओर दौड़ पड़ा।

होली फिर आगे बढ़ी। उसकी चाल में कोई झिझक नहीं थी। वह यों चल रही थी जैसे मुसाफ़िर अपनी मंज़िल की ओर लपका चला जा रहा हो। लेकिन उसकी आँखें तेज़ी से चारों ओर देख रही थीं। ख़ुशक़िस्मती से जानकी रहट के पासवाले पेड़ की छाँव में बैठी थी। उसे तबेले का कमरा बिलकुल पसन्द नहीं था। रोशन ऊबा हुआ दूर खेतों में घूम रहा था। यह सब-कुछ होली ने एक ही नज़र में देख लिया। तबेले के पास से गुज़रते समय वह एकदम मुड़कर रहट के पास पहुँच गयी। रहट चल तो रहा नहीं था, वह हैरानी ज़ाहिर करते हुए बोली—"अरे! यों लगता है जैसे यह रहट कई दिनों से रुका हुआ है।"।

मानो यह बात भी उसने अपने-आपसे ही कही थी, क्योंकि जानकी की ओर उसने एक नज़र भी नहीं डाली।

दरी पर बैठी हुई जानकी छोटी कैंची से अपने पाँव के नाख़ून काट रही थी। उसने कुछ दूरी से ही होली को आते देख लिया था। लड़का उससे बहुत पहले ही विदा हो चुका था। अब भी जानकी ने उस बूढ़ी औरत को रहट के पास रुकते देखा और उसकी बात भी सुनी। वह अपना कैंचीवाला हाथ रोककर बोली—"क्यों बड़ी अम्माँ! प्यास लगी है क्या?"

मानो अब चौंककर होली ने जानकी की ओर देखा, और फ़ौरन बोली—"पानी पीने को ही रहट की ओर आयी थी बेटी!"

जानकी बोली—"मट्ठा पियोगी?"

होली ख़ुश होकर बोली—"जिसे मट्ठा मिले वह भला पानी क्यों पीने लगा।"

जानकी ने अपने पीने के लिए मट्ठेवाला छोटा-सा घड़ा पास ही रखा था। मट्ठा बड़ा पतला था, जिससे सचमुच ही प्यास बुझ जाती है। उसने लोटा भरकर बुढ़िया की ओर बढ़ा दिया। वह जानती थी कि बुढ़िया इतनी समझदार है कि वह लोटे को मुँह नहीं लगायेगी। होली पाँव के बल बैठ गयी, बायें हाथ से लोटा ऊपर उठाया और दायाँ हाथ मुँह के आगे रखकर ऊपर से मट्ठा उँड़ेलकर पी गयी। उसने खाली लोटा वापस करते हुए कहा—"ख़ुदा भला करे बेटी! न जाने कब से प्यास लगी थी।..."

होली जान-बूझकर—टकटकी बाँधकर जानकी की ओर देखने लगी। जानकी वहाँ आकर बुरी तरह ऊब गयी थी, और परेशान भी थी, उसका जी चाहा कि इस बुढ़िया से थोड़ी देर बातें ही हो जायँ। बोली—"बड़ी अम्माँ! थोड़ी देर बैठकर सुस्ता लो न!"

होली तुरन्त ही धरती पर पसरकर बैठ गयी। जानकी ने पूछा—तुम गुलेली हो क्या?"

होली खिल-खिलाकर हँस दी—"नहीं, लेकिन देखनेवालों को गुलेली ही नज़र आती हूँ।"

होली फिर उसे टकटकी बाँधकर देखने लगी। जानकी ज़रा-सा हँसी, और फिर उसने सवाल किया—"तुम मुझे इतना घूर-घूरकर क्यों देख रही हो, बड़ी अम्माँ!"

होली तो चाहती ही थी कि उससे यह सवाल किया जाय। तुरन्त नाक पर अँगुली रखकर बोली—"ए बेटी! मैंने तुम्हें देखा है कहीं?"

जानकी चौंक पड़ी। पूछा—"तुम कहाँ की रहनेवाली हो?"

"मैं तो झनाँ (चेनाब) के किनारे बसे नगर गुजरात में रहती हूँ।"

पलभर को मौन छा गया। फिर जानकी दबी आवाज़ में बोली—"मैं भी वहीं की रहनेवाली हूँ। मुमकिन है कि तुमने वहाँ मुझे चलते-फिरते देखा हो।"

अब एकएक ही होली ने चौंककर मुँह फैला दिया, और फिर बड़ी भावुक होकर बोली—"अरी बेटी! तुम्हें देखा क्या होगा, मैं तो तुम्हें पहचान गयी....।"

इस पर जानकी ने निचला होंठ दाँतों तले दबा लिया। उसे साँस रुकती-सी मालूम हुई। वह कुछ बोल न पायी।

होली ने उसी अन्दाज़ में फिर कहा—"अरी बेटी! तुम तो जानकी बाई हो।"

जानकी घबराकर बोली—"यह तुम कैसे कह रही हो?"

इस पर होली खिसककर बिलकुल उसके पास पहुँच गयी और सूखे हाथों से उसकी बलाएँ लेती हुई बोली—"आय हाय! भला जानकी बाई को गुजरात में कौन नहीं जानता। वहाँ तो सभी को मालूम है कि जानकी बाई ने अपना धन्धा छोड़ दिया

है। अब तो तुम किसी सरदार की रखैल हो। मैंने उस सरदार को भी देखा है। गहरे पक्के रंग का है। यह लम्बा-चौड़ा...।''

जानकी ने सोचा कि उसका भाँडा तो बीच चौराहे के फूट गया। यह बुढ़िया तो उसके बारे में सब-कुछ जानती है, और उसे भी अच्छी तरह जानती है। अब वह पछताने लगी कि उसने ख़ामुख़ाह बुढ़िया को बुलाकर मट्ठा पिलाया, और फिर उसे सुस्ताने के लिए भी कहा—लेकिन अब क्या हो सकता था। इसमें तो शक़ नहीं कि वह अकालगढ़ की रहनेवाली नहीं है, वरना इतनी प्यासी कैसे होती। उसने दबी आवाज़ में पूछा—''तो अकालगढ़ में तुम किसी से मिलाने आयी होगी?''

''न बेटी, मैं तो अकालगढ़ आज तक गयी नहीं। वहाँ न मेरा कोई रिश्तेदार है और न जान-पहचानवाला...'' फिर होली ने गर्दन बढ़ाकर और आँखें फैलाकर हँसी करने के ढंग से कहा—''दोनों अकालगढ़ तो इतना बदनाम हैं कि भले लोग इनके पास से होकर गुज़रने से भी घबराते हैं।''

''तो फिर तुम जा कहाँ रही हो?''

''मैं जा रही हूँ बूड़चक्क...वहाँ मेरे रिश्तेदार हैं—लेकिन बेटी, तुम यहाँ कैसे? शहज़ादियों-जैसी तुम्हारी शक्ल है, इतनी सुन्दर, इतनी जवान...तुम यहाँ अकेली बैठी हो। तुम्हें तो यहाँ पलभर को भी नहीं रुकना चाहिए। अकालगढ़ में एक-से-एक धाकड़ जवान रहता है। किसी की नज़र तुम पर पड़ गयी तो चुटकियों में तुम्हें ऐसा गायब करेगा कि तुम्हारा पता भी नहीं चलने का।''

होली से कम चतुर और हिम्मती औरत एकदम ही जानकी से यह न कह पाती कि वह उसके बारे में इतना कुछ जानती है। जानकी को उस पर शक़ भी नहीं हुआ, उसे वह बेचारी ग़रीब-सी सीधी-सादी बुढ़िया दिखायी दे रही थी, जो अपनी अक़्ल के मुताबिक़ उसके भले के लिए ही सब-कुछ कह रही थी।

होली के बहुत कुरेद करने पर भी जानकी ने यह नहीं बताया कि बन्तासिंह ही उसे वहाँ लाया है। आख़िर जानकी भी तो तवायफ़ होने के नाते काफ़ी चतुर थी। इसके बावजूद होली ने ऐसी-ऐसी बातें कहीं कि जानकी पर उनका बहुत असर हुआ। घबरायी हुई तो वह पहले से ही थी, अब और भी डर गयी। अगर बन्तासिंह उसे अपने साथ न लाया होता तो वह तुरन्त ही वापस गुजरात को लौट जाती। जब होली ने महसूस किया कि अब उसके ज़्यादा बैठे रहने से और इसी मसले पर बातें करते जाने से जानकी को उस पर शक़ हो सकता है तो वह उठ खड़ी हुई। हाथ से कपड़ों की धूल झाड़ते हुए बोली—''बुरा न मानना बेटी, तुम्हारे निजी कमों में मुझे टाँग अड़ाने की भला क्या ज़रूरत! मेरी तो तुम बेटी की तरह हो, मैंने जिस बात में तुम्हारी भलाई समझी, सो कह दी।''

जानकी मुस्कुराकर बोली—"नहीं बड़ी अम्माँ! भला मैं बुरा क्यों मानने लगी, क्या मैं इतना भी नहीं समझती।"

यह कहते हुए जानकी ने एक चवन्नी निकालकर होली के हाथ में रख दी। होली ने एक बार फिर उसकी बलाएँ लीं और आगे बढ़ गयी। वह वहीं से अकालगढ़ को नहीं लौट सकती थी, सो वह लम्बा-सा चक्कर लगाती हुई सरदारों के अहाते में पहुँच गयी।

फिलौरासिंह और दूसरे लोग बड़ी बेसब्री से उसके आने का इन्तज़ार कर रहे थे। होली ने जल्दी-जल्दी उन्हें सब-कुछ बताया। उन्हें यह जानकर निराशा हुई कि जानकी ने अपने मुँह से यह बात नहीं कही कि वह बन्तासिंह के साथ वहाँ आयी है। होली ने बताया कि बातों-बातों में उसने जानकी को इतना डरा दिया कि अब वह शायद ही अकालगढ़ में रह सके। फिलौरासिंह जानता था कि बन्तासिंह अपने ख़ानदान के दूसरे लोगों की तरह बेहद ज़िद्दी है। वह जानकी को घर में रखना चाहेगा, लेकिन अब जानकी शायद वहाँ रहने पर तैयार नहीं होगी, और अगर वह तैयार हो भी गयी तो बन्तासिंह के घरवाले उसे नहीं टिकने देंगे। इस तरह उसके घर में नया झगड़ा शुरू हो जायगा। जितना भी वे आपस में लड़ें-भिड़ेंगे, उतने ही वे कमज़ोर होते जायँगे।

फिलौरासिंह ने महसूस किया कि होली अपना काम अच्छी तरह निबटा चुकी है, इसलिए अब उसे वहाँ से चलता करना चाहिए। उसने होली को कुछ नगद रुपया और कुछ कपड़े दिये और उससे कहा कि वह अभी अकेली कुछ दूर तक चली जाय। बाद में उसे उनका घुड़सवार आ मिलेगा और साईंपुर पहुँचा देगा। उसने घुड़सवार को भी समझा दिया कि चूँकि दिन का समय है, इसलिए होली को साईंपुर के बाहर ही छोड़कर लौट आये। होली चली गयी तो फिलौरासिंह ने बेसब्री से अपने दोनों हाथ मलते हुए अपने साथियों से कहा—"अब देखें क्या तमाशा होता है।"

: ५ :

एक रास्ते से होली साईंपुर को रवाना हुई, तो दूसरे रास्ते से दीदारसिंह अपने गाँव की ओर आता दिखायी दिया। वह बूड़चक्क से लौट रहा था। वह दीनू के साथ पैदल गया था और अब पैदल ही लौट रहा था। बलाकार ने उसे अपना घोड़ा देना चाहा, लेकिन उसने इनकार कर दिया। दीदारसिंह बहुत अच्छा घुड़सवार तो था ही, लेकिन वह पैदल भी ख़ूब चल सकता था। अपनी लम्बी-लम्बी टाँगों से वह बड़े-बड़े क़दम उठाता हुआ बहुत तेज़ी से चला करता था।

अभी वह अकालगढ़ के दूर तक फैले हुए खेतों में से गुज़र रहा था। ये खेत सरदारों के थे। इतने में ही उसे दूर खेत में काम करते हुए किसी ने नाम लेकर पुकारा।

वह रुक गया। उसने मुड़कर देखा कि केहरसिंह खेतों की ऊबड़-खाबड़ धरती पर उसकी ओर भागा चला आ रहा है। जब वह पास पहुँचकर रुका तो उसकी साँस लुहार की धौंकनी की तरह चल रही थी। उसने सहमे हुए ख़रगोश की तरह इधर-उधर नज़र दौड़ायी कि कहीं कोई उसे देख तो नहीं रहा। इत्मीनान हो जाने पर बोला—"तुम बूड़चक्क से आ रहे हो?"

"हाँ—लेकिन तुम इतने घबराये हुए क्यों हो?"

"अरे! तुम्हारे पीछे यहाँ गजब हो गया।"

दीदारसिंह की नस-नस में तनाव पैदा हो गया। उसने सोचा कि सरदारों ने ही कोई शरारत की होगी। मन को क़ाबू में रखते हुए उसने पूछा—"हुआ क्या?"

केहरसिंह ने गर्दन आगे बढ़ाकर भेदभरी आवाज़ में कहा—"बन्तासिंह लौट आया है।"

"तो क्या हुआ?" दीदारसिंह ने माथे पर बल डालते हुए पूछा।

वैसे आस-पास सुननेवाला कोई नहीं था, फिर भी केहरसिंह ने फुसफुसाकर कहा—"अकालगढ़ में यह ख़बर चक्कर लगा रही है कि बन्तासिंह गुजरातवाली तवायफ़ को अपने साथ ले आया है।"

यह चौंका देनेवाली बात सुनकर दीदारसिंह ने पूछा—"तुम्हारा मतलब है कि वह उसे घर पर ले आया है?"

"नहीं।"

"फिर इन सरदारों ने झूठी अफ़वाह उड़ायी होगी।"

"यह अफवाह नहीं है...बन्तासिंह सचमुच अपने साथ एक औरत को लाया है।..."

"अरे बाबा! यह औरत है कहाँ?"

"तबेले में।"

"किसके तबेले में?"

"तुम्हारे।"

यह सुनकर दीदारसिंह ने अपने तबेले की ओर नज़र दौड़ायी, तो वहाँ कुछ धुँधला-सा दिखायी दे रहा था। फिर बोला—"बन्तासिंह भी वहीं पर है क्या?"

"वह उन्हीं के साथ रह रहा है। अब मैं यह नहीं जानता कि इस समय वह तबेले में है या नहीं।"

थोड़ी देर को मौन छा गया। फिर दीदारसिंह ने पूछा—"कहो, तुम्हारे सरदारों ने भी कोई शरारत की या नहीं?"

"मैं यह तो नहीं जानता कि इस तवायफ़ के बारे में कोई शरारत की है या नहीं। इसमें शक़ नहीं कि जब से वह आयी है तब से ही फिलौरासिंह अपने पट्ठों के साथ खुसर-फुसर कर रहा है—हाँ, तुम्हें तो मालूम नहीं होगा कि तेजासिंह और नाहरसिंह की झपट हो चुकी है। शुक्र की बात तो यह है कि उन दोनों में से किसी के पास कोई हथियार नहीं था। खाली हाथों से ही झपटा-झपटी हुई। इसके बाद मैंने यह भी देखा कि नाहरसिंह ईंट तन्दूर में गर्म करके और उसे कपड़े में लपेटकर अपनी टाँगों और पसलियों पर सेंक करवाता रहा।"

"मालूम होता है कि सरदारों का ख़ानदान किसी नयी शरारत पर तुला हुआ है।" दीदारसिंह की आवाज़ ऐसी थी जैसे मीलों की दूरी से बादल गड़गड़ा रहा हो।

"अच्छा मैं चलता हूँ।"

केहरसिंह बिदककर यों भागा जैसे शिकारी कुत्ते उसका पीछा कर रहे हों।

दीदारसिंह कुछ देर तक जहाँ-का-तहाँ चुपचाप खड़ा रहा। वह सोच रहा कि उसे किधर को जाना चाहिए : घर को, या तबेले को? फिर उसने अपनी पीतल की शामवाली मज़बूत लाठी को हाथ में तौला और तबेले की ओर चल दिया।

वह जानता था कि अगर बन्तासिंह तबेले पर हुआ तो शायद तगड़ी गर्मा-गर्मी हो जाय। लेकिन यह ऐसा मसला था कि इससे आँख नहीं चुरायी जा सकती थी।

अपने ख़्यालों में डूबा हुआ दीदारसिंह तेज़ी से बढ़ता जा रहा था। जब वह तबेले के पास पहुँचा तो उसे ख़ुशक़िस्मती से मूलसिंह दिखायी दिया। उस समय तक जानकी पेड़ के नीचे से उठकर तबेले में जा चुकी थी। रोशन और नन्दू भी उसके पास ही बैठे थे।

मूलसिंह ने दीदारसिंह को देखा तो आँख बचाकर एक ओर जाने लगा। दीदारसिंह ने अवाज़ दी—"मूलसिंह।"

मूला रुक गया।

दीदारसिंह ने पूछा—"क्या बन्तासिंह गुजरात से लौट आया है?"

मूलसिंह ने आँख उठाकर उचटती हुई नज़र से दीदारसिंह की ओर देखा और फिर मुँह फेरकर कहा—"जी।"

कुछ झिझकते हुए उसने फिर पूछा—"क्या बन्तासिंह के साथ कोई औरत भी आयी है?"

"जी।"

"यहीं तबेले में ही है क्या?"

"जी।"

"बन्तासिंह भी यहीं पर है?"

"जी नहीं।"

यह सुनकर दीदारसिंह के मन का बोझ कुछ हलका हो गया। वह पल भर मूलसिंह को खोखली नज़र से देखता रहा और फिर बिना कुछ कहे आगे बढ़ गया। वह रहट के पास से होकर तबेले के छोटे-से आँगन में पहुँचा और फिर दरवाज़े की देहलीज़ पर क़दम रख दिया।

चारपाई पर बैठी हुई जानकी ने क़दमों की चाप सुनी तो मुड़कर देखा। पल भर को तो उसे यों लगा कि दरवाज़े के तख़्ते पर हाथ रखे बन्तासिंह खड़ा है। फिर दूसरे ही पल उसने महसूस किया कि उसकी आँखें धोखा खा गयी थीं। उसने सामने खड़े जवान का रंग-रूप और नयन-नक़्श बन्तासिंह से मिलते-जुलते ज़रूर थे, लेकिन वह बन्तासिंह नहीं था, उसके कन्धे बन्तासिंह से ज़्यादा चौड़े थे, लेकिन उसकी कमर बन्तासिंह से काफ़ी पतली थी और छोटी-सी तोंद की जगह उसक पेट सीने के नीचे दबा हुआ था। चेहरा ऐसे जैसे शाम होने जा रही हो। माथा चौड़ा और आँखें बन्तासिंह से कहीं ज़्यादा तेज़ थीं।

फिर अजनबी जवान ने बड़ी साफ़, तेज़ और भारी आवाज़ में पूछा—"तुम्हीं हो बन्तासिंह गुजरात से लाया है?"

"हाँ।"

"तुम वही तवायफ़ हो जिसके पास बन्तासिंह रहता है?"

जानकी का दिल मानो एक लुढ़कनी-सी खा गया। वह धीरे-धीरे चारपाई से उठते हुए बोली—"मेरा नाम जानकी है।"

फिर अजनबी जवान ने दरवाज़े के तख़्ते से हाथ हटा लिया और क़दम आगे बढ़ाते हुए बोला—"मैं दीदारसिंह हूँ।...बन्तासिंह मेरा छोटा भाई है।"

: ६ :

जब से चरन कौर ने मूलसिंह की ज़बानी सुना था कि बन्तासिंह किसी औरत को लेकर तबेले में ठहरा हुआ है, तब से वह बड़ी बेचैन-सी हो रही थी। वह अड़ोस-पड़ोसवालों से भी नज़र बचाती फिरती थी कि कहीं कोई उससे इस बारे में कुछ पूछ न बैठे। नीवाँ और उच्चा अकालगढ़ में बच्चे-बच्चे के कानों तक ख़बर पहुँच चुकी थी, लेकिन किसी में इतनी हिम्मत नहीं थी कि वह नत्थासिंह या उसके ख़ानदानवालों से इस बारे में बात करे। इस ख़बर को फैलाने में सरदारों के ख़ानदान का ही हाथ था। वे चाहते थे कि दोनों गाँवों का एक आदमी भी ऐसा न बचे जिसे इस बात की ख़बर न हो। चरनो ने कई बार चाहा कि वह तबेले में जाकर बन्तासिंह

से बातचीत करे और गुजरातवाली तवायफ़ को भी देख ले, लेकिन नत्थासिंह ने सख़्ती से मना कर दिया। वह बेचारी अपने पति के डर से घर में घुसी बैठी रही।

नत्थासिंह भी घर से बाहर नहीं निकला। वह सेहन में चारपाई पर तकिये से पीठ लगाये या तो बैठा रहता या अधलेटा-सा हो जाता। उसके तेवर ऐसे हो रहे थे जैसे वह लड़ाई के मैदान में ख़न्दक के भीतर घुसा दुश्मन का इन्तज़ार कर रहा हो। चरनो ने यह भी कहा कि अगर मुझे नहीं जाने देते तो ख़ुद ही तबेले तक हो आओ। इस बात के जवाब में ज़्यादातर नत्थासिंह चुप रहता, और कभी खौखियाकर बोलता तो यही कहता कि बन्तासिंह ख़ुद आयेगा...झख मारकर आयेगा।

वैसे तो पति-पत्नी दोनों को ही एक-एक पल पहाड़ हो रहा था। बन्तासिंह को उसकी ज़रूरत की हर चीज़ तबेले में पहुँच रही थी, लेकिन उससे कोई कुछ पूछने नहीं आया। नत्थासिंह को यक़ीन था कि या तो बन्तासिंह उस तवायफ़ को तबेले से ही वापस ले जायगा, या मज़बूर होकर घर आयेगा।

आख़िर दूसरे दिन, तीसरे पहर सेहन का भिड़ा दरवाज़ा धीरे से खुला, और बन्तासिंह ने भीतर क़दम रखा।

उसे देखते ही घर के हर शख़्स की नस-नस में सनसनी की लहर दौड़ गयी, लेकिन वे अपनी शक्ल को गम्भीर बनाये रहे। नत्थासिंह जहाँ-का-तहाँ अधलेटा-सा पड़ा रहा। उसने अपना एक बाजू भँवों पर रखा हुआ था, जिसके कारण उसकी आँखें साफ़ दिखायी नहीं दे रही थीं। उन पर हलका-सा अँधेरा छाया हुआ था।

बन्तासिंह ने बाप से तो कुछ नहीं कहा, लेकिन आगे बढ़कर पसार में खड़ी माँ के मानो पाँव छूने को झुका, लेकिन हाथ चरनो के पेट तक पहुँचने से पहले ही ऊपर उठा लिये। चरनो ने तुरन्त ही दोनों हाथों से उसका सिर थामकर पगड़ी चूम ली, और आशीर्वाद देने लगी।

अपने बेटे को इतने दिनों के बाद देखने पर माँ का दिल भर आया, लेकिन वह चुप-सी रह गयी। उसकी समझ में नहीं आ रहा था कि बेटे से क्या कहना ठीक होगा। वह बार-बार अपने पति की ओर देखती, लेकिन वह किसी से आँख ही नहीं मिला रहा था।

बन्तासिंह कुछ देर बाद बाजू लटकाये चुपचाप खड़ा रहा। इतना तो वह समझ गया कि घरवालों के ऐसे तेवर क्यों हो रहे हैं। वह कुछ शराब और कुछ इश्क़ के ख़ुमार में जानकी को वहाँ ले तो आया था, लेकिन अब उसे अपने आगे एक नहीं बल्कि कई-कई पहाड़ दिखायी दे रहे थे। गुजरात से चलते समय उसने महसूस किया था कि वह मुसीबत के किसी भी पहाड़ से टक्कर ले सकेगा। अब जबकि असलियत का सामना करना पड़ा तो वह बौखलाकर रह गया। चाहे वह दिल की गहराइयों में महसूस करने लगा था कि उसने ऐसे काम का बीड़ा उठाया है, जिसे वह कभी पूरा

नहीं कर पायेगा, लेकिन अब वह किस मुँह से जानकी को उलटे पाँव वापस ले जा सकता था।

घर में ऐसा मौन छाया था जैसे किसी की मौत हो गयी हो। बन्तासिंह ने कोई और बात न सूझने पर पूछा—"बेबे! अमरो कहाँ है?"

"भीतर।"

बन्तासिंह भीतर चला गया। अमरो को पता चल गया था कि भाई माँ से उसके बारे में पूछ रहा है। वह चुपचाप हाथ-पर-हाथ रखे बैठी थी, भाई के क़दमों की आहट पाकर उसने ढक्कनवाली एक टोकरी उठायी, और उसके भीतर यों ही हाथ चलाने लगी। बन्तासिंह ने भीतर क़दम रखा तो वह उठकर खड़ी हो गयी। भाई ने हाथ से उसकी पीठ हलके से छूकर पूछा—"अच्छी तो हो अमरो?"

अमरो ने बारीक और मन्द स्वर में जवाब दिया—"हाँ।"

बाहर से चरनो की आवाज़ आयी। वह अपने पति से कह रही थी—"अब तुम उससे बात तो करो।"

"मैं क्या बात करूँ!" नत्थासिंह की बिगड़ी हुई आवाज़ सुनायी दी।

"वह घर आया है, कुछ उसकी सुनो, कुछ अपनी कहो।"

"मुझे कुछ नहीं कहना है, अगर उसे कुछ कहना है तो मैं सुन लूँगा।"

पति-पत्नी अपनी समझ में तो ऐसी आवाज़ में बातें कर रहे थे कि भीतर तक उनकी आवाज़ न पहुँच पाये, लेकिन ऐसा नहीं हुआ। बन्तासिंह ने जी कड़ा करके सोचा कि अब इस मसले पर बातचीत तो ज़रूर होगी, इसलिए इधर-उधर छिपने से क्या फ़ायदा। वह बाहर निकल आया। अमरो भी पीछे-पीछे आयी।

नत्थासिंह ने भी भाँप लिया कि उसका लड़का अब कुछ-न-कुछ बात तो ज़रूर करेगा। उसने बेटी को आवाज़ देकर कहा—"अमरो! तुम बाहर चली जाओ। अपनी किसी सहेली के घर जा बैठो, या किसी सहेली को लेकर गुरुद्वारे चली जाओ।"

अमरो चुपचाप सिर झुकाये अपनी ओढ़नी का कोना उँगलियों से मरोड़ती हुई बाहर निकल गयी। जाते-जाते वह दरवाज़े के दोनों पट भेड़ती गयी।

उसके बाहर निकलते ही चरनो बिफरकर बोली—"बाप-बेटा दोनों के चुप बैठे रहने से कोई बात तो बनेगी नहीं..."

यह सुनते ही नत्थासिंह तड़पकर उठ बैठा, और दाँत पीसते हुए बोला—"तो फिर तुम दोनों अच्छी तरह सुन लो कि गुजरात से आयी हुई उस तवायफ़ के लिए हमारे घर में कोई जगह नहीं है।"

यह सुनकर बन्तासिंह को ताव नहीं आया। शहर में रहकर उसे कई लोगों से मिलना पड़ता था, और ऐसे लोगों से काम निकालना पड़ता था, जो उससे रज़ामन्द

नहीं होते थे—यहाँ तो वह जानता ही था कि घरवाले उसका विरोध करेंगे। शायद अपने अचेतन मन की गहराई में उसे इस बात का भी यक़ीन था कि जानकी को बीवी बनाकर घर में रखना नामुमकिन है, लेकिन अभी तो वह अपनी बात मनवाने पर तुला हुआ था। जिस्मानी ताक़त और हिम्मत के बावजूद वह इतना ज़रूर समझने लगा था कि बाज़ हालतें ऐसी भी होती हैं जिन्हें बातचीत से हल करना बेहतर होता है। वह अपने मन में इस बात को भी मानता था कि अपने अक्खड़ बाप से लड़-भिड़कर वह अपने मसले को और भी मुश्किल बना लेगा।

पति को इस तरह गरजते देखकर चरनो को यक़ीन हो गया कि अब यह झगड़ा बढ़ेगा, उसका बेटा भी उसी ग़ुस्से भरे स्वर में बाप को जवाब देगा। लेकिन ऐसा नहीं हुआ। बन्तासिंह पूरे भरोसे के साथ बाप की ओर बढ़ा, और दूसरी चारपाई घसीटकर बाप के सामने बैठते हुए सहज से बोला—"चाचा! यह तो ज़रा सोचने की बात है।"

नत्थासिंह की शक्ल एकदम यों हो गयी जैसे किसी ने कच्चे घड़े पर ढेला खींच मारा हो, वह अपनी आँखों को चुँधियाकर बोला—"इसमें सोचने की क्या बात है?"

पल-भर को बन्तासिंह अपने बायें हाथ की उँगली में पड़ी हुई सोने की अँगूठी को दाहिनी हाथ की उँगलियों से आगे-पीछे सरकाता रहा और फिर कहने लगा—"चाचा! ये तो सब पुराने ख़्यालात हैं। तुम ज़रा शहरों में जाकर देखो कि दुनिया कहाँ से कहाँ पहुँच गयी है।"

"शहर से तुम्हारा मतलब गुजरात है न—वाह बेटा! गुजरात भी कोई शहर है। शहर देखना है तो बाम्बे जाओ, कलकत्ता देखो, लन्दन-पेरिस की सैर करो—तुम्हारे इस बाप ने ये सब शहर देख रखे हैं। वाह! आज मेरा बेटा मुझसे कहता है कि शहर देखो।"

"मेरा यह मतलब नहीं था चाचा!..यह भी तो हो सकता है कि आदमी बड़े-बड़े शहर घूम लेने के बाद भी अपने ख़्यालों को देहातियों के दर्ज़े से ऊपर न उठने दे। ज़रूरत तो इस बात की है कि हम शहरवालों की तहज़ीब को समझें, उनके ख़्यालों को अपनाने की कोशिश करें..."

नत्थासिंह की बाँछें छिल गयीं, दाँत चमकने लगे, और वह अपना बालोंवाला दाहिना हाथ अकड़ाकर बेटे के चेहरे के पास तक ले गया, और बोला—"शहर में तू जो कुछ करता है, सो मैं अच्छी तरह से जानता हूँ। तूने जुआ-घर खोल रखे हैं। पुलिसवालों को रुपया खिलाकर अपना उल्लू सीधा करता है। भँड़ुवों के साथ तेरा उठना-बैठना है, तवायफ़ के घर में तो तू रहता ही है—क्या इतना काफ़ी नहीं था कि अब तू अपने बाप को चराने लगा है।"

इस तरह बातचीत चलती रही, लेकिन बन्तासिंह ने अपनी ओर से कड़ुवाहट पैदा नहीं होने दी। वह बाप की हर ज़हरीली बात को अमृत समझकर पी गया, और बहुत ही प्रेम से अपना दृष्टिकोण पेश करता रहा।

अन्त में बन्तासिंह ने कहा—"हर आदमी बराबर है। समाज ही उसे छोटा या बड़ा, बुरा या भला बना देता है। और जिसे हम तवायफ़ कहते हैं, उसे भी तो बनानेवाला यह समाज ही है। जिस औरत को किसी घर में जगह नहीं मिलती वही तवायफ़ बन जाती है।..."

बन्तासिंह को ऐसी बातें करनी नहीं आती थीं। एक दिन जानकी ही उसे कोई उपन्यास पढ़कर सुना रही थी। उसी में इस तरह की बातें लिखी हुई थीं, जो अब उसने कह डालीं।

बाप बोला—"आह-हा! मेरे बेटे का नाम तो सन्त बन्तासिंह होना चाहिए। यह 'भाषन' देना तूने कहाँ से सीखा है?"

चरनो को अपने बेटे की बातचीत का यह ढंग बहुत ही भला लगा। उसे पति पर ग़ुस्सा आ रहा था। आख़िर वह बेटे की हर बात का मुँहतोड़ जवाब क्यों दे रहा था।

बन्तासिंह ने फिर कहा—"यह औरत सिर्फ़ कहने को ही तवायफ़ है। मैं तो पिछले डेढ़ साल से इसे देख रहा हूँ। बिलकुल घरेलू औरतों की तरह रहती है। जब मुझे यक़ीन हो गया कि सचमुच ही उसे तवायफ़ पेशे से नफ़रत है, तो मैंने सोचा कि ऐसी औरत की मदद ज़रूर कर देनी चाहिए। जो औरत एक बार बदनाम हो जाय और पाप के कुएँ में गिर पड़े, तो इसका मतलब यह नहीं है कि कोई मर्द उसका हाथ थामने को तैयार ही न हो। बेशक ऐसी औरतों को न कोई मर्द, न समाज सहारा देता है, इसका नतीज़ा यह होता है कि वह पाप के कुएँ में डूबती ही चली जाती हैं...।"

बन्तासिंह बोले जा रहा था और नत्थासिंह कुढ़ रहा था। अगर बन्तासिंह उजड्डपने से बोलता और झगड़ा करता तो इस मसले का हल कभी का हो चुका होता। लेकिन वह तो नर्म आवाज़ में लच्छेदार बातें किये जा रहा था। वह यह भी नहीं जानता था कि चाहे वह सारी उम्र इसी ढंग से बातें करता रहे, फिर भी उसका बाप माननेवाला नहीं है। अब बेटा कह रहा था—"ऐसी मिसालें भी हैं कि जहाँ किसी तवायफ़ को मर्द का सहारा मिला, वहाँ वह अपनी गन्दी ज़िन्दगी को भूलकर घरेलू ज़िन्दगी बिताने लगी। और फिर यह बेचारी तो अमृत छककर सिक्ख धर्म क़बूल कर लेगी।..."

बीच-बीच में बाप कोई चोट कर देता, लेकिन बेटा उसका वार खाली देकर फिर अपना दृष्टिकोण बताने लगता।

इस तरह काफ़ी समय बीत गया। तंग आकर बाप चुप हो जाता तो बन्तासिंह यही समझता कि बाप का मन पसीज रहा है। आख़िर बन्तासिंह ने यह भी कह दिया—"तुम एक बार उससे मिल तो लो चाचा...तुमने दुनिया घूमी है, ज़रा इस तवायफ़ से मिलकर इसे परखने की कोशिश करो।..."

अब चरन कौर बोली—"अमरो के चाचा! तुम भी तो बस एक बात पर अड़कर बैठ जाते हो! सचमुच उससे मिल लेने में क्या हर्ज़ है?"

नत्थासिंह ने आग बरसाती आँखों से बीवी की ओर देखते हुए पूछा—"अरी! इसके झाँसों में आकर तू एक बाज़ारू तवायफ़ को बहू बनाकर घर में रख सकेगी?"

दिन ढलने को था। बन्तासिंह को महसूस हुआ कि माँ पर तो उसकी बातों का कुछ-कुछ असर हो गया है...इतनी देर की मेहनत का कुछ नतीज़ा तो निकला।

नत्थासिंह के सवाल का जवाब देते हुए चरनो बोली—"बेशक हम उसे बहू बनाकर घर में नहीं लायेंगे, लेकिन बेटा जब कहता है कि उससे एक बार मिल लो, तो इसमें हर्ज़ ही क्या है?"

"अरी बेवकूफ़! जिस गाँव को जाना ही नहीं है, उसका रास्ता पूछने का क्या फ़ायदा?"

इतने में गली का दरवाज़ा खुला।...

खुले दरवाज़े में दीदारसिंह खड़ा था।

पल भर को दीदार ज्यों-का-त्यों खड़ा रहा, फिर धीरे-धीरे क़दम उठाता हुआ बाहरवाले पसार के फ़र्श पर बैठ गया, और पाँव आँगन के फ़र्श पर जमा दिये।

डब्बू ने अपने मालिक को देखा तो वह दुम हिलाता हुआ उसके पास आ गया। दीदारसिंह धीरे-धीरे उसके सिर और पीठ पर हाथ फेरने लगा, और बीच-बीच में उसके कानों को भी सहलाने लगा।

एक बार तो दीदारसिंह की आँखें बारी-बारी सबकी आँखों से, मिलीं, लेकिन अब वह सिर्फ़ डब्बू की ओर ही देख रहा था। उसके आते ही बातचीत ख़त्म हो गयी, और पूरी तरह चुप्पी छा गयी। उन्हें यह मालूम नहीं था कि दीदारसिंह दरवाज़े के पास खड़ा होकर कुछ देर तक उनकी बातें सुनने की कोशिश करता रहा था, लेकिन कोई बात पल्ले पड़ी नहीं।...

आख़िर चरनो ही बोली—"अमरो के चाचा! अगर तुम उसे नहीं देखना चाहते तो मैं ही तबेले में जाकर उसे देख आती हूँ।"

बन्तासिंह चुप था। उसके मन को इस बात का कुछ इत्मीनान हो गया कि अब उसके माँ और बाप की बहस चल रही थी।

बीवी की बात सुनकर नत्थासिंह एकदम बिफर पड़ा, और मुँह से झाग उड़ाते हुए बोला—"चुप!...हरामज़ादी! उल्लू की पट्ठी—मैं तेरी टाँगें तोड़कर न फेंक दूँगा।

शायद दूसरे बेटे को देखकर नत्थासिंह की हिम्मत और बढ़ गयी थी, या शायद वह दीदारसिंह को भी जतला देना चाहता था कि बन्तासिंह उससे जो कुछ भी कह रहा था, उसे वह हरगिज़ नहीं मानेगा।

कुछ देर तक फिर मौन छा गया।

आख़िर दीदारसिंह ने धीरे से पूछा—"क्या उस औरत का ज़िक्र हो रहा है, जिसे बन्तासिंह गुजरात से लाया है?"

"हाँ" नत्थासिंह नें मानो पत्थर मारते हुए कहा।

फिर चुप्पी!—वे तीनों सोच रहे थे कि न जाने दीदारसिंह क्या कहे। यह तो सभी को पता था कि दीदारसिंह जो कुछ भी कहेगा उसे पत्थर की लकीर समझना पड़ेगा। इस बात का जो फ़ैसला वह कर देगा उसे अटल मानना ही पड़ेगा। इसलिए उन तीनों की आँखें और कान उसी की ओर लगे हुए थे।

दीदारसिंह डब्बू की पीठ से हाथ हटाकर उठ खड़ा हुआ। उसने भीतर जाने के लिए चेहरे का रुख़ पसार की ओर किया, और भारी आवाज़ में बोला—"अब इस मसले पर बहस करने की ज़रूरत नहीं—वह वापस गुजरात चली गयी है।"

यह अनोखी बात सुनकर बन्तासिंह चौंका। वह मुर्ग़ की तरह सिर ऊपर उठाकर बोला—"यह तुम क्या कह रहे हो?"

दीदारसिंह ने उसकी ओर मुड़कर देखे बिना जवाब दिया—"मैं ख़ुद पक्की सड़क पर जाकर जानकी को लारी में बैठा आया हूँ।"

बन्तासिंह लपकते हुए शोले की तरह उठ खड़ा हुआ। माँ-बाप की बात और थी, लेकिन दीदारसिंह उसके मामले में टाँग अड़ानेवाला कौन होता था। वह चिल्लाकर बोला—"तुमने उसे लारी में क्यों बैठाया? तुमको इस बात का क्या हक़ है?"

दीदारसिंह चुप रहा। भीतर जाने के लिए धरती से एक हाथ ऊँचे बाहर के पसार के कच्चे फ़र्श पर वह अपना दाहिना पाँव रख चुका था। छोटे भाई की बात सुनकर वह जहाँ-का-तहाँ रुक गया—लेकिन मुँह से कुछ नहीं बोला।

बन्तासिंह शिकारी कुत्ते की तरह झपटकर बढ़ा और उसके पास जा खड़ा हुआ। उसके गले की नसें फूल गयी थीं, और फड़क रही थीं। वह पहले से भी ऊँची आवाज़ में चिल्लाया—"तुम उसे लारी में बैठानेवाले कौन होते हो? तुम्हें इस बात का क्या हक़ है?"

दीदारसिंह की आवाज़ अब भी ऊँची नहीं हुई। ऊँचा बोलने की उसकी आदत नहीं थी। वह धीरे से कहने लगा—"तुम दो बार यही बात कह चुके हो—अब तीसरी बार मत कहना।"

बन्तासिंह ने गर्म होकर अपने पंजे से उसका कन्धा चंगुल में लेते हुए हलक की पूरी ताक़त से चिल्लाकर कहना शुरू किया—"मैं कहता हूँ...।"

दीदारसिंह पलट पड़ा। बिजली की-सी तेज़ी के साथ उसने बन्तासिंह को इतनी ज़ोर का हाथ दिया कि वह पीछे की ओर लड़खड़ाता हुआ उसी चारपाई पर गिरा, जिस पर वह बैठा था। छह फुट से भी ऊँचा बोझिल जवान इतनी ज़ोर से चारपाई पर गिरा तो उसकी चूले चराचरा गयी और पट्टी कड़कड़ाकर टूट गयी। बन्तासिंह टूटी हुई चारपाई के ढीले बाँद में फँसा पड़ा था।

एकाएक ही बन्तासिंह को पहले से भी ज़्यादा ताव आ गया। क्या वह इतना कमज़ोर हो चुका है कि दीदारसिंह के बाज़ू के एक ही सपाटे से मरी हुई मक्खी की तरह मज़बूर-सा इतनी दूर आ गिरा।

दीदारसिंह दो क़दम उसकी ओर बढ़ आया था—बन्तासिंह गुलेल के गुल्ले की तरह चारपाई से निकलकर दीदारसिंह पर दोबारा झपटा। वह जानता था कि उसकी साँस ज़रूरत से ज़्यादा फूल गयी है, और उसके ग़ुस्से के मुक़ाबले उसकी जिस्मानी ताक़त बहुत कम है।

दूसरी बार दीदारसिंह ने बन्तासिंह की कमर में कलोंचा भरकर उसे ऊपर उठा लिया, वह उसे मारना नहीं चाहता था, उसने उसे मरे हुए कुत्ते की तरह गलीवाले दरवाज़े की ओर फेंक दिया। बन्तासिंह को यह सब बड़ा अजीब लगा। वह हवा में यों उड़ा जैसे तोप में से निकलकर गोला उड़ता है। उसने बाहर के दरवाज़े के दोनों तख़्तों को थामकर सहारा लेना चाहा, लेकिन एक तख़्ता चूलों समेंत उखड़ गया, और बन्तासिंह उस तख़्ते को अपने साथ लिये गली में जा गिरा। उसकी तुर्रेदार पगड़ी सिर से उतरकर परे लुढ़क गयी।

: ७ :

ऐन उसी समय अमरो भी लौट आयी थी। उसने समझा था कि अब तक झगड़ा निबट चुका होगा। बन्तासिंह को गली में लुढ़कते देखकर वह घबरा गयी, फिर उसे सहारा देने के लिए लपकी...इतने में खुले दरवाज़े में उसे बड़ा भाई दीदारसिंह खड़ा दिखायी दिया—वह जहाँ-की-तहाँ ठिठककर रह गयी।

दीदारसिंह ने धीरे से कहा—"अमरो! तुम भीतर जाओ।"

अमरो सलवार के पाँयचों को सँभालती हुई भीतर चली गयी।

दरवाज़े का एक तख़्ता तो बच गया था, दूसरा जो गली में गिरा था, उसे दीदारसिंह ने उठाया और दरवाज़े की चौखट के साथ सीधा टिका दिया, और दूसरा तख़्ता भी भेड़ दिया।

इसके बाद दीदारसिंह भीतर चला गया। सबसे पिछला कमरा ठण्डा रहता था। वह वहीं दीवार से लगे पलँग पर लेट गया।

सेहन में अमरो सहमी हुई तन्दूर के पास खड़ी थी। नत्थासिंह जहाँ-का-तहाँ बैठा था, और चरनो पसार के फ़र्श से टिकी सेहन में खड़ी थी।—इस मसले का आख़िरी हल हो चुका था। अब इसमें किसी के कुछ कहने या बोलने की गुंजाइश नहीं रही थी।

गोबर और भूसा मिली धूल में चकराकर गिरा हुआ बन्तासिंह अपने-आपको सँभालने की कोशिश कर रहा था! देखते-ही-देखते वहाँ कई आदमी जमा हो गये। वे यों घेरा डाले खड़े थे जैसे रीछ का नाच होने जा रहा हो। वे ख़ूब परे हटकर खड़े हुए थे, क्योंकि बन्तासिंह के तेवर बुरी तरह बिगड़े हुए थे।

अब बन्तासिंह को अपने बड़े भाई पर ग़ुस्सा नहीं आ रहा था। अब ग़ुस्से की जगह हैरानी ने ले ली थी। वह हैरान-सा रह गया था। गुजरात में कभी-कभार माने हुए गुण्डों से जब भी हाथापाई हुई तो वे बन्तासिंह के आगे पल भर भी नहीं टिक सके। लम्बाई और चौड़ाई के लिहाज़ से भी वह कोई मामूली आदमी नहीं था। उसकी समझ में नहीं आ रहा था कि क्या वह ख़ुद ही इतना कमज़ोर हो चुका है या दीदारसिंह में दस हाथियों की ताक़त भर गयी है।

धूल में पड़े-पड़े पहले तो बन्तासिंह ने सिर दायें-बायें घुमाकर पगड़ी की तलाश किया। अभी तक उसका सारा बदन झनझना रहा था। उसका जी चाहता था कि उठने के लिए उसे किसी के हाथ का सहारा मिल जाय। दूर लुढ़की पगड़ी को देखकर उसने उधर को हाथ फैला दिया और किसी ओर देखे बिना कहा—"ओय! ज़रा पगड़ी पकड़ाना...।"

मजमे में से नाक सुड़सुड़ाता हुआ एक नौ-दस साल का लड़का दौड़कर आगे बढ़ा, और उसने दोनों हाथों से पगड़ी उठायी, और जाकर बन्तासिंह के हाथ में थमा दी। बन्तासिंह एक घुटने पर हाथ जमाकर उठ खड़ा हुआ। पल भर को वह खड़े होकर भी लहरा-सा गया, जैसे उसका सिर चक्कर खा रहा हो। उसने दाहिना घुटना उठाकर पगड़ी दो-तीन बार उस पर पटकी, ताकि धूल झड़ जाय। एक जूता तो उसके पाँव में था और दूसरा देहलीज़ के पास गली में उलटा गिरा पड़ा था। उसने आगे बढ़कर पाँव की ठोकर से जूते को सीधा किया। पगड़ी को दोनों घुटनों में दबाकर उसने पहले अपने सिर के बालों को समेटा, भीगे जूड़े को कसकर बाँधा,

और फिर घुटनों में दबी पगड़ी का एक सिरा दाँतों में दबाकर सिर पर पगड़ी लपेटने लगा।

पगड़ी बाँध लेने के बाद वह उच्चा अकालगढ़ की ढलान की ओर चल दिया। मजमें में ज़्यादातर लोग तो जहाँ-के-तहाँ खड़े रहे, लेकिन कुछ लड़के धीरे-धीरे उसके पीछे-पीछे हो लिये। अनायास ही बन्तासिंह ने मुड़कर मजमे की ओर देखा और धमकी देते हुए बोला—''ख़बरदार! अगर कोई पीछे आया तो मैं उसकी टाँगें तोड़कर फेंक दूँगा।''

सारे मजमे को मानो साँप सूँघ गया। हर कोई जहाँ-का-तहाँ रुक गया। तब बन्तासिंह ढलान से उतरा। लोगों ने समझा था कि शायद वह नीवाँ अकालगढ़ में जा घुसेगा, लेकिन वह सीधे अपने तबेले की ओर चल दिया।

जब वह वहाँ पहुँचा तो देखा कि तबेला खाली पड़ा था। कमरे में दीवार के साथ चारपाई खड़ी कर दी गयी थी जिस पर उसके पहनने के कपड़े लटके हुए थे। कुछ पलों तक बन्तासिंह खोयी-खोयी नज़रों से कमरे की सपाट दीवारों को निहारता रहा, फिर वह बाहर निकल आया। वहाँ, सेहन की दीवार से परे उसे मूला दिखायी दिया। उसने आवाज़ देकर उसे बुलाया।

मूलसिंह सेहन के भीतर चला गया। उसे मालूम था कि कुछ ही देर पहले घर में क्या घटना हुई है। बन्तासिंह ने पूछा—''दीदार आया था यहाँ पर?''

''जी।''

''उसने सरदारनी जी से कोई बातचीत की?''

''जी।''

''तुम पास ही थे क्या?''

''जी हाँ—मैं उनकी बातें सुनता रहा था।''

''क्या कोई झगड़ा-वगड़ा हुआ?''

''नहीं तो।''

''दीदार चिल्लाया-विल्लाया होगा।''

''जी बिलकुल नहीं। बड़े सहज में बातें होती रहीं।''

''क्या-क्या बातें हुईं?''

''मैंने सब तो सुनी नहीं, क्योंकि पहले तो मुझसे एकाध बात करके वह अकेले ही कमरे में गये थे....रोशनलाल जी भी थे.... बाद में जब उन्होंने बुलाया तो मैं भी पहुँच गया।''

''तुम्हारे सामने क्या-क्या बातें हुईं?''

"कोई ख़ास नहीं। दीदार जी कह रहे थे कि आपको यहाँ आकर बड़ी मुसीबत उठानी पड़ी। सरदारनी जी ने कहा कि वह तो वापस भी जाने पर राजी हैं लेकिन आपकी (बन्तासिंह की) मर्ज़ी के बिना कैसे लौट सकती हैं।"

"ओह !...तो यह बात है। फिर क्या हुआ?"

"दीदार जी ने कहा कि आपको और ज़्यादा मुसीबत उठाने की ज़रूरत नहीं। चलिये मैं आपके साथ पक्की सड़क तक चलता हूँ, और आपको लारी में बैठाकर लौट जाऊँगा—आप मेरे छोटे भाई की फ़िकर न करें। जब उसे मालूम होगा कि आप मेरे कहने से गयी हैं तो वह कुछ नहीं कहेगा।"

यह सुनकर बन्तासिंह सेहन के बाहर चला गया। अँधेरा फैलता जा रहा था। आजकल रातें भी चाँदनी नहीं थीं। एकाध तारा नज़र आने लगा था। बन्तासिंह रहट के पास खड़ा कुछ सोच रहा था। मूलसिंह भी कुछ दूरी पर रुक गया। उसके कानों में भनक पड़ चुकी थी कि वह औरत झगड़े का कारण बनेगी। मूला इसी कारण फ़िक्रमन्द हो रहा था।

एकाएक बन्तासिंह ने मुड़कर उसकी ओर देखते हुए कहा—"मेरा खाना यहाँ पर पहुँचा देना।"

पिछले कई सालों से कोई भी घटना ऐसी नहीं हुई थी, जिससे सरदारों के ख़ानदान को इतनी ख़ुशी हासिल हुई हो, जितनी कि अब हुई। उनके घरों में तो घी के दीये जलनेवाली बात हो गयी। जब से उन्हें पता चला था कि बन्तासिंह अपने घर गया है, तभी से उन्होंने अपने दो-तीन आदमी उच्चा अकालगढ़ को भेज दिये थे, ताकि वे देखते रहें कि अन्त में बन्तासिंह की बातचीत का नतीज़ा क्या निकलता है। आख़िर जब दीदारसिंह के पहुँचने के कुछ देर बाद बन्तासिंह मार खाकर गली में आ गिरा, तो सरदारों के आदमी छलाँगें लगाते हुए अपने अहाते में पहुँचे और ख़ुशी के मारे अपने चूतड़ पीट-पीटकर सारी कहानी सुनाने लगे। और जब बन्तासिंह अपने घर से तबेले की ओर जा रहा था, तो उसे देखने के लिए सरदारों के आदमी लम्बे गलियारे से बाहर निकलकर जा खड़े हुए। वे मसख़रेपन से आपस में हँस-बोल रहे थे। शुक्र है कि बन्तासिंह का इनकी ओर ध्यान ही नहीं गया, वरना ज़रूर ही बहुत बड़ा बखेड़ा खड़ा हो जाता। फिलौरासिंह अपने आदमियों से भी कुछ क़दम पीछे खड़ा बन्तासिंह को खेतों की ओर जाते देखता रहा। जब वह काफ़ी दूर चला गया तो फिलौरासिंह अपने आदमियों में घिरा हुआ गलियारे में से चलकर अहाते में आ गया। उसकी आँखों में जीत की चमक थी, कहने लगा—"मुझे तो पहले ही पता चल गया था कि उस बाज़ारू औरत को यहाँ लाने का नतीज़ा ख़राब ही निकलेगा।"

वधावासिंह ने अपना कद्दू का-सा सिर हिलाया, और ये बड़े-बड़े ऊबड़-खाबड़ दाँत दिखाते हुए बोला—"पर सरदार जी, हमारे लिये तो नतीज़ा अच्छा ही निकला...हा-हा। हा-हा!"

बधावासिंह भारी-भरकम आवाज़ में यों हँसने लगा जैसे उसने बहुत ही पते की बात कह दी हो।

नाहरसिंह ने कहा—"जब मुझे पता चला कि दीदारसिंह ने उस औरत को गाड़ी पर चढ़ा दिया है, तो मैं समझ गया कि अब मामला गड़बड़ाये बिना नहीं रहेगा।"

एक और आदमी लछमनसिंह ने कहा—"मेरे ख़्याल में तो होली को भी शाबाशी मिलनी चाहिए। तवायफ़ बड़ी चतुर होती है, वह सिर्फ़ दीदारसिंह के कहने से तो लारी पर हरगिज़ सवार न होती। असल में होली ने पहले ही उसे लड़खड़ा दिया था। ख़ुद होली कह रही थी कि वह इतना डर गयी है कि अगर बन्तासिंह का ख़्याल न होता तो वह अपने-आप ही चली जाती। जब बन्तासिंह के बड़े भाई की मदद हासिल हो गयी तो फिर उस तवायफ़ ने यहाँ से खिसकने में देर नहीं लगायी।"

फिलौरासिंह ने उसकी हाँ-में-हाँ मिलाते हुए कहा—"लछमनसिंह ठीक कहता है—हमारे लिये ख़ुशी की बात सिर्फ़ यही नहीं है कि आज इन दोनों में झगड़ा हो गया, बल्कि ख़ुशी तो इस बात की है कि आगे यह झगड़ा और भी तूल पकड़ेगा। पुरानी कहावत है कि साँप को साँप डसे, जहर किसको चढ़े। ये दोनों ही हरामी हैं, आज बन्तासिंह मार खाकर गया है, लेकिन वह अपनी इस बेइज़्ज़ती को कभी नहीं भूलेगा। एक दिन ऐसा भी आयेगा कि जब वह बड़े भाई को ईंट का जवाब पत्थर से देगा।"

नाहरसिंह पल-दो-पल से अपनी बायीं मूँछ दाँतों के नीचे दाबे हुए था। उसने एकदम दाँतों में से मूँछ छोड़कर कहा—"अगर इन चारों भाइयों की आपस में चलने लगे तो बस मज़ा आ जाय।"

वधावासिंह फिलौरासिंह से भेदभरी आवाज़ में कहने लगा—आज तो इस ख़ुशी में हरे पकौड़े खाने चाहिए।"

हरे पकौड़ों से मतलब भाँग के पलौड़ों से था। शायद आगे-पीछे तो यह बात कहने की किसी को हिम्मत न होती, लेकिन ऐसे ख़ुशी के मौक़े पर फिलौरासिंह भी हँस दिया और उसने एलान कर दिया—"ठीक है, आज चलने दो हरे पकौड़े ही।"

अहाते के कोने में बनी हुई भट्टी पर बड़ी-सी कड़ाही चढ़ा दी गयी। बेसन घोला गया। अरूढ़ी ब्राण्ड ठर्रे की दो बोतलें भी मँगवा ली गयीं। गुलज़ारासिंह ऐसी महफ़िलों में कभी हिस्सा नहीं लेता था। फिलौरासिंह कभी-कभी यह काम भी कर लेता था, इसीलिए उसके सारे पट्ठे उससे घुले-मिले रहते थे।

अब पकौड़ों और ठर्रे का प्रोग्राम शुरू हो गया तो फिलौरासिंह ने कहा—"आज इधर तो यह शुभ काम हुआ है, और उधर शफ़ी और आरिफ़ भी जल्दी ही यहाँ पहुँचनेवाले हैं। तब नया शगूफ़ा खिलेगा।"

इस पर सब लोग इतना हँसे कि कई के पेट में तो बल पड़ गये, और कुछ लोगों ने हँसी के मारे दु:खते हुए अपने पेट हाथों से दबा लिये।

रात हो जाने पर मूलसिंह मालिक का खाना लेकर तबेले में पहुँच गया। खाना खाते-खाते बन्तासिंह ने पूछा—"इस समय तो शहर के लिए कोई लारी मिलेगी नहीं।"

"नहीं—कल दिन चढ़ने पर ही लारी आयेगी।"

बन्तासिंह सिर हिलाते हुए बोला—"इसी समय कोई इन्तज़ाम हो जाता तो मै रात ही को शहर पहुँच जाता, और कल सुबह ही गुजरातवाली गाड़ी पर सवार हो जाता।"

एकाएक मूलसिंह को कुछ याद आया तो बोला, "गाँव का बनिया अपनी रेढ़ी में आज शहर को जानेवाला था। अकसर वह इसी समय शहर जाता है ताकि सुबह सौदा ख़रीदने के लिए ज़्यादा-से-ज़्यादा समय मिल सके।"

बन्तासिंह के मन में आशा की नन्हीं-सी किरन फूटी, और वह बोला—"तुम अभी भागकर जाओ, और देखो कि वह घर से चला है या नहीं। अगर वह न गया हो तो उससे कहना कि वह इधर से मुझे लेता हुआ जाय।"

मूलसिंह चूनीलाल बनिये के घर को चल दिया, जो नीवाँ अकालगढ़ में रहता था। चूनीलाल बैठा खाना खा रहा था, लेकिन जब उसे पता चला कि बन्तासिंह ने मूले को उसके पास भेजा है तो वह खाना अधूरा छोड़कर बाहर निकल आया। आज दो भाइयों में जो कुछ हुआ था वह सारा गाँव जानता था। मूलसिंह ने छूटते ही पूछा—"सुनाओ साह जी! आज आप शहर नहीं गये?"

"बस खाना खाते ही चल दूँगा।"

"आपकी रेढ़ी तैयार है।"

"रेढ़ी बिलकुल तैयार है—घोड़ा जुता खड़ा है।"

अब चूनीलाल ने मूले की अगली बात का इन्तज़ार किये बिना ही पूछा—"लेकिन बात क्या है सरदार जी?"

मूले ने जान-बूझकर छोटी-सी बात को राज़ की शक्ल देते हुए कहा—"साह जी! बात तो अपने सरदार बन्तासिंह को ही मालूम होगी।"

एकाएक साह जी को यों लगा जैसे उनकी टाँगों की सारी ताक़त निकल गयी हो। घबराये हुए स्वर में पूछा—"भला ऐसी क्या बात होगी जो आपको भी मालूम नहीं।"

अब मूले ने ज़्यादा सताना ठीक नहीं समझा, कहने लगा—"बन्तासिंह जी अभी शहर जाना चाहते हैं। आप उन्हें रेढ़ी में बैठाकर ले जाइयेगा?"

चूनीलाल ख़ुश होकर बोला—"यह कौन बड़ी बात है जी! आप घड़ी-दो-घड़ी तक रुक जाओ, मैं खाना खाते ही चल दूँगा। रास्ते में उन्हें रेढ़ी में बैठा लूँगा।"

मूलसिंह रुक गया। कुछ ही देर बाद भीतर से कुल्ले करने का शोर सुनायी देने लगा और फिर चूनीलाल अँगौछे से मुँह पोंछता हुआ बाहर निकल आया। वे दोनों रेढ़ी पर बैठकर चल दिये।

अकालगढ़ से पक्की सड़क तक चौड़ा-सा ऊबड़-खाबड़ कच्चा रास्ता जाता था। गाँव से कुछ दूर पहुँचकर रेढ़ी रोक दी गयी। चूनीलाल बोला—"जाओ आप उन्हें बुला लाओ। मेरा जाना ठीक नहीं, वरना घोड़ा बिदककर गाँव को भाग निकलेगा।"

तबेला चार-छह खेत परे था। चूनीलाल पहले तो मूलसिंह को जाते देखता रहा, फिर उसके लौटने का इन्तज़ार करने लगा।

थोड़ी देर बाद मूलसिंह लौटा तो उसके साथ जहाजनुमा बन्तासिंह चला आ रहा था। जब वह पास पहुँचा तो चूनीलाल ने ख़ुशामद से दाँत निकाल दिये। बन्तासिंह रेढ़ी की चौखट पर हाथ रखा और फिर एक पाँव बाहर को निकले हुए छोटे-से डण्डे से टिका दिया, और उचककर रेढ़ी के भीतर पहुँच गया। चूनी ने सारे खाली बोरे एक कोने में बिछा दिये। बन्तासिंह बोरों के बने हुए गद्दे पर बैठ गया।

मूलसिंह ने दोनों हाथ जोड़कर सत सिरी अकाल कही, और रेढ़ी-खड़खड़ाती आगे को बढ़ गयी।

चूनीलाल को और कुछ नहीं सूझा तो वह बताने लगा कि कैसे थोड़ी देर पहले मूलसिंह आया, उस समय वह खाना खा रहा था, मूलसिंह ने बताया कि...

लेकिन इतने में ही बन्तासिंह सो गया।

दूसरे दिन बन्तासिंह सुबह ही गुजरात जानेवाली गाड़ी पर सवार हो गया। रास्ते भर वह यही सोचता रहा कि गुजरात पहुँचकर उसे क्या करना होगा। वह यह भी जानता था कि इसमें जानकी का कोई क़ुसूर नहीं था, अगर ग़लती थी तो वह उसकी अपनी ही थी—फिर भी इज़्ज़त-आबरू का सवाल तो था ही।

गुजरात से स्टेशन पर उतरकर उसे पेशावरी ताँगेवाला दिखायी दिया। वह चुपचाप उसी के ताँगे में बैठ गया, क्योंकि ताँगेवाला जानता था कि उसे कहाँ जाना है। बन्तासिंह रास्ते भर ऊँघता रहा। आख़िर जब ताँगा धक्के के साथ रुका तो उसकी नींद टूट गयी।

अब उसके सामने जानकी के मकान का बड़ा-सा दरवाज़ा था, जिस पर पीतल के अनगिनत फूल लोहे की कीलों के साथ जड़ दिये गये थे।

ऊपर से किसी ने झाँककर देखा और तुरन्त ही जाकर जानकी को बन्तासिंह के आने की ख़बर दे दी। सारे घर में तहलका मच गया।

जानकी उसके स्वागत के लिए बाहर नहीं निकली। वह डरती थी कि वह ज़रूर मार-पीट शुरू कर देगा। वह चुपचाप पलँग पर बैठी रही।

जब बन्तासिंह दरवाज़े में आ खड़ा हुआ, तो दोनों की आँखें मिलीं। बन्तासिंह ने बादल की-सी गड़गड़ाहट के साथ कहा—"आख़िर धोखा देकर भाग आयी न!....हरामज़ादी कहीं की।.."

यह कहकर वह आगे चला आया। जानकी उसे समझाने के लिए दो क़दम बढ़ी तो बन्तासिंह ने अपने चौड़े हाथ से उसका मुँह यों दबोच लिया कि वह बोल भी न पायी। फिर बन्तासिंह ने उसे परे धकेल दिया। शायद उसने ज़्यादा ज़ोर नहीं लगाया था, लेकिन जानकी दीवार से टकराकर गिर गयी।

"दफ़ा हो जाओ।" बन्तासिंह कड़ककर बोला।

जानकी लड़खड़ाती हुई कमरे से बाहर निकल गयी, और बन्तासिंह पलँग पर लेटते ही सो गया। वह जानता था कि जानकी की बातें सुनना बेकार है।

जब वह जागा तो देखा कि जानकी गर्मा-गर्म दूध का गिलास लिये खड़ी है, और दूध में घी की डली पिघल रही है—जानकी ने सिर धो डाला था, और उसके घने लम्बे रेशम के-से नर्म बाल उसकी पीठ पर फैले हुए थे।

बन्तासिंह ने चुपचाप गिलास पकड़कर होंठों से लगा लिया।

●

दस

(१)

तेजासिंह का अपनी भाभी तारो के साथ अमृतसर तक का सफ़र बड़ा दिलचस्प रहा। कम-से-कम तेजा बहुत ख़ुश था। देवर-भाभी का प्यार भी अनोखी तरह का होता है, जिसमें स्नेह भी होता है, इज़्ज़त भी, और थोड़ी-बहुत छेड़छाड़ भी होती है। इससे पहले तेजे को कभी किसी जवान औरत के साथ उठने-बैठने का मौक़ा नहीं मिला था, और न उसने अभी इश्क़ के मैदान में पाँव रखा था। भाभी उसके लिए बड़ा सुन्दर-सा खिलौना थी, बड़े भाई की अमानत थी, और उसकी देखभाल की उसे ज़रूरत से ज़्यादा ही फ़िक्र थी। रास्ते भर उसने भाभी को कोई तकलीफ़ नहीं होने दी।

जब वे अमृतसर के स्टेशन के पास पहुँचे तो तेजासिंह ने खिड़की में से सिर निकाला, और उसकी आँखें बड़े भाई की तलाश करने लगीं। लेकिन वह उसे कहीं दिखायी नहीं दिया। तारो ने लाज के मारे खिड़की के बाहर तो नहीं झाँका, लेकिन उसका भी दिल धक्-धक् कर रहा था। एक तरह से देखा जाय तो उसका अपने पति से पूरा मिलाव भी नहीं हुआ था, फिर भी वह उसे बहुत चाहने लगी थी। हर दुल्हन की तरह वह यह उम्मीद लेकर आयी थी कि वह अपने ससुराल में पति के पास ख़ुशी की ज़िन्दगी बितायेगी। उसे क्या मालूम था कि रास्ते में इतना बड़ा झमेला हो जायगा, जिसके कारण उसका पति घर से चला जायगा, और वह अकेली रह जायगी। अगर तेजा न होता तो न जाने वह कितनी परेशान हो उठती। फिर जब उसे अपने ससुर की ज़बानी पता चला कि तेजा उसे अमृतसर ले जायेगा तो उसके मन की कली खिल उठी। उसने सोचा कि कम-से-कम वह अपने पति के पास तो रह सकेगी। अब जबकि गाड़ी अमृतसर पहुँच गयी, तो उसे यह जानकर बड़ा दुःख हुआ कि उसका पति उनका स्वागत करने के लिए स्टेशन पर नहीं आया। जिसे वह चाहती थी, वह प्लेटफ़ार्म तक पहुँच गया होता, तो उसके मन को कम-से-कम यह इत्मीनान हो जाता कि उसका पति भी उसका इन्तज़ार कर रहा था।

गाड़ी रुक गयी तो तेजासिंह ने झटपट अपना थोड़ा-बहुत सामान उतारकर प्लेटफ़ार्म पर रख दिया। फिर उसने भाभी का बाजू थामकर उसे गाड़ी से उतार दिया। दोनों ने यही सोचा कि किसी वजह से गज्जनसिंह को वहाँ पहुँचने में देर हो गयी है, और अब वह आता ही होगा। इन्तज़ार करने के सिवा और कोई चारा नहीं था। उन्हें यह भी नहीं मालूम था कि गज्जनसिंह कहाँ रह रहा है। नत्थासिंह ने उसे पहले से ही समझा दिया था कि वह अपने ख़त फ़र्ज़ी नाम से डाकख़ाने की मार्फ़त मँगवा लिया करे। गज्जनसिंह लाहौर और अमृतसर में ख़त लेने के लिए कभी ख़ुद डाकख़ाने नहीं जाता था। वह किसी लड़के को भेजकर ख़त मँगवा लेता। नत्थासिंह के अलावा उसे ख़त भेजनेवाला भी कौन था। उन ख़तों में भी बाप काम की बात के सिवा कुछ नहीं लिखता था। यहाँ तक कि बाद में दीदार का अपने भाई से जो झगड़ा हुआ, उसके बारे में भी उसने कुछ नहीं लिखा। शायद इसलिए कि वहाँ बैठा-बैठा वह परेशान न हो, या ताव में न आ जाय। नत्थासिंह ने ख़त से गज्जन को इस बात की ख़बर तो दे दी थी कि तेजासिंह उसकी बीवी को लेकर फलाँ गाड़ी से अमृतसर पहुँच रहा है। अब यह बड़ी भारी परेशानी थी कि वह स्टेशन पर आया ही नहीं।

जब क़रीब-क़रीब सब मुसाफ़िर चले गये और प्लेटफ़ार्म खाली हो गया तो भी गज्जनसिंह की शक्ल दिखायी नहीं दी। मजबूर होकर तेजे ने सामान उठाकर दीवार से लगा दिया, और भाभी को लोहे के ट्रंक पर बैठाकर वह टहलता हुआ परे जाने लगा। तारो ने पीछे से आवाज़ देकर कहा—"अब तुम कहीं दूर मत चले जाना। बड़े भाई की पहले से ही कोई ख़बर नहीं, और अब तुम भी ग़ायब मत हो जाना।"

इन शब्दों में छिपे भाभी के मन के दर्द को तेजे ने भी महसूस किया। उसे गज्जन पर ग़ुस्सा आने लगा। गज्जन अपने भाइयों में सबसे उजड्ड तो था ही, लेकिन इतनी उजड्डता भी किस काम की कि वह उन्हें लेने नहीं आया। भाभी की बात सुनकर वह लौट पड़ा। तारो दो अंगुल का छोटा-सा घूँघट निकाले बैठी थी। सोने से लदी हुई यह दुल्हन बड़ी सुन्दर लग रही थी। तेजे ने भाई का पक्ष लेते हुए उसे झूठी तसल्ली देने की कोशिश की—"अरी भाभी! तुम भ्रा (भइया) को क्या समझती हो...।"

"सब-कुछ।" यह कहकर दुल्हन चुपके से हँसी, और उसने बाजुओं में चेहरा छिपा लिया।

तेजा बोला—"अरी! मेरा भ्रा तुम्हें बहुत चाहता है। देख लो, हम दोनों ख़ानदानों की आपस में चल रही थी, आना-जाना बन्द था, लेकिन इसके बावजूद भ्रा तुम्हें ख़ुद लाने के लिए गया। ज़रा सोचो तो कि वह अपने-आप ही तुम्हें लाने के लिए क्यों चल देता अगर उसे तुमसे इतना प्यार न होता। ऐसी समझदार भाभी होने पर भी तुम इतनी-सी बात नहीं समझतीं?"

तारो ने सिर्फ़ आँखें घुटनों पर रखे हुए बाजुओं से ऊपर उठाकर कहा—"तुम मुझे बना रहे हो..."

"वाह! तुम तो पहले से ही बनी-बनायी हो। अकाल पुरुष ने तो अपने हाथों से बनाया है... भला अब मैं तुम्हें क्या बनाऊँगा।—यक़ीन करो कि कोई ख़ास गड़बड़ हो गयी है वरना भ्रा ज़रूर आता...।"

इतने में ही एक कुली उनके पास आकर रुक गया, और बोला—"आप ही तेजासिंह हो?"

तेजे ने उसकी ओर देखा, और सीधा खड़ा हो गया, "हाँ, मैं तेजासिंह हूँ।"

कुली ने सामान की ओर इशारा करते हुए पूछा—"बस यही सामान है आपका?"

"हाँ।"

"लाइये यह ट्रंक मेरे सिर पर रख दीजिये...और बाक़ी सामान भी..."

तेजे ने पूछा—"लेकिन तुम कौन हो? और यह सामान कहाँ ले जाओगे?"

"मुझे आपके बड़े भाई ने भेजा है।"

"गज्जनसिंह ने ?"

"यह मुझे नहीं मालूम..."

तेजे ने सामान उसके सिर पर रख दिया, और भाभी की पीठ पर हलकी-सी थपकी देते हुए बोला—"देखा तुमने?"

तारो घूँघट को ज़रा लम्बा करके उसके साथ-साथ चल दी। स्टेशन से बाहर निकलकर कुली ने सामान एक ताँगे पर रख दिया। तेजे को अजीब-सा लगा। गज्जनसिंह वहाँ भी दिखायी नहीं दिया। तेजे ने कुली से पूछा—"कहाँ है मेरा भाई?"

अब ताँगे के हिन्दू कोचवान ने आगे बढ़कर कहा—"मैं आपको उन्हीं के पास ले चल रहा हूँ।"

तेजे ने कोचवान की ओर देखा। वह अधेड़ उम्र का मोटा-सा आदमी था। उसने सफ़ेद पगड़ी सिर पर लपेट रखी थी, और पगड़ी में से उसके सिर का मुड़ा हुआ ऊपर का हिस्सा दिखायी दे रहा था, पगड़ी का एक लम्बा-सा शमला उसकी पीठ तक पहुँचकर झूल रहा था।

तेजा कुछ नहीं बोला। उसने भाभी को पिछली सीट पर बैठाया, पाँव के नीचे ट्रंक रख दिया, उसके पहलू में बा:क़ी सामान भी रख दिया और ख़ुद अगली सीट पर कोचवान के बराबर बैठ गया। कोचवान ने टटखारकर लगाम खींची और अपनी पतली-सी छड़ी हवा में घुमा दी। घोड़ा रंग-बिरंगी कलगी हवा में उछालता हुआ घुँघरू बजाता पक्की सड़क पर भाग निकला। शहर में घुसकर वे टेढ़ी-मेढ़ी सड़कें

नापने लगे। वे दोनों पहले बड़े शहर में कभी नहीं गये थे। दोनों ही परेशान थे। जब तेजा छोटा था तब एक बार लाहौर आया था, लेकिन जब से बड़ा हुआ था, वह देहात में ही रह रहा था। मन में तेजासिंह डरा नहीं। उसने सोचा कि ताँगेवाले ने कोई गड़बड़ की तो पहले मैं इसी की गर्दन थाम लूँगा।

इस तरह चक्करदार सड़कों से होते हुए आख़िर वे शहर के ऐसे हिस्से में पहुँच गये जहाँ आबादी ज़्यादा घनी नहीं थी। जिस मकान के आगे ताँगा रुका था वह भी शहर के दूसरे मकानों के मुक़ाबले घटिया-सा था।

ताँगेवाले ने सामान उठाकर मकान के आगे बने छोटे-से चबूतरे पर रख दिया। तारो भी ताँगे से उतर आयी। तेजा ताँगेवाले से पूछने जा रहा था कि क्या वे इस मकान में घुस जायँ, और इसके साथ ही वह किराये के पैसों के लिए हाथ से अपने कुर्ते की जेब टटोलने लगा। इतने में ही भीतर से आवाज़ आयी—"तेजे! इसे पैसे देने की ज़रूरत नहीं, मैं बाद में दे दूँगा। तुम लोग भीतर चले आओ।"

तेजे ने देखा कि खुले दरवाज़े के भीतर ड्योढ़ी में से उसके भाई की आवाज़ आ रही है। उसने ज़रा आँखें फाड़कर देखा तो धुँधली रोशनीवाले कमरे में उसे भाई का लम्बा-तड़ंगा ढाँचा नज़र आया। उस समय गज्जनसिंह सिर से नंगा था, सिर्फ़ उसके सिर के जूड़े पर जाली बँधी हुई थी। उसके शरीर का रंग तो कमरे के कुछ अँधेरे माहौल में घुल-मिल रहा था, लेकिन उसके गले में पड़ा सोने का कण्ठा और कानों की सुनहरी बालियाँ चमक रही थीं।

तेजा हाथ में ट्रंक लटकाकर और बाक़ी सामान अगल-बगल दाबे भीतर घुसा और कुछ शिकायत के लहज़े में बोला—"भ्रा! तुम स्टेशन पर क्यों नहीं आये?... हम बहुत ही परेशान हो गये।"

"मैंने तुम्हें कई बार कहा है कि ज़्यादा बकवास मत किया करो।" गज्जनसिंह सपाट स्वर में बोला। उसकी आँखें बाज़ की आँखों की तरह चमक रही थीं।

तेजा चुप रह गया। एकाएक उसे महसूस हुआ कि अब वह भाभी के साथ बातचीत नहीं कर रहा था बल्कि गज्जनसिंह उसके सामने खड़ा था। उधर तारो को भी मालूम हो गया कि अब देवर का राज्य ख़त्म हुआ और पतिदेव का राज्य शुरू हो गया।

गज्जनसिंह ने तेजे से आँख हटाकर पत्नी की ओर देखा, जो एक ही जगह पर यों ठिठककर रह गयी थी, जैसे इस बात का फ़ैसला न कर पा रही हो कि वह कहाँ जाय—गज्जन गुर्राकर बोला—"तुम घूँघट निकाले वहाँ क्यों खड़ी हो? चलो भीतर खाना पकाओ।"

तारो ने तुरन्त ही घूँघट चेहरे से हटा दिया तो यों लगा जैसे एकाएक ही पूरा चाँद काले बादलों में से बाहर निकल आया है। वह बड़ी फ़ुर्ती से छम-छम करती

भीतर घुस गयी। एक आज्ञाकारिणी पत्नी की तरह वह खाना बनाने चल तो दी लेकिन उसे यह भी नहीं पता था कि चूल्हा किधर है, आटा, दाल या सब्ज़ी कहाँ है। ईंधन और माचिस है भी या नहीं।

तेजासिंह सामान को ऊबड़-खाबड़ रखकर और बाज़ू ढीले छोड़कर चुपचाप जहाँ-का-तहाँ खड़ा था। गज्जन ने अपनी धीमी लेकिन गड़गड़ाती आवाज़ में कहा—"अब तुम यहाँ पर खूँटे की तरह अड़ गये हो...भीतर जाकर भाभी की मदद करो।"

ख़ुद तेजे ने भी महसूस किया कि भाभी को उसकी मदद की ज़रूरत होगी। ड्योढ़ी के बाद छोटा-सा सेहन था, भीतर दो दरवाज़ों का लम्बा-सा कमरा था और इस लम्बे कमरे के पिछवाड़े दो कमरे और थे। सेहन के परले कोने में एक वीरान-सा चूल्हा था, जिसके ऊपर लोहे की चादर की छत थी।

अब तारो ने किसी को सेहन में आते देखा तो पहले तो वह हड़बड़ा गयी, लेकिन यह देखकर कि सेहन में आनेवाला तेजा था, उसने इत्मीनान की साँस ली।

तेजे ने कहा—"बाहर सेहन में क्यों खड़ी हो, भीतर चलो न।"

तेजा प्यार से भाभी की पीठ पर हाथ रखकर उसे भीतर ले गया। लम्बे कमरे के एक सिरे पर दीवार के साथ बड़ा-सा पलँग पड़ा था, जिसके पायों और ओढ़कनी के चटकीले रंग फीके पड़ चुके थे। पलँग बारीक सुतली से बुना गया था; और सिरहाने की ओर बिना गिलाफ़ का मैला-कुचैला तकिया पड़ा था। दीवारों पर दो-तीन तस्वीरें लगी हुई थीं, जिनके धुँधले शीशों को मक्खियों ने हग-हगकर और धुँधला दिया था। एक तस्वीर देवी सरस्वती की थी, दूसरी तस्वीर मेनका नाम की अप्सरा की थी, जो ऋषि विश्वामित्र की तपस्या तोड़ने के लिए उनके आगे नृत्य कर रही थी और तीसरी तस्वीर में पाँचवें गुरु अर्जुनदेव बड़े-से तवे पर बैठे थे, नीचे आग जल रही थी, और ऊपर से मुग़लों का सिपाही कौंचे से गरम-गरम रेत उठाकर उनके बदन पर फेंक रहा था। पवित्र देवी-देवताओं और सत् गुरु जी की तस्वीरों पर ऐसे मैले, धुँधले और गन्दे शीशे देखकर तारो के मन को बड़ा दु:ख हुआ। उसने सोचा कि खाना पकाने से फ़ुर्सत पाकर वह सबसे पहले इन शीशों को साफ़ करके चमकायेगी।

तेजे ने इधर-उधर नज़र दौड़ाकर देखा और बोला—"यहाँ तो कोई चीज़ भी नज़र नहीं आ रही...खाना कैसे पकेगा?"

यही सवाल तारो के मन में भी उठा। वह बोली—"यह बात तो तुम्हारे भ्रा को ही मालूम होगी—न बाबा! मुझसे न कहना मैं पूछने नहीं जाऊँगी...तुम्हीं जाओ।"

तेजा अपने भाई से बेकार नहीं डरता था। वह बचपन से ही उसकी आदतों को समझता था। उसने भाई के हाथ से चाँटे भी खाये थे, फिर भी उसके मन में भाई

के लिए प्रेम था। वह ड्योढ़ी की ओर बढ़ा, और दरवाज़े में ही रुककर बायें तख़्ते पर हाथ रखते हुए बोला—"घर में तो कुछ भी नहीं है...खाना कैसे बनेगा?"

गज्जन ने अंगारों की तरह दहकती आँखों से उसकी ओर देखकर कहा—"वै! घर में सामान नहीं है तो बाज़ार से ला...इतनी भी अक़्ल नहीं है तुझमें !...खोते (गधे) दा पुत्तर !"

खोते दा पुत्तर यानी तेजा लौटकर भाभी के पास आया, और बोला—"सचमुच ही घर में कुछ नहीं है। अब मैं बाज़ार से सामान लेने जा रहा हूँ। तुम्हारे पास कोई थैला-वैला हो तो दो।"

"यहाँ थैला तो नहीं है। चादर ले लो। आटा-दालें उसमें बाँध लेना, और बाज़ार से टोकरी ख़रीदकर दूसरा सामान उसमें रख लेना।"

तेजे ने खद्दर की एक चादर तह करके बगल में दबायी, और भाई के सामने जा खड़ा हुआ।

गज्जनसिंह ने खोयी-खोयी नज़रों से उसे सिर से पाँव तक देखा, फिर अपनी तहमद के पल्लू को ढीला करके पाँच रुपये निकाले और उसकी हथेली पर रखते हुए बोला—"लो, बीस सेर आटा लाओ, एक सेर घी... बाक़ी बचे तीन रुपये, बाक़ी सामान पर ख़र्च कर देना। दालें, नमक, सब्ज़ी, लकड़ियाँ, मसाला वगैरह सब-कुछ ले आना। जानते हो बाज़ार किधर है? मैं अभी बताता हूँ। दूर नहीं है..."

इतना कहकर गज्जनसिंह चारपाई से उठ खड़ा हुआ। बाहर का दरवाज़ा खोलने से पहले ही वह क़दम रोककर बोला—"देखो तेजे, अब बहुत देर हो गयी है। कब खाना पकेगा, कब हम खायेंगे। लो यह डेढ़ रुपया। तुम बाज़ार में ही खाना खा लेना, और हमारे लिये खाना लेते आना। दूसरा सामान भी लेते आना ताकि शाम से घर ही पर खाना पकने लगे।"

गज्जनसिंह ने दरवाज़ा खोलकर उसे बाज़ार का रास्ता बता दिया। वह चला गया तो गज्जनसिंह दरवाज़ा बन्द करके फिर ढीली-ढाली चारपाई पर बैठ गया।—वह ड्योढ़ी में बैठा था, और दुल्हन भीतर पलँग पर बैठी थी। लेकिन तारो ने अब मैला तकिया पलँग के नीचे फेंक दिया था। पलँग पर बिस्तर लगाकर ऊपर उजली चादर बिछा दी थी। सिरहाने की ओर लाल-लाल बूटियोंवाले गिलाफ़ का तकिया रख दिया। बैठे-बैठे सोचा कि तेजे को तो लौटने में कुछ देर लगेगी, इतने समय में वह इन तस्वीरों को ही क्यों न साफ़ कर दे।

उसे याद था कि सेहन में चूल्हे से कुछ दूरी पर दस्ती नल लगा हुआ था। वह खाली लोटा लेकर गयी, नल की दस्ती नीचे-ऊपर दबाकर उसने पानी का लोटा भरा, और फिर भीतर चली आयी। जब उसने देवी सरस्वती की तस्वीर उतारने के लिए हाथ बढ़ाया तो वहाँ तक पहुँचा ही नहीं। उसने इधर-उधर देखा तो एक छोटी-

सी पीढ़ी नज़र आयी। उसे दीवार के पास सरकाकर वह पीढ़ी पर खड़ी हो गयी। अब उनके दोनों हाथ तस्वीर के चौखटे तक तो पहुँच गये थे, लेकिन मुश्किल यह थी कि तस्वीर के पीछे सुतली की गाँठ दीवार में कील पर कसी हुई थी। उसे खोलना उसके लिए नामुमकिन था...

इतने में कमरे का उजाला कुछ कम हो गया। उसने मुड़कर देखा कि दरवाज़े के बीच उसका पति खड़ा है। तेजा कुछ सामान ड्योढ़ी में ही छोड़ आया था, जिसे लेकर अब गज्जनसिंह वहाँ आ पहुँचा। उसने पत्नी को चौखटे की ओर हाथ उचकाते देखकर पूछा—"क्या कर रही हो तुम?"

अभी तक दोनों की ख़ास बातचीत नहीं हुई थी—कम-से-कम वह ख़ुद तो नहीं बोली थी। अब बोलना ही पड़ा। धीमे स्वर में कहने लगी—"इन तस्वीरों के शीशे बहुत गन्दे हो गये हैं। उतारकर गीले कपड़े से साफ़ करूँगी।"

गज्जनसिंह ने हाथ में पकड़ा हुआ सामान एक ओर रख दिया, और तारो के पहलू में जा खड़ा हुआ। तारो को यों लगा जैसे वह उससे दो हाथ से भी ज़्यादा ऊँचा है। गज्जन ने चुपचाप कील पर ले रस्सी की गाँठ खोली, और चौखटा उतारकर उसके हाथ में थमा दिया। इसी तरह उसने बाक़ी दोनों तस्वीरें भी उतार दीं, फिर बोला—"उन्हें दीवार से टिकाकर रख दो, बाद में साफ़ कर लेंगे। मैं थका हुआ हूँ, इस समय मेरी टाँगें दबा दो।"

यह सुनकर तारो का दिल एक बार ही ज़ोर-ज़ोर ने धड़कने लगा। तस्वीरें थामने के कारण उसके हाथ गन्दे हो गये थे, वह नल से हाथ धोने के लिए बाहर को लपकी। फिर उसे पति का ख़्याल आया—तो देखा कि वह लोटे का पानी हाथों पर डाल रहा था।

जब तारो बाहर से वापस आयी तो गज्जनसिंह उजले बिस्तर पर टाँगें फैलाये लेटा था। उसने अपनी सहेलियों से सुन रखा था कि जब पति पत्नी को प्यार करना चाहता है तो वह इसी तरह का कोई काम बता देता है।

असल में गज्जनसिंह थका हुआ नहीं था, और न वह इतनी जल्दी थकनेवाला था। लेकिन इतना उजला बिस्तर देखकर बेअख़्तियार ही उसका लेटने को मन चाहा। तारो चुपचाप पाँयती की ओर बैठकर उसकी टाँगें दबाने लगी। उसकी पिण्डलियाँ पत्थर की तरह थीं, जिन्हें वह दबा नहीं पा रही थी, सिर्फ़ सहला रही थी। मन में तूफ़ान की तरह उठती हुई भावनाओं के कारण उसका चेहरा लाल हो रहा था।

अभी उसने दो मिनट ही पिण्डलियाँ दबायी होंगी कि गज्जनसिंह ने उसका बाज़ू थामकर कहा—"अब तो तुम्हारे हाथ थक गये होंगे—आओ इधर लेट जाओ आराम से।"

तारो पति के हाथ के साथ ही खिंचती चली गयी। गज्जन ने पीछे को सरककर उसके लिए जगह छोड़ दी।

जब तारो को अपने गाल पर होंठों और नर्म-दर्म मूँछों के बालों का दबाव महसूस हुआ तो उसने धीरे से अपनी आँखें मूँद लीं।

: २ :

आधे घण्टे बाद भी पति-पत्नी पहलू-ब-पहलू लेटे बातें कर रहे थे। बल्कि कहना चाहिए कि गज्जनसिंह बातें कर रहा था, और तारो सुन रही थी। गज्जनसिंह पीठ के बल चित लेटा था, और उसकी आँखें छत पर लगी हुई थीं। तारो अपने दाहिने पहलू पर लेटी थी और उसका हाथ गज्जन की सिल-जैसी छाती पर रखा था। वह शर्मीली देहातिन लड़की थी, शायद इस तरह अपना हाथ न रखती, लेकिन गज्जन ने उसके हाथ के ऊपर अपना हाथ रख दिया था। गज्जन छत की ओर देखते हुए बोला—"अब हम तीन-चार महीने इसी मकान में रहेंगे।"

"क्यों?" तारो को हैरानी हुई।

गज्जन ने गर्दन घुमाकर उसकी ओर देखते हुए सवाल किया—"क्या यहाँ तुम्हारा मन नहीं लगेगा?"

तारो ने पहले तो जल्दी-जल्दी पलकें झपकाते हुए घड़ी भर को गज्जनसिंह की ओर देखा, फिर आँखें झुकाकर बोली—"जहाँ तुम रहोगे वहीं मेरा मन लग जायगा। तुम्हारे होने से ही तो घर घर लगता है...।"

यह कहकर तारो ने झट से अपने मुँह पर हाथ रख लिया। उसकी समझ में नहीं आ रहा था कि उसके मुँह से ये शब्द कैसे निकल गये।

गज्जन ने उसकी इस बात पर ख़ास ख़ुशी ज़ाहिर नहीं की, लेकिन उसके मन को तसल्ली हो गयी और वह इत्मीनान से सिर घुमाकर फिर छत की ओर देखने लगा।

तारो ने झिझकते हुए पूछा—"क्या तुम्हारे पीछे पुलिस लगी है?"

"नहीं—पुलिस को मुझ पर शक़ नहीं है। अगर होता तो अब तक वारण्ट निकल आता। फिर भी चाचा का ख़्याल है कि तीन-चार महीनों के लिए अपने इलाक़े की पुलिस की नज़रों से दूर रहना ही ठीक है। इतने समय में पुलिस अपना केस तैयार करके, अदालती कार्रवाई शुरू कर देगी..."

"तुम्हारे ख़ानदान की उससे पुरानी दुश्मनी थी?"

"हाँ।"

"तो क्या इस कारन पुलिस तुम्हारे पीछे तो न लग जायगी। उसे तुम पर शक़ तो नहीं हो जायगा।"

"रनजोधसिंह की दुश्मनी सिर्फ़ हमीं से नहीं चली आ रही थी, बल्कि कई और लोग भी उसके जानी दुश्मन थे। पुलिस इस बात को अच्छी तरह जानती है। पहले पुलिस उन्हीं लोगों को पकड़ेगी।"

"पुलिस को इसलिए शक़ तो नहीं होगा कि उस रात तुम भी उसी इलाक़े में थे....जिस रात उसका क़त्ल हुआ था...।"

"तुम सब-कुछ जानती हो इसलिए तुम्हें परेशानी हो रही है। यह ठीक है कि मैं उस रात उसी इलाक़े में था, लेकिन मेरे वहाँ जाने की वजह थी। मैं तुम्हें लेने गया था। पहले मेरा ऐसा कोई ख़्याल नहीं था। लेकिन मुझे इस बात की ख़बर मिली कि रनजोधसिंह को पुलिस गिरफ़्तार करके ले जा रही है, तो मैंने सोचा कि मुझे मौक़े का फ़ायदा उठाना चाहिए। मेरे पास यह बहाना तो था ही कि मैं अपने ससुराल बीवी को लेने गया था; और जिस गाँव में पुलिस अपने क़ैदी समेत रात बिता रही थी वह भी हमारे रास्ते में नहीं पड़ता था। मैंने सोचा कि अपने रास्ते से ज़रा हटकर उसका काम तमाम कर दूँ तो ठीक रहेगा।"

उस रात का ख़्याल आते ही तारो ने शरीर में झुरझुरी-सी महसूस की। वह कहने लगी—"अगर तुम इतनी मुसीबत न भी उठाते तो भी वह फाँसी पा जाता।"

गज्जनसिंह उसकी बात का इशारा समझ गया। वह सोच रही थी कि उसके पति ख़ामुख़ाह अपने हाथ ख़ून से रँगे। गज्जन धीमे स्वर में ही बोला—"यह ज़रूरी नहीं है कि वह फाँसी पा जाता—वह पुलिस की हिरासत से भाग भी सकता था, वह मुक़दमे में जीत भी सकता था—लेकिन अगर वह फाँसी पा भी जाता तो मेरे मन को उससे क्या तसल्ली मिल सकती थी।"

तारो कुछ नहीं बोली, और वह चुपचाप पति के कुर्ते के बटन से खेलती रही। गज्जन ने फिर कहा—"और फिर मैंने उसे धोखे से नहीं मारा। जो हथियार मेरे पास था, वही मैंने उसे दे दिया था। मतलब यह मैंने यह बात वाह गुरु अकाल पुरुष पर छोड़ दी थी कि वह हम दोनों में से जिसको चाहे धरती से उठा लें।"

तारो उस रात को जीवन भर नहीं भूल सकती थी। उसके मन में बार-बार यही बात उठती थी कि अगर कहीं रनजोधसिंह का वार निशाने पर बैठ जाता तो क्या होता?—यही बात उस समय भी उसके मन में उठी थी और अब भी उठी, लेकिन इस बार अपने शक़ को दोहराने की हिम्मत नहीं हो सकी।

थोड़ी देर तक मौन छाया रहा। तारो कितनी ख़ुश थी, यह तो उसके चेहरे से ही नज़र आ रहा था। गज्जन भी ख़ुश था, लेकिन उसके चेहरे पर ख़ुशी का कोई ख़ास निशान नज़र नहीं आ रहा था।

तारो जिस बटन से खेल रही थी, वह पहले से ही कुछ ढीला था, अब उसके तागे और भी खिंचकर ढीले हो गये थे। तारो ने महसूस किया कि अगर वह बटन के साथ यों खेलती न रहती तो वह इस तरह एक ओर को न लटकने पाता। बोली—"जब उठोगे तो कुर्ता उतार देना, मैं इस बटन को टाँक दूँगी।"

गज्जन ख़ामोश रहा।

तारो को और कुछ नहीं सूझा तो बोली—"तेजे ने काफ़ी देर लगा दी। कहीं रास्ता तो नहीं भूल गया होगा।"

"इतनी देर तो हो ही सकती है। पहले वह खाना खायेगा, फिर बाज़ार से सौदा ख़रीदेगा, और फिर हमारे लिये खाना लेकर वापस लौट आयेगा।—कहो, तुमसे कुछ घुल-मिल गया या नहीं। इसका मन तो अपने ननिहाल में ही लगता है।"

"मुझसे तो बहुत बातें करता है। कहता था कि तुम बहुत सुन्दर हो। अगर मेरे भाई की तुमसे शादी न हो गयी होती तो मैं ज़रूर ही तुम्हें भगा लाता।"

अब की गज्जन के होंठों पर बहुत ही हलकी-सी मुस्कुराहट पैदा हुई, और वह लाड़ से बोला—"हरामज़ादा!"

अब तारो को उस लटके हुए बटन से उलझन होने लगी थी। कहने लगी—"यह बटन तो बिना कुर्ता उतारे ही टाँका जा सकता है। रुको, मैं अभी सुई-धागा लेकर आती हूँ।"

गज्जन ज्यों-का-त्यों लेटा रहा। तारो उठी, सुई-धागा की डिबिया उठा लायी, और उसके बराबर पलँग पर बैठकर पहले तो उसने बटन खींचकर अलग किया, कैंची से बचे-खुचे धागे काटकर निकाल दिये, और फिर सुई से टाँकने लगी।

गज्जन ने कहा—"यहाँ एक सन्त जी हैं। उन्होंने मुझको यह मकान दिलवाया है। बड़े अच्छे आदमी हैं। आज शाम को आयेंगे। मैं चाहता हूँ कि आज उन्हें यहीं भोजन कराया जाय।—तुम्हें खाना पकाना आता है न?" पहले तो तारो इस बात पर सिर्फ़ मुस्कुराती रही फिर उसने 'हाँ' में सिर हिला दिया।

गज्जन फिर बोला—"जब सन्त जी आयें तो तुम उनके पाँव छूकर अशीर्वाद ले लेना।"

तारो बटन टाँक चुकी तो गज्जन चीते की-सी फ़ुर्ती से उठकर बैठ गया, और कहने लगा—"अच्छा, अब मैं ड्योढ़ी में जाकर लेटता हूँ—तेजा आनेवाला है न!...तुम अब तो नहीं आजोगी अकेली?"

तारो ने आँखें उठायीं और एक बार गज्जन को भरपूर नज़रों से देखा, और फिर पलकें झुकाकर बोली—"मैं अकेली नहीं रहूँगी—मैं तुम्हारे बारे में सोचती रहूँगी।"

एक बार फिर उसने चेहरा हाथों से छिपा लिया।

गज्जन इन शब्दों की तह तक पहुँच पाया या नहीं पहुँच पाया, यह कहना मुश्किल है, लेकिन इसमें शक़ नहीं कि मन में वह ख़ुश हुआ, और फिर ड्योढ़ी में जाकर ढीली-ढीली चारपाई पर बड़े इत्मीनान से लेट गया।

वह ऊँघ तो नहीं रहा था, लेकिन किसी नये माहौल में खोया हुआ ज़रूर था। न जाने कितनी देर खोया रहा। इतने में दरवाज़े पर खटखट हुई। उसने तुरन्त पूछा— "तेजे! तुम हो?"

"हाँ।" बाहर से तेजे की आवाज़ सुनायी दी।

गज्जन दरवाज़े की कुण्डी खोलकर फिर लेट गया।

तेजा भीतर आया। उसके दोनों हाथों में सामान था। उसने तेज़ नज़र से ड्योढ़ी का जायज़ा लिया। भाभी कहाँ है? क्या वह इतनी देर तक नहीं आयी? क्या भ्रा भी उसके पास नहीं गया?

उसने भाई की ओर देखा, जिसका चेहरा हमेशा की तरह बिलकुल सपाट था।

तेज़े ने आटे और दूसरे सामान की गठरियाँ नीचे रखीं, और दरवाज़े की कुण्डी चढ़ा दी। उसने बड़ी-सी लम्बी चादर की दो गठरियाँ बना दी थीं। दूसरे हाथ में खाने का सामान था, उसे लेकर वह भीतर चला गया। उसके मन में उत्सुकता हो रही थी कि न जाने भाभी अकेली बैठी क्या कर रही होगी। वहाँ पहुँचकर उसने देखा कि वह पीढ़ी पर बड़े इत्मीनान से बैठी गीले कपड़े से तस्वीरों के शीशे साफ़ कर रही है।

तेजे को देखते ही तारो उठ खड़ी हुई, और कहने लगी—"खाने का सामान पीढ़ी पर रख दो, और आओ, नल पर मेरे हाथ धुला दो।"

जब तेजा नल की दस्ती हिला रहा था और तारो हाथ धो रही थी, तेजे ने धीरे से पूछा—"भ्रा तुम्हारे पास नहीं आया?"

तारो हाथ ख़ूब मल-मलकर उनकी मैल छुड़ा रही थी, बोली—"नहीं, मैं तस्वीरें उतारने लगी तो मेरा ऊपर तक हाथ ही नहीं पहुँचा। तब मैंने ड्योढ़ी में जाकर उससे कहा, और उसने आकर सब तस्वीरें उतार दीं..."

"बस..."

तारो ने शरारत से उसकी ओर आँखें नचाते हुए देखा—"और नहीं तो क्या?"

यह कहकर तारो दोनों हाथ झटक-झटककर छींटे उड़ाती हुई भीतर आयी, और फिर उसने दुपट्टे के पल्लू से हाथ पोंछ डाले।

तेजा भी उसके पीछे-पीछे लपका हुआ आया, और कुछ झुंझलाकर बोला— "हमारा भाई भी बस..."

तारो ने पलटकर तुरन्त उसके मुँह पर हाथ रखते हुए कहा—"बस आगे कुछ मत कहना..."

फिर वह नाचते क़दमों से पीढ़ी की ओर बढ़ी, और चहककर बोली—"क्या-क्या लाये हो खाने के लिए?"

भाभी का फुदकना और चहकना तेजे की समझ में नहीं आया। उसने सोचा कि ये औरतें भी बस अजीब ही होती हैं—लेकिन उसने मन में कहा कि जब भाभी इसी तरह ख़ुश है तो सानूँ की? (हमें क्या?)

तेजा भी सारस की तरह एक लम्बा-सा डग भरकर पीढ़ी के पास पहुँच गया।

गज्जनसिंह ने बाप को पहले ही लिख दिया था कि उसे कुछ बर्तन भी भिजवा दिये जायँ। ये बाप-बेटा तो असलियत जानते थे, लेकिन तेजे की समझ में नहीं आया कि बर्तन साथ ले जाने की क्या ज़रूरत थी।

थालियाँ साफ़ हो गयीं, खाना परोस दिया गया, तो तारो ने कहा—"अब?"

तेजा उसका मतलब समझ गया, बोला—"अब भ्रा को बुला लाता हूँ। वह भी यहाँ बैठकर खाना खायेगा! यह कोई तरीक़ा तो नहीं है कि वह वहाँ पर बैठा रहे और हम यहाँ बैठे रहें।"

इस तरह बकता-झकता तेजा ड्योढ़ी की ओर बढ़ा, लेकिन दरवाज़े के पास पहुँचते-पहुँचते उसने बड़बड़ाना बन्द कर दिया। गज्जन ने उसकी ओर देखा तो वह पटाक से बोला—"आओ, खाना खा लो।"

गज्जनसिंह चुप-सा बैठा रहा। इस डर से कि कहीं वह ड्योढ़ी में खाना न मँगवा ले, तेजे ने वापस लौटते हुए कहा—"जल्दी चलो, आओ।"

वह वापस भाभी के पास पहुँचा तो उसने पूछा—"कहो, क्या हुआ?"

तेजा मुँह बनाकर बोला—"होना क्या है, आयेगा।"

सचमुच ही गज्जनसिंह ड्योढ़ी में से बाहर निकल आया, पहले उसने नल पर जाकर हाथ धोये, फिर पलँग पर पालथी मारकर बैठ गया।

तारो ने मुँह ज़रा दूसरी ओर को फेर लिया, और थाली तेजे की ओर बढ़ाते हुए बोली—"दे दो।"

गज्जन ने खाना खाया, नल पर जाकर मुँह में अँगुली घुमाते हुए ज़ोर-ज़ोर से कई कुल्ले किये, और फिर सीधा ड्योढ़ी में चला गया।

खाना खाते समय जिस अन्दाज़ से पति-पत्नी बैठे रहे, उससे तेजे को बड़ी हैरानी हुई। उसे भाभी का ख़्याल था। भाई का व्यवहार रूखा लगा। लेकिन हैरत तो इस बात की थी कि जिसे इस बात की शिकायत होनी चाहिए वह तो बहुत ख़ुश थी।

खाने से फ़ुर्सत पाकर तेजे ने कहा—"भाभी! तुम थक गयी होगी। अब थोड़ी देर को पलँग पर सो जाओ—मैं ड्योढ़ी में जा रहा हूँ। जब सोकर उठोगी तो बर्तन माँज लेना... कहोगी तो मैं ही माँज दूँगा।"

यह कहकर तेजा तो ड्योढ़ी को चला गया, और तारो पलँग पर लेटते ही सपने देखने लगी।

जब दिन ढलने लगा तो उस समय तक तारो ने इधर-उधर के सब छोटे-मोटे काम भुगताकर सब्ज़ी का पतीला चूल्हे पर धर दिया था। आटा भी गूँधकर रख दिया। सोचा गया था कि दाल-सब्ज़ी तैयार हो जाने के बाद सन्त जी का इन्तज़ार किया जाय। उनके आने पर ही फुलके पकाये जायँ।

सन्त जी रोज़ शाम के समय आया करते थे। उस दिन भी अँधेरा पड़ते ही पहुँच गये। तारो को उस समय पता लगा जब दोनों भाई सन्त जी को लेकर सेहन में आये।

तारो पहले से ही तैयार बैठी थी। उसने घूँघट की ओट में से सन्त जी की ओर देखा। सन्त जी इकहरे शरीर और डेढ़ पसली के आदमी थे। सिर पर मुश्किल से दो गज़ का साफ़ा बिलकुल गोल-सा लिपटा हुआ था, गले में चन्दन की लकड़ी के बने हुए मनकों की माला थी। हाथ में छोटी माली थी, जिसे जपनी कहते हैं। ढीले-ढाले सफ़ेद कुर्ते पर उनकी सफ़ेद घनी दाढ़ी काफ़ी नीचे तक लटक रही थी। पाँवों में लकड़ी की खड़ाऊँ थी। क़द सिर्फ़ इतना ही ऊँचा था कि उनका सिर मुश्किल से गज्जनसिंह की पसलियों तक पहुँचता था। मुँह से 'सतनाम! सतनाम!' कहते अभी वे सेहन के बीच में ही पहुँचे थे कि नयी-नवेली दुल्हन लपककर आगे बढ़ी, और उसने मेंहदी लगी उँगलियों से उनके पाँव छू लिये।

सन्तजी ने जपनी अँगूठे पर लटकाकर अपना दुबला-पतला हाथ बढ़ाया और उसके सिर पर रखते हुए आशीर्वाद देने लगे।

पहलेवाली चादर कुछ तुड़-मुड़ गयी थी, इसलिए तारो ने धुली-धुलायी नयी चादर वहाँ बिछा दी थी। सन्त जी पलँग पर विराजमान हो गये तो दोनों भाई कच्चे फ़र्श पर ही बैठ गये। तारो गज्जनसिंह की पीठ पीछे रुख़ दूसरी ओर को किये, घूँघट निकाले सिमटकर बैठी हुई थी। कमरे में खूँटी के साथ लालटेन लटक रही थी और आज उसकी चिमनी जगमगा रही थी। सन्त जी ने चारों ओर नज़र दौड़ाते हुए कहा—"आज तो कमरे की शक्ल ही बदल गयी है। घर की लक्ष्मी आ गयी है न इसीलिए।"

इतने में उनकी नज़र तस्वीरों पर पड़ी, जो अब फिर दीवारों पर लटका दी गयी थीं। उनके साफ़-सुथरे शीशे देखकर वह बहुत ख़ुश हुए और मीठी आवाज़ में बोले—"ज़रा तस्वीरों को तो देखो। वाह-वाह! कितना शुभ पैर है घर की लक्ष्मी का!"

गज्जनसिंह बोला—"सन्त जी! आज आपको भोजन भी यहीं पर करना पड़ेगा। तारो बड़ी लगन से आपका खाना तैयार किये बैठी है... सिर्फ़ फुलके बनाने की देर है।"

सन्त जी जब हँसते थे तो उनकी मूँछों में से उनके बचे-खुचे दाँत बड़ी मुश्किल से दिखायी देते थे, लेकिन उनके चेहरे के आकार से ही पता चल जाता था कि वे हँस रहे हैं। इस समय भी चेहरे का आकार बदलकर ऐसा ही हो गया था और उन्होंने जपनीवाला हाथ आशीर्वाद देने के अन्दाज़ में ऊपर उठाते हुए कहा—"क्यों नहीं! क्यों नहीं! हम अपनी बेटी का बनाया हुआ भोजन ज़रूर करेंगे.... लेकिन थोड़ी देर रुककर। अभी हमारे भोजन का समय नहीं हुआ।"

गज्जन बोला—"कोई बात नहीं, जब आप कहेंगे तभी फुलके तैयार हो जायेंगे।"

सन्त जी ने सिर हिलाते हुए अपनी ख़ुशी ज़ाहिर की और फिर अपना फ़र्ज़ जानकर उन्होंने धार्मिक विषय ही छेड़ दिया, बोले—"गज्जनसिंह बेटा! बहू को श्री दरबार साहब के दर्शन कराये कि नहीं?"

"सन्त जी! वे आज ही तो आये हैं। कल तक दरबार साहब के ज़रूर दर्शन करेंगे।"

इस तरह बातों की शुरुआत हुई, यहाँ तक कि उन्होंने गुरु अर्जुनदेव की तस्वीर की ओर इशारा करते हुए—"धन्य था इनका जीवन, धन्य था इनका बलिदान!"

तारो, तेजा और गज्जनसिंह आत्मा-परमात्मा की बातें समझें न समझें, लेकिन सन्त जी की बातें बड़े आदर से सुनने लगे।

सन्त जी ने थोड़ी देर के लिए आँखें मूँद लीं, जैसे वे अपनी ही दुनिया में खो गये हों। फिर धीरे-धीरे आँखें खोलते हुए कहने लगे—"गुरु अर्जुनदेव जी महाराज भगवान् के अवतार थे, लेकिन अपनी 'शक्ति' का उन्होंने कभी नाजायज़ फ़ायदा उठाने की कोशिश नहीं की। यहाँ तक कि कोई सन्तान न होने के कारण उनकी रानी ने हाथ जोड़कर कहा—"महाराज! आपके द्वारे जो कोई भी आता है, अपने मन की मुराद पाता है, लेकिन हमारे घर में बिना बेटे के अँधेरा छाया हुआ है—क्या आप अपने घर की ख़ातिर कुछ नहीं करेंगे?" पाँचवें बादशाह श्री गुरु अर्जुनदेव ने मुस्कुराकर कहा—"नहीं, हम मज़बूर हैं। जो तुम्हारी तक़दीर में है सो होकर रहेगा। हाँ, अगर तुम किसी सन्त-महात्मा के चरण छूकर वर माँगो तो तुम्हारे मन की मुराद पूरी हो सकती है।"—इस पर रानी ने फिर हाथ जोड़कर कहा—"महाराज! इस समय आपसे बढ़कर महात्मा कौन है?"—गुरु महाराज ने सिर हिलाते हुए जवाब दिया—"मेरी बात छोड़ो, तुमने बाबा बुड्ढा का नाम सुना ही है। उनकी बड़ी लम्बी उम्र हो चुकी है। वह पहली बादशाही श्री गुरु नानकदेव के समय से चले आ रहे हैं। तुम उनके पास जाओ, वही तुम्हारी मुराद पूरी कर सकते हैं।"

तीनों सुननेवालों की दिलचस्पी बढ़ गयी। सन्तजी ने कथा आगे बढ़ायी—"इस पर महाराज की रानी पालकी में बैठकर अपनी दासियों समेत बाबा बुड्ढा के दर्शन

को चलीं। बाबा बुड्ढा उस समय खेत में काम कर रहे थे। उन्होंने दूर से यह जलूस देखा तो पास खड़े एक आदमी से पूछा कि यह जलूस कैसा है? उस आदमी ने बताया कि यह गुरु महाराज की घरवाली की सवारी है। बाबा बुड्ढा बोले कि आख़िर किस कारण से गुरु घर में यह 'भगदड़' मच गयी है—सत नाम! सत नाम! उधर देवी जी को किसी ने बाबा बुड्ढा की यह बात बतायी तो उसका मन ख़राब हो गया। वहीं से नाउम्मीद होकर वापस चली गयीं। जब उन्होंने अपने पति श्री गुरु अर्जुनदेव को सब-कुछ बताया तो वह कहने लगे कि पगली! साधु-सन्तों से मिलने के लिए इस तरह नहीं जाया करते। तुम्हें उनके दर्शन करने हैं तो पहले अपने घर पर अपने हाथ से भोजन तैयार करो, फिर भोजन और लस्सी की मटकी सिर पर रखकर नंगे पाँव पैदल चलती हुई उनके पास पहुँचो। पूरी लगन से उन्हें भोजन कराओ। आख़िर में अपनी इच्छा जाहिर करोगी तो तुम्हें वर मिल सकता है।''

वे तीनों यह कथा सुनते समय बीच-बीच में दीवार पर लगी तस्वीर को भी देख लेते थे। गज्जन बोला—''अच्छा तो महाराज! फिर क्या हुआ?''

''हुआ यह कि देवी जी ने अपने पति की आज्ञा के अनुसार एक दिन अपने हाथ से भोजन तैयार किया, सिर पर लस्सी की मटकी रखी, उस पर भोजन की टोकरी और इस तरह नंगे पाँव दोपहर की झुलसाती हुई धूप में पैदल उस खेत में पहुँचीं, जहाँ बाबा बुड्ढा काम कर रहे थे। बाबा बुड्ढा ने अपना काम रोककर पूछा कि कहो बेटी, यहाँ कैसे आना हुआ? देवी जी ने अपने बारे में बताते हुए कहा कि मैं अपने हाथ से भोजन तैयार करके आपकी ख़िदमत में लायी हूँ। इस पर बाबा बुड्ढा काम छोड़कर पेड़ की छाया में चले गये। देवी जी ने हाथ धुलाकर भोजन परोस दिया। इस पर बाबा बुड्ढा ने एक बड़ा-सा प्याज उठाया और उसको मुट्ठी मारकर तोड़ते हुए बोले—''बेटी! भगवान् तुम्हें ऐसो बेटा देंगे जो पापी दुश्मनों का सिर इसी तरह तोड़ेगा, जिस तरह मैंने यह प्याज कुचल दिया है।''—देवी जी का मन गद्गद हो उठा। मुँह से कुछ कहे बिना ही उनकी मनोकामना पूरी हो गयी...''

सुननेवाले कथा सुनकर मुग्ध हो गये। सन्त जी ने इस कथा की आख़िरी बात यह बतायी कि बाबा बुड्ढा का यह वचन कि 'गुरु घर में भगदड़ मच गयी है' खाली नहीं गया। सचमुच ही आगे चलकर उनके ख़ानदान को एक बार भागना पड़ा।

सन्त जी काफ़ी देर तक इसी तरह की बातें करते रहे। आख़िर जब उनके भोजन का समय हो गया तो तारो फुलके पकाने के लिए बाहर सेहन में चली गयी।

खाना खाते समय सन्त जी ने बताया कि बाबा बुड्ढा के आशीर्वाद से गुरु अर्जुनदेव के यहाँ गुरु हरगोविन्दसिंह-जैसे वीर पुत्र ने जन्म लिया।

: ३ :

इस तरह गज्जनसिंह, तारो और तेजे को एक साथ रहते तीन-चार दिन बीत गये। पहली बार तो वे दिन के समय ही दरबार साहब के दर्शन करने गये थे, लेकिन बाद में उनका प्रोग्राम बदल गया। वे शाम के समय भोजन तैयार करके रख देते, और तीनों दरबार साहब चले जाते। जब वे लौटकर आते तो खाना खाकर सो जाते।

यों तो वे तीनों ही बहुत ख़ुश थे, लेकिन तारो सबसे ज़्यादा ख़ुश थी। वह अपने-आपको धन्य समझती थी। दरबार साहब में घुसने से पहले वे अपने जूते उतार देते। फिर ठण्डे-ठण्डे फ़र्श पर तारो नंगे पाँव चलती तो उसे बहुत ही मज़ा आता था। साफ़ पानी से लबालब पवित्र तालाब के बीचोंबीच दरबार साहब का मन्दिर—जिसे हरमन्दिर साहब कहा जाता था—सोने के डले की तरह दिखायी देता। रात के समय जब हरमन्दिर साहब की इमारत पर प्रकाश पड़ता तो उसका एक-एक कोना जगमगा उठता। वहाँ चौबीस घण्टे पाठ होता रहता था। गुरु का लंगर अलग चलता था, जहाँ हर अमीर-ग़रीब खाना खा सकता था।

वे हरमन्दिर साहब के भीतर जाकर मत्था टेकते, कुछ देर पाठ या शब्द-कीर्त्तन सुनते, फिर पिछवाड़े से चरणामृत लेते, और बाहर आकर तालाब के किनारे घण्टों बैठे रहते। वहाँ के नज़ारे देख-देखकर उनका जी ही नहीं भरता था। हरमन्दिर साहब के कुछ सेवक, जो सेवादार कहलाते थे, गज्जनसिंह से वाकिफ़ थे। कभी-कभी गज्जनसिंह देवर-भाभी को बातें करता छोड़कर सेवादारों से गप्पें हाँकने के लिए चला ज़ाता। एक रात ऐसे ही हुआ। गज्जनसिंह उस सेवादार से बात कर रहा था, जो हरमन्दिर साहब को जानेवाले दरवाज़े पर खड़ा पहरा दे रहा था। इतने में ही गज्जनसिंह की नज़र एक हिन्दू मर्द पर पड़ी, जो सिर पर बड़ा-सा रूमाल बाँधे हरमन्दिर साहब की ओर से चला आ रहा था। सूरत जानी-पहचानी लगती थी। जब वह आदमी पास पहुँचा, तब गज्जनसिंह ने उसे पहचान लिया। वह नीवाँ अकालगढ़ का दुकानदार चूनीलाल था।

चूनीलाल अपनी ही धुन में बड़े दरवाज़े में से बाहर निकलने लगा तो किसी ने उसके कन्धे पर हाथ रख दिया। उसने मुड़कर देखा तो उसके सामने गज्जनसिंह खड़ा था। आँखें मिलते ही चूनीलाल ने हाथ जोड़कर कहा—"सस सिरी अकाल, गज्जनसिंह जी!"

"सस सिरी अकाल! कहिये लालजी आप यहाँ कैसे?"

"मैं आया तो अपने शहर ही था, लेकिन वहाँ कुछ सामान नहीं मिला। वही लेने के लिए अमृतसर चला आया।"

"कब पहुँचे यहाँ?"

"आज सुबह आया था। कल तक काम ख़तम हो जायगा और मैं वापस चला जाऊँगा।"

"ठहरे कहाँ हैं आप?"

"धर्मशाला में।"

"यहाँ भी अपना घर है, क्यों नहीं हमारे साथ चले चलते?"

"एक रात की तो बात है, अब बेसमय सामान उठाकर आपके यहाँ ले जाने से क्या फ़ायदा। अगर कुछ दिनों रहना होता तो भी एक बात थी।"

गज्जनसिंह को उसकी बात ठीक ही लगी, उसने पूछा—"और कहिये गाँव का क्या हाल है? हमारे घरवाले ठीक-ठाक हैं?"

अब चूनीलाल कुछ हिचकिचाया, फिर उसने असली बात बता ही दी—"आपके घर में कुछ झगड़ा हो गया था..."

गज्जनसिंह ने उसे झिझक में देखकर कहा—"लालाजी घबराने की कोई ज़रूरत नहीं, जो भी बात हो खोलकर बता दीजिये।"

वे दोनों अब तक टहलते हुए तालाब के किनारे से ज़रा दूर चले गये थे। चूनीलाल बोला—"जो बातें मैं आपको बताने जा रहा हूँ वह कोई ढकी-छिपी तो है नहीं। वहाँ के बच्चे-बच्चे को मालूम है। हुआ यह कि बन्तासिंह जी गुजरातवाली तवायफ़ को लेकर अकालगढ़ आ गये..."

"आपका मतलब है कि वह तवायफ़ को लेकर घर आ गया?"

"नहीं, उसे घर तो नहीं लाये, लेकिन अफ़वाह यही है कि उसे घर लाने का इरादा ज़रूर था। पहले उन्होंने उस औरत को तबेले में टिकाया। दूसरे दिन वह दोपहर के खाने के बाद घर गये। घर में कुछ झगड़ा चलता रहा। दीदारसिंह जी बूड़चक्क से लौट रहे थे। उन्हें बाहर से ही पता चल गया इस बात का। वह घर जाने की जगह सीधे तबेले में पहुँचे और उस तवायफ़ को कुछ समझा-बुझाकर पक्की सड़क पर ले गये, और उसे शहर जानेवाली लारी पर सवार कर दिया। औरत के साथ एक जवान भी था, जो उस औरत का रिश्तेदार था। वह भी उस औरत के साथ ही चला गया...।"

यह सुनकर गज्जनसिंह के दिल को कोई ख़ास दु:ख नहीं हुआ। यह तो सभी जानते थे कि बन्तासिंह गुजरात में कहाँ रह रहा था, और क्या कर रहा था।

चूनीलाल ने इसके बाद यह भी बता दिया कि दीदारसिंह जब घर पहुँचा तो दोनों भाइयों की झड़प हो गयी। चारदीवारी के भीतर जो कुछ हुआ वह तो किसी को मालूम नहीं, लेकिन जब दीदार ने बन्तासिंह को गली में ढकेलकर फेंक दिया तो बहुत-से लोग तमाशा देखने आ गये।

गज्जनसिंह चुपचाप यह सब-कुछ सुनता रहा। यह भी उसके लिए कोई अनोखी बात नहीं थी। उसने पूछा—"क्या बन्तासिंह अभी गाँव में ही है?"

"नहीं, वह उसी रात मेरी रेढ़ी में बैठकर शहर आ गये, और दूसरे दिन गुजरात जानेवाली गाड़ी पर सवार हो गये।"

इन सब बातों से गज्जनसिंह को कोई ख़ास परेशानी नहीं हुई, फिर भी उसने सोचा कि अब तेजे को वापस चले जाना चाहिए।

विदा होते समय गज्जनसिंह ने चूनीलाल से कहा—"आप किसी से इस मुलाक़ात का ज़िक्र न कीजियेगा...वैसे डर की कोई बात नहीं है। आजकल मेरे वारण्ट भी नहीं निकले हैं। फिर भी मैं चाहता हूँ कि किसी से आप ज़िक्र न ही करें तो अच्छा है।"

चूनीलाल जाति का बनिया था, वह इस तरह के टण्टों से दूर ही रहता था। उसने दोनों हाथों की उँगलियों से कान छूते हुए जवाब दिया—"भला मुझे क्या ज़रूरत कि किसी से इसका ज़िक्र करूँ।"

उस रात दरबार साहब से लौटते समय गज्जनसिंह ने छोटे भाई से कहा—"कल तुम वापस जाने की तैयारी करो।"

अचानक भाई का यह हुक्म सुनकर तेजा कुछ हैरत में आ गया। उसने भाभी की ओर देखा। वह समझे बैठा था कि भाभी को भी वापस जाना पड़ेगा। तारो ने उसे अभी तक नहीं बताया था कि उसे गज्जनसिंह के साथ तीन-चार महीने अमृतसर में ही रहना पड़ेगा।

गज्जन बोला—"भाभी की ओर क्या देख रहे हो—वह यहीं रहेगी, सिर्फ़ तुम जाओगे।"

तेजे को यह जानकर तो इत्मीनान हुआ कि उसकी भाभी पति के पास ही रहेगी, लेकिन वह ख़ुद अभी वापस जाने में ख़ुश नहीं था। वह चुप रह गया..वह जानता था कि वही होगा, जो गज्जनसिंह ने कह दिया है।

शायद उसके मन की हालत को भाँपकर ही गज्जनसिंह ने फिर कहा, "अभी तुम्हारा लौट जाना ही अच्छा है। यहाँ तो जब जी चाहे फिर भी आ सकते हो। मुझे यहाँ खाना पकाने के लिए तुम्हारी भाभी की ज़रूरत है। तुम अकालगढ़ पहुँचकर कुछ दिन वहीं टिके रहना। ऐसा न हो कि ननिहाल भाग जाओ—समझे?"

तेजे ने 'हाँ' में सिर हिला दिया।

गज्जन बातें किये जा रहा था—"तुम इतना तो समझ गये होगे कि स्टेशन पर मैं तुम लोगों को लेने क्यों नहीं गया। मैंने अपने एक वाकिफ़ ताँगेवाले को भेज दिया,

उसने कुली को तुम लोगों के पास भेजा, इस तरह तुम लोग यहाँ पहुँचे। कोई ख़तरा न होने पर भी अभी मेरा होशियार रहना ही ठीक होगा।''

तेजा बेकार की बातों में अपना दिमाग़ नहीं उलझाना चाहता था। उसे यह भी नहीं मालूम था कि रनजोधसिंह की हत्या गज्जनसिंह ने ही की है, और न उसे यह बात जानने की कोई इच्छा ही थी।

दूसरे दिन नाश्ते के बाद तारो ने कुछ रोटियाँ, अचार और प्याज एक अँगोछे में बाँधकर पोटली तेजे के हवाले कर दी। जो ताँगेवाला उन्हें स्टेशन से ले आया था, उसी का ताँगा बाहर खड़ा था। भाभी से विदा होते समय तेजे का मन तो उदास हो गया, लेकिन वह चुपचाप ताँगे की पिछली सीट पर बैठ गया। वही हाल तारो का था। जब तक उसे ताँगा नज़र आता रहा, वह दरवाज़े का एक तख़्ता खोले उसे देखती रही। जब ताँगा गली के नुक्कड़ पर मुड़ गया तो तारो का मन भी बोझिल हो गया।

स्टेशन पर पहुँचकर तेजे ने टिकट लिया और गाड़ी पर सवार हो गया। अभी उसका एकदम ही गाँव जाने का इरादा नहीं था। पहले वह लाहौर पहुँचा। सारा दिन घूमता-फिरता रहा। गुरुद्वारा डेरा साहब में टिका, महाराजा रणजीतसिंह की समाधि के दर्शन किये। रात गुरुद्वारे में काटी और सुबह फिर गाड़ी पर सवार हो गया।

अब भी वह अकालगढ़ जाने के बजाय बूड़चक्क चला गया। उसे घूमने-फिरने का बहुत शौक़ था, और फिर वह यह भी जानता था कि भाभी के बिना उसे अपना घर सूना-सूना-सा लगेगा।

बूड़चक्क में वह बलकारसिंह के यहाँ चला गया। बलकार उसे अपने सामने पाकर कुछ हैरत में आ गया। तेजे ने उसे बताया कि वह यों ही घूमता-घामता आ गया है।

बलकार उसे अपने पास रखने से इनकार नहीं कर सकता था। आख़िर वह उसके जिगरी दोस्त दीदारसिंह का छोटा भाई था—उसे डर सिर्फ़ इस बात का था कि तेजासिंह कुछ उलटा-सीधा काम करके वहाँ न भाग आया हो।

उन दिनों हस्सी के दोनों मामू वहीं आये हुए थे। उन्होंने उड़ती हुई यह ख़बर भी सुनी थी कि दीदारसिंह उनकी भांजी की शादी के मामले में टाँग अड़ा रहा है। उस बात से वे कुछ बौखलाये हुए भी थे, और मन में डरे हुए भी थे। पूछताछ करने पर उन्हें इस बात का पता भी चला कि अकालगढ़ में सरदारों का ख़ानदान और दीदारसिंह का ख़ानदान एक-दूसरे के दुश्मन हैं। उन्होंने अकालगढ़ जाकर फिलौरासिंह से मिलने का इरादा कर रखा था, लेकिन अभी तक वहाँ जा नहीं पाये थे।

जब शफ़ी और आरिफ़ ने तेजे को देखा तो उन्हें शक़ हुआ कि यह दीदारसिंह का भाई है और ज़रूर किसी शरारत के ख़्याल से ही बूड़चक्क में आया हुआ है।

उसी शाम जब तेजा गलियों में से होता हुआ घूमने-फिरने के लिए खेतों को जा रहा था तो गाँव के सिरे पर ही दो अजनबी आदमी मिले। उनमें से एक ने पूछा—"क्या तुम दीदारसिंह के भाई हो?"

"हाँ।"

"क्या नाम है तुम्हारा?"

"तेजासिंह।"

सहज-जान से ही तेजासिंह चौकन्ना हो गया। वह शफ़ी और आरिफ़ को नहीं पहचानता था, लेकिन उसने देख लिया कि वे दोनों मुसलमान हैं। उसे यह मालूम नहीं था कि उन दोनों का उसके भाई से क्या झगड़ा है, फिर भी उसकी तेज़ आँखें उन दोनों का जायज़ा ले रही थीं।

शफ़ी ने कहा—"तुम अपने भाई से कह देना कि वह नूरे और हमारे झगड़े में टाँग न अड़ाये।"

"यह सोचना उसका काम है कि वह टाँग अड़ाये या न अड़ाये। मुझे इस झगड़े के बारे में कुछ पता नहीं, लेकिन मैं इतना जानता हूँ कि अगर मैंने तुम्हारा यह सन्देश अपने भाई तक पहुँचा दिया तो वह तुम दोनों को कच्चा चबा जायगा।"

शफ़ी ने अपने भाई की ओर देखते हुए कहा—"लड़का गर्म मालूम होता है।"

तेजासिंह की पुतलियाँ तेज़ी से घूम रही थीं कि कहीं उनमें से कोई छूरे से वार न कर दे। ख़ुद उसके लम्बे कुर्ते के नीचे एक फुट लम्बी कृपाण लटक रही थी। वह बोला—"हाँ, लड़का गर्म है, इतना गर्म कि तुम उसे छू भी नहीं सकते।"

शफ़ी ने चुभती हुई नज़र से उसकी ओर देखते हुए कहा—"यह सवाल मैंने तुमने नहीं किया था...।"

तेजा बोला—"हाँ—लेकिन जवाब मैं ही दे रहा हूँ।"

यह सुनते ही शफ़ी उस पर पिल पड़ा। उसके हाथ में चाकू या छुरा नहीं था। वह इकहरे बदन के इस अनदाढ़िये को हाथापाई से ही कुछ सबक सिखाना चाहता था—लेकिन चीते की-सी तेज़ी से तेजे ने शफ़ी के आगे बढ़ते हुए दाहिने हाथ की कलाई को अपने बायें हाथ से थाम लिया। उसकी पकड़ इतनी सख़्त थी कि शफ़ी को महसूस हुआ जैसे उसकी कलाई लोहे के शिकंजे में जकड़ गयी हो। उसने सोचा भी नहीं था कि इस छोकरे के हाथों में इतनी ताक़त होगी। इसके साथ ही तेजे ने कुर्ते के नीचे से अपनी छोटी-सी कृपाण बाहर खींच ली, और बोला—"मैं चाहूँ तो अभी तुम दोनों को ढेर कर दूँ।"

आरिफ़ ने शफ़ी को पीछे खींचते हुए कहा—"हटाओ भई! इस लौंडे के मुँह क्या लगते हो!"

यह नामुमकिन था कि उस छोटे-से गाँव में झगड़ा हो जाय, और लोगों को पता भी न चले। इतनी ही देर में दुकानों के आगे बैठे हुए लोग उनके पास आ गये। कहीं से बलकार भी वहाँ पहुँच गया। उसने यह हालत देखी तो दौड़कर तेजे का कृपाणवाला हाथ पकड़ लिया, और उसकी कमर को बायें बाजू के घेरे में लेकर उसे पीछे की ओर खींच लिया, और धीमी लेकिन तेज़ आवाज़ में बोला—"नहीं तेजासिंह, तुम्हें हमारे गाँव में ऐसी कोई कार्रवाई नहीं करनी चाहिए।"

तेजे ने कृपाण को फिर कुर्ते के नीचे म्यान में रखते हुए बलकार से कहा—"भापे! मैं तो अपने रास्ते पर चला जा रहा था। इन दोनों को तो मैंने कभी देखा ही नहीं। ये ख़मुख़ाह मेरा रस्ता रोककर खड़े हो गये—अगर मुझे तुम्हारा ख़्याल न होता तो अब तक ये लहू और धूल में लोट गये होते।"

यह सुनकर शफ़ी को बड़ा ताव आया। भड़ककर बोला—"अरे जा, बड़ा आया है धूल और लहू में लोटानेवाला...हम तुम लोगों से डरते नहीं हैं। देख लेना हम तुम्हारे गाँव में पहुँचेंगे।"

तेजा जहाँ बड़ा हथछुट था, वहाँ मुँहफट भी था। वह उन दोनों की ओर आग बरसाती हुई आँखों से देखकर बोला—"मैं तुम्हें इतना बताये देता हूँ कि अकालगढ़ में तुम पहुँच तो जाओगे लेकिन लौटकर नहीं आओगे।"

झगड़ा बढ़ते देखकर कुछ लोग उन दो भाइयों को धकेलकर परे ले गये, और कुछ लोगों ने, जिनमें बलकार भी था, तेजे को परे हटा दिया।

लोगों ने शफ़ी और आरिफ़ को समझाया कि तुम लोग ख़ामुख़ाह उससे क्यों उलझ रहे हो।

शफ़ी ने कहा—"हमें उलझने की ज़रूरत नहीं, लेकिन इसका बड़ा भाई दीदारसिंह हमसे उलझ रहा है। हमारे घरेलू मामलों में टाँग अड़ानेवाला वह कौन होता है। आज हमने इसे (तेजे को) देखा तो हमें लगा कि यह दीदारसिंह का ही भाई है। यही जानने के लिए हमने इससे बातचीत शुरू की। इससे इतना ज़रूर कहा कि यह अपने भाई को समझा दे कि वह हमारे निजी कामों में टाँग न अड़ाये। बस फिर क्या था, भड़क उठे सरदार जी !...बड़े मियाँ सो बड़े मियाँ, छोटे मियाँ सुब्हान अल्लाह!"

एक बूढ़े आदमी ने समझाते हुए कहा—"देखो भाई शफ़ी! आपे से बाहर होने की कोई ज़रूरत नहीं। राज तो अंग्रेज़ों का है, इसलिए तुम जहाँ चाहो अपनी भांजी की शादी कर दो। अरे मैं कहता हूँ कि डंके की चोट पर न सही, चुपके से लड़की का किसी से निकाह पढ़वा दो।"

आरिफ़ हवा में हाथ हिलाते हुए बोला—"वाह जी वाह! हम चोरी-छिपे निकाह क्यों पढ़वा दें? किसी से डरते हैं क्या? हम जब शादी करेंगे तो बीच खेत में डंके की चोट पर करेंगे।"

उन्हें समझानेवाले बुजुर्ग बोले—"भले आदमियों का तरीक़ा यह है कि वे हमेशा इस क़िस्म के झंझटों से दामन बचाकर चलते हैं।

अब शफ़ी ने कहा—"अजी रहने दीजिये अपनी इस सीख को...यह कल का लौंडा नहीं जानता कि अकालगढ़ में भी हमारे हिमायती मौजूद हैं।"

उन बुजुर्ग ने शफ़ी के कन्धे पर हाथ रखते हुए कहा—"यह कल का लौंडा बहुत-कुछ जानता है—उसकी यह बात याद रखना कि आप लोग अकालगढ़ पहुँच तो जाओगे, लेकिन वहाँ से लौटकर नहीं आ सकोगे।"

इस बात पर शफ़ी और आरिफ़ बकते-झकते वहाँ से चल दिये। दिखाने को तो उन्होंने बहुत-कुछ कह दिया और बड़ भी हाँक दी, लेकिन मन में डाँवाँडोल हो गये, और अकालगढ़ जाने का उनका प्रोग्राम भी कुछ दिनों के लिए खटाई में पड़ गया।

बलकार तेजे को घर ले गया, और रास्ते भर उसको समझाता-बुझाता रहा। तेजा उसे यक़ीन दिलाने की कोशिश कर रहा था कि इस झगड़े में उसने पहल नहीं की। अन्त में वह बोला—"मैंने यह बात ग़लत नहीं कही थी कि अगर मुझे तुम्हारा ख़्याल न होता तो आज ख़ूनख़राबा हो जाता।"

तेजा बलकार को उन दोनों की सब बातें बता चुका था। बलकार ने समझाया—"देखो, तुम दीदारसिंह से उन झगड़े का कुछ ज़िक्र न कराना। मेरा ख़्याल यही है कि जहाँ तक बन पड़े दीदार को इन बातों से बचाये रखो। वह पुरानी कहावत तुमने भी सुनी होगी कि सौ दिन चोर का और एक दिन साव का—चाहे कोई आदमी कितना भी चालाक क्यों न हो, और कितना भी धाकड़ क्यों न हो, एक-न-एक दिन क़ानून के चंगुल में फँस जाता है। मैं यह मानता हूँ कि गज्जनसिंह ज़्यादा हथछुट है और दीदारसिंह काफ़ी सूझ-बूझ से काम लेता है। फिर भी बुरे कामों का नतीज़ा बुरा ही होता है। इसीलिए मैं चाहता हूँ कि तुम इन दोनों से अपने झगड़े का ज़िक्र बिलकुल न करना, और अपने भाई को यह भी न बताना कि वे लोग क्या-क्या धमकियाँ दे रहे थे। दीदारसिंह को इनकी धमकियों का पता चल गया तो वह उखड़ जायगा, और जाने ताव में आकर क्या कर बैठे।"

तेजे ने बलकार से सहमत होते हुए कहा—"तुम चाहते हो तो मैं नहीं कहूँगा—लेकिन इनका यह झगड़ा है किस बात का? ये दोनों आदमी कौन थे?"

बलकार ने इस मामले पर थोड़ा-सा प्रकाश डालने में कुछ हर्ज़ नहीं समझा, बोला—"दीदार का एक दोस्त है नूरा। नूरा जिस लड़की से शादी करना चाहता है वह इन दोनों की भांजी है। इनमें से जिसकी तुमने कलाई थाम रखी थी, उसका नाम शफ़ी है, और दूसरे का नाम आरिफ़। ये दोनों अपनी भांजी की शादी नूरे से नहीं करना चाहते। बस यह झगड़ा है। तुम छोटे हो, इसे निबटाने का काम बड़े भाई पर ही छोड़ दो।"

"हाँ, हाँ—इनसे निबटने के लिए वही काफ़ी है। मैं तो अकालगढ़ में भी कम रहता हूँ। मेरा ज़्यादातर समय ननिहाल में ही बीतता है।"

इस ख़्याल से कि कहीं यह झगड़ा और न बढ़ जाय, बलकार ने दूसरे दिन तेजे को बड़े प्यार और स्नेह से समझा-बुझाकर अकालगढ़ भेज दिया।

: ४ :

बच्चों, जवानों और लड़कियों को दोपहर के समय नींद अकसर नहीं आती, जिनकी हँसी और बातों के शोर से बड़े-बूढ़ों की नींद में ख़लल पड़ जाता है। ऐसे मौक़ों पर लड़के-लड़कियों को अपने लिये कोई अलग जगह ढूँढ़नी पड़ती। लड़कों के लिए यह कोई मुश्किल बात नहीं होती। गाँव के आस-पास पेड़ों के कई झुण्ड थे। जवान अपनी चारपाइयाँ उठाकर वहाँ चले जाते। चौपड़ या शतरंज खेलते या औरतें भगाने के क़िस्से सुनते या सुनाते, या फिर कोई गानेवाला मिर्जा-साहिबाँ, सस्सी-पुन्नू, हीर-राँझा वगैरह का क़िस्सा गा-गाकर सुनाता, और दूसरे सुन-सुनकर झूम उठते। लड़कियों के लिए दोपहर का समय काटने की समस्या और भी कठिन होती थी। अकसर लड़कियाँ घर की छत पर चारपाइयाँ एक-दूसरे से जोड़कर खड़ी कर देतीं। धूप से बचने के लिए उन चारपाइयों पर चादरें और खेस फैला देतीं, और फिर उनके भीतर घुस बैठतीं। इस तरह उनका समय गपशप और हँसी-मज़ाक में बीत जाता।

सरदारों के यहाँ ऐसी कोई समस्या नहीं थी। गुलज़ारासिंह ने अपनी बेटी रूपी के लिए मकान की छत पर हवादार चौबारा बनवा दिया था। कमरा काफ़ी बड़ा था। आस-पास की लड़कियाँ भी वहाँ आ जातीं। उस चौबारे में उन्हें टोकनेवाला कोई नहीं था। उन्हें शतरंज और चौपड़-जैसे खेलों से कोई दिलचस्पी नहीं थी, इसलिए वक़्त काटने के लिए वे अकसर सूत कातने लगतीं। चूँकि यह रोज़ का प्रोग्राम था, इसलिए रूपी की ज़्यादातर सहेलियों ने अपने चर्खे उस चौबारे में रख छोड़े थे। हाथों से सूत की कताई होती रहती, और मुँह से बातों की फुलझड़ियाँ छूटती रहतीं।

आज भी दोपहर के समय इसी चौबारे में रूपी और उसकी सहेलियों की महफ़िल जमी हुई थी। चर्खों की घूँ-घूँ का मधुर संगीत चौबारे में गूँज रहा था। कभी-कभी इस गूँज में किसी लड़की के गीत की मीठी आवाज़ घुल-मिल जाती तो मानो सब पर एक नशा-सा छा जाता। फिर बातें शुरू हो गयीं।

वैसे तो बातों के अनेक विषय थे, लेकिन उनका सबसे प्यारा विषय शादी-ब्याह का ही होता था। कभी तो इस विषय पर बड़ी गम्भीरता से बहस होती, लेकिन अकसर एक-दूसरे को तंग करने के लिए ही यह विषय छेड़ा जाता था। दो-तीन लड़कियाँ

तो ऐसी थीं कि जिनका सचमुच ही किसी-न-किसी लड़के से प्रेम चल रहा था, लेकिन अधिकतर किसी का ख़याली प्रेम गढ़कर उसे ख़ूब परेशान किया जाता। आज बेचारी वीरां अपनी सहेलियों के चंगुल में फँस गयी थी।

असली बात किसी को भी मालूम नहीं थी। सन्तो ने ही वीरां के बारे में कुछ खुसुर-फुसर शुरू कर दी। दूसरी लकड़ियों ने एतराज़ किया, और जीतो ने कहा—"देखो सन्तो, यह खुसुर-फुसुर अच्छी नहीं लगती। यहाँ हम सब सहेलियाँ ही तो हैं। किसी से किसी की कोई बात छिपी नहीं रहनी चाहिए।"

सन्तो अपने होंठ उचकाते हुए यों ही दिखाने को गम्भीर बनकर बोली—"भई ख़ामुख़ाह किसी को बदनाम करने से क्या फ़ायदा!"

रूपी ने राय दी—"इसमें बदनाम करने की कोई बात नहीं है। अगर तुम्हें बीरां के बारे में कुछ मालूम है तो हमें बता देने में क्या हर्ज़ है।"

सन्तो मुँह फुलाकर बोली—"न बाबा! कौन वीरां से झगड़ा मोल ले। जो करती है सो करने दो।"

वीरां चमककर बोली— "ख़बरदार सन्तो। जो तूने बेकार में उलटी-सीधी बातें कीं तो....।"

सन्तो चूड़ीवाला हाथ हवा में झटककर बोली—"यह लो!...अभी तो मैंने कुछ कहा ही नहीं, फिर भी वीरां कैसे मुझे आँखें निकालकर देख रही है।"

प्रीतो ने, जो वीरां के पहलू में हो बैठी थी, उसकी पीठ पर हलका-सा धप जमाते हुए कहा—"ऐ वीरां! जब तेरे मन में पाप नहीं तो तू बेकार में बौखला क्यों रही है...।"

वीरां माथे पर बल डालकर बोली—"बस जी, हमें तो झूठी बातों से बड़ी नफ़रत है।"

प्रीतो ने कहा—"अरी। झूठ-सच का फ़ैसला करना तो हम पंचों का काम है। तू चुप बैठी रह, हमें सन्तो की बात सुनने दे। हमें फ़ौरन पता चला जायगा कि वह झूठ कह रही है या सच।"

सन्तो ने वीरां से कहा—"चलो हम इन सबको कुछ नहीं बताते, लेकिन मैं तुमसे कुछ सवाल करूँ तो तुम्हें जवाब देना पड़ेगा।"

सभी लड़कियों को सन्तो की चालाकी पसन्द आयी, और वे चिल्ला-चिल्लाकर कहने लगीं—"हाँ, हाँ, यह ठीक है। इस पर वीरां को कोई एतराज़ नहीं होना चाहिए। अगर वह अब भी कोई एतराज़ करे तो हम यही समझेंगी कि दाल में ज़रूर कुछ काला है।"

वीरां भड़ककर बोली—"भई! हम कल से यहाँ नहीं आयेंगे।"

अब नन्दी ने कहा—"वाह री मेरी बन्नो! जब तो दूसरों पर छींटे पड़ते थे तब तो तुम ख़ूब दाँत निकाल-निकालकर हँसती थीं। अब अपनी बारी आयी तो चीख़ पड़ीं।"

रूपी ने सन्तो से कहा—"हाँ-हाँ, सन्तो! तुम इससे सवाल करो। सवाल करने की तरक़ीब अच्छी है। वीरां को कोई बात झूठी लगे तो वह उससे इनकार कर सकती है।"

सन्तो बोली—"हम तो वीरां से सीधी-सादी बात यह पूछते हैं कि आज सुबह वह वैसे तो कुएँ पर पानी भरने गयी थी, लेकिन..."

"मैं सुबह घर से ही नहीं निकली।" वीरां जल्दी से बोली।

"अजी सुबह से मतलब यह नहीं है कि जब ढोर-डंगर घास चरने के लिए घरों से चल देते हैं। उस समय तो ख़ूब दिन चढ़ आया था। भत्ते-वेले से कुछ पहले की बात है। कहो, तुम कुएँ पर पानी भरने नहीं गयी थीं क्या?"

"हाँ गयी थी—तो?"

"तो यह कि क्या तुमने वहाँ पर किसी को...एक नौजवान को पानी नहीं पिलाया?"

वीरां आँखें निकालकर बोली—"भई तुम भी कमाल करती हो। अगर कोई प्यासा राहगीर पानी माँगे तो उसे पानी पिला देने में क्या हर्ज़ है?"

सन्तो ने आँखें मटकाते हुए सबकी ओर देखा और बोली—"क्यों नहीं, एक जवान और सुन्दर लड़की के लिए इससे ज़्यादा अच्छी बात क्या हो सकती है कि वह प्यासों की प्यास बुझाये।"

सहेलियाँ सन्तो के दोहरे मतलब को समझते हुए खी-खी करके हँसने लगीं। वीरां ने अपनी सफ़ाई पेश करते हुए कहा—"वह तो अकालगढ़ का रहनेवाला भी नहीं था। बेचारा मुसाफ़िर था, प्यास लगी होगी तो उसने पानी माँग लिया और मैंने पिला दिया।"

सन्तो शरारत से मुँह बनाकर बोली—"ठीक है, वह अकालगढ़ का रहनेवाला तो नहीं था। लेकिन एक तरह से देखा जाय तो यह और भी अच्छी बात है—हाँ तो वह कहाँ का रहनेवाला है?"

वीरां बमककर बोली—"मेरी जाने जूती।"

"अच्छा तो उसकी प्यास बुझाकर अब यह बात कह रही हो?"

"अरी! उसने तो मुझे बहनजी कहा था। बोला—बहनजी, थोड़ा पानी पिला दीजिये।..अगर वह मुझे बहन न कहता तो मैं उसे पानी पिलानेवाली नहीं थी।"

सन्तो मुँह फैलाकर बोली—"क्या करे बेचारी! अगर कोई उसे बहन कह देता है तो इसका दिल पिघल जाता है। शायद किसी को भाई बनाने के लिए इसका दिल तड़पता रहता है। अब मैं यह पूछती हूँ कि घर में जो तुम्हारे चार भाई हैं, क्या वह एक बहन के लिए काफ़ी नहीं हैं। अभी तुम्हें और भाइयों की ज़रूरत है?"

वीरां चिढ़कर बोली—"मैंने उसे अपना भाई तो नहीं बना लिया। मेरा मतलब तो यह था कि उसके बोलने का ढंग ही ऐसा था कि मैंने उसे पानी पिलाने में कोई हर्ज़ नहीं समझा।"

"ये मर्द ऐसे ही होते हैं। इनकी पानी की प्यास बुझा दो तो फिर इन्हें और तरह की प्यास सताने लगती है।"

वीरां ने कहा—"तुम जान-बूझकर बकवास किये जा रही हो। तुम अच्छी तरह जानती हो कि इस आदमी को न तुमने पहले कभी मेरे साथ देखा था और न कभी बाद में देखोगी।"

"सो तो ठीक है। अभी तक तुमने बड़ी होशियारी से काम लिया, इसीलिए तो हम उसे देख नहीं पाये। लेकिन तुम इस धोखे में न रहना कि आगे भी हमें कुछ पता नहीं चलेगा।"

वीरां बेपरवाही से बोली—"मुझे इस बात की फ़िक्र नहीं है। जब मेरा किसी से मतलब ही नहीं है तो तुम आगे को मुझे देखोगी किसके साथ...एक बात और भी कहती हूँ कि जिन्हें कुछ करना ही होता है वे अपने ही गाँव में डंके की चोट पर करती-फिरती हैं।"

यह बात तो साफ़ हो चुकी थी कि वीरां का किसी से कोई ताल्लुक़ नहीं था, लेकिन मज़ा लेने के लिए सन्तो उसे घसीटे जा रही थी। अब वीरां ने नयी बात कह दी तो सन्तो बोली—"अच्छा, यह बात भी होती है? कोई लड़की है ऐसी तुम्हारी नज़र में?"

वीरां ने कहा—"दूर क्यों जाती हो, अपने साथवाली से ही पूछ लो न?"

सन्तो के साथ रूपी बैठी थी। दीदारसिंह से उसकी खुल्लमखुल्ला मुलाक़ातें नहीं होती थीं। ज़्यादा-से-ज़्यादा रास्ते में आते-जाते मिल जाते तो सिर्फ़ मुस्करा देते। वीरां ने कहीं से उड़ती-उड़ाती यह ख़बर सुन ली कि जब रूपी अपने ननिहाल गयी थी तो मेले में दीदारसिंह से मुलाक़ातें करती रही थी। उसे यह भी मालूम था कि जब रूपी ननिहाल से वापस आ रही थी तो किसी ने उसे नहर के किनारे दीदारसिंह के साथ देखा था।

वीरां की यह बात सुनकर महफ़िल पर ख़ामोशी छा गयी। एक तो इसलिए कि किसी को इस राज़ का पता नहीं था, दूसरे इसलिए कि रूपी बड़े बाप की बेटी थी और उसकी सहेलियाँ उसका लिहाज़ भी करती थीं।

बातचीत का रुख़ बदलते देखकर रूपी भी चौकन्नी हो गयी। उसने सोचा कि शायद वीरां के कान में कोई बात पड़ी हो, इसलिए अब उसे तंग करना ठीक नहीं, वरना वह ज़रूर कुछ-न-कुछ बक देगी। ये बातें मन-ही-मन में सोचकर रूपी ने कहा—"सन्तो! तुम ख़ामुख़ाह हद से बढ़ जाती हो। वीरां अच्छी लड़की है। मैंने आज तक इसके बारे में कोई ऐसी-वैसी बात नहीं सुनी।"

वीरां ने जब रूपी की अपनी हिमायत करते देखा तो वह ठण्डी पड़ गयी। सन्तो कहने लगी—"यह तो मैं भी जानती हूँ कि वीरां ने जिसे पानी पिलाया था वह सचमुच ही कोई मुसाफ़िर होगा...अरे भई! वे तो छेड़-छाड़ की बातें हैं। भला इनका कोई बुरा भी मानता है।"

इस तरह रूपी का भाँडा फूटने से बच गया। अब नये विषयों पर बात होने लगी।

तीसरा पहर ढल गया, और नीचे सेहन से रूपी की माँ की एकाध आवाज़ भी सुनायी दे चुकी थी। वह लड़कियों से कह रही थीं कि अब धूप ढल रही है, वे सब नीचे चली आयें।

यह तो रोज़ ही होता था। जब तक आधी दर्जन आवाज़ें न आ जातीं तब तक ये लड़कियाँ नीचे नहीं उतरती थीं।

इतने में ही एक लड़का ऊपर आया। वह हाँफ रहा था, जैसे उसने कोई अजीब चीज़ देख ली हो। उसकी आँखें चमक रही थीं और शक्ल ऐसी बनी हुई थी जैसे वह कोई बड़ी ही ख़ास बात कहने जा रहा हो। सब लड़कियाँ उसकी ओर देखने लगीं। आख़िर वह बोला—"नीचे एक विलायती साहब आया है—बिलकुल लाल-लाल, सफ़ेद-सफ़ेद!"

सब लड़कियाँ आँखें फ़ाड़-फाड़कर उसकी ओर देखने लगीं। कुछ लड़कियों के मुँह से अनायास ही निकल गया—"तब तो वह कोई अंग्रेज़ होगा...आओ! चलकर देखें कि यह विलायती साहब है कैसा!"

बस फिर क्या था! सब लड़कियाँ चर्खे-वर्खे जहाँ-के-तहाँ छोड़कर नीचे की ओर भागीं। रूपी की माँ ने चौड़े तख़्तोंवाले ज़ीने पर धड़-धड़ का शोर सुना तो हैरान रह गयी। उसे हैरानी तो इस बात पर थी कि आज लड़कियाँ एक-दो आवाज़ें ही देने पर क्यों भागी चली आ रही हैं। सेनापति की तरह आगे-आगे लड़का था, उसके पीछे-पीछे नीली, पीली, धानी, हरी, गुलाबी चुनरियाँ लहराती हुई लड़कियाँ धमाधम चली आ रही थीं।

रूपी की माँ ने अपने अधखुले मुँह पर हाथ रखते हुए पूछा—"अरी चुड़ैलो! क्या हुआ है? यह भगदड़ क्यों मचा रखी है?"

किसी लड़की ने उसकी ओर ध्यान नहीं दिया। वे सब सेहन की छोटी-सी दीवार के पास खड़ी हो गयीं और एड़ियाँ उठा-उठाकर अहाते की ओर झाँकने लगीं। फिर

अँगुलियाँ हिला-हिलाकर एक-दूसरे को साहब दिखाने लगीं। उनमें से कोई बोली—'अरी! इसके बाल तो देखो बिलकुल भूरे-भूरे हैं। जैसे नन्हें बच्चों के होते हैं।''

अब कोई और बोला—''उसकी गर्दन और चेहरा अंगारे की तरह दहक रहे हैं।''

अब हर एक ने अपनी-अपनी राय बतानी शुरू कर दी—''तुम जानती नहीं कि इनकी आँखें भी बिल्ली की तरह होती हैं।''

''हाय!—तो इसका यह मतलब है कि ये लोग रात के अँधेरे में भी देख सकते हैं?''

''धुत्त! वह तो आँखों का रंग ऐसा होता है। वे हमसे ज़्यादा तो नहीं देख सकते।''

''हाय री! मेरा तो जी मितला रहा है। यों लगता है जैसे किसी ने बकरे की खाल खींचकर मांस का बड़ा-सा लोथड़ा धूप में रख दिया हो—आख़-थू!''

अहाते में कुर्सी पर बैठा वह अधेड़ उम्र का अंग्रेज़ नहीं जानता था कि दूर से उसे चोरी-चोरी देखनेवाली लड़कियाँ उसके बारे में क्या-क्या कह रही थीं।

अहाते में उस समय दीवारों की छाया आ चुकी थी। सिर्फ़ वह अंग्रेज़, उसका एक पंजाबी दोस्त और गुलज़ारासिंह कुर्सियों पर बैठे थे। बाक़ी सब लोग ज़रा पीछे को हटकर चारपाइयों पर बैठे थे। अंग्रेज़ ने अपना मोटा सोला हैट सिर से उतारकर अपनी रानों पर रख दिया था। एक आदमी डेढ़ गज़ लम्बा पंखा दोनों हाथों में थामे ज़ोर-ज़ोर से इन्हें हवा कर रहा था, फिर भी साहब को बार-बार अपने रूमाल से माथे और गर्दन का पसीना पोंछना पड़ रहा था।

गुलज़ारासिंह ने बैठे-बैठे गर्दन घुमायी और फिलौरासिंह की तरफ़ देखा। फिलौरासिंह तुरन्त अपना कान उसके कन्धे के नज़दीक करके झुककर खड़ा हो गया। बड़े भाई ने फुसफुसाकर पूछा—''घर में चाय की पत्ती है?''

''अभी देखता हूँ।''

फिलौरासिंह घर की ओर बढ़ा। जब वह अहाते में से स्रेहन में पहुँचा तो लड़कियाँ इधर-उधर भाग निकलीं... जैसे हिरणियों की टोली में बाघ आ जाय। फिलौरासिंह ने माथे पर बल डालकर कहा—''इन लड़कियों को क्या ख़रमस्ती सूझ रही है!''

रूपी की माँ बोली—''ये उसी अंग्रेज़ को देख रही हैं, जो तुम लोगों के पास बैठा है—हाय! यह विलायती साहब हमारे यहाँ क्यों आया है? मैंने जब से उसे देखा है, परेशान हो रही हूँ। आख़िर बात क्या है?''

फिलौरासिंह ने उसकी बात सुनी-अनसुनी करते हुए पूछा—''भाभी! पहले यह तो बताओ कि घर में चाय की पत्ती है या नहीं?''

''होनी तो चाहिए—लेकिन ठीक से मालूम नहीं।''

वे दोनों ही लपकते हुए भीतर घुस गये। पिछले कमरे में लकड़ी की एक छोटी-सी पड़छत्ती थी जिस पर कई तरह की बोतलें, शीशियाँ, डिब्बे वगैरह पड़े थे। उन्होंने खटाखट हर डिब्बे को देखना शुरू किया। काफ़ी छानबीन के बाद चाय का डिब्बा दिखायी दिया। लेकिन उसकी शक्ल ऐसी हो रही थी कि बड़ी मुश्किल से पहचाना जाता था।

फिलौरासिंह ने डिब्बे को भीतर से सूँघा तो अजीब तरह की बदबू आ रही थी। बाहरवाले पसार में आकर उसने एक कटोरी में थोड़ी-सी चाय उँड़ेली। पत्तियों की शक्ल पहचानी ही नहीं जाती थी। चाय की पत्ती को उँगली से इधर-उधर हिलाया गया तो उनमें चूहों की मेंगनियाँ भी मिली हुई थीं। इतनी जाँच-पड़ताल के बाद फिलौरासिंह ने नथुने फुलाकर कहा—"यह चाय तो साहब के लायक है नहीं।"

वह डिब्बा रखकर फिर अहाते में पहुँचा और गुलज़ारासिंह के कान में फुसफुसाते हुए बोला—"पत्ती बहुत ख़राब है और उसमें चूहे की मेंगनी मिली हुई है।"

यह सुनकर गुलज़ारासिंह के माथे पर बल पड़ गये। यह तो बहुत बड़ी मुश्किल खड़ी हो गयी। गाँव की इकलौती दुकान से चाय की पत्ती मिलने का सवाल ही नहीं उठता था। शहर से इतनी जल्दी मँगवाना नामुमकिन था। भाई को सोच में डूबे देखकर फिलौरासिंह फुसफुसाकर बोला—"मेरे ख़्याल में नत्थासिंह के यहाँ से पत्ती मिल जायगी। फ़ौज में रहकर उसे चाय पीने की आदत पड़ गयी है। मैंने सुना है कि यह रोज़ कम-से-कम दो बार चाय पीता है।"

कोई और रास्ता न देखकर गुलज़ारासिंह ने कहा—"वहीं से चाय की पत्ती ले ली जाय। हम साहब को चाय भी न पिला सकें तो बड़ी बेइज़्ज़ती होगी।"

फिलौरासिंह बालों के नीचे अँगुली से अपनी ठुड्डी खुजाते हुए बोला—"लेकिन वहाँ किसे भेजा जाय?"

"तुम ख़ुद क्यों नहीं चले जाते?"

"नाहरसिंह को भेज दें तो कोई हर्ज़ है?"

"जानते तो हो कि नाहरसिंह और तेजे की झपट हो चुकी है। वह जाने से भी हिचकिचायेगा और चला भी गया तो ये शायद इनकार कर दें। छोटे-मोटे नौकर को भी भेजने से यह काम नहीं बनेगा। अच्छा यही होगा कि तुम ख़ुद जाओ। चाहे हमारी आपस में खटपट चलती रहती है, फिर भी नत्थासिंह इतनी मामूली-सी चीज़ तुमको देने से इनकार नहीं करेगा—यह भी तो सोचो कि अगर हम चाय न पिला सके तो हमारे मेहमान भी हैरान रह जायेंगे कि इतने बड़े सरदारों के यहाँ दो कप चाय के लिए पत्ती भी न निकली।"

अब फिलौरासिंह के लिए नत्थासिंह के यहाँ जाने के अलावा कोई चारा नहीं रहा। अहाते से बाहर निकलकर उसने अपनी तहमद के पल्लू अँगुलियों में चुनकर उन्हें फिर कसकर कमर से उड़स लिया। उसके दिमाग़ में हलचल-सी मची हुई थी। पिछले कई महीनों से उसने नत्थासिंह के घर जाकर कभी मुलाक़ात नहीं की थी। रास्ते में आते-जाते मिल गये तो सत-सिरी-अकाल हो जाती थी। उसे बड़ी शर्म महसूस हो रही थी। क़िस्मत का अजीब चक्कर था कि इतनी मामूली चीज़ के लिए उसे नत्थासिंह के घर जाना पड़ रहा था।

उच्चा अकालगढ़ की छोटी-सी चढ़ायी चढ़कर वह नत्थासिंह के मकान के सामने पहुँच गया। दरवाज़े के जिस तख़्ते की चूल निकल गयी थी वह अब तक ठीक नहीं की गयी थी। तख़्ता दरवाज़े के आगे यों ही टिका दिया गया था। उसने दरवाज़े की मोटी-लम्बी जंज़ीर पकड़कर खटखटा दी।

आसपासवाले कुछ लोगों को भी यह देखकर हैरानी हुई कि सरदारों के ख़ानदान का फिलौरासिंह ख़ुद नत्थासिंह के घर आया है। इत्तफ़ाक से भिड़ा हुआ एक तख़्ता खोलने के लिए नत्थासिंह ख़ुद ही दरवाज़े तक आया। फिलौरासिंह को देखकर उसे भी हैरानी तो हुई लेकिन वह घाघ बूढ़ा था, फ़ौरन अपने मन की हालत छिपाकर उसने हाथ बढ़ाया और फिलौरे का हाथ थामकर उसे आदर के साथ भीतर ले गया। फिलौरासिंह को चारपाई पर बैठाकर वह भी सामनेवाली चारपाई पर बैठ गया। दो-चार इधर-उधर की बातें हुईं, फिर फिलौरासिंह ख़ुद ही बोला—"इस वक़्त मैं एक ज़रूरी काम से आया हूँ।"

"कहिये, कहिये।"

फिलौरासिंह हिचकिचाते हुए बोला—"आपके यहाँ चाय की पत्ती है?"

नत्थासिंह को पल भर को यों महसूस हुआ जैसे फिलौरासिंह ने कोई अनहोनी बात कह दी हो। फिर बोला—"हाँ, है।"

"हमें थोड़ी-सी पत्ती चाहिए। बात यह है कि हमारे यहाँ एक अंग्रेज़ मेहमान आ गया है। घर में पड़ी चाय की पत्ती इतनी पुरानी हो गयी थी कि उसकी चाय बनाना हमने ठीक नहीं समझा।"

नत्थासिंह उसकी बात ख़त्म होने से पहले ही उठा और भीतर से टीन का डिब्बा उठा लाया और बोला—"आप यह डिब्बा ले जाइये।"

"नहीं, डिब्बे का क्या करेंगे, हमारे यहाँ चाय कौन पीता है! थोड़ी-सी पत्ती काग़ज़ में दे दीजिये।"

"मैं तो कहता हूँ कि आप डिब्बा ही ले जाइये। जितनी पत्ती की ज़रूरत हो उतनी ख़र्च करके डिब्बा लौटा दीजियेगा।"

"नहीं, यह अच्छा नहीं लगेगा। आप भी तो दिन में दो-तीन बार चाय पीते हैं। मुझे काग़ज़ का एक टुकड़ा दे दीजिये, मैं ख़ुद ही पत्ती ले लूँगा।"

नत्थासिंह ने काग़ज़ ला दिया। फिलौरासिंह ने पुड़िया बाँधकर अपनी मुट्ठी में छिपा ली। नत्थासिंह दरवाज़े तक उसे विदा करने आया। फिलौरासिंह तहमद सँभालता हुआ नीवाँ अकालगढ़ की ओर चल दिया। उसने पुड़िया ऐसे ढंग से छिपा रखी थी कि देखनेवालों को यही लगा कि वह खाली हाथ आया था और खाली हाथ लौट गया।

नत्थासिंह फिर चारपाई पर बैठ गया और झाड़ू के एक तिनके से अपने दाँत कुरेदने लगा।

चरनो भीतर बैठी यह सब देख रही थी। वह तुरन्त भागी हुई बाहर आयी और बोली—"यह फिलौरासिंह क्यों आया था!"

नत्थासिंह के होंठों पर खलनायक की-सी मुस्कुराहट पैदा हुई, बोला—"आया था चाय की पत्ती लेने।"

चरनो को अपने कानों पर यक़ीन नहीं आया। वह हैरान-सी खड़ी रही। नत्थासिंह ने उसकी यह हालत देखकर कहा—"ख़बरदार! जो तूने किसी से भी इस बात का ज़िक्र किया।"

"हाओ हाय! भला मैंने क्या कौआ खाया है जो लोगों से यह बात कहती फिरूँ।"

"कौआ तो नहीं खाया, लेकिन तुम्हारी बकवास करने की आदत है। तुम नहीं जानती कि कुछ लोग ऐसे भी हैं, जो यहाँ की छोटी-से-छोटी बात वहाँ पहुँचा देते हैं। मैं उन लोगों से डरता नहीं, लेकिन यह तो बहुत ही कमीनेपन की बात होगी कि थोड़ी-सी पत्ती के लिए हम लोगों में यह मशहूर कर दें कि वे इस काम के लिए हमारे यहाँ आये थे। मेरी यह बात याद रखना और अगर तुमने किसी से भी इसका ज़िक्र किया तो ऐसा झापड़ दूँगा कि तुम्हारे बचे-खुचे दाँत बाहर निकल पड़ेंगे।"

"वाह गुरु! वाह गुरु! तुम तो यों हीं ज़बान चलाये जा रहे हो। तुम समझते हो कि मैं इसका ढोल पीटती फिरूँगी।"

अपनी बीवी को तो नत्थासिंह ने इतना डाँट दिया, लेकिन उसके मन में बड़ी उतावली हो रही थी कि आज वह हेड-मास्टर साहब से मिलकर पहले इसी बात का ज़िक्र करेगा।

जब सूरज डूब गया तो नत्थासिंह धुली हुई तहमद बाँधकर और मूँछों को असली कड़वे तेल से चुपड़कर मदरसे की ओर चल दिया। रास्ते में उसे कई लोगों ने बताया कि आज सरदारों के यहाँ कोई साहब आया था। उसे यह भी पता चला कि लोगों ने फिलौरासिंह को साहब के साथ नीवाँ अकालगढ़ की गलियों में घूमते-फिरते देखा था। एक बार तो नत्थासिंह के मन में आयी कि वह उन लोगों को बता दे कि सरदारों

के घर में तो साहब को पिलाने के लिए चाय की पत्ती भी नहीं निकली, और आख़िर में ख़ुद फिलौरासिंह को पत्ती लेने के लिए उसके घर पर आना पड़ा। लेकिन उसने अपने-आपको रोके रखा। हेड-मास्टर साहब की बात और थी। उनसे वह हर तरह की बात कह देता था, क्योंकि लाला जी इधर-उधर की चुगलियाँ खानेवाले नहीं थे। जब नत्थासिंह मदरसे के पास पहुँचा तो देखा कि मदरसा मौक़ूफ़ हो चुका था, यानी वहाँ छुट्टी हो चुकी थी। दूर देहात के लड़के टोलियाँ बना-बनाकर मदरसे से चल निकले थे। आस-पासवाले गाँव के लड़के स्कूल की फुलवारी में अलग-अलग तरह के काम कर रहे थे। कोई कुएँ से पानी निकाल रहा था, कोई गुड़ाई कर रहा था, कोई कुएँ के डोल से बहकर आनेवाले पानी को एक क्यारी से दूसरी क्यारी में लगा रहा था। कुछ लड़के लम्बे-लम्बे टाटों को झाड़कर उन्हें लपेट-लपेटकर मदरसे के भीतर एक कोने में रख रहे थे। एक-दो लड़के गीले झाड़न से मदरसे के थोड़े-बहुत फ़र्नीचर को पोंछ रहे थे।

जब हेड-मास्टर साहब ने दूर से नत्थासिंह को आते देखा तो तुरन्त ही उठकर उसका स्वागत किया। धूप ख़त्म हो चुकी थी, वे मदरसे के बाहरवाले अहाते में ही बैठ गये। लड़कों ने सारे अहाते को पानी से सींच दिया था, जिससे धरती की सोंधी-सोंधी महक हर ओर फैल गयी थी।

नत्थासिंह एक छोटी-सी चारपाई पर बैठ गया और हेड-मास्टर साहब कुर्सी पर। हेड-मास्टर साहब हुक्का पीने जा रहे थे, इस ख़्याल से कि हुक्के का धुआँ नत्थासिंह की ओर न जाय, उन्होंने अपनी कुर्सी और भी पीछे खिसका ली।

उनकी ऐसी मुलाक़ातें तो महीने में तीन-चार बार हो ही जाती थीं। शुरू में घिसी-पिटी बातें होतीं, और फिर कोई नया विषय शुरू हो जाता। यही हाल आज भी हुआ। आख़िर नत्थासिंह चायवाले क़िस्से पर आ गया। उसने उसे शुरू करते हुए कहा—"लालाजी! आज तो बड़े मज़े की बात हुई।"

लालाजी ने दिलचस्पी दिखाते हुए पूछा—"क्या हुआ नत्थासिंह जी?"

"हुआ यह कि आज, कुछ देर पहले, जबकि खाना खाने के बाद मैं थोड़ी देर ऊँघ भी चुका था, हमारे सेहन के दरवाज़े पर खट-खट हुई। दरवाज़ा खोला तो जिसे मैंने सामने खड़े देखा वह भला आप ही बताइये कौन हो सकता था?"

लालाजी पल-दो-पल सोचने के बाद बोले—"सरदारजी! यह कहना तो मुश्किल है—आप ही बता दीजिये न।"

"बिलकुल ही अनहोनी बात थी—दरवाज़े के आगे फिलौरासिंह खड़ा था।"

"फिलौरासिंह!" यह बात लालाजी के लिए भी बड़ी हैरानी की थी।

"अच्छा अब लालाजी यह बताइये कि फिलौरासिंह हमारे यहाँ क्यों आया।"

"मैं तो पहले ही हैरान रह गया हूँ—यह पहेली मुझसे नहीं बूझी जायगी।"

"वाह चाय की पत्ती लेने आया था।"

"चाय की पत्ती?" लालाजी हुक्के की नली मुँह से एक ओर हटाकर क़रीब-क़रीब चिल्लाकर ही बोले।

"जी हाँ...चाय की पत्ती! उसने बताया कि उनके यहाँ कोई साहब आया है। उसके घर में चाय की पत्ती नहीं निकली। इसलिए उसे मेरे पास आना पड़ा। चाय की पत्ती की तो कोई बात नहीं, लेकिन मज़े की बात सिर्फ़ यही है कि जब भगवान् चाहता है तो रईसों को भी मामूली-सी चीज़ों के लिए अपनी मूँछ नीची करनी ही पड़ती है।"

"फिर क्या हुआ?"

"हुआ कुछ नहीं, लेकिन उसके चेहरे से लग रहा था कि वह कितना हिचक रहा था।"

लालाजी चुपचाप मुस्कुराते रहे। उन्होंने अपनी ओर से कुछ नहीं कहा। नत्थासिंह बोला—"आप किसी से इसका ज़िक्र न कीजियेगा।"

"बिलकुल नहीं। आप बेफ़िक्र रहें।"

"मैंने आपको यह बात सिर्फ़ इसलिए बतायी कि सरदारों के ख़ानदान का हर आदमी हमें बदनाम करता रहता है। लालाजी! शायद आप सोचते हों कि मैं तो अकसर इस बारे में आपसे कुछ-न-कुछ कहता रहता हूँ, लेकिन वे बहुत कम बात करते हैं। बस यही है हम लोगों में फ़र्क़, हम मन की बात मुँह तक ले आते हैं, लेकिन वे ऊपर से मीठे बने रहते हैं, और भीतर-ही-भीतर हमारी जड़ें काटने की कोशिश करते हैं।"

लालाजी जानते थे कि नत्थासिंह ग़लत बात नहीं कर रहा है। न्याय की दृष्टि से देखा जाय तो उनके ख़्याल में भी सरदारों का ख़ानदान ज़्यादा दोषी था।

नत्थासिंह ने हलकी-सी खुरदुरी हँसी हँसकर कहा—"ये लोग कभी हमें मजहबी सिक्ख बनाते हैं, कभी कुछ...लेकिन आज हमारे यहाँ से ही चाय की पत्ती लेनी पड़ी।"

अब लालाजी थोड़ा जोश में आकर बोले—"अजी मैं कहता हूँ कि मजहबी सिक्ख होने में भी क्या बुराई है। गाँधीजी अछूतों के उद्धार की पूरी-पूरी कोशिश कर रहे हैं। यह तो मनुष्य-ज़ाति की अपनी नीचता है कि वह अपने गढ़े हुए उसूलों के मुताबिक़ किसी को अछूत कहती है। जन्म से सब इनसान बराबर होते हैं।"

"मैं आपसे बिलकुल सहमत हूँ—लालाजी, मैं मानता हूँ कि मेरे लड़के भी धाकड़ हैं। जवानी के जोश में अन्धे होकर कोई-न-कोई उलटी-सीधी हरकत कर जाते हैं। लेकिन वे मक्कार नहीं हैं। चोरी-छिपे किसी की जड़ें नहीं काटते। सरदारों का ख़ानदान हमें दबाकर रखना चाहता है। हम दबनेवाले नहीं हैं। मैं सच कहता हूँ

लालाजी कि अगर इनका सलूक यही रहा तो एक दिन ऐसा धमाका होगा कि सारा इलाक़ा देखेगा।''

हेड-मास्टर साहब दोनों गुटों में बैठा करते थे, और दोनों गुटों के लोगों को उन्होंने इस तरह की बातें अकसर दोहराते सुना था। आज भी उन्होंने किसी का पक्ष नहीं लिया, और बोले—''मैं तो यही चाहता हूँ कि भगवान् करे ऐसी नौबत कभी न आये। किसी की भी ओर से ज़्यादती न हो, और सब लोगों को चैन से ज़िन्दगी बितानी चाहिए।''

''होना तो ऐसा ही चाहिए, लेकिन एक हाथ से ताली नहीं बज सकती।''

''देखिये, शायद धीरे-धीरे सभी लोग समझ जायँ कि आपसी खींच-तान में कोई फ़ायदा नहीं—मैं आपको यह तो बताना भूल ही गया कि मुझे गुलज़ारासिंह जी ने कल मुलाक़ात के लिए बुलाया है।''

''क्या कोई ख़ास बात है?''

''नहीं तो—अब जोड़-मेले में ढाई-तीन महीने ही तो रह गये हैं। उसके लिए अभी से तैयारी करनी पड़ेगी। कल उनसे इसी मसले पर बातचीत होगी।

हेड-मास्टर साहब ने तो बात का रुख़ बदलने के लिए कल गुलज़ारासिंह से होनेवाली मुलाक़ात का ज़िक्र किया था, लेकिन नत्थासिंह अब भी अपने चक्कर में से नहीं निकल पाया था। उसने पूछा—''लालाजी, कभी आपने यह भी सोचा है कि गाँव में चाहे कोई भी अफ़सर आ जाय, फिलौरासिंह उसको साथ लेकर गाँव का चक्कर ज़रूर लगाता है।''

हेड-मास्टर साहब उसके मन की बात समझ गये, धीमे से मुस्कुराकर बोले—''नहीं, मैंने तो इस बात पर कभी ग़ौर नहीं किया।''

''मैं आपको बताता हूँ। फिलौरासिंह का मतलब यह होता है कि उसे किसी अफ़सर या अंग्रेज़ के साथ देखकर गाँववालों पर, ख़ासकर हम पर रोब पड़ जाय। लेकिन उसे यह नहीं मालूम कि हमने नौकरी के ज़माने में एक नहीं कई अंग्रेज़ों को देख रखा है।''

लालाजी ने नत्थासिंह को ठण्डा करने के लिए कहा—''आजवाले अंग्रेज़ से हम लोगों का क्या ताल्लुक़ हो सकता है! मुझे पता चला है कि वह अंग्रेज़ इंजीनियर है। बड़ी नहर पर कोई पुल बनाना है, उसी सिलसिले में मुआयना करने आया था। गुलज़ारासिंह जी का एक पंजाबी दोस्त है, जो उसी अंग्रेज़ के नीचे काम करता है। ब वही अपने अंग्रेज़ अफ़सर को पंजाब का देहात दिखाने के लिए यहाँ ले आया।''

धीरे-धीरे लालाजी ने बातचीत का रुख़ बदल दिया, और आख़िर नत्थासिंह कुछ ठण्डा हो गया।

●

ग्यारह

: १ :

अकालगढ़ के जोड़-मेले की दूर-दूर तक धूम थी। इसकी तैयारियाँ ढाई-तीन महीने पहले से शुरू हो जाती थीं। जोड़-मेले का धार्मिक पहलू ते था ही, लेकिन इसके साथ और बहुत-कुछ होना था। भजन-कीर्त्तन करनेवाली मण्डलियों के साथ-साथ वीर रस की कथाएँ गाकर सुनानेवाले ढाढी भी आते थे। इनके अलावा पंजाब में मशहूर कई प्रेमगाथाओं के गानेवाले अलग-अलग रंग जमाते थे। उन्हें गुरुद्वारे के भीतर इस तरह के गीत गाने की इजाज़त नहीं थी, लेकिन वे दूर तक फैले हुए मेले में लोगों का मन बहलाया करते थे। पंजाब का मशहूर नाच भाँगड़ा भी बड़ी धूम-धाम से होता था। कई खेल होते थे, जैसे कबड्डी, दौड़ें, लम्बी छलाँग, ऊँची छलाँग, सौंची वगैरह। इनमें सौंची सबसे ज़्यादा मशहूर थी। कभी-कभी बैलगाड़ियों और घोड़ों की दौड़ें भी होती थीं। मुगदर भी हिलाये जाते थे। कुश्तियाँ भी होती थीं। यह सारा कुछ आठ-दस दिन में पूरा हो पाता था।

पहले-पहल दुकानदार अपने-अपने तम्बू लगाया करते थे, लेकिन अब सरदारों ने ऐसा इन्तज़ाम कर दिया था कि हर दुकान या तो लकड़ी के तख़्तों से बनायी जाती या कच्ची ईंटों से। उनके ऊपर टीन डाल दिये जाते। इन दुकानों का किराया वसूल किया जाता था। जब टीनों का ख़र्चा निकल आया तो सारे टीन गुरुद्वारे की मिल्कियत बन गये और आगे को दुकानों का सारा किराया गुरुद्वारे के खाते में जमा होने लगा।

ज्यों-ज्यों मेला नज़दीक आता जाता त्यों-त्यों अकालगढ़ के लोगों के सोचने का रुख़ बदलने लगता। आपसी झगड़ों को कुछ समय के लिए भुला दिया जाता। एक-दूसरे से मेल-जोल भले ही न बढ़े, लेकिन हर शख़्स की मेले में दिलचस्पी इतनी बढ़ जाती कि दूसरी समस्याओं की ओर ध्यान देने की फ़ुर्सत ही न रहती।

जैसा कि लाला टेकचन्द ने नत्थासिंह को बताया था, दूसरे ही दिन वह गुलज़ारासिंह से मिलने उसके घर पर पहुँचे। दोनों अकालगढ़ मिलकर भी इतने बड़े नहीं थे कि लोग कई-कई दिनों तक एक-दूसरे से मिल ही न पायें। जिनका आपस में मेल-जोल था, वे क़रीब-क़रीब रोज़ एक-दूसरे से दो-चार बातें कर लेते थे।

लेकिन हेड-मास्टर साहब और गुलज़ारासिंह की यह मुलाक़ात बड़ी महत्त्वपूर्ण थी। चूँकि लम्बी योजनाओं को तय करने के लिए समय भी काफ़ी चाहिए था, सो इतवार के दिन यह मुलाक़ात रखी गयी। लाला टेकचन्द नाश्ता-पानी करके सुबह के समय जब गुलज़ारासिंह के पास पहुँचे तो वह भी कपड़े पहनकर अपनी बैठक में बिलकुल तैयार बैठा था। थोड़ी देर तक बैठक में ही बातचीत चलती रही। जिस अन्दाज़ में गाँव के ये दो माने हुए आदमी आपस में सलाह-मशविरा कर रहे थे, उससे यह बिलकुल नहीं लगता था कि इन दोनों बस्तियों में कोई लड़ाई-झगड़ा भी होता है। असल में यह बिलकुल ही अलग दुनिया थी। गुलज़ारासिंह के मन में नत्थासिंह और उसके ख़ानदान के लिए नफ़रत तो थी, लेकिन जहाँ तक बन पड़ता वह अपनी नफ़रत को साफ़ शब्दों का रूप न देता। उधर फिलौरासिंह को इनकी इस दुनिया से कोई दिलचस्पी नहीं थी। वह उनके पास थोड़ी देर बैठा रहा, तब उसे कोई बात याद आयी और वह उठकर चला गया।

दो-तीन दिन पहले ही नाहरसिंह ने फिलौरासिंह को एक नयी बात सुझा दी थी। अगर उसमें क़ामयाबी हासिल हो सके तो नत्थासिंह के लिए परेशानी खड़ी की जा सकती थी। फिलौरासिंह की दिलचस्पी ऐसे ही मसलों में थी। उसने आज नाहरसिंह के साथ गाँव की एक बेवा औरत से मिलने का इरादा कर रखा था। उसने नाहरसिंह को बुलाकर पूछा—"हाँ, नाहरसिंह! आज उस काम के बारे में क्या ख़्याल है तुम्हारा?"

फिलौरासिंह के इस सवाल को अहाते में उनके आस-पास मँडराते कुछ और मर्दों ने भी सुना। इस पर नाहरसिंह ने इशारा किया और फिलौरासिंह उसके साथ अहाते के कोने में पहुँच गया। वहाँ जाकर नाहरसिंह ने धीरे से कहा—"मेरे ख़्याल में दिन के समय वहाँ जाना ठीक नहीं। अगर अकेले मेरे जाने की बात होती तो कोई हर्ज़ नहीं था, लेकिन आपका दिन में जाना बिलकुल ठीक नहीं रहेगा।"

फिलौरासिंह अपने-आपको और अपने ख़ानदान को अकालगढ़ का मालिक समझता था। उसे इस बात का भी यक़ीन था कि वह एक दिन अपने रास्ते के पत्थार यानी नत्थासिंह और उसके बेटों को ऐसा नीचा दिखा देगा कि वे उनके ख़ानदान के आगे फिर कभी आँख न उठा सकें। इसीलिए जल्दी में यह बात वह नहीं समझ पाया कि अगर उस बेवा से वह दिन में मिलता तो इसमें हर्ज़ की क्या बात थी। नाहरसिंह उससे ज़्यादा चालाक था, वह उसके मन की हालत को भाँप गया, और उसे समझने के लिए बोला—"इस समय तो किसी को शक़ न हो, लेकिन जब बाद में लफड़ा उठेगा तो लोगों को यह सोचने का मौक़ा मिल जायेगा कि इसमें आपका भी हाथ है। आगे की बात अभी से सोच लेना ही ठीक होगा।"

"तो फिर?"

"मेरे ख़्याल में आज रात को वहाँ चलेंगे।"

"तुमने इस बारे में उससे कुछ बातचीत कर ली है?"

"जी हाँ, बातचीत तो हो चुकी है, लेकिन जब तक वह आपके मुँह से यह न सुन ले तब तक उसकी तसल्ली नहीं होगी।"

"तो उसमें क्या है...मैं आज ही जाकर उसे सब-कुछ समझा दूँगा।"

नाहरसिंह ने दाँत निकाल दिये और बोला—"यों तो उच्चा अकालगढ़ और नीवाँ अकालगढ़ के लोग आपकी प्रजा हैं, लेकिन फिर भी बेकार की बदनामी से बचना आपके लिए ज़रूरी है। आप सरदार हैं, राजा हैं, आपका पर्दे में रहना ही ठीक है। आगे-आगे चलने को हम मौजूद हैं। इसके अलावा बड़े सरदार जी का भी ख़्याल रखना ज़रूरी है। अगर बाद में कभी उन्हें पता चला कि आपका इसमें हाथ है तो शायद आपसे भी वह कुछ उलटी-सीधी बात कह दें...।"

फिलौरासिंह ख़ुद भी नहीं चाहता था कि गुलज़ारासिंह उसे बुरा-भला कहे। उसने नाहरसिंह की बात पर हामी भरते हुए कहा—"तुम्हारी बात तो ठीक है, लेकिन इसमें अब ज़्यादा देरी नहीं होनी चाहिए। जोड़-मेला नज़दीक आ रहा है, इसलिए हमें यह काम बहुत जल्दी ही कर लेना चाहिए।

नत्थासिंह के लिए नयी मुसीबत खड़ी करने के अलावा फिलौरासिंह का एक और मक़सद भी था। वह यह कि मेले के मौक़े पर भी नत्थासिंह के चारों बेटे अकालगढ़ में इकट्ठे न होने पायें। यह तो अच्छी बात थी कि बन्तासिंह घर से लड़कर वापस चला गया था। वह तो पहले भी कभी मेले पर नहीं आता था, और अब तो उसके आने का सवाल ही नहीं उठता था। जहाँ तक तेजासिंह का ताल्लुक़ था, उसका अपने गाँव में मन ही नहीं लगता था। यहाँ तक कि वह जोड़-मेले के मौक़े पर भी अकालगढ़ से ग़ायब रहता। उसके ननिहाल में भी छोटे-मोटे मेले लगते रहते थे। उसका मन वहीं बहल जाता था। दीदारसिंह अकालगढ़ से जानेवाला नहीं था। वह सौंची का बहुत अच्छा खिलाड़ी था इसलिए जोड़-मेले के मौक़े पर तो वह ज़रूर ही अकालगढ़ में रहता था। अब बाक़ी बचा गज्जनसिंह। वह इस समय तो गाँव से भागा हुआ था, लेकिन इस बात का अन्देशा था कि वह मेले के मौक़े तक वापस लौट आये। काफ़ी सोच-विचार के बाद नाहरसिंह ने एक नयी योजना बनायी, जिसके लिए उसने गाँव की एक बेवा को पटा लिया। अपनी योजना में क़ामयाब हो जाने पर उन्हें यक़ीन था कि गज्जनसिंह कुछ और महीनों तक अकालगढ़ से बाहर रहने पर मज़बूर हो जायगा।

इनमें यही बातें हो रही थीं कि गुलज़ारासिंह लाला टेकचन्द के साथ अपनी बैठक में से बाहर निकला। जब वे दोनों इनके पास से गुज़रे तो गुलज़ारासिंह ने पल भर ठिठककर कहा—"मैं गुरुद्वारे तक जा रहा हूँ।"

फिलौरासिंह ने फ़ौरन जवाब दिया—"बहुत अच्छा, आप हो आइये—अगर मेरी ज़रूरत हो तो मैं भी साथ चलूँ।"

गुलज़ारासिंह ने इनकार में सिर हिलाते हुए अपने दोनों हाथ पीठ पीछे बाँध लिये और आगे बढ़ गया। जब वे गलियारे में चले जा रहे थे तो फिलौरासिंह ने हँसकर वधावासिंह की ओर देखा, और फिर उसे इशारे से अपने पास बुलाया।

वधावासिंह सरकारी साँड़ की तरह पला हुआ था। उसका शरीर बिलकुल चट्टान की तरह था, और जब वह तेज़ी से चलने की कोशिश करता तो देखनेवालों को यही लगता जैसे कोई चट्टान लुढ़कती जा रही हो।

फिलौरासिंह ने अर्थपूर्ण ढंग से कहा—"वधावासिंह! जोड़-मेला नज़दीक आ रहा है।"

वधावासिंह ने बेपरवाही से अपना हाथ हवा में लहराते हुए और अपने छिदरे दाँत दिखाते हुए कहा—"आने दो जी।"

"इस बार सौंची में दीदारसिंह के मुक़ाबले पर मैं तुमको खड़ा करूँगा। क्यों, तैयार हो न?"

वधावासिंह ने अपने दोनों बल्लों को हाथों से थपथपाते हुए जवाब दिया—"आप फ़िकर मत कीजिये। मैं बिलकुल तैयार हूँ।"

फिलौरासिंह को ख़ुद भी वधावासिंह पर बड़ा फ़ख़्र था। इसलिए वह बेसब्री से जोड़-मेले का इन्तज़ार कर रहा था। उसे पूरा भरोसा था कि वधावासिंह दीदारसिंह के दाँत खट्टे कर देगा। एक बार दीदारसिंह की ऊँची नाक धूल में रगड़ी जायगी तो फिर अकालगढ़ क्या आस-पास के इलाक़े में भी दीदारसिंह को कोई दो कौड़ी को भी नहीं पूछेगा। उस शुभ घड़ी के लिए वह एक-एक दिन और एक-एक पल गिन रहा था। उसने बड़े फ़ख़्र से वधावासिंह को सिर से पाँव तक देखा, और नाहरसिंह से कहने लगा—"अपने वधावासिंह का भी कोई जवाब नहीं है। जैसे हिण्यकश्यपु को मारने के लिए नृसिह भगवान् अवतरित हुए थे, इसी तरह दीदारसिंह का घमण्ड तोड़ने के लिए वाह गुरू अकाल पुरुख ने वधावासिंह को यहाँ भेजा है—क्यों नाहरसिंह, तुम्हारा क्या ख़्याल है?"

"आप जो कुछ कह रहें हैं उसमें शक़ की गुंजाइश नहीं है। जब यह तमाशा होगा तो सारी दुनिया देखेगी।"

"ठीक कहते हो। जोड़-मेले के मौक़े पर न जाने कहाँ-कहाँ के लोग यह तमाशा देखने आयेंगे। इलाक़े भर के चुने हुए जवान भी मौजूद होंगे। वाह! मज़ा आ जायगा।"

नाहरसिंह ने हाँ-में-हाँ मिलाते हुए कहा—"सरदार जी! उस मेले में तो जो भी हो जाय सो कम है। हमें तो इस बात के लिए भी तैयार रहना चाहिए कि ज़रूरत पड़ने पर छव्वियों के भी दो-दो हाथ दिखा दें। जो होगा, सो निबट लेंगे।"

इस बातचीत के दौरान सरदारों के पालतू पट्ठे, जो अहाते में ही छोटे-मोटे काम कर रहे थे, फिलौरासिंह के पास आ खड़े हुए। फिलौरासिंह ने अपने आदमियों की हिम्मत बढ़ाने के लिए कहा—"फ़िकर की तो कोई बात ही नहीं है। हम बुरे को बुरे के घर तक पहुँचाकर रहेंगे। चाहे हमारा हज़ारों रुपया इधर-का-उधर क्यों न हो जाय।"

मालिक के ये तेवर देखकर उनके पट्ठे भी इधर-उधर की हाँकने लगे, और वे काफ़ी देर तक हँसते-बोलते रहे।

●

हेड-मास्टर साहब के साथ गुलज़ारासिंह जब नत्थासिंह के मकान के आगे से गुज़रा तो उसने एक नज़र दरवाज़े के उखड़े हुए तख़्ते पर भी डाली। वह जब भी इधर से गुज़रता, उस तख़्ते को वहाँ पड़े ज़रूर देखता। यह उखड़ा हुआ तख़्ता देखकर याद आता था कि वह अपनी जगह से क्यों उखड़ा, कैसे उखड़ा। लेकिन असलियत तो यह थी कि एक बार उखड़ा तो फिर चौखट में जमाया नहीं गया—इस घर के दरवाज़े का एक तख़्ता तो चौखट में से निकल ही गया था। अब दूसरा तख़्ता भी निकलेगा। इसी तरह धीरे-धीरे इस कच्चे मकान की ईंट-से-ईंट बज जायगी। तब नत्थासिंह तो गाँव छोड़ जायगा, या ज़्यादा-से-ज़्यादा शिग्लीगरों की किसी कोठरी में सिर छिपा लेगा। तब साँहसियों के अलावा उसके ख़ानदान को कोई भी मुँह लगाने को तैयार नहीं होगा—जब गुलज़ारासिंह मन में ये बातें सोच रहा था तो उसकी मूँछों के नीचे होंठों पर हलकी-सी मुस्कुराहट खेल रही थी।

वे दोनों धीरे-धीरे बातें करते हुए और धीरे-धीरे ही क़दम उठाते हुए उच्चा अकालगढ़ की चौड़ी गली में बढ़ते चले गये। रास्ते में मिलनेवाले ज़्यादातर आदमी गुलज़ारासिंह के आगे हाथ जोड़कर 'सत सिरी अकाल' ज़रूर कहते।

उच्चा अकालगढ़ पार करने के बाद एक चौड़ा कच्चा रास्ता आगे को चला गया था, और धीरे-धीरे खेतों में खो जाता था। बहुत दूर इसी रास्ते पर नौशहरा नाम का गाँव इस समय ऐसे दिखायी दे रहा था जैसे खेतों की हरियाली और नीले आसमान पर किसी ने फीकी रोशनाई से हलकी-हलकी लकीरें बना दी हों। इस चौड़े रास्ते को कच्ची सड़क भी तो नहीं कह सकते थे, क्योंकि इसमें घास के हरे-भरे टापू-से दिखायी देते थे। उच्चा अकालगढ़ के पास ही एक नाला था, जो सिर्फ़ बरसात में बह निकलता था। उस पुल पर से होते हुए आगे बढ़ें तो ज़रा कम चौड़ा रास्ता गुरुद्वारे की ओर जाता था। यह रास्ता काफ़ी लम्बा था, और गुरुद्वारे के खेतों में से होकर बड़े दरवाज़े तक पहुँचता था। इस रास्ते पर चलते हुए गुलज़ारासिंह ने कहा—"हेड-मास्टर जी! मैं सोचता हूँ कि इस साल इस रास्ते पर कोई भी दुकान न लगने

पाये। गुरुद्वारे के नज़दीक दुकानें होने पर ग्राहकों और दुकानदारों का शोर गुरुद्वारे के भीतर तक पहुँचता है। अब की सारी दुकानें पुल के दायें-बायें चौड़े रास्ते के किनारे-किनारे ही लगनी चाहिए।''

लालाजी ने हामी भरते हुए कहा—''मेरा सुझाव तो यह है कि जिसनी संगतें बाहर से आयें उनके रहने का इन्तज़ाम गुरुद्वारे के आस-पास किया जाय। इस छोटे रास्ते के किनारे-किनारे उन्हीं के लिए तम्बू लगाये जायँ। जब गुरुद्वारा दुकानों से घिर जाता है तो बाहर से आयी हुई संगतों को गुरुद्वारे तक पहुँचने के लिए सारे मेले में से होकर गुज़रना पड़ता है। बाल-बच्चेदार लोगों को इसमें बड़ी परेशानी होती है। गुरुद्वारे के नज़दीक रहने पर जब उनका जी चाहेगा, वे भीतर जा सकेंगे।''

''आपने यह बहुत अच्छी राय दी। सबसे पहले हमें इस मौक़े को धार्मिक 'द्रिश्टी' से देखना चाहिए। असली मक़सद तो यही है। बाक़ी काम अपने-आप होते रहेंगे।''

इस तरह बातें करते हुए वे लोग कहीं-कहीं रुक भी जाते। आस-पास नज़र दौड़ाते, और फिर आगे बढ़ जाते।

बाहर खेलते हुए किसी बच्चे ने भागकर ग्रन्थी को बड़े सरदार जी के आने की ख़बर दे दी। ग्रन्थी गुरुमुखसिंह ने जल्दी से सिर पर पगड़ी बाँधी। अभी वह घुटनों तक लम्बे जाँघिये में ही घूम रहा था। रस्सी पर लटका हुआ उजला पायजामा उतारकर पहना और उसका इज़ारबन्द कसता हुआ बाहर की ओर लपका। बड़े सरदार जी से उसकी मुलाक़ात दरवाज़े पर ही हो गयी। 'सत सिरी अकाल' के बाद बड़े सरदार जी ने मूँछों ही मूँछों में मुस्कुराकर कहा—''ज्ञानी जी! जोड़-मेला नज़दीक आ रहा है। उसकी तैयारियाँ अब शुरू हो जानी चाहिए।''

ग्रन्थी ने दोनों हाथ जोड़कर जवाब दिया—''महाराज! बस आपके हुक्म की देर है।''

इतने में एक नौजवान निहंगसिंह उनके पास आ गया। भंग पी-पीकर उसकी आँखों में हमेशा की तरह लाल डोरे दिखायी दे रहे थे। उसका डील-डौल तो ख़ास नहीं था, लेकिन वह काफ़ी फ़ुर्तीला नज़र आता था। उसकी एक हाथ ऊँची लम्बूतरी पगड़ी पर लोहे के चक्र चढ़े हुए थे। कलाई में लोहे का ही आध पाव का भारी कड़ा था। वह सिर्फ़ जाँघिया पहने था। सरदार जी को देखते ही उसने जयकारा छोड़ दिया—''जो बोले सो निहाल! सत सिरी अकाल!''

ग्रन्थी मुस्कुराकर बोला—''निहंग सिंहों की एक टोली ने तो यहाँ डेरा जमा ही दिया है।''

गुलज़ारासिंह चाहता था कि निहंगसिंह अब के गुरुद्वारे के अहाते में भंग की घोटाई न करें। लेकिन वह डर के मारे यह बात निहंगसिंह के मुँह पर नहीं कहना चाहता था।

गुलज़ारासिंह ने सोचा कि वह इस बारे में ग्रन्थी को अलग से समझा देगा।

आपस में सलाह-मशविरा करके इन चारों की टोली चारदीवारी के परले कोने पर पहुँच गयी। वहाँ कुछ निहंगसिंह बायें हाथ में ढाल थामे और दाहिनी में कृपाण पकड़े तलवारबाज़ी के करतब दिखा रहे थे। उनके नज़दीक पहुँचते ही उनके साथवाले निहंग को बड़ा जोश आया और वह जोश में आकर "शाबा! शाबा!" के नारे लगाने लगा। बाक़ी तीनों उसे "शाबा! शाबा!" कर शोर मचाते वहीं पर छोड़ आये। अब गुलज़ारासिंह ने गुरुद्वारे के पास से दुकानें हटाने और वहाँ संगतों के रहनेवाली योजना का ज़िक्र किया तो ग्रन्थी ने भी रज़ामन्दी ज़ाहिर की। एक सुझाव ग्रन्थी ने देते हुए कहा—"मेरे ख़्याल में गुरुद्वारे की चारदीवारी के पास पहले रागी जत्थों के रहने का इन्तज़ाम किया जाय, उसके बाद बाहर से आयी हुई संगतों के रहने का इन्तज़ाम हो तो अच्छा है।"

गुलज़ारासिंह ने हेड-मास्टर साहब की ओर देखते हुए कहा—"लालाजी! सुझाव तो यह भी अच्छा है। अब तक हम रागी जत्थों को चारदीवारी के भीतर ही ठहराते आये हैं, लेकिन इस तरह गुरुद्वारे में ज़रूरत से ज़्यादा भीड़ हो जाती है।"

जब लालाजी भी मान गये तो यह बात पक्की हो गयी।

ग्रन्थी ने इमली के एक घने पेड़ की छाया में दो चारपाइयाँ डलवाकर उन पर चारखाने के खेस बिछवा दिये। वे तीनों चारपाइयों पर बैठकर मेले की पूरी योजना तैयार करने लगे।

: २ :

शाम हो गयी, चारों ओर अँधेरा फैल गया। चूल्हों, भट्टियों और तन्दूरों से उठनेवाले धुएँ के कारण अकालगढ़ का वातावरण बोझिल हो गया। देहातों में रात का खाना जल्दी ही पक जाता था। और लोग खा-पीकर जल्दी ही फ़ुर्सत पा जाते थे। इसके बाद घर की औरतें चौके-बर्तन में लग जातीं और मर्द या तो गुट बनाकर दुकानों के कच्चे चबूतरों पर जा बैठते या कुछ लोग सरदारों के अहाते में चले जाते और कुछ नत्थासिंह के मकान के पिछवाड़े जा बैठते। यह ज़रूरी नहीं था कि जो लोग एक अहाते में जाते थे वे दूसरे में नहीं जाते थे, बल्कि वे जान-बूझकर अदला-बदली करते थे ताकि दोनों गुटों से सम्पर्क बना रहे।

फिलौरासिंह और नाहरसिंह खाने-वाने से फ़ुर्सत पाकर अहाते में बैठे दूसरे लोगों से बातचीत कर रहे थे। आज ही उस बेवा से मिलने की बात थी।

इस बेवा का नाम राजो था। वह बड़ी पापड़-बेल औरत थी। उम्र चालीस से ऊपर हो चुकी थी, फिर भी उसके नख़रे-टख़रे में कुछ भी कमी नहीं आयी थी। वह

थी तो नीवाँ अकालगढ़ की रहनेवाली, लेकिन अट्ठारह-बीस साल पहले अपने पति के मरने के बाद वह गाँव से ग़ायब हो गयी। लोगों में यह बात मशहूर थी कि उसकी किसी मुसलमान से यारी गँठ गयी थी। अपने यार के साथ मिलकर ही उसने पति को खाने में कोई ऐसी चीज़ खिला दी कि रात में उसे तीन-चार दिन ख़ून की उल्टियाँ हुई और सुबह तक वह चित हो गया। राजो अपने भरे-भरे सीने पर दोहत्थड़ मारकर इतनी ज़ोर-ज़ोर से रोयी और ऐसे-ऐसे बैन किये कि सारा गाँव सिर पर उठा लिया। उस समय तक उसकी यारीवाली बात कुछ ज़्यादा नहीं फैली थी। इसका नतीज़ा यह हुआ कि सारे गाँव ने उससे पूरी-पूरी हमदर्दी जतलायी। अपने पति को जला-फूँककर जब वह फ़ुर्सत पा गयी तो एक अजनबी मुसलमान मर्द अकसर उसके पास आने-जाने लगा। गाँव में ऐसी बातें ढकी-छिपी तो रहती नहीं हैं, इसलिए लोगों ने इस पर एतराज़ किया। धीरे-धीरे लोगों की समझ में आने लगा कि राजो का पति अपनी मौत से नहीं मरा था बल्कि राजो ने ही उसे कुछ खिला दिया था।

पहले-पहल तो राजो ने गली में खड़े होकर, और ख़ूब चिल्ला-चिल्लाकर इन अफ़वाहों को ग़लत साबित किया, लेकिन धीरे-धीरे उसे महसूस होने लगा कि यह नाटक गाँववाले बहुत दिनों तक नहीं चलने देंगे। इसके बाद देखनेवालों ने देखा कि उसका यार जब भी आता तो उसके घर से छोटी-सी गठरी उठाकर ले जाता। लोग समझ गये कि राजो गाँव से फूट जाने की सोच रही है। भला किसी को इस पर क्या एतराज़ हो सकता था। वे तो यही चाहते थे कि ऐसी ख़राब औरत जल्दी-से-जल्दी गाँव से दफ़ा हो जाय।

आख़िर वह दिन भी आ पहुँचा जब राजो अपने छोटे-से मकान के दरवाज़े पर लोहे का बड़ा-सा ताला लगाकर चलती बनी। इसके छह सालों बाद वह लौटकर आयी। पहले से काफ़ी मोटी हो गयी थी। रंग टमाटर की तरह लाल था। पहनावे से हिन्दू औरत लगती थी, लेकिन उसके लौटने से पहले ही यह अफ़वाह फैल चुकी थी कि उसने इस्लाम धर्म क़बूल कर लिया है, और अपने मुसलमान यार से शादी कर ली है। गाँव के लोगों को यही तो शिकायत थी कि हिन्दू होकर उसने मुसलमान से शादी क्यों की। कुछ सोच-समझवाले बड़े-बूढ़े यह भी कहते थे कि ऐसी कुलटा औरत के धर्म बदलने से क्या होता है। वह चाहे हिन्दू रहे या मुसलमान, इससे फ़र्क़ ही क्या पड़ता है।

जब वह दोबारा आयी तो राजो छह-सात दिन तक अपने मकान की लिपाई-पुताई कराती रही। उन दिनों उसकी गोद में आठ-नौ महीने की एक बच्ची भी थी, जिसे वह गाँव भर की औरतों को दिखाती-फिरती थी। छह-सात दिन रहने के बाद वह अपनी जान-पहचानवाली औरतों से कहने लगी—"अब मुझे वापस जाना होगा। मुन्नी के 'पिता जी' परेशान हो रहे होंगे।"

किसी ने पूछा—"ए राजो! अपना गाँव छोड़कर तुम कहाँ रहने लगी हो।"

राजो ने कमर हिलाकर जवाब दिया—"अब मैं गाँव में नहीं शहर में रहती हूँ। डेरा इस्माइल खाँ नाम है हमारे शहर का।"

लोग कहते कि डेरा इस्माइल खाँ में तो मुसलमान-ही-मुसलमान रहते हैं। एकाध कोई हिन्दू हो तो अलग बात है। इससे इतनी बात पक्की हो गयी कि उसका यार मुसलमान ही था।

इस तरह कुछ साल बीत जाने पर वह दो-चार दिन के लिए अकालगढ़ आ जाती थी। कुछ लोगों ने तो यह बात भी उड़ा दी थी कि उसने अपने मकान के भीतर गहरा गड्ढा खोदकर उसमें मिट्टी की पक्की हाँड़ी गाड़ दी है। जब आती है तो काफ़ी बड़ी रकम उस हाँड़ी में डालकर ऊपर से लीपा-पोती कर देती है। असलियत जो कुछ भी हो, किसी ने उसके घर में जाकर उस हाँड़ी की तलाश नहीं की।

अब वह हमेशा के लिए अपने मकान में चली आयी थी। उसके इतने साल कहाँ बीते, और कैसे बीते, इसके बारे में किसी को कुछ पक्का पता नहीं था। न किसी को उससे इतनी गहरी दिलचस्पी ही थी।

अब के किसी औरत ने पूछा—"क्यों री ! तेरी उस लड़की का क्या हुआ?"

इस पर वह ठण्डी साँस भरकर कहती—"मर गयी बेचारी! सोलह-सत्रह साल की होकर मरी। हाय! क्या कहूँ! बड़ी सुन्दर थी वह। परी थी परी!"

इसके बाद वह बताती कि उसके एक और लड़की हुई थी, जो अब जवान हो चुकी है।

लोग पूछते कि उसे कहाँ छोड़ आयी हो तो वह कहती कि अपने मामा के पास है।

अकालगढ़वाले अच्छी तरह जानते थे कि लड़की का मामा-वामा कोई नहीं है। वे तो सिर्फ़ चटख़ारे के लिए उससे इस तरह की बातें कर लिया करते थे।

इसी राजो से नाहरसिंह ने नयी साज़िश की थी, और इसी राजो से मिलने के लिए ख़ुद फिलौरासिंह उसके घर जानेवाला था।

सरदारों के अहाते में गप-शप की महफ़िल ख़ूब गरम हो गयी थी। फिलौरासिंह दूसरों से ज़रा परे हटकर बैठा था, ताकि उसे वहाँ से खिसकने में ज़्यादा दिक़्क़त न हो। उसने वहीं पर नाहरसिंह को इशारे से बुलाया। उसके कान में फुसफुसाकर बोला—"इस वक़्त खिसकने का मौक़ा बहुत अच्छा है। मैं घर के भीतर जाता हूँ, और फिर दूसरे दरवाज़े से बाहर निकल जाऊँगा। तुम बाहरवाले गलियारे से निकलकर बड़े पीपल के नीचे पहुँच जाओ। वहीं से मिलकर एक साथ चलेंगे।"

जब वे दोनों यह सलाह कर रहे थे तो उन्हें इस बात की जानकारी नहीं थी कि उन्हीं के यहाँ काम करनेवाला एक आदमी दूर से उनकी यह हरकत देख रहा है। वह केहरसिंह था। केहरसिंह की हमदर्दी दीदारसिंह से थी। जब नाहरसिंह गलियारे में घुसा तो केहरसिंह उसे दूर से देखता रहा। नाहरसिंह गलियारे के दूसरे सिरे पर बायें हाथ को मुड़ा, तो केहरसिंह जल्दी-जल्दी क़दम उठाता हुआ उसके पीछे-पीछे हो लिया। रात अँधेरी थी, इसलिए दूर के आदमी को साफ़ तरह से देखना नामुमकिन था। गलियारे के परले सिरे पर पहुँचकर केहरसिंह को नाहरसिंह दिखायी नहीं दिया। लेकिन वह इतना तो जानता ही था कि नाहरसिंह बायें हाथ को मुड़ा है। वह भी उसी तरफ़ को चल दिया।

केहरसिंह को इस बात का भी डर नहीं था कि अहाते में बड़े सरदारजी को उसकी ज़रूरत पड़ेगी। खाना खाने के बाद सबकी छुट्टी हो जाती थी। यह अलग बात थी कि बैठक ख़त्म हो जाने तक और सभी लोगों के चले जाने पर बड़े सरदारजी उसे बुलाकर दूसरे दिन के लिए कोई काम समझा देते थे। लेकिन अभी तो अहाते की महफ़िल गर्म ही हुई थी, अभी काफ़ी समय तक लोग वहाँ से उठनेवाले नहीं थे।...नाहरसिंह का पीछा करते-करते जब केहरसिंह बड़े पीपल के पास पहुँचा तो वहाँ से उसे लम्बी-सी परछाईं निकलती दिखायी दी। अँधेरा होने पर भी केहरसिंह पहचान गया कि वह छोटे सरदारजी, यानी फिलौरासिंह था। इसके बाद केहरसिंह को दो परछाइयाँ अगल-बगल चलती दिखलायी दीं। अब सारी बात उसकी समझ में आ गयी कि फिलौरासिंह और नाहरसिंह इकट्ठे ही कहीं जा रहे हैं। लेकिन अहाते से वे अलग-अलग होकर निकले थे। अब केहरसिंह के मन में यही जानने की बेचैनी थी कि आख़िर से कहाँ जा रहे हैं।

वे दोनों परछाइयाँ बाहर-बाहर से गाँव का चक्कर लगाती हुई बढ़ रही थीं। जिसका मतलब यह था कि उन्हें गाँव में ही जाना था। केहरसिंह बहुत ही चौकन्ना होकर बढ़ रहा था। वह अच्छी तरह जानता था कि अगर वह उनका पीछा करता हुआ पकड़ा गया तो उसकी हड्डी-पसली बराबर कर दी जायगी।

आख़िरकार जब नाहरसिंह और फिलौरासिंह गाँव के ज़रा भीतर घुसकर एक छोटे-से मकान के आगे रुके, तो केहरसिंह को यह समझने में देर नहीं लगी कि वह मकान राजो का है। उसे यह बात बहुत ही अजीब लगी। आख़िर छोटे सरदारजी को राजो से ऐसा क्या काम हो सकता है कि वह रात के अँधेरे में उसके घर तक आ पहुँचे।

पल-दो-पल बाद दोनों आदमी दरवाज़े में घुसकर ग़ायब हो गये। केहरसिंह जहाँ-का-तहाँ खड़ा रहा। उसकी समझ में नहीं आ रहा था कि वह मकान तक जाय या न जाय। उसके लिए यह ज़िन्दगी और मौत का सवाल था। फिर भी उसके मन

में इस राज़ को जानने की इच्छा इतनी तेज़ थी कि उसने आगे क़दम बढ़ाने की ठान ली। सबसे पहले उसने अपनी तहमद उतार ली और तहमद के नीचे मटमैले रंग का कच्छा (जाँघिया) भर पहने रहा। उसकी तहमद भी गहरे नीले रंग की थी, जिसे उसने चादर की तरह अपने सिर और बदन पर लपेट लिया। इसका मक़सद यह था कि अगर कहीं उन दोनों में से कोई उसे देख भी ले तो पहचान न पाये। वह नाप-नापकर क़दम उठाता हुआ राजो के दरवाज़े की ओर बढ़ा।

जब फिलौरासिंह ने राजो के मकान के सेहन में क़दम रखा तो राजो ज़रा अदा के साथ उसका स्वागत करने के लिए आगे बढ़ आयी। उसने चौड़े-चौड़े पाँयचोंवाली बड़े घेरे की सलवार पहन रखी थी। पाँयचों का पिछला हिस्सा धरती पर घिसटता जा रहा था। उसने भले ख़ानदान की औरतों की तरह सिर पर दुपट्टा यों लपेट रखा था कि उसका एक बाल भी न दिखायी दे। फिलौरासिंह को देखते ही वह हँसी, जिसकी वजह से उसके कचौड़ी के-से गाल और भी फूल गये। वह रसीले स्वर में बोली—"धनभाग! (धन्य भाग्य)...आज तो कीड़ी (चींटी) के घर भगवान् के आनेवाली बात हो गयी।"

फिलौरासिंह के मुँह से एक शब्द नहीं निकला। गाँव के दूसरे मकानों की तरह राजो के मकान में भी लम्बा-सा पसार था। उसने भीतर जाकर अपने मेहमान को साफ़-सुथरे बिस्तरवाले पलँग पर बैठा दिया। नाहरसिंह सरकण्डे के गोल और एक हाथ ऊँचे मूढ़े पर बैठ गया, और राजो रंगदार पीढ़े पर बैठ गयी।

राजो ने ऐसे हार-शृंगार कर रखा था जैसे फिलौरासिंह उसका प्रेमी हो। आँखों में छटाँक भर सुर्मा इधर, और छटाँक भर सुर्मा उधर दिखायी दे रहा था। उसने सुर्मे से ही अपने बायें गाल और ठुड्डी पर छोटे-छोटे दो तिल बना दिये थे। आँखें मोटी थीं, रंग साफ़ था, शरीर ढल जाने के बावजूद आकर्षक था। अंड़तालीस-पचास साल के मर्द की प्रेमिका बनने लायक तो वह अब भी थी। लेकिन फिलौरासिंह उससे कई साल छोटा था।

फ़िलौरासिंह ने राजो के हार-शृंगार की ओर ख़ास ध्यान नहीं दिया, और बिलकुल कारोबारी लहज़े में उसने नाहरसिंह से पूछा—"तुमने राजो को सारी बात बता दी है न?"

इसके पहले कि नाहरसिंह कुछ कहता, राजो ने ज़नखों की तरह अपने एक हाथ पर दूसरा हाथ मारते हुए कहा—"हाँ जी, इन्होंने मुझे सब-कुछ बता दिया है, लेकिन आपके मुँह से सुनना चाहती थी—आप समझो कि मामला संगीन है। आप मुझसे कह देंगे तो मुझे यक़ीन हो जायगा, और बात बिलकुल पक्की हो जायगी।"

फिलौरासिंह जल्दी-से-जल्दी बातचीत ख़त्म करके वहाँ से निकल जाना चाहता था। राजो बदनाम औरत थी, और फिलौरासिंह इस बात से डरता था कि कहीं उसके

बड़े भाई को यह पता न चल जाय कि वह रात के समय राजो के घर गया था। वह जल्दी से बोला—"देखो राजो! बात सीधी-सी है—लेकिन यह तो बताओ कि तुम्हारी लड़की कब तक यहाँ आयेगी।"

राजो ने अपनी बड़ी-बड़ी आँखें उठायीं और फिलौरासिंह के चेहरे पर भरपूर नज़र डालकर बोली—"अजी! मैं उसे तो बहुत ही जल्द बुला लूँगी।"

"कितनी जल्दी!" फिलौरा ने पूछा।

"ज़्यादा-से-ज़्यादा महीने भर में आ जायगी।"

फिलौरा ज़रा फ़िक्रमन्द होकर बोला—"एक महीना तो बहुत ज़्यादा है। कोशिश करना कि वह जल्दी-से-जल्दी यहाँ पहुँच जाय...हाँ तो, हम यह चाहते हैं कि तुम्हारी लड़की यहाँ पर आकर बाक़ायदा रहने लगे। जैसा कि नाहरसिंह ने तुम्हें बाताया होगा, हमारे गाँव का गज्जनसिंह जल्दी ही लौट आयेगा। तुम्हें सिर्फ़ यह करना होगा कि तुम गज्जनसिंह पर यह इल्ज़ाम लगाओ कि वह तुम्हारी लड़की पर डोरे डाल रहा है। कुछ समय बाद तुम्हारी लड़की को कहीं भेज दिया जायगा, लेकिन तुम यही मशहूर कर देना कि गज्जनसिंह ने उसे ग़ायब किया है। लो मैंने अपने मुँह से सारी बात कह दी, ताकि तुम्हें यक़ीन हो जाय कि नाहरसिंह ने वही बातें कही हैं जो हम चाहते हैं। अब बोलो, तुम इसके लिए तैयार हो न?"

राजो तैयार थी, लेकिन चालाक औरत होने के नाते उसने जल्दी से हामी भरना ठीक नहीं समझा। कुछ हिचकिचाते हुए बोली—"सरदार जी! हम तो आपकी परजा हैं। आपका हुक्म ज़रूर माना जायगा।"

फिलौरासिंह ने महसूस किया कि शायद वह कुछ डर रही है। उसने अपनी एक अँगुली खड़ी करके मज़बूत आवाज़ में कहा—"देखो राजो! डरने की कोई बात नहीं। क्या तुम नत्थासिंह और उसके लड़के से डरती हो? अरे! उनकी यों ही धाक बैठ गयी है, लेकिन यह तो हम ही जानते हैं कि यह ढोल का पोल है। वे सचमुच ही भीतर से ढोल की तरह खाली हैं।"

राजो ने जवाब दिया—"अब तो अँगरेज़ का राज है जी! भला मैं नत्थासिंह और उसके बेटों से क्यों डरने लगी! अब न सिक्ख राज है और न सिक्खाशाही चल सकती है—हम तो आपको अपना मालिक मानते हैं। जब सरदारों के ख़ानदान का हाथ मेरी पीठ पर होगा तो मुझे डर किस बात का!"

फिलौरासिंह समझ गया कि यह औरत सचमुच फितना है। बोला—"यह भी समझ लो कि हम इसकी रिपोर्ट पुलिस में पहुँचा देंगे। तुम पुलिस के नाम से घबरा मत जाना।"

"घबराती है मेरी जूती! बहुत देखे हैं पुलिसवाले मैंने..."

अब फिलौरासिंह और नाहरसिंह की नज़रें मिलीं। उन दोनों को ही राजो के धाकड़पन से हलकी-सी हैरानी हो रही थी। नाहरसिंह ने कहा—"एक बात का ख़्याल रखना होगा राजो! ...इस सारे मामले में सरदारों का नाम बिलकुल नहीं आना चाहिए। तुम्हें रुपये की मदद भी मिलेगी और लड़ाई-झगड़े तक नौबत आ गयी तो भी हम तुम्हारी मदद करेंगे। इसके अलावा तुम्हें अलग से बख़्शीश भी मिलेगी, लेकिन इतना तुम अच्छी तरह समझ लो कि तुम्हें आगे-आगे रखा जायगा, और तुम कभी किसी से सरदारों का ज़िक्र नहीं करोगी।"

राजो के होंठ मोटे थे, फिर भी भद्दे नहीं लगते थे। वह हँसती तो अपने साफ़-सुथरे दाँतों की वजह से बड़ी भली लगती थी। अब भी हँसकर उसने अपने कन्धे पर हलकी-सी थपकी देते हुए कहा—"आप बेफ़िकर रहें, राजो ऐसी कच्ची नहीं!"

उसकी इस बात पर वे दोनों भी हँसे बिना न रह सके। फिलौरासिंह ने पलँग पर से उठकर खड़े होते हुए कहा—"हमें तुम्हारे ही जैसी औरत की ज़रूरत थी।"

यह कहकर उसने अपने सिल्क के कुर्ते के नीचे हाथ डाला, दाहिनी ओर को तहमद के पल्लू को टटोला और फिर चाँदी के रुपयों की थैली बाहर खींच ली। राजो भी खड़ी हो चुकी थी। फिलौरा ने रुपयों की भारी थैली उसके हाथ पर रख दी, और राजो की बाँछें खिल गयीं।

फिलौरासिंह और नाहरसिंह सेहन में चले गये, और राजो ने जल्दी से रुपयों की थैली को अपने पीढ़े के नीचे खिसका दिया, और फिर पलटकर उनके पास पहुँच गयी।

फिलौरा ने मुड़कर उसकी ओर देखते हुए पूछा—"तुम्हारी लड़की का नाम क्या है?"

"शीलो।"

"अब तुम उसे जल्दी-से-जल्दी यहाँ बुला लो।"

"बहुत अच्छा जी।"

"इधर हम भी इस बात का पता लगाने की कोशिश करेंगे कि गज्जनसिंह कब तक लौट रहा है। मेरे ख़्याल में वह मेले के दिनों में तो आयेगा ही।"

राजो आँखें मटकाकर बोली—"ठीक है जी, आप अपना काम कीजिये, मैं अपना काम करूँगी..."

इतने में ही नाहरसिंह की नज़र सेहन की दीवार पर पड़ी। यह कच्ची दीवार बहुत ऊँची नहीं थी, मुश्किल से सात-साढ़े सात फुट ऊँची होगी। उसके ऊपर काँच के टुकड़े लगे हुए थे, ताकि चोर-चकार जल्दी से उसे फाँद न सकें। काँच के टुकड़ों के ऊपर ही नाहरसिंह को एक परछाईं-सी दिखायी दी। उसे यों लगा जैसे सिर पर

काला कपड़ा लपेटे कोई आदमी ऊपर से झाँकने की कोशिश कर रहा हो। जब फिलौरासिंह की नज़र उधर को उठी तो वह साया ग़ायब हो चुका था।

यह देखते ही नाहरसिंह लपककर दरवाज़े के पास पहुँचा, और जल्दी से कुण्डी खोलकर पाँव बाहर रखा तो उसे गाँव के बाहर की ओर गली के नुक्कड़ पर किसी आदमी की भागती हुई परछाईं की झलक दिखायी दी। फिलौरासिंह और राजो भी उसके पास पहुँच गये। राजो ने पूछा—"क्या बात है?"

नाहरसिंह असली बात को छिपाते हुए बोला—"कोई बात नहीं...मुझे यों ही शक़ हुआ था।"

वे दोनों विदा होकर चले तो राजो ने भीतर से दरवाज़ा बन्द कर लिया। चलते-चलते फिलौरासिंह ने धीरे से पूछा—"कोई था क्या?"

"जी हाँ। पहले तो मैंने दीवार के ऊपर सिर की परछाईं देखी, फिर जब दरवाज़ा खोला तो गली के नुक्कड़ पर भागते हुए आदमी की परछाईं-सी दिखायी दी।"

"इसका मतलब है कि कोई हमारा पीछा कर रहा था।"

"शायद—लेकिन यह भी हो सकता है कि कोई चोर-वोर भीतर घुसने की नीयत से आया हो। चक्की दीवार में पाँव फँसाने के लिए ज़रूर कोई जगह होगी।"

"चोर को आना होता तो आधी रात बीत जाने पर आता। भला यह चोर के आने का समय है?"

"कुछ कहना मुश्किल है—लेकिन अगर कोई हमारा पीछा ही कर रहा था तो भी इसमें फ़िकर की क्या बात है। हम तो भीतर बैठे धीरे-धीरे बातें कर रहे थे। सेहन में तो कोई ख़ास बात हुई नहीं।"

इस बात से फिलौरासिंह के दिल को थोड़ी तसल्ली हुई। नाहरसिंह ने फिर कहा—"वह मुझसे बहुत दूरी पर था, नहीं तो मैं उसके पीछे दौड़ पड़ता। मैं राजो के ख़्याल से भी कुछ झिझक गया। चाहे वह कितनी ही बातें बनाये, फिर भी औरत की जात है। औरतों को पलटने में देर नहीं लगती। मैंने सोचा कि कहीं मेरी भाग-दौड़ से वह डर न जाय।"

वापसी पर भी दोनों बड़े पीपल तक पहुँचकर अलग-अलग हो गये। फिलौरा गाँव के भीतर से अपने मकान में पहुँचा, और नाहर गाँव का बाहर से चक्कर लगाता हुआ अहाते में पहुँचा। वहाँ अब भी महफ़िल जमी हुई थी। ऊँची आवाज़ में गप्पें हाँकी जा रही थीं, और कहकहे उड़ रहे थे।

जब नाहरसिंह ने अहाते के भीतर क़दम रखा तो केहरसिंह दूर दीवार के साथ सटकर बैठा हुआ उसे नीची नज़रों से घूर रहा था! नाहरसिंह के फ़रिश्तों को भी नहीं

पता था कि उनका पीछा करनेवाला उनसे पहले वापस आकर जहाँ-का-तहाँ बैठ गया था।

फिलौरासिंह कुछ देर रुक करके वहाँ पहुँचा, ताकि किसी को यह शक़ न हो कि वह नाहरसिंह के साथ गया था। लेकिन ऐसे शक़ की कोई गुंजाइश नहीं थी, अपनी हँसी-मज़ाक की बातों में किसी ने भी ख़्याल नहीं किया कि इतने समय में कौन बाहर गया और कौन भीतर आया। केहरसिंह महफ़िल के ख़त्म होने तक वहाँ बैठा रहा। सब लोगों के विदा हो जाने के बाद बड़े सरदारजी, यानी गुलज़ारासिंह भी मकान के भीतर चला गया। उसने केहरसिंह को दूसरे दिन के लिए कोई काम नहीं बताया—अब केहरसिंह की छुट्टी थी।

केहरसिंह का घर उच्चा अकालगढ़ में ही था। इसलिए उधर को जाने में उसके लिए कोई डर की बात नहीं थी। जब वह छोटी-सी चढ़ायी चढ़कर साँहसियों के मकान के पास से गुज़रा तो वहाँ से उसे छोटे-बड़े कुत्तों की तरह-तरह की आवाज़ें सुनायी दीं। चलते-चलते केहरसिंह नत्थासिंह के मकान के आगे पहुँचकर रुक गया। उसने जल्दी-जल्दी दायें-बायें देखा। और फिर दरवाज़े में रखा हुआ तख़्ता हटाकर जल्दी से भीतर घुस गया। नत्थासिंह सेहन में चारपाई पर लेटा था। उसने अपने बाजू के तकिये से सिर ज़रा-सा ऊपर उठाकर पूछा—''कौन है भाई?''

''मैं हूँ चाचा।''

उसकी आवाज़ पहचानकर नत्थासिंह उठ बैठा और कुछ उत्सुकता से बोला—''कहो, कैसे आये?''

अगर वह बेवक़्त न आया होता तो नत्थासिंह उससे यह बात न कहता। केहरसिंह ने सेहन में इधर-उधर नज़र दौड़ाते हुए सवाल किया—''दीदारसिंह कहाँ है?''

''वाह गुरू जाने कहाँ है। खाना खाकर निकल गया था, अभी तक लौटा नहीं।''

यह सुनकर केहरसिंह ने वापस जाने की ठानी। वह थोड़ा-सा मुड़ा था कि नत्थासिंह ने उसे रोकते हुए कहा—''कोई ख़ास काम था क्या? तुम घबराये हुए-से दिखायी देते हो। अगर कोई बात है तो मुझसे ही कह दो।''

यह बात नत्थासिंह से छिपाने की नहीं थी। केहरसिंह ज़मीन पर रखे एक गोल मूढ़े पर बैठ गया। नत्थासिंह को महसूस हुआ कि उसे कुछ झिझक हो रही है, केहरसिंह को समझाने के लिए बोला—''दीदारसिंह जवान है, उसका ख़ून भी गर्म है। अगर कोई ऐसी-वैसी बात हो तो मुझे बता दो।''

इस पर केहरसिंह ने सारी बात बता दी। नत्थासिंह ने पूछा—''तुम उनकी बातें तो नहीं सुन पाये?''

"नहीं—लेकिन विदा होने से पहले सेहन में फिलौरासिंह ने राजो से उसकी लड़की का नाम पूछा। उसने 'शीलो' बताया! तब फिलौरासिंह ने कहा कि वह इस बात का पता लगाने की कोशिश करेगा कि गज्जनसिंह कब लौट रहा है..."

बुड्ढे नत्थासिंह के नथुने फड़कने लगे। वह गुर्राती हुई आवाज़ में बोला—"मालूम होता है कि ये लोग कोई और शरारत करने पर तुले हुए हैं।"

केहरसिंह उठ खड़ा हुआ और अपनी दोनों हथेलियाँ खद्दर के कुर्ते पर रगड़ते हुए बोला—"अच्छा चाचा, अब मैं चलता हूँ।"

"जाओ—लेकिन देखो, अभी दीदारसिंह से इस बात का ज़िक्र न करना। मैं ख़ुद ही उसे बता दूँगा।"

"बहुत अच्छा, चाचा।"

केहरसिंह के चले जाने के बाद नत्थासिंह बहुत देर तक इस बारे में सोचता रहा। वह इस राज़ की तह तक नहीं पहुँच पाया, लेकिन वह इतना समझ गया कि फिलौरासिंह गज्जनसिंह के लौटने का इन्तज़ार कर रहा है। शायद वह राजो को अपने साथ मिलाकर उसके बेटे के ख़िलाफ़ कोई साज़िश करने की सोच रहा है। नत्थासिंह ने तय कर लिया कि वह ख़ुद अमृतसर जाकर बहू को ले आयेगा, और गज्जनसिंह को मना कर देगा कि वह मेले के दिनों में अकालगढ़ न आये।

: ३ :

फिलौरासिंह राजो की लड़की के मामले में दीदारसिंह को फँसाना बेकार समझता था। वह जानता था कि अगर गज्जनसिंह को इस मामले में बदनाम कर दिया तो इसके दो नतीज़े निकलेंगे। एक तो गज्जनसिंह के पीछे पुलिस लग जायगी और दूसरे उसके ससुरालवालों को जब पता चलेगा कि उनका दामाद किसी दूसरी लड़की को लेकर भाग गया है तो वे भी भड़क जायेंगे। एक बार फिर दोनों ख़ानदानों में बिगाड़ पैदा हो जायगा।

उधर नत्थासिंह भी पक्का घाघ था। केहरसिंह से थोड़ी-सी ख़बर पाकर ही वह चौकन्ना हो गया। तेजा बूड़चक्क से लौटकर अब अपने ननिहाल चला गया था। लेकिन अगर वह अकालगढ़ में भी होता तो नत्थासिंह बहू को लाने के लिए उसे अमृतसर न भेजता। वह ख़ुद वहाँ जाकर गज्जनसिंह को ऊँच-नीच समझा देना चाहता था।

दीदारसिंह का ध्यान अब जोड़-मेले की ओर बँट गया था। मेले में खेल-कूद, कुश्ती-कबड्डी वगैरह का इन्तज़ाम वही करता था। इलाक़े भर के जवानों को बुलाना, पहलवानों के जोड़ तय करना और दूसरे कई छोटे-बड़े काम उसे करने थे।

बूड़चक्क में हस्सी का बाप फत्ता अजीब परेशानी में फँसा हुआ था। उसका असली नाम फतेह मोहम्मद था। अब हस्सी के निकाह का मसला सामने आया तो उसने यह नहीं सोचा था कि यह मामूली-सी बात इतनी बड़ी और मुश्किल शक्ल अख़्तियार कर लेगी। उसे इस बात का एहसास तब हुआ जब बूड़चक्क में शफ़ी और आरिफ़ की तेजासिंह से झड़प हुई। हस्सी के सिलसिले में कुछ भनक तो उसके कानों में पड़ चुकी थी, लेकिन इस झड़प से मामला संगीन हो गया। उधर शफ़ी और आरिफ़ ज्यों-के-त्यों तने हुए थे, लेकिन तेजासिंह की दी हुई धमकी की वजह से वे अकालगढ़ भी नहीं गये। फिलौरासिंह ने उन्हें कहला भेजा कि अगर वे किसी वजह से अकालगढ़ न आ सकें, तो वह ख़ुद ही किसी दिन सलाह-मशविरे के लिए उसके पास पहुँच जायगा।

फत्ता सीधा-सादा घरबारी आदमी था। उसने शफ़ी और आरिफ़ को नज़दीकी रिश्तेदार समझकर उनसे सलाह-मशविरा किया था, लेकिन यह मामला जो शक्ल अब अख़्तियार कर गया था, उससे फत्ते को काफ़ी परेशानी होने लगी थी।

बूड़चक्क का नम्बरदार भी मुसलमान था। वह हज भी कर आया था, इसलिए सब उसे हाजी जी कहकर बुलाते थे। लड़कपन से ही फत्ते की हाजी जी से गाढ़ी छनती थी। जब कभी फत्ते को कोई उलझन होती तो वह हाजी जी के पास पहुँच जाता। अब भी वह अपनी बेटी के सिलसिले में मशविरा करने के लिए अपने दोस्त के घर पहुँचा। हाजी जी मकान की ड्योढ़ी में बैठे हुक्का पी रहे थे। फत्ते को दरवाज़े पर देखा तो हाजी जी ख़ुश होकर बोले—"आओ भई फतेह मोहम्मद, क्या हाल है?"

यह कहते-कहते हाजी जी ने हुक्के की नली अपने दोस्त की ओर बढ़ा दी। फत्ता चुपचाप हुक्के के गहरे-गहरे कश लेता रहा। हाजी जी ने कहा—"तुम परेशान-से दिखायी देते हो, इसकी वजह क्या है?—अरे हाँ! मैंने सुना था कि अकालगढ़ के तेजे से तुम्हारे दोनों सालों की झपड़ हो गयी थी। लोग दबी ज़बान में हस्सी का नाम भी लेते हैं। आख़िर यह क्या झमेला है?"

फत्ते ने हुक्के की नली दाँतों में से निकालकर पूछा—"तुम दीदारसिंह को जानते हो?"

"हाँ, जानता हूँ। सच पूछो तो उसे कौन नहीं जानता। क्या तुम नहीं जानते?"

"मैंने उसका नाम ही सुन रखा है। शायद एकाध बार दूर से देखा भी हो। लेकिन बातचीत कभी नहीं हुई—कैसा आदमी है वह?"

"आदमी बुरा है। बल्कि बहुत बुरा है...लेकिन फिर भी इतना बुरा नहीं जितना कि आमतौर से लोग कहते हैं।"

फत्ता थोड़ी देर चुप रहा, जैसे वह सोच रहा हो कि पूरा मामला किस तरह हाजी के सामने रखे। आख़िर में बोला—"देखो भाई, हस्सी सयानी हो गयी है। मैंने तुमसे

भी उसके लिए कोई लड़का ढूँढ़ने को कह रखा है। शफ़ी और आरिफ़ मेरी बेटी के माँमू हैं, इसलिए वे भी इस काम में दिलचस्पी लेते रहे। अब दीदारसिंह ने झगड़ा खड़ा कर दिया।''

''दीदारसिंह ने? उसे तुम्हारी लड़की से क्या मतलब?''

''नहीं, उसका अपना तो कोई मतलब नहीं है, लेकिन वह हस्सी का हाथ अपने दोस्त के लिए माँगता है। शफ़ी और आरिफ़ उससे टक्कर लेने को तुले हुए हैं। इधर मैं परेशान हो रहा हूँ। अरे भाई। दुनिया-जहान में लड़के-लड़कियों की शादी होती रहती है। लेकिन ऐसे झगड़े तो नहीं खड़े हो जाते। अब तो मुझे अपने सालों से भी डर लग रहा है। मेरी समझ में नहीं आता कि उन्हें झगड़ा खड़ा करने की क्या ज़रूरत थी।''

हाजी जी अपने दोस्त की बात को बहुत ही ध्यान से सुन रहे थे। जब वह अपनी बात ख़त्म कर चुका तो हाजी जी ने गर्दन आगे बढ़ाकर कहा—''चौधरी! तुम बड़े भोले हो।''

फत्ते ने रंजीदा शक्ल बनाकर उनकी ओर देखा और बोला—''अरे यार! मुझे भोला मत कहो, बेवकूफ़ कहो बेवकूफ़।''

हाजी जी हँस पड़े। कहने लगे—''अच्छा बेवकूफ़ ही सही—चौधरी! सोचने की बात यह है कि दीदारसिंह को क्या पागल कुत्ते ने काटा है कि वह तुम्हारी बेटी का हाथ अपने दोस्त के लिए चाहता है—कुछ समझे?''

चौधरी सचमुच ही बड़ा भोला था, इनकार में सिर हिलाते हुए बोला—''नहीं, मैं कुछ नहीं समझा।''

हाजी जी ने हुक्के के साथ लटकती हुई लोहे की चिमटी से चिलम की राख कुरेदकर कहा—''इनमें कुछ शक़ नहीं कि दीदार के दोस्त को हस्सी से मोहब्बत हो गयी होगी। अब मेरी बात से चौंकना नहीं....हस्सी जिस तरह से तुम्हारी बेटी है—उसी तरह से मेरी भी बेटी है। लेकिन फिर भी हम असलियत से आँखें नहीं चुरा सकते...।''

फत्ता आँखें झपका-झपकाकर हाजी जी की बात समझने की कोशिश कर रहा था। हाजी जी ने फिर गर्दन आगे बढ़ायी—''यही नहीं, बल्कि मुझे इस बात का भी यक़ीन है कि हस्सी को भी उससे लगाव होगा, क्योंकि जब तक औरत की शह न मिले तब तक मर्द को इतनी हिम्मत नहीं हो पाती।''

फत्ते के लिए यह बिलकुल ही नयी बात थी। उसने कहा—''शफ़ी और आरिफ़ को भले ही इन सब बातों का पता होगा, लेकिन मुझे तो इतना ही बताया गया कि दीदारसिंह धाकड़बाज़ी में ही अपने दोस्त से हस्सी का निकाह पढ़वाना चाहता है...।''

"अच्छा! तुम्हें तो इतना मालूम होगा कि वह लड़का मुसलमान ही है न?"

"हाँ, वह मुसलमान ही बताया जाता है।"

"बस—बात बिलकुल सीधी हो गयी।"

"सीधी कैसे हुई भाई! मैं तो और भी घबरा गया हूँ।"

"इसमें घबराने की कोई बात नहीं। ज़िन्दगी में ऐसा भी हो जाता है। हम यह मानकर चलते हैं कि हस्सी की और उस लड़के की आपस में मोहब्बत है। ऐसे मौक़ों पर ख़ामुख़ाह अपनी मिट्टी पलीद नहीं करानी चाहिए। ज्यों-ज्यों तुम लोग अड़ोगे त्यों-त्यों यह बात लोगों में फैलेगी, और ख़ामुख़ाह बदनामी होगी।—मैं तो इस मामले में दीदारसिंह को बुरा नहीं कह सकता। लड़का मुसलमान है, और शायद लड़के और लड़की की अपनी मर्ज़ी भी है, तो फिर इसमें दीदारसिंह को इल्ज़ाम देने का क्या फ़ायदा। उसका अपने दोस्त की मदद करना ठीक ही है—देखो चौधरी! दुनिया ऐसी बातों का तमाशा देखती है। रिश्तेदारों में भी अकसर तमाशा देखनेवाले ही होते हैं। मान लिया कि शफ़ी और आरिफ़ पर तुम्हें भरोसा है, लेकिन मेरे दिल में कोई शक़ नहीं है कि वे मोटी अक़्ल के लोग हैं। वे यह नहीं समझ पा रहे हैं कि यह मामूली-सी बात बढ़कर क्या शक्ल अख़्तियार कर लेगी। इसीलिए तो कहते हैं कि बेवकूफ़ दोस्त से अक़्लमन्द दुश्मन बेहतर होता है। मेरी राय तो यह है कि तुम्हें इस बात पर भड़कने की कोई ज़रूरत नहीं कि हस्सी का किसी से लगाव हो गया है। मैं यह नहीं कहता कि यह अच्छी बात है और ऐसा तो होना ही चाहिए, लेकिन मैं सिर्फ़ यह कहता हूँ कि जो होना था सो हो चुका। तुम्हें पहले से ही होशियार रहना चाहिए था। अब अगर मेरा शक़ ठीक है, तो उसका कोई हल ढूँढ़ना पड़ेगा। जो रास्ता आरिफ़ और शफ़ी ने अपनाया है उससे यह मसला हल नहीं होगा।"

फत्ते ने कुछ परेशान होकर कहा—"लेकिन भाई, आख़िर में वे मेरे साले हैं। मैं उनसे भी अपने ताल्लुक़ात बिगाड़ तो नहीं सकता।"

इस पर हाजी जी ने हाथ का पंजा हवा में लहराते हुए कहा—"अब वह सब तुम ही जानो। मैं तुमसे सिर्फ़ एक बात पूछता हूँ कि अगर तुम शफ़ी और आरिफ़ का ही साथ देते रहे, और उधर दीदारसिंह और उसका दोस्त हस्सी को भगा ले गये तो तुम क्या करोगे? ज़्यादा-से-ज़्यादा पुलिस में रिपोर्ट करोगे, तुम्हारी लड़की ग़ैर आदमी के साथ पकड़ी जायगी, वे हवालात में बन्द रहेंगे। फिर उन लोगों को कचहरी में हाज़िर किया जायगा। अगर वहाँ पर हस्सी ने यह बयान दे दिया कि वह अपनी मर्ज़ी से उस आदमी के साथ रह रही है, तो तुम क्या कर लोगो? याद रखो, हस्सी की दो छोटी बहनें भी हैं। अगर वह सब-कुछ हो गया जो मैं कह रहा हूँ तो तुम्हारी छोटी लड़कियों की ज़िन्दगी भी बर्बाद हो जायगी। आज तक तुम्हारे ख़ानदान पर धब्बा

नहीं आया, और कल को कुछ हो गया तो तुम्हारा ख़ानदान हमेशा के लिए बदनाम हो जायगा।''

फत्ता दोनों हाथ मलते हुए बोला—''यार! मैं तो बुरा फँसा।''

''अरे भाई! ज़िन्दगी में सब चलता है। फँसने को तो हर कोई फँस सकता है। लेकिन इस मुसीबत से बच निकलने का तरीक़ा ग़लत नहीं होना चाहिए। वरना मामला बिगड़ता ही चला जायगा। तुम हस्सी के बाप हो, तुम्हारा उस पर माँमुओं से ज़्यादा हक़ है। इसलिए तुम वही करो, जिसमें तुम्हारी औलाद और ख़ानदान का भला हो सकता है।''

''इसका मतलब यह है कि मैं अपनी बेटी का निकाह उसी आदमी से पढ़वा दूँ, जो दीदारसिंह का दोस्त है?''

''नहीं, मैं यह भी नहीं कहता। इस सिलसिले में तुम्हें दो काम करने चाहिए। एक तो तुम अपनी औरत को समझाओ कि वह बड़े प्यार और दुलार से हस्सी से इस बात का पता लगाये कि सचमुच ही वह दीदारसिंह के दोस्त को पसन्द करती है या नहीं। अगर 'हाँ' में जवाब मिले तो भी किसी से मत कहो। इसके बाद तुम बलकारसिंह से मिल लो। दीदारसिंह उसका दोस्त है, और उसके पास आता-जाता भी है। बलकार तुम्हारी ही तरह घरबारी है। तुम उसी से सलाह-मशविरा करना। इसका फ़ायदा यह होगा कि अगर बलकारसिंह ने तुमसे किसी बात की हामी भर ली तो वह दीदारसिंह को भी समझा सकेगा। अगर तुम चाहोगे तो मैं भी बलकारसिंह से इस सिलसिले में बातचीत कर लूँगा। लेकिन तुम लड़की के बाप हो, इसलिए तुम्हारा ही जाना ठीक रहेगा।''

यह सुनकर फत्ता उठ खड़ा हुआ, और बोला—''तुमने मेरे मन का बोझा काफ़ी हलका कर दिया है। मैं तुम्हारी बात मानता हूँ।''

हाजी जी ने खड़े होकर उसके कन्धे पर हाथ रख दिया और कहा—''तुम्हारी औरत भी सीधी-सादी है। तुम उसे सब-कुछ समझा सकोगे। मेरी सलाह तो यही है कि अगर दीदारसिंह के दोस्त में कोई ख़ास ख़राबी न हो तो तुम उसी से हस्सी का निकाह कर दो। बस, छुट्टी! ख़ामुख़ाह बदनाम होने का क्या फ़ायदा। शफ़ी और आरिफ़ यह नहीं जानते कि इस क़िस्म की धाकड़बाज़ी और मामलों में तो की जा सकती है, लेकिन लड़की के मामले में ऐसा हरगिज़ नहीं करना चाहिए। मैं तुम्हारा बचपन का दोस्त हूँ, इसलिए वही सलाह दूँगा, जिसमें कि तुम्हारी भलाई हो।''

फत्ता सीधा घर आया, और अपनी बीवी को लेकर पिछवाड़ेवाली कोठरी में जा बैठा। उसने हाजी से हुई अपनी सारी बातचीत बीवी को बतायी। बीवी ने कहा—''मुझे लगता है कि हाजी जी का शक़ ठीक ही है। हस्सी और नूरे का आपस में काफ़ी लगाव है।''

"क्या हस्सी ने ख़ुद तुम्हें बताया?"

"नहीं, बराबर के बच्चों से ऐसी बातें तो नहीं की जातीं। मुझे तो हस्सी की एक सहेली ने ही बताया था।"

फत्ता कुछ बिगड़कर बोला—"तुम भी अजीब औरत हो। तुमने मुझसे यह बात क्यों छिपायी?"

"तुम तो हवा के घोड़े पर सवार थे। मैं डरी कि अगर कुछ कहा तो तुम बिगड़ जाओगे। तुम जितने समझदार हो, यह तो तुम जानते ही हो।"

बीवी की इस चोट पर फत्ता बौखला गया, और बिगड़कर बोला—"अब तुम भी मुझी को बेवक़ूफ़ कहती हो? अच्छी तरह जानती हो कि असल में तुम्हारे भाई हवा के घोड़े पर सवार हैं। मैं तो तुम्हारे लिहाज़ से उनकी बातों में आ गया।"

"इतना बिगड़ते क्यों हो। तुम मेरे भाइयों को छोड़ो, और अपने ख़ानदान की आबरू की हिफ़ाज़त ख़ुद करो!"

"हाजी साहब की राय तो तुमने सुन ही ली है। वह कहते हैं कि लड़के में कोई ख़ास ख़राबी न हो तो उसी से शादी कर दी जाय। मुझे तुम्हारे भाइयों ने बेवक़ूफ़ बनाया। जो बात बतायी सो अधूरी बतायी।"

"अब भी कुछ नहीं बिगड़ा। पहले नूरे के ख़ानदान का अच्छी तरह पता तो करो।"

फत्ते ने एकदम छत की ओर यों देखा जैसे उसे कोई बात यकायक ही याद हो आयी हो। बोला—"नूरा!... यह नाम पहले भी मेरे कानों में पड़ा है। मुझे तो यह बताया गया था कि वह कोई गुण्डा-जैसा आदमी है।"

बीवी धीरे से अपने माथे पर हाथ मारकर बोली—"सच! तुम तो बिलकुल ही ख़ब्ती हो। हर किसी के कहने में आ जाते हो। तुम ख़ुद जाकर सब बातों का पता क्यों नहीं लगाते।"

"हाँ, अब मैं यही करूँगा। आज शाम ही बलकारसिंह के घर जाऊँगा।"

: ४ :

वैसे तो नत्थासिंह ने मना कर दिया था, लेकिन केहरसिंह के लिए यह नामुमकिन था कि वह आँखों देखी और कानों सुनी बात को दीदारसिंह तक न पहुँचाये। दूसरे दिन मौक़ा पाते ही उसने दीदारसिंह से सारी बात कह सुनायी। उसने यह भी बता दिया कि बुड्ढे ने उसे मना कर दिया था कि दीदारसिंह के कानों तक यह बात न पहुँचे।

केहरसिंह की दीदारसिंह से उस समय बात हुई जबकि वह गाँव के बाहर निबटकर खेतों से लौट रहा था। इधर दीदारसिंह अपनी लम्बे दास्तेवाली सफाजंग से फुलाह के पेड़ की टहनी काटकर उसका दातुन बना रहा था। केहरसिंह चलते-चलते जल्दी से सारी बात बता गया। अकेले रह जाने पर भी दीदारसिंह इस सिलसिले में सोचता रहा। उसके लिए यह जानना तो नामुमकिन था कि असल में फिलौरासिंह के मन में क्या था, लेकिन इतनी बात तो ज़ाहिर थी कि वे दोनों राजो से मिलकर गज्जनसिंह के ख़िलाफ़ कोई साज़िश कर रहे थे। उसने बहुत सोचा कि वह साज़िश क्या हो सकती है। इन्हीं ख़यालों में खोया हुआ वह अपने घर पहुँच गया। इत्तफ़ाक से उस समय उसकी माँ नत्थासिंह से पूछ रही थी—"अब बहू घर कब आयेगी?"

नत्थासिंह ने घुड़ककर जवाब दिया—"आ जायगी—तुम्हारी जान क्यों निकली जा रही है?"

"अजीब आदमी हो तुम भी। इधर नयी-नयी दुल्हन घर में पहुँची, इधर दूल्हा ग़ायब हो गया। इसके बाद तुमने दुल्हन को भी भेज दिया। मेरी समझ में तो यह नहीं आता कि इस घर में बाप-बेटे न जाने कैसी खिचड़ी पकाते रहते हैं।"

नत्थासिंह ने अपनी मोटी अक़्ल के मुताबिक़ मज़ाक करते हुए कहा—"खिचड़ी पकती है तो पकने दो। जब तैयार हो जायगी तो तुम भी खा लेना। आख़िर तुम्हें क्या परेशानी हो रही है?"

'वाह गुरु! वाह गुरु! तुम इतना भी तो नहीं समझते कि इस तरह गाँववालों को बातें बनाने का मौक़ा मिल जाता है। लोगों का मुँह तो नहीं पकड़ा जा सकता।"

नत्थासिंह ने कुछ बिगड़कर कहा—"आख़िर गाँव के लोगों को हमारे निजी मामले से क्या मतलब।"

"जब तुम अजीब हरकतें करोगे तो लोगों को बातें करने का मौक़ा तो मिल ही जायगा।"

नत्थासिंह चारपाई पर बैठा था। अपने तीन अंगुल लम्बे लकड़ी के कंघे को लम्बे से दातुन से बाँधकर, इस कंघे से वह अपनी पीठ खुजा रहा था। इस तरह धीरे-धीरे पीठ खुजाने में उसे मीठा-मीठा मज़ा मिल रहा था। उधर चरनो चिल्ला-चिल्लाकर उसके कान खा रही थी। आख़िर वह झल्लाकर बोला—"तुम हाथ धोकर एक बात के पीछे न पड़ जाया करो। तुम्हें बहू चाहिए, मैं उसे ले आऊँगा। पन्द्रह-बीस दिन और सब्र करो।"

"दुल्हन ही नहीं मुझे अपना लड़का भी चाहिए। जोड़-मेला नज़दीक आ रहा है। यह अच्छा नहीं लगता कि दुल्हन घर में हो और दूल्हा ग़ायब हो।"

नत्थासिंह ने पीठ खुजाते-खुजाते अपना हाथ रोक लिया, और फिर क़हर भरी नज़रों से बीवी की ओर देखते हुए बोला—"बेकार की ज़िद मत करो। गज्जनसिंह

मेले के बाद ही यहाँ आयेगा—आज मैं उसे इस तरह की चिट्ठी भी लिखने जा रहा हूँ।

यह सुनकर चरनो ताव में आ गयी, बोली—"न जाने भीतर-ही-भीतर तुम लोग क्या चक्कर चलाते रहते हो। कभी रोते हो कि मेरे सब लड़के यहाँ नहीं रहते, और फिर जब वे रहना चाहते हैं तो तुम लट्ठ लेकर उनके पीछे पड़ जाते हो। बन्ता आया था, तुमने उसे नहीं रहने दिया। सबसे छोटा नानी के यहाँ ही पड़ा रहता है। रहा सबसे बड़ा, उसे तुम यहाँ आने नहीं दोगे—कितना बुरा लगता है। कम-से-कम जोड़-मेले के मौक़े पर सब लड़के घर पर हों तो कितनी रौनक हो जाती है।"

"छोटा तुम्हारा ही बिगाड़ा हुआ है। क्या मैं उसे यहाँ रहने से मना करता हूँ?"

"मना तो नहीं करते, लेकिन समझाते भी तो नहीं। जवान लड़का भला माँ का क्या कहना मानेगा। तुम ही उसे डाँट-फटकारकर घर पर बैठाओ।"

"मैं तो समझता हूँ कि माँ की जगह नानी के पास रहना ही ठीक है। नानी को थोड़ी-बहुत अक़्ल तो है।"

"बहुत अच्छा, मैं बेवकूफ़ हूँ, तुम तो उड़ती चिड़िया के पर काट लेते हो। मैं कहे देती हूँ कि जोड़-मेले के दिनों में तारो और गज्जन का घर में रहना बहुत ही ज़रूरी है।"

नत्थासिंह आँखें निकालकर बोला—"तू तो सठिया गयी है। ए बुढ़िया! अच्छी तरह समझ ले कि गज्जनसिंह मेले के दिनों में यहाँ नहीं आयेगा। इसकी कुछ वजह है।"

"मैं भी तो सुनूँ कि क्या वजह है।"

"तुम्हारे सुनने लायक नहीं है। बस इतना ही समझ लो कि हमारे मेहरबान, यानी सरदारों का ख़ानदान गज्जनसिंह को फँसाने की साज़िश कर रहा है। वह यहाँ आ गया तो ये कोई-न-कोई बखेड़ा ज़रूर खड़ा करेंगे।"

माँ-बाप को बकते-झकते छोड़कर दीदारसिंह भीतर चला गया। वह पिछवाड़ेवाले कमरे में पलँग पर लेट गया। छत के बालिश्त भर मग (सूराख) से रोशनी भीतर आ रही थी। कमरे के कोनों में ख़ासा अँधेरा छाया था। लेटे-लेटे दीदारसिंह सारी बात को समझने की कोशिश करने लगा। अभी तक राजो से उसकी बातचीत नहीं हुई थी। कई-कई सालों के बाद जब कभी वह गाँव आती तो कहीं-न-कहीं चलती-फिरती ज़रूर दिखायी दे जाती थी।

काफ़ी सोच-विचार के बाद दीदारसिंह इसी नतीजे पर पहुँचा कि फिलौरा, राजो और उसकी बेटी से मिलकर गज्जन को फँसाने की सोच रहा होगा। आख़िर औरतों को साथ मिलाकर इसके अलावा हो भी क्या सकता था। इससे बचने की जो तरक़ीब उसके बाप ने सोची थी, वह उसे बिलकुल पसन्द नहीं थी। शायद बुढ़ापे की वजह

से उसका बाप ज़रूरत से ज़्यादा दूरन्देश हो गया था। फूँक-फूँककर क़दम उठाना अच्छी बात है, लेकिन इसका यह मतलब तो नहीं कि राजो-जैसी औरतों से भी दबकर रहा जाय। अब दीदारसिंह की समझ में यह भी आ गया कि उसका बाप गज्जनसिंह को क्या लिखने जा रहा है। उसने बाप से कुछ कहना ठीक नहीं समझा। एक तो उसकी ज़्यादा बोलने की आदत नहीं थी, और दूसरे वह जानता था कि वह अपने बाप को समझा नहीं पायेगा। बाप यही सोचेगा कि बेटा अपनी माँ की तरफ़दारी कर रहा है। दीदारसिंह की हमेशा से यह आदत रही थी कि उसे जो कुछ भी करना होता वह चुपके से कर डालता।

तीसरे दिन दीदारसिंह चुपचाप घर से निकलकर पक्की सड़क पर पहुँचा, और वहाँ से लारी में बैठकर शहर के अड्डे पर जा उतरा। स्टेशन के पास ही एक ढाबे में उसने खरौड़ों (बकरे के टख़ने) के शोरबेदार सालन के साथ तन्दूर की बड़ी-बड़ी रोटियाँ खाकर पेट भरा, और फिर अमृतसर जानेवाली गाड़ी पर सवार हो गया।

वह जानता था कि गज्जनसिंह किस मकान में टिका हुआ है, इसलिए उसे अमृतसर के स्टेशन से घर तक पहुँचने में कोई दिक़्क़त नहीं हुई। सुबह का समय था, और गज्जनसिंह ने अभी नाश्ता भी नहीं किया था क़ि दरवाज़े पर खटखट की आवाज़ सुनायी दी। अकसर अड़ोस-पड़ोस के बच्चे और छोटी लड़कियाँ भी उनके घर आती रहती थीं। इसलिए कि जब गज्जनसिंह मकान से बाहर चला जाता तो तारो इन्हीं बच्चों से मन बहलाया करती थी। उस समय तारो आलू के पराठे बनाने के लिए उबले हुए आलुओं में हरा धनिया, प्याज़ वगैरह मिलाकर 'कचूमर' तैयार कर रही थी। गज्जनसिंह बोला—''जाओ देखो, कौन दरवाज़ा खटखटा रहा है....तुम्हारे मिलनेवालों ने तो नाक में दम कर रखा है।''

तारो जानती थी कि गज्जनसिंह ने यह बात गुस्से में नहीं कही है। वह सिर पर दुपट्टा सँभालती और इठलाती हुई ड्योढ़ी में गयी, दरवाज़ा खुला तो अचानक एक क़दम पीछे हट गयी। कहना चाहिए कि चारों भाइयों का ट्रेड-मार्क एक ही था। शक्लें अलग-अलग होते हुए भी एक भाई को देखकर दूसरे भाइयों को भी पहचाना जा सकता था।

तारो पहली नज़र में ही अपने देवर को पहचान गयी। दीदारसिंह ने धीरे से 'सस सिरी अकाल' कहा, और तारो ने पतली धीमी आवाज़ में जवाब देकर उसके भीतर आने के लिए रास्ता छोड़ दिया।

जब तारो दरवाज़े की कुण्डी चढ़ा रही थी तो दीदार ने उसकी ओर देखे बिना पूछा—''गज्जन भीतर है?''

''हाँ!'' और फ़िर तारो बड़ी फ़ुर्ती से अन्दर चली आयी, और गज्जनसिंह के कान के पास मुँह ले जाकर, और दाहिने हाथ का पर्दा करके धीरे बोली—''दीदारसिंह आया है।''

उस समय गज्जनसिंह पलँग पर बैठा, सिर नीचे को झुकाये अपने लम्बे बालों में कंघा कर रहा था। दीदारसिंह के एकाएक आ जाने पर वह चौंक पड़ा। चौंकने की बात न होने पर भी वह दीदारसिंह से ज़रा दबता ही था। वह अच्छी तरह जानता था कि उसके छोटे भाई के बाजुओं में कितनी ताक़त है, और सारे इलाक़े में उसकी कितनी धाक बैठी हुई है। घर के छोटे-बड़े दीदार से आँखें मिलाते हुए ज़रा घबड़ाते थे। हालाँकि दीदार की आज तक अपने बड़े भाई से कभी अनबन नहीं हुई। गज्जनसिंह ने भी कभी उसके साथ उलझने की कोशिश नहीं की। जिस बात से दीदारसिंह का ताल्लुक़ हो, उससे गज्जनसिंह बचकर ही रहता था।

दीदारसिंह ने जान-बूझकर ड्योढ़ी से कमरे तक पहुँचने में कुछ देर लगा दी। जब वह दरवाज़े तक पहुँचा तो गज्जन ने अपने बोझिल बाल एक ओर को फेंकते हुए कहा—"आओ दीदार!"

यह कहते-कहते उसने पीछे हटकर पलँग पर दीदार के बैठने को जगह बना दी।

दीदार बैठ गया तो गज्जनसिंह ने घरवालों की ख़ैर-ख़बर पूछनी शुरू की—"बेबे अच्छी तरह है?"

"हाँ"

"चाचा, अमरो, तेजा..."

"सब ठीक-ठाक है...तेजा नानी के पास चला गया है।"

"मैंने तेजे से कहा था कि वह अभी अकालगढ़ में ही रुका रहे..."

"कोई बात नहीं। उसका मन नानी के पास ही लगता है।"

गज्जन चुप!—वह धीरे-धीरे अपने बालों में कंघा करता रहा। इस बात की तसल्ली तो हो गयी कि घरवाले ठीक हैं, लेकिन फिर भी गज्जन का मन कह रहा था कि दीदार बिना किसी ख़ास वजह के वहाँ आनेवाला नहीं था।

तारो ने भी घरवालों का हाल-चाल पूछना और इधर-उधर की दो-चार मोटी-मोटी बातें करना ज़रूरी समझा। दीदारसिंह ने 'हूँ'-'हाँ' करके उसे टाल दिया।

तारो आलू का कचूमर पीतल की बाल्टी में डालकर बाहर सेहन के चूल्हे के पास जा बैठी।

इस समय तक गज्जनसिंह जूड़ा कसकर दाढ़ी और मूँछों पर सरसों का तेल चुपड़ रहा था। सरसों में शायद तारामीरा का तेल भी मिला हुआ था, जिसके कारण उसे गालों और ठुड्डी पर हलकी-हलकी जलन हो रही थी। गज्जनसिंह ने शीशे में अपना मुँह देखते हुए दाढ़ी के बालों में भी कंघा करना शुरू कर दिया, और धीरे से बोला—"मैंने बन्तासिंहवाली बात सुनी थी..."

"वह सब ठीक हो गया है।" दीदारसिंह ने इस अन्दाज़ से दो टूक जवाब दिया कि इसके आगे गज्जन ने पूछताछ करना ठीक नहीं समझा, उसने सोचा कि मुझे पूछताछ करने की ज़रूरत ही क्या है, अगर कोई ऐसी-वैसी बात होगी तो वह ख़ुद ही बता देगा।

थोड़ी देर के मौन के बाद दीदार बोला—"मैं नहाऊँगा। यहाँ पानी मिल जायगा?"

"सेहन में दस्ती नल है। बाल्टी भरकर नहा लो।"

दीदारसिंह ने उठकर दरवाज़े के बाहर झाँका। नल चूल्हे के पास ही था। उसने धीरे से कहा—"भाभी पराठे पका ले तो मैं नहा लूँगा।"

गज्जनसिंह कुछ नहीं बोला। थोड़ी देर बाद तारो बड़े-बड़े गर्मागर्म पराठे बनाकर भीतर ले आयी। दही का इन्तज़ाम पहले ही हो चुका था। उधर सेहन को खाली पाकर दीदार ने बाल्टी उठायी और उसे नल के नीचे रख दिया।

नाश्ता हो चुका तो दोनों भाई अलग से ड्योढ़ी में जा बैठे। दीदार ने पूछा—"चाचा की चिट्ठी आयी थी?"

"हाँ!"

"ज़रा मुझे पढ़कर सुनाओ।"

गज्जनसिंह काँख-कूँखकर गुरुमुखी पढ़ तो लेता था, लेकिन उसने सोचा कि पढ़ने की मुसीबत से अच्छा वह ज़बानी ही क्यों न बता दे। बोला—"यह चिट्ठी पढ़ने में तो मुझे बहुत देर लग जायगी। मैं तुम्हें ज़बानी सब-कुछ बताये देता हूँ।"

गज्जनसिंह ने जो भी बातें बतायीं, उनमें से एक भी दीदार के लिए नयी नहीं थी। अन्त में उसने पूछा—"कोई बात बताने से रह तो नहीं गयी?"

नत्थासिंह ने केहरसिंह का नाम लिखे बिना शुरू से आख़ीर तक सब-कुछ लिख दिया था। दीदारसिंह ने कहा—"तो फिर तुमने क्या सोचा है?"

गज्जन कुछ बौखलाकर बोला—"मेरे सोचने की अब क्या बात रह गयी है। तुम तो चाचा की तबीयत जानते ही हो। वह जिस बात पर अड़ता है, तो बस अड़ ही जाता है।"

दीदारसिंह ने अपने ख़ास अन्दाज़ और भारी आवाज़ में कहा—"अगर हम इस तरह बात-बात पर लोगों से दबने लगें तो फिर अकालगढ़ में साँस लेना भी मुश्किल हो जायगा।"

गज्जन चुप रह गया। उसके लिए दीदारसिंह की यह बात भी पत्थर की लकीर से कम नहीं थी। वह बहुत दूर की नहीं सोच सकता था। वह तो मरना-मारना ही जानता था। अपने मन में वह चाचा और दीदार दोनों को ही अपने से होशियार मानता

था। अब एक ऐसी बात आ पड़ी कि जिस पर वे बाप-बेटा एकमत नहीं थे। गज्जनसिंह यह भी जानता था कि जब कभी भी ऐसा मौक़ा आया तो सदा ही दीदारसिंह का पलड़ा भारी रहा। दूसरे शब्दों में अब उसे करना वही पड़ेगा, जो दीदार चाहेगा।

दीदार ने फिर पूछा—"इस बारे में तुम्हारा क्या ख़्याल है?"

गज्जन को उलझन होने लगी कि उसका भाई इतनी-सी बात भी नहीं समझता कि वह ज़्यादा ऐंच-पेंच नहीं जानता। दीदारसिंह को चाहिए कि अपनी राय साफ़ शब्दों में बता दे, और उसे ख़ामुख़ाह की उलझन में न डाले।

गज्जनसिंह ने एक उचटती हुई नज़र छोटे भाई पर डाली, जो उसके जवाब का इन्तज़ार कर रहा था। मज़बूरन उसे बोलना पड़ा—"दीदार! तुम तो जानते ही हो कि मुझे ज़्यादा ऐंच-पेंच नहीं आते। यह तो तुम्हीं बताओ कि हमें क्या करना चाहिए?"

"मैं चाहता हूँ कि तुम चाचा के यहाँ आने से पहले ही भाभी को लेकर ख़ुद अकालगढ़ पहुँच जाओ।"

"ठीक है—लेकिन चाचा झिकझिक करेगा।"

"वह बात मुझ पर छोड़ दो।"

गज्जनसिंह ने सिर को हलका-सा झटका देकर कहा..."चलो तुम्हारी यह बात भी मान ली—अब यह बताओ कि वहाँ आकर मुझे क्या करना होगा।"

दीदारसिंह ने तिनके से दाँत कुरेदते हुए जवाब दिया—"राजो बदनाम-सी औरत है। मैं जानता नहीं कि वह कहाँ-कहाँ और किस-किस के साथ रह चुकी है, लेकिन इसमें कुछ शक़ नहीं कि वह चमड़े का जहाज चलानेवाली औरत है।"

"वह मुझसे क्या चाहती है?"

"वह तुमसे क्या चाहेगी! परदे के भीतर की बात तो वाह गुरू ही जाने, लेकिन मुझे लगता है कि फिलौरासिंह और नाहरसिंह मिलकर राजो को इस बात पर तैयार कर रहे हैं कि वह तुमको किसी-न-किसी लंझे में फँसा दे..."

"लेकिन वह मुझे क्यों फँसाना चाहते हैं...तुम्हें क्यों नहीं..."

दीदारसिंह के होंठों पर मुस्कुराहट आते-आते रह गयी। उसने सोचा कि कभी-कभी तो गज्जनसिंह को भी दूर की बात सूझ जाती है। बोला—"इस बारे में मैंने भी सोचा है। मैं इस नतीजे पर पहुँचा हूँ कि मुझे फँसाने का उन्हें कोई फ़ायदा नहीं होगा। मैं तो मलंग आदमी हूँ, लेकिन तुम्हें फँसाने से तुम्हारी ससुराल तक बदनामी होगी और हमारे दुश्मनों को बगलें बजा-बजाकर नाचने का मौक़ा मिलेगा।

गज्जनसिंह मन-ही-मन में छोटे भाई को उसकी इतनी तेज़ अकल के लिए शाबाशी दे रहा था। काश! भगवान् ने उसे दीदार से आधी अक़्ल ही दी होती। उसने इस बारे में दिलचस्पी लेते हुए कहा—"तुम्हारा अन्दाज़ा तो ठीक ही मालूम होता है...लेकिन इसका उपाय?"

"इसका उपाय भी मैंने सोच लिया है।"

"मुझे भी तो बताओ।"

पल भर को दीदारसिंह ने बड़े भाई की ओर टकटकी बाँधकर देखा, और फिर नथुने फुलाकर बोला—"पहले तो तुम अकालगढ़ आ जाओ—फिर मौक़ा पाकर अँधेरे-सबेरे छक जाओ साली को।"

गज्जनसिंह को उसकी बात समझने में देर नहीं लगी। लेकिन उसे महसूस हुआ कि यह उपाय इस मसले को हल करने की जगह और भी उलझा देगा। उसने यही बात भाई से कही तो वह बोला—"यह सब-कुछ नहीं होगा। तुम माँ और बेटी दोनों पर हाथ साफ़ कर दो।"

"यह तो मैं कर दूँगा, लेकिन क्या इससे नयी मुसीबत खड़ी नहीं हो जायगी?"

"बेफ़िकर रहो। वह सब-कुछ नहीं होगा। जो कुछ होगा सो मैं जानता हूँ।"

गज्जनसिंह बोला—"अरे! मेरा क्या है! मैं तो उनके सारे ख़ानदान पर हाथ साफ़ कर सकता हूँ। आगे की बात तुम ख़ुद सोच लो।"

"मैंने सब सोच लिया।"

"तुमने यह भी सोच लिया है कि मेरे ससुरालवालों को इन सब बातों की ख़बर मिल गयी तो क्या होगा?"

"हाँ, लेकिन तुम्हारे ससुरालवालों को ख़बर मिलेगी ही नहीं। और अगर मिल भी गयी तो वे यक़ीन नहीं करेंगे।"

गज्जनसिंह को काम करने के ऐसे ढंग बेहद पसन्द थे। वह कुछ इत्मीनान और अचरज से मुँह खोले चुपचाप भाई की ओर देखने लगा।

दीदारसिंह ने अपना हाथ सहज से उसके घुटने पर रखते हुए कहा—"अभी तुम्हें मैं और भी बहुत-सी बातें समझाऊँगा। लेकिन वह सब उस समय होगा जब तुम अकालगढ़ पहुँच जाओगे।"

"ठीक है, मुझे परेशान होने की क्या ज़रूरत! जब तुमने इसका सारा ऊँच-नीच सोच-समझ लिया है तो मुझे भी क्या एतराज़ हो सकता है?"

"तो यह बात तय हो गयी?"

"हाँ, हो गयी।"

"एक बात और कहनी है। वह यह कि तुम भाभी को—मेरा मतलब है कि मेरी भाभी को इस बारे में सारा ऊँच-नीच अच्छी तरह समझा दो। वह सब-कुछ मान भी जायगी। इसका फ़ायदा यह होगा कि बाद में कोई अफ़वाह वगैरह सुनकर भी उसे किसी तरह की परेशानी नहीं होगी। उसे ख़ुश और सन्तुष्ट रखना। जब उसके माँ-बाप को पता चलेगा कि उनकी बेटी हर तरह से मौज़ में है तो वे लोगों के कहने-

सुनने पर ध्यान नहीं देंगे।''

''तुम्हारा मतलब है कि मैं उसे यह भी बतला दूँ कि मैं राजो और उसकी बेटी शीलो पर हाथ साफ़ करनेवाला हूँ?''

''नहीं बाबा?...उसे अभी सिर्फ़ इतना ही बता दो कि गाँव में राजो नाम की बदचलन औरत है, और उसकी एक बदनाम बेटी शीलो भी है। वे दोनों सरदारों के कहने-सुनने में तुम्हारी बदनामी करेंगी। भाभी हमारे दोनों ख़ानदानों की दुश्मनी के बारे में तो जानती ही है। इसलिए तुम्हारे अभी से समझा देने पर वह किसी अफ़वाह का यक़ीन नहीं करेगी समझे?''

''हाँ, समझ गया।''

''मैं तो आज ही वापस लौट जाऊँगा। तुम्हारी ओर से मेरे यहाँ आने-जाने की किसी को ख़बर नहीं मिलनी चाहिए। जब चाचा भाभी को ले जाने के लिए यहाँ आनेवाला होगा तो मैं पहले ही से तुम्हें लिख भेजूँगा। बस, तुम भाभी को लेकर खट से अकालगढ़ पहुँच जाना।''

''ऐसा ही होगा।''

भाइयों की यह बातचीत काफ़ी लम्बी हो गयी। भीतर बैठी तारो की समझ में नहीं आ रहा था कि दोनों भाई घुल-मिलकर क्या बातें कर रहे हैं। दिन काफ़ी चढ़ आया तो तारो ने दोपहर का खाना बनाना शुरू कर दिया। खाना तैयार हो जाने पर दोनों भाई ड्योढ़ी से उठकर भीतर चले आये। तब तारो को पता चला कि दीदार खाना खाकर आज ही लौट जायगा। उसने रुकने के लिए कहा तो दीदारसिंह ने ज़रूरी काम का बहाना बना दिया।

दीदारसिंह के बिदा हो जाने पर गज्जनसिंह जाकर पलँग पर लेट गया और बड़े प्यार से तारो को आवाज़ दी। वह जानता था कि जब पत्नी को कोई गहरी बात समझानी हो तो इससे कारगर दूसरा कोई तरीक़ा नहीं।

बारह

: १ :

दीदारसिंह अकालगढ़ से सिर्फ़ एक रात ग़ायब रहा, और दूसरे दिन शाम के समय वह फिर घर पहुँच गया। घरवाले उसकी आदत जानते ही थे। वह अकसर बिना कुछ कहे-सुने कई-कई दिनों के लिए ग़ायब हो जाता था, एक दिन की ग़ैरमौजूदगी से किसी को क्या शक़ हो सकता था।

दिन गुज़रते गये। जैसे गर्मी, सर्दी या बसन्त का मौसम आता है, उसी तरह कहा जा सकता है कि अकालगढ़ में जोड़-मेले का मौसम आता था। इस मौक़े पर नीवाँ और उच्चा अकालगढ़ का माहौल ही बदल जाता था। आस-पास के देहातों के लोगों में भी जोड़-मेले का इन्तज़ार बड़ी बेसब्री से होता था। सरदारों के ख़ानदान के लोगों की दिलचस्पी भी इस समय जोड़-मेले की ओर ही थी, लेकिन फिलौरासिंह-जैसे लोग नाहर-जैसे संगी-साथियों के साथ नत्थासिंह के ख़ानदान के ख़िलाफ़ चुपके-चुपके षड्यन्त्र रच रहे थे।

फिलौरासिंह तो दोबारा राजो के घर नहीं गया, लेकिन नाहरसिंह तीन-चार दिन बाद उसके यहाँ चक्कर लगा आता था! फिलौरे ने उसे भी मना कर रखा था कि वह राजो से न मिले-जुले। इसमें इस बात का डर था कि जब बाद में उनका चक्कर चलेगा तो लोग ख़ामुख़ाह यह न कहें कि इसमें सरदारों के ख़ानदान का हाथ है। सरदार लोग तो सिर्फ़ राजो को ग़रीब बेवा और बेसहारा औरत कहकर उसकी मदद किया करेंगे। लेकिन इसके साथ यह भी ज़रूरी था कि राजो को अपनी मुट्ठी में रखा जाय। राजो ऐसी चिड़िया थी, जो एक दीवार से उड़कर दूसरी दीवार पर पहुँच सकती थी। इसलिए नाहरसिंह दिन के समय राजो से दूर रहता, लेकिन रात के समय चुपके से उसके यहाँ चक्कर लगा आता। वह राजो को सब ऊँच-नीच समझाता रहता था। कभी-कभी उसे यह कहकर डरा भी देता कि सरदार लोग बड़े ख़तरनाक हैं। वे धोखा देनेवाले से बिगड़ भी जाते हैं, और जब वे किसी से बिगड़ जायँ, तो उसका अकालगढ़ में रहना नामुमकिन हो जाता है।

राजो सब बातें ध्यान से सुन लेती और नाहरसिंह की 'हाँ' में 'हाँ' मिलाती रहती। उसे माल-पानी मिल चुका था, इसलिए वह सरदारों के लिए कुछ भी करने को तैयार थी।

यह तो नामुमकिन था कि गाँव में रहकर राजो को नत्थासिंह या उसके बेटे दिखायी न देते। यह अलग बात थी कि बेटों में उसे सिर्फ़ दीदारसिंह ही दिखायी दिया था। बाक़ी तीनों भाई अकालगढ़ से ग़ायब थे। दीदारसिंह भी सारा दिन आसपास के इलाक़े में घूम-फिरकर मेले में हिस्सा लेनेवाले जवानों से मिलता रहता था। राजो को हमेशा उसकी दूर से एक झलक ही दिखायी देती थी, उसके पास जाकर बात-चीत करने का मौक़ा नहीं मिलता था।

दीदारसिंह अपनी जगह शान्त, मगन और गाँव की हर बात से अलग-अलग दिखायी देता था। देखनेवालों को यही लगता था कि मेले की धुन के अलावा उसे किसी और चीज़ से दिलचस्पी नहीं है। लेकिन भीतर-ही-भीतर उसे अपने बारे में सरदारों की साज़िशों का पता लगता रहता था। जब कभी फिलौरासिंह नाहरसिंह से इस तरह की बातचीत करता तो उसे ज़रा-सा शक़ भी नहीं होता था कि आसपास उनके छोटे-मोटे काम करनेवाले नौकरों में से दो-तीन ऐसे भी हैं, जो उनकी हर बात को कान धरकर सुनते हैं, और फिर वही बातें उनके दुश्मनों तक पहुँचा देते हैं।

फिलौरासिंह को अधिक उतावली तो इस बात की थी कि अब राजो की बेटी शीलो को जल्दी-से-जल्दी अकालगढ़ पहुँच जाना चाहिए। वह नाहरसिंह को भी उकसाता रहता था कि वह राजो पर दबाव डालता रहे।

फिलौरासिंह और राजो की मुलाक़ात के पन्द्रह-सोलह दिन बाद एक रोज़ दिन में जबकि वे अपने अहाते में बैठे थे तो फिलौरे ने नाहर से कहा—"बच्चू! आज दो हफ़्ते हो गये, लेकिन तुम्हारी राजो हमारा माल दबाये बैठी है।"

नाहर ने खलनायक के अन्दाज़ में मुस्कुराते हुए जवाब दिया—"अजी वाह गुरू का नाम लीजिये, भला आपका माल दबाकर वह यहाँ रह सकेगी? हम उसे यहाँ रहने भी देंगे।"

"वह तो ठीक है, लेकिन वह अपनी लड़की को कब बुला रही है?...माल की फ़िकर नहीं, क्योंकि माल तो हमने जान-बूझकर दिया है, लेकिन हमारा काम भी तो आगे बढ़ना चाहिए।"

"मैं तो जब मिलता हूँ, उससे इसी बात का तकाज़ा करता हूँ।"

"तुम तो कल रात भी गये थे। इस बारे में क्या कहा उसने?"

"वह कह रही थी कि मैंने बेटी को यहाँ बुलाने के लिए एक महीने की मोहलत माँगी थी।"

"सो तो ठीक है—लेकिन मैंने भी तो कह दिया था कि जितनी जल्दी हो सके उसे पहुँच जाना चाहिए। अब यह ज़रूरी तो नहीं है कि वह एक महीना बिताकर ही उसे बुलाये।"

"सरदार जी! मैंने भी उससे यही बात कही थी।"

सरदार जी कुछ बिगड़कर बोले—''तुमने जो कुछ कहा सो ठीक कहा, मैं तो यह जानना चाहता हूँ कि उसने क्या जवाब दिया।''

''वह कह रही थी कि चार-पाँच दिन तक शीलो के यहाँ पहुँच जाने की उम्मीद है।''

यह सुनकर फिलौरे के बिगड़े हुए तेवर कुछ सुधर गये, गम्भीर स्वर में बोला—''नाहर! मुझे यह औरत ज़रूरत से कुछ ज़्यादा ही चालाक दिखायी देती है। तुम्हारा क्या ख़्याल है?''

''इसमें शक़ नहीं कि राजो ने घाट-घाट का पानी पिया है, ज़िन्दगी का उलटा-सीधा देखा और चखा है।''

''मैं सोचता हूँ कि कहीं हमारा माल हथियाकर वह यहाँ से चलती न बने। जैसा कि मैंने कहा कि उसको माल देने की मुझे कोई फ़िकर नहीं, लेकिन अगर वह माल भी हज़म कर गयी और हमारा काम भी न हुआ तो फिर?''

''यह तो तय है कि वह अब ज़िन्दगी के बाक़ी दिन अकालगढ़ में ही काटेगी। हालात जो कुछ भी हों, लेकिन लगता है कि वह यहीं रहना चाहती है। लेकिन अगर उसे यहाँ रहना है तो फिर उसके लिए यह भी ज़रूरी है कि वह हमें धोखा न दे। यह तो मैंने उसे अच्छी तरह समझा दिया है कि नदी में रहकर मगरमच्छ से वैर रखना कितना ख़तरनाक हो सकता है।''

फिलौरासिंह ने एक हाथ से अपने घुटने को दबाते हुए कहा—''अब इसकी लड़की आये तो पता चले कि देखने में कैसी है।''

इस बात पर नाहरसिंह के मुँह का एक कोना ख़ूब पीछे तक खिंच गया, और उसकी एक आँख मुँद गयी। वह गर्दन आगे बढ़ाकर बोला—''अजी सरदार जी! जब चालीस की चपेट में आ जाने पर भी माँ पर इतना नमक है तो बेटी फुलझड़ी से कम क्या होगी।''

फिलौरासिंह ने नाहर की आँखों में अनोखी चमक देखकर पूछा—''क्यों बच्चू! तुम कहीं माँ पर ही तो हाथ साफ़ नहीं कर रहे हो?''

नाहरसिंह ने जीभ बाहर निकालकर दाँतों में दबा लिया और दोनों हाथ कानों तक ले जाते हुए बोला—''तौबा-तौबा! इस तरह तो मैं उलटा ही फँस जाऊँगा।''

''क्यों, फँसने की क्या बात है? तुम अँधेरे में वहाँ जाते हो, अँधेरे में लौट आते हो।''

''यह सब ठीक है, लेकिन सोचने की बात यह है कि अगर कहीं इसकी भनक अमरो के कानों में पड़ गयी तो फिर क्या होगा? सारा बना-बनाया काम बिगड़ जायगा न!''

फिलौरे ने नाहर के कन्धे पर थपकी देते हुए कहा—"वाह! वाह! अब तो तुम बहुत दूरन्देश हो गये हो।"

नाहर ने मानो नाटक-सा करते हुए सिर ज़रा-सा नीचे झुकाया और बोला—"यह सब आपका परताप है।"

"अरे हाँ! तुमने अमरो की बात भी ख़ूब याद दिलायी। यह तो बताओ कि उससे मामला कहाँ तक पहुँचा है?"

"कभी-कभार मौक़ा देखकर उससे मिल लेता हूँ।"

"कभी-कभार मिलने से काम नहीं चलेगा। अब तो तुम उससे पूरी साँठ-गाँठ कर लो।"

"पूरी साँठ-गाँठ करने के मौक़े तो जोड़-मेले के दिनों में ही मिलेंगे। आप ही सोचिये कि गाँव का मामला है। अमरो का बाप और भाई मेरे दुश्मन और फिर वे यह भी जानते हैं कि मैं खुल्लमखुल्ला आपका आदमी हूँ। आप इसमें भी मेरी उस्तादी समझिये कि मैंने दुश्मन की बेटी को शीशे में उतार लिया है।"

"बेशक! शीशे में तो वह उतर गयी, लेकिन इसका कुछ फ़ायदा भी तो उठाना चाहिए। मज़ा तो तब है कि तुम उसे भगा ले जाने में क़ामयाब हो जाओ।"

"यह तो हमारी तुरुप की चाल रहेगी। आख़ीर में हम इन्हें यही हाथ दिखायेंगे।"

"तुरुप की चालवाली बात तो ठीक है, लेकिन अमरो के कान में भी तो कुछ-न-कुछ भरते रहो, ताकि जब मौक़ा आये तो वह तुम्हारे साथ उड़न-छू हो जाय।"

"इसकी फ़िकर मुझे आपसे भी ज़्यादा है। आप तो जानते ही हैं कि मेरी भी इनसे ख़ानदानी दुश्मनी चली आ रही है। मैं इसका बदला लिये बिना थोड़ी रहूँगा।"

"बहुत अच्छा! हर मर्द का क़ायदा ही यही है।"

नाहर ने भेद-भरे ढंग से कहा—"आप यह भी जानते हैं कि मैं अमरो को भगा लाऊँ तो अपनी औरत बनाकर तो रख नहीं सकता। उसके हरामी भाई मुझे आराम से बैठने नहीं देंगे। मेरी तो सीधी-सी चाल यह है कि उसे यहाँ से खिसकाकर कहीं दूर ले जाऊँगा और बेच डालूँगा। ऐसी पटाख़ा लड़की तो हाथोंहाथ बिक जायगी।"

"लेकिन वह जवान है, बुरा-भला सब समझती है, इसलिए क्या वह उन लोगों के पास भी टिकी रहेगी, जिनके हाथों तुम उसे बेच डालोगे?"

"सरदार बहादुर! उन लोगों के भी अपने हथकण्डे होते हैं। जब ऐसी लड़की वहाँ पहुँच जाय तो उनका पहला काम आप जानते हैं क्या होता है?—बस इतना समझ लीजिये कि बारह-पन्द्रह आदमी ज़बर्दस्ती उतर जाते हैं। जिसका नतीज़ा यह होता है कि लड़की की सारी शराफ़त धुलकर बह जाती है। वह समझ जाती है कि उसकी पवित्रता का मोती तो कीचड़ में घुल गया और अब वह अपना काला मुँह लेकर घर नहीं लौट सकती। वह यह भी जानती है कि वह वापस चली भी जाय तो

उससे कोई आदमी ब्याह करने को तैयार नहीं होगा, जो आदमी उसकी इज़्ज़त लूटते हैं वे उसे नया ही नक़्शा दिखाते हैं। अच्छे कपड़े, क़ीमती ज़ेवर और बड़े आराम का खान-पान...यह सब-कुछ देने का वायदा करते हैं। मज़बूरन लड़की उस क़िस्म की ज़िन्दगी ही बिताने को तैयार हो जाती है।''

फिलौरासिंह की बाँछें खिल गयीं, कहने लगा—''नाहर! तुम्हारा भी जवाब नहीं। तुमने तो बहुत दूर की बात सोच रखी है। कहीं यह काम कर डालो तो मज़ा आ जाय। फिर तो नत्थासिंह और उसके बेटों को अकालगढ़ से भागना ही पड़ेगा। ज़रा सोचो तो, जिस लड़की के गज्जन और दीदार-जैसे चार-चार भाई हों, वह कोठे पर बैठने लगे तो दुनिया क्या कहेगी। घरवालों की नाक नहीं कट जायगी। लोग उन्हें जीने नहीं देंगे। फिर वे इस तरह मूँछों को ताव देकर और सीना तानकर चल-फिर नहीं सकेंगे। लोग तो उनको भँडुवा समझेंगे। जिनकी बहन चौराहे की हँड़िया बन जाय...ऐसी हँड़िया, जिसमें हर आने-जानेवाला कुत्ता एक टाँग उठाकर मूत दे, तो ऐसी बहन के भाई भँडुवे नहीं तो और क्या कहलायेंगे? बोलो!''

नाहर ने अपने दाँत चमकाते हुए जवाब दिया—''बस सरदार जी, यही होनेवाला है। एक-न-एक दिन यह होकर रहेगा। आप भी देखेंगे और सारी दुनिया भी देखेगी।''

''तुम्हारे मुँह में घी-शक्कर!''

नाहरसिंह बोला—''अजी हमारे मुँह में घी-शक्कर से क्या बनेगा। हमें तो आप कभी बहुत बढ़िया विलायती शराब छका दीजिये तो बस हमें भी ज़िन्दगी का मज़ा आ जाय।''

फिलौरासिंह अपनी दोनों रानों पर हाथ मारकर और फिर पीछे को फेंककर हँसा और फिर उठकर खड़े होते हुए बोला—''चलो भाई, एक दिन तुम्हारी यह ख़्वाहिश भी हम पूरी कर देंगे।''

इस तरह की बातचीत तो होती ही रहती थी, लेकिन उनमें जो भी बात होती थी, वह दीदार के कानों तक पहुँच जाती थी। लेकिन अमरो के बारे में बातचीत करते समय उन्होंने पूरा ध्यान रखा कि आसपास कोई सुननेवाला न हो, इसकी छोटी-सी चिनगारी बहुत बड़ी आग लगाने का काम कर सकती थी।

आख़िर एक दिन नाहरसिंह ख़ुशी में फूला हुआ सरदारों के अहाते में पहुँचा। उस समय फिलौरा बड़े भाई के पास बैठक में कुछ बातचीत कर रहा था। गुलज़ारासिंह जोड़-मेले के बारे में ही उससे सलाह ले रहा था। तब फिलौरे ने कनखियों से देखा कि दरवाज़े के बाहर नाहर इशारे से उसे बुला रहा है।

दो घड़ी बाद फिलौरा बाहर निकला और वह नाहर को लेकर अहाते के कोने की ओर बढ़ा। नाहर ने चुटकी बजाकर कहा—''सरदार जी! आज तो सचमुच ही हमारा मुँह मीठा करा डालिये।''

"क्यों, ऐसी भी क्या बात है?"

"बहुत बड़ी ख़ुशख़बरी लाया हूँ।"

"हम भी तो सुनें।"

"अपनी गोल-गप्पो की बेटी छमक-छल्लो आ पहुँची है।"

"तुम्हारा मतलब है कि शीलो आ गयी है?"

"हाँ जी।"

फिलौरे ने कुछ उतावली से पूछा—"कैसी है वह?"

"बस कुछ मत पूछिये। गज्जन ने उसकी एक झलक भी देख ली तो उस पर लट्टू हो जायगा।"

"बस तो अब तुम्हारा काम यह होना चाहिए कि अपनी छमक-छल्लो को गज्जन के पीछे लगा दो।"

"अजी वह गाँव में लौट तो आये पहले।"

"आयेगा, ज़रूर आयेगा। जोड़-मेले की लगन उसे भी है।"

"बस तो इसी ज़ोड़-मेले में हम उनका जोड़ा मिला देंगे। फिर आराम से बैठकर तेल देखिये, तेल की धार देखिये।"

फिलौरे ने सवाल किया—"कल रात तक तुमने कुछ बताया ही नहीं..."

"अजी बताता कैसे। आज सुबह ही तो मैंने उन्हे देखा है। लारी से उतरकर पक्की सड़क की ओर से चली आ रही थीं माँ-बेटी!"

"ओह! तो यह बात है—यह तुम्हें कैसे मालूम कि वे माँ-बेटी ही थीं। हो सकता है कि राजो के साथ कोई और लड़की हो।"

"आप भी कमाल करते हैं सरदार साहब! भला मैं इतना भी नहीं पहचान सकता! माँ-बेटी में इतना फ़र्क़ नहीं होता की पहचानी ही न जायँ।"

"लेकिन राजो तो यहाँ थी ही नहीं। परसों ही तुमने कहा था कि वह गाँव में नहीं है।"

नाहर बेसब्री से बोला—"ओफ़्फ़ो! आप भी तो बात इतनी जल्दी भूल जाते हैं। राजो को ख़बर मिली थी कि उसकी बेटी आनेवाली है। शीलो ने ज़बानी उसे सन्देश भेजा था। इसीलिए वह परसों शहर चली गयी थी।"

"लेकिन तुमने यह बात तो नहीं बतायी कि वह शहर अपनी बेटी को लेने गयी है।"

"मुझे राजो ने मना कर दिया था। कहने लगी कि अभी मत बताना, क्योंकि कहीं शीलो न पहुँच पायी तो सरदार जी को ग़ुस्सा आ जायगा।"

"इस समय उससे कोई बातचीत तो नहीं हुई?"

"बातचीत करने का मौक़ा ही कहाँ था। इस तरह अगर मैं खुल्लमखुल्ला उससे बातें करने लगता तो फ़ौरन ही यह ख़बर सारे अकालगढ़ में फैल जाती।"

"उसने तुम्हारी ओर देखा तो होगा?"

"देखा क्यों नहीं! जब दूर ही से हमारी आँखें मिलीं तो पहले राजो हँसी, और फिर ठुमककर आगे बढ़ गयी।—"क्या गाल हैं उसके! हँसती है तो घी में पड़ी कचौरी की तरह फूल जाते हैं।"

"कोई सामान नीं था?"

"सामान क्या होता। दरी में कुछ कपड़े वग़ैरह लिपटे होंगे, जिसे राजो ने बगल में दबा रखा था। शीलो के हाथ में बड़ा-सा थैला था।"

फिलौरासिंह इत्मीनान से अपनी दाढ़ी पर हाथ फेरने लगा।

: २ :

राजो की बेटी शीलो का अकालगढ़ में आना कोई मामूली बात नहीं थी। माना कि नीवाँ अकालगढ़, उच्चा अकालगढ़ और आस-पास के देहातों में एक-से-एक सुन्दर लड़कियाँ मौजूद थीं, लेकिन शीलो का अन्दाज़ ही अलग था।

उसके चेहरे पर अजीब चमक-दमक ओर बेतकल्लुफ़ी थी, कूल्हों में मटक और चाल में अनोखी ठुमुक थी। रंग चमकती दोपहर की तरह उजला था, मानो मक्खन की बनी हुई हो। नयन-नक़्श अच्छे थे, लेकिन उससे भी बेहतर शीलो की ख़ासियत यह थी कि उसके निखरे हुए गोरे रंग की वजह से देखनेवाले को यह नहीं लग सकता था कि नयन-नक़्श के लिहाज़ से बाज़ दूसरी लड़कियाँ उससे बेहतर थीं। शीलो का अंग-अंग मानो पुकार-पुकारकर लोगों से कहता था—मुझे देखो! मुझे चाहो! मुझ पर मरो!

भला ऐसी लड़की उस इलाक़े में कैसे मिल सकती थी।

जब राजो ने अपनी बेटी को रेलगाड़ी के डिब्बे से उतरते देखा तो उसका दिल ख़ुश हो उठा। वह चाहती थी कि उसकी बेटी जल्द-से-जल्द अकालगढ़ में पहुँच जाय, ताकि सरदार फिलौरासिंह यह न समझें कि वह उसका रुपया दाबकर बैठ गयी है। इसकी वजह से यह नहीं थी कि वह बड़ी ईमानदार थी, बल्कि वह सोचती थी कि एक बार लड़की गाँव में पहुँच जायगी तो फिर वह सबको अँगुलियों पर नचा सकती थी।

शहर में अपनी जान-पहचान की एक दूसरी औरत के घर में वह टिका करती थी। शीलो को लेकर जब वह अपनी सहेली के घर पहुँची तो खाना खाने के बाद काफ़ी देर तक माँ-बेटी की बातें चलती रहीं। राजो ने कहा, "शीलो! मैं तो डर रही थी कि कहीं मुस्तफ़ा तुम्हें आने से रोक न दे।"

शीलो ने हाथ हवा में लहराकर कहा—"हाँ माँ! वह मुझे कहाँ आने देता था। कहता था कि जायगी तो सिर काटकर फेंक दूँगा।"

राजो घबराकर बोली—"हाय राम! तो फिर क्या हुआ?"

"होना क्या था! मैंने कह दिया कि मेरी माँ बीमार पड़ी है, क्या मैं उसे देखने भी न जाऊँ। इस पर वह मेरे साथ आने को तैयार हो गया।"

"तो फिर—है तो वह बड़ा हरामी।"

"मैंने उसे समझाया कि अकालगढ़ में ज़्यादातर सिक्ख रहते हैं, जिनमें से कुछ हमारे रिश्तेदार भी हैं। अगर उन्हें हमारे-तुम्हारे रिश्ते का पता चल गया तो वे तुम्हें ज़िन्दा नहीं छोड़ेंगे। आख़िर मैं हिन्दू हूँ और तुम मुसलमान!—जानती हो माँ, फिर वह क्या कहने लगा?"

"क्या कहा उसने?"

"कहने लगा, मैं सिक्खों से नहीं डरता। जो तुम्हारे-मेरे रास्ते में आयेगा, उसे मैं ठिकाने लगा दूँगा। मुझे अपनी जान की भी परवाह नहीं।"

"हाय रे, बड़ा पाजी है वह! फिर तुमने कैसे पीछा छुड़ाया?"

"तब मैंने उसे प्यार से समझाया। उसका चेहरा अपने दोनों हाथों में लेकर कहा कि तुम्हें अपनी जान की परवाह नहीं, लेकिन मुझे तो है। इस समय तो हमारे बीच में कोई अड़चन डालनेवाला नहीं है। आख़िर तुम भिड़ों के छत्ते में नाक क्यों घुसेड़ना चाहते हो। मैं हमेशा के लिए वहाँ जा नहीं रही हूँ। अगर माँ बीमार न होती तो मैं तुम्हें छोड़कर बिलकुल न जाती। इतना तो तुम भी जानते हो कि माँ का इस दुनिया में मेरे सिवा और कोई नहीं है।"

"शाबा! मेरी बेटी, शाबा!... बड़ी होशियारी से काम लिया तूने।"

"बस माँ, मेरी इन बातों से वह पिघल गया। जब मैं गाड़ी पर सवार हुई तो वह बहुत ही उदास होकर बोला कि तुम कब तक वापस लौट आओगी। मैंने जवाब दिया कि दिनों की गिनती बताने का क्या फ़ायदा, बस ज्यों ही माँ ठीक हो जायगी, मैं लौट आऊँगी। इस पर उसने कहा कि अगर तुम पन्द्रह-बीस दिन तक भी न लौटीं तो मैं ख़ुद ही वहाँ पहुँच जाऊँगा..."

अब राजो कुछ ताव खाकर बोली—"आता है तो आने दो। मैं भी सरदारों को कहकर उसकी ऐसी हड्डियाँ तुड़वाऊँगी कि फिर कभी इधर को मुँह ही नहीं करेगा।"

"मैं तो उसे बहुतेरा समझा-बुझा आयी हूँ, और अगर फिर भी वह यहाँ पहुँच गया तो फिर ख़ुद ही उससे निबट लेना।"

राजो मुट्ठी कसकर बोली—"अच्छी तरह निबट लूँगी। अरी अकालगढ़ में तो उसे मारकर गड़वा दूँ तो किसी को पता नहीं चलने का। वहाँ तो बड़ा मोटा असामी फँसा है। भगवान् ने चाहा तो तगड़ा गप्फा हाथ लगेगा।"

शीलो ने गर्वीली निगाह से राजो की ओर देखते हुए कहा—"तभी तो मैं चली भी आयी माँ!"

"देख शीलो! तु मुझे बेबे या माँ मत कहाकर। अरी देखनेवाले तो मुझे तेरी बड़ी बहन समझते हैं, बेबे या माँ कहोगी तो मैं लोगों की नज़रों में ख़ामुख़ाह बुढ़िया बन जाऊँगी।"

शीलो अपनी पलकें जल्दी-जल्दी झपकाते हुए बोली—"तो फिर क्या कहूँ? माँ तो तुम हो ही।"

"तू मुझे बीबी कहा कर—शहर की पढ़ी-लिखी लड़कियाँ माँ को बीबी ही कहती हैं।"

"बहुत अच्छा माँ...बीबी!"

उस रात माँ-बेटी बड़े प्यार से एक ही चारपाई पर एक-दूसरी से सटकर सोयी रहीं। सुबह राजो ने शीलो को चार ही बजे जगा दिया। उसे बड़ी नींद आ रही थी। मुँह धोकर भी ऊँघ नहीं हटी। लेकिन माँ ऊँघती हुई बेटी को लारी के अड्डे तक ले गयी और वे पाँच बजे छूटनेवाली लारी पर बैठ गयीं। लारी के चलने का ठीक वक़्त चार ही बजे था लेकिन उस दिन लारी कुछ लेट थी।

सूरज निकलते-निकलते तो लारी ने उन्हें अकालगढ़ के अड्डे पर उतार दिया। अड्डा क्या था, बेरी का एक बूढ़ा पेड़ था, जिसके पास लारी पर सवार होनेवाले लोग खड़े रहते थे, और वहीं पर सवारियाँ उतारी भी जाती थीं।

राजो चाहती थी कि लारी से उतरकर शीलो पहले गुरुद्वारे में मत्था टेक आये। मत्था टेकने के बाद घर में पैर रखना शुभ होता है। इसी ख़्याल से वह लारी से उतरी और गुरुद्वारे की ओर हो ली, जो उच्चा अकालगढ़ के परले सिरे पर था। रास्तें में नाहरसिंह से भी आँखें चार हो गयीं। उसने सोचा कि वहाँ खुली जगह में बातचीत करना ठीक नहीं होगा। नाहर को देखकर वह सिर्फ़ हँस दी, और आगे बढ़ गयी।

शीलो ने धीरे से पूछा—"यह कौन है?"

"इसका नाम नाहरसिंह है। यह सरदारों का बहुत ही ख़ास आदमी है।"

"तुम्हारे पास अकसर यही आता है?"

"हाँ, लेकिन दिन में नहीं, सिर्फ़ रात के समय। एक दिन इसके मालिक सरदार जी भी आये थे।—अब तुम्हें घर पर ही चलकर मैं सब-कुछ समझाऊँगी। जितना इशारा दिया है मैंने उसको पल्ले से बाँध लो। यहाँ तुम्हें फूँक-फूँककर क़दम रखना होगा। पहले यहाँ के लोगों को समझने की कोशिश करो, यहाँ के रंग-ढंग पहचानो और फिर यह तय करो कि तुम्हें क्या करना है और क्या नहीं करना है—और देखो, जब गुरुद्वारे के भीतर मत्था टेकने जाओगी तो दुपट्टे को सिर पर अच्छी तरह आगे तक खींच लेना। तुम्हारी ये ज़ुल्फें दिखायी नहीं देनी चाहिए। यह भी याद रखो कि यहाँ की लड़कियाँ दुपट्टा सिर पर ओढ़कर चलती हैं। नंगे सिर चलने का यहाँ बिलकुल रिवाज़ ही नहीं है। यहाँ तक कि बड़ी-बूढ़ी औरतें भी सिर ढककर रखती हैं। अगर लड़कियाँ ऐसा न करें तो बहुत बुरा माना जाता है।"

"हाय! यह तो बड़ी मुसीबत है।"

"मुसीबत कुछ भी नहीं है, जहाँ जैसे ठीक हो वहाँ वैसे ही करना चाहिए।"

इस तरह बेटी को संसार का ऊँच-नीच समझाती राजो उसे गुरुद्वारे तक ले गयी। गन्थी ने शीलो को एक नज़र देखा तो एकदम ही आँखें झुकाकर वहाँ से जो निकला तो खेतों में पहुँचकर ही दम लिया। जब वे मत्था टेककर लौटने लगीं तो कुछ निहंगसिंह उसे दूर से ही देखकर अपने सूखे होंठों पर जीभ फेरने लगे।

इस 'शुभ काम' से फ़ुर्सत पाकर वे नाले के पुल पर से होती हुई उच्चा अकालगढ़ की ओर बढ़ीं। शीलो को देखकर गाँव के कुत्ते तक भौंकना भूल गये। चाकू-छूरियाँ बनानेवाले शिग्लीगर सारा काम छोड़-छाड़कर शीलो को घूरने लगे। शीलो हर नज़र का जवाब नज़र से ही देने की आदी थी, लेकिन उसकी माँ उसके कूल्हे पर अपनी कोहनीं का टहोका देकर उसे ख़बरदार करती रही।

रास्ते में कोई सीधी-सादी बुढ़िया मिल जाती तो वह रुककर पूछती—"कहो बहन! आ गयी बिटिया तुम्हारी?"

इस पर राजो पहले तो जल्दी से शीलो का दुपट्टा सिर पर से खींचकर ज़रा आगे को करती, और फिर मुस्कुराकर जवाब देती—"हाँ बहन! बड़ी मुश्किल से पहुँची। इसके मामा तो आने ही नहीं देते थे। वे तो चाहते हैं कि शीलो हमेशा ही उनके पास रहे। कहते हैं कि शीलो नहीं होती तो घर में रोशनी कम हो जाती है।"

इस तरह ठुमुक-ठुमुककर चलती हुई माँ-बेटी नत्थासिंह के मकान के आगे से गुज़रीं, लेकिन दरवाज़ा भिड़ा हुआ था। अब तो उखड़े हुए तख़्ते को भी उसकी चूलों पर बैठा दिया गया था। इसके बाद दीनू साँहसी के मकान के आगे से गुज़रकर वे ढलान से उतरने लगीं।

दूर-दूर तक खड़े मर्दों की नज़र उन पर जमी-की-जमी रह गयी। कभी-कभी राजो मामूली जान-पहचानवाले से भी हाथ जोड़कर कह ही देती—"सस सिरी अकाल ए जी!"

इस तरह से माँ–बेटी उच्चा और नीवाँ अकालगढ़ में से गुज़र आयी—जैसे तेज़ छुरी ख़रबूजे को काटती हुई निकल जाती है।

जब वे अपने छोटे-से घर के भीतर घुसीं, तो वहाँ ख़ामोशी छायी हुई थी। बिलकुल उदास वातावरण था। लेकिन इतनी ही देर में अकालगढ़ के दोनों ही गाँवों के लोग शीलो की बातें कर रहे थे। शीलो को देखकर उनकी आँखें चौंधिया गयी थीं।

बेटी पलँग पर बैठकर बोली—"गाँव शहर से कितना अलग होता है! यहाँ कैसा सूना-सूना लग रहा है!..."

"फ़िकर मत करो बेटी! अभी तो तुम आयी हो, इसलिए ऐसा लग रहा है। गाँव की बहुत-सी लड़कियाँ जब तुम्हारी सहेलियाँ बन जायेंगी तो यह सूनापन दूर हो जायगा।"

: ३ :

शीलो के अकालगढ़ में आने की ख़बर ऐसी नहीं थी, जो नत्थासिंह के कानों में न पहुँचती। उसने समझ लिया कि अब गज्जनसिंह को वहाँ आने से बिलकुल रोक देना चाहिए। अच्छा यही रहेगा कि गंज्जनसिंह अमृतसर से भी इधर-उधर खिसक जाय। गज्जनसिंह के अमृतसर रहने में कोई हर्ज़ नहीं था, लेकिन शायद बुढ़ापे की वजह से नत्थासिंह कुछ ज़्यादा ही वहमी हो गया था। उसे सरदारों पर ज़रूरत से ज़्यादा शक़ होने लगा था। गज्जनसिंह उसका सबसे बड़ा लड़का था, वह अपनी औरत को भी घर ले आया था, और साल-डेढ़-साल में एक-न-एक बच्चे का बाप बनकर वह पक्का गृहस्थ कहलाने लगेगा। इस तरह उसके ख़ानदान की डगमगाती नाव सीधी चल निकलेगी। जब बड़ा बेटा ठिकाने पर पहुँच जायगा तो छोटे बेटे भी धीरे-धीरे सीधे रास्ते पर आ जायेंगे। इसलिए वह गज्जनसिंह को हर लफड़े से बचाना चाहता था। उसकी बहू भी अच्छी थी, उसमें घरेलू औरतोंवाले सारे गुण थे। साल-डेढ़-साल उसकी गृहस्थी ठीक चल निकले तो गज्जन के सलाह-मशविरे से वह अमरो का भी ब्याह कर डालना चाहता था।

ये सब बातें सोच-समझकर उसने एक दिन चरनो से कहा—"अब दो-चार दिनों तक मेरा अमृतसर जाने का इरादा है। मेरी पगड़ी और दूसरे कपड़े धो-धा के ठीक कर दो। अब तेरी बहू को ले ही आऊँ तो अच्छा है।"

चरनो ने माथे पर बल डालते हुए कहा—"तो क्या गज्जन को नहीं आने दोगे?"

"फिर वही मुर्गे की एक टाँग! कभी बात समझने की कोशिश भी किया कर, तुझे बताया न कि अभी गज्जनसिंह का यहाँ से दूर रहना ही ठीक है।"

दीदारसिंह भी कहीं पास बैठा था, वह माँ से बिगड़कर बोला—"बेबे! तुम भी बड़ी बकबकनी होती जा रही हो। जब चाचा एक बात से मना कर रहा है तो क्यों उसका खोपड़ा खा रही हो?"

चरनो अपने पति से तो ज़बान लड़ा सकती थी, लेकिन दीदार की एक घुड़की से वह झाग की तरह बैठ गयी। मन-ही-मन में कहने लगी कि मेरी जूती से, ये बाप-बेटा दोनों एक ही राय बनाये बैठे हैं।

ख़ुद नत्थासिंह बेटे की हिमायत से ख़ुश हो गया।

अमरो ने गुरुद्वारे के रहट पर जाकर बाप के कपड़े धो डाले। सफ़ेद पगड़ियों में हलका नील भी दे दिया। गुरुद्वारे के रहट पर औरतों के लिए अलग चारदीवारी बनी थी, वहाँ नहाने और कपड़े धोने में बड़ी सहूलियत रहती थी।

नत्थासिंह मगन था। गज्जन को गाँव लौटने से तो वह पहले ही से रोक चुका था। अब सिर्फ़ बहू को लाने की बात थी। सो इस काम के लिए वह जल्दी ही जा रहा था—लेकिन अचानक ही, इस बात के तीसरे दिन सेहन का दरवाज़ा खुला, और नत्थासिंह ने देखा कि उसका बेटा गज्जनसिंह और उसकी बहू तारो सेहन में घुस रहे हैं।

पल भर को नत्थासिंह अपनी आँखों पर यक़ीन नहीं कर सका। समझ में नहीं आ रहा था कि वह अनहोनी बात कैसे हो गयी। फिर कुछ समझकर नत्थासिंह ने कहा—"गज्जन! मैंने तो तुम्हें यहाँ आने से मना कर दिया था, फिर भी तुम चले आये?"

गज्जन ने 'हूँ'-'हाँ' कहकर टालने की कोशिश करते हुए बताया कि तारो ने ही उसे आने पर मज़बूर किया।

नत्थासिंह अपनी नयी और दुलारी बहू को तो कुछ कहना नहीं चाहता था, लेकिन गज्जनसिंह पर उसे बहुत ग़ुस्सा आ रहा था।

चरनो और अमरो मकान के भीतर थीं। इन बातों की आवाज़ उनके कानों में पहुँची तो दोनों बाहर चली आयीं। गज्जनसिंह और अपनी बहू को देखकर चरनो तो फूली नहीं समायी। नत्थासिंह घुड़ककर बोला—"लो, देख लो, गज्जनसिंह भी आ पहुँचा है।"

चरनो ने जल्दी से आगे-आगे बढ़कर पहले तो बहू को आशीर्वाद दिया और बेटे का माथा चूमते हुए पति से कहने लगी—"तुम्हारी तो बड़बड़ाने की आदत है। दूसरे बाप तो बेटों को देखकर खिल उठते हैं, लेकिन एक तुम हो कि बेटा घर आया है तो तुम्हारे माथे पर दस ठीकरे फूट पड़े हैं।"

नत्थासिंह उड़ता हुआ परे चला गया और पत्नी की ओर देखे बिना बोला—"ठीक है, अभी दीदार घर आयेगा तो वह भी बुरा मानेगा।"

माँ बेटे को पसार की ओर ले जाते हुए बोली—"उसे बुरा मानने का क्या हक़ है। गज्जनसिंह उसका बड़ा भाई है। कुछ समय तक बाल-बच्चोंवाला हो जायगा। और तब तो सभी छोटे भाई-बहनों को इसी की राय माननी पड़ेगी।"

नत्थासिंह कुछ नहीं बोला और सेहन के कोने में पहुँचकर छाती की गहराई में ज़ोरदार आवाज़ में खाँसा और बलग़म का बड़ा-सा लोंदा कोने में दे मारा।

अमरो और तारो दो बहनों की तरह पिछवाड़ेवाले कमरे में चली गयीं। हर घर में पिछवाड़ेवाला कमरा ही 'प्राइवेट' माना जाता है। वहाँ वे दोनों एक-दूसरे के गले में बाँहें डालकर अधलेटी-सी हो गयीं, और मीठी-मीठी बातें करने लगीं। तारो का रंग पहले से कहीं ज़्यादा निखर आया था। वह चटख़ारे ले-लेकर अमृतसर की बातें अमरो को सुनाने लगी।

पसार में चरनो गज्जन को यों पुचकार रही थी, जैसे वह पाँच-छह साल का लड़का हो। कहने लगी—"बेटे! बाप के कहे का बुरा न मानना। तुम्हारा बाप तो सठिया गया है—हाय! इतने महँगे बेटे हैं मेरे! इसी बाप की बदमिज़ाजी और अकड़ की वजह से अपने घर में उनका मन नहीं लगता। देखो न! जोड़-मेला आ रहा है, लेकिन एक लड़का नानी के पास बैठा है और दूसरे को तुम्हारे बाप ने फिर धिधकारकर गुजरात भेज दिया है...।"

चरनो इसी तरह बोले जा रही थी। आख़िर तंग आकर गज्जन बोला—"अब बकवास बन्द भी तो करो। इतनी देर तक बक-बक करके तुम्हारा सिर खाली नहीं हो जाता!"

नत्थासिंह पसार में रखे अपने जूते पहनने आया था। उसने गज्जन की बात सुन ली, और वह दरवाज़े में से झाँकते हुए बोला—"तेरी माँ की खोपड़ी में है क्या, जो खाली हो जायगा। यह हरामज़ादी खाली खोपड़ा लेकर यहाँ आयी थी, और खाली खोपड़े के साथ ही इसकी अर्थी भी यहाँ से निकलेगी।"

इतना कहकर नत्थासिंह ने लाठी सँभाली और खट-खट करता हुआ सेहन में उतर गया, और फिर बड़ा दरवाज़ा खोलकर बाहर निकल गया।

चरनो ने पति की बात का ग़ुस्सा अमरो पर निकाला, और मुँह फैलाकर चिल्लायी—"अरी तू भीतर घुसी क्या खुसर-फुसरकर रही है। भाभी थकी होगी, उसे ज़रा आराम करने दे न। तुझे दाल-रोटी की भी कोई फ़िकर है या नहीं। तेरी बातों से पेट नहीं भर जायगा।"

भीतर भाभी और ननद कन्धे सिकोड़कर और दबी-सी खी-खी करती हुई ख़ूब हँसीं। फिर अमरो ने बड़ी मुश्किल से हँसी रोकते हुए चिल्लाकर कहा—"आयी बेबे।"

तब अमरो भाभी के पहलू से उठी, उसने लाल झालर और रंगदार दस्तीवाला पंखा भाभी के हाथ में दे दिया और पैर पटकती हुई सेहन में चली गयी।

टिण्डे की सब्ज़ी तैयार करने के बाद अमरो तन्दूर में रोटियाँ लगाने लगी। उस समय नत्थासिंह लौट आया। सबसे पहले उसने अपनी ढीली-ढाली पगड़ी उतारकर चारपाई पर फेंक दी, फिर कसे हुए सिर के जूड़े को ढीला करके चारपाई पर बैठते हुए बोला—"रोटी तैयार हुई कि नहीं अभी!"

अमरो बोली—"चाचा! टिण्डे की सब्ज़ी तैयार हो गयी है, और रोटियाँ लग रही हैं।"

थोड़ी देर बाद नत्थासिंह खुले सेहन में चारपाई पर बैठा अपने आगे थाली रखे खाना खा रहा था कि दीदारसिंह आ गया। चरनो मन में सहमी हुई थी। वह सोच रही थी कि शायद दीदारसिंह भी गज्जन के आने की वजह से चिल्ला-चिल्लाकर सारे घर को सिर पर उठा लेगा! उसने पहले ही मैदान तैयार करने के लिए कहा—"तुम्हारी भाभी अमृतसर से लौट आयी है..."

गज्जन के बारे में कुछ कहने से पहले चरनो की ज़बान रुक गयी। फिर यह सोचकर कि दीदार को इस बात का पता तो लग ही जायगा, बोली—"गज्जन भी आ गया है।"

भाभी के आने की ख़बर सुनकर दीदार चुप रहा था, लेकिन गज्जन का ज़िक्र सुनकर उसका कुछ-न-कुछ कहना ज़रूरी था। बोला—"आ गया है तो ठीक है।"

यह सुनकर चरनो की बाँछें खिल गयीं। उसने कनखियों से पति की ओर देखा कि दीदार के इन शब्दों की उस पर क्या प्रतिक्रिया हुई है। नत्थासिंह बात सुन चुका था, लेकिन वह चुपचाप रोटी खाता रहा। उसके बड़े-बड़े कानों पर उगे हुए बाल इधर-उधर लहराकर रह गये।

चरनो ने कुछ और सफ़ाई देना ज़रूरी समझा, वह दीदार से कहने लगी—"मैं भी चाहती थी कि कम-से-कम जोड़-मेले के मौक़े पर तो गज्जनसिंह घर में रहे।"

दीदारसिंह ने बेरस आवाज़ में कहा—"ठीक है—रोटी लाओ।"

जीत के एहसास से चरनो का फैला हुआ सीना और भी फूल गया, कुछ लाड़ से कहने लगी—"भीतर बैठकर भाई के साथ ही खा लो न।"

दीदार खुरदुरे स्वर में बोला—उसे खाने दो अपनी औरत के साथ, मुझे रोटी यहीं दे दो!"

दीदारसिंह के इन रूखे शब्दों पर नत्थासिंह की मूँछों के नीचे होंठों पर हलकी-सी मुस्कुराहट पैदा हुई, और वह दाँत पीसते हुए धीरे से बोला—"भाई की बच्ची!"

नत्थासिंह इस क़दर धीमे बोला था कि उसकी बात किसी और के कानों में नहीं पड़ी। खाना खाकर भी दीदारसिंह ने भाई से बातचीत नहीं की, न वह अपनी भाभी से मिलने के लिए भीतर गया। मुँह में अँगुली घुमा-घुमाकर उसने तीन-चार कुल्ले किये, और फिर घर से बाहर निकल गया।

चरनो पसार के सिरे पर टाँगें नीचे लटकाये बैठी थी। पति को जतलाने के लिए बोली—"गज्जनसिंह के आने पर दीदार ने तो बुरा नहीं माना—उसे ख़ुशी ही हुई होगी...आख़िर भाई है न..!"

नत्थासिंह कहाँ चूकनेवाला था, दाँत निकोसकर बोला—"खौंचड़ कहीं की! इतना भी तो नहीं समझी कि उसे मन-ही-मन में बुरा लगा है। जभी तो वह गज्जन से मिला नहीं। यहाँ तक कि भाभी से भी एक बात नहीं की। खाना खाकर उलटे पाँव वापस चला गया—इधर तुम ख़ुशी में बगलें बजा रही हो। अपने मन में समझ रही हो कि भाई को भाई से मिलाकर तुमने बड़ा तीर मारा है।"

गज्जनसिंह अपनी औरत को अमृतसर से अच्छी तरह समझा-बुझाकर लाया था। अब वह फिर ऊँच-नीच समझाने के लिए पिछवाड़ेवाले कमरे में घुस गया। दोनों में बहुत देर तक खुसर-फुसर होती रही।

गज्जन नहीं चाहता था कि तारो को कोई ग़लतफ़हमी हो जाय। दीदार ने उसे अच्छी तरह समझा दिया था कि इस सारे मामले में तारो को कोई शिकायत नहीं होनी चाहिए।

दो दिन इसी तरह निकल गये। दोनों भाइयों में कभी कोई ख़ास बात नहीं हुई। तीसरे दिन शाम के समय दोनों भाई इकट्ठे ही घर से बाहर निकले और अपने तबेले तक टहलते हुए चले गये। वहीं पर दीदार ने उसे पूरी योजना समझायी। यह ऐसी योजना थी कि जिसमें गज्जन ख़ुशी-ख़ुशी हिस्सा ले सकता था, क्योंकि इसका हर पहलू उसकी समझ में आ गया था! धक्केशाही और धाकड़बाज़ी के काम करने में उसे कोई संकोच नहीं था, लेकिन ज़्यादा बारीक बात उसकी समझ में नहीं आती थी।

योजना बन जाने के बाद भी तीन-चार दिन और बीत गये।

उधर सरदारों के अहाते में भी खिचड़ी पक रही थी। ऐसी बातों में गुलज़ारासिंह से सलाह कम ही ली जाती थी, लेकिन बड़े सरदार जी बिलकुल अनजान भी नहीं थे। वह अनुमान से ही समझ लेते थे कि क्या-क्या हो रहा है। जब नौबत मुक़दमेबाज़ी तक आ जाय, बहुत ज़्यादा रुपये का दरकार हो तो फिर उनकी ज़रूरत महसूस होती थी।

फिलौरा नाहर से कह रहा था—"अब तो शीलो और गज्जन दोनों ही गाँव में पहुँच गये हैं। अब अगला क़दम भी तो उठाना पड़ेगा।"

“आप ठीक कहते हैं। आजकल मेरी माँ-बेटी से रोज़ रात को बैठक होती है। इस मामले का ऊँच-नीच अच्छी तरह परखा जाता है।”

“बच्चू! तुम इज़ारबन्द के ज़रा कच्चे हो। माँ को देख़कर ही तुम्हारी राल टपक पड़ी थी, अब बेटी ने तो तुम पर बिलकुल ही जादू कर दिया होगा।”

“यह बात तो आपने ठीक क़ही कि मैं इज़ारबन्द का कच्चा हूँ, लेकिन मौक़े-मौक़े की बात को समझता हूँ। हमारा टट्टू-टैरा तो चलता ही रहेगा, लेकिन पहले ख़ास काम तो पूरा हो जाय।”

“आजकल तो तुम बड़ी समझदारी की बातें कर रहे हो—हाँ, यह तो बताओ कि शीलो इस काम को कर तो लेगी न। देखने में बड़ी कच्ची उमर की लगती है।”

“उमर की कच्ची हो सकती है, वह अक़्ल की कच्ची नहीं है। हर दाँव-घात को ख़ूब अच्छी तरह समझती है। बस अब आप तमाशा देखते जाइये।”

“तुम्हें एक-दो बातें ध्यान में रखनी चाहिए।”

“बताइये।”

“यह मत भूलो कि अब गज्जन की शादी हो चुकी है। दूसरी बात यह है कि गज्जनसिंह का बाप यह बिलकुल पसन्द नहीं करेगा कि गज्जन शीलो से मिले-जुले, क्योंकि इस तरह गज्जन के ससुरालवालों से उनका बिगाड़ हो जाने का डर है। अगर गज्जन अपने गाँव में न होता तो वह शीलो के जाल में जल्दी ही फँस सकता था। अब बाप के दबाव और बीवी के डर से वह मुश्किल से ही फँसेगा।”

“अजी अब ये सब बातें आप शीलो पर छोड़ दें। बड़ी चलती हुई लौंडिया है। कुछ ही दिनों से उसे गाँव का बच्चा-बच्चा पहचानने लगा है। ज़्यादातर घरों में उसका आना-जाना शुरू हो गया है। कई लड़कियाँ उसकी सहेलियाँ बन गयी हैं...।”

फिलौरा बात काटकर बोला—“लेकिन उस पाजिन को हमारे घर में न घुसने देना। वैसे तो हमने अपने ख़ानदान की लड़कियों को इसके बारे में समझा-बुझा दिया है कि शीलो मुँह लगाने के क़ाबिल नहीं है।”

“इस बात का तो पूरा ख़्याल रखा जायगा—वह ज़बर्दस्ती किसी के गले थोड़ी न पड़ सकती है।”

“तुम उन लोगों से रात के खाने के बाद ही मिलने जाया करो।”

“बिलकुल-बिलकुल!—मैं उस समय जाता हूँ जब सभी लोग अपने घरों में घुस जाते हैं।”

“चलो, यह सब तो ठीक है, लेकिन अब यह बताओ कि यह मामला कैसे होगा?”

"अब शीलो को यह बताना पड़ेगा कि उसे गज्जनसिंह के आसपास कैसे मँडराना होगा। लेकिन यह काम उस समय होना चाहिए जब कम-से-कम लोगों का ध्यान उनकी ओर जा सके। इसके लिए हमें गज्जनसिंह की आदतों का जायज़ा लेना पड़ेगा। वह किस समय बाहर जाता है, किधर को जाता है और कितनी देर तक बाहर रहता है! आप फ़िकर मत कीजिये, अब दो-चार दिनों में ही हमारी कार्रवाई शुरू हो जायगी। सबसे अच्छी बात तो यह है कि जोड़-मेले की गहमागहमी में यह काम पक्का हो जायगा। जोड़-मेला ख़तम होने तक अकालगढ़ के लोगों में गज्जन और शीलो के प्रेम की कहानी फैला दी जायगी...उसके बाद हम पुलिस में रिपोर्ट करेंगे।"

जिस दिन फिलौरा और नाहर अहाते में बैठे यह बातचीत कर रहे थे, उसी दिन शाम के समय जब अँधेरा कुछ गहरा हो गया तो राजो सेहन के दरवाज़े की कुण्डी चढ़ाकर भीतर बैठ गयी। शीलो किसी शादीवाले घर में गयी हुई थी। वह ढोलक बजाना ख़ूब जानती थी। जब कोई अच्छा रोड़ा बजानेवाली, ठीकरी से ढोलक की लकड़ी पर टकाटक करने लगती तो शीलो ऐसे-ऐसे हाथ चलाती और ढोलक में से गुमक-घूँ के ऐसे-ऐसे स्वर निकालती कि सुननेवालों के सिर झूमने लगते। शीलो का गला भी बहुत सुरीला था, इसीलिए थोड़े ही दिनों में वह इतनी मशहूर हो गयी कि हर ख़ुशी के मौक़े पर उसे ढोलक बजाने और गीत गाने के लिए बुलाया जाने लगा।

राजो खाना तैयार कर चुकी थी, वह बैठी सोच रही थी कि न जाने शीलो ब्याहवाले घर में ही रोटी खा लेगी या घर आयेगी। उसने कुछ बताया भी तो नहीं था—इतने में ही राजो को अपने सेहन में किसी के धम्म से कूदने की आवाज़ सुनायी दी।

वह घबरा गयी। सेहन में अँधेरा था। वह मिट्टी का दीया हाथ में लिये बाहर निकली तो सेहन के दूसरे कोने में काले रंग का एक नौजवान दिखायी दिया। वह वहाँ खड़ा यों लग रहा था जैसे नाग फन फैलाये धीरे-धीरे लहरा रहा हो।

पहले तो राजो को लगा कि शायद वह दीदारसिंह है, लेकिन फिर वह समझ गयी कि यह बिन-बुलाया मेहमान दीदार का भाई है। लेकिन कौन-सा भाई? यह वह समझ न पायी। उसने सुना था कि गज्जनसिंह आया हुआ है। वह यह भी जानती थी कि उसके दो भाई और भी हैं। उसने पूछा—"तुम कौन हो?"

आनेवाले ने मुँह से कुछ नहीं कहा, उसके गुलाबजामुनी रंग के होंठों पर अजीब-सी मुस्कुराहट पैदा हुई और दोनों होंठों में से उसके सफ़ेद-सफ़ेद दाँत चमक उठे।

राजो कुछ समझ नहीं पा रही थी, फिर बोली—"तुम सेहन में आये कैसे?"

इस बार उसने जवाब दिया—"मैं बाँस के सहारे दीवार के ऊपर से कूदकर आया हूँ।"

"क्यों?"

"इसलिए कि दरवाज़ा भीतर से बन्द था और दीवार के ऊपर काँच लगा हुआ है।"

इतना कहकर आनेवाले ने हाथ ऊपर उठाकर बाँस को भीतर खींचा और कमरे की दीवार के साथ खड़ा कर दिया।

राजो ने महसूस किया कि कितना अजीब स्वर था उसका—जब तेज़ हवा क़ब्रिस्तान की पुरानी क़ब्रों के सूराखों में से होकर गुज़रती है तो ऐसा ही स्वर निकलता होगा।

वह आगे बढ़ते हुए उस नौजवान को देख रही थी। उसके मन को इतनी तसल्ली तो थी कि वह दीदारसिंह का ही कोई भाई है। वह परदेशी नहीं, गाँव का रहनेवाला ही है।

चिराग़ की थरथराती मन्द रोशनी में आगन्तुक की शक्ल कितनी अजीब-सी लग रही थी। सिर पर पगड़ी, जिसका एक सिरा नीचे लटक रहा था और दूसरा हवा में उठा हुआ था। उसके चेहरे के गहरे रंग में दाढ़ी के बाल घुल-मिल-से गये थे। चमकती आँखों के दायें-बायें उसके कानों के मुँदरे भी चमक रहे थे। उसके गहरे साँवले रंग की गर्दन और सीने पर लटका हुआ सोने के मनकोंवाला बड़ा-सा कण्ठा कितना भला लग रहा था।

नत्थासिंह के बेटे रबड़ी-मलाई के बने हुए मीठे या नमकीन जवान नही थे, लेकिन फिर भी वे सुन्दर थे। बिलकुल ऐसे ही जैसे कि नाग सुन्दर होते हैं।

नौजवान आगे-आगे बढ़ने लगा, राजो पीछे-पीछे हटने लगी। कमरे में पहुँचकर राजो ने दीया दीवट पर रख दिया और सहमी हुई नज़रों से दरवाज़े की ओर देखने लगी।

इतने ऊँचे दरवाज़े से गुज़रते समय भी उस नौजवान को अपना सिर काफ़ी नीचे झुकाना पड़ा।

राजो बेअख़्तियार ही चिल्ला पड़ी—"तुम यहाँ किसलिए आये हो...कौन हो तुम?"

बिलकुल पास पहुँचकर नौजवान धीमी लेकिन गड़गड़ाती आवाज़ में बोला—"अगर अब तुम फिर चिल्लायीं तो मैं तुम्हारे गले की नसें मसलकर फेंक दूँगा।"

राजो को वह नौजवान ग़ुस्से में भरा नज़र नहीं आता था, लेकिन दोबारा चिल्लाने का उसे साहस नहीं हो सका। आँख झपकते में नौजवान ने हाथ बढ़ाया और फिर राजो को महसूस हुआ जैसे उसकी कलाई शिकंजे में फँस गयी हो।

राजो ने ज़ोर से झटका देकर कलाई छुड़ा ली। लेकिन उसने मन में महसूस कर लिया कि अपनी कलाई उसने छुड़ायी नहीं है बल्कि छोड़ी गयी है। वह लपककर पसार के दूसरे कोने में चली गयी।

नौजवान वहाँ भी पहुँच गया और दोनों में हाथापाई होने लगी। थोड़ी ही देर में राजो बुरी तरह हाँफने लगी। उसे लगा जैसे कोई जंगली बिल्ला चिड़िया से खिलवाड़ कर रहा हो।

एकाएक ही राजो फिर अपना पीछा छुड़ाकर सेहन की ओर दौड़ी। अब उसका गला इतना सूख गया था कि उसमें से ज़रा-सी आवाज़ भी नहीं निकल पा रही थी। वह एकदम दरवाज़े के पास पहुँची, कुण्डी खोली और गली में भाग निकली...

इतने में नौजवान बाँस के सहारे उछलकर दीवार फाँद गया, और गली में गिरते ही उसने राजो को अपने बाजू में जकड़ लिया। वह चिल्लाने की कोशिश कर रही थी, लेकिन चिल्ला नहीं पा रही थी।

नौजवान ने उसे यों बगल में दबाकर उठा लिया जैसे वह रबड़ की बनी हुई गुड़िया हो। सेहन में पहुँचकर उसने भीतर से कुण्डी चढ़ायी। राजो मन-ही-मन में मना रही थी कि कहीं से नाहर ही आ जाय, हालाँकि वह जानती थी कि अभी नाहर के आने में काफ़ी देर है।

नौजवान ने उसे पलँग पर पटककर पीठ के बल लिटा दिया, और दोनों हाथों से उसके कन्धे पलँग से कील दिये...।

राजो हाँफे जा रही थी। उसका सीना ज़ोर-ज़ोर से ऊपर-नीचे हो रहा था। अब वह थककर हार चुकी थी। उसने हाथ-पाँव ढीले छोड़ दिये। उसने मन में समझ लिया कि उस नौजवान को जो कुछ करना है सो वह करके रहेगा। उसने मन में यह भी मंजूर कर लिया कि अब उसे वह रोक नहीं सकती। उसने हाँफते-हाँफते कनखियों से नौजवान की ओर देखा। अब तो उसके गालों पर उसकी दाढ़ी के बाल छू भी रहे थे। नौजवान की आँखों में ग़ुस्सा अब भी नहीं था। आख़िर राजो ने मुस्कुराने की कोशिश करते हुए पूछा—"तो क्या तुम इसी काम के लिए यहाँ आये थे?"

नौजवान जवाब दिये बिना अपनी चमकती हुई आँखों से टकटकी बाँधे उसकी ओर देखता रहा...।

राजो के मन को अब इस बात की तसल्ली हो गयी कि वह न तो उसकी जान लेना चाहता है, और न चोरी के इरादे से आया है। धीरे-धीरे उसके मन को भी बड़ा भला लगा कि ऐसा अड़ियल नौजवान भी उस पर रीझ गया, और रात के अँधेरे में...।

राजो अनजाने में ही सरककर उसके साथ सट गयी।

इस पर नौजवान चीते की तरह कूदकर पलँग से नीचे उतर गया, और सपाट आवाज़ में बोला—"नहीं।"

यह गोया उसके सवाल का जवाब था। अब नौजवान ने अपने लम्बे कुर्ते के भीतर हाथ डाला और डब (तहमद का पल्लू) में से रुपयों की एक थैली निकालकर राजो की ओर फेंक दी।

राजो रुपयों की गोलाई और छनछनाहट को पहचानती थी। वह ताज़्ज़ुब में आ उठकर बैठ गयी, क्योंकि यह थैली उस थैली से दुगनी बड़ी थी, जो फिलौरासिंह ने उसे दी थी।

तब नौजवान ने कहा—"अब तुम्हारी बेटी शीलो मेरी हो गयी। ख़बरदार!..."

यह कहकर वह सेहन के दरवाज़े तक जा पहुँचा। राजो भी पीछे-पीछे चली। दरवाज़ा खोलकर गली में क़दम रखते हुए नौजवान बोला—"मैं गज्जनसिंह हूँ।"

: ४ :

ज्यों ही गज्जनसिंह विदा हुआ, त्यों ही राजो कुण्डी चढ़ाकर भीतर चली आयी, रुपयों की बड़ी-सी पोटली अब भी पलँग पर पड़ी थी। उसने सेहन को खुलनेवाला दरवाज़ा भेड़ दिया, और फिर रुपयों की थैली के पास यों लेट गयी जैसे वह थैली नन्हा-सा बच्चा हो। थैली की गर्दन पर कसकर लिपटी हुई डोरी को उसने काँपती हुई अँगुलियों से ढीला किया, और फिर थैली का मुँह खोलकर उसने झाँककर देखा तो भीतर चाँद के-से मुखड़ेवाले चाँदी के गोल-गोल रुपये नज़र आये। अभी तक उसके मन में हलका-सा शक़ था कि कहीं थैली में रुपयों की जगह घिसी हुई गोल-गोल ठीकरियाँ न हों। यह तसल्ली हो जाने पर कि वे ठीकरियाँ नहीं बल्कि असली रुपये थे, उसने थैली की गर्दन को कसकर बाँध दिया। उसे ताज़्ज़ुब हो रहा था कि जितना रुपया फिलौरासिंह-जैसे ख़ानदानी आदमी ने दिया था, उससे भी दुगना रुपया गज्जनसिंह ने कैसे दे दिया। क्या इसका मतलब यह है कि नत्थासिंह के ख़ानदान के पास सरदारों के ख़ानदान से ज़्यादा धन है।

गज्जनसिंह का उसके घर में आना ही कितने ताज़्ज़ुब की बात थी। क्या सचमुच ही ऐसी घटना घटी थी, या उसने सपना देखा था? नहीं, यह सपना नहीं हो सकता था। रुपयों की थैली बता रही थी कि उसने सपना नहीं देखा था। कभी उसे लगता जैसे किसी ने उसे अजीब-सी कहानी सुनायी हो, कि कैसे एक लम्बा-तड़ंगा नौजवान बाँस के सहारे दीवार फाँदकर अपनी प्रेमिका के पास पहुँचा...।

तब उसे याद आया कि गज्जन ने शीलो के बारे में क्या कहा था। उसके लिए यह भी बड़ी ख़ुशी की बात थी। कहाँ तो वह और नाहर इस बात की योजना बना रहे थे कि कैसे शीलो को गज्जन के पीछे लगाया जाय, और कहाँ ख़ुद गज्जनसिंह ही उनके सेहन में कूद पड़ा, और कह गया कि वह शीलो को अपनाना चाहता है।

अभी तक तो इस बात में भी शक़ था कि शीलो गज्जन का दिल मुट्ठी में कर सकेगी या नहीं, और गज्जन उसकी ओर ध्यान देगा भी या नहीं—लेकिन अब तो यों लग रहा था कि ख़ुद भगवान् ने उनकी मदद करने पर कमर कस ली थी।

अब सवाल यह था कि जब नाहरसिंह उससे मिलने आये तो वह उसे गज्जनसिंह के बारे में कुछ बताये या न बताये। इस बात पर राजो की तेज़ अकल ने तुरन्त ही फ़ैसला कर लिया कि नाहर को गज्जन के बारे में कुछ न बताया जाय। जो योजना नाहर बना रहा है, वह उसे बनाने दी जाय। आख़िर वह शीलो के ज़रिये गज्जनसिंह को फँसाना ही तो चाहता था, लेकिन उसे इस बात से क्या मतलब कि गज्जनसिंह ख़ुद ही फँस गया या शीलो ने फँसाया। गज्जन की दी हुई रुपयों की थैली का ज़िक्र तो नाहरसिंह से होना ही नहीं चाहिए।...

न जाने कितनी देर तक राजो इन्हीं ख़यालों में डूबी रही। यहाँ तक कि उसे गली के दरवाज़े पर कुण्डी खड़काने की हलकी-सी आवाज़ सुनायी दी। वह समझ गयी कि यह नाहरसिंह ही है, क्योंकि नाहरसिंह के खटखटाने के अन्दाज़ को वह अच्छी तरह पहचानने लगी थी।

वह उठी, और गली के दरवाज़े के पास पहुँचते ही उसे एकाएक रुपयों की थैली का ख़्याल आया, जो अब भी पलँग पर पड़ी थी। वह दबे पाँव लपकती हुई लौट आयी, और उसने सिरहाने की ओर से बिस्तर हटाकर थैली रखी, ऊपर बिस्तर बिछा दिया, और थैलीवाली जगह पर तकिया भी रख दिया। यह सब करने के बाद वह फिर गली के दरवाज़े के पास पहुँची। इतनी देर में नाहर तीसरी बार कुण्डी खड़का चुका था। उसने धीरे से पूछा—"कौन?"

"मैं नाहरसिंह हूँ।" बाहर से आवाज़ आयी।

राजो ने दरवाज़ा खोल दिया। नाहर भीतर क़दम रखते हुए बोला—"आज तो तुमने कुण्डी खोलने में बहुत देर लगा दी..सो गयी थीं क्या?"

"नहीं, आज मेरे पेट में बहुत दर्द है।" राजो को कुछ और नहीं सूझा तो उसने पेट-दर्द का बहाना ही बना दिया।

पहले नाहरसिंह जब भी आता था तो राजो उसे पलँग पर बैठाकर ख़ुद पीढ़े पर बैठ जाती थी! लेकिन आज वह पहले से ही जाकर पलँग पर लेट गयी, उसे डर था कि अगर नाहरसिंह पलँग पर बैठ गया तो कहीं उसका हाथ रुपयों की थैली से न छू जाय।

पलँग पर लेटते ही राजो बोली—"बुरा न मानियेगा, आज मेरी तबीयत ठीक नहीं।"

"कोई बात नहीं, तुम आराम से लेट जाओ। मैं पीढ़े पर बैठ जाऊँगा।"

आज राजो का बातें करने को भी जी नहीं चाह रहा था। उसका दिल गाय के चंचल बछड़े की तरह उछल-कूद मचाये हुए था। उसने पहले से ही सोच रखा था कि नाहरसिंह को जल्द-से-जल्द विदा करने के बाद वह थैली का रुपया गिनेगी।

नाहरसिंह पीढ़े पर बैठ गया, और भेद भरे ढंग से एक आँख बन्द करते हुए मुस्कुराकर बोला—"तुम्हारे पेट में दर्द क्यों हो रहा है, जी!....कहीं कोई गड़बड़ तो नहीं है।"

राजो ने गम्भीर और दुःखी चेहरा बनाकर उसकी ओर देखा और बारीक आवाज़ में बोली—"भला अब इस उमर में गड़बड़ क्या हो सकती है!"

नाहर बोला—"अभी तुम्हारी उमर ही क्या है राजो! इस उमर में तो सभी कुछ मुमकिन है। तुम्हारा शरीर थोड़ा भारी ज़रूर है, लेकिन देखने में तुम शीलो की माँ नहीं, बड़ी बहन लगती हो...।"

यह सुनकर राजो मन-ही-मन में ख़ुश हुई, बोली—"आप तो ख़ामुख़ाह मुझे बना रहे हैं। लेकिन मेरा यह दर्द बाई की वजह से है। अब बाईवाला शरीर हो गया है। अगर शीलो आ जाती तो घी से मेरे पेट पर मालिश कर देती। इस तरह एक ही जगह पर अटकी हुई हवा फैल जाती तो मेरा दर्द कम हो जाता।"

"कहाँ गयी है शीलो?"

"किसी शादीवाले घर में गयी है। न जाने कब लौटे।"

इस तरह धीरे-धीरे बातें होती रहें। यह नामुमकिन था कि वे दोनों इकट्ठे हों और नत्थासिंह ख़ानदान की बात न चले। इस बारे में भी सोच-विचार होता रहा। राजो ने कहा—"मैंने लोगों से सुना है कि दीदारसिंह और गज्जनसिंह भी पानी की तरह रुपया ख़र्च करते हैं। क्या इनके ख़ानदान के पास इतना धन है?"

"धन हलाल का तो हो नहीं सकता। तुम जानती हो कि चोरी और डाके का रुपया खर्च करने में संकोच की ज़रूरत नहीं होती। बस यही इनका हाल समझो। कुछ ज़मीन भी है, लेकिन इनकी आमदनी के ज़रिये और ही हैं। नत्थासिंह को थोड़ी-बहुत पेन्शन मिल जाती है। वह डाके तो नहीं डालता, लेकिन डाकुओं का बाप तो है ही।"

यह कहकर नाहरसिंह खुरदुरी हँसी हँसने लगा।

थोड़ी देर बाद नाहरसिंह ने महसूस किया कि आज कुछ उखड़ी-उखड़ी-सी बातें हो रही हैं। वह पीढ़े से उठते हुए बोला—"राजो, तुम्हारी तबीयत ठीक नहीं। आज गपशप का कुछ मज़ा नहीं आ रहा। कहो तो मैं चला जाऊँ—कल फिर मुलाक़ात होगी।"

राजो तो यह चाहती ही थी। कहने लगी—"माफ़ कीजियेगा। आज तो बात करने को मेरा मन भी नहीं चाहता।"

नाहरसिंह कमरे के दरवाज़े तक पहुँचकर बोला—"जब तबीयत ठीक न हो तो बात करने को जी कैसे चाहेगा।"

जब राजो ने देखा कि नाहरसिंह सेहन में पहुँच चुका है तो वह भी धीरे-धीरे चल दी। नाहरसिंह ने गली में क़दम रखा तो राजो बोली—"क्या ऐसा नहीं हो सकता कि आप शीलो को कह आयें कि तुम्हारी बीबी की तबीयत ठीक नहीं, तुरन्त घर चली जाओ।"

"इसमें क्या मुश्किल है। मैं उसे बुलाकर ख़ुद तुम्हारे दरवाज़े तक छोड़ जाऊँगा, लेकिन वह गयी किस घर में है?"

"मेरे ख़्याल में वह चूनीलाल के घर गयी है।"

"बहुत अच्छा, तुम आराम से लेटो। मैं उसे अभी बुलाकर लाता हूँ।"

राजो यह तो नहीं चाहती थी कि नाहर शीलो को साथ लेकर आये, क्योंकि इस बात का भी तो डर था कि वह कहीं दोबारा उनके घर न घुस बैठे। लेकिन मजबूरी थी। वह इस बारे में नाहरसिंह से क्या कह सकती थी!

नाहरसिंह चुनीलाल के घर तक पहुँच तो गया, लेकिन अब उसे ख़्याल आया कि उसका खुल्लमखुल्ला शीलो को बुलवाना, और उसे घर ले जाना अच्छा नहीं होगा। यह सोचकर वह मकान से कुछ क़दम दूर खड़ा रहा।

इतने में महरियों की एक लड़की मकान के भीतर से निकली। नाहरसिंह उसे पहचानता था, लेकिन उसे नाम भूल गया था। उसने छिच्-छिच् करके चुटकी बजायी। लड़की ने उसकी ओर देखा तो पहचानकर पास चली आयी। नाहरसिंह ने कहा—"देखो, राजो की लड़की शीलो से कह दो कि उसकी बीबी की तबीयत बहुत ख़राब है, इसलिए वह तुरन्त घर चली जाय—देखो भूलना नहीं, यह बहुत ही ज़रूरी है।"

लड़की तुरन्त ही मकान के भीतर भाग गयी, नाहरसिंह और भी पीछे हटकर गली में खड़ा हो गया।

थोड़ी देर बाद शीलो सीना उभारे पायल बजाती हुई बाहर निकली। वह चलती तो यों लगता जैसे थिरक रही हो। नाहरसिंह ने सोचा कि कैसी बाँकी लड़की है यह। जब शीलो उसके पास से गुज़रने लगी तो वह मकान के कोने से निकलकर बाहर आ गया।

उसे देखकर पहले तो शीलो चौंकी, और फिर मुस्कुरा दी। बोली—"मैं बहुत जल्दी में हूँ, मेरी बीबी की तबीयत ख़राब है।"

"मुझे मालूम है...मैं तुम्हारे घर गया था, और मैं ही यह सन्देशा लेकर यहाँ आया। मैंने भीतर जाना ठीक नहीं समझा, इसलिए तुम्हें बुलवा लिया।"

इस पर शीलो मुस्कुरा दी, और छम-छम करती आगे बढ़ गयी।

नाहरसिंह भी साथ-साथ हो लिया। बोला—"चलो मैं तुम्हें घर तक छोड़ आऊँ।"

इस पर भी शीलो सिर्फ़ मुस्कुरा दी, और उसने अपने सिर को झटका देकर गालों पर गिरी हुई ज़ुल्फ़ों को पीछे हटा दिया।

गली सुनसान थी और चारों ओर अँधेरा और मौन छाया हुआ था। सिर्फ़ शीलो की पायलें छनाछन बोल रही थीं। उसकी भरपूर छल-छल करती जवानी पर नज़र नहीं टिक पाती थी। नाहरसिंह ने सोचा कि क्यों न इस हिरनी को यहाँ पर दबोच लिया जाय। पल भर को तो उसके बाजुओं में ऐसी ऐंठन पैदा हुई जैसे वे शीलो को अपने चंगुल में लेने के लिए बेसब्र हो रहे हों। लेकिन लहू की गरमी नाहरसिंह के सिर तक चढ़कर उतर गयी। उसने मौक़े पर ही महसूस कर लिया कि उसकी इस हरकत का क्या नतीज़ा हो सकता है। सरदार जी का बना-बनाया काम बिगड़ जायगा। और वह तो उसे मरवाकर अन्धे कुएँ में फेंकवा देंगे।

पहलू-ब-पहलू चलते हुए वे मकान तक पहुँच गये। शीलो ने कुण्डी खटखटाने के लिए हाथ बढ़ाया तो नाहर ने उसकी कलाई को धीरे से पकड़कर रोक दिया, और बोला—"एक बात कहूँ शीलो?"

शीलो ने फिर से झटका देकर ज़ुल्फ़ें पीछे को फेंकते हुए जवाब दिया—"कहो।"

शरारत भरी मुस्कुराहट नाहर के होंठों पर फैलती चली गयी, और वह बोला—"ज़रा सीने को इत्ता उभारकर न चला करो।"

शीलो-जैसी दबंग लड़की के लिए बुरा मानने की कोई बात नहीं थी। उसने चुपचाप हँसकर कुण्डी खड़खड़ा दी।

दरवाज़ा खोलने से पहले राजो ने अपनी आदत के मुताबिक़ तसल्ली कर ली कि बाहर कौन है। जब उसने दरवाज़ा खोला तो नाहर ने अँधेरे में चुपके से शीलो के कूल्हे पर हलकी-सी चुटकी लेते हुए कहा—"लो राजो! सँभालो अपनी बेटी को।"

माँ-बेटी ने नाहर के विदा होते ही दरवाज़े की कुण्डी चढ़ा दी।

राजो बेटी को लेकर फुदकती हुई भीतर पहुँची, और उसने दरवाज़ा भेड़ दिया।

शीलो को ताज़्ज़ुब हुआ, कहने लगी—"बीबी! मैंने तो सुना था कि तुम बीमार हो।"

राजो ने दोनों हाथ छत की ओर उठा दिये और लट्टू की तरह घूमती हुई-सी परे चली गयी। उसकी हँसी के संगीत से वातावरण गूँज उठा। बोली—"शीलो! जितनी तन्दुरुस्त मैं इस समय हूँ इतनी पहले कभी नहीं थी।"

शीलो ने दोनों हाथ पीठ पीछे करके दीवार पर रख दिये, और फिर उन्हीं की टेक लेकर कहने लगी—"बीबी! आख़िर बात क्या है?"

राजो ने अपनी खिलखिलाहट भरी थिरकन बन्द करके शीलो को एकदम गले से लगा लिया, और उसके गालों के चटाक्-चटाक् तीन-चार चुम्बन लेकर बोली—"बता दूँ?"

राजो ने थैली की गर्दन को पहले से ही डोरी के बन्धन से मुक्त कर रखा था। उसने लपककर थैली सिरहाने के नीचे से निकाली और उसका निचला हिस्सा चुटकी में लेकर थैली को उलटा लटका दिया। चमचमाते हुए रुपये छनाछन करते हुए बिस्तर पर गिरकर ढेर हो गये।

यह दृश्य देखकर शीलो की आँखें फैल गयीं। वह उछलकर पलँग पर जा बैठी, और अपने दोनों हाथों में रुपये भर-भरकर ऊपर उठा लिये, और फिर धीरे-धीरे ढेरी पर गिराने लगी।

राजो उसका हाथ रोककर बोली—"आह! पहले इन्हें गिन तो लें। जब से थैली मेरे हाथ लगी है, तब से मैं तुम्हारे लौटने का इन्तज़ार कर रही हूँ। नाहर आया तो मैंने उसे पेट-दर्द का बहाना बनाकर टाल दिया। उसी के हाथ तुम्हें सन्देश भिजवा दिया।"

"लेकिन यह तो बताओ कि इतनी बड़ी रकम तुम्हारे हाथ लगी कैसे?"

राजो ने बड़े विस्तार से बताया कि कैसे अचानक गज्जन बाँस के सहारे से सेहन के भीतर आ गिरा, कैसे वह सहम गयी, कैसे गज्जनसिंह ने उसको रुपयों की थैली दी और कैसे उसने अपने आने का मक़सद बताया।

यह सुनकर कि गज्जन उस पर लट्टू हो रहा है, शीलो घमण्ड से फूली नहीं समायी—"सच? बीबी, सच?"

"हाँ भाई! उसने तुम्हारे ही नाम पर यह थैली दी है। लो, हमारी मेहनत बच गयी। जिस तीतर को फाँसने के लिए हम जाल बिछाने की सोच रहे थे, वह ख़ुद ही उड़कर हमारे सेहन में पहुँच गया।"

फिर उन्होंने रुपये गिने। पूरे दो सौ रुपये थे। उस ज़माने में दो सौ की रकम उनके लिए मामूली नहीं थी। राजो बोली—"सरदारों से दुगने रुपये दिये हैं गज्जनसिंह ने!"

थैली का मुँह कसकर बाँध दिया गया, और उसे तकिये के नीचे छिपाकर राजो बोली—"आज की रात तो बड़ी शुभ है।"

शीलो ने माँ के नज़दीक खिसकते हुए पूछा—"लेकिन बीबी! अब आगे की भी तो सोचनी चाहिए।"

राजो ख़ुद भी लेट गयी और उसने बेटी को भी अपने पहलू में लिटा लिया, और उसकी ठुड्डी को चुटकी में लेकर बोली—"अब हमें सोचने की कोई ज़रूरत नहीं। जिनका यह काम है वही सोचते-विचारते रहेंगे।"

शीलो ने बनावटी भोलेपन से पूछा—"तो बीबी, हमारा काम क्या होगा?"

"हमारा काम होगा सिर्फ़ रुपये बटोरना।"

"तुमने उधर से भी रुपये ले लिये और इधर से भी ले लिये, अब सवाल यह है कि हमारी यह नाव किस मंज़िल तक पहुँचकर रुकेगी?"

"हमारी कोई मंज़िल नहीं है। हमारी नाव तो हमेशा तैरती ही रहेगी। हमें न मंज़िल से काम है और न किनारे से मतलब!"

"नाव कोई भी हो, उसे कभी-न-कभी, और कहीं-न-कहीं किनारे पर तो लगना ही पड़ता है।"

"जो होगा सो देखा जायगा। अभी तो हमारी यह चाल रहेगी कि अगर एक ने कहा कि बायें हाथ चलो, तो हम थोड़ा-सा बायें हाथ को मुड़ जायेंगे। दूसरे ने कहा कि दाहिने हाथ को घूम जाओ, तो हम थोड़ा-सा दाहिने को घूम जायेंगे बस, अभी हमारी नाव इसी ढर्रे पर चलती रहेगी—बेटी रानी! तुम फ़िकर मत करो। यह सब मुझ पर छोड़ दो। आओ अब खाना खा लें; तुम ढोलक बजा-बजाकर थक गयी होगी।"

थोड़ी ही देर में माँ-बेटी एक-दूसरे के गले में बाँहें डालें सो गयीं।

●

तेरह

: १ :

इस घटना के तीसरे दिन, सुबह ही राजो मत्था टेकने के लिए गुरुद्वारे जा रही थी। वह भी रोज़ गुरुद्वारे में ज़रूर हाज़िरी देती थी, शायद दूसरों को दिखाने के लिए कि वह कितनी भक्तिन है।

जब चौड़े कच्चे रास्ते से गुज़रकर वह गुरुद्वारे को जानेवाले कम चौड़े रास्ते पर बढ़ी तो उसे गुरुद्वारे के बड़े दरवाज़े में से गज्जनसिंह बाहर आता दिखायी दिया। वह कुछ ठिठक गयी, लेकिन फिर आगे बढ़ने लगी। जब वे एक-दूसरे के बराबर पहुँचे तो दोनों ही रुक गये— राजो रास्ते के इस किनारे पर, और गज्जन दूसरे किनारे पर।

राजो ने जल्दी से चारों ओर नज़र दौड़ायी। आस-पास कोई नहीं था। वह दबे स्वर में बोली—"तुम आये नहीं?"

गज्जन ने जान-बूझकर आँखें चुराते हुए जवाब दिया—"आऊँगा।"

"कब?—शीलो तुम्हें बहुत याद कर रही थी।"

"तो फिर मैं आज रात ही आऊँगा।"

राजो ने एक अँगुली उठाते हुए कहा—"ज़रूर!"

"ज़रूर आऊँगा—लेकिन देखो राजो! लोगों की नज़र बड़ी तेज़ होती हैं, इसलिए हमें खुल्लमखुल्ला बातचीत कभी नहीं करनी चाहिए...और फिर तुम यह तो जानती ही हो कि मेरी अपनी औरत भी है। उसके या चाचा के कानों में हमारी-तुम्हारी बात की ज़रा-सी भनक भी पड़ गयी तो हमारी आफ़त आ जायगी।"

"हाँ, मैं इस बात को समझती हूँ।"

"लो! गाँव की ओर से कोई आ रहा है—मैं चलता हूँ।"

राजो चुपचाप आगे बढ़ गयी। ख़ुशी के मारे उसके पाँव धरती पर नहीं पड़ रहे थे। गुरुद्वारे में पहुँचकर उसने बड़ी श्रद्धा से ताँबे का एक पैसा भेंट किया और आँखें

मूँदकर पहले तो फ़र्श पर नाक से दो-तीन लकीरें निकालीं, और फिर माथा रगड़ती रही। उसे यों लग रहा था कि आजकल ईश्वर उस पर बहुत कृपालु है।

उस शाम राजो ने शीलो को घर से बाहर नहीं निकलने दिया। दिन ढलते ही उन्होंने खा-पीकर फ़ुर्सत पा ली। फिर माँ ने बेटी को तैयार किया, और उसका शृंगार किया। उसने अपने हाथ से उसके बालों में कंघी की और चोटी गूँथी। आँखों में काजल लगाया। कानों में छह-छह अंगुल लम्बे झुमके लटका दिये। गले में सोने के मनकों की माला पहना दी, जिसके नीचे चौड़ा-सा रंग-बिरंगे नगोंवाला कण्ठा लटक रहा था। कलाइयों पर सोने के भारी कड़ों के अलावा काँच की रंग-बिरंगी चूड़ियाँ चढ़ा दीं। बड़े घेरे की सलवार पहनायी, जिसके चौड़े पाँयचों में से झाँकते हुए शीलो के ख़रगोशों-जैसे गोरे-गोरे पाँव दिखायी दे रहे थे। पतला-सा काले रंग का मलमल का कुर्ता, जिसमें से दूधिया रंग का शरीर झलक दिखा रहा था।

अपने वायदे के मुताबिक़ गज्जनसिंह आ पहुँचा। लेकिन इस बार उसे दीवार फ़ाँदने की ज़रूरत महसूस नहीं हुई। उसने गली के दरवाज़े की कुण्डी खड़खड़ा दी।

राजो के कान दरवाज़े की ओर लगे हुए थे। वह पहचान गयी कि कुण्डा खड़खड़ानेवाला नाहरसिंह नहीं है। उसने शीलो को अब के दरवाज़ा खोलने का इशारा किया। शीलो पायलों की रागिनी बजाती दरवाज़े पर पहुँची, कुण्डी खोली, और गज्जनसिंह को देखकर ज़रूरत ज़्यादा सिमटी और शर्मायी।

सेहन में क़दम रखते ही गज्जनसिंह मानो खूँटे की तरह धरती में गड़ गया। शीलो ने फिर कुण्डी चढ़ाते हुए मन्द, लेकिन सुरीली आवाज़ में कहा—"आओ न!"

एक बार फिर पायलें बजाती, ठुमुक-ठुमुक करती शीलो भीतर को चली। गज्जनसिंह भी कमरे में पहुँच गया।

राजो ने गज्जन को पलँग पर बैठाया, ख़ुद पीढ़े पर बैठ गयी, और शीलो चुपचाप दीवार से लगकर खड़ी हो गयी। उसने आँखें चुराकर आधी पीठ गज्जन की ओर फेर रखी थी।

राजो को बातचीत चालू करने में कुछ भी देर नहीं लगी। वह इतनी बेतकल्लुफ़ी से बोल रही थी जैसे गज्जन से उसका पुराना परिचय हो। फिर एकाएक माँ ने बेटी की ओर देखकर कहा—"अरी! तुम कैसे रूठी-सी खड़ी हो!... चलो, तुम भी पलँग पर पाँयती की ओर बैठ जाओ।"

शीलो ने नयी-नयी अभिनेत्री की तरह कुछ संकोच प्रकट किया तो राजो ने बल देते हुए कहा—"चलो भी, ऐसे बहुत बुरा लगता है।"

छन-छन, छन-छन करती हुई शीलो पाँयती की ओर सिमटकर बैठ गयी।

राजो हँस दी, और बारीक आवाज़ में बोली—"बड़ी नटखट है यह लड़की!... सुबह से न जाने कितनी बार कह चुकी है कि आज शाम होने में इतनी देर क्यों लग

रही है—यह पगली तो तुम्हारे उस बार आने से पहले ही अकसर तुम्हारी ही बातें करती रहती थी। उस समय तो मैं कुछ नहीं समझी, लेकिन जिस रात तुमने रुपयों की थैली फेंकी और इसका नाम लिया, तो मैं समझी की भीतर-ही-भीतर कुछ खिचड़ी पकती रही है—लेकिन मैं पूछती हूँ कि रुपयों की थैली देने की क्या ज़रूरत थी?''

राजो ने यह सवाल करके जवाब का इन्तज़ार नहीं किया। तुरन्त ही इस विषय से आगे बढ़ गयी—''बड़ी शर्मीली भी है यह लड़की। अब देखो तो कैसे भीगी बिल्ली बनी बैठी है। जिसके नाम की माला जपती है, उसे सामने पाकर बिलकुल छुई-मुई-सी हो गयी है।''

गज्जनसिंह ने शीलो पर सिर से पाँव तक एक नज़र डाली और शीलो बनावटी झेंप दिखाती हुई और भी सिमट गयी।

राजो ने अपनी बात चालू रखते हुए फिर कहना शुरू किया—''शीलो तो अब तक ज़रूर ही तुमसे मिल चुकी होगी?''

गज्जनसिंह ने अपनी आँखें शीलो के चेहरे से हटाकर राजो की ओर देखते हुए कहा—''नहीं, इस बात का ज़रूर ख़्याल रखना कि दिन में आते-जाते हम दोनों की सब लोगों के सामने खुल्लमखुल्ला बातचीत नहीं होनी चाहिए.....''

राजो ने हामी भरते हुए कहा—''यही तो वजह थी कि मैंने इसे तुमसे बातचीत करने से मना कर दिया था। आख़िर तुम्हारी औरत भी घर में है, बहन भी है, बाप भी है।''

''हाँ, वे सब तो हैं ही, लेकिन सबसे ज़्यादा डर मुझे दीदारसिंह से लगता है। चाहे वह मेरा छोटा भाई है, फिर भी मैं उससे दबकर रहता हूँ। असल में वह बहुत ही अक्खड़ और हथछुट आदमी है। उसका दिमाग़ बिगड़ जाय तो समझो कि वह बिलकुल पागल-सा हो जाता है। आगा-पीछा कुछ नहीं देखता। इसलिए हमें उसकी नज़र से बचकर रहना पड़ेगा।''

राजो ने बेटी की ओर देखते हुए कहा—''सुन लिया तुमने? कोई बेवकूफ़ीवाली बात न करना। लोग कहते हैं कि जवानी दीवानी होती है। सीधी सोचने की बात यह है कि जिसको तुम चाहती हो वह भी तुम्हें चाहता है। बस तुम्हारी तसल्ली के लिए इतना ही काफ़ी है। आगे जो होगा वह गज्जनसिंह ख़ुद ही सँभाल लेगा।''

शीलो अभिनय करने में कम नहीं थी। माँ की बातें सुनकर उदास हो गयी, तब गज्जनसिंह ने तसल्ली देते हुए कहा—''अभी तो जोड़-मेला आ रहा है। उन दिनों इतनी गहमागहमी हो जाती है कि एक को दूसरे की ख़बर नहीं रहती। उन दिनों मिलने-जुलने के हमें काफ़ी मौक़े मिलेंगे। तब हम दिल खोलकर बातें कर सकेंगे।''

राजो इस बातचीत में पूरा-पूरा हिस्सा ले रही थी। उसने ज़िन्दगी भर यही एक काम तो सीखा ही था।

इतने में ही बाहर के दरवाज़े की कुण्डी खड़खड़ायी। राजो तुरन्त समझ गयी कि नाहरसिंह आया है। वह उन दोनों को भीतर छोड़कर दरवाज़े तक पहुँची। बाहर नाहरसिंह ही था। उसने देखा कि राजो ने दरवाज़ा तो खोल दिया लेकिन रास्ता रोके खड़ी रही। नाहर ने धीरे से पूछा—"बात क्या है? मुझे भीतर नहीं जाने दोगी?"

राजो ने गर्दन बढ़ाकर फुसफुसाती आवाज़ में कहा—'भीतर कोई और बैठा है।"

राजो ने भेद भरी आवाज़ में कहा—"वही, जिसका आप इन्तज़ार कर रहे थे। हम सब इन्तज़ार कर रहे थे।"

नाहर कुछ-कुछ समझ गया, बोला—"क्या गज्जनसिंह बैठा है?"

"हाँ।"

यह सुनते ही नाहरसिंह एक क़दम पीछे हट गया। वह यों बोला जैसे उसे अपने कानों पर यक़ीन न हो रहा हो—"सचमुच गज्जनसिंह बैठा है?"

"हाँ।"

इस पर नाहरसिंह ने राजो का हाथ थाम लिया, और वह खिंचती हुई गली में पहुँच गयी। चारों ओर घना अँधेरा छाया हुआ था। नाहर ने बड़ी बेसब्री से पूछा—"यह सब कैसे हुआ। अभी तो हम जाल बिछा ही रहे थे।"

राजो धीरे से हँसी, कहने लगी—"शिकारी जब शिकार खेलने जंगल में जाता है तो कभी-कभी पहले तीर का निशाना ऐसा ठीक बैठता है कि हिरन धरती पर गिर पड़ता है...।"

नाहर ने ख़ुश होकर कहा—"मैं समझ गया। आते-जाते शीलो ने उस पर आँख का तीर चला दिया होगा। जिसकी वजह से यह सुअर दिल दे बैठा—इसे हिरन कहना तो बेकार है, सुअर कहने में कोई हर्ज़ नहीं। चलो, बहुत अच्छा हुआ।"

"अभी तो कुछ भी नहीं हुआ। आगे-आगे देखते जाइये क्या होता है।"

"मुझे तो इस बात की ख़ुशी हो रही है कि इतना काम तो बड़ी आसानी से हो गया। मैं अभी यह ख़ुशख़बरी सरदार फिलौरासिंह को सुनाऊँगा। वह भी ख़ुश हो जायेंगे। यह हमारी बहुत बड़ी जीत है।"

राजो बोली—"सरदार जी तो ख़ामुख़ाह परेशान हो रहे थे। मैं तो अच्छी तरह जानती थी कि शीलो आ जायगी तो वह गज्जनसिंह को फँसाने में बिलकुल भी देर नहीं लगायेगी।"

"शाबाश! अच्छा तो अब मैं चलता हूँ। तुम पता कर लेना कि गज्जनसिंह फिर किस दिन आयेगा। वह ज़रा अच्छी तरह फँस जाय तो हम अगला क़दम उठायेंगे।"

"इस जोड़-मेले में इन दोनों की आपस में गहरी छनने लगेगी। हमें अगला क़दम ख़ूब सोच-समझकर मेले के बाद ही उठाना चाहिए।"

"ठीक कहती हो।—अच्छा मैं चला। कल फिर आऊँगा। अगर गज्जनसिंह यहाँ पर नहीं होगा तो हम लोग बैठकर गप्पें हाँकेंगे।"

उधर जब प्रेमी और प्रेमिका अकेले रह गये तो कुछ देर तक मौन छाया रहा। गज्जनसिंह टकटकी बाँधे शीलो की ओर देखता रहा। आख़िर गज्जनसिंह ने उसका हाथ अपने हाथ में लेते हुए कहा—"शीलो, तुम कितनी सुन्दर हो!"

शीलो ख़ामुख़ाह बल खाती हुई बोली—"यह तो तुम्हारी मेहरबानी है।"

गज्जनसिंह गर्दन आगे बढ़ाकर बोला—"मैं इज़ारबन्द का ज़रा कच्चा हूँ। तुम्हारे-जैसी सुन्दर लड़की को सामने देखकर जी चाहता है कि अभी छक जाऊँ!"

शीलो ने पहले तो अपने सफ़ेद दाँत दिखा दिये, फिर बोली—"ज़रा अकल से काम लो न!...अभी बीबी यहाँ पहुँच जायगी।"

गज्जन ने उजड्डपने से मज़ाक करते हुए जवाब दिया—"तो क्या होगा!...मैं तुम्हारी बीबी को भी छक जाऊँगा।"

इस पर शीलो ने बनावटी ग़ुस्से से माथे पर बल डाल दिये, और गज्जनसिंह के हाथ पर हलकी-सी चपत जमाते हुए बोली—"जाओ, तुम बड़े वो हो!"

जब तक राजो बाहर नाहरसिंह के पास खड़ी रही, तब तक इन दोनों में इसी तरह का हँसी-मज़ाक चलता रहा।

आख़िर राजो के कुण्डी बन्द करने की आवाज़ सुनायी दी तो गज्जन ने शीलो का हाथ छोड़ दिया।

राजो ने भीतर क़दम रखा तो शीलो ने पूछा—"कौन था, बीबी?"

"यों ही, मेरी एक मिलनेवाली थी। हम दोनों अकसर गुरुद्वारे में मिल चुके हैं। मैंने उससे कह दिया कि हमारा एक रिश्तेदार भीतर बैठा है। इसलिए वह कुछ बातें कह-सुनकर बाहर-की-बाहर ही लौट गयी।"

कुछ समय के बाद गज्जनसिंह जाने को तैयार हुआ तो राजो ने कहा—"अब तुम्हें जिस रात आना हो, उस रात खाना हमारे साथ ही खाना।"

गज्जन बोला—"नहीं, खाना बनाने की तकलीफ़ मत करना।"

अब शीलो बोल पड़ी—"वाह! इसमें तकलीफ़ की क्या बात है?... तुम्हें यहाँ भोजन करना ही पड़ेगा। अब बताओ कब आओगे?"

गज्जनसिंह ने अँगुलियों पर अँगूठा रखते हुए हिसाब लगाया, और कहा—"कल और परसों तो आना नामुमकिन है। अच्छा, मैं नरसों आ जाऊँगा।"

जब माँ-बेटी दरवाज़े तक उसे छोड़ने गयीं तो मानो उसके सामने बिछी जा रही थीं। वहाँ भी इधर-उधर की बातें होती रहीं। आख़िर वह गली के मोड़ पर पहुँचकर अँधेरे में ग़ायब हो गया।

कुण्डी बन्द करके दोनों भीतर चली आयीं। वहाँ राजो बेटी को गले से लगाते हुए ख़ुशी भरी आवाज़ में बोली—"बस, मज़ा आ गया।—सच पूछो तो मज़ा तो अभी आयेगा।"

"सो तो ठीक है। जब तुम बाहर गयी थीं, तो वह मुझसे बड़ा प्यार जतलाता रहा।"

"शाबाश! अरी वह तो तेरे नाम की माला जपा करेगा। तू ज़रा देखती तो जा।"

: २ :

दिन-पर-दिन जोड़-मेले की तैयारियाँ होती जा रही थीं। अकालगढ़ के लोग जब मौक़ा पाते तो इन तैयारियों को देखने के लिए ही गुरुद्वारे की ओर चले आते, और उसके आस-पास चक्कर लगाते रहते। अकालगढ़ से नौशहरा जानेवाली कच्ची सड़क पर मेले का बड़ा बाज़ार लगा करता था। उसके दोनों किनारों पर दुकानें बननी शुरू हो गयी थीं। धरती में गड्ढे किये जा रहे थे, बाँस गाड़े जा रहे थे, या आधी कच्ची ईंटों की दीवारें उठायी जा रही थीं।

गुरुद्वारे के बाहर बड़े-बड़े तम्बू ताने जा रहे थे, और गुरुद्वारे के भीतर निहंगसिंह और गाँव के बच्चे रंग-बिरंगे काग़ज़ों की झण्डियाँ काट-काटकर लेई से रस्सियों पर चिपका रहे थे। इसी तरह धीरे-धीरे वह समय भी आनेवाला था जब उतने से इलाक़े में एक नया शहर बस जायगा। दूर-दूर के देहातों से लोग जोड़-मेले की ओर चल पड़ेंगे। जब इतनी जनता बड़ी-छोटी टोलियाँ बनाकर आयेगी तो वे लोग सीधे रास्ते छोड़कर खेतों में से हो लेंगे और उन्हीं दिनों नये-नये रास्ते बन जायेंगे। खेत रौंदे जायेंगे। कुछ खेत अखाड़े का काम देंगे। आनेवाले लोग अकालगढ़ में या तो अपने रिश्तेदारों के पास टिकेंगे या अपनी जान-पहचानवालों के पास रहेंगे। जोड़-मेले में हिस्सा लेने के लिए गज्जनसिंह के ससुरालवाले भी आया करते थे। इस साल तो उनकी बेटी भी वहाँ पहुँच चुकी थी। रिवाज़ के मुताबिक़ बेटी के घर में तो उनमें से कोई पानी पीने भी नहीं आयेगा; लेकिन गज्जनसिंह और दीदारसिंह को इस बात की फ़िकर ज़रूर थी कि फिलौरासिंह इस बात की कोशिश करेगा कि उनके कानों में गज्जनसिंह और शीलो की प्रेम-कथा की अफ़वाहें पहुँच जायँ।

उनका यह डर ग़लत भी नहीं था। जब नाहरसिंह ने फिलौरासिंह को यह ख़ुशख़बरी सुनायी कि गज्जनसिंह ने राजो के यहाँ आना-जाना शुरू कर दिया है, तो

उसे इस बात पर यक़ीन ही नहीं हुआ। उसने पूछा—"लेकिन नाहरसिंह यह हुआ कैसे?"

"अब जैसे भी हुआ, लेकिन असलियत यही है कि गज्जनसिंह ने राजो के यहाँ बैठकबाजी शुरू कर दी है।—और फिर, हमें इससे क्या लेना कि यह काम कैसे हुआ। हमें आम खाने से मतलब है, न कि पेड़ गिनने से।"

फिलौरासिंह ख़ुश था, उसने कहा—"मैं तुम्हारी यह बात मानता हूँ। फिर भी मन में कुरेद तो होती है कि आख़िर यह सब-कुछ इतनी जल्दी कैसे हो गया। हम तो तिकड़म भिड़ा रहे थे कि शीलो को गज्जन के पीछे लगाया जायगा, धीरे-धीरे वह उसे फाँसेगी, और फिर हम अगला क़दम उठायेंगे...लेकिन उनके मेलजोल में यों लगता है जैसे जादू हो गया हो।"

"सरदार जी! यह इतने अचरज की बात नहीं है, जितनी कि आपको लग रही है। आप तो जानते ही हैं कि गज्जनसिंह ऐसा पट्ठा है कि जहाँ औरत देखी, वहीं उसकी राल टपक पड़ी। एक तरफ़ से सोचिये तो शीलो बाहर से आयी हुई लड़की है। माना कि पहले से ही उनका अपना मकान गाँव में मौजूद है, लेकिन वे गाँव में रहीं तो नहीं। गज्जनसिंह का वश चले तो वह गाँव की एक भी लड़की की इज़्ज़त न रहने दे, मगर ऐसा करके वह पूरे गाँव से तो बिगाड़ पैदा नहीं कर सकता। वह जानता है कि शीलो के साथ सिर्फ़ उनकी माँ है। माँ भी ऐसी है, जो बदचलन मानी जाती है। उसने समझा होगा कि शीलो पर हाथ डालने में डर की कोई बात नहीं। राजो अव्वल तो कोई एतराज़ उठायेगी नहीं, और अगर वह चीख़ी-चिल्लायी भी तो उसकी कौन सुनेगा। अकालगढ़ में कोई ऐसा आदमी नहीं हो सकता जो राजो की ख़ातिर इस ख़ानदान से टक्कर ले..."

फिलौरासिंह ने सीने पर हाथ मारकर कहा—"टक्कर लेनेवाले हम जो बैठे हैं।"

"बस, यही बात तो उन लोगों को मालूम नहीं। उन्हें हम अभी इस बात का पता नहीं चलने देंगे कि राजो की पीठ पर सरदारों के ख़ानदान का हाथ है।"

"तुम राजो को समझा देना कि वह शीलो और गज्जन के सम्बन्ध को ज़्यादा-से-ज़्यादा मज़बूत कर दे। उन दोनों के मेल-मिलाप को बढ़ावा दे। गज्जन के ससुरालवाले जोड़-मेले में आयेंगे ही। याद रखो, उनके कानों तक यह ख़बर पहुँच जानी चाहिए।"

"आप इस बात की फ़िकर मत कीजिये। सब-कुछ मुझ पर छोड़ दीजिये।"

एकाएक फिलौरा को बात याद आयी तो वह बोला—"नाहरसिंह!"

"हाँ सरदार जी!"

"भई! शफ़ी और आरिफ़ का क्या बना। होली ने बताया था कि वे दोनों भाई जल्दी ही हमारे पास आयेंगे, लेकिन उसका तो कुछ पता ही नहीं चला। वे आ जाते तो अच्छा था।"

"अगर ठीक समझें तो आप ही साईंपुर चले जायँ।"

"मैंने इस बारे में सोचा था, फिर मुझे यह ठीक नहीं लगा। वे ही यहाँ आते तो अच्छा था।"

"अगर आप कहें तो मैं वहाँ चला जाता हूँ।"

फिलौरासिंह को यह बात पसन्द आयी। बोला—"तुम चले जाओ तो कोई हर्ज़ की बात नहीं है—मैं चाहता हूँ कि इस ख़ानदान के हर दुश्मन से हमारी साँठ-गाँठ बनी रहनी चाहिए। हम जिसको जितनी भी मदद दे सकें उतना ही अच्छा है। हमारी कोशिश तो यह होनी चाहिए कि जिधर से भी बन पड़े हम लोग इन पर चोट करें।"

"तो ठीक है, मैं कल सुबह ही साईंपुर को चल दूँगा।"

इस फैसले के बाद दूसरे ही दिन सुबह नाहरसिंह घोड़े पर सवार होकर साईंपुर की ओर चल दिया। वह वहाँ दोपहर के समय पहुँचा। साईंपुर में शफ़ी और आरिफ़ जाने-माने आदमी थे।

नाहरसिंह ने पहले तो दारे में रुककर पता लगाया कि ख़ाँ साहब से कहाँ मुलाक़ात हो सकेगी। अपने गाँव में वे दोनों भाई ख़ाँ साहब कहलाते थे, शफ़ी, बड़ा .ख़ाँ, और आरिफ़, छोटा ख़ाँ।

दारे में उन दोनों भाइयों का एक ख़ास कारिन्दा बैठा था। उसने कहा—"तुम यहीं रुको, मैं अभी उन्हें तुम्हारे आने की ख़बर देता हूँ।"

जब शफ़ी और आरिफ़ को मालूम हुआ कि अकालगढ़ के सरदारों ने नाहरसिंह को उनके पास भेजा है, तो उन्होंने अपने कारिन्दे से कहा कि वह मेहमान को बाहरवाली बैठक में इज़्ज़त के साथ बैठा दे, और उसके घोड़े को तबेले में ले जाय, जहाँ उसके दाने-पानी का इन्तज़ाम भी कर दिया जाय।

कारिन्दा लौटा, और बड़ी इज़्ज़त से नाहर को ख़ाँ साहब की बैठक में ले गया। यह बैठक पक्की ईंटों की बनी हुई थी, और गाँव में इसकी टक्कर का कोई और मकान नहीं था। बैठक को मकान तो नहीं कह सकते थे, क्योंकि असल में यहाँ एक ही बड़ा-सा कमरा था, जो तीस फुट लम्बा और बीस फुट चौड़ा था। उसका फ़र्श भी पक्की ईंटों का बना हुआ था। वैसे सीमेण्ट का बना हुआ नहीं था, लेकिन ऐसा फ़र्श भी गाँव भर में सिर्फ़ इसी बैठक का था। दीवारों में छोटी-छोटी कई खिड़कियाँ थीं, जिनमें लोहे की मोटी-मोटी सलाख़ें लगी हुई थीं।

दरवाज़े में घुसकर परली दीवारवाली खिड़की के पास लकड़ी का बड़ा-सा तख़्त था, जिस पर गद्दा, खेस और सबसे ऊपर उजली चादर बिछी थी। इस सफ़ेद बिस्तर पर तीन-चार गावतकिये भी रखे थे। तख़्त के पास ही सारस की तरह एक

ऊँचा-सा हुक्का रखा था। कारिन्दे ने जल्दी से बढ़कर उस हुक्के को वहाँ से हटा दिया, और नाहरसिंह से कहा—"पधारिये! सरदार जी!"

नाहरसिंह जूते उतारकर तख़्त पर बैठ गया, और अपनी एक कोहनी गावतकिये पर टिका दी।

चूँकि हिन्दू और सिक्ख मुसलमानों के घर की रोटी नहीं खाते थे, इसलिए सिक्खों के घर से नाहरसिंह के खाने का इन्तज़ाम किया गया था। भोजन से फ़ुर्सत पाकर नाहरसिंह ने कोहनी गावतकिये पर जमायी, और अधलेटा-सा हो गया।

उसने देखा कि दायें-बायें दोनों दीवारों के साथ-साथ सरकण्डे के बने हुए ऊँचे-ऊँचे मूढ़े रखे हैं। उसने सोचा कि खाँ साहब यहाँ के नवाब ही तो हैं। वे ख़ुद तख़्त पर बैठ जाते होंगे, और उनके मिलनेवाले इन मूढ़ों पर बैठाये जाते होंगे।

इसी तरह की बातें सोचते-सोचते वह ऊँघने लगा। इतने में कुछ खटका हुआ, तो वह चौंक पड़ा। उसने देखा कि वे दोनों भाई बैठक के भीतर आ चुके हैं। सिर पर तुर्रेदार पगड़ियाँ, सिल्क की कमीज़ें, मख़मल की बास्कटें, नीचे बड़े घेरे की लट्ठे की उजली सलवारें, फुँदनेदार लटकते हुए रेशमी इज़ारबन्द, और पाँव में पेशावरी जूते। मतलब यह कि पूरी रईसी शान के साथ दोनों भाई आये थे।

नाहरसिंह की नींद एकदम ग़ायब हो गयी, और वह चौकन्ना होकर उठा। एक ओर से शफ़ी और उसका भाई आरिफ़, और दूसरी ओर से नाहरसिंह लपककर आगे बढ़े। बड़े ज़ोर-शोर से साहब-सलामत हुई, हाथ मिलाये गये, एक-दूसरे का कुशल समाचार पूछा गया।

नाहरसिंह को इस बात की उम्मीद नहीं थी कि उसका इतना शानदार स्वागत किया जायगा। चाहे वह सरदारों का मुँह लगा नौकर था, लेकिन ख़ाँ भाइयों के लिए तो वह सरदारों का भेजा हुआ ख़ास दूत था।

वे तीनों तख़्त पर विराजमान हो गये। अब शफ़ी ने नाहर के मालिकों के बारे में पूछा। आगामी जोड़-मेले के बारे में बातचीत होती रही। आख़िर नाहरसिंह ने महसूस किया कि अब उसे अपने यहाँ आने का मक़सद बता देना चाहिए।

यह सोचकर वह बोला—"ख़ाँ साहब! सरदार फिलौरासिंह को आपके आने का बहुत इन्तज़ार रहा। हमारे गाँव में जब होली मीरासिन आयी थी तो उसने भी कहा था कि आप जल्दी ही अकालगढ़ पहुँचनेवाले हैं। आप नहीं आये तो सरदार साहब ने मुझे भेज दिया।"

शफ़ी ने कहा—"सरदार साहब का बहुत-बहुत शुक्रिया!...हमारा काम ही कुछ ऐसा था कि हम उनके पास आना चाहते थे।"

"सरदार साहब ने मुझसे कहा है कि मैं आपको यक़ीन दिला दूँ कि आपको पूरी-पूरी मदद दी जायगी। सरदार साहब तन, मन और धन से आपके साथ हैं।"

शफ़ी ने जवाब दिया—"उनकी यह मदद पाना हम अपनी ख़ुशक़िस्मती समझते हैं। हम आना चाहते थे, लेकिन नहीं आ सके। इसकी भी एक वजह है।"

इतना कहकर शफ़ी चुप हो गया। अब तक ज़्यादातर वही सारी बातचीत कर रहा था। उसे चुप देखकर नाहर ने कहा—"आप किसी तरह कि हिचक न करें। जो बात भी हो आप मुझे बता दें। आप जो कुछ भी कहेंगे वह बात हमीं तक रहेगी। किसी बाहरवाले से उसका ज़िक्र भी नहीं होगा। और अगर आपको मुझसे कहने में हिचक हो रही हो तो फिर आप मेरे साथ ही अकालगढ़ चले चलिये। वहाँ आप सरदार साहब से सारी बातचीत कर सकेंगे। वैसे तो उन्हें भी यहाँ आने से कोई इनकार नहीं है, लेकिन उनकी यह बड़ी इच्छा है कि आप कुछ दिन उनके मेहमान बनकर रहें।"

शफ़ी ने फिर शुक्रिया अदा करते हुए कहा—"हम ज़रूर आयेंगे। मौक़ा मिला तो जोड़-मेले के दिनों में ही आ जायेंगे।"

"यह तो बहुत ही अच्छा रहेगा। आप तो जानते ही हैं कि जोड़-मेले के दिनों में रौनक कितनी बढ़ जाती है, लेकिन अगर आप आ जायेंगे तो हमारे यहाँ रौनक और भी बढ़ जायगी।"

नाहरसिंह को चिकनी-चुपड़ी बातें करनी भी ख़ूब आती थीं। शफ़ी और आरिफ़ उससे बहुत ही प्रभावित हुए। शफ़ी ने फिर कहा—"हम सरदार साहब से तो मिल ही लेंगे, लेकिन उनके कानों तक कुछ बातें पहुँच जानी चाहिए। सीधी-सी बात यह है कि बूड़चक्क में हमारी एक भांजी है, जिसकी शादी के मामले में आपके गाँव का दीदारसिंह टाँग अड़ा रहा है। वह चाहता है कि हमारी भांजी का निकाह उसी के एक दोस्त नूरे के साथ पढ़ा जाय। हम समझते हैं कि दीदारसिंह को इस बात का कोई हक़ नहीं...।"

"बिलकुल नहीं।" नाहरसिंह ने ज़ोर देकर हाँ-में-हाँ मिलायी।

अब आरिफ़ बोला—"बस इसी सिलसिले में हम आपके सरदार साहब से मिलना चाहते थे। लेकिन अब न मिलने की वजह भी बता देना ज़रूरी है।"

"जी हाँ, वही तो सरदार साहब जानना चाहते हैं।"

अब शफ़ी ने कहना शुरू किया—"बात यह है कि लड़की का बाप कुछ ढीला पड़ गया है। मालूम होता है कि वह हमसे अपनी बेटी की शादी के बारे में कोई भी बात नहीं करना चाहता है। जब हम इसका ज़िक्र करते हैं तो वह टाल जाता है। समझ में नहीं आता कि इसमें क्या राज़ है। हम अपनी जगह परेशान हैं। हमारी वही हालत हो रही है कि मुद्दई सुस्त और गवाह चुस्त!"

नाहरसिंह ने सिर हिलाते हुए कहा—"आपकी बात भी ठीक है। जब लड़की के बाप को ही कोई दिलचस्पी नहीं रही तो आप क्या कर सकते हैं—क्या वह नूरे से ही अपनी लड़की की शादी करने तो नहीं जा रहा है?"

"इसमें कुछ कहना हमारे लिये नामुमकिन है। पहले तो वह भी बहुत ताव में आकर कहा करता था कि उसका जहाँ जी चाहेगा वहीं पर अपनी बेटी का निकाह करेगा। और अब तो लगता है जैसे वह बिलकुल ही ठण्डा पड़ गया हो।"

"कहीं ऐसा तो नहीं कि दीदारसिंह ने उसे धमकी दी हो।"

"हो सकता है। लेकिन जब तक वह हमें बताये न, हम क्या कर सकते हैं।"

इसके बाद शफ़ी की बूड़चक्क में तेजे से झपट हुई थी, उसका ज़िक्र भी किया गया। यह सब-कुछ सुनकर नाहरसिंह बोला—"अजी ख़ाँ साहब! हमारे बड़े सरदार जी इन चारों भाइयों को मगरमच्छ के बच्चे कहा करते हैं। न इनकी आँखों में शर्म है, न छोटे-बड़े का लिहाज़ है... बस, वे तो सिर्फ़ जूते के यार हैं। बिना जूते के उनकी समझ में कोई बात नहीं आ सकती।"

शफ़ी ने जवाब दिया—"हम तो अपनी भांजी की भलाई के लिए सब-कुछ करने को तैयार हैं। आख़िर भांजी भी तो बेटी के ही बराबर होती है। अब सवाल यह है कि करें भी तो क्या करें?"

नाहरसिंह ने माथे पर सोच-विचार के बल डालते हुए कहा—"मसला तो संगीन है, लेकिन मैं फिर भी कहूँगा कि आप जोड़-मेले के दिनों में हमारे यहाँ ज़रूर आइये। आप तो जानते ही होंगे कि हमारे सरदारों के ख़ानदान की इन लोगों से गहरी दुश्मनी है। इसलिए वे आपकी पूरी-पूरी मदद करेंगे। इसके लिए ज़रूरी है कि आप अकालगढ़ आने की तकलीफ़ करें, ताकि आपस में बैठकर इस मसले पर हर पहलू से ग़ौर किया जा सके।—मैं आपसे बार-बार कहता हूँ कि सरदार साहब की यह बड़ी इच्छा है कि आप उनके यहाँ पधारें। हो सकता है कि आपकी आपसी बातचीत से कोई नया रस्ता सुझायी दे जाय।"

शफ़ी बोला—"अगर सरदार साहब ने हमारी मदद का इतना पक्का इरादा कर रखा है तो हम जोड़-मेले के दिनों में ज़रूर आयेंगे। अब आप लौटकर सरदार साहब को सारी बातें भी बता दीजियेगा।"

"ऐसा ही होगा।"

कुछ देर तक और बातें भी चलती रहीं। तीसरे पहर नाहरसिंह लौटने को तैयार हुआ तो फिर किसी हिन्दू के घर से उसके लिए लस्सी का छन्ना मँगवाया गया, जिसमें मक्खन का गोला तैर रहा था। लस्सी पीकर नाहरसिंह ने अपनी मूँछें चूस डालीं। इतने में तबेले से उसका घोड़ा भी आ गया।

दोनों ख़ाँ भाई मेहमान को रुख़्सत करने के लिए बैठक से बाहर आये। नाहरसिंह ने घोड़े की लगाम थामकर पहले एक पाँव रिकाब में फँसाया और उछलकर काठी पर बैठ गया। लगाम को बायें हाथ से झटका देते हुए उसने दाहिना हाथ हवा में लहरा दिया—"अच्छा, ख़ाँ साहब! साहब सलामत!"

"साहब सलामत!"

चलते-चलते भी नाहरसिंह ने ताक़ीद की—"आप लोग आइयेगा ज़रूर।"

"हम ज़रूर आयेंगे।"

नाहरसिंह को रास्ते में ही शाम हो गयी, और जब अकालगढ़ के लोग खाना खाने के बाद दुकानों पर बैठे गप्पें उड़ा रहे थे, उस समय नाहरसिंह वहाँ पहुँच गया।

इत्तफ़ाक से बड़े सरदार जी, यानी गुलज़ारासिंह गुरुद्वारे के ही किसी काम में फँसे रह गये। उनके बिना अहातेवाली महफ़िल नहीं जम पायी। बैठक भी खाली पड़ी थी। नाहरसिंह के लौटते ही फिलौरा उसे लेकर बैठक में घुस गया। वहीं पर उसके लिए खाना मँगवा लिया गया और वे दोनों बहुत देर तक आपस में बातचीत करते रहे।

इधर यह खिचड़ी पक रही थी, उधर दीदारसिंह और गज्जनसिंह अपनी बनायी हुई योजना के मुताबिक़ क़दम उठा रहे थे। गज्जनसिंह ने राजो और शीलो से जो कुछ भी सूझ-बूझ की बात बतायी वह दीदारसिंह की ही समझायी हुई थी, और उसकी हर हरकत के पीछे दीदारसिंह का दिमाग़ काम कर रहा था। अब तक जो कुछ हो चुका था उससे वे दोनों ही सन्तुष्ट थे। दीदारसिंह ने गज्जनसिंह को बार-बार ताक़ीद कर दी कि वह तारो को अच्छी तरह समझा-बुझा दे।

तारो उन दिनों बड़ी ख़ुश थी। पिछले कई सालों से वह अपने माँ-बाप के घर बैठी थी। वह विवाहिता स्त्री थी, लेकिन उसका पति उसे लेने के लिए नहीं आता था। जिस दिन गज्जनसिंह ख़ुद उनके दरवाज़े तक पहुँचा तो तारो का दिल नाच उठा। सारे गाँव ने देख लिया कि उसका पति उसे लेने आया है। यही नहीं जब से वह अपने ससुराल में आयी थी तब से उसका पति उस पर मेहरबान था। वह उसकी छोटी-से-छोटी इच्छा का भी ख़्याल रखता था। यह भी ठीक था कि जब अमृतसर में उसके साथ रह रही थी, तो चौथे-पाँचवें दिन उसे एकाध थप्पड़ भी पड़ जाता था। लेकिन तारो इस हलकी-फुलकी मारपीट को भी पति के प्यार की सौगात समझती थी। यहाँ तक कि अगर कभी एक हफ़्ता ऐसा गुज़र जाता कि गज्जन उसको एकाध थप्पड़ न जमा देता, तो उसके मन में उथल-पुथल होने लगती। वह सोचने लगती कि कहीं ऐसा तो नहीं कि उसका पति अब उसकी ओर ध्यान देने की ज़रूरत महसूस नहीं करता। कहने का मतलब यह कि तारो उतनी ही ख़ुश थी जितनी कि संसार की कोई पत्नी हो सकती है।

मौक़ा पाकर गज्जन ने एक दिन फिर तारो से इस बारे में बातचीत शुरू करते हुए कहा—"देखो तारो! अब तुम्हारे चाचा, बेबे और दूसरे रिश्तेदार जोड़-मेले पर आनेवाले हैं। जैसा कि मैं तुम्हें पहले बता चुका हूँ, हमारे दुश्मन उन्हें मेरे ख़िलाफ़ भड़कायेंगे। यहाँ की एक बदनाम औरत राजो से सरदारों ने कोई साज़िश की है। शायद

वही राजो मुझ पर यह इल्ज़ाम लगाये कि मेरी उसकी बेटी से बोल-चाल है। मतलब यह कि हमारे ये दुश्मन किसी-न-किसी तरह तुम्हारे माँ-बाप के कान भरने की कोशिश करेंगे। मैं यह चाहता हूँ कि जब तुम्हारे माँ-बाप तुमसे पूछें तो तुम उनकी तसल्ली कर देना।''

तारो ने जवाब दिया—''तुम ख़ामुख़ाह क्यों घबराते हो। जब मुझको किसी तरह की भी तकलीफ़ नहीं है और मैं हर तरह से ख़ुश हूँ, तो फिर ग़ैर लोग मेरे माँ-बाप को कैसे भड़का सकते हैं?...बस तुम आराम से बैठे रहो, अगर मेरे माँ-बाप कोई ऐसी-वैसी बात चलायेंगे तो मैं उन्हें समझा दूँगी।''

''बस तो ठीक है। मैं बार-बार इसलिए कह रहा हूँ कि तुम कहीं मौक़े पर चूक न जाओ—मैंने तो अमृतसर में ही तुम्हें सारी बात समझा दी थी। जब तुमने मुझे यक़ीन दिलाया कि तुमको कोई ग़लतफ़हमी नहीं होगी, तो फिर मैं तुम्हारे साथ अकालगढ़ चला आया। तुम यह भी जानती हो कि चाचा मेरे यहाँ आने पर ख़ुश नहीं...!''

तारो ने अपने दोनों हाथों में पति का हाथ दाबकर उसकी बात काटते हुए कहा—''हाँ, हाँ, मैं सब समझती हूँ। क्यों बार-बार वही बातें दोहराकर अपना दिमाग़ ख़राब करते हो!''

: ३ :

जोड़-मेले की तैयारियाँ क़रीब-क़रीब पूरी हो चुकी थीं। गुरुद्वारा और उसके आस-पास की जगह सज-सजाकर इतनी बदल गयी थी कि पहचानी नहीं जाती थी। गुरुद्वारे की चारदीवारी में, और बड़े दरवाज़े से चौड़े रास्ते तक छोटे रास्ते के दोनों ओर रंग-बिरंगी झण्डियाँ-ही-झण्डियाँ नज़र आती थीं। गुरुद्वारे के ऊपर लगा हुआ झण्डा भी बदल दिया गया था। चारदीवारी के बाहर चारों ओर तम्बू-ही-तम्बू दिखायी देते थे। उच्चा अकालगढ़ और नीवाँ अकालगढ़ की आबादी तीन-चार गुना बढ़ गयी थी। किसी घर के चार लोग थे तो उनके यहाँ आठ-नौ मेहमान आ गये थे। नयी-नयी लड़कियाँ, नये-नये बच्चे, नये-नये चेहरे दिखायी देते थे। ख़ुद अकालगढ़ के रहनेवालों को यों महसूस होता था जैसे वे अपने गाँव में नहीं बल्कि किसी और शहर में पहुँच गये हों।

आसपास फैले हुए इलाक़े में दूर तक जवान घोड़े और साँड़नियाँ उड़ाते दिखायी दे रहे थे। मेले के पहले दिन ही दूर-दूर के गाँवों से यात्रियों के जत्थे चल निकले थे। उसमें से कुछ टोलियाँ तो सिर्फ़ मौज़-मेला मनानेवाली थीं। वे अलगोज़े बजाते, गाने गाते और लकड़ी की बनी गालड़ें (गिलहरियाँ) लाठियों के ऊपर टिकाये उन्हें खटखटाते अकालगढ़ की ओर बढ़ रहे थे। कुछ टोलियाँ बड़ी ही धार्मिक क़िस्म की

थीं। वे लोग रंग-बिरंगे तहमद लगाये, लाल, नीली, हरी पगड़ियाँ बाँधे, काली बास्कटें सजाये चले आ रहे थे। उनके हाथों में ढोलक थी, लोहे की टिकलियोंवाले लम्बे-लम्बे चिमटे थे, जिन्हें बजाते हुए वे भक्ति-रस में डूबकर शब्द गा रहे थे। पहले तो ढोलक और चिमटोंवाले लोग 'शब्द' का बोल उठाते—

ओए भुल्या मना।
तूँ राम क्यों न जप्पें!
(ऐ मेरे भटके हुए मन! तू राम-नाम का जाप क्यों नहीं करता!)

जब वे बोल गा लेते, तो उनके बाद टोली के दूसरे लोग भी उसी बोल को गाते। इस तरह वे बहुत धीरे-धीरे अपनी मंज़िल की ओर बढ़ते जा रहे थे।

निहंग सिंहों का एक जत्था भी जोड़-मेले पर आया करता था। वह इस बार भी वहाँ पहुँच गया। आगे-आगे निहंगसिंह घोड़ों पर सवार थे। वे सिर से पाँव तक शस्त्रों से लदे हुए थे। उनकी भारी-भरकम लम्बी-लम्बी उठी हुई पगड़ियों में लोहे के चक्र फँसे हुए थे। गले में लोहे के मनकों की मालाएँ पड़ी थीं। कलाइयों पर लोहे के बहुत ही मोटे-मोटे कड़े दिखायी दे रहे थे। उनकी कमर से दो-दो तलवारें लटक रही थीं। पीठ पर ढालें लगी हुई थीं। हाथों में बर्छियाँ थीं। वे लम्बे-लम्बे चोगेनुमा कुर्ते पहने हुए थे। वे तहमद की जगह जाँघिये पहने थे, जो उनके घुटनों तक पहुँचते थे। थोड़ी-थोड़ी देर बाद जब वे 'जो बोले सो निहाल! सत् सिरी अकाल!' के जयकारे लगाते तो सारा वातावरण दहल जाता।

आगे-आगे चलनेवाले घुड़सवारों के बाद लम्बे-लम्बे पटरों का बना हुआ बड़ा-सा ठेला था, जिसे हरियाने के दो ऊँचे-ऊँचे बैल धीरे-धीरे खींच रहे थे। उनके ऊपर ढाढियों का जत्था सवार था। एक सारंगीवाला था और तीन डफलियाँ बजानेवाले। वे खड़े-खड़े सिक्ख इतिहास की घटनाएँ वीररस के गीतों में गा-गाकर लोगों को सुना रहे थे। उस ठेले के पीछे सैकड़ों की संख्या में निहंग सिंहों की सशस्त्र सेना चली आ रही थी। वे जिस गाँव के पास से गुज़रते वहाँ थोड़ी देर के लिए रुक जाते। ढाढियों का जत्था संगतों को वीररस के गीत सुनाता और कुछ निहंगसिंह गाँव में घूम-फिरकर खाने-पीने का सामान इकट्ठा करते। वे भीख नहीं माँगते थे। जहाँ जाते वहाँ 'लगान' लगा देते। यह लगान लगाना उनका हक़ था। जिस रईस को वे जितने सामान का हुक्म देते, वह उतना ही हाज़िर कर देता। इनकार करने की कोई गुंजाइश ही नहीं थी।

गुरुद्वारे के बाहर खेतों में निहंग सिंहों की पहले से ही छावनी लगी हुई थी। धरती खोदकर लम्बे-लम्बे चूल्हे बना दिये गये थे, जिनमें पेड़ों के तने जल रहे थे। इन चूल्हों पर लोहे की समतल चादरें लगी हुई थीं। इन अनोखे तवों पर एक-एक बार

में बीस--बीस पच्चीस-पच्चीस रोटियाँ पक जाती थीं। उड़द-चने की दाल बड़े-बड़े देगचों में अलग से पक रही थी। निहंग सिंहों के जत्थेदार का तम्बू लग चुका था। अब छावनी में निहंग सिंहों के पहुँचने का इन्तज़ार किया जा रहा था। जब वे पहुँच गये तो इतनी ज़ोर-ज़ोर से जयकारे लगाये गये कि उनकी गूँज में मेले के दूसरे छोटे-बड़े शोर दबकर रह गये।

दूर तक फैले हुए मेले में कहीं सँपेरे लहरिया बीन बजाने लगे, कहीं मदारी डुगडुगी के साथ बन्दर नचाने लगे; कहीं कोई भालूवाला अपने भालू से कुश्ती लड़ने लगा। दुकानों पर औरतों की ख़ासी चहल-पहल थी। अकालगढ़ की युवतियाँ इठलाती, बाँकी अदाएँ दिखलाती, ठुमुक-ठुमुक चलती मेले में पहुँच गयीं। कहीं बाजुओं और पिण्डलियों पर फूल और परियाँ गोदायी जा रही थीं, कहीं खोये की कुल्फियाँ और फालूदा खाया जा रहा था, कहीं गोल घूमनेवाले या ऊपर-नीचे चक्कर लगानेवाले हिंडोलों की सवारी की जा रही थी। इलाक़े के जवान हाथों में लाठियाँ लिये और लाठियों पर छव्वियाँ चढ़ाये, युवतियों से आँख लड़ाते फिर रहे थे। ख़ाकी वर्दी और लाल पगड़ियोंवाले पुलिस के सिपाही भी छोटे-छोटे डण्डे हाथों में घुमाते मेले में मटरगश्त कर रहे थे। कुछ तिरछे-बाँके जवान बिला वजह ही अपनी मख़मल की-सी चिकनी-चुपड़ी घोड़ियाँ खेतों में दौड़ाते फिर रहे थे।

गुरुद्वारे के भीतर अखण्ड-पाठ कब का शुरू हो चुका था। यह पाठ चौबीसों घण्टे चालू रहता था। जिन्हें पाठ सुनना होता, वे सबसे अलग-थलग भीतर घुस बैठते। बड़े हेड-मास्टर साहब ने अपने मदरसे में तीन दिनों की छुट्टी का ऐलान कर दिया था। वह ख़ुद मक्खन-जैसी सफ़ेद मलमल की पगड़ी सिर पर बाँधे गुरु ग्रन्थ साहब का पाठ कर रहे थे। उनके पीछे बकरे की-सी दाढ़ीवाला एक नौजवान मोरछलें हिला रहा था। कुछ अधेड़ उम्र के मर्द और औरतें पलथी मारे गुरु ग्रन्थ साहब के आगे बैठे थे। उनके सिर नीचे को झुके हुए थे और आँखें मुँदी हुई थीं।

बाहर लम्बे-चौड़े दालान में रागी जत्था बैठा शब्द गा रहा था। तबले के साथ हारमोनियम और ताँबे के छैने (झाँझ) भी बज रहे थे। मौसम में गुलाबी जाड़ा आ गया; लेकिन धूप तेज़ हो जाने पर गर्मी बढ़ जाती थी। इसलिए कुछ प्रेमी सेवा-भाव से प्रेरित होकर दोनों हाथों में ख़ूब चौड़े-चौड़े पंखे सँभाले संगतों को हवा कर रहे थे। रागियों के आगे और दायें-बायें सैकड़ों लोग बैठे थे। इस अवसर पर बड़े-बड़े ज्ञानी और रागी, सिक्ख इतिहास के ज्ञाता और प्रचारक बुलाये जाते थे। जिन लोगों को गुरु घर से प्रेम था और अपना जन्म सफल करना चाहते थे वे बड़े ध्यान से शब्द-कीर्त्तन सुनते। ऐसा मौक़ा साल भर में एक ही बार तो आता था।

गुरुद्वारे के बाहर कुछ दूरी पर ज्ञानी और प्रचारक भाषण दे रहे थे। हिन्दुओं और सिक्खों में सिर्फ़ दाढ़ी और सिर के बालों का ही फ़र्क़ था। सामाजिक रूप में उनका

रोटी-बेटी का रिश्ता था ही। इसलिए जो हिन्दू अधिक गर्म तबीयत के होते वे इन प्रचारकों के हाथों अमृत छककर गुरु के सिंह सज जाते। किसी हिन्दू ख़ानदान में ऐसी कोई भी घटना अद्‌भुत नहीं बल्कि सामान्य मानी जाती थी। किसी भी हिन्दू बाप के तीन-चार बेटों में से एक सिंह सज जाता था। वह अपनी पत्नी भी सिक्ख ख़ानदान से ही ब्याहकर लाता था। अपने भाइयों से उसका फ़र्क़ सिर्फ़ यह होता था कि वह हर दम सिर-फुटौवल करने को तैयार रहता। वह भाइयों में सबसे ज़्यादा लड़ाका होता था। कोई भी पारिवारिक झगड़ा उठता तो मोने (बाल कटे) भाई ही हार मान लेते। वे मन में कहते कि झगड़ा करना बेकार है, क्योंकि अब तो उनका भाई सिंह सज गया है। जब कभी हिन्दू के अलावा किसी और धर्म को माननेवाला अमृत छककर सिंह सज जाता तो उस घटना से काफ़ी उत्साह और सनसनी फैल जाती।

अमृत छकने की रस्म रोज़ हुआ करती थी। जिन्हें सिंह सजना होता था, वे महीनों पहले से ही अपनी दाढ़ी और सिर के बाल बढ़ाना शुरू कर देते थे। लोहे की बड़ी बाल्टी में साफ़-सुथरा पानी भरकर उसमें बताशे डाल दिये जाते और उन्हें कृपाण की नोक से हिलाकर अच्छी तरह घोल दिया जाता। इस तरह अमृत तैयार हो जाता। कुछ और छोटी-मोटी रस्मों के साथ अमृत छकने का शुभ कार्य पूरा किया जाता।

कई सन्त-महात्मा भी इस जोड़-मेले में हिस्सा लेते थे। सन्त अकसर बसन्ती रंग के छोटे-छोटे साफ़े सिरों पर लपेटे रहते। उसके जगमगाते हुए चेहरों पर उनकी लम्बी-लम्बी, घनी और ख़ूबसूरत दाढ़ियाँ बहुत ही भली लगती थीं। असल में वे बड़े ऊँचे चरित्र के महात्मा होते थे, जिनके दर्शन कर लेने से मन की सारी अशान्ति दूर हो जाती थी। उनके भाषण सुनने के लिए देहात के लोग व्याकुल हो उठते थे। लोगों के मन में उनके प्रति इतनी श्रद्धा थी कि उन्हें प्रतिदिन किसी-न-किसी भक्त के घर जाकर भोजन करना पड़ता था।

: ४ :

रात के समय मेले की रौनक और भी बढ़ जाती थी, इसलिए ज्यों ही सूरज डूबता त्यों ही गैस के सैकड़ों हण्डे जगमगा उठते। दूर से देखनेवालों को यों लगता था जैसे पेड़ों पर जगमगाते हुए फल लटक रहे हों। रातों को रोनेवाले गीदड़ और झाड़ियों में चक्कर लगानेवाले भेड़िये इस रोशनी और शोर से डरकर वहाँ से दो-तीन मील परे हट जाते।

जवानों और प्रेमियों के लिए मेले की रातें मानो आदर्श रातें होती थीं। लड़कियों के घरवाले मेले में ही खोये रहते थे। जिस जगह की आबादी कुल मिलाकर एकाएक इतनी बढ़ जाय—वहाँ से लोगों में हड़बोंग मच जाना कोई अनोखी बात नहीं रहती

थी। किसी को किसी कि ख़बर नहीं रहती थी। किसी को इस बात की फ़िकर नहीं होती थी कि उसकी माँ, या जवान लड़का, या जवान लड़की या कोई रिश्तेदार कहाँ पर है। यही समझा जाता था कि वे यहीं-कहीं होंगे। गाँव के वे लड़के, जिन्हें अपनी प्रेमिकाओं से इत्मीनान से दो बातें करने का भी मौक़ा नहीं मिलता था, मेले की रातों को एक-दूसरे के हाथों में हाथ डाले पेड़ों की छाया तले मटरगश्त करते फिरते थे। बाहर से आये हुए लोग उन्हें पहचानते भी नहीं थे। इसीलिए तो युवक और युवतियाँ इतनी बेसब्री से मेले की प्रतीक्षा किया करते थे।

अपनी योजना के अनुसार नाहरसिंह ने पहले से ही इशारा करके अमरो को समझा दिया था कि उसे मेले की पहली रात को ही मुलाक़ात करनी होगी।

नत्थासिंह भी गुलज़ारासिंह की तरह गुरुद्वारे के इन्तज़ाम में लगा रहता था। जोड़-मेले के दिनों में तो उसे खाना खाने के लिए घर आने की फ़ुर्सत भी नहीं मिलती थी। वह गुरु के लंगर में ही खाना खा लेता था।

दीदारसिंह और गज्जनसिंह भी अपने-अपने कामों में व्यस्त थे। दूर-दूर से आये हुए अपने माने हुए जवान दोस्तों के साथ बैठकर दीदारसिंह खेल-कूद की योजनाएँ बनाया करता था। गज्जनसिंह के तो कई डाकू भी यार-दोस्त थे। उसका ज़्यादातर समय उन्हीं की ख़ातिर करने में बीत जाता था। उधर शीलो की भी यही कोशिश होती थी कि रात ज़्यादा-से-ज़्यादा समय वह गज्जनसिंह के साथ गुज़ारे। गज्जनसिंह को भी इस बात से इनकार नहीं था। वह उसका पूरा साथ देता। कभी उसके घर में और कभी मेले की गहमागहमी में मिलता।

इस माहौल में अमरो को भी घूमने-फिरने की खुली छुट्टी मिल गयी। भला मेले के मौक़े पर अगर अमरो अपनी सहेलियों के साथ गाती-बजाती या गुरुद्वारे जाती, तो इस काम से उसे कौन रोक सकता था।

नाहरसिंह ने बातें बना-बनाकर अमरो का दिल अपनी मुट्ठी में कर लिया था। इसीलिए तो अमरो ने मेले की पहली रात को ही अपने प्रेमी से मिलने का वायदा कर लिया था। अँधेरा हो जाने पर अमरो बार-बार सेहन के दरवाज़े में से बाहर झाँकती रही। आख़िर उसे नाहरसिंह कुछ दूरी पर खड़ा दिखायी दिया। दोनों में कुछ इशारे हुए, और नाहरसिंह मेले की ओर आगे बढ़ गया था।

अमरो के रास्ते में कोई अड़चन नहीं थी। उसकी भाभी अपने माँ-बाप के पास गयी हुई थी, जो गुरुद्वारे के पास एक तम्बू में टिके हुए थे। माँ को उसने पहले ही यह कहकर पटा लिया था कि वह अपनी सहेलियों के साथ मेला देखने जायगी। माँ ने ताक़ीद कर दी कि वह मेले में जाय तो भाभी से भी मिल ले।

घर से निकलने से पहले अमरो ने चिल्लाकर भीतर बैठी माँ से कहा—"बेबे! मैं जा रही हूँ।"

चरनो दीये की बत्ती बट रही थी। उसने सिर्फ़ इतना ही कहा—"बाहर का दरवाज़ा भेड़ती जाना।"

गली में क़दम रखते ही अमरो ने फिर एक बार आगे की ओर नज़र दौड़ायी। एकाएक उसे शिग्लीगरों की बन्द दूकानों के पास नाहरसिंह खड़ा दिखायी दिया। वह उसे उसके खड़े होने के अन्दाज़ से ही पहचान गयी। उधर जब नाहरसिंह ने अमरो को गली में देख लिया, तो वह लाठी सँभालता हुआ धीमे क़दमों के साथ आगे बढ़ने लगा। उसने इस बात का ख़्याल रखा कि उन दोनों के बीच का फ़ासला कम होता जाय।

उच्चा अकालगढ़ से निकलकर एक पेड़ की छाया तले वे दोनों इकट्ठे हो गये। उस समय अमरो का अंग-अंग मानो गन्ने के रस में डूबा हुआ था। वह बड़ी ही प्यारी लग रही थी। उसका दबा-दबा रंग उसके रूप और जवानी को और भी निखार रहा था। भाइयों की तरह उसकी आँखों में भी बिजली की-सी चमक थी।

जिस जगह वे मिले, वह मेले से कुछ हटकर तो थी, लेकिन सुनसान नहीं थी। वहाँ भी कई औरतें, मर्द और बच्चे घूम-फिर रहे थे। उन्होंने नाममात्र को चार-छह तम्बू लगा रखे थे। वे दूर-दूर से आये हुए लोग थे। एक युवक और युवती के जोड़े को देखकर उन्हें किसी तरह का शक़ नहीं हुआ। आख़िर कौन कह सकता था कि वे दोनों पति-पत्नी हैं, या भाई-बहन, या कोई और रिश्तेदार।

ज्यों ही वे एक-दूसरे के नज़दीक पहुँचे तो नाहर ने कहा—"अमरो! आज तो तुम इतनी सुन्दर लग रही हो कि तुम पर नज़र टिक नहीं पाती।"

अमरो ने मन में ख़ुश होते हुए कहा—"ऐसी बातें करना तो हर मर्द की आदत है।"

"आदत नहीं है, जिस पर भी किसी के रूप का जादू चल जाता है वही इस तरह की बातें करने लगता है।"

अमरो ने बड़ी-बड़ी आँखें ज़रा फैलाकर चारों ओर दौड़ायीं। नाहरसिंह ने उसकी आँखों में डर की झलक देखकर पूछा—"क्या बात है?"

"मैं सोच रही थी कि हमें कोई देखता न हो।"

"फ़िकर मत करो। यहाँ हमें कौन देखेगा।"

"यह तुम कैसे कह सकते हो? माना कि चाचा गुरुद्वारे के काम में फँसे हैं, लेकिन मेरे दोनों वीर तो हमें देख ही सकते हैं न।"

नाहरसिंह ने व्यंग्यपूर्ण सूखी हँसी हँसते हुए कहा—"अगर देख ही लेंगे तो तुम्हारा क्या बिगड़ेगा?"

अमरो की आँखें ऊपर उठकर हलके से काँपीं—"क्यों?"

"वे देख लेंगे तो मेरी जान के पीछे पड़ जायेंगे। तुम तो चुपचाप घर को चल दोगी।"

"वे तुम्हारे पीछे पड़ जायेंगे तो क्या इससे मुझे दुःख नहीं होगा?" अमरो ने शिकायत भरे लहज़े में पूछा।

"होगा क्या?" नाहर ने जल्दी से अपनी अँगुली उसकी नाक से छुआकर पूछा।

"हटो!" यह कहकर अमरो ठुमुकती हुई दो क़दम पीछे हट गयी।

नाहर ने चुपचाप हँस दिया। उसका सोनेवाला दाँत अँधेरे में चमक पड़ा।

और फिर अमरो बोली—"अगर हम कुछ और दूरी पर जाकर अलग हटकर बैठ जायँ तो इसमें हर्ज़ ही क्या है?"

"कोई हर्ज़ नहीं। किसी का हमारी ओर ध्यान भी नहीं जायगा। आओ, आगे बढ़ चलें।"

अमरो उसके साथ-साथ क़दम बढ़ाती हुई बोली—"तुम्हारा यह दावा बेकार है कि हमें कोई देख नहीं पायेगा। मुझे तो डर लग रहा है बाबा!"

"मेरी बात मानो, तुम माझी बुक्कल मार लो। इस तरह तुम बिलकुल भी नहीं पहचानी जाओगी। जो आदमी मेरी तरह तुम्हारे पास खड़ा होगा, वही पहचान पायेगा कि तुम अमरो हो।"

अमरो चुप रही, और उसने अपनी ओढ़नी फैलाकर माझी अन्दाज़ में लपेट ली।

नाहर ने फिर कहा—"मैं अच्छी तरह जानता हूँ कि दीदार गुरुद्वारे के परले अहाते में बैठा होगा। इस समय वह अपने दोस्तों के साथ कल से शुरू होनेवाले खेलों की सबील बैठा रहा होगा। रही गज्जन की बात, तो उसकी तुम फ़िकर ही न करो। आजकल तुम्हारा वह भाई तो इस समय राजो के घर में ही डेरा जमाया करता है।"

चलते-चलते अमरो के पाँव एकदम रुक गये और वह नाहर के चेहरे पर भरभूर नज़र डालते हुए बोली—"राजो के मकान में जाने की क्या ज़रूरत है मेरे वीर (भाई) को!"

नाहर ने उसकी चिकनी ठुड्डी को दो अँगुलियों से छूते हुए कहा—"अभी तुम छोटी हो। इन बातों को नहीं समझ पाओगी।"

अमरो को इस बात पर यक़ीन नहीं हुआ और उसने अपने मन का यह शक़ छिपाया भी नहीं, "नाहर! मैं यह नहीं मान सकती।"

"यह बात सच है अमरो!... तुम वहाँ चलो तो मैं गज्जन को राजो के घर में दिखा दूँ।"

"ना बाबा! कहीं उसने मुझे देख लिया तो मेरी चुटिया उखाड़कर मेरे हाथ में थमा देगा... लेकिन, वह वहाँ जाता क्यों है?"

नाहरसिंह ने कुछ दूरी तक नज़र दौड़ाते हुए जवाब दिया—"आओ, कहीं इत्मीनान से बैठ जायँ तो मैं तुम्हें बताऊँ।"

थोड़ी दूर जाकर उन्हें बेरी के एक पेड़ के पास खेत की मेंड़ पर समतल-सी जगह मिल गयी। वहाँ भी वे बिलकुल अकेले नहीं थे। भीड़-भाड़ न होने पर भी थोड़े-थोड़े फ़ासले पर जोड़-मेले में आये हुए लोग अपना-अपना डेरा जमाये थे।

अच्छी जगह पाकर नाहर ने कमर से लिपटा हुआ अँगौछा खोला और उसे मेंड़ पर बिछाते हुए बोला—"लो, बैठ जाओ तुम।"

अमरो बैठ गयी, लेकिन नाहरसिंह उससे तीन-चार क़दम पीछे हटकर बैठ गया। आख़िर खुली जगह थी, उनका एक साथ सटकर बैठना ठीक नहीं था।

अमरो गम्भीरता से बोली—"यह तो तुमने बड़ी अनोखी बात बतायी। मुझे तो भीतर-ही-भीतर एक परेशानी हो गयी है—आख़िर बताओ न कि मेरा वीर वहाँ क्यों जाता है।"

"तुम भी बड़ी भोली हो। इतना भी नहीं जानती कि तुम्हारा यह वीर बड़ा पहुँचा हुआ 'भद्र पुरुष' है। राजो के घर जाने की वजह सिर्फ़ यही है कि वह राजो की बेटी शीलो पर लट्टू हो रहा है।"

अमरो का मुँह एकाएक खुला-का-खुला रह गया और उसके दोनों हाथ सीने पर पहुँच गये। वह बोली—"लेकिन अब तो उसकी अपनी औरत भी है। हमारी भाभी सुन्दर और अच्छी औरत है।"

नाहर ने मुँह से लम्बी साँस छोड़ते हुए कहा—"लेकिन कुछ ऐसे लोग भी होते हैं कि जिनके लिए सिर्फ़ घर की औरत काफ़ी नहीं होती। प्रेमिका के बिना उनका गुज़ारा नहीं हो सकता।"

"यह तो बहुत बुरी बात है... क्या तुम भी ऐसा ही करोगे?"

"मैं भला ऐसा क्यों करने लगा? अभी तुम मेरी प्रेमिका हो, बाद में मेरी बीवी बन जाओगी यानी एक ही औरत मेरी प्रेमिका भी होगी और पत्नी भी। भला मुझे इधर-उधर ताक-झाँक करने की क्या ज़रूरत है?"

"तुम्हारी पत्नी बनना भी तो बड़ी टेढ़ी बात है।"

"माना मसला टेढ़ा है, लेकिन अगर हम पक्का इरादा कर लेंगे तो इस टेढ़े मसले को सीधा करके छोड़ेंगे। कहीं तुम क़दम पीछे तो नहीं हटाओगी?"

"मैं तो क़दम पीछे नहीं हटाऊँगी, लेकिन तुम अगर सरदारों का साथ न देते तो अच्छा था। हमारी तो उन लोगों से पुरानी दुश्मनी चली आ रही है। हम दोनों के रास्ते में यही तो एक बड़ी अड़चन है।"

"लेकिन अमरो! तुमसे यह किसने कह दिया कि मैं सरदारों का साथ दे रहा हूँ? अरी भोली! मैं तो उनके यहाँ नौकरी कर रहा हूँ। मैंने दूसरे इलाक़े में अपना पूरा बन्दोबस्त कर रखा है। वहाँ मेरा घर भी है, और मेरी ज़मीन भी है।"

अमरो ने जल्दी-जल्दी आँखें झपकाते हुए उसकी ओर देखा—"तो फिर तुम यहाँ बैठे क्या कर रहे हो? भाड़ झोंक रहे हो क्या?"

"तुम जो जी चाहे समझ लो...लेकिन मैं तो तुम्हारी ख़ातिर यहाँ टिका हुआ हूँ।"

"तो फिर आगे के लिए तुम्हारा ख़्याल क्या है? क्या कोई इरादा कर रखा है तुमने?"

"तुम्हारे सलाह-मशविरे के बिना मैं क्या कर सकता हूँ। तुम्हारे बिना मैं अकालगढ़ से बाहर क़दम ही नहीं रखूँगा।"

अमरो को मन-ही-मन में उसकी इस बात से बड़ी ख़ुशी हुई। कहने लगी—"अगर मेरे चाचा ने तुम्हारी-मेरी शादी पर एतराज़ किया तो?"

"यह भी अच्छी रही। जिस सवाल का जवाब तुम्हें देना चाहिए, वह सवाल तुम मुझ ही से कर रही हो।"

"मैं क्या कह सकती हूँ?"

"लेकिन तुम बहुत-कुछ कर तो सकती हो।"

"क्या?"

नाहर ने गर्दन आगे को बढ़ायी और अमरो की आँखों में आँखें डालकर बोला—"तुम्हें इस बात का पक्का फ़ैसला करना होगा कि अगर तुम्हारा चाचा राज़ी न हुआ, तो भी तुम मेरा साथ नहीं छोड़ोगी।"

अमरो सोच में डूब गयी।

नाहर ने अपनी बात जारी रखते हुए कहा—"अमरो! तुम्हारे ही पीछे मैं यहाँ इतने समय से टिका हुआ हूँ। तुम ख़ुद ही सोच लो कि सरदारों की नौकरी में क्या रखा है? मैं यहाँ रहकर ख़ामुख़ाह बदनाम हो गया। तुमने भी समझा कि मैं सरदारों का साथी हूँ। लेकिन मैं सिर्फ़ तुम्हारा साथी हूँ। तुम्हें यह बात अच्छी तरह समझ लेनी चाहिए कि अगर चाचा ने हमें शादी करने की इजाज़त न दी, तो हमें क्या करना होगा।"

"क्या करना होगा?" अमरो ने मन्द प्रकाश में आँखें फैलाकर उसकी ओर देखते हुए पूछा।

नाहर पल-दो-पल अमरो की ओर टकटकी बाँधे देखता रहा, फिर बोला—"तुम्हें मेरे साथ यहाँ से भागना होगा।"

बैठे-बैठे अमरो एकदम कुछ पीछे हट गयी। नाहर ने अपनी बात पर बल देते हुए फिर कहा—"हाँ अमरो! यह बात अच्छी तरह सोच-समझ लो। मैं जहाँ तक जानता हूँ तुम्हारा चाचा हम दोनों की शादी करने को राज़ी नहीं होगा। मैं तो ख़ुद चाहता हूँ कि तुमसे खुल्लमखुल्ला शादी हो जाय। अब सवाल यह है कि ऐसा होना मुमकिन न हो सका तो तुम मेरा साथ देने को तैयार हो या नहीं? अगर इनकार करना है तो भी अभी से बता दो। बाद में धोखा मत देना।"

अमरो नाहर को सच्चे मन से चाहती थी। वह उसे धोखा कैसे दे सकती थी। थोड़ी देर सोचने के बाद उसने जवाब दिया—"अगर ऐसी ही मज़बूरी होगी तो हम भाग चलेंगे।"

नाहरसिंह का चेहरा खिल उठा। उसने आगे को हाथ बढ़ाकर अमरो की अँगुलियों को छूते हुए कहा—"तुम इस बात का वचन देती हो?"

"हाँ, मैं वचन देती हूँ।"

एकदम ही नाहरसिंह ने हाथ पीछे खींच लिया। बिलकुल ऐसे ही जैसे उसकी अँगुली पर बिच्छू ने डंक मार दिया हो।

अमरो को बड़ा अचरज हुआ। सिर को ज़रा आगे झुकाकर बोली—"क्या हुआ तुम्हें?"

नाहरसिंह ने अमरो के कन्धे के ऊपर से दूर पीछे की ओर देखते हुए कहा—"अभी तो कुछ नहीं हुआ, लेकिन कुछ भी हो सकता है।"

अमरो ने गर्दन मोड़कर देखना चाहा कि नाहरसिंह की आँखें कहाँ पर जमी हुई हैं, लेकिन नाहर ने साँप की फुफकार-जैसी आवाज़ निकालते हुए कहा—"पीछे मुड़कर मत देखना।"

अमरो की गर्दन जहाँ-की-तहाँ रुक गयी। वह फीकी हँसी हँसकर बोली—"आख़िर बात क्या है?"

"उधर दीदारसिंह खड़ा है।"

"हाय बेबे!" कहकर अमरो ऊँची मेंड़ से खिसककर झट नीचे आ गयी।

नाहर ने टकटकी बाँधकर दूर देखते हुए कहा—"अच्छा किया जो तुम नीचे खिसक आयी। अब इतनी दूर से वह हमें पहचान नहीं सकेगा...।"

"क्या वह इधर को ही आ रहा है?"

"नहीं—लेकिन अच्छा यही रहेगा कि अब तुम घर लौट जाओ।"

"मैं अभी घर नहीं जा सकती।"

"क्यों?"

"जब मैं आने लगी थी तो बेबे ने कहा था कि मैं मेले में अपनी भाभी और उसके घरवालों से ज़रूर.मिलूँ। अगर मैं उनसे मिले बिना लौट गयी, तो बेबे से क्या कहूँगी।"

"अच्छा तो तुम्हें मेले में जाना है?" नाहरसिंह ने दीदारसिंह की ओर से बिना नज़र हटाये पूछा।

"हाँ।"

असल में जिस बात ने नाहर को चौंका दिया वह यह थी कि दीदारसिंह के साथ कोई लड़की भी मौजूद थी। नाहरसिंह जानना चाहता था कि वह लड़की कौन है। उसे शक़ हो रहा था कि वह रूपी है। इसीलिए उसने अमरो को मुड़कर देखने से मना कर दिया था। दीदार और वह लड़की उनकी ओर नहीं आ रहे थे, बल्कि बड़े ही धीरे-धीरे क़दम उठाते परे चले जा रहे थे।

नाहरसिंह ने धीरे से कहा—"तुम पुल की ओर से मेले के भीतर घुसो तो ठीक रहेगा।"

"लेकिन यहाँ से कैसे चलूँ?"

"घबराने की बात नहीं। दीदारसिंह का ध्यान दूसरी ओर है। अगर मैं खड़ा हो गया तो हो सकता है कि वह हमें पहचान ही ले। लेकिन अगर तुम धीरे-धीरे पुल पर से जाओ तो वह हरगिज़ नहीं पहचान सकेगा।"

नाहरसिंह जान-बूझकर अमरो को डरा रहा था। वह चाहता था कि दीदारसिंह की ओर देखे बिना ही वहाँ से चली जाय। कहीं उसने पहचान लिया कि उसके भाई के साथ रूपी घूम-फिर रही थी, तो यह बात जंगल की आग की तरह अकालगढ़ में फैल जायगी।

अमरो ने दबी-दबी आँखों से उसकी ओर देखते हुए पूछा—"तो मैं चलूँ?"

"हाँ।"

"मुझे डर लग रहा है।"

"डरो मत...कहा न कि उसका ध्यान इधर नहीं है।"

"लेकिन फिर भी मैं तो अकेली रहूँगी।"

"क्यों परेशान होती हो? मैं यहाँ बैठा-बैठा तुमको देखता रहूँगा। तुम कुछ दूरी पर पहुँच जाओगी तो फिर मैं भी तुम्हारे पीछे चल दूँगा। जब तक तुम मेले के बाज़ार में पहुँच न जाओ; मैं तुम्हारे पीछे-पीछे रहूँगा।"

इस बात से अमरो के दिल को तसल्ली हो गयी। वह उठी और सिर झुकाये-झुकाये पुल की ओर चल दी। अपने वायदे के मुताबिक़ नाहरसिंह उसे देखता रहा, और फिर उसके पीछे-पीछे हो लिया। उसकी एक आँख दीदारसिंह की ओर लगी थी। वह देखते रहना चाहता था कि दीदार उस लड़की के साथ किस दिशा की ओर जाता है।

जब नाहरसिंह को तसल्ली हो गयी कि अमरो रौनकवाले बाज़ार में पहुँच गयी है, तो वह भी चुपचाप उसी ओर चल दिया जिधर दीदारसिंह गया था।

: ५ :

दीदार का हाथ रूपी की कमर पर टिका हुआ था, और उसे यों लग रहा था जैसे उसके बाज़ू के घेरे में फूलों की डाली झूल रही हो। रूपी बार-बार अपनी मदभरी आँखें उठाकर दीदार के चेहरे की ओर देख लेती थी। बेअख़्तियार ही उसकी हँसी फूटी पड़ती थी। जब वह हँसती तो उसके दाँतों की चमक के आगे चाँद की चाँदनी भी फीकी पड़ जाती।

धीरे-धीरे चलते हुए वे फुलाह के पेड़ों के एक छोटे-से झुरमुट में पहुँच गये। रूपी दीदार के साथ सटकर बोली—''मैंने सुना है कि आस-पास की झाड़ियों में भेड़िये घूमा करते हैं।''

अपनी भारी आवाज़ में दीदारसिंह ने जवाब दिया—''तुमने ठीक ही सुना है।''

रूपी ठिठक गयी। उसका मुँह अधखुला-सा रह गया तो यों लगा जैसे गुलाब की पंखुड़ियों में से सच्चे मोती झाँक रहे हैं। बोली—''तुम तो मुझे और भी डरा रहे हो।''

दीदार ने अपनी बिजली की तरह चमकती आँखों से उसकी ओर देखा-''जब तुम थोड़ा-सा डर जाती हो तो तुम्हारी सुन्दरता एक नया ही रूप ले लेती है।''

रूपी ने रूठकर चेहरा उसके सीने पर रख दिया, और बुदबुदायी, ''तो मुझे डराकर तुम यह तमाशा देखते रहते हो।''

''डरने कीं कोई बात नहीं। जब बाघ पहुँच जाय तो भेड़िये दूर भाग जाते हैं।''

रूपी ने अपनी कुछ गीली-गीली-सी आँखों से एक बार फिर दीदार की ओर देखा। दीदार ने उसके गाल पर हलकी-सी थपकी देते हुए कहा—''और, बाघ तुम्हारे साथ है।''

अब रूपी ने दोनों बाँहें उसके गले में डाल दीं।

इस पर दीदारसिंह नीचे को झुका, अपने होंठ उसके होंठों तक ले गया—पल भर को रुका, और फिर उसके होंठों को छुए बिना अपना चेहरा पीछे हटा लिया।

रूपी ने प्रश्न भरी दृष्टि से उसकी ओर देखा। धीरे-से बोली—''क्यों?''

''कुछ नहीं।''

''तुम दूर क्यों चले गये?''

''मैं तुमसे दूर कभी नहीं जा सकता।...और न अब दूर हूँ।''

रूपी ज़रा चंचलता से हँसी, अपना हाथ उठाकर ऊपर तक ले गयी, और नन्हीं-सी अँगुली उसके होंठों पर रखकर बोली—''मैं इनकी बात कह रही थी।''

''ये?—ये कुछ डरकर पीछे हट गये।''

''मैं यह कभी नहीं मान सकती कि तुम मुझसे डरते हो। जब तुम मुझे प्रेम करते हो तो कैसे डर सकते हो?''

"मैं अपना ज़िक्र नहीं कर रहा हूँ—तुम्हारे होंठ गुलाबी रंग के छोटे-छोटे बुलबुले-से लगते हैं। डर लगता है कि कहीं छूने से ये फूट न जायँ। कहीं ऐसा न हो कि छूने के लालच में इन्हें देखने से भी रह जाऊँ।"

"अरे! तुम शायर बनते जा रहे हो। तुमने तो बारिस शाह को भी मात कर दिया।"

"तुम नहीं जानतीं कि हर शायर की शायरी के पीछे कोई-न-कोई हसीन लड़की होती है।"

"बारिस शाह के पीछे कौन थी?"

"तुम्हें यह भी नहीं मालूम?—उसका नाम भागभरी था। जब वारिस शाह अपने पीर (गुरु) से कई साल तक पढ़-पढ़ाकर घर को लौट रहे थे तो वह ठट्ठा नाम के एक गाँव के पास से होकर गुज़रे। उन्हें बड़े ज़ोर की प्यास लगी थी। गाँव के बाहर कुएँ पर भागभरी पानी भर रही थी। उन्होंने पानी माँगा, तो भागभरी ने कुएँ के चबूतरे पर रखा डोल नीचे को झुका दिया। वारिस की पानी की प्यास तो बुझ गयी, लेकिन इश्क़ की आग भड़क उठी। पहले तो उन्होंने उसी गाँव में डेरा जमा दिया, लेकिन भेद खुल जाने पर वहाँ से भगा दिये गये। अपने शहर जण्ड्याला शेर ख़ाँ में पहुँचकर उन्होंने हीर-राँझे के क़िस्से की रचना कर डाली। अपने मन में भड़की हुई इश्क़ की ज्वाला को इस तरह उन्होंने कुछ ठण्डा किया।"

यह लम्बा भाषण सुनकर रूपी ने उसका चेहरा अपने दोनों हाथों में लेते हुए कहा—"अजी! तुम तो बड़े 'गुणी-ज्ञानी' निकले।"

दीदारसिंह यों हँसा जैसे कोई पानी से भरा मटका अनायास ही उँड़ेल दे। बोला—"अगर मेरे-जैसे ज्ञानी होने लगें तो सारे संसार का बेड़ा ग़र्क हो जाय।"

इस पर रूपी हँसते-हँसते दोहरी हो गयी। उसने दोनों हाथों से अपना पेट थाम लिया।

दीदारसिंह मुस्कुराते हुए यह तमाशा देखता रहा।

जब रूपी की हँसी कुछ थमी तो दीदार बोला—"अब वापस जाने की भी कुछ फ़िकर है या नहीं?"

रूपी ने मुँह फुला लिया, और उसकी ओर पीठ फेरते हुए बोली—"यह तुम जानो।"

दीदार ने आगे बढ़कर उसके दोनों कन्धों पर हाथ रखते हुए कहा—"मेरा भी मन नहीं करता कि हम वापस चलें, लेकिन यह तो हम दोनों की मज़बूरी है—है न?"

रूपी एकदम पलटकर उसके सामने सीधी खड़ी हो गयी, और फिर अपना हाथ ऊँचा उठाकर दो अँगुलियों में दीदार की नाक दबाते हुए बोली—"तो यह मज़बूरी कब तक रहेगी।"

"क्या बताऊँ, मामला बिगड़ता जा रहा है।"

रूपी कन्धे हिलाते हुए और मचलते हुए बोली—"यह सब तुम्हारे चाचा का

कसूर है।''

दीदार ने उसकी इस बचकाना बात का बुरा नहीं माना। चुमकारकर बोला—''इसमें न मेरे चाचा का कसूर है और न तुम्हारे चाचा का—''

रूपी ज़ोर से धरती पर पाँव पटककर बोली—''तो किसका क़सूर है इसमें?''

''मैं तुमसे पूछता हूँ। तुमसे पूछना भी बेकार है, मैं तुम्हें सीधी-सी बात बताता हूँ।''

''बताओ।'' रूपी कुछ डाँटकर और कुछ लाड़ से बोली।

''सीधी-सी बात यह है कि अगर मैं अपने बाप से कहूँ कि मैं रूपी से शादी करना चाहता हूँ तो उसे बिलकुल एतराज़ नहीं होगा। लेकिन अगर मैं, या तुम अपने चाचा से कहो कि हम दोनों शादी करना चाहते हैं तो तुम्हारे बाप को इस बात पर एतराज़ होगा—बोलो, यह बात मानती हो या नहीं?''

रूपी अपने दोनों हाथ कूल्हों पर रखकर बोली—''हाँ मानती हूँ।''

अब दीदार ने रूपी की पतली और लचकदार कमर को दबोचकर उसे ऊपर उठा लिया, और फिर एक पेड़ की नीचे झुकी मोटी डाल पर बैठाते हुए बोला—''तो, सुनो, ऐ! बन की चिड़िया।...इसका बस एक ही उपाय है, जो मैं पहले भी बता चुका हूँ।''

रूपी ने अपने दोनों हाथ सिर के दायें-बायें फड़फड़ाते हुए जवाब दिया—''मुझे कुछ याद नहीं—फिर बताओ।''

''उपाय यह है कि मैं तुम्हें लेने आऊँ...और...''

''और ...मैं तुम्हारे साथ चली आऊँ।''

''बिलकुल ठीक—अब कहो।''

''इसका जवाब मैं पहले ही दे चुकी हूँ।''

''मुझे भी कुछ याद नहीं रहा...एक बार फिर बता दो।''

''पहले मुझे नीचे उतारो।''

दीदार ने उसकी कमर पर हाथ रखे, और वह चिड़िया की तरह फड़फड़ाकर नीचे उतर आयी। उसकी आँखें शरारत से चमक उठीं। वह अपना छोटा-सा गोरा-गोरा अँगूठा हिलाते हुए बोली—''मैं नहीं आऊँगी...मैं हरगिज़ नहीं आऊँगी।''

दीदारसिंह अपनी मुट्ठी पर मुँह रखकर एक-दो बार खाँसा, और फिर मुस्कुराकर बोला—''इसका मतलब यह है कि आज ही मैं तुम्हें दबोच लूँ, और घर न लौटने दूँ।''

''ठेंगा!'' यह कहकर रूपी दौड़ पड़ी। वातावरण में उसकी हँसी मन्दिर की घण्टियों की तरह गूँज उठी। दीदार ने दस-बारह लम्बे-लम्बे डग भरकर उसे जा पकड़ा—''अब कहो?''

रूपी कन्धों को झटका देकर बोली—''जाओ मैं तुमसे नहीं बोलती...इतनी

लम्बी तो टाँगें हैं तुम्हारी!''

घड़ी-दो घड़ी के हँसी-मज़ाक के बाद दीदार ने कहा—''अब हमें लौटना चाहिए। आज बलकार से मिलने का वायदा है। जानती हो न कि बलकार मेरा अच्छा दोस्त है। वह बूड़चक्क में रहता है।''

''दोस्त जितने जी चाहे बन लो, लेकिन अगर तुमने कोई नयी सहेली बनायी तो फिर याद रखना।'' यह कहते-कहते रूपी ने चपत दिखायी।

दीदार ने उसका नन्हा-मुन्ना गोल-मटोल हाथ अपने दोनों हाथों में छिपाते हुए कहा—''बाप रे! अगर मुझे यह एक हाथ भी पड़ गया तो मेरा खोपड़ा फट जायगा और भेजा बाहर को निकल पड़ेगा।''

इसके बाद वे दोनों हाथ-में-हाथ लिये मेले की ओर चल दिये। मेले के नज़दीक पहुँचकर दीदार ने कहा—''यहाँ से हमें अलग-अलग हो जाना चाहिए।''

एकाएक ही रूपी की आँखें डबडबा आयीं, और वह भर्रायी हुई आवाज़ में बोली—''अब हम कब मिल सकेंगे!''

''अरे! रो रही हो? मूरख कहीं की!...अरी! जब तक मेला है तब तक तो हम हर रोज़ रात के समय मिला करेंगे। मौक़ा पाकर दिन में भी आँख-मटक्का कर लिया करेंगे—अब हँस के दिखाओ।''

रूपी धीरे-धीरे मुस्कुरा दी—मानो काली घटाएँ छँट गयीं, चन्द्रमा निकल आया, चाँदनी फैल गयी।

इसी जगह से रूपी विदा हो गयी। उसके माँ-बाप गुरुद्वारे की चारदीवारी में थे। वह भी उसी ओर को चल दी। दीदारसिंह बबूल के एक छोटे-से पेड़ के तने से कन्धा टेके रूपी को जाते देखता रहा। वह भी मुड़-मुड़कर उसकी ओर नज़र डालती रही। जब वह गैसों की रोशनीवाले बाज़ार की भीड़-भाड़ में खो गयी तो दीदारसिंह ने हलके-से झटके के साथ अपना कन्धा पेड़ से हटाया और धीरे-धीरे बलकारसिंह के डेरे की ओर चल दिया।

मनमौज़ी नौजवान गुरुद्वारे की चारदीवारी से दूर अलग-अलग टोलियाँ बनाये अपना-अपना रंग जमाये हुए थे। कहीं मिर्ज़ा साहिबा का क़िस्सा, कहीं हीर-राँझे का और कहीं सोहनी-महिवाल का क़िस्सा गाया जा रहा था। बोलियाँ गानेवालों का गुट अलग-अलग अपनी ही मस्ती में शोर मचा रहा था।

जब दीदारसिंह बलकारसिंह के डेरे पर पहुँचा तो पता चला कि वह अभी-अभी भोजन करने के बाद किसी टोली में खड़ा गाना सुन रहा होगा। दीदार उसकी तलाश में चल पड़ा। हर टोली ने अपना-अपना गैस का हण्डा जला रखा था। गानेवाले मर्द अकसर टखनों पर घुँघरू बाँधे हुए थे। हाथों में ढोलक, मुँह में अलगोज़े और लाठियों के ऊपर गालड़ें दिखायी दे रही थीं। एकाएक दीदार को बलकारसिंह नज़र आया। बहुत-से लोग कुछ गानेवालों को घेरे में लिये खड़े थे। आख़िरी बोल गाये जा रहे

थे, इसलिए दीदारसिंह ने बलकार के पीछे पहुँचकर उसे चौंकाना ठीक नहीं समझा। वह ख़ुद भी उस गीत के अन्तिम बोल सुन लेना चाहता था।

अलगोज़े बज रहे थे, बड़े-बड़े चिमटे झनझना रहे थे, लकड़ी की गालड़ें टकाटक बोल रही थीं, और एक मस्त मलंग नौजवान छैला बना अपने साथियों के आगे खड़ा था। उसकी दाढ़ी के बाल सरसों के तेल से अच्छी तरह चुपड़े हुए थे। भरपूर गालों में ख़ून की सुर्ख़ी झलक रही थी। सुर्मेवाली आँखों में मस्ती छायी थी। उसकी फड़फड़ाती वास्केट के बड़े-बड़े सीप के बटन गैस की रोशनी में चमक रहे थे। वह गानेवाली टोली का अगुआ था। वह भाव दिखाकर गीत का एक बोल उठता, तो उसके पीछे खड़े उसके साथी 'आहा!' या 'ओहो!' पुकारकर उसे आस देते जा रहे थे।

उन सबके सिर झूम रहे थे, अंग-अंग फड़क रहा था, टखनों पर बँधे घुँघरू छनाछन कर रहे थे... और उन्हें देख-देखकर गीत सुननेवाले भी झूम रहे थे, पेड़ों की पत्तियाँ तक तालियाँ बजा रही थीं।

अगुवे ने अपना बायाँ हाथ कान पर रखा और दूसरा हाथ हवा में लहराकर बोल उठाया।

ओह जिंद माही! बाजरे दीयां... *'आहा!'*
(ऐ मेरी जान! बाजरे की...)
जिंद माही! बाजरे दीयां छलियाँ
(ऐ मेरी जान! बाजरे की बालियाँ)
वे मेला देखन ओए *'ओहो!'*
(रे मेला देखने को)
वे मेला देखन आइयाँ जट्टियाँ
(जाट युवतियाँ मेला देखने के लिए आयीं)
वे हथ विच्च शीशा ओए *'आहा!'*
(उनके हाथों में दर्पण रे!)
वे हथ विच्च शीशा सवारन पट्टियाँ...
(हाथ में दर्पण, वे जुल्फ़े सँवार रही हैं।)
वे जिंदड़ी रोल दित्ती *'ओहो!'*
(मेरा जीवन पाँव तले रौंद डाला)
जिंदड़ी रोल दित्ती मेरे चन्दा
(मेरे मित्र! मेरी ज़िन्दगी पाँव तले रौंद डाली)
विछोड़ा हाथ सजनां दा *'ओहो!'*
(हाय! प्यारियों का विरह...)
विछोड़ा हाय सजनां दा मन्दा

(अपनी प्यारियों का विरह बहुत बुरा होता है)

वे इक पल बहि जानां *'ओहो!'*

(एक पल बैठ जाओ)

वे इक पल बहि जाना मेरे कोल

(एक पल बैठ जाओ मेरे पास)

तेरे मिठड़े नीं ओए *'आहा!'*

(तेरे मीठे हैं री!...)

तेरे मिठड़े नीं लगदे बोल

(तेरे मीठे हैं री बोल)

अन्तिम बोल बहुत देर तक वातावरण में तैरता चला गया...और फिर मानो डूबता-डूबता...डूब गया।

हर ओर से 'वाह-वाह' की आवाज़ें आने लगीं। 'हो-हो!' (और और) का शोर मचने लगा। उसी समय दीदार ने बलकार के कन्धे पर हलकी-सी थपकी दी। बलकार ने मुड़कर देखा तो हँसकर बोला—'वाह महाराज! अभी तक कहाँ थे?''

''यह न ही पूछो तो अच्छा है...आओ, चलें।''

वे दोनों पहलू-ब-पहलू टहलते हुए आगे बढ़ गये। बलकारसिंह ने उसकी पीठ पर थपकी देते हुए कहा—''आजकल तो रूपी से तुम्हारी मुलाक़ातें खटाखट हो रही होंगी।''

दीदार ने न तो दोस्त की इस बात का खण्डन किया, और न हामी भरी।

फिर दीदार ने नये विषय पर बातचीत शुरू कर दी—''मैंने सुना था कि हस्सी का बाप तुम्हारे पास आया था।''

''तुमने ठीक सुना। मैं उसी के बारे में तुम्हें बताना चाहता था।''

''तो क्या शफ़ी और आरिफ़ उसके साथ नहीं थे?''

''नहीं।''

''मुझे ख़बर मिली है कि शफ़ी और आरिफ़ जोड़-मेले के दिनों में यहाँ आ रहे हैं। सरदारों ने उन्हें बुलाया है। मालूम होता है कि अब वे कोई नयी खिचड़ी पकाना चाहते हैं।

''उनके खिचड़ी पकाने से क्या होगा। हस्सी के बाप की तबीयत उखड़ चुकी है। आख़िर उसकी बेटी का मामला है। किसी भले आदमी ने उसे मशविरा दिया कि क्यों शफ़ी के कहने में आकर अपने घर की बदनामी कराते हो।''

''तो क्या हस्सी के बाप ने ख़ुद तुमसे यह बात कही है?''

''हाँ, फतेह मोहम्मद ने ही यह बात मुझसे कही—हस्सी के बाप का यही नाम है।''

“तो फिर उसका इरादा क्या है? क्या वह हस्सी और नूरे का निकाह पढ़वाने को तैयार है?”

उसने यह बात साफ़-साफ़ मंज़ूर तो नहीं की, लेकिन मैं अपनी ओर से कह सकता हूँ कि वह इस बात पर तैयार हो जायगा।”

“तो फिर इस समय वह क्या चाहता है?”

“वह तुमसे भेंट करना चाहता है। शायद वह नूरे के बारे में तुमसे कुछ पूछताछ करेगा। उसकी तसल्ली हो गयी तो वह यह रिश्ता मंज़ूर कर लेगा। कहो तो मैं उसे कभी यहाँ ले आऊँ।”

“नहीं, यह अच्छा नहीं लगेगा। मेले के ख़तम हो जाने पर मैं ख़ुद बूड़चक्क आ जाऊँगा, और फिर हम उसे तुम्हारे यहाँ बुलाकर बात-चीत कर लेंगे।”

“यह भी ठीक है।”

“चलो, इस मसले का कोई-न-कोई हल निकल ही आयेगा। अब हम कोई और बात करें।”

●

चौदह

: १ :

अब अकालगढ़ में जोड़-मेला ज़ोरों पर था। जोड़-मेले के साथ और भी कई चीज़ें ज़ोरों पर थीं। जिन लोगों की पुरानी दुश्मनी थी, उन्होंने भी लड़ाई-भिड़ाई के प्रोग्राम बना रखे थे। लेकिन अभी वे मेले का कुछ मज़ा ले लेना चाहते थे। उस तरह के मेले ही देहातों में मनोरंजन के साधन होते हैं, जिनका देहाती पूरा-पूरा लाभ उठाते हैं। इस जोड़-मेले का धार्मिक पहलू तो था ही, लेकिन इसके साथ ही व्यापार का पहलू भी था। वहाँ मवेशियों की बहुत बड़ी मण्डी लगती थी। गायें, भैंसें, बैल तथा बकरियाँ तो ख़रीदी और बेची ही जाती थीं, लेकिन इनके अलावा ऊँट और घोड़ों की भी मण्डी लगती थी। कहनेवाले तो कहते थे कि टीरी और गढ़वाल की औरतें भी यहाँ लाकर बेच दी जाती थीं। उसका तरीक़ा यह होता था कि भीतर-ही-भीतर चुपके से रुपये का लेन-देन का मामला तय हो जाता, और फिर रस्म के मुताबिक़ औरत की शादी ख़रीदनेवाले मर्द से कर दी जाती, इस तरह वे बाकायदा पति-पत्नी बन जाते।

राजो का जब इस बात की ओर ध्यान गया, तो उसे इस बारे में गहरी दिलचस्पी हो गयी। मेले के दौरान गज्जनसिंह से उनकी बैठक घर पर ही होती रही। फिलौरासिंह तो चाहता था कि शीलो गज्जनसिंह के साथ मेले में खुल्लमखुल्ला घूमती-फिरती नज़र आ जाय तो अच्छा है। लेकिन गज्जनसिंह इस बात से कतराता था। वह कोई छोटा लड़का भी नहीं था कि उसे शीलो मेले में घसीटकर ले जा सके।

मेले के दूसरे रोज़ दिन ढले गज्जनसिंह अपनी आदत के मुताबिक़ राजो के मकान पर पहुँच गया। आजकल गाँव ज़्यादातर सुनसान ही रहता था। हर घर के हर आदमी की यही कोशिश होती थी कि वह दिन ढलने के बाद मेले की रोशनी देख आये। शायद मक़सद हर किसी का अलग-अलग होता था, लेकिन नाम रोशनी का लिया जाता था। सिर्फ़ बड़े-बूढ़े या खूसट औरतें रखवाली के लिए मकानों में पड़े रहते थे। इसीलिए आजकल गज्जन, राजो और शीलो को ज़्यादा आसानी थी। गज्जन को इस बात का ज़्यादा डर नहीं था कि उसे कोई आते-जाते देख लेगा। राजो के

घर में बैठकर वह ज़ोर-ज़ोर से क़हक़हे लगाने से भी नहीं डरता था, क्योंकि अड़ोस-पड़ोस में सुननेवाला कोई नहीं था—

हाँ तो जब गज्जनसिंह मेले की दूसरी रात को राजो के यहाँ पहुँचा तो शीलो ने तुरन्त ही शिकायत की—"आज मेले की दूसरी रात है—लेकिन तुम हमें घुमाने के लिए नहीं ले गये।"

अब उनकी काफ़ी बेतकल्लुफ़ी हो चुकी थी। गज्जन ने पुचकारते हुए कहा—"अरी मेले में क्या रखा है? देख न हमारा यहाँ का मेला कितना शानदार है।"

शीलो बनावटी नख़रा दिखाते हुए मुँह फुलाकर बोली—"जाओ, हम तुमसे नहीं बोलते। पहले तो कहते थे कि मेले में हर रोज़ मुलाक़ातें हुआ करेंगी...।"

"क्यों नहीं, मुलाक़ातें तो हो रही हैं।"

"लेकिन मेले में ले तो नहीं जाते।"

"तुम्हें बताया न कि मेरे ससुरालवालों ने मेले में डेरा जमा रखा है। अगर उन्होंने कहीं हमें एक साथ देख लिया तो फिर ये मुलाक़ातें भी नहीं हो सकेंगी।"

"जाओ, बहानेबाज़ कहीं के!"

"तुम्हें मेले से जो मँगवाना हो या जो कुछ खाना हो, सो बताओ। मैं ले आऊँगा या मँगवा दूँगा।"

अब तक राजो चुप बैठी थी। लेकिन उसने महसूस किया कि जिस विषय पर शीलो बात कर रही है, उसे अब ख़त्म ही कर देना चाहिए। वह जानती थी कि गज्जनसिंह जो काम नहीं करना चाहता, वह उससे ज़बर्दस्ती करवाया भी नहीं जा सकता। इस बात पर भी इत्मीनान था कि गज्जनसिंह माँ-बेटी को काफ़ी रुपये देता रहता था। सरदारों के ख़ानदान से उसकी कोई रिश्तेदारी नहीं थी, या उनसे कोई ख़ास लगाव नहीं था। राजो को तो पैसे से मतलब था! इतने दिनों में उसने यह भी देख लिया था कि सरदारों के पास चाहे कितना भी धन है, लेकिन रुपया देने में गज्जनसिंह का हाथ बहुत खुला हुआ है। वह इतना रुपया कहाँ से लाता है, इसका राजो को कुछ पता नहीं था। लेकिन फिर भी वह इतना अन्दाज़ा तो लगा सकती थी कि गज्जनसिंह यह माल सीधे तरीक़े से तो हासिल करता नहीं होगा। इसके भी कोई उलटे-सीधे ज़रिये होंगे। राजो के लिए काम की बात सिर्फ़ यह थी कि किसी भी उलटे-सीधे धन्धे में गज्जनसिंह-जैसे आदमी की मदद से काफ़ी फ़ायदा हो सकता है। राजो को सरदारों के मसले से कोई दिलचस्पी नहीं थी। अब तो उसे अपना उल्लू सीधा करने की फ़िक्र लगी थी।

ये सब बातें सोचकर राजो ने बेटी को प्यार से टोकते हुए कहा—"शीलो बेटी, तुम तो हाथ धोकर एक बात के पीछे पड़ जाती हो। अब तुम्हें अपना बचपना छोड़

देना चाहिए। गज्जनसिंह ठीक ही तो कहता है! आख़िर गृहस्थ होने के नाते से उसकी अपनी कुछ मज़बूरियाँ भी तो हैं। और फिर गज्जनसिंह ने यह भी तो कहा था कि उसे अपने छोटे भाई दीदार का भी डर है। ख़ुद ही सोच लो कि अगर दीदार बिगड़ गया, तो वह सिर्फ़ अपने भाई के ही साथ झगड़ा नहीं करेगा, बल्कि तेरी चुटिया भी फूँक डालेगा। तुझे गज्जनसिंह का कहना मानना चाहिए। अगर वह तुझे मेले में ले जाना ठीक नहीं समझता तो तुझे इसके लिए ज़िद नहीं करनी चाहिए।''

इस पर शीलो का मुँह और भी फूल गया। यह भी सिर्फ़ नख़रा था, क्योंकि उसके मन में ग़ुस्से की भावना या शिकायत नहीं थी।

अब राजो ने अपनी नाक पर अँगुली रखकर गज्जन से कहा—''मैंने तो सुना है कि मेले में औरतों और लड़कियों की फरोख़्त भी होती है। क्या यह बात ठीक है?''

''वाह गुरू जाने!...मुझे क्या मालूम।''

''देखो, तुम मेरे सामने ख़ामुख़ाह बनने की कोशिश मत करो। भला यह भी मुमकिन है कि मेले में होनेवाली ऐसी बात का तुम्हें पता ही न हो?''

''नहीं, सच कहता हूँ कि मुझे इसका कुछ पता नहीं।''

''अगर पता नहीं है तो पता लगा तो सकते हो?''

''तुम चाहती हो तो मैं पता लगा सकता हूँ।''

अपनी सारी चतुराई के बावजूद राजो यह नहीं भाँप सकी कि गज्जनसिंह के साथ ये मुलाक़ातें चार दिन की चाँदनी की तरह हैं, और इसके बाद अँधेरी रात आनेवाली है। गज्जनसिंह ने सिर्फ़ उसे टालने के लिए यह बात कह दी।

उस रात गज्जन के विदा हो जाने के बाद राजो आनेवाले सुनहरे दिनों की याद में खो गयी, जब वह औरतों को बेच-बेचकर अमीर बन जायगी। अब तक उसने यह भी महसूस कर लिया था कि फिलौरासिंह या नाहरसिंह के कहने में आकर गज्जनसिंह से बिगाड़ करना ख़तरनाक है। और फिर अब तो उसे इस बात की भी उम्मीद हो गयी थी कि गज्जनसिंह से मिलकर वह नया धन्धा करने जा रही है।

यह बात तो वह पहले ही देख चुकी थी कि गज्जन सिर्फ़ शीलो की ख़ातिर उसे फिलौरासिंह से बढ़-चढ़कर रुपया दे रहा है। इतने दिनों में राजो को गाँव के लोगों से बातचीत करके मालूम हो गया था कि इन दो ख़ानदानों की पुरानी दुश्मनी इधर ज़ोरों पर है, और इन दो लड़नेवाले साँड़ों के बीच में खड़ा होना ठीक नहीं है...बल्कि बड़ी बेवकूफ़ी की बात है।

सरदारों के यहाँ जोड़-मेले के दिनों में नयी क़िस्म की चहल-पहल हो जाती थी। गुलज़ारासिंह और फिलौरासिंह के कुछ दोस्त भी आ जाते थे, और घर में कई

रिश्तेदारों की वजह से रौनक काफ़ी बढ़ जाती थी। फिलौरासिंह को शफ़ी का सन्देशा मिल चुका था कि वे दोनों भाई जल्दी ही उनके यहाँ पहुँच जायेंगे। फिलौरासिंह सौंची के मौक़े पर उन्हें ख़ास तौर पर बुलाना चाहता था। वह उन्हें दिखाना चाहता था कि कैसे वधावासिंह दीदार की हड्डी-पसली बराबर करता है।

यों तो वधावासिंह को, जब से वह आया था, ख़ूब खिलाया-पिलाया जा रहा था, लेकिन आजकल उसकी ख़ुराक और भी बढ़ा दी गयी थी। दूध, घी, मक्खन, बादाम वगैरह चीज़ें पहले से भी दोग़ुना मिलने लगी थीं, सुबह उठकर वधावासिंह कसरत में जुट जाता। पहले तो दो-तीन पट्ठे सरसों के तेल से उसकी अच्छी तरह मालिश करते, और फिर वधावा पाँच सौ दण्ड निकालता, और पाँच सौ बैठक के सपाटे लगाता। इस पहलवानी कसरत के बाद वह मुँगली भी घुमाता और मुग्दर भी उठाता। अन्त में कुश्ती होती। अखाड़े में वह गाँव के एक-दो पहलवानों से ज़ोर करता। मक़सद सिर्फ़ यह होता था कि कसरत के बाद हाथ-पाँव फ़ुर्ती से हिलाने का अभ्यास हो जाय।

सौंची से दो दिन पहले शफ़ी और आरिफ़ भी आ पहुँचे। फिलौरे ने उनकी बड़ी आवभगत की। उनके रहने और खाने-पीने का अच्छे-से-अच्छा इन्तज़ाम किया। उसने उनसे उनकी भांजी हस्सी के बारे में भी बातचीत की। वह शफ़ी से कहने लगा—"ख़ाँ साहब! आप जब यहाँ से वापस जायँ तो बूड़चक्क में हस्सी के बाप को अच्छी तरह समझा दें कि उसे अपनी बेटी की शादी नूरे से करने की ज़रूरत नहीं। हमारे जीते जी उसे इस बात पर कोई भी मज़बूर नहीं कर सकता।"

फिलौरे ने उन दोनों भाइयों की हिम्मत ख़ूब बढ़ायी कि उन्हें यक़ीन होने लगा कि वे नूरे से हस्सी की शादी रोक सकेंगे।

आपस में इस सलाह-मशविरे के बाद फिलौरा उन दोनों को वधावासिंह के पास ले गया। वधावासिंह के शरीर की मालिश हो चुकी थी, और वह अभी-अभी पाँच सौ दण्ड निकालकर इधर-उधर टहल रहा था।

पास पहुँचकर फिलौरे ने बड़ी शान से अपने मेहमानों की ओर देखा, और पूछा—"कहिये, इससे पहले भी कभी आपकी नज़र से इतना तगड़ा जवान गुज़रा है।"

शफ़ी और आरिफ़ ने पहलवान और जवान तो बहुत-से देखे थे, लेकिन वधावासिंह मांस और हड्डियों का पहाड़ नज़र आता था। लगता था कि जो कोई इस चट्टान से टकरायेगा उसका कचूमर निकल जायगा।

उन्होंने फिलौरासिंह के इस दावे को मंज़ूर किया तो फिलौरे ने कहा—"ख़ाँ साहब! इस बार जोड़-मेले की सौंची में लोग एक ऐसा तमाशा देखेंगे जो उन्होंने पहले

कभी नहीं देखा होगा। इसके बाद नत्थासिंह के बेटों का रंग-पानी ख़त्म हो जायगा। उन्हें कोई दो कौड़ी को भी नहीं पूछेगा, बल्कि लोग थू-थू करेंगे।''

आरिफ़ मुस्कुराकर बोला—''सरदार साहब! वाकई आपने कमाल कर दिखाया है। कैसी दूर की सूझी है आपको!''

शफ़ी ने भी भाई की हामी भरते हुए कहा—''न कोई लड़ाई न कोई झगड़ा, न फ़ौज़दारी, न मुक़दमा—बस खेल-ही-खेल में दुश्मनों का भट्ठा बैठ जायगा। वाह! फिलौरासिंह जी, मैं आपकी अक़्ल की दाद दिये बिना नहीं रह सकता।''

वे बातें करते हुए वधावासिंह से परे चले गये। फिलौरासिंह ने वधावासिंह की शारीरिक शक्ति की कुछ और कहानियाँ भी सुनायीं।

इस तरह वे आनेवाले उस ख़ुशी के मौक़े के बारे में सोच-सोचकर ख़ुश होते रहे, जब जीत का ताज वधावासिंह के सिर पर रख दिया जायगा। सच में यह सिर्फ़ वधावासिंह की ही नहीं बल्कि उन सबकी जीत मानी जायगी।

अन्त में फिलौरासिंह ने कहा—''एक बार हमारे दुश्मन इस तरह से नीचा देख लेंगे तो फिर हमारा दूसरा काम भी आसान हो जायगा, क्योंकि उन लोगों में इतनी हिम्मत नहीं हो सकेगी कि वे हमारे मुक़ाबले पर आ सकें। हम अपनी मनमानी करते रहेंगे।''

सौंची से पहले और कई खेल और नाच वगैरह होते रहे। दौड़ें, कबड्डी और कुश्तियाँ हर नज़र से बड़ी सफल रहीं। सौंची से एक दिन पहले मशहूर लोकनृत्य भाँगड़ा नाचा गया। इसकी तैयारियाँ भी बड़े ज़ोर-शोर से हुआ करती थीं। गाने और नाचनेवाले ख़ास तरह के कपड़े पहनते थे। हर एक के सिर पर कलफ लगी रंग-बिरंगी और तुर्रेदार पगड़ी होती थी, जिस पर अलग से साफ़ी बाँध दी जाती थी। तहमद भी कई रंगों के होते थे और उन पर खुले घेरे के कुर्ते पहने जाते थे। सबसे ऊपर वास्केटें होती थीं, जिन पर अनगिनत सीप के बड़े-बड़े बटन लगे होते थे। उनके कानों में मुंदरे, गले में सोने के मनकोंवाले कण्ठे और हाथों में रेशमी रूमाल होते थे।

जिन दिन भाँगड़ा होनेवाला था उस दिन जोड़-मेले के सारे लोग भाँगड़ेवाले मैदान की ओर टूट पड़े। पूरी तैयारियाँ हो चुकी थीं। ढोलक के साथ-साथ अलगोज़ों के स्वर वातावरण में लहराने लगे। नाचनेवालों ने अपनी टख़नों पर घुंघरू बाँध लिये और फिर साज़ों के संगीत में घुंघरुओं की छन-छन भी गूँजने लगी। नाचनेवालों को गर्म करने के लिए पहले सुरीली आवाज़वाला एक नौजवान क़दम उठाकर आगे बढ़ा और उसने कान पर हाथ रखकर पहला बोल उठाया—

ओए ऽऽऽऽ!.....

(यह स्वर काफ़ी देर तक हवा में लहराता रहा) अन्त में उसने बोल आगे बढ़ाया—

ओए।

बारी बरसीं खटन गया!,

इन शब्दों का अर्थ था कि गाँव का एक अलबेला, बेकार, मस्त कलन्दर नौजवान बारह वर्ष के बाद घर से कमायी करने के लिए निकला। और—

बारी बरसीं खटन गया

ते, खट के ल्यांदा गहना

(बाहर वर्षों के बाद वह कमायी करने के लिए गया तो वह कमाकर क्या लाया?—गहना!)

नींद भर-भर वण्ड मुट्ठियाँ

गोरे रंग ने सदा नहीं रहना।

(अरी गोरी! अपनी जवानी मुट्ठियाँ भर-भर के **बाँट दे, क्योंकि** यह गोरा रंग सदा नहीं रहने का।

इसके साथ ही भाँगड़ा शुरू हो गया। हर पाँव में गोया बिजली भर दी गयी थी। 'हुआ हू' और 'आहा-आहा' के शोर से वातावरण गूँज उठा। ढोलक, अलगोज़ों, घुँघरुओं वगैरह के संगीत में मानो लहराते हुए लाल, हरे, पीले, मूँगिया, कत्थई तहमदों के रंग भी घुल-मिल गये। नाचनेवाले तो नाच ही रहे थे, देखनेवाले भी एड़ियाँ धरती पर पटकने लगे। जिस किसी को नाचना नहीं आता था, उसका दिल तो ज़रूर ही नाच रहा था।

अब उस गानेवाले ने फिर लय उठायी—

बारी बरसीं खटन गया,

ते, खट के ल्यांदी चाँदी।

(युवक बारह वर्ष के बाद कमायी करने गया और वह थोड़ी चाँदी ले आया।)

यह बोल फिर दोहराया गया। लेकिन इस बोल के बाद अगले बोल को सुनने के लिए लोगों में मौन छाया रहा।

बारी बरसीं खटन गया

खट के ल्यांदी चाँदी

कुड़िए! पसन्द कर लै—गड्डी

भर मुडियाँ दी आँदी।

(ऐ सुन्दरी! तू अपना मन-पसन्द लड़का चुन ले, क्योंकि हम तेरे लिये युवकों से भरी हुई गाड़ी लाये हैं।)

उसके बाद फिर वही शोर, वही नाच, वही चकफेरियाँ और हँसी-मज़ाक। इस तरह यह नाच काफ़ी देर तक चलता रहा। देखनेवालों के दिल ख़ुश हो उठे।

: २ :

भाँगड़े के दूसरे दिन सौंची होनेवाली थी। दोपहर से ही एक लम्बा-तगड़ा साँहसी गले में बड़ा-सा ढोल डालकर मैदान में खड़ा हो गया, और दोनों हाथों में एक-एक बजैठा थामकर 'डग डगा डग डग!... डग डगा डग डग!' ढोल पीटने लगा। मैदान बहुत बड़ा था। ढोल पीटने का मतलब यह था कि खेल देखनेवालों को इस बात की ख़बर मिल जाय कि वे मैदान में पहुँच जायँ। यह जानते हुए भी कि सूरज के काफ़ी नीचे आ जाने पर ही खेल शुरू होगा, लोग-बाग मैदान के किनारे-किनारे आकर बैठने लगे। कुछ लोग अपने हुक्के भी अपने साथ ही उठा लाये थे। बाज़ लोग मक्का और चने भुँजवाकर झोलियाँ भर लाये थे। वे धीरे-धीरे भुँजे हुए दानों के साथ गुड़ भी खाते जा रहे थे।

ढोल की आवाज़ इतनी ज़ोरदार थी कि मैदान के किनारे-किनारे बैठे हुए लोगों के दिल उसकी धमक से मानो काँप-काँप जाते थे। जब एक जवान कुछ देर तक ढोल बजा लेता, तो दूसरा जवान उससे ढोल लेकर अपने गले में डालकर बजाने लगता। धीरे-धीरे भीड़ बढ़ती चली गयी। दो घण्टे तक ढोल बजने के बाद मैदान के चारों ओर आदमियों का सागर लहरें लेने लगा। अब सरदार गुलज़ारासिंह का इन्तज़ार किया जा रहा था। गाँव के ख़ास लोगों के लिए एक शामियाना लगा दिया गया था। गुलज़ारासिंह के साथ-साथ कभी-कभी छोटे-मोटे सरकारी अफ़सर भी होते थे। हेड-मास्टर साहब, पटवारी, नम्बरदार, नत्थासिंह वगैरह भी उसी शामियाने के भीतर बैठते थे।

जब तक धूप की तेज़ी कुछ कम नहीं हो गयी, तब तक ढोल बजता रहा। यहाँ तक कि हलका-सा शोर सारे मजमें में फैल गया। पता चला कि गुलज़ारासिंह और उसके ख़ानदान के मर्द अपने दोस्तों के साथ आ रहे हैं। अब की कोई सरकारी अफ़सर नहीं आया था। नत्थासिंह, हेड-मास्टर साहब वगैरह भी आ गये। वे सब शामियाने के नीचे बैठ गये, लेकिन खिलाड़ी अभी तक मैदान में नहीं पहुँचे थे। इसका मतलब यह नहीं कि वे कहीं चले गये थे, बल्कि वे तो आस-पास ही मेले में मँडरा रहे थे। आपस में सलाह-मशविरे हो रहे थे।

लोगों की बेसब्री बढ़ती जा रही थी। वे जानते थे कि शामियाने के भर जाने के बाद खेल शुरू होने में ज़्यादा देर नहीं लगेगी। आख़िर पन्द्रह-बीस मिनट बाद कुछ पुराने ख़लीफ़ा दिखायी दिये। उनमें शेरा नाम का बुड्ढा मुसलमान पहलवान भी था।

वही दीदारसिंह का उस्ताद था। दीदार ने कभी अखाड़े में उतरकर पहलवानों से कुश्ती नहीं लड़ी थी, क्योंकि वह कुश्ती को अपना पेशा नहीं बनाना चाहता था। उसे पहलवान बनने का शौक़ भी नहीं था। पहलवानों के बदन की बनावट ही बदल जाती थी, यह दीदारसिंह को पसन्द नहीं था। वह पहलवानों की तरह भारी-भरकम नहीं बनना चाहता था। उसकी इच्छा थी कि वह अपने बदन को इस तरह बनाये रखे कि सदा ही अपने मन-पसन्द खेलों में हिस्सा ले सके। ऐसे खेलों में हाथ की सफ़ाई, चुस्ती और फ़ुर्ती की ज़्यादा ज़रूरत होती है। लेकिन फिर भी बदन को मज़बूत बनाने के लिए उसने शेरे को अपना गुरु मान लिया, और उससे दाँव-पेंच सीखा करता था। भले ही वह रुपये के लिए, या शर्त बदलकर कुश्ती नहीं लड़ता था, बल्कि शेरे के बड़े-से-बड़े शार्गिदों से अखाड़े में ज़ोर करता रहता था। इस तरह की कुश्तियों में कभी कोई पहलवान उसे हरा नहीं सका।

ख़लीफा शेरा के साथ कुछ और उस्ताद-चेले भी थे। उनके पीछे-पीछे दीदारसिंह अपने साथियों के साथ चला आ रहा था। दीदार के सभी साथी सौंची के खिलाड़ी थे। इन सबको देखकर मजमें ने शोर मचा दिया, और तालियाँ पीट-पीटकर आसमान सिर पर उठा लिया।

सरदारों के खिलाड़ी शामियाने के पिछवाड़े धरती पर चुपचाप बैठे थे। जब दीदारसिंह की टोली मैदान में पहुँच गयी, तो ये भी तहमद झाड़कर उठ खड़े हुए।

मैदान के बीचोंबीच फावड़े से खोदकर पतली-सी लकीर खींच दी गयी थी। यही पाले की लकीर थी। अकसर यह लकीर नहीं भी बनायी जाती थी, क्योंकि इस खेल में लकीर का ख़ास महत्त्व नहीं था।

मैदान के एक किनारे पर दीदारसिंह अपने उस्ताद ख़लीफ़ा शेरा, और दूसरे साथियों के साथ बैठ गया। उनके सामने मैदान के दूसरे सिरे पर सुअर की तरह पला हुआ वधावासिंह अपने साथियों समेत धरती पर पसर गया।

कम-से-कम अकालगढ़ के सभी लोग जानते थे कि अब की साल इस खेल का क्या महत्त्व है। यह बात फैल चुकी थी कि वधावासिंह को ख़ासतौर पर इसलिए रखा गया है ताकि वह दीदार को नीचा दिखा सके। इसलिए लोगों की दिलचस्पी इस साल खेल में बहुत गहरी हो गयी थी। दीनू साँहसी को पहुँचने में कुछ देर हो गयी थी, लेकिन वह हाथ में अपना हुक्का लिये खेल के शुरू होने से पहले ही वहाँ पहुँच गया। उसके रिश्तेदारों में से कुछ और जवान भी उसके साथ आये थे।

अब पूरी तैयारियाँ हो चुकी थीं, और जितने कर्त्ता-धर्त्ता थे, उन्होंने आपस में कहा कि अब खेल शुरू हो जाना चाहिए। शामियाने में बैठे गुलज़ारासिंह ने भी अँगुलियों से अपनी मूँछें झाड़ते हुए कह दिया कि खेल शुरू होना चाहिए।

इस पर सब खिलाड़ियों ने खड़े होकर अपने कन्धों पर चौड़ी और ख़ूब लम्बी चादरें डाल लीं, और फिर कपड़े उतारकर जाँघिया कस लिये। लेकिन उन्होंने अपने शरीर चादरों में लपेट रखे, और उसी तरह फिर धरती पर बैठ गये।

पहले दीदारसिंह के गुट का एक तिरछा-बाँका जवान उठा, उसने चादर उतारकर अलग रख दी, और बैठकों के कुछ सपाटे मारकर मैदान में उतरा। वह न बहुत धीरे और न बहुत तेज़ी से चलता हुआ पाले की लकीर से काफ़ी दूर जा खड़ा हुआ। इस खेल में न 'कबड्डी-कबड्डी' कहा जाता है, न लम्बी कबड्डी ही की तरह दौड़ होती है, और न एक खिलाड़ी को रोकने के लिए उस पर पाँच-पाँच, छह-छह जवान पिल पड़ते हैं। नियम सिर्फ़ यही है कि जो जवान मैदान में आये, उसे पाले की लकीर तक पहुँचने से रोकने के लिए दूसरे गुट का कोई जवान उसके सामने जा खड़ा हो। पहला खिलाड़ी रास्ता रोकनेवाले को थप्पड़ मारकर अपने रास्ते से हटा सकता है, लेकिन दूसरे खिलाड़ी को थप्पड़ मारने का अधिकार नहीं होता... वह पहले खिलाड़ी को कुश्ती के दाँव-पेच, या किसी भी तरीक़े से धरती पर गिरा सकता है। दूसरे खिलाड़ी का काम पहले खिलाड़ी को जकड़कर मज़बूर कर देना होता है, ताकि वह पाले की लकीर तक न पहुँच पाये।

दीदारसिंह के गुट का जो जवान मैदान में उतरा था वह काफ़ी मशहूर खिलाड़ी था। उसका मुक़ाबला करने के लिए दूसरे गुट में से नाहरसिंह उठा। नाहरसिंह भी माना हुआ जवान था, और इस खेल का तो वह पुराना घाघ था।

जब दोनों जवानों का आमना-सामना हुआ तो नाहरसिंह को तीन-चार बड़े ज़ोर के झापड़ खाने पड़े। एक बार तो वह लड़खड़ाकर गिर भी पड़ा। पहले खिलाड़ी ने इस मौक़े का फ़ायदा उठाकर पाले की ओर भाग जाने के लिए क़दम उठाया ही था कि नाहरसिंह ने तुरन्त ही उठकर उसका रास्ता रोक लिया। नाहरसिंह को मन में पूरा यक़ीन था कि वह अपने मुक़ाबले के जवान को मज़बूर करने में क़ामयाब रहेगा। आख़िर वह उभरता हुआ खिलाड़ी था।

नाहरसिंह का अपने-आप पर यह यक़ीन ग़लत नहीं साबित हुआ। थोड़ी-सी झपटा-झपटी के बाद नाहरसिंह ने मुक़ाबले के खिलाड़ी को गिरा दिया, और उसे बिलकुल ही मज़बूर कर दिया।

दीदारसिंह के गुट का पहला खिलाड़ी हार गया। शामियाने के नीचे बैठे सरदार ख़ानदान के लोगों के चेहरे खिल उठे। फिलौरासिंह ने अपनी बगल में बैठे शफ़ी के कान में फुसफुसाकर कहा—"हमारा खिलाड़ी जीत गया। आप तो इसे पहचानते हैं?"

"जी हाँ, यही तो नाहरसिंह है, जो हमारे पास आपका सन्देशा लेकर आया था।"

"जी हाँ, वही नाहरसिंह है यह!"

आरिफ़ फिलौरासिंह से कहने लगा—"मुबारक हो सरदार साहब! बिसमिल्लाह तो अच्छी हुई इस खेल की।"

नाहरसिंह भी बड़ा ख़ुश था। वह सोचने लगा कि काश अमरो भी इस समय यहाँ होती तो वह मेरे हाथ की सफ़ाई देखती कि मैंने कैसे इस नौजवान के कसबल निकाल दिये हैं।

दीदारसिंह के गुट के लिए पहले खिलाड़ी की यह हार चिन्ताजनक थी। उन्होंने यह नहीं सोचा था कि उनके पहले खिलाड़ी के मुक़ाबले पर नाहरसिंह-जैसा घाघ आ जायगा।—असल में सरदार ख़ानदान के पट्ठे शुरू में ही अपनी धाक बैठा देना चाहते थे। इसीलिए तो नाहरसिंह को भेजा गया था।

दूसरी बार दीदारसिंह के गुट की जीत हुई, लेकिन तीसरी बार फिर इनकी हार हुई। गोया अब तक इस खेल में दीदारसिंह के गुट का पलड़ा हलका रहा। ख़लीफ़ा शेरा ने दीदारसिंह को धीरे से कहा—"मेरे ख़्याल में अब तुमको मैदान में उतरना चाहिए।"

इसमें शक़ नहीं कि दीदारसिंह खेल का रुख़ पलट सकता था, लेकिन इसके साथ यह भी याद रखने की बात थी कि सरदारों ने दीदार के मुक़ाबले के लिए वधावासिंह-जैसे आदमी को तैयार कर रखा था। आज़ इस टक्कर को कोई रोक नहीं सकता था। देखनेवाले भी इसी मुक़ाबले का इन्तज़ार कर रहे थे। कहते हैं कि पहले ज़माने में जब दो शत्रुओं की सेनाएँ एक-दूसरे के मुक़ाबले पर खड़ी होती थीं, तो कई बार ख़ून-ख़राबे से बचने के लिए दो योद्धाओं का मुक़ाबला करा दिया जाता था। दोनों सेनाओं में से एक-एक योद्धा निकलता, उनका मुक़ाबला होता, और उनकी हार-जीत पर ही दोनों शत्रुओं की हार-जीत का फ़ैसला हो जाता। आज कुछ ऐसी ही हालत हो रही थी।

अपने उस्ताद ख़लीफ़ा शेरा की इजाज़त पाकर दीदार चादर लपेटे हुए सीधा खड़ा हो गया। यह देखते ही वधावासिंह भी उठ खड़ा हुआ। दीदार ने अपने कन्धों और शरीर से चादर सरक जाने दी, और धीरे-धीरे उसका सारा बदन धूप में जगमगा उठा! नीचे लँगोट, और उसके ऊपर कसा हुआ जाँघिया...बाक़ी सारा बदन नंगा था। दीदारसिंह के शरीर की बनावट बेजोड़ थी। जब तक वह कपड़े पहने रहता तब तक उसके शरीर की सुन्दरता का अन्दाज़ा नहीं लगाया जा सकता था। बड़े छाज की तरह सीना, सिल की तरह पीठ, चीते की-सी कमर थी उसकी! बड़े-बड़े पहलवान उसे 'दर्शनी जवान' कहते थे। ऊँची गर्दन, बल्ले ऐसे कि उनमें मछलियाँ तैरती दिखायी देतीं। चौड़े-चकले हाथ, मज़बूत सुडौल टाँगें। भीड़-भाड़ में ऐसे लोगों की भी कमी नहीं थी, जो सिर्फ़ दीदारसिंह का शरीर देखने आये थे।

जब दीदार अपनी जगह पर खड़ा छोटे-से कंघे से बाल समेटकर, और कसे हुए जूड़े पर रंगीन फुँदनों की नयी जाली बाँध रहा था तो एकदम मैदान में शोर सुनायी दिया। लोगों ने पलटकर देखा कि वधावासिंह अपनी चादर परे फेंककर, लँगोट कसे 'ऐली! ऐली' पुकारता हुआ मैदान में दौड़ पड़ा। शब्द 'ऐली' वास्तव में 'या अली' था। हज़रत अली मुसलमानों के नबी मोहम्मद साहब के दामाद थे। हज़रत अली इतने बलवान् थे कि अब भी जब मुसलमान पहलवान या गतकेबाज़ अख़ाड़े में उतरते हैं तो 'या अली' कहकर अपना काम शुरू करते हैं।

वधावासिंह के दौड़ने से धमाधम की आवाज़ आयी, और मानो धरती काँप उठी। पाले की लकीर के पास खड़े होकर वधावासिंह ने बड़े ज़ोर-शोर से सपाटे लगाने शुरू कर दिये। फिर उसने अपना बड़ा-सा मुँह खोलकर अधखुले हाथ के पिछले भाग से मुँह को पल भर के लिए ढाँप लिया, और फिर एकाएक ही उसकी मुट्ठी हिली और बड़े ज़ोर का 'भक-भक!' का शोर सुनायी देने लगा। यह गोया बकरा बुलाया जा रहा था। बकरा बुलाना गोया अपने दुश्मन का मज़ाक उड़ाना था। उसने चारों ओर घूम-घूमकर बकरा बुलाया। जितनी देर में वह यह सब-कुछ करता रहा, इतनी देर में दीदार धीरे-धीरे क़दम उठाता हुआ मैदान के एक सिरे पर जा खड़ा हुआ। वह ख़ामोश था। न उसने सपाटे लगाये, न बकरा बुलाया। अगर वधावासिंह हड्डियों, पुट्ठों और मांस का पहाड़ था, तो दीदारसिंह ऐसा लम्बा-चौड़ा खम्भा था, जिसके भीतर बिजली कूट-कूटकर भरी हुई थी। अपने डील-डौल के बावजूद बहुत ज़्यादा लम्बा क़द होने की वजह से दीदारसिंह असील मुर्ग़ की तरह दिखायी दे रहा था, जो मुक़ाबले पर आये हुए मुर्ग़े को या तो मार डालता है, या मर जाता है— लेकिन मैदान छोड़कर नहीं भागता, हार नहीं मानता। दीदार की गर्दन सीधी थी, उसकी आँखें दूर पाले की लकीर के पास खड़े वधावासिंह पर जमी हुई थीं। दीदार की आँखों की सफ़ेदी तो बिजली की तरह चमक रही थी, लेकिन उसकी पुतलियाँ बिलकुल राख़ के रंग की हो रही थीं। जब कभी वह बहुत ज़्यादा जोश में आ जाता था तो उसकी पुतलियाँ राख़ के रंग की हो जाती थीं।

शामियाने के नीचे बैठे सरदार ख़ानदान के लोग अपने पट्ठे को बड़े फ़ख़्र से देख रहे थे। यह वह खेल था, जिसे जवानों में जो चुने हुए जवान होते थे, वही खेला करते थे। इस खेल में अकसर इतनी कठोरता होती थी कि कभी कोई औरत या लड़की इसे देखने नहीं आती थी। पहले से ही यह परम्परा बन चुकी थी कि औरतें इस खेल के मैदान से दूर ही रहेंगी।

एकाएक उछलते-कूदते हुए वधावासिंह को एहसास हुआ कि दीदारसिंह अपनी जगह पहुँच चुका है। वधावे ने दीदार की ओर मुँह करके उसे बड़े ज़ोर की आवाज़ में ललकारा। यह आवाज़ अर्थहीन थी, और किसी भारी-भरकम जंगली जानवर की भयंकर पुकार-सी लगती थी।

दीदार जहाँ-का-तहाँ खड़ा था। वधावासिंह ने क़दम जमा-जमाकर उसकी ओर बढ़ना शुरू किया। ज्यों-ज्यों वह दीदार के पास पहुँचता गया, त्यों-त्यों उसकी टाँगें और बाज़ू फैलते गये—जब वे दोनों एक-दूसरे के काफ़ी नज़दीक पहुँच गये तो दर्शकों की साँस रुक गयी। हज़ारों के मजमे पर मौत का-सा सन्नाटा छा गया—अब वे दोनों एक-दूसरे के इस क़दर नज़दीक थे कि किसी समय भी झपटा-झपटी हो सकती थी।

ऐसी हालत में एक-एक पल धीरे-धीरे घिसटने लगा। लोग आँख नहीं झपका रहे थे और बहुत ही धीरे-धीरे साँस ले रहे थे...दोनों जवान टकटकी बाँधकर एक-दूसरे की आँखों में आँखें डाले खड़े थे।

एकाएक दीदार की लम्बी टाँग की हरकत हुई, उसका हाथ हवा में उठा और उसने आगे बढ़कर बड़े ज़ोर का झापड़ वधावासिंह के कल्ले पर दिया। उस झापड़ की आवाज़ भीड़ के पीछे खड़े आदमियों के कानों तक भी पहुँची।

झापड़ मारने के बाद दीदार जिस फ़ुर्ती से आगे बढ़ा था उसी फ़ुर्ती से पीछे हट गया। वधावासिंह को यों महसूस हुआ जैसे दस सेर का हथौड़ा उसके कल्ले पर पड़ा हो और उतने स्थान की चमड़ी उखाड़कर अपने साथ ही ले गया हो। फिर उसका कल्ला सुन्न पड़ गया। एक ही झापड़ से वधावासिंह को पहली बार इस बात का एहसास हुआ कि उसके मुक़ाबले पर कैसा जवान खड़ा है। उसने कई बार दीदार को चलते-फिरते देखा था, लेकिन आज पहली बार उसका हाथ देख रहा था।

अगर वधावासिंह की जगह पर कोई और कितना भी बड़ा जवान होता तो इस झापड़ की मार उसे चकरा देने के लिए काफ़ी होती। लेकिन वधावासिंह जहाँ-का-तहाँ खड़ा रहा। अब वह सचमुच ही उत्तेजित हो चुका था। उसने चाहा कि वह एकदम झपटकर दीदार को बाज़ुओं में दबोच ले। यह इरादा करके उसने पले हुए भैंसे की तरह सिर नीचे को झुकाया और अन्धाधुन्ध दीदार की ओर झपटा। अब की दीदार ने पहलू बदलकर उसके दोनों कानों पर हथेली का घिस्सा दिया। वधावासिंह ने पहलवानी कभी नहीं की थी। जाननेवाले जानते हैं कि जिसके पहले से ही कान टूटे हुए न हों, उसके लिए इस तरह का घिस्सा कितना ख़तरनाक हो सकता है। और यही हुआ भी। पीछे की ओर से घिस्सा पड़ने की वजह से वधावे के दोनों कान टूट गये। पेशेवर पहलवान पहले से ही अपने कान तुड़वा लेते हैं। कान टूटने का यह मतलब है कि उनकी हड्डियाँ वग़ैरह मुड़-तुड़कर इस तरह हो जाती हैं कि बाद में घिस्सा पड़ने पर कोई तकलीफ़ नहीं होती।

वधावासिंह के कान टूटे तो ख़ून बह निकला, जिससे उसकी दाढ़ी के नीचेवाले बाल तर हो गये। वह भिन्नाकर पीछे हट गया।

लोगों ने देखा कि अगर दीदारसिंह चाहता तो वह इस मौक़े का फ़ायदा उठाकर दौड़ता हुआ पाले तक पहुँच जाता, लेकिन उसने यह नहीं किया। जिसका मतलब यह था कि वह वधावासिंह से ऐसा मुक़ाबला करना चाहता था कि ज़िन्दगी में दोबारा उनका एक-दूसरे के सामने खड़े होने का सवाल न उठे—यह बड़ी अनोखी हालत थी कि एक खिलाड़ी को भाग निकलने का मौक़ा मिल रहा था, लेकिन वह भागना नहीं चाहता था। लोग यह भी समझ गये कि अब कभी जीवन में दोबारा उन्हें ऐसा दृश्य देखने को नहीं मिलेगा।

पीछे हटकर वधावासिंह अब भी झुकी-झुकी लाल-लाल आँखों से दीदार की ओर घूर रहा था।

एक बार फिर मौक़ा पाकर वधावासिंह ने दीदार की कमर को अपने बाजुओं के चंगुल में लेना चाहा, लेकिन इससे पहले ही दीदारसिंह ने अपनी दोनों हथेलियाँ उसकी कोहनियों के भीतर मारकर उसके बाज़ू पल भर को नाकाम कर दिये और अपने साथ लिपटते हुए जवान को ऊपर उठा लिया और तीन मन की इस लाश को पूरी ताक़त से कुछ दूरी पर फेंक दिया।

वधावासिंह सिर के बल गिरा। उसकी आँखों के आगे अँधेरा छा गया और फिर उस अँधेरे में लाल-पीले तारे दमकने लगे।—यह दूसरा मौक़ा था कि अगर दीदारसिंह चाहता तो वह पाले की रेखा तक पहुँच जाता....लेकिन उसने ऐसा नहीं किया। वह फिर अपनी जगह पर जहाँ-का-तहाँ खड़ा हो गया।

शामियाने के नीचे बैठे सरदारों के अलावा दूसरे लोग भी सकते में आ गये। क्या तीन-साढ़े तीन मन के शरीर को इस तरह उठाकर फेंका जा सकता था। एक तरह से दीदारसिंह का ऐसा करना ग़लत भी था। लेकिन वहाँ बोलता कौन? किसी को आवाज़ उठाने की हिम्मत नहीं हो रही थी। वे जानते थे कि अब कोई ज़रा-सा भी बोला तो छव्वियाँ चल जायेंगी और दस-बारह सिर धरती पर लुढ़कते नज़र आयेंगे।

वधावासिंह फिर एक बार अपने पाँव पर खड़ा हो गया। दोनों कानों के पीछे से ख़ून बहता जा रहा था और दीदारसिंह के हाथ और बाज़ू भी उस गाढ़े-गाढ़े ख़ून से लिथड़ गये थे।

वधावा अन्धाधुन्ध फिर एक बार अपने दुश्मन की ओर झपटा। अब की तेज़ी से आते हुए वधावे को दीदार ने भरपूर झापड़ दिया तो वह लड़खड़ाकर दूसरी ओर जा गिरा।—अब यही हो रहा था कि वधावा उठता और दीदार उसके जबड़े, गर्दन या गुद्दी पर भरपूर झापड़ देता। गर्दन से ऊपर वधावासिंह का सिर, मुँह, कल्ले वग़ैरह मानो टमाटर की तरह पिलपिले हो गये। यहाँ तक कि वह बेहोश हो गया और मरे हुए भैंसे की तरह टाँगें फैलाकर लेट गया।

कहाँ तो अब तक मौन छाया हुआ था, कहाँ एक बार ही तालियों का शोर उठा और न जाने कितने लोग खड़े होकर बकरा बुलाने लगे।

अभी खेल चालू रहना चाहिए था, लेकिन सब लोग मैदान में दौड़ पड़े। कुछ जवानों ने दीदारसिंह को कन्धे पर उठा लिया। बहुत-से लोग बेहोश वधावासिंह को घेरे में लेकर खड़े हो गये। वे उसे यों देख रहे थे जैसे कोई अनोखा जंगली जानवर उनके गाँव के बहादुर जवान ने मार डाला है।

शामियाने के नीचे सरदारों में हलचल मच गयी। अजीब तरह के डर ने उनके कलेजे अपने चंगुल में ले लिये। गुलज़ारासिंह ने महसूस किया कि कहीं कोई झगड़ा ही न उठ खड़ा हो। वह अपने दोस्तों और साथियों समेत घर जाने के लिए उठ खड़ा हुआ। उसने फिलौरासिंह के कान में कहा—"तुम गुरुद्वारे के भीतर जाओ, और घर की सारी औरतों को लेकर घर चले आओ।"

फिलौरासिंह का चेहरा पीला पड़ गया था। उसके कानों में इस बात की भनक भी पड़ चुकी थी कि दीदारसिंह और गज्जनसिंह के बहुत-से साथी दूर-दूर के देहात से आये हुए हैं, और वे लाठियों पर छव्वियाँ चढ़ाये मरने-मारने को तैयार बैठे हैं।

सरदारों के जल्दी से विदा हो जाने पर कुछ लोगों में यह बहस भी चली कि खेल के नियमों के मुताबिक़ दीदारसिंह का वधावासिंह को उठाकर परे फेंकना ग़लत था या नहीं। लेकिन जल्दी ही वे इस निष्कर्ष पर पहुँचे कि दीदारसिंह ने ग़लती नहीं की थी। जब वधावासिंह ने उछलकर दीदारसिंह की गर्दन अपने हाथों में दबोचने की कोशिश की, उसी समय मज़बूरन दीदारसिंह ने उसे पकड़कर परे फेंक दिया। वरना पूरे खेल में दीदार ने सिर्फ़ झापड़ मारे थे। इसलिए उसने अपनी ओर से नियम तोड़ने की कोशिश नहीं की थी। वधावासिंह को इस बात का कोई हक़ नहीं था कि वह दीदारसिंह की गर्दन पर हाथ डालता।

वधावासिंह बहुत देर तक जहाँ-का-तहाँ बेहोश पड़ा रहा। लोग उसे देख-देखकर आगे बढ़ते जा रहे थे। ख़लीफ़ा शेरे ने दीदार की पीठ पर थपकी दी। कुछ देर के बाद दीदार को ही वधावासिंह का ख़्याल आया। वह तुरन्त उसके पास पहुँचा, पानी मँगवाकर उसके मुँह पर छींटे दिये। कुछ दूरी पर सरदारों के चार-पाँच 'कम्मी' (नौकर) चुपचाप खड़े छिपी नज़रों से इधर देख रहे थे। उन्हें वधावे के पास जाने की हिम्मत नहीं हो रही थी। दीदार ने इशारे से उन्हें बुलाया और वधावे को एक चारपाई पर डालकर सरदारों के अहाते की ओर भेज दिया गया।

उस रात सरदारों के ख़ानदान का न तो कोई आदमी और न कोई कम्मी मेले में दिखायी दिया। लेकिन मेला बड़ा भरपूर जमा। दीदार के साथी रात भर ख़ुशियाँ मनाते रहे।

●

पन्द्रह

: १ :

दीदारसिंह की जीत और वधावासिंह की हार की यह ख़बर इलाक़े भर में फैल गयी। यहाँ तक कि तेजासिंह के ननिहाल में भी लोगों को इस बात का पता चल गया। लेकिन तेजासिंह ननिहाल में नहीं था।

वह अपने कुछ दोस्तों के साथ बैलगाड़ी में बैठकर बारह-चौदह कोस परे नवाँ पिण्ड का जोड़-मेला देखने गया हुआ था। वह नहीं जानता था कि अकालगढ़ में उसके बड़े भाई ने कैसी विजय पायी है। वह तो अपने ही दोस्तों में मौज़-मेला मना रहा था।

नवाँ पिण्ड का जोड़-मेला इतना बड़ा नहीं होता था, जितना कि अकालगढ़ का, लेकिन दो-तीन दिन तक काफ़ी रौनक रहती थी। चौथे दिन की शाम तक मेला उखड़ जाता था।

तीसरे रोज़, दिन ढले ही तेजासिंह के यार-दोस्त देशी शराब की बोतलें बगल में दबाकर ले आये। उन सबने बोतलों को मुँह लगाकर गटागट शराब पी डाली। महाप्रसाद (मांस) की देग (बड़ा पतीला) तैयार की थी। उन्होंने खाया-पिया, और फिर एक तिरछे-बाँके जवान ने कान पर हाथ रखकर गाना शुरू कर दिया—

बल्ले बल्ले बई रोटी लैके द्योर दी चली
सिर ते डोरिया गण्ढे दी छिल वरगा

(भाभी देवर का खाना लेकर खेतों को चली, तो उसने सिर पर इतनी बारीक चुनरी ओढ़ रखी थी जैसे प्याज़ का छिलका।)

एकदम 'बल्ले-बल्ले' का शोर फैल गया, और गानेवाला लाठी को हवा में उठाकर और बल खा-खाकर नाचने लगा।

यह सारी कार्रवाई तेजासिंह के एक दोस्त के घर में हो रही थी जिसका नाम जगीरसिंह था। जगीर की शादी नहीं हुई थी, माँ-बाप भी मर चुके थे, सिर्फ़ एक मौसी रह गयी थी। इसलिए वह अपने मकान में मनमानी कर सकता था।

जब यह नाच-गाना ख़त्म हुआ तो रात काफ़ी गुज़र चुकी थी। तेजासिंह का एक और साथी ननिहाल से ही उसके साथ आया था। उसका नाम फुलेलसिंह था।

सब लोग अपने-अपने घर को चले गये तो फुलेलसिंह ने तेजासिंह से कहा—"यार! हमारी गाँठ में तो एक पैसा भी नहीं बचा। सब-कुछ खाने-पीने में उड़ गया। जब लौटने पर घरवाले पूछेंगे कि हम छोटे बच्चों के लिए मेले से क्या लाये हैं, तो हम उनको क्या जवाब देंगे?"

तेजे को भी अब तक इस बात का ख़्याल नहीं आया। था। सचमुच यह तो बड़ा टेढ़ा मसला था। जब तेजे ने इस बात का ज़िक्र अपने दोस्त जगीरसिंह से किया तो वह कहने लगा—"मैं अपनी मौसी से तुम लोगों के लिए कुछ रुपया उधार ले सकता हूँ! कल सुबह दुकानें उखड़नी शुरू हो जायँगी, लेकिन फिर भी तुम लोग घर के लिए कुछ-न-कुछ ख़रीद सकोगे।"

तेजे ने कहा—"कोई ऐसी तरक़ीब नहीं हो सकती कि हमें उधार न लेना पड़े।"

जगीरसिंह दाँत दिखाकर बोला—"इसका उपाय तो यही है कि आज रात आस-पास के किसी गाँव में हाथ मारा जाय।"

तेजासिंह और फुलेलसिंह को यह सुझाव पसन्द आया। तेजे ने पूछा—"क्या तुम्हारी नज़र में कोई ऐसा घर है?"

जगीर ने जवाब दिया—"घर तो कोई नज़र में नहीं है, लेकिन हम कोशिश करें, तो कुछ-न-कुछ हाथ लग सकता है।"

फुलेलसिंह बोला—"लेकिन तेजे! हमें किसी दूर के गाँव में हाथ मारना चाहिए। कल हम तो अपने गाँव लौट जायेंगे, लेकिन बेचारा जगीरसिंह फँस जायगा।"

तेजे ने हामी भरते हुए जवाब दिया—"ठीक है, हम किसी पासवाले गाँव में नहीं घुसेंगे। काफ़ी दूर जाकर ही हाथ मारेंगे।"

यह तय करके वे तीनों नवाँ पिण्ड से निकल पड़े। कुछ दूर तक तो वे तेज़ी से क़दम उठाते बढ़ाते रहे, फिर सुनसान इलाक़ा देखकर उन्होंने दौड़ना शुरू कर दिया।

वे तीनों बीस साल से कम के जवान थे। इकहरे बदन के लम्बे-तड़ंगे और शिकारी कुत्तों की तरह फ़ुर्तीले। एक साथ क़दम उठाते हुए जब वे पेड़ों और झाड़ियों में से होकर दुलकी चाल से दौड़ने लगे तो उनका सफर काफ़ी जल्दी-जल्दी कटने लगा।

क़रीब ढाई घण्टे के लगातार दौड़ने के बाद उन्हें एहसास हुआ कि अब वे अपने गाँव से काफ़ी दूर पहुँच चुके हैं। रास्ते में उन्हें दायें-बायें कई गाँव दिखायी दिये, लेकिन वे अपनी योजना के अनुसार कहीं भी नहीं रुके। अब उन्होंने सोचा कि अगर कोई गाँव दिखायी दिया तो वे उसी में घुस पड़ेंगे।

भागते-भागते उन्हें दूर से किसी गाँव के मकान मैले-मैले धब्बों की तरह दिखायी दिये। उन्होंने दौड़ना बन्द कर दिया, और धीरे-धीरे क़दम उठाने लगे। जब वे गाँव के काफ़ी पास पहुँच गये तो उन्होंने फुसफुसाकर आपस में सलाह की कि गाँव के भीतर घुसना ठीक नहीं होगा। उनके पास लाठियों के सिवा कोई हथियार नहीं था, इसलिए इस बात का डर था कि गाँव में घुसकर कहीं वे घिर न जायँ।

उन्होंने अपनी पगड़ियों के शमले घुमाकर दूसरी ओर को ठूँस लिये ताकि उनकी आँखों के सिवा सारा चेहरा छिप जाय।

उन्हें गाँव के बाहर एक कच्चा मकान दिखायी दिया, जिसकी छत भी कम ऊँची थी। लगता था कि गाँव का कूड़ा-कबाड़ भी उसी मकान के पास फेंका जाता था, और कूड़े से अरूढ़ी की छोटी-सी पहाड़ी बन गयी थी। यह नन्ही-सी पहाड़ी मकान के पिछवाड़ेवाली दीवार के साथ सटी हुई थी। इसलिए इस पर से मकान की छत पर चढ़ना आसान था।

ख़ुशक़िस्मती से किसी कुत्ते ने भी उन्हें नहीं देखा। इन जानवरों की आदत यह है कि जिस जगह एक कुत्ता भौंके, बाक़ी सब कुत्ते भी वहीं पर पहुँच जाते हैं। इस समय गाँव के दूसरे सिरे से कुत्तों के भौंकने का शोर सुनायी दे रहा था।

ज्यों ही वे मकान के पास पहुँचे तो चाँद की रोशनी में उन्हें एक दुबला-पतला कुत्ता दिखायी दिया, जो दीवार के पास से ही उठकर खड़ा हुआ था। इसके पहले कि वह कुत्ता भौंकता या उसके हलक से किसी भी तरह की आवाज़ निकलती, जगीरसिंह की लाठी उसके सिर पर पड़ी। वह हलकी-सी 'टैं' के साथ वहीं पर ठण्डा हो गया।

अरूढ़ी पर खड़े होकर वे बारी-बारी मकान की छत पर चढ़ गये। उनमें जो भी ऊपर पहुँचता वह फ़ौरन ही पेट के बल लेट जाता। मकान की आधी छत पर पास के बरगद के पेड़ की छाँव पड़ रही थी। वे तीनों परछाइयों की तरह पेट के बल सरकते हुए उस छायावाले हिस्से में पहुँच गये। तब उन्होंने मुँडेर से सिर ज़रा-सा उठाकर सेहन में नज़र दौड़ायी—वहाँ जो कुछ उन्होंने देखा वह उन्हें चकित कर देने के लिए काफ़ी था। यह भी गनीमत थी कि उनके मुँह से ताज़्ज़ुब और ख़शी की हलकी-सी चीख़ नहीं निकली।

सारा सेहन दुधिया चाँदनी से नहाया हुआ था। बीचोंबीच दो चारपाइयाँ थीं, एक पर नौजवान औरत सो रही थी, और दूसरे पर भारी-भरकम जवान सोया पड़ा था। एक लम्बी मज़बूत लाठी उसके पहलू में पड़ी थी।

औरत न सिर्फ़ ख़ूबसूरत थी, बल्कि वह सिर से पाँव तक सोने के गहनों से लदी हुई थी। चौक, जुगनियाँ, बालियाँ, तवीतड़ियाँ, गोखरू, हार, कण्ठा, झाँझरें और न जाने क्या-क्या गहने थे। कलाइयों पर लाल चूड़ा भी था, जिससे लगता था कि उसकी शादी हुए ज़्यादा समय नहीं हुआ था—सोते में औरत की टाँगें सलवार के पायँचों

से बाहर निकल आयी थीं। ऐसी सुडौल, भरपूर और चमकीली पिण्डलियाँ उन्होंने कम ही देखी थीं। उसकी कमीज़ भी जालीदार कपड़े की थी, जिसमें से उसका गोरा रंग झलक दिखा रहा था। उसका एक बाजू सिर के नीचे था और दूसरा ऊपर की ओर उठकर सिरहाने के नीचे लटक रहा था।

वे तीनों बिलकुल चकित-से पेट के बल लेटे रहे। उनकी आँखें फटी-की-फटी रह गयीं—फिर धीरे-धीरे उनकी नज़र औरत से हटकर साथवाली चारपाई पर पड़ी। उस पर जो मर्द लेटा था उसे देखकर वे तीनों सारी चौकड़ी भूल गये। जिस तरह औरत सैकड़ों में एक थी, उसी तरह मर्द भी सैकड़ों में एक था। उसका बदन देखकर लगता था जैसे शक्ति और बल उसके अंग-अंग में कूट-कूटकर भरे हों। गोया क़ीमती ख़जाने के पास साँप पहरा दे रहा था।

वे चुपचाप लेटे पूरी स्थिति का जायज़ा लेते रहे। सेहन लम्बा-चौड़ा था। परले कोने में अच्छी नस्ल की दो भूरी भैंसें बँधी थीं। उनमें से शायद एक दूध देनेवाली थी और दूसरी अभी गाभिन थी। दीवार के खूँटे पर दही बिलोने की बड़ी-सी बिलौनी लटक रही थी। जिस ओर चूल्हा था वहाँ कुछ साफ़-सुथरे बर्तन चमक रहे थे।

मुँडेर से ज़रा परे खिसककर वे आपस में खुसर-फुसर करने लगे। सचमुच ही ख़तरे की बात थी। एक चारपाई पर धन का ढेर लगा था और दूसरी चारपाई पर भूतनुमा पहरेदार लेटा था। बेशक अगर वह जाग पड़े तो उनमें से एक-दो को तो ठण्डा कर ही देगा। तेजा बोला—"यह जवान काफ़ी भारी-भरकम है, इसलिए मैं सोचता हूँ कि माल लेकर अगर हम खुले खेतों में पहुँच जायँ तो यह हमें पकड़ नहीं पायेगा।"

तेजे के दोनों साथी इतना बड़ा ख़तरा मोल लेने से घबरा रहे थे। वे माल तो साफ़ करना चाहते थे, लेकिन बेकार में अपनी जान से हाथ धोना नहीं चाहते थे। तेजा उनके मन की इस हालत को समझकर ताव में आ गया। कहने लगा—"मैं अकेला सेहन में उतरता हूँ और इस औरत के ज़ेवर उतारता हूँ। तुम दोनों यहीं छत पर ही लेटे तमाशा देखते रहो।"

उसके दोस्त समझ गये कि तेजा उनसे नाउम्मीद होकर ताना दे रहा है। जगीरसिंह बोला—"अरे! तुम इतने लाल-पीले क्यों हो रहे हो? हम डरपोक नहीं हैं कि यहाँ छिपकर लेटे रहें।"

तेजे ने बड़ी गम्भीरता से कहा—"मेरा मतलब यह नहीं है। मैं सोचता हूँ कि अगर मर्द की आँख खुल गयी, या औरत के शोर मचाने पर वह जाग उठा तो सबसे पहले उसका ध्यान मेरी ओर जायगा। ऐसे मौक़े पर तुम छत से कूद पड़ना और पीछे से हमला कर देना।"

फुलेलसिंह ने कहा—"अगर यही बात है तो क्यों न हम दोनों अभी तुम्हारे साथ नीचे उतर पड़ें। तुम औरत के ज़ेवर उतारते रहना और हम लाठियाँ ताने मर्द के सिरहाने खड़े रहेंगे।"

तेजे ने जवाब दिया—"नहीं, यह ठीक नहीं रहेगा। अगर हमें भागना पड़ा तो ज़रा मुश्किल हो जायेगी। यह ज़रूरी तो नहीं कि मर्द जाग ही पड़े। अगर वह न जागा तो सिर्फ़ मुझी को छत पर चढ़ना होगा और यहाँ से भागने में हमें सहूलियत रहेगी।"

जगीर ने फुलेलसिंह की ओर देखकर कहा—"भई! हमें इसी का सुझाव मानना पड़ेगा। हम इस काम में कच्चे हैं और यह पाजी डाकुओं का छोटा भाई है। इस तरह के हथकण्डों में हमारा गुरू है।"

अब फिर वे तीनों मुंडेर की ओर खिसके। औरत और मर्द ज्यों-के-त्यों सो रहे थे। तेजा लाठी साथियों के पास छोड़कर छत से लटका, पहले उसने दीवार के साथ बने तन्दूर पर पाँव रखा और फिर हलकी-सी छलाँग लगाकर सेहन में उतर गया। फुलेल ने उसकी लाठी ऊपर से लटकाकर उसे थमा दी।

तेजा दबे पाँव औरत की चारपाई की ओर बढ़ा। पास से वह और भी सुन्दर दिखायी दे रही थी। कुछ पलों तक उसकी आँखें औरत के चेहरे पर जमी रहीं, जैसे जंगल में कोई भूला-भटका भेड़िया पूर्णमासी के चन्द्रमा को देखने लगता है। फिर वह धीरे से घुटनों के बल चारपाई के पास बैठ गया। अब उसकी फुर्तीली अँगुलियों ने अपना काम शुरू कर दिया। हर ज़ेवर उतारने के बाद उसकी छोटी-छोटी मूँछों के नीचे होंठों पर मुस्कराहट खेलने लगती और वह एक नज़र अपने साथियों की ओर भी देख लेता।

उसके साथियों ने अपनी ठुड्डियाँ मुंडेर पर टिका रखी थीं। जगीरसिंह की दाढ़ी कुछ लम्बी थी, इसलिए उसकी दाढ़ी ज़रा-सा आगे को लटक आयी थीं। जब हवा का झोंका आता तो दाढ़ी के बाल लहरा जाते।

तेजे ने अपनी कमर से बँधे हुए अँगौछे को खोलकर सेहन के कच्चे फ़र्श पर रख दिया और ज़ेवर उतार-उतारकर उसी में रखने लगा। उसने औरत के माथे और सिर के सब गहने उतार लिये। दोनों कलाइयों के गोखरू बड़ी तरक़ीब से निकाले, यानी गोखरुओं के दोनों सिरों में मज़बूत धागे के फन्दे डालकर उन्हें दायें-बायें खींचा और ज्योंही उनके मुँह खुल जाते तो वह उन्हें कलाई से सरका लेता। गले का हार और कण्ठा भी उतर गया।

धीरे-धीरे ज़ेवरों का ढेर लग गया। सिर्फ़ एक कान की बाली बच गयी। उसे निकालने में मुश्किल यह थी कि औरत का चेहरा परली ओर को झुका हुआ था, और उसका कान बाजू के ऊपर दबा हुआ था। तेजा सोच में पड़ गया कि वह औरत का सिर किस तरह घुमाये। सिर उठाकर छत की ओर देखा तो उसके साथी इशारों में भाग आने के लिए कह रहे थे। लेकिन वह एक बाली को छोड़कर अपनी क़ामयाबी अधूरी नहीं बनाना चाहता था। इसलिए उसने सोच-विचारकर चारपाई की रस्सी में से एक बारीक-सा तिनका निकाला। उसे एक सिरे से पकड़कर उसका दूसरा सिरा

औरत के कान में घुमाया। पहली बार तो कुछ नहीं हुआ, लेकिन जब उसने दूसरी बार घुमाया तो औरत ने करवट बदलकर चेहरा उसकी ओर कर दिया। तेजा तुरन्त डुबकी लगाकर चारपाई के नीचे हो गया। फिर उसने धीरे-धीरे सिर ऊपर उठाया।—अब बाली उसके सामने थी।

उसने बड़ी सफ़ाई से काम लेते हुए अँगुलियाँ बढ़ाकर बाली निकालनी चाही, लेकिन बाली फँसकर रह गयी। तेजा बहुत देर तक सँभले हुए हाथ के साथ उस बाली से उलझा रहा, लेकिन वह नहीं उतरी।

एकाएक औरत के दोनों हाथों की हरकत हुई, पल भर में बाली उतरी, और उसकी ओर बढ़ी।

औरत ख़ुद अपनी बाली उसकी ओर बढ़ा रही थी। यह देखकर तेजा एक धचके से पीछे हटा और उसके चूतड़ फ़र्श पर टिक गये।

औरत ने अपनी बड़ी-बड़ी मदभरी आँखें खोलीं और तेजे को देखकर मुस्कुराने लगी।

: २ :

औरत को एकाएक इस तरह मुस्कुराते देखकर तेजा मूर्ति की तरह गुम-सुम हो गया। उसे कुछ नहीं सूझ रहा था।

छत पर लेटे फूलेलसिंह और जगीरसिंह को पता ही नहीं चला कि नीचे चुपके-चुपके क्या हो रहा है। अब उनकी ओर औरत की पीठ थी, और तेजा अपनी लम्बी-लम्बी टाँगें फैलाये सेहन में बैठा था। उनकी समझ में नहीं आ रहा था कि तेजा यह बेवकूफ़ी क्यों कर रहा है।

औरत की मुस्कुराहट ने प्यारी-सी मौन हँसी का रूप धारण कर लिया। वह फुसफुसाकर बोली—"जिस तरह और जिन हाथों से ये सब ज़ेवर उतारे हैं, उसी तरह और उन्हीं हाथों से इन्हें पहना दो, वरना याद रखो कि मेरा आदमी तुम तीनों को मार-मारकर हड्डी-पसली एक कर देगा।"

तेजा ज्यों-का-त्यों चुप बैठा रहा।

औरत ने फिर कहा—"अच्छी तरह सोच लो, फिर न कहना कि मैंने तुम्हें बताया नहीं—हाँ।"

औरत ने फिर आँखें मूँद लीं।

एकाएक तेजे का उजड्डपन जाग उठा। धीरे से बोला—"यह तो मानता हूँ कि तुम्हारा आदमी बड़ा बलवान् है, लेकिन मोटिया गया है। अगर एक बार हम यहाँ से निकल जायँ तो वह दौड़कर हमें पकड़ नहीं पायेगा।"

यह सुनकर औरत ने एक हाथ नीचे करके गहनोंवाला अँगौछा उठाया, उसकी पोटली बाँधकर तेजे के हवाले करते हुए कहा—"लो, जब तुम सामनेवाले छोटे-से बबूल के पास पहुँच जाओगे तो मैं इसे जगा दूँगी।"

तेजा भी बडे ताव में आया हुआ था। औरत की यह बात उसके दिल में छव्वी की नोक की तरह चुभ गयी। लेकिन ढीठ बनकर उसने पोटली हाथ में पकड़ ली, और चुपके से तन्दूर पर चढ़कर खड़ा हो गया। उसके दोनों साथियों ने पहले तो पोटली ले ली, और फिर उसके ऊपर को उठे हुए दोनों हाथ पकड़कर छत पर खींच लिया। वे जल्दी से अरूढ़ी पर कूद पड़े, और फिर तेज़ी से चलते हुए बबूल के पास पहुँच गये।

वहाँ पल भर रुककर उन्होंने पीछे की ओर देखा तो छत पर वह मर्द खड़ा दिखायी दिया। उसके हाथ में लाठी थी, और अब वह पहले से भी कहीं ज़्यादा लम्बा-चौड़ा दिखायी दे रहा था।

तेजा वहीं डट गया। बोला—"आने दो इसे यहीं पर भुगत लेंगे।"

उसके साथियों ने समझाया कि पराये गाँव के पास लड़ना ठीक नहीं। अगर गाँववाले जाग पड़े तो सब-के-सब हम पर पिल पड़ेंगे। माल हमारे हाथ आ ही गया है, अब तो हमें खिसक चलने की कोशिश करनी चाहिए। बेकार में लड़ने का क्या फ़ायदा।

इतना कुछ समझाकर फुलेल और जगीर दौड़ पड़े। मज़बूरन तेजे को भी उनका साथ देना पड़ा।

वे तीनों काफ़ी तेज़ी से भागे जा रहे थे, लेकिन उनका पीछा करनेवाला और भी तेज़ निकला। इसलिए उन्होंने दौड़ने की चाल बढ़ा दी। उनका ख़्याल था कि अब वह भारी-भरकम सरदार पिछड़ जायगा; लेकिन उन्होंने कनखियों से मुड़कर देखा तो वह रेल के इंजन की-सी तेज़ी से आगे बढ़ा आ रहा था।

उन तीनों को ताज़्ज़ुब होने लगा। वे लम्बी और तेज़ दौड़ों के लिए अपने इलाक़े में मशहूर थे, लेकिन आज तो उनका दिमाग़ भी चकरा गया। समझ में नहीं आ रहा था कि दोहरे बदन का आदमी उनसे तेज़ कैसे दौड़ पा रहा है। धीरे-धीरे उनके बीच का फ़ासला कम होने लगा।

दौड़ते-दौड़ते तीनों ने सोचा कि अब तो चलाकी से काम लेना पड़ेगा। आख़िर यह तय पाया गया कि सामने झाड़ियों के जो दो झुण्ड नज़र आ रहे हैं, उनके बीच में से होकर गुज़रा जाय। लेकिन उन्हें पहले से ही एक क़तार में हो जाना चाहिए ताकि पीछे दौड़ते हुए आदमी को वे तीनों नज़र न आयें। उसे सिर्फ़ पीछे का आदमी ही दिखायी दे।

अब वे तीनों एक क़तार में होकर दौड़ने लगे। इरादा यह था कि ज्यों ही वे झाड़ियों के दो झुण्डों के बीच में से गुज़रें तो आगे के दोनों आदमी, यानी फुलेल और

जगीर दायें-बायें गिरकर झाड़ियों की ओट में हो जायँ। सबसे पिछला आदमी, यानी तेजासिंह सीधा भागता चला जाय। अँधेरे में उनका पीछा करनेवाले को उनकी इस चालाकी का पता नहीं चलेगा। जब वह झाड़ियों में होकर गुज़रे तो छिपे हुए जवान लाठियों से उस पर हमला कर दें। उन्होंने यही कुछ किया। फुलेल और जगीर झाड़ियों की ओट में हो गये, और तेजा सीधा भागता चला गया। उनका पीछा करनेवाला इस धोखे में आ गया, और जब वह झाड़ियों के बीच में से होकर निकला तो जागीर और फुलेल ने पीछे से लपककर लाठियाँ बरसा दीं।

तेजा लौटकर आया तो उसने तुरन्त साथियों की लाठियाँ रोक दीं, क्योंकि वह आदमी गिरकर बेहोश हो गया था।

तेजे ने अपने दोनों हाथ कमर पर टिकाकर गिरे हुए आदमी की ओर देखा, और फिर चमकती हुई आँखों से अपने साथियों पर नज़र डालकर बोला—"हमने यह कोई मर्दोंवाला काम नहीं किया।"

वे दोनों चुप रहे। फुलेल ने नीचे झुककर बेहोश जवान के सीने पर हाथ रखा। उसका दिल अब भी धड़क रहा था, और साँस चल रही थी।

तीनों दोस्त वहाँ से चल दिये। कोस भर आगे पहुँचकर उन्हें एक पुराना रहट नज़र आया। अब शायद कुआँ सूख गया था, क्योंकि वहाँ की हर चीज़ टूटी-फूटी दिखायी देती थी। उन्होंने सोचा कि बची-खुची रात यहीं बितायी जाय, और दिन चढ़े वे नवाँ पिण्ड को चल देंगे।

कुछ सोते कुछ जागते बाक़ी रात कट गयी। सुबह की रोशनी फैलने लगी तो तेजा बोला—"यार! जो कुछ भी कहो, रातवाला जवान ख़ूब था...आहा हा!...कहीं वह मर तो न गया होगा!...भई मुझे फ़िकर-सी लगी हुई है..."

तेजे ने मानो सबके मन की बात कह दी। जगीरसिंह बोला—"हमें इस गाँव में कोई पहचानता तो है नहीं। क्यों न हम वहाँ जाकर पता लगायें कि रातवाले जवान का क्या हाल है। कई राहगीर आते-जाते इस गाँव से गुज़रते ही हैं।

फुलेल ने कहा—"मगर हमें अच्छी तरह दिन चढ़ जाने पर ही जाना चाहिए। बहुत जल्दी जाना भी ठीक नहीं।"

फुलेल का मतलब था कि दिन चढ़ जाने पर गाँव में काफ़ी चहल-पहल हो जायेगी, और दूसरे जाने-अनजाने लोगों में उनकी ओर कोई ध्यान नहीं देगा।

तेजा बोला—"उस औरत ने तो मुझे अच्छी तरह देखा है। सामना हो जाने पर वह मुझे ज़रूर पहचान लेगी।"

जगीर ने कहा—"इसका एक उपाय तो यह है कि तुम उस औरत की नज़र से बचकर रहना। वैसे भी हम तीनों को गाँव में अलग-अलग घुसना चाहिए।"

ख़ूब दिन चढ़ आया तो उन्हें पता चला कि पास ही कोई दूसरा गाँव भी है। सलाह-मशविरे से फुलेल को उस गाँव में भेजा गया, जो तन्दूर की कुछ रोटियाँ, डेलों का अचार और दो टिण्डों में लस्सी ले आया। नाश्ता करके वे ताज़ादम हो गये, और फिर रातवाले गाँव की ओर चल दिये। जब उन्हें दूर से गाँव दिखायी दिया तो वे अलग-अलग हो गये। वहाँ पहुँचकर पता चला कि रातवाली बात सारे गाँव में आग की तरह फैल चुकी है। रातवाले जवान का नाम वरियामसिंह था। वह उस समय गाँव के दारे में बैठा था। उनके लिए यह भी सहूलियत की बात थी, क्योंकि इस तरह उन्हें रातवाले मकान में नहीं जाना पड़ा।

दारे में बहुत-से लोग बैठे थे। वहीं एक चारपाई पर वरियामसिंह अधलेटा-सा हो रहा था। उसके सिर पर हल्दी और घी लगाकर पट्टी बाँध दी गयी थी, और वह हँस-हँसकर लोगों से बातें कर रहा था।

वे तीनों अलग-अलग दारे में पहुँचे। दिन की रोशनी में ऐसा जवान देखकर उन्हें बड़ी ख़ुशी हुई। उन्हें पता चला कि वरियामसिंह अपने गाँव का सबसे तगड़ा जवान है, और आज तक उसके हाथ से कोई चोर या डाकू बच नहीं पाया था।

तेजा पहले तो टकटकी बाँधकर वरियामसिंह की ओर देखता रहा और फिर बोला—"क्यों, भाई! यह क़िस्सा क्या है?"

वरियामसिंह ने उसे कोई परदेशी मुसाफ़िर समझकर सारी घटना कह सुनायी, और फिर बड़े मज़े में हँसकर बोला—"वे तीन थे। यह मानना पड़ेगा कि वे भी कोई मामूली जवान नहीं थे, क्योंकि आज तक मैंने दौड़ में किसी आदमी को बहुत दूर तक नहीं जाने दिया। लेकिन रातवाले जवान सचमुच दौड़ने में मुझसे कम नहीं थे। अगर कहीं मिल जायँ तो मैं उनके हाथ चूम लूँ। मुझे अफ़सोस सिर्फ़ इस बात का है कि हमारा आमने-सामने मुक़ाबला नहीं हो सका..."

तेजा थोड़ी देर तक तो बातें करता रहा, फिर उसने अपने साथियों को इशारा किया कि वे गाँव के बाहर निश्चित स्थान पर पहुँच जायँ।

फुलेल और जगीर तो अलग-अलग गाँव के बाहर की ओर चल दिये, और तेजा रातवाले मकान में पहुँच गया। उसने देखा कि वही औरत सेहन के कोने में बैठी पराठे पका रही है। ज्यों ही वह सेहन में घुसा, औरत ने उसे देख लिया। वह तन्दूर से टेक लगाकर खड़ा हो गया, औरत को इशारे से बुलाया। वह उठकर उसके पास चली आयी। तेजे ने अपने कुर्ते के भीतर हाथ डालकर तहमद में फँसी गहनों की पोटली निकाली, और उसे औरत की ओर बढ़ाते हुए मुस्कुराकर बोला—"तुमने रात अपने मर्द के बारे में जो कहा था, वह बिलकुल ठीक निकला।"

पोटली हाथ में थामें औरत कुछ देर तक चुपचाप उसकी ओर देखती रही, फिर जब वह लौट पड़ी तो तेजा बोला—"चोर का अँगौछा वापस करना मत भूलना।"

औरत कुछ नहीं बोली। पहले वह मकान के भीतर घुसी, फिर चौके की ओर गयी, और अन्त में उसका अँगौछा लौटाने के लिए उसके पास चली आयी।

तेजे ने देखा कि अब फिर पोटली बँधी हुई थी। पूछा—"इसमें क्या है?"

"तुम लोगों के लिए पराठे, मिट्टी की कटोरी में थोड़ा मक्खन और अचार है!"

तेजे ने धन्यवाद में सिर हिला दिया, और बोला—"काश! मैंने रात ही तुम्हारा कहना मानकर जिस तरह तुम्हारे ज़ेवर उतारे थे उसी तरह पहना दिये होते तो कितना अच्छा होता..."

औरत चौके को जाते-जाते रुकी, उसकी होंठों पर हलकी-सी शरारतभरी मुस्कुराहट आ गयी, बोली—"अभी लड़के हो न!...धीरे-धीरे समझ जाओगे।"

औरत चौके में जाकर फिर पराठे पकाने लगी। तेजा जहाँ-का-तहाँ खड़ा उसे पल-दो-पल के लिए देखता रहा। और फिर, 'सस सिरी अकाल।' कहकर सेहन के दरवाज़े से निकला और लम्बे-लम्बे डग भरता हुआ अपने साथियों से मिलने के लिए चल दिया।

वहाँ पहुँचते ही उसने साथियों से कहा—"मैं वे गहने रातवाली औरत को लौटा आया हूँ।"

यह सुनकर मानो उसके साथियों के दिल पर से भारी बोझ हट गया।

उस शाम जब वे नवाँ पिण्ड में पहुँचे तो मेले की दो-चार दुकानों के अलावा सब दुकानें उखाड़ी जा चुकी थीं। फुलेल ओर तेजे को जागीर की मौसी से कुछ रुपया उधार लेना पड़ा।

नवाँ पिण्ड के दो-चार आदमी भी अकालगढ़ का जोड़-मेला देखने गये थे। अब वे लौट आये थे। उनमें से एक तेजासिंह को पहचानता था। उसने कहा—"तेजे! काश तुम अकालगढ़ में होते! कितनी अजीब बात है। आख़िर तुम वहाँ गये क्यों नहीं?"

"क्यों, अब की वहाँ कोई ख़ास बात थी?"

"अरे! इससे ज़्यादा ख़ास बात क्या होगी कि तुम्हारे भाई ने अब की अपने नाम के डंके बजा दिये..."

इसके बाद उस आदमी ने चटख़ारे ले-लेकर शुरू से आख़िर तक सारी घटना सुनायी।

तेजे ने ख़ुश होकर पूछा—"वधावासिंह अभी मरा कि नहीं?"

"मरा तो नहीं, लेकिन मरा-जैसा ही समझो। मेरे ख़याल में अब उसके बदन को जब कभी सर्दियों में ठण्ठी हवा लगेगी तो उसकी एक-एक हड्डी में दर्द हुआ करेगा।"

इस पर वे सब हँसने लगे।

●

सोलह

: १ :

जिस दिन वधावासिंह ने दीदारसिंह से मार खायी, उन रोज़ अकालगढ़ में कई अफ़वाहें फैली हुई थीं। सबसे बड़ी अफ़वाह तो यह थी कि दीदारसिंह ने अपने दूर-दूर के साथियों को जोड़-मेले पर बुला रखा है। वह पहले से ही जानता था कि सरदारों ने वधावासिंह को क्यों अपने पास रख छोड़ा है। इसलिए उसकी योजना यह थी कि जिस दिन वधावासिंह की पिटायी हो उसी दिन आठ-दस सिर काट दिये जायँ। दीदारसिंह ने ऐसी कोई योजना नहीं बना रखी थी, लेकिन लोगों का कहना यही था कि छव्वियाँ चुपके-चुपके तेज़ की जा रही हैं, और अगर दिन में कुछ नहीं हुआ तो रात में ख़ून की नदियाँ बह जायँगी। जब लोगों में कोई झूठी अफ़वाह भी फैलने लगती है तो रोकना बहुत ही मुश्किल हो जाता है। रात भर सरदारों का ख़ानदान दुविधा में पड़ा रहा। गुलज़ारासिंह बिलकुल नहीं चाहता था कि किसी तरह का ख़ूनख़राबा हो, लेकिन अपनी हिफ़ाजत के लिए उसने भी कुछ आदमी तैयार रखे थे। अहाते में सारी रात उनके आदमी लाठियों पर छव्वियाँ चढ़ाये घूमते रहे। नीवाँ अकालगढ़ के कई लोग डर के मारे रात भर सो नहीं सके। वे सोच रहे थे कि जब इतनी तादाद में डाकू गाँव पर टूट पड़ेंगे तो न जाने किस-किस को लूट लें। अपने-अपने घरों में बैठे लोग सरदारों के ख़ानदान को कोस रहे थे। लेकिन उधर दीदारसिंह को इन बातों की कुछ ख़बर ही नहीं थी। उसने सारी रात अपने साथियों के साथ खाने-पीने और गाने-बजाने में बिता दी।

अगले दिन मेले की दुकानें उखड़नी शुरू हो गयीं। शाम तक वैसे तो बहुत-से दुकानदार अभी मौजूद थे, लेकिन मेला वीरान हो चुका था। बाहर से आये हुए राशी, ज्ञानी और प्रचारक वापस चले गये थे। निहंगसिंह अब भी गुरुद्वारे में टिके हुए थे। शाम के समय उनकी ठण्डाई घोटने की आदत थी, चूँकि इसमें भाँग ख़ास तौर पर डाली जाती थी, इसलिए उन्हें चारदीवारी के बाहर ही अपना यह काम करना पड़ता था। दीदार को भाँग का नशा पसन्द नहीं था, लेकिन वह निहंग सिंहों से गप-शप करता हुआ उनके साथ चारदीवारी से बाहर चला गया। बाहर से आये हुए निहंग सिंहों ने

भी अभी तक डेरा जमा रखा था। एक बहुत बड़े पत्थर के कूँडे में छिपे हुए बादाम, खस-खस, तरबूजे के बीज, खरबूजे के बीज, लौकी के बीज, खीरे के बीज, छोटी इलायची, काली मिर्च, भाँग वगैरह डालकर उसकी घोटाई शुरू कर दी गयी। घोटाईवाला डण्डा नीचे से पतला और ऊपर से कद्दू के बराबर चौड़ा था। बिलकुल ऊपर छोटे-छोटे घुंघरू बँधे हुए थे। घोटाई करते समय घुँघरू बज उठते थे। ख़ूब छना-छन होती थी। जब एक निहंगसिंह की घोटाई की रफ़्तार ज़रा धीमी होने लगती, तो दूसरा 'सतनाम!' कहकर घोटाई शुरू कर देता। सूरज डूब चुका था। चमगादड़ें आसमान में उड़ निकली थीं। मवेशी और भेड़-बकरियों के गल्ले या तो घर पहुँच चुके थे, या गाँव के पास ही थे। उनके पाँव तले से धूल उड़ रही थी, और उस धूल में से 'बाँ-बाँ', 'मैं-मैं' का शोर सुनायी दे रहा था। एकाध चरवाहा लड़का भैंस की पीठ पर बैठा लहक-लहककर अलगोज़े बजाता दिखायी दे जाता। दीदारसिंह निहंग सिंहों की मज़ेदार बातों का रस ले रहा था कि दूर से उसे एक लड़की दिखायी दी। वह माछियों की लड़की थी। दीदार उसे पहचानता था। उसके मन में पलभर को यह ख़याल उठा कि माछियों की लड़की वहाँ क्या कर रही है, लेकिन जब पेड़ की आड़ से लड़की ने उसे इशारा किया तो वह समझ गया कि उसी के लिए कोई सन्देशा लायी है।

वह सहज से उठा। दायें-बायें नज़र डाली। फिर वह लड़की की ओर जाने की बजाय दूसरी ओर को चल दिया। वह एक लम्बा-सा चक्कर काटकर उसके पास पहुँच गयी, क्योंकि वह भी इस बात को समझती थी।

दीदार ने कनखियों से उसकी ओर देखते हुए पूछा—"क्या बात है?"

"रूपी तुमसे मिलना चाहती है।"

"कहाँ?"

"वह तुम्हारे तबेले में ही आयेगी।"

दीदार ने मन में कहा कि आज ज़रूर कोई ख़ास बात होगी, क्योंकि इस तरह मुलाक़ात करने की रूपी को आदत नहीं थी। उसने लड़की की ओर देखकर पूछा—"कब आयेगी वह?"

"खाना खाने के बाद।"

"अच्छा, मैं तबेले में ही रहूँगा। उसका इन्तज़ार करूँगा।"

"बहुत अच्छा।"

लड़की चलने लगी तो दीदार ने कहा—"तुम रात को उसके साथ ही रहना।"

"हाँ, मैं साथ ही रहूँगी। वह अकेली कैसे आ सकती है?"

लड़की के चले जाने के बाद दीदार बहुत देर तक सोचता रहा कि न जाने रूपी पर कौन-सी मुसीबत आयी है, लेकिन उसकी समझ में कुछ नहीं आया।

अब वह सीधा घर गया, खाना खाया और पहले से ही तबेले की ओर चल दिया। वह चाहता था कि मूलसिंह को किसी बहाने से खिसका दे, ताकि जब रूपी तबेले में आये तो वह उसे देख न ले।

दीदार के बहुत-से दोस्त तो सुबह के समय ही विदा हो गये थे, लेकिन कुछ अब भी गुरुद्वारे में डेरा डाले बैठे थे। दीदार जान-बूझकर उनके पास नहीं गया। जाता तो उनसे अपना पीछा छुड़ाना मुश्किल हो जाता।

खेतों में से चलता हुआ जब दीदारसिंह तबेले में पहुँचा तो मूलसिंह छोटी चारदीवारी के बाहर कुएँ के पास बैठा रोटी खा रहा था। दीदार को देखा तो रोटी बीच में ही छोड़कर खड़ा हो गया।

दीदार ने हाथ से बैठने का इशारा करते हुए कहा—"देखो मूलसिंह खाना खा चुको तो मेरा एक काम कर देना।"

"बहुत अच्छा जी।"

दीदार तबेले की चारदीवारी में गया। यह सेहन गन्दा-सा था। फिर वह कमरे में घुसा। यह कमरा उसे साफ़-सुथरा नज़र आया। जब से बन्तासिंह जानकी के साथ वहाँ आकर टिका था, तब से वह कमरा ज्यों-का-त्यों साफ़-सुथरा पड़ा था। दीदार को कमरे का माहौल भला लगा। ऊपर कोने में मकड़ियों के जाले तो थे, लेकिन फ़र्श बिलकुल साफ़ था। भीतर दो चारपाइयाँ भी पड़ी थीं। आले में सरसों के तेल का चिराग़ भी जल रहा था। दीदारसिंह एक चारपाई पर बैठ गया।

कुछ ही पलों में मूलसिंह अँगौछे से दाढ़ी और मूँछ साफ़ करते हुए भीतर आया। दीदार ने उसे देखते ही कहा—"मूलसिंह ! तुम गुरुद्वारे चले जाओ। वहाँ मेरे कुछ साथी बैठे हैं। तुम उन्हें घर से खाना लेकर पहुँचा देना। मेरे बारे में पूछें तो कह देना कि वह काम से पासवाले किसी गाँव में गया है। इस बात का ख़्याल रखना कि जब तक मैं गुरुद्वारे में न पहुँच जाऊँ, तुम वहीं पर रुके रहना।"

इतना सुनकर मूलसिंह एकदम पलट गया, और तेज़ी से क़दम उठाता हुआ उच्चा अकालगढ़ की ओर बढ़ने लगा।

दीदार कुछ देर तक तो चारपाई पर बैठा रहा, फिर कमरे से निकलकर बाहर खड़ा हो गया। उसके दाहिने हाथ काफ़ी दूरी पर मदरसा छोटे-से ढेले की तरह दिखायी दे रहा था। मदरसे के बायें हाथ पहले नीवाँ अकालगढ़ और फिर उच्चा अकालगढ़ गोबर के दो ढेरों की तरह नज़र आ रहे थे। उच्चा अकालगढ़ के बायीं ओर गुरुद्वारा था, लेकिन गाँव की ओट में होने की वजह से दिखायी नहीं दे रहा था, लेकिन अब भी दो-चार गैस अपनी रोशनी फैलाये हुए थे।

माहौल में छायी हुई ख़ामोशी किस कदर रहस्यपूर्ण थी। कभी-कभी आस-पास के पेड़ों पर किसी पक्षी के चूँ-चूँ करने की आवाज़ सुनायी दे जाती, या अकालगढ़ की ओर से कुत्ते भौंक उठते। बहुत दूर से झाड़ियों या मरघट में गीदड़ 'हुआ हूँ' कर रहे थे। उनकी ये आवाज़ें दिल की गहराइयों में उतर जाती थीं।

वह कुछ देर तक छोटी-सी दीवार पर एक पाँव जमाये इधर-उधर नज़र दौड़ाता रहा, फिर चारदीवारी में से बाहर निकलकर सीधा खड़ा हो गया।

उसकी आँखें रूपी की तलाश कर रही थीं। अब भी उसके मन को दुविधा लगी थी कि न जाने रूपी पर क्या मुसीबत पड़ी है, जो उसने अचानक ही उसे बुलवाया है। ज्यों-ज्यों समय गुज़रता जा रहा था, त्यों-त्यों दीदारसिंह की परेशानी बढ़ती जा रही थी। कहीं ऐसा न हो कि किसी अड़चन की वजह से रूपी घर से निकल न पाये...।

इतने में ही उसे खेतों में से दो परछाइयाँ-सी चलती दिखायी दीं। अपने आकार और डील-डौल से वे लड़कियाँ लग रही थीं। ये रूपी और उस माछी लड़की के सिवा और कौन हो सकती थीं।

उन्होंने गहरे रंग की फुलकारियाँ लपेट रखी थीं। उन गहरे रंग की चादरों पर रेशम के धागे से जगह-जगह फूल काढ़ दिये गये थे। इन फुलकारियों की वजह से कोई उन्हें जल्दी से देख नहीं सकता था।

जब वे पास पहुँचीं, तो रूपी को पहचानकर दीदार की जान में जान आयी। लेकिन जब बहुत पास से रूपी का चेहरा देखा तो दीदार हैरान रह गया। कहाँ तो पिछली कुछ रातों से वह गुलाब का-सा खिला चेहरा देख रहा था, और कहाँ इस समय रूपी का चेहरा सूखकर कपास के फूल की तरह हो रहा था। उसके रंग-रूप में एकाएक इतना बड़ा परिवर्तन कैसे आया। वह पूछे बिना न रह सका—"रूपी! यह तुम्हें क्या हो गया?"

रूपी ने हाँफते हुए जवाब दिया—"चलो, अभी बताती हूँ।"

भीतर जाने से पहले रूपी ने दूसरी लड़की की ओर देखा और बोली—"तुम यहीं रहट के पास बैठो। मैं अभी आती हूँ।"

माछियों की लड़की रहट की ओर चली गयी। वे दोनों कमरे के भीतर पहुँच गये। दीये की टिमटिमाती रोशनी में रूपी यों दिखायी दे रही थी जैसे मोम की बनी हुई पुतली हो, जो पल-पल पर पिघलती जा रही हो। न सिर्फ़ उसके चेहरे की यह हालत थी, बल्कि दीदार को यों लगा जैसे वह अपनी टाँगों पर खड़ी भी नहीं रह पायेगी। उसने रूपी को सहारा देकर चारपाई पर बैठाया, और बोला—"आख़िर ऐसी क्या मुसीबत आ गयी है?"

बात करने से पहले रूपी के होंठ एकाएक ही सूख गये। वह उन पर जीभ फेरते हुए बोली—"बस अब तुम मुझे यहाँ से कहीं ले चलो।"

"यह क्या कह रही हो?"

"ठीक ही कह रही हूँ। अब हमारा यहाँ रहना ठीक नहीं है।"

"हिम्मत से काम लो। क्या हमें यहाँ से कोई डण्डे मारकर खदेड़ देगा? किसी में इतनी हिम्मत भी है?"

रूपी ने फटी-फटी आँखें उसके चेहरे पर गड़ाते हुए कहा—"इससे भी ज़्यादा बुरा होनेवाला है—कहा न, अब यहाँ से मुझे लेकर भाग चलने की तैयारी करो।"

दीदार उठकर खड़ा हो गया और भारी स्वर में बोला—"रूपी! तुमने मुझसे कहा था कि मैं जब तुम्हें लेने आऊँगा तभी तुम मेरे साथ चलोगी—अब मैं तुम्हें लेने ही आऊँगा।"

"उसका तुम्हें मौक़ा ही नहीं मिलेगा।"

"अजीब बात है। तुम तो कहती थीं कि जब तक मैं तुम्हें खुल्लमखुल्ला लेने नहीं आऊँगा तब तक—और अब तुम ख़ुद ही घर से भाग आयी हो।"

"मैं तुम्हारी अमानत हूँ, इसलिए अपने-आपको तुम तक पहुँचा दिया है। अब आगे तुम सोच लो।"

"सोचूँ क्या ख़ाक!...तुम पहले यह तो बताओ कि हुआ क्या है?"

"हुआ यह है कि घरवालों ने किसी से मेरी बात पक्की कर दी है।"

यह कहकर रूपी ने दोनों हाथ चेहरे पर रख लिये, और सिसकियाँ भरने लगी।

दीदार को अपने कानों पर यक़ीन नहीं हुआ। भला यह कैसे हो सकता था। बोला—"अचानक बात कैसे पक्की हो गयी? शादी-ब्याह के मामले इतनी जल्दी तो तय नहीं हो जाते। न तुम्हारे बारे में कहीं बात चली, न किसी को पता चला, भला एकाएक ही यह काम कैसे हो गया है?"

"तुम खड़े क़ानून छाँटते रहो, लेकिन जो बात थी, सो मैंने तुमको बता दी।"

"मैं पूछता हूँ कि किसने तुम्हारी बात पक्की की?"

"मेरे बाप ने!...और कौन करता?" रूपी कुछ निराशा और क्रोध से बोली।

"क्यों गर्म हो रही हो बाबा! आख़िर किससे बात पक्की हुई है तुम्हारी?"

"मैं लड़के का नाम नहीं जानती।"

"अरी! उनके घर में से किसी को जानती है कि नहीं?"

"वे एक दिन के लिए हमारे घर में आये थे। जोड़-मेले में टिके थे। मेरे चाचा और बेबे ने मेले में जाकर उस लड़के को देखा। उसे पसन्द कर लिया। हमारी बात पक्की कर दी।"

अब दीदार कुछ ताव में आकर बोला—"यह सब-कुछ हो गया, और तुम्हें अभी तक लड़के के घरवालों में से किसी का कुछ पता नहीं!"

"लड़के के बाप का नाम बूटासिंह है।"

"कौन-सा गाँव है उनका?"

"फरीदपुर!—अब चार-छह दिन में खुल्लमखुल्ला मँगनी हो जायगी। अभी तो ज़बानी बाप पक्की हुई है। मेरे घरवालों ने तो हाँ कर दी है, लेकिन मुझे यह भी मालूम हुआ है कि लड़के के बाप ने कहा था कि बात तो पक्की है ही, लेकिन मँगनी करने से पहले बड़ों से इस रिश्ते का ज़िक्र करना ज़रूरी है। वरना वे बुरा मान जायेंगे।"

यह सुनकर दीदार पाँव के बल फ़र्श पर रूपी के सामने बैठ गया, और उसके दोनों हाथ थामकर बोला—"रूपी! मेरी ओर देखो।"

रूपी ने आँसुओं से भीगी हुई पलकें झपकाते हुए चुपचाप उसकी ओर देखा। दीदार की आँखें हमेशा की तरह चमक रही थीं। वह फिर बोला—"तुम चुपचाप घर जाओ। मेरी बात का यक़ीन करो कि फरीदपुर से बूटासिंह या उसके ख़ानदान का कोई आदमी मँगनी करने के लिए अकालगढ़ नहीं आयेगा। हो सकता है कि वे लोग फरीदपुर से चल दें। लेकिन याद रखो, कि न तो वे यहाँ पहुँच पायेंगे और न वापस जा पायेंगे।"

दीदारसिंह के ये तेवर देखकर रूपी पर मानो जादू-सा हो गया। वह बिलकुल पत्थर की मूर्ति-सी बन गयी।

दीदार धीरे-धीरे उठकर खड़ा हो गया, और एकदम पीछे हटकर कहने लगा—"रूपी! मैं अपना वचन पूरा करूँगा। या तो मैं सिर पर सेहरा बाँधकर तुम्हें लेने आऊँगा, या खुल्लमखुल्ला तुम्हारे सब रिश्तेदारों के सामने तुम्हारा हाथ थाम लूँगा। इसके बाद मैं नहीं कह सकता कि हम दोनों ज़िन्दा बचेंगे या नहीं—लेकिन तुम्हारा दीदारसिंह करेगा यही कुछ।"

रूपी अपनी ठुड्डी के नीचे चादर के दोनों सिरे बड़े ज़ोर से मुट्ठी में भींचे हुए उठ खड़ी हुई। वह अब भी चुप थी। जब दीदारसिंह के तेवर ऐसे होते थे तो उसके आगे बड़े-बड़ों को बोलने की हिम्मत नहीं हो सकती थी। बेचारी रूपी क्या बोल पाती!

दीदार ने उसे अपने दोनों हाथों में कन्धों पर से यों थाम लिया जैसे ऊपर को उठा लेगा, और फिर धीमे स्वर में बोला—"मैं यह नहीं चाहता कि मेरी होनेवाली दूल्हन चोरों की तरह भागकर मेरे पास आये। हमारे इलाक़े की यह रीति है। तुम जाओ और हमेशा यह याद रखो कि जब तुम्हें कोई ब्याहने के लिए आयेगा तो वह सिर्फ़ दीदारसिंह होगा।—तुम ख़ातिर जमा रखो कि कोई और इस मक़सद से तुम्हारे घर की देहलीज़ पर पाँव नहीं रख सकेगा।"

रूपी को दीदार की बात पर यक़ीन हो गया। उसकी समझ में आ गया कि उसे दुल्हन बनाने के लिए दीदारसिंह के सिवा कोई नहीं आयेगा।

वह छोटे-छोटे क़दम उठाती हुई कमरे के बाहर चली गयी। जब वे चारदीवारी के बाहर पहुँचे तो माछियों की लड़की उनके पास आ गयी।

विदा होते समय रूपी की आँखों में आँसू थे, लेकिन होंठों पर मुस्कुराहट भी खेल रही थी।

वे चली गयीं, और दीदारसिंह उन दो परछाइयों को खेतों के अँधेरे में गुम होते हुए देखता रहा—इसके बाद वह देर तक जहाँ-का-तहाँ खड़ा रहा। उसकी आँखें अकालगढ़ से भी परे आसमान के धुँधलके पर टिकी रहीं।

: २ :

रूपी से बातचीत करने के बाद दीदारसिंह धीरे-धीरे गुरुद्वारे की ओर बढ़ा। वह अब भी गहरे सोच में डूबा हुआ था। कुछ तो ग़ुस्से की वजह से और कुछ रूपी को तसल्ली देने के लिए उसने कह दिया था कि न तो उसका रिश्ता किसी और से तय हो सकेगा, और न कोई इस मक़सद से उनके घर में पाँव रख पायेगा, लेकिन उसने यह नहीं सोचा था कि यह काम होगा कैसे? माना, ऐसा करना नामुमकिन नहीं था, फिर भी इस बारे में सोचना तो ज़रूरी था। यह मसला एकाएक ही पैदा हो गया, दीदार इसके लिए बिलकुल तैयार नहीं था, इसीलिए उसे उलझन हो रही थी। ख़यालों में खोये होने की वजह से उसके क़दम भी धीरे-धीरे उठ रहे थे। यहाँ तक कि वह गुरुद्वारे के पास पहुँच गया।

जब वह चौड़े रास्ते को छोड़कर छोटे रास्ते पर चलने लगा तो उसे गज्जनसिंह के ससुरालवाले मिले, यानी गज्जन के ससुर-सास के अलावा उसके दो साले और दो सालियाँ भी थीं। उन्हें देखते ही दीदार रुक गया। उसने सालों से हाथ मिलाया, सालियों की पीठ पर थपकी दी और ससुर-सास को 'पैरी-पौना' कहा। फिर पूछा—"आप इस समय कहाँ जा रहे हैं?

गज्जन की मुटल्ली सास बोली—"हम कल सुबह अपने गाँव लौट जायेंगे, सोचा घर पर आप सबके दर्शन कर आयें। कल तो मुलाक़ात हो नहीं सकेगी।"

"गज्जनसिंह तो शायद गुरुद्वारे में ही होगा।"

अब ससुर जी बोले—"हाँ, हाँ, गज्जन से हम अभी-अभी मिलकर आ रहे हैं। तुम्हारे बारे में पूछा तो वह कहने लगा कि उसे ख़ुद ही तुम्हारे बारे में कुछ पता नहीं है—मेरा ख़्याल है कि तुम्हारे कुछ और दोस्त भी तुम्हारा इन्तज़ार कर रहे हैं।"

दीदार बोला—"चलिये मैं आपको घर तक ले चलूँ।"

ससुर ने जल्दी से हाथ बढ़ाकर उसके कन्धे पर थपकी देते हुए कहा—"नहीं दीदार! तुम्हें तकलीफ़ उठाने की कोई ज़रूरत नहीं। हमें घर का रास्ता मालूम है। तुम अपने दोस्तों के पास जाओ। गज्जन भी उन्हीं के साथ बैठा तुम्हारी राह देख रहा है।"

दीदार ने फिर भी उनके साथ जाने की कोशिश की, लेकिन उन्होंने मना कर दिया। मज़बूरन दीदारसिंह ने 'सत सिरी अकाल' की और गुरुद्वारे की ओर चल दिया।

उसने अपने दोस्तों के गुट में नूरे को भी बैठे देखा। नूरा मेले पर नहीं आ सका था और न उसने वधावासिंह और दीदार का मुक़ाबला देखा था। दीदार ने कुछ शिकायत के लहज़े में कहा—"यार नूरे! कम-से-कम कल तो यहाँ आ गये होते। तुम्हें मालूम था कि वधावे से मेरे दो-दो हाथ होनेवाले हैं। यार-दोस्त जमा रहें तो मेरी हिम्मत भी बढ़ जाती है। तुम आये कब?"

नूरे ने उसका हाथ अपने हाथ में लेकर कहा—"मैं बस कुछ ही देर पहले यहाँ पहुँचा हूँ। कल न आ सकने का मुझे तुमसे भी ज़्यादा अफ़सोस है। तुम नहीं जानते कि मुझे तुम्हारी जीत की कितनी ख़ुशी हुई है। मुझे बूड़चक्क ही में इस बात की ख़बर मिल गयी थी।"

"कमाल है! बूड़चक्क तक ख़बर पहुँच गयी?"

"बूड़चक्क ही नहीं, पूरे इलाक़े में यह ख़बर फैल गयी है।"

"लेकिन भई! तुम क्यों नहीं आये? तुम्हारे बिना मेरा मन सूना-सूना रहा।"

नूरे ने भौंहों से बलकार की ओर इशारा करते हुए जवाब दिया—"यह बात इससे पूछो।"

दीदार ने बलकार की ओर देखा तो वह सिर हिलाकर बोला—"बाद में बताऊँगा!"

कुछ-कुछ तो दीदारसिंह समझ गया, लेकिन वह चुप रहा।

यार-दोस्त भरे बैठे थे, उनमें से एक ने कहा—"तुम अपनी कहो न। कहाँ फूट गये थे?"

दूसरा बोला—"मैंने इसे एक लड़की के साथ जाते देखा था।"

दीदार समझ गया कि उसने उसे माछियों की लड़की के साथ जाते देखा होगा। मुस्कुराकर बोला—"यार! क्यों बदनाम करते हो मुफ़्त में। यह बताओ कि तुम लोगों ने कुछ खाया-पिया भी या नहीं?"

तीसरे दोस्त ने जवाब दिया—"हम तो तुम्हारे मेहमान हैं। हमारे खाने-पीने की तुम्हें फ़िक्र नहीं है तो भूखे ही सो रहेंगे।"

अब गज्जनसिंह बोल उठा—"किसी को भूखे नहीं सोना पड़ेगा। आज निहंग सिंहों के लंगर में सबको खाना मिलेगा।"

दीदार चौंककर बोला—"लेकिन मैंने तो मूलसिंह को भेजा था कि वह घर से खाना लेकर यहाँ पहुँचा दे।"

गज्जन ने कहा—"फ़िक्र मत करो। मैंने घरवालों को मना कर दिया था कि वे यहाँ खाना न भेजें। इसलिए अगर मूलसिंह वहाँ गया भी होगा तो घरवालों ने उसे बता दिया होगा।"

दीदारसिंह के मन में ख़याल उठा कि आख़िर मूलसिंह कहाँ गया। उसने पूछा—"तो क्या मूलसिंह यहाँ आया नहीं?"

"नहीं।"

दीदार ने सोचा कि घर में मेहमान आये हुए हैं, हो सकता है कि मूलसिंह किसी काम में ही लग गया हो।

इतने में एक निहंग-सिंह दाढ़ी लहराता हुआ आया और बोला—"आओ गुरू के सिंहों! चलकर परशाद छक लो। गुरू का लंगर तैयार है।"

सब लोग उठकर चल दिये। गज्जन और दीदार जान-बूझकर चार क़दम पीछे-पीछे चलने लगे। गज्जन धीरे से बोला—"मेरे ससुरालवाले घर गये हैं?

"हाँ, मुझे मिले थे?"

"कुछ कह रहे थे?"

"नहीं। मैंने चाहा कि उन्हें घर तक छोड़ आऊँ, लेकिन उन्होंने यह कहकर इनकार कर दिया कि गुरुद्वारे में मेरे दोस्त मेरा इन्तज़ार कर रहे हैं।"

गज्जन ने गम्भीर आवाज़ में कहा—"सरदारों ने जान-बूझकर शीलोवाली अफ़वाह तो फैला ही रखी है। मुमकिन है कि मेरे ससुरालवालों के कानों तक भी यह बात पहुँच गयी हो।"

"ज़रूर पहुँची होगी। उन हरामज़ादों ने इसीलिए तो यह कार्रवाई की थी।"

गज्जन ने चिन्तित होकर पूछा—"तो क्या मैं भी घर चला जाऊँ?"

"बिलकुल कोई ज़रूरत नहीं—तुमने भाभी को तो सब-कुछ समझा दिया था न?"

"हाँ, उसे मैंने बिलकुल पक्का कर दिया है।"

"बस फिर क्या है। चुपके से यहीं बैठे रहो। जो होगा सो देखा जायगा।"

पल भर मौन छाया रहा। फिर गज्जन ने कहा—"तुम भी तो कुछ सोच में डूबे नज़र आते हो। क्या कोई ख़ास बात है?"

"है तो—लेकिन बाद में फ़ुर्सत से बताऊँगा।"

इसी बातचीत में वे निहंग सिंहों के डेरे में जा पहुँचे। जिधर भोजन करनेवालों की पंगत लगी हुई थी, सब लोग तो उधर चले गये, लेकिन दीदारसिंह रुका रहा। गज्जन ने पूछा—"तुम क्यों रुक गये?"

"मैंने घर पर खाना खा लिया था।"

गज्जन ने उसका बाजू थामकर कहा—"कोई बात नहीं, चलो कुछ तो खा लो। अगर तुम पंगत में नहीं बैठोगे तो निहंगसिंह बिगड़ जायेंगे। उनका मन रखने को यों ही थोड़ा-बहुत खा लेना।"

दीदारसिंह पंगत में बैठ गया। खाना-पीना ख़तम हो जाने के बाद कुछ देर गप-शप चलती रही। निहंग सिंहों के डेरे से लौटकर जब वे गुरुद्वारे में पहुँचे तो दीदार के यारों ने बताया कि पिछली रात और आज के दिन की वजह से वे थकान महसूस कर रहे थे। उन्हें नींद आ रही थी। बात भी ठीक थी। रात भर वे नाचते-गाते रहे थे। दीदारसिंह दिन में घर जाकर थोड़ी देर सो चुका था, इसलिए उसे ऊँघ नहीं आ रही थी।

जब दूसरे लोग सोने की तैयारी करने लगे, तो बलकारसिंह, नूरा, गज्जन और दीदार...चारों वहाँ से खेतों की ओर चल दिये। वे आपस में सलाह करना चाहते थे। लेकिन इससे पहले बलकार ने कहीं ज़िक्र कर दिया कि वह किसी काम से गुजरात गया था। इस पर गज्जन ने पूछा—"वहाँ तुम बन्ते से मिले या नहीं?"

"हाँ, मैं उससे मिलने गया था। भला यह कैसे हो सकता था कि मैं गुजरात में उससे मिले बिना ही लौट आता।"

"वह ठीक-ठाक था न?"

"हाँ, बन्तासिंह तो ठीक था लेकिन..."

दीदारसिंह ने इस सिलसिले में कोई बातचीत नहीं की। वह सिर्फ़ सुनता रहा। गज्जन ने फिर पूछा—"तुम कुछ कहते-कहते रुक क्यों गये?"

बलकार शायद दीदार की वजह से ही झिझक गया था। बोला—"वह' जो औरत है न... जानकी!—वह बीमार रहती है। इसी वजह से बन्ता भी काफ़ी परेशान दिखायी देता था।"

"ऐसी क्या बीमारी है उसे?" गज्जन ने पूछा।

"सुना है कि उसे तपेदिक की बीमारी लगी है, उसके किसी रिश्तेदार को थी, उसी की छूत से हुई है।"

गज्जन गम्भीर होकर बोला—"इस बीमारी का तो कोई इलाज ही नहीं है..."

अब कुछ देर तक मौन छाया रहा। हर एक अपने-अपने मन में कुछ-न-कुछ सोच रहा था। गुरुद्वारे से कुछ दूर पहुँचकर वे खेत की एक ऊँची-सी मेंड़ पर बैठ गये। बलकार ने बात शुरू करते हुए दीदार से कहा—"भाई, अब तुम्हें जोड़-मेले से तो फ़ुर्सत हो गयी है..."

दीदार ने एक तिनका दोहरा करके उसे तोड़ते हुए कहा—"हाँ हो तो गयी है, अब सोच रहा हूँ कि कुछ दिन आराम कर लूँ, घर पर रहकर।"

"मैं तुम्हें आराम करने से मना नहीं करता, लेकिन अपने यार नूरे का काम तो करना ही होगा।"

दीदार ज़रा चौंककर बोला—"तुम्हारा मतलब हस्सी के बाप से है?"

"हाँ—मैं सोचता हूँ कि तुम मेरे साथ कल सुबह बूड़चक्क चलो। हस्सी का बाप तुमसे मिलना चाहता है।"

दीदार चुपचाप एक टेढ़ी-मेढ़ी छड़ी से खेत की मिट्टी कुरेदता रहा। नूरे ने पूछा—"क्या अभी तुम्हारा चलने का मन नहीं है?"

उसके साथ ही बलकार बोला—"तुम्हारा कल वहाँ जाना इसलिए ज़रूरी है कि अभी फतेह मोहम्मद यानी हस्सी के बाप का झुकाव हमारी ओर हो रहा है। हमें इस मौक़े का फ़ायदा उठाना चाहिए। बाद में इस बात का डर है कि कहीं किसी के कहने में आकर फ़तेह मोहम्मद भड़क न जाय!"

एकाएक दीदार ने छड़ी परे फेंककर कहा—"मैं सुबह तुम्हारे साथ ज़रूर चलूँगा..."

उसने यह कह तो दिया, लेकिन सुननेवालों को लगा कि उसका मन कहीं और खोया हुआ था। बलकार ने उसके मूड को ज़रा ठीक करने के लिए कहा—"वधावासिंह की पिटायी का असर बहुत दूर-दूर तक पड़ेगा।"

दीदार तो चुप रहा, गज्जन ने पूछा—"क्या मतलब?"

"फिलौरासिंह ने शफ़ी और आरिफ़ को भी बुला रखा था। फिलौरे का ख़याल था कि वधावासिंह दीदार को छट्टी का दूध याद दिला देगा। लेकिन जब वधावासिंह को ख़ुद ही छट्टी का दूध याद आ गया, तो सरदारों के हाथ-पाँव फूल गये। तुमने देखा नहीं कि ज्यों ही वधावासिंह मार खाकर धरती पर गिरा, त्यों ही सरदारों का ख़ानदान उठा और अपने घर में जा घुसा। यहाँ तक कि वे अपने घर की औरतों को भी गुरुद्वारे से ले गये। शफ़ी और आरिफ़ के तो पहले से कुछ हाथ-पाँव फूल गये थे, लेकिन अब तो उनका नशा ही हिरन हो गया।"

नूरे ने पूछा—"क्या शफ़ी और आरिफ़ अभी यहीं पर मौजूद हैं?"

"अरे नहीं भई! वे तो आज सुबह ही सिर-मुँह लपेटकर यहाँ से चलते बने। रात भर उनके दिल को दुविधा लगी रही होगी। जब सरदारों को ही नींद नहीं आयी, तो उनके मेहमानों को नींद कैसे आयी होगी। उनकी हालत तो और भी ख़राब हुई होगी।"

कुछ देर तक इस बारे में हलकी-फुलकी बातचीत चलती रही। अन्त में गज्जन ने कहा—"दीदार! तुम तो न जाने कहाँ खो गये हो? ऐसी क्या बात है जो तुम छिपा रहे हो। तुमने कहा था कि बाद में बताऊँगा। लेकिन अब भी चुप हो।"

दीदार के दोस्तों ने सोचा कि शायद उनका कोई निजी मसला है। बलकार ने अपनी रान पर हलकी-सी थपकी दी, और नूरे से कहने लगा—"आओ, अब हम भी चलकर सो जायँ। इन्हें जो बात करनी होगी सो कर लेंगे।"

दीदार ने बलकार का हाथ थामकर ज़रा नीचे की ओर खींचते हुए कहा—"तुम दोनों बैठ जाओ। तुमसे छिपाने की कोई बात नहीं है। मुझे जो कहना है तुम लोगों के सामने ही कहूँगा। हाँ, वह सबके सामने कहने की बात नहीं है।"

बलकार फिर बैठ गया। दीदार ने कुछ समय पहले रूपी से अपनी मुलाक़ात का ज़िक्र किया, और यह भी बता दिया कि उनकी क्या बातचीत हुई थी। अन्त में बोला—"अब मैं इस सोच में पड़ा हूँ कि रूपी की मँगनी को कैसे रोका जाय! उसे तो मैंने तसल्ली देकर घर भेज दिया, लेकिन अभी तक इसी सोच में डूबा हुआ हूँ।"

गज्जनसिंह की आँखें सिकुड़ गयीं, और वह दीदार के कन्धे पर हाथ रखकर बोला—"देखो दीदार! तुम यह काम सारा मुझ पर छोड़ दो। तुम कल सुबह बलकार और नूरे के साथ बूड़चक्क चले जाओ। मैं कल-परसों में तुम्हारा मसला हल कर दूँगा।"

दीदार बहुत धीरे-धीरे उठते हुए सीधा खड़ा हो गया, और अपने दोनों हाथ पीठ-पीछे बाँधकर वह थोड़ी देर तक गज्जन की ओर टकटकी बाँधकर देखता रहा। फिर धीरे से बोला—"गज्जन! तुमसे तो डर ही लगता है। किसी भी मसले को हल करने का तुम्हारा तरीक़ा हमेशा ही ख़तरनाक होता है। मैं चाहता हूँ कि साँप भी मर जाय लेकिन लाठी न टूटे।"

गज्जन ज़रा अनोखे ढंग से मुस्कुराया—"अगर लाठी मज़बूत होगी तो साँप ही मरेगा, भला लाठी कैसे टूट सकती है।"

सबके होंठों पर हलकी-सी मुस्कुराहट फैल गयी। दीदार ने एक पाँव उठाकर मेंड़ पर रखते हुए कहा—"मैं नहीं चहता कि कोई नया बखेड़ा खड़ा हो जाय। तुम्हारी आदत यह है कि जो कुछ करना होता है वह तो पहले ही कर लेते हो, और बाद में सोचने बैठ जाते हो।"

गज्जन ने एक हाथ से दूसरे हाथ की अँगुलियाँ चटखाते हुए कहा—"तुम फ़िकर मत करो, अब की मैं कोई ऐसी हरकत नहीं करूँगा।"

दीदार ने पाँव मेंड़ से हटा लिया, और दोनों हाथ कमर पर रखकर बोला—"अब तुम छेड़े-छाँड़ नहीं हो। घर में तुम्हारी औरत है, और तुम गृहस्थ बन चुके हो। तुम अपने-आपको किसी मुसीबत में डालोगे तो भाभी को भी परेशानी उठानी पड़ेगी..."

गज्जन ताव में आ गया, और घुड़ककर बोला—"क्यों बात को घसीटे जा रहे हो?"

दीदार ने दाहिने हाथ से अपनी दाढ़ी के बाल थपथपाते हुए कहा—"कहीं ऐसा न हो कि परसों-नरसों इलाक़े में यह ख़बर फैल जाय कि तुमने छव्वी से बूटासिंह की गर्दन उड़ा दी है!"

गज्जनसिंह भी उठ खड़ा हुआ, और नाक दीदार की नाक के नज़दीक ले जाकर उसे चुभती हुई नज़रों से देखते हुए बोला—"तो क्या तुम्हें काग़ज़ पर लिखकर दे दूँ कि मैं ऐसा नहीं करूँगा?—जाओ! तुम इस बात की फ़िकर में मत पड़ो। मैं सब सँभाल लूँगा।"

: ३ :

दूसरे दिन सुबह दीदार अपने दोनों दोस्तों—यानी बलकार और नूरे के साथ बूड़चक्क चला गया। लेकिन उसके मन की उलझन ज्यों-की-त्यों बनी हुई थी! आज से पहले वह कभी ऐसे धर्म-संकट में नहीं पड़ा था। इस मसले का सबसे ज़्यादा परेशान करनेवाला पहलू यह था कि वह रूपी की वजह से सरदारों के ख़ानदान से कोई ऐसी सीधी टक्कर नहीं लेना चाहता था कि जिसका रूपी के दिल पर बुरा असर पड़े। गज्जन ने इसका बीड़ा उठाया था, लेकिन वह बारीक अक़्ल का आदमी नहीं था। गज्जन के बार-बार यक़ीन दिलाने पर कि वह कोई ऐसी-वैसी हरकत नहीं करेगा, दीदार ने यह काम उसे सौंप दिया।

•

बूड़चक्क में हस्सी के बाप फ़तेह मोहम्मद से जब उसकी मुलाक़ात हुई तो उसने महसूस किया कि वह एक सीधा-सादा औसत गृहस्थ है। फत्ता दीदारसिंह से सिर्फ़ इस बात की तसल्ली चाहता था कि नूरे से अपनी बेटी की शादी करके उसे पछताना नहीं पड़ेगा। जिस बाप के मन में इस प्रकार की दुविधा हो, उसे समझाने-बुझाने और

इत्मीनान दिलाने के लिए कुछ समय की ज़रूरत तो होती ही है। उनकी बातचीत के समय नूरा पास नहीं बैठता था, सिर्फ़ बलकार मौजूद रहता। पहली ही मुलाक़ात में फत्ते ने बताया कि वह किसी तरह का झगड़ा उठाना नहीं चाहता। वह बाल-बच्चेदार आदमी था, और इसीलिए वह अपनी बदनामी भी नहीं चाहता था। इस पर दीदार ने बड़े नर्म शब्दों में उसे विश्वास दिलाया कि न तो किसी तरह का झगड़ा उठाया जायगा, और न उसके ख़ानदान की बदनामी की जायगी। अन्त में दीदार ने कहा—"नूरा मेरा दोस्त है। मैं चाहता हूँ कि हस्सी की उससे शादी हो जाय। इसकी ख़ास वजह यह है कि नूरे को हस्सी पसन्द है। हस्सी भी उसे पसन्द करती है। यह ठीक है कि हमारे समाज में लड़के-लड़कियों का इस तरह एक-दूसरे को पसन्द करना अच्छी नज़र से नहीं देखा जाता। लेकिन अगर कभी ऐसा हो जाय तो माँ-बाप को चिढ़कर बेकार की हठधर्मी नहीं करनी चाहिए।"

फत्ते ने यह तो मंजूर नहीं किया कि हस्सी नूरे को पसन्द करती है, इसलिए वह इस बात को गोल करके बोला—"हर माँ-बाप को बेटी के सुख की फ़िकर होती है। हम नूरे को नहीं जानते थे। जब मेरे कानों में बात डाली गयी तो मैंने उसके बारे में पता लगाया। मुझे बताया गया कि वह डाकुओं के साथ भी उठता-बैठता है...."

असल में फत्ते का मतलब यह था कि नूरा डाकू है। लेकिन उसने बात तो घुमा-फिराकर दूसरे ढंग से कह दिया।

दीदार उसका मतलब समझ गया। माना कि नूरा सही मायनों में डाकू नहीं था, लेकिन फत्ते का लगाया हुआ यह इल्ज़ाम ग़लत भी नहीं था। ख़ुद उदास होने पर भी दीदार के होंठों पर हलकी-सी मुस्कुराहट आ गयी। वह तसल्ली भरे लहज़े में बोला—"भाई, फ़तेह मोहम्मद! जिन लोगों की यह आदत है कि वे दिन-भर अफ़वाहें फैलाते फिरें, उनका मुँह तो बन्द किया नहीं जा सकता..."

"तुम्हारा मतलब है कि मैंने यह जो कुछ सुना है वह बिलकुल ग़लत है?" फत्ते ने अपनी छोटी-छोटी आँखें दीदार के चेहरे पर गाड़ते हुए पूछा।

"इस तरह की बहस में हम न ही पड़ें तो अच्छा है। तुमको भी इस बात की फ़िकर नहीं होनी चाहिए कि नूरा अब तक क्या था! तुम्हें तो इस बात की फ़िकर होनी चाहिए कि तुम्हारी बेटी से शादी हो जाने के बाद वह क्या होगा!"

फ़तेह मोहम्मद अपने सिर को हलका-सा झटका देकर बोला—"तुम्हारी बात सोलह आने ठीक है। लेकिन इस बात की जामिनी (जमानत) कौन देगा?"

"मैं।"

एक बार फिर फ़तेह मोहम्मद ने दीदार की ओर देखा। वह आदमी नहीं दीवार नज़र आ रहा था।

दीदार ने फिर कहना शुरू किया—''देखो भई! जवानी में कई ऐसी हरकतें हो जाती हैं, जिनकी वजह से लोग अँगुलियाँ उठाने लगते हैं। इसीलिए तो जवानी दीवानी कहलाती है। नूरा खाते-पीते घराने का लड़का है। अगर उसका डाकुओं के साथ उठना-बैठना है तो इसकी वजह यह नहीं है कि उनके पास रोज़ी का कोई ज़रिया नहीं है। उनकी अपनी ज़मीनें हैं, गाँव में अपना मकान है, खाते-पीते और जाने-माने लोग हैं...''

''तो फिर डाकुओं और धाकड़बाज़ों के साथ उठने-बैठने की वजह क्या है?''

''जवानी!''

इस तरह इस विषय पर बातचीत शुरू हुई। पहली मुलाक़ात से सब-कुछ तय नहीं हो पाया, लेकिन दीदार को यक़ीन था कि तीन-चार दिन की बातचीत के बाद फत्ते को पूरी तसल्ली हो जायगी। उसने नूरे से कहा—''जल्दबाज़ी की कोई ज़रूरत नहीं। मैं भी आदमी को पहचानता हूँ। फ़तेह मोहम्मद को इतना तो पता चल गया है कि हस्सी की शादी हम किसी और से नहीं होने देंगे। तुम्हारे बारे में शफ़ी और आरिफ़ ने फत्ते के कान भर रखे हैं। उसके दिल की तसल्ली के लिए चार-पाँच दिन बात चालू रखनी पड़े तो इसमें कोई हर्ज़ नहीं। लेकिन याद रखो कि शादी के बाद तुम्हें बन्दे दा पुत्तर बनना पड़ेगा। अगर तुमने फिर कोई उलटी-सीधी हरकत की तो मैं तुम्हारा मोर बना दूँगा। अब भी मौक़ा है, अगर ज़िन्दगी भर डण्डे ही बजाना चाहते हो, तो शादी का ख़्याल छोड़ दो।''

नूरा अपने सफ़ेद सुन्दर दाँतों को दिखाते हुए बोला—''हस्सी की वजह से इतने बुरे काम छोड़ने पड़ेंगे...यह है तो बहुत बड़ी क़ुर्बानी, लेकिन हस्सी के बिना भी ज़िन्दगी बेकार है।''

''मजनूँ की औलाद! अगर घरबारी बनना चाहते हो तो फिर यही ढर्रा पकड़ लो।''

''पकड़ लिया।''

बलकार भी पास बैठा था। नूर के 'पकड़ लिया' पर सबको हँसी आ गयी।

बूड़चक्क में यह बातचीत क़ामयाबी की मंज़िल की ओर बढ़ती रही। लेकिन दीदार के मन की गहराई में यही उलझन अब भी बनी हुई थी कि न जाने अकालगढ़ में क्या हो रहा है। वह रूपी से वायदा कर आया था कि उसे किसी तरह की परेशानी नहीं होगी। उसे इस बात का भी यक़ीन था कि गज्जनसिंह किसी और जगह रूपी की मँगनी नहीं होने देगा। लेकिन उसको फ़िक्र यही थी कि न जाने गज्जन इस मक़सद को पूरा करने के लिए क्या कर डाले। सचमुच गज्जन ने इस बारे में क्या क़दम उठाया?

अकालगढ़ से दीदार के चले जाने के तीसरे दिन सरदार गुलज़ारासिंह खाना खाने के बाद अपनी प्यारी-सी तोंद ऊपर को उभारे अपने मकान के भीतर रंगीन पायोंवाले पलँग पर लेटा हुआ था। उसकी सरदारनी झालदार पंखे से उसे हवा कर रही थी। कहना चाहिए कि हवा कम कर रही थी और बातें ज़्यादा कर रही थी।

गुलज़ारासिंह ने इत्मीनान से एक अधूरी-सी अँगड़ाई लेकर कहा—"रूपी दी बेबे! यह बड़ी ख़ुशी की बात है कि हमें बूटासिंह-जैसे आदमी के लड़के का रिश्ता मिल गया। अब तुम ब्याह की तैयारी कर डालो।"

"तैयारी? आप समझते हैं कि लड़कियों की शादी की तैयारी इतनी जल्दी में हुआ करती है?"

गुलज़ारासिंह ने ज़रा चौंककर बीवी की ओर देखा। सिर के बाल पीछे को हटने शुरू हो गये थे, इसलिए उसका माथा काफ़ी बड़ा दिखायी देने लगा था। इस समय मग (छत के सुराख़) में से भीतर आनेवाली रोशनी में उसका माथा कुछ ज़्यादा उभरा हुआ और दमकता हुआ दिखायी दे रहा था। बोला—"अब तुम किसी धोखे में न रहना। लड़केवाले बहुत जल्दी माँगेंगे। आजकल में मँगनी हो जायेगी। ज़्यादा-से-ज़्यादा एक महीने बाद शादी करनी पड़ेगी।"

सरदारनी का चेहरा खिल गया। उसने पंखे की नोक से पति की नाक को ज़रा-सा छूकर कहा—"रूपी के ब्याह की तैयारियाँ तो मैं पिछले कई सालों से कर रही हूँ। आप क्या जानें कि जहाँ लड़की की उमर ग्यारह-बारह साल की हुई, वहाँ माँ की रातों की नींद और दिन का चैन ग़ायब हो जाता है। वाह गुरु का दिया सब-कुछ हो तो माँ उसी समय से दहेज़ बनाने लगती है। रिश्ता मिलने में चाहे देर हो जाये, लेकिन माँ तैयारियाँ करने में कोई कमी नहीं रहने देती।"

गुलज़ारासिंह ने ख़ुश होकर पत्नी के गाल पर हलकी-सी चुटकी लेनी चाही। लेटे-लेटे वहाँ तक हाथ नहीं पहुँचा तो पत्नी ने ख़ुद ही चेहरा आगे बढ़ा दिया।

इतने में ही कुछ खटका हुआ तो गुलज़ारासिंह ने हाथ झट पीछे खींच लिया। उनका एक कम्मी बाहर के दरवाज़े से आवाज़ दे रहा था—"सरदार जी अन्दर हैं?"

वह कम्मी बाहर के पसार में खड़ा था। बीच में भीतर का पसार था। सरदार जी का पलँग ओट में था, इसलिए सरदारनी जी ने गर्दन आगे बढ़ाकर कम्मी की ओर देखा, और पुकारकर जवाब दिया—"सरदार जी भीतर ही हैं। कहो हरनामे! क्या बात है?"

"बाहर सरदार बूटासिंह जी मिलने आये हैं।"

यह सुनते ही गुलज़ारासिंह यों तड़पकर उठ बैठा जैसे भिड़ ने डंक मार दिया हो। जल्दी से बोला—"सरदार बूटासिंह? रूपी के ससुर! क्या वह मँगनी के लिए आ पहुँचे?"

पत्नी ने कहा—"मँगनी के लिए आना होता तो पहले से तो कुछ ख़बर भेजते।"

"वही तो मैं भी सोच रहा हूँ—ज़रा मेरी पगड़ी तो लाना।"

पत्नी ने पगड़ी बढ़ाते हुए कहा—"मुमकिन है कि वह आस-पास के गाँव में किसी काम से आये हों, और इधर भी मिलने चले आये हों।"

गुलज़ारासिंह पगड़ी लपेटते हुए बोला—"इससे कहो कि उन्हें बैठक में ले जाय...मैं आता हूँ।"

कम्मी ने गुलज़ारासिंह की ही आवाज़ सुन ली, और बोला—"उन्हें बैठक में बैठा दिया है जी!"

यह कहकर वह लौट गया।

गुलज़ारासिंह ने छोटे शीशे में झाँककर पगड़ी को थपथपाया और दाढ़ी के बाल सँवारे, और फिर पेशावरी चप्पल फटफटाता हुआ कमरे से बाहर निकल गया। अपने अहाते में से होकर जब उसने अपनी बैठक में पाँव रखा तो पल भर को वह बूटासिंह की शक्ल पहचान नहीं सका। अभी तीन-चार दिन पहलेवाले बूटासिंह से आज का बूटासिंह बिलकुल ही अलग था। चेहरा उतरा हुआ, आँखें उदास और आवाज़ में घबराहट।

गुलज़ारासिंह की समझ में नहीं आया कि उसके होनेवाले समधी पर कौन-सी मुसीबत का पहाड़ टूट पड़ा। उसे देखते ही बूटासिंह पलँग से उठ खड़ा हुआ और दोनों हाथ जोड़कर बोला—"सत सिरी अकाल।"

गुलज़ारासिंह ने बड़े ही प्यार से उसका हाथ अपने दोनों हाथों में लेते हुए जवाब दिया—"सत् सिरी अकाल जी। पधारिये।"

बूटासिंह पलँग पर और गुलज़ारासिंह कपड़े की आरामकुर्सी पर बैठ गया। गुलज़ारासिंह ने एक हाथ की अँगुलियों को दूसरे हाथ की अँगुलियों में उलझाकर मुस्कुराते हुए कहा—"आपके पधारने से कितनी ख़ुशी हुई—मैं तो आपके अचानक आने से चौंक गया। रूपी की बेबे बोली कि आप आस-पास के गाँव में किसी काम से आये होंगे, इसीलिए आपने सोचा होगा कि यहाँ भी मिलते चलें।"

बूटासिंह ने अनजाने में अपनी अँगुलियाँ चटख़ाते हुए जवाब दिया—"जी नहीं, मैं सीधा आप ही के पास आया हूँ।"

अब गुलज़ारासिंह का माथा ठनक गया, फिर भी वह हँसकर बोला—"यह तो हमारे लिये बड़े भाग की बात है। कहिये आपके लिए क्या मँगवाऊँ? भोजन तैयार करवाऊँ क्या?"

"जी नहीं, भोजन का तो यह समय ही नहीं है, और फिर मैं खाना खाकर आया हूँ—सादा घड़े का पानी मँगवा लीजिये।"

गुलज़ारासिंह ने दरवाज़े में खड़े होकर एक कम्मी से पानी लाने को कहा—फिर कुर्सी पर बैठते हुए बोला—"एक बार तो हमें यह ख़्याल भी आया कि शायद आप मँगनी के सिलसिले में तो नहीं आ गये। लेकिन रूपी की बेबे ने कहा कि ऐसी बात होती तो हमें पहले से ही ख़बर मिल जाती।"

"जी!—नहीं, मैं उस सिलसिले में नहीं आया। मैं तो..."

कुछ तो बूटासिंह का गला सूख गया, और कुछ गुलज़ारासिंह ने उसकी बात काटते हुए कहा—"अजी तो क्या हुआ? आप-जैसे भी आये लेकिन आये तो। हमारे लिये यह क्या कुछ कम है?...और फिर अब तो हमारा मिलना-जुलना होता ही रहेगा।"

गुलज़ारासिंह ने देखा कि उसके इन शब्दों पर बूटासिंह का चेहरा और भी उतर गया। उसके मन की परेशानी बढ़ी कि ज़रूर दाल में कुछ काला है।

बूटासिंह की शक्ल से लगता था कि वह जो कुछ कहना चाहता था, कह नहीं पा रहा था। अभी तो वह पानी का इन्तज़ार कर रहा था।

मट्ठे का कटोरा आ गया। मट्ठा पीने से बूटासिंह का सूखा गला कुछ तर हो गया। तब वह अँगौछे से मूँछें पोंछकर, लम्बी दाढ़ी पर काँपता हुआ हाथ फेरते हुए बोला—"सरदार गुलज़ारासिंह जी!"

"जी—सरदार बूटासिंह जी!"

"मैं आपसे एक बात कहूँ तो आप बुरा तो नहीं मानेंगे!"

"बात?—अजी बुरा कैसे मानूँगा। लड़कीवालों के केश तो सदा लड़केवालों के पाँव में रहते हैं।"

बूटासिंह ने अपना लम्बा-सा दुबला-पतला हाथ हिलाते हुए जवाब दिया—"नहीं, गुलज़ारासिंह जी! अब यह बात मत कहिये।"

गुलज़ारासिंह ने शब्द 'अब' पर ज़्यादा ध्यान नहीं दिया, वह कुछ जोश में आकर बोला—"क्यों न कहूँ? यही तो हमारी रीत है। सदा से यही होता आया है।"

बूटासिंह ने एकाएक आँखें झुका लीं, और धीरे से बोला—"मामला कुछ गड़बड़ा गया है।"

गुलज़ारासिंह कुर्सी के आगे को झुक पड़ा। उसकी दोनों कोहनियाँ उसकी मोटी-मोटी रानों पर टिक गयीं। उसके दिमाग़ में धूल भरी आँधी-सी चलने लगी। क्या बूटासिंह के लड़के को कुछ हो गया है? या वह किसी दूसरी लड़की के साथ भाग गया है?

बूटासिंह ने उसकी यह हालत देखी तो बोला—"देखिये. बात तो कहनेवाली नहीं है, लेकिन मैं मज़बूर हूँ।"

गुलज़ारासिंह का दिल बैठ गया, लेकिन वह हिम्मत बाँधते हुए बोला—"मेरे तो पल्ले कुछ नहीं पड़ा। आख़िर बात क्या है? क्या मज़बूरी है आपकी!"

आख़िरकार बूटासिंह ने कह ही दिया—"मेरे बेटे की आपकी लड़की से शादी नहीं हो सकेगी।"

गुलज़ारासिंह को यों लगा जैसे वह बहुत ही गहरे अन्धे कुएँ में गिरता जा रहा हो। पल भर को वह बिलकुल ही सकते में आ गया। उसे लगा जैसे उसकी नीचे की साँस नीचे, और ऊपर की साँस ऊपर रह गयी हो। चाहने पर भी वह कुछ बोल नहीं पाया।

बूटासिंह ख़ुद भी कम परेशान नहीं था। उसने फिर कहा—"मैं जानता था कि आपको इस बात से बड़ा दुःख होगा। आपकी जगह मैं भी होता तो यही कुछ महसूस करता—लेकिन, अभी तो यह बात फैली नहीं। हमारी-आपकी ज़बानी बात हुई थी। मँगनी तक नहीं हुई। बेशक आपको बड़ा दुःख हुआ, लेकिन अभी तो बदनामी की कोई बात नहीं है।"

बड़ी कोशिश के बाद गुलज़ारासिंह बोला—"बूटासिंह जी! आप भी बाल-बच्चेदार आदमी हैं। आपको इस तरह इनकार नहीं करना चाहिए। ख़ासकर जबकि कुछ ही दिन पहले आप इस रिश्ते को मंज़ूर कर चुके हैं। माना कि हमारी कोई बदनामी नहीं होगी, लेकिन यह तो सोचिये कि हमारे दिल पर क्या गुज़रेगी?"

बूटासिंह इकहरे बदन और लम्बे-से क़द का आदमी था। उसके चेहरे से शराफ़त टपकती थी। वह उन लोगों में से था, जो किसी को तिल भर नुकसान नहीं पहुँचा सकते। गुलज़ारासिंह की इस बात से उसके चेहरे पर भी दुःख के निशान पैदा हो गये।

गुलज़ारासिंह ने फिर कहना शुरू किया—"सरदार साहब! आपको लड़की देने के ख़्याल से ही हम फूले नहीं समा रहे थे। आपके आने से दो घड़ी पहले मैं रूपी की बेबे से भी यही बात कर रहा था। सवाल बदनामी का नहीं है, क्योंकि अभी तो हमारे रिश्तेदारों तक भी यह बात नहीं पहुँची। मँगनी हो जाती तो फिर बदनामी का डर था। लेकिन जैसा कि मैंने अभी-अभी कहा, हम आपको पाकर यों समझ रहे थे कि हमें आपका लड़का नहीं बल्कि अनमोल रतन मिल गया है। दोनों की जोड़ी चाँद-सूरज की जोड़ी है। मेरी समझ में नहीं आता कि अब आप इनकार क्यों कर रहे हैं।"

बूटासिंह उसकी बातों से बहुत प्रभावित हो गया, और भर्रायी हुई आवाज़ में बोला—"सरदार साहब! मैं इनकार नहीं कर रहा हूँ...मैं सिर्फ़ यह कह रहा हूँ कि मज़बूर हूँ।"

बूटासिंह का दिल पसीजते देखकर गुलज़ारासिंह की हिम्मत कुछ बढ़ गयी, उसने धीरे से पूछा—"तो क्या मैं यह समझूँ कि आपके किसी बड़े-बूढ़े को यह रिश्ता

पसन्द नहीं है? अगर यह बात है तो मैं उनके पास जाकर और दोनों हाथ जोड़कर उनसे पूछना चाहूँगा कि हमारे ख़ानदान या हमारी बेटी में उन्होंने ऐसी क्या ख़राबी देखी है।''

बूटासिंह ने सिर हिलाते हुए कहा—''हमारे बूड़े-बूढ़ों को इस रिश्ते पर कोई एतराज़ नहीं है...''

''और फिर भी आप इनकार कर रहे हैं?''

यह कहते-कहते गुलज़ारासिंह ने अपनी पगड़ी उतारकर बूटासिंह के पाँवों के पास फ़र्श पर रख दी। बूटासिंह ने हड़बड़ाकर उसकी पगड़ी दोनों हाथों में उठा ली, और फिर से पगड़ी उसके सिर पर रखते हुए बोला—''ऐसा मत कीजिये, गुलज़ारासिंह जी!''

गुलज़ारासिंह ने डबडबायी आँखों से उसकी ओर देखते हुए कहा—''बूटासिंह जी। हम आप-जैसा हीरा खोना नहीं चाहते। वाह गुरु अकाल पुरुख का दिया सब-कुछ है। अगर कोई लेने-देने की बात हो तो मुझे आपकी हर शर्त मंज़ूर है। आप सिर्फ़ मुँह से कह भर दीजिये। मेरी बेटी, जिसे मैंने राजकुमारियों की तरह पाला है, आपके घर में दासी बनकर रहेगी..''

बूटासिंह उठ खड़ा हुआ। वह अपनी सफ़ेद पगड़ी के लम्बे शमले से अपनी भीगी हुई आँखें पोंछकर बोला—''गुलज़ारासिंह जी! मुझे नीच पापी समझकर माफ़ कर दीजियेगा। अब मैं आपसे विदा होता हूँ।''

जब बूटासिंह बैठक के दरवाज़े तक पहुँच गया तो गुलज़ारासिंह ने पूछा—''आप इसकी वजह भी नहीं बतायेंगे?''

बूटासिंह दोनों हाथ जोड़कर बोला—''नहीं, मैं मज़बूर हूँ। हम सबके लिए यही अच्छा है कि इस बात को जहाँ-का-तहाँ रहने दें—मैंने आपको जितना दुःख दिया है, उससे भी ज़्यादा दुःख मैं ख़ुद महसूस कर रहा हूँ।''

बूटासिंह बैठक के दरवाज़े में सें बाहर निकल गया। गुलज़ारासिंह पीछे-पीछे गया। बूटासिंह अपनी घोड़ी पर बैठते हुए भारी आवाज़ में बोला—''अच्छा जी, सत् सिरी अकाल!''

गुलज़ारासिंह ने कुछ जवाब नहीं दिया। थोड़ी देर तक उसके कानों में घोड़ी की टापों की आवाज़ आती रही, फिर वह मकान के भीतरवाले दरवाज़े की ओर चल दिया।

अहाते में कुछ नौकर-चाकर गुलज़ारासिंह की हालत देख रहे थे। उन्हें कुछ मालूम नहीं था कि असल में हुआ क्या। उनमें नाहरसिंह भी खड़ा था। फिलौरासिंह मौजूद नहीं था, और नाहरसिंह बड़े सरदार साहब से कुछ पूछने की हिम्मत नहीं कर सका।

जब गुलज़ारासिंह ने पत्नी को यह बात बतायी तो उसके सिर को चक्कर आ गया। गुलज़ारासिंह उसे सहारा न देता तो नीचे गिर पड़ती।

आख़िर उन दोनों ने अपने-आपको सँभालने की कोशिश की। गुलज़ारासिंह ने धीरे से पूछा—"रूपी कहाँ है?"

"किसी सहेली के यहाँ गयी है।"

"मैं सोचता हूँ कि इसमें दीदारसिंह की कोई शरारत तो नहीं है।"

"वह तीन-चार दिन से बूड़चक्क गया हुआ है।"

"हो सकता हे कि वह बूड़चक्क न गया हो।"

"आज सुबह ही तो मेरा भाई वहाँ से होकर आया है। किसी काम से उसे भी तीन-चार दिन बूड़चक्क में ही रहना पड़ा। उसने भी बताया कि इतने दिनों में उसे हर रोज़ दीदारसिंह दिखायी देता था।"

गुलज़ारासिंह दोनों हाथों में सिर थामे बैठा था। वह धीरे से बड़बड़ाया—"समझ में नहीं आता कि एकाएक बूटासिंह को क्या हो गया। उसके गाँव और आस-पास के देहात के सभी लोग मानते हैं कि वह बड़ा ही भला आदमी है। ऐसा आदमी वादा करके कैसे मुकर गया!"

"आपने कुछ तो पूछा होता। क्या किसी ने हमारी बेटी की बुराई की है या किसी ने हमारे ख़िलाफ़ भड़काया है? या लड़के को किसी और लड़की से..."

"मैंने हर बात पूछी थी। वह तोते की तरह एक ही बात रटता रहा कि अब यह रिश्ता नहीं हो सकता। जब मैंने कहा कि वजह ही बता दीजिये—तो उसने इस पर भी अपनी मज़बूरी जता दी।"

●

सत्रह

: १ :

दीदारसिंह हस्सी से नूरे की मँगनी कराकर ही लौटा। इस काम में उसे पूरे छह दिन लग गये। यह भी हो गया कि शादी कुछ महीनों के भीतर-भीतर कर दी जायगी।

मेले के बाद दीदारसिंह तो एकदम से चला ही गया। अकालगढ़ में उसकी शान और भी बढ़ गयी थी। गाँव के लोग उसे अपना हीरो समझने लगे थे। पहले तो लोग उससे ज़्यादातर डरते ही थे, पर अब उसकी इज़्ज़त भी करने लगे थे। इसलिए जब दीदारसिंह सातवें दिन बूड़चक्क से लौटा तो खेतों में काम करनेवाले किसान और कम्मी अपना-अपना काम छोड़कर उसे देखने लगे। चार-छह आदमी उसे घेरे में लेकर खड़े हो गये। उसे मुबारकबाद देते रहे। उसका कुशल-मंगल पूछते रहे।

गाँव पहुँचते-पहुँचते तक उसे कई जगह इसी तरह रुकना पड़ा। आज लोगों को वह ब्रहुत ही अच्छा लग रहा था। उसके बोलने का ढंग भी उनके दिलों को मोह रहा था। वे महसूस करते थे कि उन्हें दीदारसिंह से डरने की कोई ज़रूरत नहीं। उन्हें यक़ीन था कि दीदारसिंह ऐसे ही आदमी से टक्कर ले सकता है, जो अपने-आपको बड़ा धाकड़ समझता हो। वह अपने से कमज़ोर लोगों को परेशान करनेवाला आदमी नहीं है।

उनके इस बदले हुए दृष्टिकोण का एहसास दीदार को भी हुआ। इससे उसके दिल को ख़ुशी हो रही थी, लेकिन अपने घर के दरवाज़े तक पहुँचते-पहुँचते उसके मन की उलझन फिर उभर आयी।

वह ज्यों ही घर के नज़दीक पहुँचा तो सेहन का दरवाज़ा खुला और गज्जनसिंह ने बाहर क़दम रखा। दोनों की आँखें मिलीं, गज्जनसिंह ने सपाट आवाज़ में पूछा—"लौट आये तुम?"

यह कहकर उसने जवाब का इन्तज़ार भी नहीं किया और आगे क़दम बढ़ा दिया।

"गज्जन!" दीदार ने पीछे से आवाज़ दी।

गज्जन ने ज़रा-सा सिर घुमाकर उसकी ओर देखा, बोला—"तुम्हारा काम कर दिया था मैंने।"

जब गज्जन कह दे कि उसने काम कर दिया था, तो इसका मतलब यही होता था कि काम सचमुच ही हो चुका। दीदार को यह इत्मीनान तो हो गया, फिर भी उत्सुकता बनी रही कि उसने कौन-सा क़दम उठाया होगा। अपने जल्दबाज़ और हथछुट भाई से वह किसी भी बात की उम्मीद कर सकता था। उसने फिर पूछा—"यह नहीं बताओगे कि आख़िर तुमने यह काम कैसे किया?"

गज्जन उसी रूखेपन से बोला—"तुम्हें आम खाने से मतलब है कि पेड़ गिनने से?"

यह कहकर गज्जन आगे बढ़ गया। दीदार भी जानता था कि जब कभी उसके भाई पर सनक सवार होती है तो वह ऐसी ही बातें करने लगता है। कोई और होता तो दीदार उसकी गर्दन पकड़कर वहीं रोक लेता और वह जो कुछ जानना चाहता था वह मालूम करके छोड़ता। लेकिन उसने सनकी भाई से उलझना ठीक नहीं समझा। उसे गज्जन के ग़ुस्से का डर नहीं था, लेकिन वह अपने ग़ुस्से से ज़रूर डरता था।

गज्जन चला गया तो दीदार दरवाज़ा खोलकर मकान में घुस गया।

दीदार का वह सारा दिन इसी उलझन में बीत गया। गज्जन से वह इस बारे में कोई बात करना नहीं चाहता था। वह जानता था कि गज्जन उलटी-सीधी बातें करेगा, जिसका यह नतीज़ा भी हो सकता था कि उसे गज्जन पर ग़ुस्सा आ जाय। इससे तो यही बेहतर था कि उनकी आपस में बातचीत न हो। अब सवाल यह था कि उसे रूपी का हाल-चाल कैसे मालूम हो! वह लड़की के ज़रिये उसे सन्देशा भिजवा सकता था। लेकिन यह करना ठीक नहीं था। रूपी की मँगनी होते-होते टूट गयी थी। घरवाले उससे बिगड़े हुए होंगे या कम-से-कम उसे घूमने-फिरने की पहलेवाली आज़ादी न होगी।

शाम को जब खाना तैयार हो रहा था और तन्दूर में रोटियाँ लग रही थीं, तो गज्जनसिंह भी बाहर से लौट आया। उन्होंने एक साथ बैठकर खाना खाया। न दीदार ने कुछ पूछा और न गज्जन ने बताया।

खाने के बाद दीदार चारपाई पर बैठा कान को तिनके से कुरेद रहा था कि इतने में माछियों की वही लड़की आयी। उसे देखकर दीदार चौंक पड़ा। वह लड़की बिना वजह कभी नहीं आती थी। लड़की ने दीदार की ओर देखा भी नहीं और सीधी भीतर के पसार में जा पहुँची। दीदार इन चालों को ख़ूब समझता था। वह पहले से ही उठकर गली में पहुँच गया ताकि जब लड़की लौटे तो वह उसे सन्देशा दे सके।

दीदार अपने घर से परे ढलान पर खड़ा था। जल्दी ही वह लड़की उनके दरवाज़े में से निकली। उसने चारों ओर नज़र दौड़ायी। दीदार को देखा तो उसी की ओर चल दी। वहाँ रुककर बातचीत तो नहीं हो सकती थी, इसलिए उसने दीदार के पास से

गुज़रते समय सिर्फ़ इतना कहा—"तुम तुरन्त अपने तबेले में पहुँच जाओ। रूपी वहीं तुम्हारा इन्तज़ार कर रही है।"

माछियों की लड़की पल भर को भी नहीं रुकी। दीदार ने उसे रोकना ठीक भी नहीं समझा। वह धीरे-धीरे ढलान से नीचे उतरा और फिर खेतों की ओर चल दिया। पहले तो वह धीरे-धीरे ही चलता रहा, लेकिन खेतों में पहुँचते ही उसकी चाल तेज़ हो गयी।

जब वह तबेले के पास पहुँचा तो उसे पहले केहरसिंह मिला। केहरसिंह घबराया हुआ-सा था। दीदार ने पूछा—"रूपी कहाँ है?"

"तबेले के भीतर बैठी है।"

दीदार ने उधर को क़दम बढ़ाया तो केहरसिंह ने उसके बाजू को छूते हुए कहा—"आज मूलसिंह ने रूपी को यहाँ आते देख लिया है।"

दीदारसिंह उसका मतलब समझ गया, बोला—"उसकी फ़िकर मत करो। वह हमारा बड़े ही भरोसे का आदमी है। वैसे मैं उसे समझा भी दूँगा।—अभी मैं तुमसे भी कुछ बातें पूछूँगा।"

"बहुत अच्छा, मैं तो अभी यहीं पर हूँ। रूपी को साथ लेकर ही जाऊँगा। लेकिन मुझे बड़ी घबराहट हो रही है। कहीं सरदारों को इस बात का पता चल गया तो वे मेरी हड्डी-पसली का सुरमा बना देंगे।"

दीदार जल्दी में था, वह तबेले की चारदीवारी में घुसते हुए बोला—"तुम बिलकुल फ़िकर मत करो। तुम्हारा बाल भी बाँका नहीं होगा।"

कमरे में सरसों के तेल का दीया जल रहा था और उसकी रोशनी चारों ओर फड़फड़ा रही थी। दीदारसिंह ने कमरे के भीतर क़दम रखा तो उसकी आँखें बड़ी बेसब्री से रूपी पर गड़ गयीं, जो चारपाई पर बैठी थी। रूपी उसे देखते ही उठ खड़ी हुई। उसने सारे शरीर को बाग़ (एक तरह की फूलदार चादर) में लपेट रखा था। यहाँ तक कि उसका सिर भी ढका हुआ था, सिर्फ़ उसका चेहरा दिखायी दे रहा था।

दीदार ने उसकी पीठ पर बाज़ू रखकर कन्धे को हलके से दबाते हुए कहा—"बैठो रूपी!"

उसका हाथ लगते ही रूपी 'सी' कहकर ज़रा-सा दब गयी।

दीदार ने फ़ौरन हाथ पीछे हटा लिया और ताज़्ज़ुब में आकर बोला—"क्या बात है? क्या हुआ तुम्हें?"

रूपी हँसने लगी। फिर आँखें मूँदकर बोली—"मुझे ख़ूब मार पड़ी थी।"

दीदार को अजीब-सा लगा। कहने लगा—"तुम्हें मार पड़ी और तुम हँस रही हो?"

इस पर रूपी ने बाग़ उतार दिया और पीठ से कमीज़ ऊपर उठा दी। दीदार ने देखा कि गोरे बदन पर मानो नीले और गहरे भूरे रंग के साँप रेंग रहे थे। रूपी ने कमीज़ नीचे कर ली और पहले की तरह बाग़ लपेटकर बोली—"कन्धों पर भी ऐसी ही मार के निशान हैं। जब तुमने ज़रा-सा दबाया तो मुझे एकदम दर्द हुआ।"

दीदार को उसकी पीठ देखकर अच्छा नहीं लगा। वह ख़ुद चारपाई पर बैठ गया और सामनेवाली चारपाई की ओर हाथ से इशारा करते हुए बोला—"बैठो-बैठो—किसने मारा तुम्हें?"

रूपी मुस्कुराये जा रही थी—"बेबे ने।"

"लेकिन इसमें हँसने की क्या बात है?"

इस पर रूपी ने दोनों हाथ अपने जुड़े हुए घुटनों पर रखे और उन पर ठुड्डी जमा दी। वह इसी मुद्रा में कुछ देर तक दीदारसिंह की ओर टकटकी बाँधे देखती रही। इस तरह देखने पर उसकी मोटी आँखें और भी बड़ी-बड़ी नज़र आने लगीं। वह बोली—"हँसने की बात यह है कि जो मँगनी होने जा रही थी, सो टूट गयी।"

गज्जनसिंह ने दीदार को इतना तो बता ही दिया था कि उसका काम हो चुका है, इसलिए रूपी की बात पर उसे हैरानी नहीं हुई।

रूपी ने बड़े प्यार से पूछा—"दीदार ! आख़िर तुमने ऐसा क्या जादू कर दिया कि जो रिश्ता कभी नहीं टल सकता था वह पल भर में टूट गया।"

यही तो दीदार भी नहीं जानता था। उसने पूछा—"तो क्या तुम्हें मालूम नहीं कि यह रिश्ता कैसे टूटा?"

"सब-कुछ करने-धरनेवाले तो तुम हो, भला तुम्हारे बताये बिना मुझे कैसे पता चल सकता था?"

दीदारसिंह ने यह बतलाना ठीक नहीं समझा कि इस मामले में सारी कार्रवाई उसके भाई गज्जन ने की है। उसने अपने हाथों की अँगुलियाँ आपस में उलझाते हुए पूछा—"कम-से-कम यह तो बताओ कि तुम्हारे यहाँ क्या हुआ?"

"मुझे सिर्फ़ इतना ही पता चला कि जब मैं घर में नहीं थी तो दूसरे या तीसरे पहर बूटासिंह चाचा से मिलने आया। उसने कहा कि यह मँगनी नहीं हो सकेगी। चाचा ने वजह जानने की बहुत कोशिश की, लेकिन उसने कुछ नहीं बताया। सूरज डूबने से पहले जब मैं घर में आयी तो चाचा और बेबे दोनों ही बड़े उदास बैठे थे। मुझे देखते ही चाचा ने बिफरकर कहा कि जी चाहता है कि इस छोकरी की चमड़ी उधेड़ दूँ। तब मेरी बेबे ने कहा कि उस बेचारी पर ग़ुस्सा क्यों निकालते हो। चाचा बोला कि इसी हरामज़ादी ने कोई ऐसी हरकत की होगी जिसकी वजह से उन्होंने इनकार कर दिया—मैंने तो आँखें झुकाये रखीं। शायद चाचा मुझे मारने के लिए उठना चाहता

था, लेकिन बेबे ने उन्हें रोक दिया और मुझे धक्का देकर भीतर के कमरे में भेज दिया। थोड़ी देर बाद चाचा उठकर अहाते में चले गये। तब बेबे मेरे पास आयी। आते ही मेरी चोटी थामकर बोली कि सच-सच बता दे वरना अभी तेरी चोटी को आग लगा दूँगी। मैंने कहा कि मुझे तो कुछ भी पता नहीं, मैं क्या बता दूँ। तब उसने तुम्हारा ज़िक्र किया तो मैंने कह दिया कि सारा गाँव जानता है कि दीदार बूड़चक्क गया हुआ है।''

ये सब बातें बताते समय भी रूपी ख़ुश नज़र आ रही थी। दीदार ने पूछा—''फिर क्या हुआ?''

''बेबे के ग़ुस्से का पारा ऊपर को ही चढ़ता चला गया। यहाँ तक कि उसने मुझसे कहा कि तू भीतर की बात नहीं बतायेगी तो तेरी चमड़ी उधेड़ दूँगी।''

''लेकिन रूपी! उन्हें तुम पर किस बात का शक़ था?''

''उन्होंने यही समझा कि मैंने तुम्हें होनेवाले मँगनी के बारे में बता दिया होगा, और मँगनी को रोकने में तुम्हारा ही हाथ है। यह बात थी भी ठीक—लेकिन मैं कैसे मान जाती!—तब बेबे ने कपास की सूखी छड़ी से मुझे पीटना शुरू किया। मुझ पर दो-तीन छड़ियाँ तोड़ डालीं।''

''तब तो घर में शोर मच गया होगा?''

''नहीं, शोर कैसा! यह मार-पीट भीतर के कमरे में हुई। हम दोनों के सिवा वहाँ और कोई नहीं था। मैं न चीखी न चिल्लायी—इसलिए घर में किसी को पता नहीं चला।''

दीदार ने भारी आवाज़ में कहा—''यह तो बहुत बुरा हुआ।''

''बुरा?''

''यही, जो तुम्हें इतनी मार पड़ी।''

''मार का क्या है! यह तो सोचो कि कितनी बड़ी मुसीबत टल गयी। मुझे पिटने का तो ज़रा भी ग़म नहीं है।''

दीदार ने अपने हाथ बढ़ाकर रूपी के हाथ थामते हुए कहा—''वाह गुरु ने चाहा तो तुम्हारे ये मुसीबत के दिन बहुत जल्द कट जायेंगे—लेकिन तुम्हें यहाँ आना नहीं चाहिए था, और वह भी केहरसिंह के साथ। वह बेचारा अलग घबरा रहा है।''

''क्या करती! मेरा आना ज़रूरी था। मैं तुम्हें यह ख़ुशख़बरी सुनाना चाहती थी। अब तुम भी बता दो कि यह सब तुमने कैसे किया!''

''नहीं रूपी! ये बातें बाद में होती रहेंगी। समय बहुत कम है, कहीं घरवालों को पता चल गया कि तुम गाँव के बाहर चली गयी हो तो तुम्हारे लिये नयी मुसीबत खड़ी हो जायेगी। मैं कहता हूँ कि तुम्हें केहरसिंह के साथ नहीं आना चाहिए था। अपनी किसी

सहेली के साथ आ जातीं, या माछियों की उसी लड़की को साथ ले आतीं।''

''इतना मौक़ा ही कहाँ था! मैंने सोचा कि ख़ुद तुमसे मिलकर सब-कुछ बता दूँ, ताकि तुम जो ठीक समझो सो करो।''

दीदार अपनी चारपाई से उठते हुए बोला—''चलो, तुमने जो कुछ किया बहुत अच्छा किया। अब फ़ौरन घर लौट जाओ।''

रूपी उठी, और दीदार की अँगुलियों को दबाते हुए बोली—''बेबे कह रही थी कि हमने तुम्हारे लिये बहुत ही अच्छा लड़का और अच्छा ख़ानदान ढूँढ़ा था। अब बदनामी के डर से हमें तुम्हारी जल्दी ही शादी करनी पड़ेगी। जल्दबाज़ी का काम अच्छा नहीं होता, पर हम क्या कर सकते हैं? हमने तुम्हारा भला सोचा, तुमने ख़ुद पाँव पर कुल्हाड़ी मार ली।''

दीदार उसके गाल पर थपकी देते हुए बोला—''मत घबराओ! माँ-बाप ऐसे मौक़ों पर इसी तरह की बातें कहा करते हैं।''

''नहीं दीदार! हमें बहुत होशियार रहने की ज़रूरत है। तुम नहीं जानते कि ये लोग कितने ज़िद्दी हैं। न जाने किस समय क्या कर ड़ालें?''

दीदार ने उसे लेकर दरवाज़े की ओर बढ़ते हुए कहा—''बेफ़िकर रहो, हम इन्हें कोई भी ग़लत क़दम नहीं उठाने देंगे।''

दरवाज़े के बाहर निकलने से पहले रूपी आँखें ऊपर उठाये पल-दो-पल दीदार के चेहरे को देखती रही। उसे इस पर भरोसा था। वह भरोसा अब और भी पक्का हो चुका था। वह समझती थी कि बूटासिंह के लड़के से उसका रिश्ता होकर रहेगा, लेकिन ऐसा नहीं हो पाया।

एकाएक रूपी ने देहलीज़ के बाहर क़दम रखते हुए कहा—''अच्छा तो मैं चलती हूँ।''

दीदार चारदीवारी में ही खड़ा रहा, और उसने केहरसिंह को हाथ से इशारा किया कि वह रूपी को बड़ी होशियारी से घर तक पहुँचा दे।

जब वे खेतों के अँधेरे में गुम हो गये तब दीदार को मूलसिंह का ख़्याल आया, जो रहट की ओर से आगे बढ़ रहा था। दीदार ने अपनी तेज़ और चमकदार आँखों से उसकी ओर देखकर कहा—''मूलसिंह! यह बात तुम तक ही रहनी चाहिए।''

: २ :

जिस दिन बूटासिंह आया था, उस दिन फिलौरासिंह अहाते में मौजूद नहीं था। वह किसी काम से दूसरे गाँव गया हुआ था। दिन ढले लौटकर आया तो भी उसे कुछ

पता नहीं चला। उसने इतना ज़रूर देखा कि उसका बड़ा भाई बहुत ही गुमसुम था। फिलौरासिंह इस बात का आदी हो चुका था। वह जानता था कि बड़े भाई को ज़्यादा बोलने की आदत नहीं है, और कभी-कभी वह बहुत गम्भीर हो जाता है। लेकिन दूसरे दिन उसे अपने आदमियों की ज़बानी पता चला कि बूटासिंह से मुलाक़ात के बाद ही गुलज़ारासिंह की यह हालत हुई।

यह सुनकर फिलौरासिंह के कान खड़े हो गये। उसने बड़े भाई से पूछताछ करने का फ़ैसला कर लिया। दिन के भोजन के पहले जब गुलज़ारासिंह अपनी बैठक में बहीखाता देख रहा था तो फिलौरासिंह भी भीतर चला गया। गुलज़ारा अपने काम में लगा रहा। फिलौरे ने देखा कि उसके भाई के चेहरे पर परेशानी के आसार नज़र आ रहे थे। आख़िर उसने पूछ ही लिया—"मैंने सुना है कि बूटासिंह यहाँ आया था।"

"आया था।" गुलज़ारे ने बहीखाता से नज़र उठाये बिना ही जवाब दिया।

फिलौरे ने फिर सवाल किया—"क्या वह किसी ख़ास काम से आया था?"

कुछ देर तक ख़ामोशी छायी रही। आख़िर गुलज़ारा बोला—"वह यह कहने आया था कि वह अपने लड़के से रूपी का रिश्ता नहीं कर सकेगा।"

"वजह?" फिलौरा कुछ गर्म हो गया।

अब गुलज़ारे ने एक नज़र फिलौरा पर डाली, और फिर गहरी साँस लेते हुए बोला—"मैंने बहुत पूछा, लेकिन उसने इसकी वजह बताने से इनकार कर दिया।"

फिलौरा भड़ककर बोला—"रिश्ते-नाते की बात मज़ाक तो नहीं होती। उसने हमारी बेइज़्ज़ती की है।"

"लेकिन फिलौरे। अभी तो रूपी की मँगनी भी नहीं हुई थी। सिर्फ़ ज़बानी तय हुआ था। उन्होंने अपने बड़े-बूढ़ों से मशविरा करनेवाली बात भी कही थी..."

"वह सब ठीक है, लेकिन इस तरह एकाएक बात तोड़ देने का कुछ मतलब तो होना चाहिए।"

"मैंने यह सब-कुछ कहा...यहाँ तक कि पगड़ी उतारकर उसके पाँव में भी रख दी..."

फिलौरा ताज़्ज़ुब और ग़ुस्से में आकर बोला—"इस पर भी...?"

"हाँ, वह फिर भी नहीं माना।"

"उसकी यह मजाल? एक बार रिश्ते की बात शुरू करके ऐसे धौंस जमाने का उसे साहस ही क्योंकर हुआ?"

"उसने धौंस नहीं जमायी, फिलौरे!—उसने सिर्फ़ इतना कहा कि वह बिलकुल मज़बूर है।"

"अपनी मज़बूरी की वजह भी नहीं बतायी?"

"नहीं।"

फिर बड़ी भद्दी-सी ख़ामोशी छा गयी। फिलौरा भीतर-ही-भीतर खौल रहा था। अन्त में वह बोला—"इसका मतलब यह है कि मुझे उनके गाँव जाना पड़ेगा।"

"रहने दो, फिलौरे! इसका फ़ायदा क्या? मेरे बाद तुम भी बूटासिंह के आगे नाक रगड़ोगे?...पर मैं जानता हूँ कि वह तुम्हें भी वही जवाब देगा, जो उसने मुझे दिया था।"

"मैं बूटासिंह से नहीं मिलूँगा।"

"तो?"

"मेरा ख़्याल है कि उनके गाँव के कुछ लोगों को इस राज़ का पता होगा। आख़िर वहाँ कुछ-न-कुछ तो ज़रूर हुआ है। मैं भी वहाँ के दो-चार आदमियों को जानता हूँ। शायद वे लोग इस बारे में कुछ बता सकें।"

गुलज़ारे ने बहीखाता बन्द कर दिया, और एक हाथ से अपने पाँव के अँगूठे को दबाते हुए बोला—"अगर तुम्हारा यह ख़्याल है तो तुम्हारे जाने में कोई हर्ज़ नहीं है। लेकिन इस बात का ख़्याल रखना कि अब बूटासिंह की चौखट पर जाने से कुछ नहीं होगा। सच तो यह है कि जो होना था सो हो चुका। अब हमारी बिगड़ी बात किसी तरह नहीं बन सकती।"

फिलौरासिंह उठकर खड़ा हो गया, और बेहद जोश में आकर बोला—"भ्रा जी! बिगड़ी बात बने या न बने, लेकिन इस बात का पता तो चलना चाहिए कि इसमें शरारत किसकी है।"

इतना कहकर फिलौरा भाई की ओर देखता रहा। जब गुलज़ारा कुछ नहीं बोला तो वह तहमद फड़फड़ाता बैठक से बाहर निकल गया।

उसी दिन तो फिलौरा फ़रीदपुर नहीं जा सका, लेकिन दूसरे ही दिन वह घोड़ी पर सवार होकर अकेला फ़रीदपुर को चल दिया।

फ़रीदपुर गाँव के बाहर बूटासिंह ने नयी फुलवारी लगा रखी थी। इस फुलवारी में चमेली, गेंदा, गुलाब वग़ैरह फूलों के अलावा उसने फलों के भी कुछ पेड़ लगवा रखे थे, जिन पर अभी फल आने शुरू नहीं हुए थे। इस फुलवारी के कोने में चरखड़ीवाला एक नया कुआँ भी बनवाया गया था। कुछ जगह ऐसी भी छोड़ दी गयी थी जहाँ सिर्फ़ छोटी-छोटी घास उगी हुई थी। बूटासिंह अकसर शाम को वहीं आकर बैठा करता था। वह जाना-माना और मालदार आदमी था, इसलिए गाँव के बहुत-से लोग वहाँ जमा हो जाते, काफ़ी देर तक इधर-उधर की गपशप चलती रहती थी।

जब फिलौरा उस फुलवारी के पास से गुज़र रहा था तो वहाँ एक-दो कम्मियों के सिवा और कोई नहीं था। फिलौरे की घोड़ी फुलवारी की बाड़ के साथ-साथ गाँव

की ओर बढ़ रही थी। इतने में ही फिलौरे को अपना गहरा दोस्त निरंजनसिंह बेदी गाँव की ओर से आता दिखायी दिया। वह भी घोड़े पर चला आ रहा था। फिलौरा तेज़ आवाज़ में बोला—"वाह गुरु जी का खालसा!"

"वाह गुरु जी की फतेह!" बेदी ने हँसकर जवाब दिया।

बेदी ने पूछा—"सुनाओ, फौजां किधर जा रही हैं?"

यह इसलिए कहा जाता है, क्योंकि एक सिक्ख सवा लाख सिपाहियों के बराबर माना जाता है।

फिलौरा बोला—"मैं तुम्हारे पास ही आया हूँ।"

"मेरे पास? यह तो बड़े भाग की बात है। मैं समझा कि तुम्हारी मंज़िल कहीं आगे है।"

"नहीं, मैं सीधा तुम्हारे पास ही चला आ रहा हूँ।"

"अच्छा तो घर चलोगे या मेरे साथ? मैं अपने खेतों तक जा रहा हूँ। मेरे साथ चलो तो हम तबेले में बैठकर गप्प लड़ा सकते हैं। मैं किसी को भेजकर खाना भी वहीं मँगवा लूँगा।"

फिलौरे ने सोचा कि तबेले में इस तरह की बात करना बेहतर रहेगा। इसलिए वह बेदी के साथ-साथ हो लिया।

बातों-बातों में बेदी ने महसूस किया कि फिलौरा ज़रूरत से कुछ ज़्यादा ही उदास दिखायी देता है। उसने पूछ ही लिया—"फिलौरा! आज तुम कुछ परेशान-से नज़र आते हो?"

इस पर फिलौरे ने शुरू से आख़ीर तक सारी कथा सुना दी, और फिर बोला—"तुमसे तो घर की बातें भी नहीं छिपाता। जब से बूटासिंह ने हमें कोरा जवाब दिया है, तब से हम सब बहुत दुःखी हैं। यह ठीक है, कि मँगनी नहीं हुई थी, लेकिन बात को इस तरह अचानक ही तोड़ देने में राज़ क्या है? भ्रा जी ने बूटासिंह से बहुत पूछा, पर उसने अपने इस फ़ैसले की कोई वजह नहीं बतायी।"

फिलौरे ने यह सारी कथा बड़े विस्तार से सुनायी थी। उस समय वे तबेले तक पहुँच चुके थे। बेदी ने घोड़े से उतरते हुए कहा—"मैं यह राज़ जानता हूँ। सच पूछो तो हमारे गाँव के बहुत-से लोग जानते हैं। इसलिए हम तो इसे राज़ भी नहीं कह सकते।"

फिलौरासिंह का दिल उछल पड़ा, लेकिन उसने अपने-आपको सँभाले रखा। दायें-बायें नज़र डाली तो आक के झुण्ड फैले दिखायी दिये। फिलौरा घोड़ी को ऐसी जगह बाँधना चाहता था, जहाँ छाया भी हो और घास भी उगी हो।

बेदी ने उसके मन की बात भाँपते हुए कहा—"वह देखो लड़का भागा चला आ रहा है। वह ख़ुद ही इसे ठीक जगह पर बाँध देगा।

चौदह साल का यह सिक्ख लड़का बेदी के कम्मी का ही बेटा था। उसके सिर के आधे बाल जूड़े में बँधे हुए थे, और आधे पीछे की ओर गर्दन पर गिरे हुए थे। बेदी ने कहा—"थोड़ी देर बाद तुम गाँव चले जाना, और घर पर से दो आदमियों का खाना ले आना।"

इतना कहकर बेदी ने फिलौरे के बाजू पर हाथ रखा, और उसे तबेले के भीतर ले जाते हुए बोला—"तुम्हें यही बात करनी थी, तो इसके लिए तबेले से अच्छी जगह और कोई नहीं हो सकती।"

"ठीक कहते हो। मैं सोचता हूँ कि बातचीत के बाद मैं यहीं से वापस चला जाऊँगा।"

सारे मामले को उसके सामने रखते हुए बेदी ने जवाब दिया—"जैसी तुम्हारी मर्ज़ी।"

तबेले के भीतर पहुँचकर बेदी ने कहा—"लो, अब तुम थोड़ी देर बैठो, मैं पासवाले खेतों का चक्कर लगाकर अभी आता हूँ।"

फिलौरा, ग़मगीन-सा एक ढीली-ढाली चारपाई पर बैठ गया, और पूछने लगा—"तुम्हें ज़्यादा देर तो नहीं लगेगी?"

"नहीं, भई! तुम इतनी दूर से आये हो तो मैं तुम्हें इस तरह परेशान तो नहीं करूँगा। खेतों तक चक्कर लगाने का मतलब सिर्फ़ इतना है कि सबको मेरे आने का पता चल जाय, और वे काम में सुस्ती न करें। अपने एक ख़ास आदमी को थोड़ा कुछ समझाना भी है।"

फिलौरा कुछ नहीं बोला। बेदी खेतों का चक्कर लगाकर और अपने आदमियों से थोड़ी-बहुत बातचीत करने के बाद लौट आया। आते ही बोला—"मुझे ज़्यादा देर तो नहीं लगी?"

फिलौरासिंह को तो अपने काम की जल्दी थी, बोला—"नहीं, देर नहीं लगी। आख़िर जिस काम से तुम यहाँ आये थे, वह भी तो ज़रूरी था।"

फिलौरासिंह उस राज़ को जानने के लिए बेसब्र हो रहा था। वह ख़ुद ही सवाल करना चाहता था कि क्या दीदारसिंह उनके गाँव में आया था? लेकिन उसने यह ठीक नहीं समझा। उसने सोचा कि पहले वह बेदी की ज़बानी सारी बात सुन ले

बेदी की आदत थी कि वह बात ज़रा लटकाकर करता था। छोटी-सी बात को भी ख़ामुख़ाह घसीटता रहता था। आख़िर वह असली बात पर आ ही गया, बोला—

"तुम्हें तो शायद मालूम न होगा, लेकिन बूटासिंह की फुलवारी में हर शाम महफ़िल जमती है। कुछ दिन पहले ऐसी ही महफ़िल जमी हुई थी। सूरज डूब चुका था, फिर भी काफ़ी रोशनी फैली हुई थी। उसी समय दूर से साँड़नी पर सवार एक जवान आता दिखायी दिया। कुछ काला-काला-सा, लेकिन बहुत लम्बा-चौड़ा जवान। जब वह फुलवारी के पास पहुँचा तो सबकी नज़रें उसकी ओर उठ गयीं। वह जवान ही ऐसा था कि जिधर से भी निकल जाय लोग उसे ख़ास तौर पर देखे बिना नहीं रह सकते। सिर पर बड़ा-सा जूड़ा, रंगीन तागों की जाली से बँधा हुआ, जिसके नीले, पीले तथा लाल फुँदने नीचे को लटक रहे थे। कानों में बालियाँ, गले में सोने का कण्ठा, दाहिनी कलाई पर लोहे का मोटा कड़ा, और हाथ में लम्बी लाठी पर चढ़ी हुई छव्वी, जिसकी धार धूप न होने के बावजूद भयंकर रूप में चमक रही थी..."

फिलौरे ने मन-ही-मन में कहा कि यह तो बिलकुल हरामज़ादे दीदार का हुलिया है। उसे बेदी का लटका-लटकाकर बातें करने का ढंग पसन्द तो नहीं था, लेकिन उस समय उसने उसे टोका नहीं, ताकि वह सब-कुछ बता दे।

बेदी ने कहानी चालू रखी—"फुलवारी के पास आकर साँड़नी रुक गयी। सवार ने पूछा कि पीने को पानी मिल सकेगा। बूटासिंह ने जवाब दिया कि वह नीचे उतरकर इत्मीनान से पानी पी ले! इस पर सवार नीचे उतरा, एक आदमी ने कुएँ से ताज़ा पानी निकालकर उसे पिलाया। फिर सवार ने अपनी दाढ़ी और मूँछों पर लटकती हुई पानी की बूँदों को अँगौछे से पोंछते हुए सवाल किया कि क्या यह बूटासिंह की फुलवारी है। इस सवाल का जवाब देते हुए बूटासिंह ने कहा कि हाँ, और मैं ही बूटासिंह हूँ। इस पर उस जवान की तेज़ आँखें वहाँ बैठे हर आदमी का जायज़ा लेने लगीं। मालूम होता है कि अन्दाज़ा लगाकर उसने बूटासिंह के लड़के को पहचान लिया, क्योंकि उसके कपड़े ही बाक़ी लोगों से अलग तरह के और क़ीमती थे! सवार ने बूटासिंह से पूछा कि क्या वह आपका लड़का है? बूटासिंह के हामी भरने पर उसने फिर पूछा—क्या इसी का रिश्ता अकालगढ़ के सरदारों के यहाँ तय होने जा रहा है?—बूटासिंह को ताज़्ज़ुब हुआ। उसने फिर हामी भरी। सवार ने उस लड़के की ठुड्डी के नीचे हाथ रखा, और सब लोगों की ओर देखते हुए कहा—"चेहरा तो सुन्दर है, लेकिन यही चेहरा गर्दन से अलग हो जाय तो फिर कैसा लगेगा?"—यह सुनकर सब लोग सकते में आ गये। बूटासिंह का रंग पीला पड़ गया। इतना कहकर वह अजनबी जवान अपनी बैठी हुई साँड़नी पर सवार हो गया। उसने नकेल को झटका दिया तो साँड़नी बिलबिलाकर उठ खड़ी हुई। बूटासिंह भी उठकर दो क़दम आगे बढ़ा। उसकी टाँगें काँप रही थीं। उसने थरथराती आवाज़ में पूछा—"यह तुम क्या कह रहे हो मेरे इकलौते बेटे के बारे में?"—अब सवार की आँखों के साथ उसके दाँत भी चमक उठे। चाबुक के सड़ाके की तरह उसकी आवाज़ सुनायी दी : "मैं कह रहा था कि इस सुन्दर चेहरे को गर्दन से अलग कर दिया जाय तो कैसा लगेगा?"—

बूटासिंह हड़बड़ाकर बोला : "क्यों?"— अब तक साँड़नी क़दम उठा चुकी थी—आते हुए सवार के शब्द मानो पत्थर की तरह बूटासिंह के माथे पर लगे। वह कह रहा था : "जब बारात लेकर अकालगढ़ आओगे तो इस बात का जवाब उसी समय मिल जायगा।" इतना कहकर साँड़नी-सवार तो चलता बना, और सब लोग उसके पीछे उड़ती हुई धूल देखते रह गये।"

यहाँ तक बताकर बेदी पल भर को चुप हो गया, और फिर कहने लगा—"लो भई, यह है सारा राज़—फ़रीदपुर के हर आदमी के सामने खुला हुआ।"

फिलौरा बोला—"यार! तुम तो यों भाव बता-बताकर बातें करते हो जैसे किसी नौटंकी में काम कर चुके हो—मैं यह जानना चाहता हूँ कि वह सवार था कौन?"

बेदी अँगुली उठाकर बोला—"हाँ! यही सवाल बूटासिंह ने भी उठाया था। सिर्फ़ तीन-चार आदमी उस सवार को पहचानते थे, उनमें से एक मैं भी था। लेकिन इसके पहले कि मैं कुछ बोलता, दूसरे आदमी ने बूटासिंह से पूछा : आपने कम-से-कम अकालगढ़ के जोड़-मेले में तो इसे देखा होगा। जब सौंची खेली गयी, तब आप कहाँ थे?—बूटासिंह ने कहा कि उसे इस तरह के खेलों में कोई दिलचस्पी नहीं, वह तो उस समय गुरुद्वारे के भीतर ही पाठ सुन रहा था—तब बूटासिंह को बताया गया कि इस सवार का नाम गज्जनसिंह है! वह अकालगढ़ के नत्थासिंह का सबसे बड़ा लड़का है। बेचारा बूटासिंह यह जानना चाहता था कि आख़िर गज्जनसिंह को उसके लड़के की मँगनी से क्या दिलचस्पी है! तब एक समझदार आदमी ने उसे समझाया कि गज्जन को लड़के की मँगनी से नहीं बल्कि लड़की की मँगनी से दिलचस्पी हो सकती है।"

फिलौरासिंह के मन को बेदी की आख़िरी बात बहुत बुरी लगी। लेकिन बेदी के चेहरे से ऐसा नहीं लग रहा था कि उसने जान-बूझकर छींटा कसने के लिए यह कहा था।

बेदी फिर बोला—"मेरे ख़्याल में दूसरे दिन ही बूटासिंह अकालगढ़ को चल दिया। जैसे कि तुमने बताया, उसने तुम्हारे बड़े भाई को कह दिया कि वह यह रिश्ता नहीं कर पायेगा..."

फिलौरासिंह ने दबी आवाज़ में कहा—"चलो, जो होना था सो हो गया। लेकिन बेदी, तुम्हारी यही कोशिश होनी चाहिए कि यह बात अब ज़्यादा फैले नहीं!"

बेदी दिल का बुरा नहीं था, कहने लगा—"मेरे ख़्याल में बात फैलेगी भी नहीं। उस शाम बूटासिंह के पास बैठे हुए लोगों में से कोई भी शरारती तबीयत का नहीं था। वे सब संसार का ऊँच-नीच समझते हैं, और फिर बूटासिंह को भी बड़ा मान देते हैं। उन सबने बूटासिंह को समझा दिया था कि नत्थासिंह के बेटों से दुश्मनी मोल लेना अच्छा नहीं होगा..."

भीतर-ही-भीतर फिलौरासिंह का ख़ून खौल रहा था, लेकिन वह ग़ुस्से को दबाकर बोला—"बेदी, अब इस मामले को ही छोड़ दो। मैं जो कुछ जानना चाहता सो मालूम हो गया! कोई और बात करो।"

बेदी ने दूसरे विषय पर बात छेड़ दी। गाँव से खाना आ गया। फिलौरा ने मन न होने पर भी थोड़ा-बहुत खाया, और फिर अपने दोस्त से विदा होकर वापस अकालगढ़ को चल दिया।

रास्ते भर वह इसी मसले पर ग़ौर करता रहा। उसका जी चाहता था कि उसके वश में हो तो वह अकालगढ़ पहुँचते ही बदमाशों का जत्था लेकर नत्थासिंह के घर पर जा धमके, और उनके घर के एक-एक आदमी को मौत के घाट उतार दे—लेकिन वह जानता था कि यह सब ख़याली बातें हैं।

उसने अपने दिल को समझाया कि ग़ुस्से की जगह उसे ठण्डे दिल से इस मसले पर ग़ौर करना होगा। सबसे ज़रूरी बात तो यह थी कि उनका अगला क़दम क्या होना चाहिए। पिछले थोड़े ही समय में उनकी दो बार हार हो चुकी थी। एक तो वधावासिंह दीदारसिंह के हाथों पिटा था, और दूसरे गज्जनसिंह ने उनकी लड़की का रिश्ता तय नहीं होने दिया। मेला शुरू होने पर उनके दिल बढ़े हुए थे। उन्हें विश्वास था कि उनका साँड़ वधावासिंह दीदारसिंह को कुचलकर रख देगा। लेकिन उलटे वधावासिंह के पिट जाने से उनकी उम्मीदों पर पानी फिर गया। यहाँ तक भी गनीमत थी, रूपी का रिश्ता तुड़ाकर तो मानो उनकी बीच खेत के नाक काट ली गयी। इस बेइज़्ज़ती का बदला लिये बिना वे चुप नहीं बैठ सकते थे। अब सवाल यह था कि इसका बदला कैसे लिया जा सकता था...।"

फिलौरे को अकालगढ़ पहुँचते-पहुँचते काफ़ी अँधेरा हो गया, वैसे वह घोड़ी को बहुत तेज़ दौड़ाता हुआ आया था।

जब अहाते में पहुँचा तो उसे पता चला कि गुलज़ारासिंह किसी काम से गुरुद्वारे गया हुआ है। वह गुरुद्वारे का प्रधान था, इसलिए मेले के बाद गुरुद्वारे में जमा हुआ रुपये-पैसे का हिसाब उसी को करना पड़ता था।

नाहरसिंह अहाते में मौजूद था। फिलौरे के इशारे पर नाहरसिंह उसके पीछे-पीछे बैठक में चला गया। फिलौरा नाहरसिंह को अपना ख़ास आदमी समझता था, इसलिए हर काम में उनकी राय ले लिया करता था। बैठक में पहुँचते ही फिलौरासिंह ने दरवाज़ा भेड़ दिया और नाहरसिंह से कहने लगा—"मैं फ़रीदपुर गया था। अब वहीं से लौट रहा हूँ।"

"मैं सुबह से इसी सोच में डूबा था कि आख़िर आप कुछ बताये बिना चुपके से कहाँ को चले गये।"

"नाहर! यह मामला ही कुछ ऐसा था कि मुझे यहाँ से चुपचाप जाना पड़ा।"

"तो क्या वह बताने की बात नहीं थी?"

"बताने की बात तो नहीं है, लेकिन तुम्हें बताऊँगा ज़रूर। हाँ, इस बात का ध्यान रखना कि यह बात कहीं बाहर निकलने न पाये।"

नाहर ने अपने सीने पर हाथ रखते हुए कहा—"आप मुझ पर पूरा भरोसा रखिये।"

"मुझे भरोसा है—बात यह है कि मेले के दिनों में फ़रीदपुर का बूटासिंह यहाँ आया हुआ था। वह अपने गाँव का सबसे धनी और जाना-माना आदमी है। उसी के लड़के से रूपी के रिश्ते की बातचीत चली थी। बूटासिंह इस रिश्ते पर बड़ा ख़ुश था। वह अपने बड़े-बूढ़ों से इस बात का ज़िक्र करना चाहता था। उसने हमें यह भी यक़ीन दिलाया था कि उसके बुजुर्गों की ओर से कोई अड़चन पैदा नहीं होगी। हमें उम्मीद थी कि थोड़े ही दिनों में मँगनी हो जायगी। लेकिन फिर एकाएक बूटासिंह यहाँ आया, और भ्रा जी से कह गया कि यह रिश्ता नहीं हो सकेगा।"

"क्यों?"

"भ्रा जी ने बहुत-कुछ पूछा, लेकिन बूटासिंह ने कुछ नहीं बताया। इसीलिए मैं आज फ़रीदपुर गया था। वहाँ जाकर पता चला कि इस रिश्ते को तोड़ने में गज्जनसिंह का हाथ है।"

"मुझे तो पहले ही उस पर शक़ हो रहा था!"

"अब यह शक़ की बात नहीं रही—ख़ैर! उन्हें जो कुछ करना था सो कर चुके, अब सवाल यह है कि हम इसका बदला कैसे लें?"

"आप जो चाहें सो मैं करने को तैयार हूँ।"

फिलौरासिंह कुछ बेचैन-सा होकर पलँग से उठा और हाथ पीठ-पीछे बाँधकर इधर-उधर टहलने लगा। एकाएक वह रुका और नाहरसिंह की ओर अँगुली उठाकर बोला—"नाहर! अब एक ही काम हो सकता है।"

"बताइये।"

"तुम अमरो को भगा ले जाओ।"

"मैं इसके लिए बिलकुल तैयार हूँ।"

"लेकिन कब?"

"जब आप कहें।"

"अमरो तुम्हारी मुट्ठी में है न?"

"बिल्कुल मेरी मुट्ठी में है।"

"तुम उसे समझा दो कि वह अपने घर का सारा ज़ेवर और नगदी लेकर तुम्हारे साथ भाग चले। क्या वह इस बात पर राज़ी हो जायगी?"

"इसमें तो कुछ शक़ ही नहीं।"

"देखना यह है कि यह काम कब किया जाय—एक बार अमरो घर से भाग जाय तो इनके ख़ानदान की नाक कट जायगी। लड़की के भाग जाने से नत्थासिंह कहीं मुँह दिखाने लायक नहीं रहेगा। क्या ख़्याल है तुम्हारा?"

"आप बिलकुल ठीक कहते हैं।"

"अब यह काम जल्दी-से-जल्दी होना चाहिए।"

"इस बारे में मैंने बहुत-कुछ सोचा है। मैं महसूस करता हूँ कि जल्दबाज़ी में गड़बड़ भी हो सकती है।"

दो बार मार खा लेने के बाद फिलौरा कुछ तो चौकन्ना हो ही गया था। उसने कहा—"नहीं, हम जल्दबाज़ी से काम नहीं लेंगे। सहज पके सो मीठा होय। हाँ, बताओ तो, तुमने उस बारे में क्या सोचा है?"

"डेढ़-दो-महीने तक नूरे की शादी होनेवाली है। दीदार और गज्जन शादी में ज़रूर जायेंगे। बुड्ढा (नत्थासिंह) यहाँ अकेला होगा। अमरो को भगा लेने का सबसे अच्छा मौक़ा वही होगा।

"अमरो को भगा ले जाने के बाद तुम्हें उसके भाइयों से दूर रहना पड़ेगा...इतनी दूर कि उन्हें पता भी न चल पाये कि अमरो और तुम कहाँ हो।"

"सो तो करना ही पड़ेगा, क्योंकि मुझे अपनी जान का भी तो ख़तरा है।"

"बस तो ठीक है। यही बात तुम अमरो को भी समझा दो।"

"बहुत अच्छा।"

बैठक में से बाहर आने के पहले फिलौरे ने कहा—"सोचता हूँ कि भ्रा जी को ये सब बातें बताऊँ या न बताऊँ।"

"उन्हें इतना तो बता दीजिये कि रूपी का रिश्ता तुड़ाने में किसका हाथ है, लेकिन यह मत बताइये कि हम इस बात का बदला किस तरह लेने जा रहे हैं।"

"तुम्हारी यह राय ठीक है।"

रात के खाने का समय बीत चुका था। गुलज़ारासिंह को गुरुद्वारे से लौटने में देर हो गयी; इसीलिए किसी और ने भी खाना नहीं खाया।

इतनी बातचीत के बाद नाहरसिंह तो अपने काम में लग गया, और फिलौरासिंह बड़े भाई के लौटने का इन्तज़ार करने लगा।

थोड़ी देर बाद गुलज़ारासिंह लौट आया। उसने फिलौरासिंह को देखा तो मकान के भीतर न जाकर उसे बैठक में ले गया, और छूटते ही पूछने लगा—"कहो फिलौरे! कुछ पता चला?"

"मेरा शक़ ठीक ही निकला। इस रिश्ते को तोड़ने में गज्जनसिंह का हाथ है।"

इसके बाद फिलौरासिंह ने पूरी कहानी सुना दी।

गुलज़ारासिंह का चेहरा मारे ग़ुस्से के तमतमा उठा। वह वोला—"हम इन लोगों से निबट लेंगे। लेकिन मैं चाहता हूँ कि पहले रूपी की शादी से फ़ुर्सत पा लूँ।"

"पर भ्रा जी! आप रूपी की शादी करेंगे कैसे? जब इन हरामज़ादों ने बूटासिंह को यही शादी करने से रोक दिया, तो क्या दूसरे को नहीं रोक सकते?"

"मैंने इसका भी उपाय सोच लिया है।"

"वह क्या?"

"हम रूपी की शादी अकालगढ़ में नहीं करेंगे। उसे लेकर उसके ननिहाल चले जायेंगे और वहीं पर चुपके से शादी कर देंगे।"

फिलौरे के मन में यह डर पैदा हुआ कि कहीं रूपी की शादी के चक्कर में कोई नयी मुसीबत खड़ी न हो जाय। वह चाहता था कि पहले अमरो को ग़ायब कर दिया जाय, और फिर रूपी की शादी की बात सोची जाय। लेकिन वह भाई को यह सब-कुछ नहीं बताना चाहता था। इस बात का भी डर था कि बड़ा भाई ऐसा ख़तरनाक क़दम उठाने से मना कर दे। यह सब सोचकर उसने कहा—"भ्रा जी! जल्दबाज़ी का काम बड़ा बुरा होता है। यह ठीक है कि उन्होंने एक बार तो हमें लड़खड़ा दिया है, लेकिन हमें सँभलकर उन्हें ऐसा उलटा हाथ देना चाहिए कि सारी उम्र याद रखें।"

"तो तुम्हें तरक़ीब पसन्द नहीं है क्या?"

"तरक़ीब पसन्द है, लेकिन मुझे लगता है कि इस मसले का एक ऐसा भी पहलू है, जिस पर आपने ग़ौर नहीं किया।"

"वह क्या है?"

"सोचने की बात यह है कि गज्जन को क्या मुसीबत पड़ी थी कि उसने यह रिश्ता रोक दिया। अगर वे हमारा अपमान ही करना चाहते थे तो शादी के मौक़े पर भी कर सकते थे। वे बारात पर टूट पड़ते, या इसी तरह का कोई और काम कर सकते थे!"

गुलज़ारासिंह को उम्मीद नहीं थी कि फिलौरासिंह कोई गहरी बात सोच सकता है। लेकिन उस समय तो वह ऐसी बात कह रहा था, जिस पर ग़ौर करना ज़रूरी था।

फिलौरासिंह फिर बोला—"इस तरह रोकने की वजह यही हो सकती है कि दीदार और रूपी का आपस में कुछ-न-कुछ मेल-जोल है। वे हमारी नाकाबन्दी कर रहे हैं, ताकि रूपी की किसी और जगह शादी न हो सके।"

"तो फिर?"

"अभी वे बहुत चौकन्ने हैं। अगर हम रूपी को यहाँ से ले गये तो वे ज़रूर ही उसका पीछा करेंगे। इसीलिए अच्छा यही रहेगा कि अभी हम चुप साधकर बैठे रहें। मुझे पता चला है कि रूपी की बेबे ने उसे छड़ियों से पीटा है। माना उसने यह सब किसी के सामने नहीं किया, लेकिन ऐसी बातें छिपी नहीं रहतीं। पहले तो उसकी सहेलियों में यह बात फैल गयी, और फिर बहुत-से दूसरे लोगों को भी पता चल गया। यह बड़ी ख़तरनाक बात है। इसमें डर यह है कि कहीं दीदार रूपी को भगा न ले जाय। आप अभी रूपी को बड़े लाड़ और प्यार से रखिये। यहाँ तक कि वह महसूस करने लगे कि शायद आप लोग दीदार से उसकी शादी करने पर भी राज़ी हो जायँ। इस तरह वह घर से भी नहीं भागेगी, और दीदार भी सोचेगा कि जो चाल वह चल रहा है वही ठीक है।"

"यहाँ तक तो मैं तुम्हारी बात मानता हूँ, लेकिन अन्त में क्या होगा?"

"अभी आप यह मामला ठण्डा पड़ने दीजिये, और फिर हम चुपके-चुपके कहीं रिश्ता तय करके रूपी को दो दिन के लिए ननिहाल ले जायेंगे और खट् से उसकी शादी कर देंगे। ये सब मुँह देखते रह जायेंगे।"

गुलज़ारासिंह ने फिलौरे का यह सुझाव मान लिया।

अट्ठारह

: १ :

दिन गुज़रते चले गये। यहाँ तक कि काफ़ी तेज़ ठण्ड पड़ने लगी। अकालगढ़ के लोग सुबह-शाम घर से निकलते तो चारख़ाने के मोटे-मोटे खेस शरीर पर लपेटकर निकलते।

सरदारों के ख़ानदान को नत्थासिंह के बेटों ने बड़ी गहरी चोटें दी थीं। यह सब भीतर-ही-भीतर हुआ था। इसलिए दोनों ख़ानदानों के लोग मिलते तो 'सत् सिरी अकाल, सत् सिरी अकाल!' ज़रूर होती। वे एक पल के लिए भी एक-दूसरे से गाफ़िल नहीं रहते थे। जोड़-मेले के बाद उनकी एक-दूसरे के प्रति नफ़रत और दुश्मनी जितनी गहरी हो गयी थी, उतनी ही छिपायी भी जा रही थी। फिलौरासिंह के वश में होता तो अब तक खुल्लमखुल्ला छव्वियाँ चल गयी होतीं। इसके नतीजे की फिलौरे-जैसे आदमी को कोई फ़िकर नहीं हो सकती थी। गुलज़ारासिंह सदा की तरह अब भी यही महसूस करता था कि खुल्लमखुल्ला लड़ाई में उनका पलड़ा हलका रहेगा। इसलिए उसने अपने आदमियों के ख़ूनख़राबे के जोश को दबाये रखा। नत्थासिंह और गुलज़ारासिंह दोनों को ही इस बात का पता नहीं था कि एक के बेटे, और दूसरे का भाई भीतर-ही-भीतर क्या कार्रवाइयाँ कर रहे हैं। माना गुलज़ारासिंह और नत्थासिंह में प्रेम नहीं था, लेकिन फिर भी वे मिलते तो मुस्कुरा-मुस्कुराकर बातें करते। अब भी गुलज़ारासिंह की बोलचाल का अन्दाज़ा रईसोंवाला था। वधावासिंह की हार से उनके ख़ानदान का कोई सीधा सम्बन्ध नहीं हो सकता था। गुलज़ारासिंह ने जोड़-मेले से पहले भी वधावासिंह को खुल्लमखुल्ला महत्त्व कभी नहीं दिया, और न मेले के बाद वधावासिंह-काण्ड की किसी से चर्चा की। हाँ, रूपी के सिलसिले में जो कुछ हुआ था, उससे उनकी मूँछ भी नीची हो सकती थी, लेकिन इसे हर ओर से दबा दिया गया। गुलज़ारासिंह के ज़्यादातर रिश्तेदारों को यह भी मालूम नहीं था कि रूपी के रिश्ते की कोई बात चली थी। नत्थासिंह को इसका कुछ पता ही नहीं था—गज्जन और दीदार ने इसका धुआँ ही नहीं निकलने दिया। बूटासिंह बहुत ही भला

आदमी था। उसने इस बात का पूरा-पूरा ध्यान रखा कि अगर उसके लड़के और गुलज़ारासिंह की लड़की का रिश्ता नहीं भी हो सका, तो कम-से-कम लड़कीवालों की बदनामी न हो। इस भीतरी चोट को गुलज़ारासिंह और फिलौरासिंह भूल कैसे सकते थे। फिलौरासिंह जवाबी चोट की तैयारियाँ कर रहा था, इसलिए उसने शान्ति का वातावरण बनाये रखा। गुलज़ारासिंह लड़की का बाप होने के नाते अपनी मज़बूरी समझता था, इसलिए वह भी चुप था। यहाँ तक कि उसने रूपी के सामने पत्नी को बुरी तरह डाँटा और फटकारा। फिर उसने बेटी को प्यार करते हुए कहा—''इस बेचारी का क्या क़सूर है! तुम माँ हो कि डायन! कितना पीट डाला तुमने मेरी बेटी को।''

भावुक रूपी पर बाप के इस बर्ताव का गहरा असर पड़ा। उसने दीदारसिंह से भी अपने बाप के लाड़, स्नेह और उदारता का ज़िक्र किया। दीदार बड़ा घाघ था, उसने रूपी की बातें सुनकर ख़ुशी न ज़ाहिर की बल्कि मन में चौकन्ना रहा।

इतने दिनों में फिलौरासिंह ने राजो को समझाया कि अब अगला क़दम उठाने का समय आ गया है। अगला क़दम यह था कि अगर बन पड़े तो शीलो गज्जन के साथ भाग जाय, या शीलो को ग़ायब कर दिया जाय और उसको भगाने का इल्ज़ाम गज्जन पर लगा दिया जाय। उधर राजो का रुख़ अब तक काफ़ी बदल चुका था। जब उसने इस बात का बीड़ा उठाया था तो उसे गज्जन और दीदार की धाकड़बाज़ी का ज़्यादा पता नहीं था। इतने दिनों के बाद अब गज्जन पर शीलो को ग़ायब करने का झूठा इल्ज़ाम लगाना बड़ा ख़तरनाक था। वह जानती थी कि इसका नतीज़ा कितना बुरा हो सकता है। बल्कि उसे दूसरा क़दम बेहतर लगा, यानी गज्जन सचमुच ही शीलो को लेकर भाग जाय। राजो बड़ी सूझ-बूझवाली औरत थी, अब उसे यह दूसरा क़दम भी आसान नहीं मालूम हो रहा था, लेकिन इसमें उसके लिए ख़ास ख़तरा नहीं था।

राजो के बारे में एक बात और भी थी कि अब्र वह गज्जनसिंह के उतना ही नज़दीक थी, जितनी कि यह फिलौरासिंह के नज़दीक थी। वह उन दोनों को अपना ग्राहक समझती थी। दोनों से ही उसे माल-पानी मिलता रहा था, और इनसे उसे कोई निजी शिकायत भी नहीं थी। वह अपने मोहरे इस तरह चलाना चाहती थी कि दोनों की निगाह में उसकी क़ीमत बनी रहे। लेकिन वह यह भी जानती थी कि शुरू में उसने वायदा किया था कि वह शीलो के ज़रिये गज्जन को किसी-न-किसी तरह फँसायेगी। इन सब बातों को ध्यान में रखते हुए उसने एक दिन शीलो को समझाया—''बेटी! तुम्हें गज्जनसिंह के साथ अपना रिश्ता और गहरा कर लेना चाहिए।''

गज्जनसिंह, अपने ही शब्दों में, कई बार शीलो को 'छक' चुका था। शीलो की समझ में नहीं आया कि इससे और ज़्यादा गहरा रिश्ता क्या हो सकता है?

माँ-बेटी का चेहरा देखकर उसके मन की हालत को भाँप गयी। कहने लगी—"शीलो! क्या तुम सारी उमर इसी तरह बुद्धू बनी रहोगी। तुम क्या यह समझती हो कि गज्जनसिंह सारी उमर के लिए तुम्हारा ग़ुलाम बन चुका है?"

शीलो चिढ़कर बोली—"बीबी! तुम्हें जो बात कहनी हो वह सीधे-सीधे कह दिया करो। मुझसे खोपड़ी नहीं घिसायी जाती। बताओ, तुम चाहती क्या हो?"

बेटी को भड़कते देखकर माँ ठण्डी पड़ गयी। लाड़ से बोली—"मैं तुम्हें यह समझाना चाहती हूँ कि मर्द की मुहब्बत को बादल की छाया समझो। अभी है, अभी ग़ायब।"

"समझ लिया—तो?"

"तो यह कि तुम गज्जनसिंह को सदा के लिए अपने क़ाबू में रखने की कोशिश करो।"

"वह कैसे?"

"अगर वह तुम्हारे साथ भागकर कहीं जाने को राज़ी हो जाय तो समझ लो कि सारी उमर मौज़ उड़ाओगी। ये लोग तो डाकू हैं डाकू। इनके पास हराम का माल भरा पड़ा है। गज्जन को फुसलाकर कहीं भाग जाओगी तो वह यह सारा माल अपने साथ ले जायेगा... और फिर बाद में उस माल की मालकिन तुम बन जाओगी।"

शीलो को यह सुझाव भला लगा। चुटकी बजाते हुए बोली—"अरी बीबी। यह तो मेरे बायें हाथ का खेल है।"

लेकिन कुछ ही दिनों में शीलो को पता चल गया कि यह उसके बायें हाथ का खेल नहीं था। वह अपनी ओर से गज्जन के साथ प्रेम बढ़ाती चली गयी, ताकि किसी दिन मौक़ा पाकर भाग जाने का सुझाव उसके आगे रख सके। गज्जनसिंह भी जान-बूझकर यमला (बुद्धू) बना रहा। एक रात जब राजो घर में नहीं थी, शीलो ने कुछ देर चुहल करने के बाद लाड़ से कहा—"जाओ जी! हम तुमसे नहीं बोलते।"

गज्जन उस समय शीलो की चुहलबाज़ी को यों देख रहा था जैसे जंगली बिल्ला अपने आगे चुहिया को फुदकते देखता है। वह धीरे से बोला—"ऐसी क्या भूल हो गयी है हमसे?"

इस पर शीलो ने बड़े नख़रे से उसके गले में बाँहें डालते हुए कहा—"अजी तुमसे क्या भूल होगी...भूल तो हमसे हो गयी है।"

गज्जन ने काली कृपाणों-जैसी भँवें सिर्फ़ ऊपर को उठा दीं।

शीलो ने उसकी नाक से नाक मिलाते हुए कहा—"जानते हो, तुम्हारे प्रेम में न दिन को चैन मिलती है न रात को...खाना-पीना हराम हो गया है।"

"यह बात है तो फिर तुम पर चर्बी क्यों चढ़ती जा रही है?"

''हटाओ जी, तुम्हें मज़ाक सूझ रहा है...हमारी जान पर बनी है।''

''इसका कोई उपाय भी तो होना चाहिए।''

''हाँ, अब कही तुमने काम की बात!..लेकिन यह उपाय सोचना तो तुम्हारा काम है।''

''न भई, हमने तो ज़िन्दगी भर कभी नहीं सोचा। हम तो धरती-धकेल क़िस्म के आदमी हैं। हम तो सिर्फ़ काम करना जानते हैं। उपाय तुम बताओ, और उसे पूरा मैं कर दूँगा।''

शीलो उसके गले से लटक-सी गयी, और आँखें मूँदकर बोली—''जी चाहता है कि कहीं ऐसी जगह रहें, जहाँ तुम्हारे-मेरे सिवा और कोई न हो।''

''तो क्या कहीं घूमने-फिरने की सबील बैठायी जाय। दस-पन्द्रह दिन अच्छे बीत जायेंगे।''

गज्जनसिंह दाना फेंक रहा था, क्योंकि वह जानता था कि उसकी यह कबूतरी किधर को जायगी।''

शीलों ने दायें-बायें सिर हिलाकर बच्चों के-से अन्दाज़ में कहा—''नहीं, दस-पन्द्रह दिन के लिए बाहर चले जाने से क्या होगा!''

''तो फिर?''

''हम-तुम सदा के लिए यहाँ से बहुत दूर चले जायँ।''

अब गज्जनसिंह तेवर बदलकर बोला—''यह क्या कहती हो? तुम्हारा मतलब है कि मैं अपनी ब्याहता औरत को छोड़कर तुम्हारे साथ भाग जाऊँ?''

''मैं तुम्हारी औरत के बारे में कुछ नहीं जानती, और न मैं उसके बारे में कुछ कह रही हूँ। मैं तो सिर्फ़ अपनी ख़्वाहिश ज़ाहिर कर रही हूँ।''

गज्जन ने धीरे से उसे पीछे हटाकर जवाब दिया—''देखो शीलो, तुम यह न समझो कि मेरी ज़िन्दगी में आनेवाली तुम पहली औरत हो। यहाँ तो ऐसे पंछी आते हैं और चले जाते हैं। अच्छी तरह समझ लो कि मैं औरत को बस इसी तरह खूँटे पर लटकाये रहता हूँ।''

यह सुनकर शीलो बिगड़ गयी, पलँग से उतरी और कच्चे फ़र्श पर फैल गयी। उसे यक़ीन था कि गज्जनसिंह उस पर बुरी तरह लट्टू हो रहा है। वह मुँह बिसूर कर उसकी ओर कनखियों से देखती हुई बोली—''जाओ, हमारी-तुम्हारी कुट्टी! अब हम तुमसे कभी नहीं बोलेंगे।''

शीलो के ये चाव-चोंचले देखकर गज्जनसिंह मन-ही-मन में हँस रहा था। हाथ आगे को बढ़ाकर बोला—''छिह! क्यों धरती पर अपने कपड़े ख़राब कर रही हो।...आओ मेरे पास...''

उसकी बात ख़त्म भी न होने पायी थी कि शीलो हिरनी की तरह छलाँग लगाकर उसकी गोद में जा बैठी। बोली—"तो फिर मेरे साथ चलोगे न?...मेरा मतलब है कि मुझे कहीं ले चलोगे न?"

"अभी नहीं।"

शीलो ख़ुश हो गयी। इस बात का मतलब यह था कि गज्जन ने उसका सुझाव मान लिया था। यह अलग बात थी कि अभी वह उसकी ख़्वाहिश पूरी नहीं कर सकता था। शीलो ने एक अँगुली उठायी और गज्जन के निचले होंठ को सितार के तार की तरह बजाते हुए बोली—"तो कब?"

गज्जन ने उसके घने बालों में अपनी लम्बी मोटी अँगुलियाँ घुसेड़ते हुए कहा—"अभी कुछ दिन रुक़ना पड़ेगा।"

"क्यों?"

"दीदारसिंह के एक दोस्त की शादी है। पहले हम वहाँ से हो आयें, फिर देखा जायगा।"

"देखा जायगा नहीं...फिर तो तुम्हें मेरे साथ चलना ही होगा।"

"तुम बच्चोंवाली बात मत करो।"

"इसका मतलब है कि तुम मुझे धोखा दे रहे हो।"

"बेवकूफ़ कहीं की।...जरा यह तो सोचो कि इतना बड़ा क़दम उठाना आसान तो नहीं है। इसके लिए बहुत इन्तज़ाम करना पड़ेगा।"

शीलो ने ग़ौर किया तो उसकी समझ में भी यह बात आ गयी। सिर हिलाकर बोली—"ठीक ही तो कहते हो...अच्छा तो उस दोस्त की शादी से हो आओ, फिर इस बात का इन्तज़ाम किया जायगा—ठीक?"

"हाँ, बिलकुल ठीक।"

उसी रात गज्जन के जाने के बाद शीलो ने राजो से कहा—"बीबी! आज तुम्हारे पीछे गज्जनसिंह के साथ बहुत बड़ी-बड़ी बातें हुई।"

"क्या हुआ री?"

"हुआ यह कि आज मैंने भाग जाने का सुझाव उसके सामने रखा। पहले तो वह दायें-बायें की बातें करता रहा, लेकिन जब मैं रूठ गयी तो उसे मेरी बात माननी ही पड़ी।"

"सच? शीलो!" राजो ने बड़े चाव से पूछा।

"हाँ बीबी! बिलकुल सच।"

माँ ने बेटी को छाती से लगा लिया और उसे छाती से लगाये-लगाये सो गयी।

(२)

नूरे की शादी का दिन निकट आ गया। सर्दी ज़ोरों पर थी। दीदारसिंह और गज्जनसिंह दो-तीन दिनों में शादी पर जानेवाले थे। गज्जन ने एक शाम छोटे भाई से कहा—"फिलौरासिंह के इशारे पर शीलो के ज़रिये उसकी माँ जो मोहरा चल रही है वह सब मैंने तुम्हें बता दिया है। शीलो के बहुत पीछे पड़ने पर मैंने उसे कह दिया था कि नूरे की शादी से लौटते ही हम दोनों कहीं को चल देंगे..."

दीदार अपनी आदत के मुताबिक़ कुछ नहीं बोला, वह चुपचाप भाई की ओर देखता रहा। शायद वह मन में इसी मसले पर ग़ौर कर रहा था। गज्जन फिर बोला—"अब?"

दीदार ने जब महसूस किया कि गज्जन अपनी बात पूरी कर चुका है तो वह उसे किसी तरह का जवाब दिये बिना खेतों को चल दिया। अँधेरा बढ़ता जा रहा था। ठण्डी हवा में खेतों की भुरभुरी मिट्टी की गन्ध मानो आवारा घूम रही थी। चलते-चलते दीदार कभी-कभी जूते से मिट्टी के ढेले को ठोकर भी मार देता था। सभी देखनेवाले उसे पहचानते थे। वे उसे मान देते थे। उसकी लम्बी-ऊँची परछाईं खेतों में घूमती हुई यों लग रही थी जैसे वह किसी मुल्क़ का बादशाह है, और रास्ते से भटककर उधर आ निकला है।

रात गहरी होती गयी। राजो और शीलो खाना खा चुकी थीं। शीलो आँखों में काजल लगा लेने के बाद अपनी जुल्फ़ें तेल से चुपड़ रही थी। इतने में ही गली के दरवाज़े पर 'खट-खट' हुई। शीलो बड़े चाव से पीढ़ी पर से उठी। वह जानती थी कि अब गज्जन के आने का समय हो चुका। है। वह कमर को लचकाती दरवाज़े की ओर बढ़ी। कुण्डी खोलकर दरवाज़े के तख़्ते हटाये तो आगे...

पहली नज़र में तो वह गज्जनसिंह लगा, लेकिन जल्दी ही मानो गज्जनसिंह की शक्ल मोम की तरह पिघल गयी, और एक बार फिर अब नयन-नक़्श साफ़ हुए, तो उसे पता चला कि वह दीदारसिंह है...वह उसे पहचानती थी। गाँव में कौन ऐसा आदमी था, जो उसे न पहचानता हो।

शीलो के होंठों पर फैली मुस्कुराहट जहाँ-की-तहाँ जमकर रह गयी थी। यहाँ तक कि अनजाने में उसने दरवाज़े के दोनों तख़्ते भी हाथों से ज्यों-के-त्यों थामे रखे।

दीदार रुका नहीं... उसने अपना लम्बा-चौड़ा हाथ शीलो के बाजू पर रखा, तो सिर्फ़ उसके बोझ से ही शीलो का हाथ दरवाज़े को छोड़कर नीचे लटक गया। दीदार उसके पहलू से गुज़रते हुए बोला—"तुम्हारी माँ भीतर है?"

उसने यह बात अजीब अन्दाज़ से कही थी। उसने सवाल नहीं किया था, न उसने शीलो के जवाब का इन्तज़ार किया।

अपने विचारों में मगन राजो ने एकाएक दीदार को आते देखा तो बौखलाकर दो क़दम पीछे हट गयी। तब उसकी नज़र शीलो पर पड़ी, जो सहमी हुई कबूतरी की तरह पीछे-पीछे चली आ रही थी।

पल-दो-पल तक तो राजो की भी समझ में नहीं आया कि इस बिन बुलाये मेहमान का स्वागत उसे किस तरह करना चाहिए। लेकिन फिर जल्दी ही वह सँभल गयी। मुँह फैलाकर हँसते हुए बोली—"धन्य भाग कि आज आप हमारे यहाँ पधारे..."

दीदारसिंह बिस्तर पर बैठ गया, और अपने दोनों हाथ, दायें-बायें पलँग की बाँहों पर टिका दिये। बने-बनाये तथा गढ़े-गढ़ाये ढंग से राजो चिकनी-चुपड़ी बातें करती रही। अन्त में बोली—"....हम तो समझे कि गज्जनसिंह जी आये हैं, इसीलिए तो आपको देखकर ज़रा अचरज..."

"तो गोया गज्जनसिंह यहाँ आया करता है—"

कमरे में एकदम ख़ामोशी छा गयी। राजो ने फटी-फटी आँखों से शीलो की ओर देखा, और बेटी ने फैली-फैली आँखों से माँ की ओर देखा। उन दोनों के मन में एक ही सवाल उठा—क्या दीदारसिंह को नहीं मालूम था कि गज्जन यहाँ आता है?—फिर उन्हें याद आया कि गज्जनसिंह भी तो बातों-बातों में घबराहट ज़ाहिर करके कहा करता था कि वह दीदारसिंह से डरता है।

"इसका मतलब है कि गज्जनसिंह बिला नागा इस समय यहाँ आता है..."

कैसी आवाज़ थी दीदारसिंह की—जैसे गहरे, बहुत गहरे, कुएँ की तह में बैठा हुआ कोई अनजाना और भयंकर जानवर बोल रहा हो।

माँ-बेटी को यक़ीन हो गया कि उनसे बड़ी भारी भूल हो गयी है। राजो मन-ही-मन में अपने-आपको फटकारने लगी। अब वे दोनों औरतें यों सहमी हुई चुपचाप खड़ी थीं जैसे उनके सामने ख़ुद यमराज विराजमान हैं। राजो महसूस कर रही थी कि अब बम का गोला फटेगा। जब दीदारसिंह की सहज में निकाली हुई आवाज़ इतनी भयंकर हो सकती है तो उसके चिंघाड़ने पर तो मकान की छत ही उड़ जायगी।

लेकिन ऐसा नहीं हुआ।

दीदार ने अपनी आवाज़ को ऊँचा नहीं होने दिया। वह उसी अन्दाज़ में बोला—"मुझे सब बातों का पता चल चुका है—लेकिन राजो, तुमने अच्छा नहीं किया। अगर तुम बड़ी नहर में कूद पड़तीं, या कुएँ में छलाँग लगा देतीं तो भी नतीज़ा तुम्हारे लिये इससे बुरा न होता..."

मौन!

माँ-बेटी यों नज़र आती थीं जैसे पसार में दो पत्थर की मूर्तियाँ धरती में गाड़ दी गयी हों। वह भयंकर मौन कितना लम्बा था—ख़त्म होने में नहीं आ रहा था!

एक बार फिर मौन टूटा। दीदारसिंह ऐसे बोल रहा था जैसे कोई उस्ताद गायक दरबारी राग का आलाप पेश कर रहा हो—"तुम अच्छी तरह जानती हो कि गज्जनसिंह की घर में औरत है। फिर भी तुमने शीलो के ज़रिये उसे फाँसा। अब मुझे यक़ीन हो रहा है कि तुम्हारा अगला क़दम और भी ख़तरनाक होगा... लेकिन तुम यह भूल गयी कि तुम यह सारी कार्रवाई किस ख़ानदान के ख़िलाफ़ कर रही हो।"

अब राजो ने हकलाती हुई आवाज़ में कुछ कहना चाहा, लेकिन एक बार फिर दीदारसिंह का भारी स्वर घूँसे की तरह उसके मुँह पर लगा, और उसके शब्द उसके हलक में ही फँसे रह गये।

"राजो! तुम इसी वक़्त अपना बोरिया-बिस्तर सँभालकर अपनी लड़की के साथ अकालगढ़ से जा रही हो..."

वैसे दीदार का स्वर पहले से धीमा तो था, लेकिन पहले से ज़्यादा भयंकर था। राजो उसका यह हुक्म स्वीकार करने की तैयार नहीं थी। अब उसका डर उस हद तक पहुँच चुका था जहाँ सहमा हुआ साहस इस डर की जगह ले लेता है। वह कुछ तेज़ आवाज़ में बोली—"यह मेरा घर है। मुझे यहाँ से कोई नहीं निकाल सकता। तुम भी नहीं निकाल सकते।"

दीदार ने अपना स्वर ऊँचा नहीं होने दिया। बोला—"ठीक कहती हो, मैं तुम्हें इस घर से नहीं निकाल सकता। मैंने यह कहा भी नहीं कि मैं तुम्हें इस घर से निकाल सकता हूँ। लेकिन अब मैं यह कह रहा हूँ कि अगर तुम अपने-आप ही यहाँ से न चली गयीं तो सुबह इस मकान के सेहन की दीवारों पर बैठे कौवे सेहन में बनी हुई तुम्हारी क़ब्रों पर काँव-काँव करेंगे।"

असीम भय की एक और बाढ़ राजो के शरीर में आयी और वह डूबते हुए आदमी की तरह चिल्लाकर बोली—"तुम मुझे औरत समझकर धमका रहे हो। बड़े धाकड़ बने फिरते हो तो मर्दों का मुक़ाबला करो।"

एक बार फिर पल भर को मौन छा गया।

दीदार के चेहरे पर ग़ुस्से का एक निशान भी नहीं उभरा। कहने लगा—"मैं तुम्हें औरत नहीं समझता। तुम वह हो, जिसे शहर के किसी कोठे पर होना चाहिए था। रही यह बात कि मैं मर्दों का सामना करूँ, तो इस बारे में मुझे यही कहना है कि तुम मर्दों के खूँटे पर ही नाच रही हो। अगर तुम्हारी पीठ पर मर्दों का हाथ न होता तो तुम अकालगढ़ में बैठकर नौटंकी का यह खेल न खेलतीं। जाओ, अपने मर्दों के पास जाओ। उनसे कहो कि दीदारसिंह ने मुझे अभी यहाँ से चले जाने को कहा है। उन्हें यह भी बता देना कि दीदार मेरे ही घर में बैठा मर्दों का इन्तज़ार कर रहा है।"

अब ख़ुद राजो की समझ में नहीं आ रहा था कि वह डर रही थी या हिम्मत दिखा रही थी। उसे पाँव तले ज़मीन तपती हुई मालूम हुई। एकाएक उसने खूँटी से

लटकी हुई फूलदार चादर झपटकर खींची और उसे ओढ़कर वहाँ से चल दी—शीलो ने माँ के पीछे क़दम उठाया तो दीदार ने कहा—"तुम यहीं रुकी रहो।"

शीलो जहाँ-की-तहाँ रुक गयी।

राजो बड़ी तेज़ी से चलती हुई सरदारों के अहाते में पहुँची। वहाँ पहले से ही महफ़िल जमी थी। गाँव के कई लोग बैठे गप्पें हाँक रहे थे। उनकी बातों का शोर राजो ने कुछ दूर ही से सुन लिया। वह चौड़ी गली में से गुज़रकर बड़े दरवाज़े की ओट में रुक गयी। सबसे पहले फिलौरासिंह ने ही उसकी झलक देखी। वह पहचान तो नहीं पाया, लेकिन उसने अन्दाज़ा लगाया कि वह राजो ही होगी। उसने इधर-उधर नज़र दौड़ायी ताकि नाहरसिंह दिखायी दे जाय तो उसे राजो के पास भेजे। नाहरसिंह उस समय अहाते में नहीं था, शायद उसे गुलज़ारासिंह ने घर में किसी काम से भेजा था। फिलौरासिंह ख़ुद ही उठा और इस अन्दाज़ से धीमे-धीमे चलता हुआ आगे बढ़ा कि जिससे देखनेवालों को कोई शक़ न होने पाये।

बड़े दरवाज़े के दूसरी ओर झाँका तो फिलौरासिंह को फूलदार चादर में लिपटी हुई राजो दिखायी दी। फिलौरे के माथे पर बल पड़ गये, और उसने ज़रा कड़े लहज़े में पूछा—"तुम यहाँ क्यों चली आयी?"

राजो हड़बड़ाकर बोली—"सरदार जी! मैं बड़ी मुसीबत में फँस गयी हूँ।"

"कैसी मुसीबत?"

"दीदारसिंह मुझे गाँव से निकाल देना चाहता है।"

पल-भर को फिलौरासिंह समझ ही नहीं पाया कि वह क्या कह रही है। उसके माथे के बल और गहरे हो गये, उसकी मूँछें फड़फड़ायीं, और उसने पूछा—"क्या मतलब?"

राजो कुछ चिढ़कर बोली—"वह मेरी खोपड़ी पर बैठा है, और कह रहा है कि शीलो को साथ लेकर इसी वक़्त अकालगढ़ से चली जाओ।"

इस पर फिलौरे ने हाथ हवा में हिलाते हुए बेपरवाही से कहा—"तुम उसकी धमकियों में मत आओ। जो कह रहा है सो कहने दो..."

यह कहकर फिलौरासिंह वापस लौटने लगा तो राजो फुफकारकर बोली—"यह लीजिये। आप ही के भरोसे और कहने पर मैंने उनसे दुश्मनी मोल ली, और आप मुझे बातों-ही-बातों से टरका देना चाहते हैं।"

फिलौरासिंह के कानों को एक मामूली औरत के मुँह से इस तरह की बातें सुनने की आदत नहीं थी। वह जानता था कि राजो भी अच्छी-ख़ासी लुच्ची औरत है। उसके लिए मुमकिन था कि वह अहाते में खड़ी होकर ज़ोर-ज़ोर से चिल्लाने लगे। इसलिए फिलौरा पलटकर उसे तसल्ली देने के लिए बोला—"कहा न, जो गरजते हैं सो बरसते नहीं। जो कुत्ते भौंकते हैं वे काटते नहीं..."

राजो को ग़ुस्सा तो बहुत आया, लेकिन वह उसे पीकर बोली—"सरदार जी! न वह गरज रहा है और न भौंक रहा है। वह तो मेरे घर में बैठा है। उसने साफ़-साफ़ कह दिया है कि एकदम बोरिया-बिस्तर बाँधो और यहाँ से चल दो।"

फिलौरा यों चौंका जैसे उसने कोई बहुत ही अनोखी बात सुन ली हो—"क्या कहा तुमने?... वह तुम्हारे घर में बैठा है?...दीदारसिंह तुम्हारे घर में बैठा है?"

"हाँ-हाँ, यही तो रोना रो रही हूँ। जब मैंने उससे कहा कि तुम मुझे औरत समझकर धमका रहे हो तो वह बोला कि मैं यहाँ बैठा हूँ और तुम उन मर्दों को बुला लाओ, जिनका हाथ तुम्हारी पीठ पर है—बस यह सुनकर मैं इधर चली आयी।"

फिलौरे को यह समझने में देर नहीं लगी कि दीदारसिंह अब सीधी लड़ाई के लिए तैयार बैठा है। वह जानता था कि उस हालत में दीदारसिंह से टक्कर लेना उनके लिए नामुमकिन था...ठीक भी नहीं था...।

इतने में ही फिलौरासिंह को मकान की ओर से नाहरसिंह आता दिखायी दिया। फिलौरा हाथ से राजो को रुकने का इशारा करके लौट आया, और उसने नाहरसिंह के कान में फुसफुसाकर सारी बात समझायी। अन्त में बोला—"जाओ, इसे किसी-न-किसी तरह टाल दो। बेवकूफ़ कहीं की! यह समझती है कि हम कुल्हाड़ियाँ और छव्वियाँ लेकर लड़ने के लिए पहुँच जायेंगे। इस तरह तो हमारा बना-बनाया मामला खटाई में पड़ जायगा—जाओ, इसे भगा दो यहाँ से।"

अब नाहरसिंह बड़े दरवाज़े के पास पहुँचा, और राजो से आँखें मिलते ही ख़ुशी ज़ाहिर करते हुए हँसा, और बोला—"आओ राजो, मुझे बताओ कि यह सारा मामला क्या है?"

राजो ने अपना दुःखड़ा रोना शुरू किया, और नाहर उसकी कोहनी पर हाथ रखे उसे सरदारों की चौड़ी गली में से बाहर ले गया। वहाँ पहुँचकर कहने लगा—"यह जगह ठीक है। हम यहाँ इत्मीनान से बातें कर सकते हैं। हाँ, तुम बोलती जाओ...।"

राजो को यह सारा तमाशा बड़ा अजीब-सा लगा। चिढ़कर बोली—"बोलती क्या जाऊँ? मुझे जो कहना था सो कह चुकी। वह भूत मेरे घर में बैठा है, और आप लोग दायें-बायें की हाँक रहे हैं।"

नाहरसिंह ने एक हाथ अपने कूल्हे पर रखकर कहा—"भई हम तो तुम्हें बड़ी होशियार औरत समझते थे। एक तो तुमने सारा काम चौपट कर दिया, ऊपर से बातें भी बना रही हो।"

एकाएक राजो ने महसूस किया कि उससे बड़ी भारी भूल हो गयी है, उसने जान-बूझकर अपने-आपको मुसीबत में फँसा लिया है। उसे पूरा यक़ीन था कि जब

भी ज़रूरत पड़ेगी तो सरदारों के पाले हुए ये पट्ठे उसकी मदद करने के लिए उठ खड़े होंगे। मगर यहाँ तो मामला ही उलटा था।

उसे इस तरह उलझन में देखकर नाहरसिंह ने बहुत ऐंठकर पूछा—"आख़िर तुम चाहती क्या हो?"

"मैं चाहती हूँ कि आप लोग मेरी मदद कीजिये। आख़िर यह कहाँ का क़ानून है कि किसी को उसके घर में से ही निकाल दिया जाय?"

"छि:-छि:! क्या बच्चों की-सी बातें करती हो?"

"तो फिर आप ही कहिये कि मैं क्या करूँ!"

"तुम थोड़े दिनों के लिए चली ही क्यों नही जातीं? एक-डेढ़ महीने तक लौट आना। देखो, मेरी बात का बुरा मत मानना। तुम्हारे मकान को कोई उठा के तो नहीं ले जायगा..."

राजो ज़हर उगलते हुए बोली—"मुझे यह नहीं मालूम था कि मौक़ा पड़ने पर आप लोग नामर्दों की तरह पीछे हट जायेंगे..."

यह कहते-कहते राजो का गला सूख गया, और आँखों में पानी भर आया।

नाहर ने उसके कन्धे पर हाथ रखते हुए कहा—"फिर वही बच्चोंवाली बातें। अरी पगली! दुश्मन का वार बचाना नामर्दी नहीं समझा जाता—असल में हम एक बड़ी ही ज़बर्दस्त तैयारी में लगे हैं। अगर हम अब छव्वियाँ, कृपाणें और कुल्हाड़ियाँ लेकर लड़ने पर तुल गये तो हमारा वह बना-बनाया खेल खटाई में पड़ जायगा... सीधी-सी बात है। हम तो समझे बैठे थे कि तुम उन लोगों को अँगुलियों पर नचा दोगी, अब हम देख रहे हैं कि तुम ख़ुद ही उनके खूँटे पर चक्कर खाने लगीं... ख़ैर! कोई बात नहीं, इनसान से ही भूल होती है..."

राजो अच्छी तरह समझ गयी कि इन तिलों में तेल नहीं है। उसने नफ़रत से पलटकर मुँह मोड़ लिया, और फिर तीर की-सी तेज़ी के साथ अपने घर को चल दी।

नाहरसिंह कुछ पलों तक उसे जाते देखता रहा, फिर वह धीरे से हँसा। उसके दाँत धुँधली रोशनी में चमक उठे, और वह दोनों हाथ झाड़कर सरदारों के अहाते की ओर लौट पड़ा।

अपनी माँ की ग़ैरहाज़िरी में शीलो भीगी बिल्ली की तरह चुपचाप सिर नीचा किये पीढ़े पर बैठी रही। जब कभी उसने छिपी नज़र दीदार पर डाली तो वह अपनी आँखें मूँदे दिखायी दिया, या उसकी आँखें खुली भी होतीं तो वह बाहर सेहन की ओर देख रहा होता था...।

सेहन का दरवाज़ा सिर्फ़ भिड़ा हुआ था। माँ के जाने के बाद शीलो को इतनी हिम्मत भी नहीं हुई कि वह दरवाज़े की कुण्डी ही चढ़ा दे।

वे दोनों चुपचाप बैठे थे कि धीरे से दरवाज़ा खुलने की आवाज़ सुनायी दी। फिर राजो धीमे क़दमों से आगे बढ़ी और पसार के दरवाज़े में रुक गयी।

उस पर नज़र पड़ते ही दीदारसिंह धीरे-धीरे उठ खड़ा हुआ, और बोला—"अच्छा तो राजो! अब तुम जल्दी से जाने की तैयारी करो..."

राजो ने अचरज से आँखें फैलाकर उसकी ओर देखा। दीदार ने उसके मन की बात को भाँपकर कहा—"मैं जानता था कि उनमें से कोई नहीं आयेगा। तुम्हें पता चल गया होगा कि मर्द किसे कहते हैं?"

राजो एकदम फूट-फूटकर रो पड़ी। और बोली—"मुझे यहीं रहने दो।"

"न—तुम्हें अब फ़ौरन जाना ही पड़ेगा।"

"लेकिन इस समय मैं कहाँ जाऊँगी?"

"तुम शहर जाओगी—और सुबह गाड़ी पर सवार हो जाओगी।"

"शहर तो यहाँ से कोसों दूर है...मैं रात के अँधेरे में जवान लड़की को लेकर वहाँ कैसे पहुँच सकूँगी?"

"इसका इन्तज़ाम भी मैंने कर दिया है। चूनीलाल की रेढ़ी तैयार है, तुम लोग उसी में बैठकर जाओगी।"

"लेकिन हमारा संसार में कोई नहीं है। शहर से आगे हम कहाँ जायेंगे?"

दीदारसिंह पसार के दरवाज़े के बाहर क़दम रख चुका था, वह पल भर को रुककर बोला—"तुमने मुस्तफ़ा का नाम तो सुना ही होगा?"

राजो दो क़दम पीछे हट गयी।

दीदार ने फिर कहा—"वही मुस्तफ़ा हमारे तबेले में बैठा तुम्हारा इन्तज़ार कर रहा है। अच्छा हुआ जो वह तुम्हारी बेटी के प्रेम में भटकता-भटकता यहाँ पहुँच गया। उससे ज़रा सहूलियत हो ही जायगी..."

"हम उसके साथ अब कैसे रह सकती हैं?"

"जहाँ तुम्हारे इतने दिन उसके साथ कट गये, वहाँ बाक़ी दिन भी कट सकते हैं।"

दीदारसिंह जब सेहन के दरवाज़े से गुज़रकर गली में पहुँचा तो राजो दरवाज़ा बन्द करने के लिए उसके पीछे-पीछे गयी। विदा होने से पहले दीदारसिंह बोला—"अगर तुम अपना सामान जल्दी से समेट लो तो अच्छा है, वरना बिना सामान के जाना पड़ा तो तुम्हें और भी ज़्यादा तकलीफ़ होगी।"

: ३ :

ऊपरवाली घटना के दूसरे दिन नीवाँ अकालगढ़ के सभी लोगों में यह बात फैल गयी कि राजो अपनी बेटी को लेकर रातोंरात शहर पहुँच गयी है। सबको यह भी पता चल गया कि वह चूनीलाल की रेढ़ी में बैठकर गयी थी। इसके साथ ही कई तरह की अफ़वाहें और भी फैल गयीं। राजो ने कभी किसी से यह तो कहा नहीं था कि वह अकालगढ़ छोड़कर कहीं जानेवाली है, इसलिए उसके एकाएक ग़ायब हो जाने से अफ़वाहों का फैलना ज़रूरी था।

जहाँ तक दीदारसिंह और गज्जनसिंह का सम्बन्ध था, उन्होंने इसके बारे में किसी से एक बात नहीं कही। सरदारों के ख़ानदान में से भी कोई नहीं बोला, लेकिन अपने मन में वे जानते थे कि राजो के वहाँ से चले जाने में उनकी बहुत बड़ी हार है। वे इस कड़ुवे घूँट को चुपचाप पी जाने पर मज़बूर थे। लेकिन कम-से-कम फिलौरासिंह के मन को यह इत्मीनान था कि अब जो क़दम वे उठाने जा रहे हैं, उससे नत्थासिंह के ख़ानदान की हमेशा के लिए नाक कट जायगी। फिलौरा नाहर से अकसर कहा करता था—"देख लेना, एक दिन हम इनकी ईंट-से-ईंट बजा देंगे। इनके लिए अकालगढ़ में साँस लेना मुश्किल हो जायगा। सौ सुनार की, और एक लोहार की। इन्होंने जो कुछ किया सो ठीक किया, लेकिन जब हमारी चाल क़ामयाब हो जायगी तो इनके सारे रंग धुल जायेंगे।"

नाहरसिंह ने अमरो से मिलकर भीतर-ही-भीतर भाग जाने की योजना पक्की कर ली। अब उन्हें सिर्फ़ इस बात का इन्तज़ार था कि दीदार और गज्जन नूरे की शादी पर चले जायँ। उनकी ग़ैरहाज़िरी में यह काम ज़्यादा आसानी से हो सकेगा।

अकालगढ़ से दो कोस की दूरी पर एक छोटा-सा गाँव था, उसे लालाचक्क कहते थे। उसी गाँव में नाहरसिंह ने अपने दोस्त को पटाकर कुछ दिनों के लिए उसके तबेले का एक कमरा कब्ज़े में कर लिया। दोस्त को चाहे उसने जो भी पट्टी पढ़ायी हो, लेकिन वह उस कमरे को एक ख़ास काम में लाना चाहता था। वह जानता था कि अकालगढ़ से अचानक ही अपना सारा सामान ले जाना मुमकिन नहीं होगा। वह यह काम छिपकर करना चाहता था। सो उसने अब धीरे-धीरे अपना ज़रूरी सामान उस कमरे में पहुँचा दिया। उसने अमरो को भी समझाया कि वह घर के जो ज़ेवर हाथ लग सकें, और रुपया वगैरह पहले से ही कमरे में रखवा दे, ताकि जिस रात उनके भागने की योजना बने, वह चुपचाप घर से बाहर निकल आये। अमरो ने उसका यह सुझाव मान लिया। राजो के विदा हो जाने के चौथे दिन गज्जन और दीदार नूरे की शादी में चले गये। वे घर में बता गये कि उन्हें चार-पाँच दिन लग ही जायेंगे। जिस दिन वे गये उसी रात अमरो ने गहनों की पोटली नाहरसिंह के हवाले कर दी।

दूसरी रात अमरो ने अपने ज़रूरी कपड़े भी चुपके से नाहरसिंह को दे दिये। नाहर ने यह सारा सामान कमरे में पहुँचा दिया।

तीसरी रात को उनके भाग जाने की योजना थी। उन दिनों गुरुद्वारे में बाहर का कोई रागी जत्था आया हुआ था। इस रागी जत्थे की पूरे इलाक़े में बड़ी धूम थी। वे रात के दो-दो बजे तक शब्द-कीर्त्तन करते रहते थे। उनके स्वर में रस था और बातों में मिठास थी। इसका नतीज़ा यह हुआ कि अकालगढ़ के बहुत-से लोग खाना खाकर गुरुद्वारे में पहुँच जाते, और जब तक शब्द-कीर्त्तन होता रहता, तब तक वे वहीं पर बैठे रहते।

नाहरसिंह ने इसी मौक़े का फ़ायदा उठाने की सोची। उसने अमरो को समझाया कि वह खाने के बाद जबकि उसका बाप गुरुद्वारे में होगा, घरवालों से कह दे कि वह अपनी सहेलियों के साथ गुरुद्वारे जा रही है। उधर नत्थासिंह समझेगा कि बेटी घर में बैठी है। इतने समय में वे दोनों अकालगढ़ से निकलकर पहले तो लालाचक्क के तबेलेवाले कमरे में जायेंगे, और वहाँ से अपना सामान लेकर आगे बढ़ जायेंगे। फिलौरे और नाहर के कुछ दोस्तों ने मदद देने का वादा किया था। योजना यह थी कि रातोंरात नाहर पहले तो उस गाँव में पहुँच जाय, जहाँ उसका दोस्त उन दोनों को अगले दिन छिपाये रखे। इस तरह हर रात वे सफ़र करते रहें, और हर दिन को किसी-न-किसी दोस्त के यहाँ छिपे रहें। इस तरह नाहरसिंह पंजाब की सरहद से भी बाहर निकल जाना चाहता था।

उस शाम नत्थासिंह ने जल्दी ही खाना तैयार करवाकर जल्दी ही खा लिया। उसे अपने तबेले पर कुछ काम था, और वह उस काम को निबटाकर सीधा गुरुद्वारे को चला जाना चाहता था। नाहर ने अमरो से कह दिया था कि वह जल्दबाज़ी से काम न ले। वह धीरे-धीरे सदा की तरह चौका-बर्तन समेटने के बाद ही घर से निकले।

अँधेरा हो चुका था। नत्थासिंह को पता भी नहीं चला कि जब वह तबेले की ओर बढ़ रहा था तो कोई आदमी उसके पीछे-पीछे चला आ रहा था। वह आदमी जान-बूझकर नत्थासिंह से दूर-दूर चलता रहा, ताकि सरदारों का कोई आदमी उसे देख न ले। जब नत्थासिंह अपने तबेले के पास पहुँच रहा था तो वह आदमी लपककर उससे जा मिला।

नत्थासिंह ने एक परछाईं को अचानक अपनी ओर आते देखा तो वह रुक गया। आनेवाला सिक्ख नहीं था। वह हिन्दू था, उसने सलवार और कमीज़ पहन रखा था, और सिर पर पगड़ी बाँधे था। नत्थासिंह ने उसे नीचे से ऊपर तक देखते हुए पूछा—"तुम कौन हो?"

"मेरा नाम दीनदयाल है। लालाचक्क का रहनेवाला हूँ।"

दीनदयाल की उमर चालीस साल के क़रीब थी। पतले-पतले होंठों पर छोटी-छोटी मूँछें और ऊँची-सी नाक थी। वह फिर बोला—"मैं तुमसे ही मिलने आया हूँ।"

यह सुनकर नत्थासिंह धीरे-धीरे तबेले की ओर क़दम उठाते हुए बोला—"क्या कोई काम है मुझसे?"

"हाँ, ज़रूरी, बहुत ही ज़रूरी काम है?"

दीनदयाल की आवाज़ हलके-से काँप रही थी, और उसके लहज़े में घबराहट थी। नत्थासिंह फिर रुक गया, और उसकी आँखों में आँखें डालकर बोला—"आख़िर बात क्या है?"

दीनदयाल ने जल्दी-जल्दी दायें-बायें देखा, और कहने लगा—"बात यह है कि आज तुम्हारी लड़की घर से भागनेवाली है।"

यह सुनकर नत्थासिंह सन्नाटे में आ गया। दीनदयाल बहुत गम्भीर दिखायी दे रहा था। नत्थासिंह के लिए यह बात गन्दी गाली से कम नहीं थी। वह आदमी तो सिर्फ़ एक ख़बर उस तक पहुँचा रहा था। बड़ी मुश्किल से नत्थासिंह ने अपने-आप पर क़ाबू पाया, और भारी लेकिन धीमे स्वर में बोला—"यह क्या कह रहे हो?"

"मैं बहुत बुरी बात कह रहा हूँ। मैं जानता हूँ कि किसी भी जवान लड़की के बाप को यह बात कहना कितना बुरा है लेकिन तुमसे यह बात छिपाना तुम्हारे लिये तो बुरा होगा ही, बल्कि मेरे लिये भी बहुत बुरा होगा। मैं तुम्हारे लड़के दीदार को जानता हूँ। हममें ख़ास दोस्ती तो नहीं है, लेकिन अच्छी जान-पहचान है। अगर तुम्हारी लड़की भागने में क़ामयाब हो गयी तो इसमें मेरा भी कुछ हाथ समझा जायगा। मैं ख़ामुख़ाह दुश्मनी मोल नहीं लेना चाहता।"

नत्थासिंह ने धीरे से दीनदयाल के बाज़ू पर हाथ रखा, और उसे तबेले के भीतर ले गया। माचिस की तीली से दीया जलाया, और फिर बोला—"दीनदयाल! तुम मुझसे बड़ी भलाई कर रहे हो। तुम मेरी इज़्ज़त बचाने की कोशिश कर रहे हो। अब बताओ कि असली मामला क्या है?"

"असली मामला यह है कि नीवाँ अकालगढ़ के नाहरसिंह से मेरी दोस्ती है। कुछ समय पहले लालाचक्क के बाहर मेरे तबेले का एक कमरा नाहरसिंह ने ले लिया, और उस पर ताला लगा दिया। मैं समझा कि उसे कोई ज़रूरत होगी। लेकिन बाद में पता चला कि वह तुम्हारी लड़की को भगा ले जाने की सबील बनाये हुए है। मैंने आज शाम को उसका ताला खोलकर कमरे की तलाशी ली। उसमें दूसरे सामान के साथ सोने के गहने और नगद रुपया भी है। मैं यह नहीं बताना चाहता कि मुझे इसकी ख़बर कैसे मिली। मेरा भेदी किसी झंझट में नहीं पड़ना चाहता।"

"अगर यह ख़बर सच्ची है तो मुझे यह जानने की कोई ज़रूरत भी नहीं कि तुमको यह ख़बर कैसे मिली।"

"ख़बर सोलह आने सच्ची है। ज्यों ही मुझे इस बात का यक़ीन हो गया, मैं सीधा तुम्हारे पास चला आया। इस बात का भी डर है कि कहीं नाहरसिंह मुझे तुमसे बातचीत करते न देख ले...लेकिन भगवान् ने यह अच्छा ही किया कि तुम गाँव के बाहर ही मिल गये। अगर दीदारसिंह यहाँ होता तो मैं उसी को यह बात बता देता। मुझे मालूम था कि वह अपने बड़े भाई के साथ किसी की शादी पर गया हुआ है...मैं बाल-बच्चेदार आदमी हूँ, किसी झंझट में नहीं पड़ना चाहता। मुझे क्या मालूम था कि नाहरसिंह ऐसा ख़तरनाक क़दम उठानेवाला है।"

"तो क्या तुम्हारे पास तबेले के कमरे की दूसरी चाबी है?"

"हाँ—नाहरसिंह ने मुझसे ही ताला माँगा था। उसकी दो चाबियाँ हैं। मैंने एक चाबी अपने पास रख ली और एक उसे दे दी। वह यह नहीं जानता कि मेरे पास दूसरी चाबी भी है..."

नत्थासिंह ने अपने दोनों हाथ दीनदयाल के कन्धों पर रखते हुए कहा—"मैं तुम्हारा यह एहसान सारी उम्र नहीं भूलूँगा। क्या तुम इस काम में मेरी और भी मदद करोगे?"

"ज़रूर!...अगर मुझे तुम्हारी मदद न करनी होती तो मैं यहाँ क्यों आता?"

नत्थासिंह ने हाथ आगे बढ़ाकर कहा—"अगर चाबी तुम्हारे पास हो तो मुझे दे दो।"

"इस वक़्त तो चाबी मेरे पास नहीं है, अगर तुम मेरे पास आओ तो मैं चाबी दे सकता हूँ।"

"तुम्हारे घर पर मेरा जाना ठीक नहीं होगा, तुम मुझे अपने गाँव से बाहर ही मिल सको तो ठीक रहेगा।"

"बहुत अच्छा।"

दो-चार बातों के बाद दीनदयाल विदा हो गया और नत्थासिंह उलटे पाँव घर लौट आया।

जब वह अपने घर में घुसा तो अमरो बाप को देखकर चौंकी, लेकिन नत्थासिंह ने अपने बर्ताव से कोई अनोखी बात ज़ाहिर नहीं होने दी। वह चाहता तो था कि अपने यहाँ रखे गहनों और रुपयों की जाँच-पड़ताल कर ले, पर इस समय ऐसा करना नामुमकिन था। सर्दी की वजह से सभी लोग घर के भीतर घुसे बैठे थे।

नत्थासिंह भीतरवाले छोटे कमरे में पहुँचा और उसने अपना लकड़ी का बड़ा-सा सन्दूक खोला। उसमें से बन्दूकनुमा दुनालीवाला पिस्तौल निकाला। जिन दिनों वह बन्नू शहर में था तो आज़ाद इलाक़े का एक पठान उसका दोस्त बन गया। उसी ने अपनी दोस्ती की निशानी के तौर पर यह देसी पिस्तौल उसे दिया था। यह शस्त्र बन्दूक

और पिस्तौल के बीच का था। इसमें बारह बोर के दो कारतूस भरे जाते थे और इसके दस्ते को कूल्हे पर जमाकर चलाया जाता था। उसने बिना लाइसेन्स के इस पिस्तौल को अपने घर में छिपा रखा था। नत्थासिंह ने एक हाथ लम्बी कृपाण भी ले ली। इस तरह हथियारों से सजकर उसने काला धुस्सा (कम्बल) शरीर पर लपेटा और घर से बाहर निकल गया। घरवाले यही समझे कि सर्दी से बचने के लिए वह अपना धुस्सा लेने आया था।

नत्थासिंह एक बार फिर अपने तबेले की ओर चल दिया, जहाँ अमावस की रात से भी काली घोड़ी बँधी थी। मालिक को पहचानकर घोड़ी बेचैनी से पहलू बदलने लगी। उसने कनौतियाँ हिलायीं, आँखें चमकायीं और फिर टापें मार-मारकर धरती की छाती को ठोकने-बजाने लगी। नत्थासिंह ने उसकी सुन्दर थूथनी में लगाम चढ़ायी, पीठ पर काठी जमायी और फिर एक ही छलाँग में उस पर सवार हो गया। घोड़ी ने पहले तो चकफेरियाँ लीं और फिर फुलझड़ी से छूटी हुई चिनगारी की तरह हवा हो गयी।

खेतों में से झटका खाये हुए चाबुक की तरह लहराती बल खाती पगडण्डियों पर काली घोड़ी यों उड़ी जा रही थी जैसे काली साटन का थान आँधी की लपेट में आ गया हो। धरती को हलके-हलके घूमती हुई टापें अपने पीछे धूल के नन्हें-मुन्ने बादल छोड़े जा रही थीं—ऐसा लगता था जैसे वे नन्हें-मुन्ने बादल एकाएक ही गहरी नींद से जाग उठे हों।

●

आधी रात गुज़र जाने के बाद अकालगढ़ से कुछ दूरी पर झाड़ियों में घूमते-फिरते गीदड़ों ने एक घुड़सवार को देखा, जो परछाईं की तरह नज़र आ रहा था। उसके पीछे एक लड़की थी। वे बहुत तेज़ी से नहीं बढ़ रहे थे। मर्द ने सिर घुमाकर लड़की से कहा—"तेज़ चलना ठीक नहीं, क्योंकि इस तरह ख़ामुख़ाह किसी-न-किसी की नज़र हम पर पड़ जायगी। धीरे-धीरे चलने में किसी को शक़ नहीं हो सकता। किसी ने देख भी लिया तो हमें मियाँ-बीबी ही समझेगा।"

लड़की कुछ नहीं बोली, उसने सिर्फ़ सिर हिला दिया।

आख़िर चलते-चलते दूर से लालाचक्क की धुँधली रूपरेखा नज़र आने लगी। मर्द फिर धीरे से बोला—"अमरो! यही है हमारी मंज़िल।"

अमरो ने फटी-फटी आँखों से गाँव की ओर घूरकर देखा और फिर पूछा, "क्या हम गाँव के भीतर जायेंगे?"

"नहीं पगली! भीतर जाने में तो फँसने का डर है। हम तो तबेले में जायेंगे। यह तबेला मेरे दोस्त दीनदयाल का है—क्यों अमरो! तुम्हें डर तो नहीं लग रहा?"

"नहीं नाहर, अब डरने से क्या फ़ायदा? मैं डरनेवाली ही होती तो यह काम ही क्यों करती। तुम्हारा साथ ही क्यों देती।"

नाहरसिंह घोड़े से उतर पड़ा और उसने अमरो को भी नीचे उतार लिया। धीमी रोशनी में अमरो बड़ी ही प्यारी लग रही थी। नाहर ने उसके गाल पर थपकी देते हुए कहा—"तुम बड़ी बहादुर लड़की हो। फ़िकर मत करो, अब हमारा ख़तरा टल गया है। हम थोड़ी देर तबेले में आराम करेंगे और फिर अपना सामान इकट्ठा करके आगे बढ़ जायेंगे। अब की अपने घोड़े को पूरी ताक़त से दौड़ाऊँगा। भोर होने तक हम कहीं-के-कहीं निकल जायेंगे।"

"लेकिन नाहर! तबेला कहाँ है?"

नाहर ने अँगुली उठाकर पेड़ों के एक झुण्ड की ओर इशारा करते हुए कहा—"वह रहा तबेला! पेड़ों के झुरमुट की वजह से दिखायी नहीं दे रहा है। मैं जान-बूझकर घोड़ी से उतरा हूँ, ताकि किसी अकेले-दुकेले आदमी को हम ख़ामुख़ाह दिखायी न दे जायँ।"

नाहर ने एक हाथ से घोड़े की लगाम पकड़ ली और दूसरे हाथ से अमरो का हाथ थाम लिया और इस तरह वे तबेले की ओर बढ़े। पास पहुँचे तो तबेले के आसपास बिलकुल सुनसान था। कोई मरियल कुत्ता तक दिखायी नहीं दिया। नाहर ने घोड़े की लगाम एक खूँटे से बाँधते हुए आसमान की ओर देखा, और कहा—"यह भी अच्छा है कि आसमान पर काफ़ी बदली है। चाँद पल-दो-पल को दिखायी देता है और फिर कोई बदली उसके चेहरे को छिपा लेती है।"

दरवाज़े की कुण्डी में मोटा-सा ताला लटका हुआ था। नाहर ने चाबी घुमाकर ताला खोला और कुण्डी से साँकल उतारने लगा तो पता चला कि साँकल तो पहले से ही लटकी हुई है। वह सन्नाटे में आ गया कि जल्दबाज़ी में उससे कैसी भूल हो गयी थी कि बिना साँकल चढ़ाये ही वह ताला लगाकर चला गया था। रात न होती तो किसी की निगाह ज़रूर पड़ जाती। उसने दरवाज़े के तख़्ते पीछे हटाये तो अन्दर अथाह अन्धकार दिखायी दिया।

"आओ अमरो!" यह कहकर नाहर ने कुर्ते की जेब में से छोटी-सी माचिस निकाली। उन दिनों माचिस की तीलियों में ऐसा मसाला लगता था कि उन्हें डिबिया पर घिसाना नहीं पड़ता था, बल्कि तीली किसी भी चीज़ से रगड़ खाकर जल उठती थी। नाहरसिंह उस लम्बे कमरे के एक-एक कोने से वाकिफ़ था। उसे मालूम था कि चेहरे पर कालिख पोते पुरानी-सी लालटेन दरवाज़े के पास दीवार की खूँटी पर लटकी हुई है। उसने एक तीली का सिर अपने जूते के ऊपर रगड़ दिया

और तीली भड़क उठी। लालटेन के जल जाने पर भी रोशनी सहमी-सहमी दिखायी देती थी।

अब नाहरसिंह ने अमरो की ओर देखने के लिए सिर घुमाया तो उसकी आँखें रास्ते में ही अटक गयीं। कमरे के दूसरे सिरे पर ऊँची टाँगोंवाला खुरदुरा-सा तख़्त पड़ा था।...उसी तख़्त पर कोई आदमी धुस्सा लपेटे बैठा था।...

नाहर को अपनी आँखों पर यक़ीन नहीं हुआ। उसने लालटेन की बत्ती को और ऊपर उठाया, यहाँ तक कि उसके सिर पर धुएँ का काला-सा ताज दिखायी देने लगा। चार क़दम चलकर उसने अपना बाज़ू बढ़ाया और लालटेन को उस आदमी के चेहरे तक ले गया—नत्थासिंह ने अपनी रोबदार दाढ़ी और ऊँची नाकवाले चेहरे को छिपाने की कोशिश नहीं की।

अपने स्वर को रोबीला बनाते हुए पूछा—"तुम?"

नाहरसिंह के पाँव के नीचे से मानो धरती खिसक गयी। उसे अपने सामने साक्षात् मौत बैठी दिखायी दी। अब न वह आगे बढ़ सकता था और न पीछे हट सकता था।

उसने बेबसी से अमरो की ओर देखा। अमरो एकाएक ही बाप को वहाँ पाकर पहले तो घबरा गयी, लेकिन फिर नाहरसिंह की नज़र का मतलब समझकर बाप की ओर बढ़ी, आँखें झुकाकर धीरे से बोली—"चाचा! हम दोनों शादी कर रहे हैं। यह सब-कुछ मेरी अपनी मर्ज़ी से हो रहा है।"

नत्थासिंह बुत बना बैठा रहा। अमरो ने एक बार फिर वही बात कही। तब नत्थासिंह ने नाहरसिंह की आँखों में आँखें डालकर भारी स्वर में पूछा—"यह बात ठीक है क्या?"

नाहरसिंह पीछे हटकर दीवार से टेक लगा चुका था। नत्थासिंह की बात सुनकर उसकी बाँछें चिर गयीं। वह चुपचाप हँसा तो उसके कानों की बालियाँ काँपने लगीं—"क्या अपनी बेटी की बात का यक़ीन नहीं है?"

नत्थासिंह ने व्यंग्य करते हुए कहा—"मैं दामाद जी के मुँह से भी यह बात सुनना चाहता हूँ।"

नाहरसिंह का तन-मन गनगना उठा। वह अपना मुँह नत्थासिंह के कान तक ले गया, ताकि अमरो उसकी आवाज़ न सुन सके और फुसफुसाकर बोला—"जिस आदमी के बाप की तुमने जान ली थी, आज उसी से अपनी बेटी की शादी कर सकोगे?"

"तुम्हारे बाप ने ख़ुद अपनी जान ली थी..."

नाहरसिंह की भँवें ऊपर को उठ गयीं और वह कड़ुवे स्वर में कहने लगा—"गोया ससुर साहब सफ़ेद झूठ बोलकर अपने होनेवाले दामाद का दिल मुट्ठी में ले लेना चाहते हैं?"

"तुम्हारी बाप ने ख़ुदकशी की थी...वैसे वह छव्वी, जिससे उसकी गर्दन कटी, मेरी थी और वह हाथ भी, जिसने छव्वी का वार किया, मेरा था..."

अमरो ये बातें सुनकर चौकन्नी हो गयी। पहले उसने इस तरह की कोई बात न तो नाहरसिंह के मुँह से सुनी थी और न अपने बाप के मुँह से।

नाहरसिंह सीधा खड़ा हो गया, और सूखी हँसी हँसकर बोला—"बड़ी बारीक बात कही है तुमने!"

"बात बारीक नहीं, तुम्हारी अक़्ल मोटी है। तुम्हारा बाप ही कुल्हाड़ी लेकर मुझ पर चढ़ दौड़ा था। मैंने उसे रोकना चाहा, दो-चार दूसरे आदमियों ने भी उसे समझाने की कोशिश की...लेकिन उसके सिर पर तो मौत सवार थी। मुझे मज़बूरन लड़ना पड़ा—इसीलिए तो मैं कहता हूँ कि उसने जान-बूझकर मौत के मुँह में सिर दे दिया और ख़ुदकशी कर ली।"

"तुम्हारी बातों के हेर-फेर से मैं यह कभी नहीं भूल सकता कि तुमने मुझे अनाथ बना दिया—"

"आख़िर अपने बाप के बेटे हो न!"

"हाँ! बाप का बेटा होने के नाते मैं अपने बाप के क़ातिल को कभी माफ़ नहीं कर सकता..."

नत्थासिंह ने गर्दन आगे बढ़ाकर भेदभरे लहज़े में कहा—"नाहरसिंह! बूढ़ा होने में मुझे कई साल लगे हैं। इतने लम्बे समय में काफ़ी सोचने और समझने का मौक़ा मिला है। मैं इस नतीजे पर पहुँचा हूँ कि छोटी-छोटी बातों पर मरने-मारने को तैयार हो जाना बेवकूफ़ी है..."

नाहरसिंह को लगा जैसे उसका साहस वापस लौट रहा हो। उसकी भँवें खिंचकर एक-दूसरे से मिल गयीं, बोला—"तुम्हारे मुँह से ये शब्द सचमुच बहुत भले लगते हैं।"

"हमारे यहाँ पुरानी कहावत भी है कि जो कोई गुड़ से मरे उसे ज़हर क्यों दें..."

"मगर नत्थासिंह, मैं न तो गुड़ से मरनेवाला हूँ और न ही ज़हर से।"

अब नत्थासिंह ने अपने शरीर पर लिपटे हुए धुस्से को अलग कर दिया—नाहरसिंह उसकी बगल में दो नाले बन्दूकनुमा पिस्तौल को देखकर ठिठका, और फिर एकदम पीछे हट गया।

खुले दरवाज़े में से रात के अँधेरे में बोलनेवाले झींगुरों का शोर सुनायी दे रहा था—अमरो को ताज़्ज़ुब हो रहा था। उसकी समझ में नहीं आया कि अब क्या होनेवाला है।

नत्थासिंह ने बेटी की ओर देखकर कहा—"तुम अगर नाहरसिंह से शादी करना चाहती हो तो मुझे इस पर कोई एतराज़ नहीं। लेकिन पहले इससे पूछो कि यह सचमुच

तुम्हें अपनी बीवी बनाना चाहता है, या तुम्हें बर्बाद करने और हमारे ख़ानदान को बदनाम करने के लिए इसने यह चाल चली है।''

अमरो ने नाहरसिंह की ओर देखा। नाहरसिंह ने नत्थासिंह से कहा—''तुम्हें हम दोनों की शादी पर कोई एतराज़ नहीं, जभी तो यह पिस्तौल अपने साथ लाये हो।''

यह सुनकर नत्थासिंह ने बेटी और नाहरसिंह की ओर बारी-बारी से देखा, और फिर लम्बा-सा पिस्तौल बगल में से निकालकर तख़्त पर बहुत आगे तक सरकाकर रख दिया—अब यह ख़तरनाक हथियार नाहरसिंह और नत्थासिंह के बीचोंबीच पड़ा था।

नाहरसिंह को अपनी आँखों पर यक़ीन नहीं आया। कमरे में पूरी तरह सन्नाटा छाया हुआ था। आख़िर नाहरसिंह ने हिम्मत से काम लेकर एक-एक अंगुल आगे बढ़ना शुरू किया। उसकी आँखें साँप की तरह बिना झपके नत्थासिंह के चेहरे पर टिकी रहीं। उसकी चिरी हुई बाँछों के दोनों कोनों पर झाग-सी दिखायी दे रही थी—आख़िर अचानक ही एक लम्बा-सा क़दम बढ़ाकर उसने पिस्तौल के दस्ते पर हाथ रख दिया, और फिर लड़ने को तैयार असील मुर्गे की तरह उसने नत्थासिंह को आँखों-ही-आँखों में ललकारा—उसका ख़्याल था कि नत्थासिंह झपटकर पिस्तौल उसके हाथ से छीन लेने की कोशिश करेगा। लेकिन उसका दुश्मन पत्थर की मूर्ति की तरह स्थिर बैठा रहा।

नाहरसिंह ने पिस्तौल का हुटका सरकाकर देखा। दोनों नलियों में कारतूस ठुँसे हुए थे। उनकी टोपी से जाहिर था कि अभी उन पर पिस्तौल के घोड़े की चोट नहीं पड़ी है। इसका मतलब यह था कि अभी वे कारतूस चलाये नहीं गये थे। ताज़्ज़ुब से उसकी भँवें बल खाकर ऊँट के कुहान की तरह हो गयीं। वह धीरे से मुस्कुराया—बोला, ''तुमने अभी मरने-मारने के बारे में बड़ी अच्छी बात कही थी...तुम्हारे कहने के मुताबिक़ आज से कई साल पहले मेरे बाप ने तुम्हें ललकारकर ख़ुदकशी कर ली थी। मेरा ख़्याल है कि आज तुम्हें भी ख़ुदकशी का शौक़ ही यहाँ खींच लाया है।''

यह कहकर नाहरसिंह ने पिस्तौल का दस्ता अपने कूल्हे पर जमा लिया और उसका रुख़ नत्थासिंह के सीने की ओर कर दिया, और फिर अपनी बात चालू रखते हुए बोला—''मैंने वाह गुरु अकाल पुरुख पर कभी यक़ीन नहीं किया, लेकिन आज उसे मानने लगा हूँ। तुमने सोचा होगा कि चलो मेरी लड़की ने बड़ा अच्छा काम किया। जिस नाहरसिंह के बाप को तुमने क़त्ल किया, उसी को बेटी ने अपने जाल में फाँस लिया...''

अमरो को उसका आख़िरी जुमला बहुत बुरा लगा। गुस्से से काँपते हुए स्वर में बोली—''मैंने नहीं, तुमने मुझे अपने जाल में फँसाया था।''

नाहरसिंह ने अमरो की बात सुनी-अनसुनी करते हुए कहा—''नत्थासिंह! तुम मुझे दामाद बनाकर एक बहुत बड़ा काँटा हमेशा के लिए अपने रास्ते से दूर कर देना

चाहते थे। लेकिन मुझे अपने बाप के क़ातिल की बेटी से क्या दिलचस्पी हो सकती है—वाह गुरु अकाल पुरुख के घर में देर है अन्धेर नहीं—क्यों क्या ख़्याल है तुम्हारा?''

''तुम ठीक कहते हो।'' नत्थासिंह ने शान्त स्वर में जवाब दिया।

अमरो हैरान-सी खड़ी थी। उसे न तो अपनी आँखों पर यक़ीन हो रहा था और न कानों पर—इतने में पहली गोली चली, और फिर पलक झपकते में नाहरसिंह ने अमरो का निशाना बाँधकर दूसरी गोली चला दी...

अमरो लड़खड़ाकर बाप की ओर बढ़ी। बाप ने बेटी को सँभालकर तख़्त पर बैठा दिया, और ख़ुद चीते की तरह लपककर नाहरसिंह को दबोच लिया। नाहरसिंह की समझ में कुछ नहीं आ रहा था। गोलियाँ चलीं, धाँय-धाँय का शोर हुआ, लेकिन बाप-बेटी ज्यों-के-त्यों ज़िन्दा थे। नत्थासिंह ने नाहर को दीवार से धाँसकर अपना बाज़ू उसके टेंटुए पर सटा दिया, और फिर उसे घूरते हुए बोला—''बच्चू! मैंने कारतूसों के सारे छर्रे पहले से ही निकाल डाले थे...''

यह कहते-कहते उसने अपनी एक फुट लम्बी कृपाण निकाली और नाहरसिंह की नाफ़ पर जमा दी। इस समय उसकी बूढ़ी हड्डियों में इतनी ताक़त भर गयी थी कि दीवार से चिपका हुआ नाहरसिंह दायें-बायें हिल भी नहीं पा रहा था। अब बाप ने मुड़कर बेटी की ओर देखा—अमरो की बड़ी-बड़ी आँखों से साफ़ ज़ाहिर था कि वह न तो किसी को धोखा देना चाहती थी, और न किसी धोखेबाज़ को माफ़ करना जानती थी....

फिर क्या था, कृपाण एक ही झटके में नाहरसिंह की नाफ़ में घुसी और पल भर में उसकी नोक दिल और फेफड़ों तक जा पहुँची।

नाहरसिंह बारहसिंघे की तरह कच्चे फ़र्श पर गिरकर तड़पने लगा। नत्थासिंह ने उसे दबाये रखा ताकि उसके पेट में से उबलकर निकलनेवाला ख़ून इधर-उधर बहने न पाये।

जब नाहरसिंह ठण्डा पड़ गया तो नत्थासिंह ने उसे धुस्से में लपेट दिया। यह धुस्सा उसने पहले से ही नाहरसिंह की कमर के नीचे घुसेड़ दिया था, ताकि लहू उसी पर गिरे। वह अमरो से कहने लगा—''तुम घोड़ी लेकर टाहली के पेड़ों के नीचे-नीचे अपने गाँव की ओर चलो। पहले टिब्बे (ऊँची जगह) के पास पेड़ की छाँव में खड़ी होकर मेरा इन्तज़ार करना।''

अमरो ने इधर-उधर देखकर अपने गहनों और रुपयों की पोटली ढूँढ़ निकाली और उस पोटली को कपड़ों की छोटी-सी गठरी में बाँध दिया। नत्थासिंह तबेले से बाहर निकला और उसने घोड़ी के चारों टापों पर कपड़ों के टुकड़े कसकर लपेटे

और ऊपर गाँठ लगा दी। अमरो सहमी हुई आवाज़ में बोली—"पिस्तौल चलने के शोर से गाँववाले जाग गये होंगे..."

"हाँ, लेकिन वे डर के मारे बाहर नहीं निकलेंगे। वे यही समझेंगे कि डाकू गाँव के आस-पास मँडरा रहे हैं।"

यह कहकर उसने जल्द से बेटी को घोड़ी पर बैठाया, और अमरो झुककर घोड़ी की पीठ से लगी-लगी शीशम (टाहली) के पेड़ों की ओर बढ़ी, और फिर उसकी छाँव में टिब्बे की ओर चल दी।

नत्थासिंह ने अपने जूते उतारकर कमर में बँधे हुए अँगौछे में अड़स लिये, और नाहरसिंह के जूते पहनकर उसने धुस्से में लिपटी हुई लाश को कन्धे पर डाल लिया। जल्दी से बाहर निकलकर उसने दरवाज़े की कुण्डी चढ़ायी और ताला बन्द कर दिया। उसे चलने में थोड़ी-सी दिक़्क़त हो रही थी, क्योंकि नाहरसिंह के जूते काफ़ी बड़े थे। वह पाँच-छह खेतों तक बढ़ता चला गया। ये दीनदयाल के खेत नहीं थे। उसने लाश नीचे फेंकी, नाहरसिंह के जूते उतार दिये, अपने नंगे पाँवों पर कपड़ा बाँध लिया, और ख़ून भरे धुस्से को लपेट-लपाटकर वहाँ से चल दिया। तबेले के पास अपनी घोड़ों की टापों के निशान उसने पहले से ही मिटा दिये थे, और अब उसने न अपने जूतों या पाँव के और न घोड़ी की टापों के निशान छोड़े थे। वह मन में सोच रहा था कि घर पहुँचते ही धुस्से को तन्दूर में डालकर जला दूँगा, और दीनदयाल को समझा दूँगा कि अगर तबेले में ख़ून की कोई बूँद गिरी भी हो तो कच्चे फ़र्श को वहाँ से खुरचकर उसे गोबर और मिट्टी से लीप दे।

कुछ देर बाद वह अपनी बेटी से जा मिला। दोनों ही घोड़ी पर सवार होकर गाँव को चल दिये।

आसमान पर गंजा चाँद चमक रहा था।

●

उन्नीस

: १ :

नत्थासिंह ने घर जाना ठीक नहीं समझा। वह सीधा अपने तबेले में पहुँचा। इत्तफ़ाक से मूलसिंह भी गुरुद्वारे गया हुआ था। नत्थासिंह ने घोड़ी कमरे के भीतर बाँध दी। उसने धुस्सा बेटी के हवाले करते हुए कहा—"तुम अब घर चली जाओ। अच्छा यही रहेगा कि तुम्हें कोई देखने न पाये, लेकिन देख भी ले तो इसमें फ़िकर की कोई बात नहीं है। घर में जो कोई भी होगा वह सर्दी की वजह से भीतर घुसकर बैठा होगा। तुम तन्दूर में बहुत-सी मनछिट्टी (कपास की छड़ियाँ) डालकर उसे आग लगा देना और फिर इस धुस्से को भी उसी में झोंक देना। यह सारा काम चुपके से करना। मैं गुरुद्वारे जाता हूँ। बाक़ी सामान अभी छोटी कोठरी में बन्द कर देते हैं। रात को जब मैं गुरुद्वारे से लौटूँगा तो गहनों और तुम्हारे कपड़ों की यह छोटी-सी गठरी लेता आऊँगा।"

इस भयंकर घटना के कारण अमरो का शरीर अब भी धीरे-धीरे काँप रहा था। नत्थासिंह ने धुस्से का ख़ूनवाला हिस्सा ऐसे ढंग से लपेट दिया था कि बाहर से कुछ भी पता नहीं चलता था। अमरो धुस्सा बगल में दबाकर चुपचाप घर की ओर चल दी। कुछ समय पहले तक जिस आदमी को वह अपना सब-कुछ मानती थी, उसके बारे में पता चला कि वह उसे प्यार नहीं करता था। यही नहीं बल्कि उस पाजी ने अपनी ओर से उसे गोली भी मार दी थी। यह अलग बात थी कि कारतूस खाली होने की वजह से उसकी जान बच गयी। और फिर उसने अपनी इन्हीं आँखों से धोखेबाज़ प्रेमी को मरते देखा था। यह सब-कुछ कोई मामूली घटना नहीं थी। अमरो की तो मानो आत्मा भी एक बार तड़फड़ा उठी। लेकिन उसे नाहरसिंह के मारे जाने का कोई पछतावा नहीं था। वह यही महसूस कर रही थी कि उससे बहुत बड़ी भूल हो गयी थी।

अमरो तो अपने ख़यालों में डूबी चली जा रही थी, लेकिन उससे सौ-सवा-सौ क़दम पीछे नत्थासिंह भी धीरे-धीरे चल रहा था। वह गाँव से कुछ दूरी पर ही रुक गया। जब उसने देखा कि अमरो मकान के नज़दीक पहुँच गयी है तो वह गुरुद्वारे

की ओर चल दिया। वह मन-ही-मन में सोच रहा था कि न जाने अभी तक वहाँ शब्द-कीर्त्तन हो रहा है या नहीं। रात का तीसरा पहर जा रहा था। गुरुद्वारे के पास जब उसे 'शब्दों' के ऊँचे-ऊँचे स्वर सुनायी दिये तो उसके मन को इत्मीनान हो गया।

गुरुद्वारे में संगत काफ़ी तादाद में जमा थी। यहाँ तक कि बड़े हॉल में न समा सकने के कारण कुछ लोग बाहर दालान में भी बैठे हुए थे। नत्थासिंह सामने के बड़े दरवाज़े से न जाकर पिछवाड़े के छोटे दरवाज़े से घुसा, और अँधेरे में दबे पाँव चलता हुआ चुपके से संगत में बैठ गया। किसी ने उसकी ओर ध्यान नहीं दिया, वे सब रागियों की कथा और शब्दों में खोये हुए थे।

नत्थासिंह के पहुँचने के आधे घण्टे बाद शब्द-कीर्त्तन ख़त्म हो गया। संगत के लोग गुरु ग्रन्थ साहब के आगे मत्था टेक-टेककर खड़े हो गये। अब बातों का शोर वातावरण में गूँज उठा। नत्थासिंह जान-बूझकर ज़्यादा-से-ज़्यादा लोगों से हँसता-बोलता रहा। यहाँ तक कि उसने गुलज़ारासिंह के पास खड़े होकर भी दो-तीन मिनट इधर-उधर की बातें कीं। फिलौरासिंह वहाँ मौजूद नहीं था।

जब संगत बिखरने लगी तो नत्थासिंह ने ज़ोर से नारा लगाया—"जो बोले सो निहाल!"

"सत सिरी अकाल!" सारी संगत ने जवाबी नारा लगाया। इस तरह तीन बार नारे लगाये गये।

गाँव के कुछ बड़े-बूढ़ों के साथ टहलता और बातचीत करता हुआ नत्थासिंह अपने घर पहुँच गया। सेहन की कुण्डी भीतर से चढ़ाकर सबसे पहले उसने तन्दूर को छूकर देखा। वह अब भी गर्म था। भीतर झाँका तो तन्दूर में कुछ दिखायी नहीं दिया। इस पर उसने एक लम्बी-सी छड़ी उठाकर उसे तन्दूर में डाला, और इधर-उधर दबाने पर पता चला कि वहाँ राख के अलावा और कुछ नहीं है।

उसने उस समय तबेले की ओर जाना ठीक नहीं समझा। बहुत-से लोगों ने उसे गुरुद्वारे में देखा था, कुछ उसके दरवाज़े तक साथ-साथ आये थे, और अगर अब किसी ने उसे खेतों में घूमते देखा तो आगे चलकर उसकी इस हरकत पर शक़ भी किया जा सकता था। उसने सोचा कि अब गहनों-कपड़ों की छोटी-सी गठरी वह मौक़ा पाकर कल रात उठा लायेगा।

नत्थासिंह इत्मीनान से सो गया। उसकी आँख तब खुली जब अच्छी-ख़ासी धूप निकल आयी थी। निबटने-निबटाने के लिए वह दूसरे लोगों की तरह खेतों में जाया करता था। वहीं दातुन करके किसी रहट पर नहा-धो लेता। उसने अमरो से दूसरा धुला हुआ कच्छा (जाँघिया) माँगा।

जब अमरो पसार में तनी रस्सी पर से कच्छा उतारने गयी तो नत्थासिंह चुपके से उसके पास पहुँचकर बोला—"रात धुस्सेवाला काम हो गया था?"

अमरो ने उसकी ओर देखे बिना जवाब दिया—"हाँ चाचा, धुस्सा बिलकुल जलाकर राख कर दिया मैंने।"

इस पर नत्थासिंह ने धुला हुआ कच्छा कन्धे पर फेंका और गाँव से बाहर चल दिया। रास्ते में दीनू साँहसी से भी मुलाक़ात हुई। फिर नत्थासिंह जान-बूझकर नीवाँ अकालगढ़ की गलियों में चलने लगा। दुकानों के चबूतरों पर कई ऐसे लोग मौजूद थे, जिनसे रात उसकी मुलाक़ात हो चुकी थी। अब भी वह पल-दो-पल रुककर उनसे हँसता-बोलता रहा।

नीवाँ अकालगढ़ का इतना शान्त वातावरण देखकर नत्थासिंह समझ गया कि अभी नाहरसिंह की मौत का किसी को पता नहीं चला। इतनी जल्दी पता चल भी नहीं सकता था। आख़िर क़त्ल दूसरे गाँव में हुआ था, और लाश दूर खेतों में पड़ी थी। जब किसी को मुर्दा दिखायी देगा तो पहले लालाचक्क में यह ख़बर फैलेगी, और फिर नाहरसिंह की शक्ल पहचानी जाने पर यह ख़बर अकालगढ़ में भी पहुँच जायगी।

नत्थासिंह अकालगढ़ के पास के किसी रहट पर नहीं रुका, वह ज़रा दूरवाले रहट तक चला गया। उसने छोटी-सी कुल्हाड़ी से दातुन के लिए एक टहनी काटी जब वह टहनी की गाँठें कुल्हाड़ी से छील-छालकर बराबर कर रहा था तो उसे लालाचक्क की ओर से दीनदयाल आता दिखायी दिया।

दोनों की आँखें मिलीं तो दीनदयाल चहककर बोला—"सत सिरी अकाल! सरदार जी!"

"सत सिरी अकाल! लाला जी।" नत्थासिंह ने जवाब देते हुए मन में सोचा कि शायद अभी तक नाहरसिंह की लाश का पता नहीं चला होगा, जभी तो लाला जी इतने चहक रहे हैं। वह फिर बोला—"कहो दीनदयाल, क्या समाचार है?"

"सब कुशल-मंगल है।"

यह तो नत्थासिंह का मन ही जानता था कि कितना कुशल-मंगल है। पूछा—"आज सबेरे-सबेरे इधर कैसे आना हुआ?"

वे दोनों इस तरह का नाटक इसलिए कर रहे थे कि अगर कोई आस-पासवाला उनकी बात सुन भी ले तो उसे कुछ शक़ न हो।

दीनदयाल ने जवाब दिया—"मैं तुम्हारे गाँव में चूनीलाल से मिलने आया हूँ। उससे पता लगाना था कि अगर आज रात वह शहर जा रहा हो तो मैं भी उसी के साथ चला जाऊँ। एक से दो भले। मुझे भी कुछ सामान लाना है।"

इस तरह बातें करते-करते वे बिलकुल ही एक-दूसरे के नज़दीक पहुँच गये तो नत्थासिंह ने चुपके से उसके हाथ में तबेले की चाबी थमा दी। दीनदयाल ने फुसफुसाकर पूछा—"रात का काम ठीक हो गया?"

"हाँ, बिलकुल ठीक हो गया।"

दीनदयाल फिर फुसफुसाया—"अमरो बेटी अपने घर में ही है न?"

"हाँ, वाह गुरु अकाल पुरुख की किरपा (कृपा) से घर ही में है।"

"शुक्र है।"

दीनदयाल आगे बढ़ने लगा तो नत्थासिंह उसके कन्धे पर हाथ रखकर फुसफुसाया—"दीनदयाल! अपने गाँव लौटने पर तबेले में घुसकर ज़रा देख लेना...अगर लहू की दो-चार बूँदें नज़र आ जायँ तो उन्हें खुरच देना। कच्चे फ़र्श पर बड़ी आसानी से ऐसे निशान खुरचे जा सकते हैं। ऊपर से गोबर की पुताई कर देना।"

यह सुनते ही दीनदयाल के चेहरे की सारी रौनक ग़ायब हो गयी। वह समझ गया कि अब सरदार नाहरसिंह इस दुनिया में नहीं रहा, और अगर उसने भेद खोल दिया तो वह ख़ुद भी नाहरसिंह के पास पहुंच जायगा।

: २ :

नत्थासिंह बेफ़िक्र था। सबसे ज़्यादा इत्मीनान की बात तो यह थी कि उसके चारों बेटे अकालगढ़ में नहीं थे। नाहरसिंह की हत्या छिपी नहीं रह सकती थी। वैसे तो उसने ऐसा इन्तज़ाम कर दिया था कि पुलिस को उसके ख़िलाफ़ कुछ सबूत न मिले, लेकिन अगर सरदारों की शरारत से वह क़ानून के चंगुल में आ भी गया तो हर्ज़ की कोई बात नहीं थी। वह बूढ़ा हो चुका था, दुनिया के सुख-दुःख भोग चुका था, इसलिए अपने ख़ानदान की आबरू बचाने के लिए अगर उसे फाँसी की रस्सी से भी लटकना पड़ा तो उसके लिए यह सौदा महँगा नहीं होगा। वह इस संसार में न भी रहा तो उसके चारों बेटे अपनी देखभाल अच्छी तरह कर सकेंगे।

जब वह नहा-धोकर घर पहुँचा तो चरनो सेहन के चूल्हे पर पराठे पका रही थी। उसने सहज में पूछा—"आज तुम पराठे पका रही हो? अमरो कहाँ है?"

"अमरो और तारो गुरुद्वारे मत्था टेकने गयी हैं—मूढ़ा लेकर चूल्हे के पास ही आ जाओ।"

नत्थासिंह वाह गुरु के नाम का जाप करता हुआ चौके में मूढ़े पर पालथी मारकर बैठ गया।

चरनो मुस्कुराकर बोली—"अपनी बहू जब तक गुरुद्वारे में मत्था न टेक ले तब तक नाश्ता-पानी नहीं करती।"

नत्थासिंह को घर की यह हालत बड़ी भली लगी। इसके साथ ही यह भी तो उसका मन ही जानता था कि जल्दी ही मुसीबत की कितनी बड़ी आँधी उठनेवाली है।

जब अमरो और तारो गुरुद्वारे से लौट रही थीं तो उसी समय फिलौरासिंह घोड़े पर सवार नाले के पुल से गुज़र रहा था। असल में वह नौशहरे को जा रहा था, लेकिन ज्यों ही उसकी नज़र अमरो पर पड़ी, वह ताज़्ज़ुब में पड़ गया। उसके हाथ में थमी हुई लगाम अनजाने में ही खिंच गयी, और घोड़ा रुक गया। वह पास से गुज़रती हुई अमरो को टकटकी बाँधकर देखने लगा। उसमें ज़रा भी शक़ नहीं था कि वह अमरो ही थी, लेकिन फिलौरासिंह यों आँखें फैलाये जा रहा था जैसे वह संसार की सबसे अनहोनी बात देख रहा हो—आख़िर पिछली रात इन्हीं आँखों से उसने इस लड़की को नाहरसिंह के पीछे घोड़े पर सवार देखा था। हाँ, वह छिपकर खड़ा उन्हें देखता रहा, यहाँ तक कि वे दोनों उसकी आँखों से ओझल हो गये।

लेकिन अब उसकी आँखें क्या देख रही थीं? इसमें शक़ नहीं कि उसकी आँखों के सामने अमरो ही चली जा रही थी। अब सवाल उठता था कि नाहरसिंह कहाँ है?

अब फिलौरासिंह नौशहरे की ओर नहीं बढ़ सका। वह वहीं से अपने अहाते में लौट आया। उसका चेहरा उतरा हुआ था, और उस पर ख़ौफ़ के निशान भी दिखायी दे रहे थे। उसे पहले वधावासिंह नज़र आया। उसने तुरन्त पूछा—"वधावासिंह! तुमने कहीं नाहरसिंह को तो नहीं देखा?"

वधावासिंह को अमरो के भगाये जाने की साज़िश का कुछ पता नहीं था। वह सिर दायें-बायें हिलाते हुए बोला—"नहीं सरदार जी, आज सुबह से तो मैंने उसे नहीं देखा—यहीं कहीं होगा।"

फिलौरासिंह की परेशानी और बढ़ गयीं। इतने में बैठक से गुलज़ारासिंह ने बाहर झाँका। उसे भी इस साज़िश का कुछ पता नहीं था। लेकिन फिलौरासिंह का चेहरा देखकर उसे कुछ ताज़्ज़ुब हुआ। उसने पूछा—"सुनाओ फिलौरे! बात क्या है?"

अहाते में उनके कई और आदमी भी इधर-उधर छोटे-मोटे काम करते फिर रहे थे। फिलौरे ने बड़े भाई को दरवाज़े से बैठक के भीतर ले जाते हुए कहा—"आइये, मैं आपको बताता हूँ।"

भीतर जाकर फिलौरासिंह ने थोड़े में अमरो और नाहरसिंह की प्रेम-कहानी सुनायी, और यह भी बता दिया कि रात अमरो नाहरसिंह के साथ भाग गयी थी।

एक लिहाज़ से गुलज़ारासिंह के लिए भी यह बड़ी अच्छी ख़बर थी। लेकिन हमेशा से उसका यह दृष्टिकोण रहा था कि नत्थासिंह के ख़ानदान के ख़िलाफ़ जो भी क़दम उठाया जाय, उसमें इस बात का ख़्याल रखा जाय कि वह क़दम उलटा भी पड़ जाय तो अपने-आपको कोई नुकसान न पहुँचे। उसे अपने छोटे भाई के

उजड्डपन से हमेशा यही डर बना रहता था कि उसकी किसी चाल से वे ख़ुद ही मुसीबत में न फँस जायँ। गुलज़ारासिंह ने फिलौरासिंह के चेहरे पर तीखी नज़र डालते हुए पूछा—"तो क्या इस कार्रवाई में तुम्हारा भी कोई हाथ था?"

फिलौरासिंह पल-भर को लड़खड़ा गया, फिर उसने जवाब दिया—"नहीं, मेरा इसमें क्या हाथ होता! हाँ, नाहरसिंह ने मुझे इतना बता रखा था कि उन दोनों का प्रेम चल रहा है। यहाँ तक कि कल उन्होंने भाग जाने का प्रोग्राम बना लिया..."

"अगर वे भाग गये हैं, और तुम्हारा इसमें कोई हाथ नहीं है तो बस ठीक है। वे जानें उनका काम जाने—तुम इतने परेशान क्यों हो रहे हो?"

"आपने मेरी पूरी बात तो सुनी ही नहीं। यह ठीक है कि वे भाग गये थे, लेकिन अभी-अभी कुछ देर पहले जब मैं नौशहरा जाने के लिए उच्चा अकालगढ़ से बाहर निकला तो मुझे अमरो गुरुद्वारे से लौटती दिखायी दी।"

गुलज़ारासिंह ताज़्ज़ुब में आ बोला—"क्या वह सचमुच ही अमरो थी?"

"जी हाँ, और उसके साथ उसकी भाभी तारो, यानी गज्जन की औरत भी थी।"

"कहीं तुम्हारी आँखों को धोखा तो नहीं हुआ?"

"पहले मैंने भी यही समझा था, इसीलिए मैंने ख़ूब अच्छी तरह पहचानकर अपनी तसल्ली कर ली।"

"इसका मतलब है कि अमरो नाहरसिंह के साथ भागी ही नहीं।"

"नहीं भ्रा जी, मैंने अपनी आँखों से उन दोनों को घोड़े पर सवार देखा था।"

अब तो गुलज़ारासिंह भी पल भर को गहरे सोच में डूब गया। फिर अनायास ही सिर उठाकर उसने पूछा—"और नाहरसिंह कहाँ है?"

"जी, उसका कुछ पता नहीं। यही तो वह राज़ है, जिसकी वजह से मैं परेशान हूँ।"

गुलज़ारासिंह ने रुकते-रुकते कहा—"कहीं ऐसा तो नहीं कि नाहरसिंह किसी मुसीबत में फँस गया हो?"

"आपका मतलब है कि कहीं उसका क़त्ल न हो गया हो?"

गुलज़ारासिंह ने सिर हिलाते हुए कहा—"यह भी मुमकिन है।"

"अगर यह मुमकिन है तो इसमें भी कुछ शक़ नहीं कि यह काम नत्थासिंह ने ही किया होगा।"

"नत्थासिंह ने ? यह मुमकिन नहीं हो सकता। आख़िर अमरो और नाहर किस समय गाँव से निकले थे।"

"आधी रात के बाद।"

"उस समय नत्थासिंह गुरुद्वारे में था। मैंने उसे अपनी आँखों से देखा, और मेरे अलावा दूसरे कोई लोगों से उसकी बातचीत होती रही। शब्द-कीर्त्तन के बाद वह सबके साथ चलता हुआ अपने घर पहुँच गया था—लेकिन छोड़ो इस बात को। हम यह कैसे कह सकते हैं कि नाहरसिंह मारा ही गया है। इन्तज़ार करो, वह कहीं-न-कहीं से लौट आयेगा तो उसकी ज़बानी सब बातों का पता चल जायगा।"

इस मसले पर दोनों भाइयों की बताचीत यहीं पर ख़त्म हो गयी!

दूसरी ओर नत्थासिंह भी बिलकुल चौकन्ना था। सबसे पहले तो उसने अपना दोनालीवाला पिस्तौल घर से ग़ायब कर दिया, ताकि तलाशी होने पर वह हथियार उनके घर में न मिले। आख़िर पिछली रात लालाचक्कवालों ने उसी पिस्तौल की धाँय-धाँय सुनी थी। सबसे बड़ी बात यह थी कि वह बिना लाइसेन्स का हथियार था। नत्थासिंह को बताया गया था कि फौजियों को सरकार ऐसा एक हथियार बिना लाइसेन्स के रखने की इजाज़त देती है। उसने यह पता लगाने की कोशिश नहीं की कि यह हुक्म सिर्फ़ बड़े अफ़सरों के लिए था। वह पिस्तौल भी अनोखे प्रकार का था। उसने अपनी भलाई इसी में समझी कि पिस्तौल को एक सिरे से ही ग़ायब कर दिया जाय। तबेले से वह गहनों की पोटली और अमरो के कपड़े वगैरह भी उठा लाया। उसने अपनी कृपाण भी राख से माँजकर अच्छी तरह धो डाली।

दिन के तीसरे पहर नाहरसिंह की लाश एक औरत ने देख ली, जो खेतों में सूखा गोबर बटोरती फिर रही थी। दीनदयाल के मन में सुबह की बातचीत से ही खटका पैदा हो गया था। जब उसने तबेले का कमरा खोलकर देखा तो भगवान् को बहुत-बहुत धन्यवाद दिया क्योंकि वहाँ ख़ून की एक बूँद भी नहीं टपकी थी। वैसे तो किसी को शक़ भी नहीं हो सकता था कि यह क़त्ल तबेले में हुआ था, लेकिन डर सिर्फ़ फिलौरासिंह का था। नाहरसिंह ने फिलौरासिंह को ही बता रखा था कि पहले वह लालाचक्क जायगा, और वहाँ एक तबेले के कमरे में से अपना सामान उठाकर आगे चल देगा। इसका अच्छा पहलू यह था कि नाहरसिंह ने दीनदयाल का नाम नहीं बताया था। उसे डर था कि अमरो को भगा ले जाने के बाद कहीं फिलौरासिंह के मुँह से दीनदयाल का नाम न निकल जाय, और इस तरह नत्थासिंह और उसके लड़के दीनदयाल से बदला लेने की कोशिश करें।

लालाचक्क से अकालगढ़ तक नाहरसिंह की लाश मिलने की ख़बर पहुँचने में कुछ देर नहीं लगी। सरदारों के अहाते में तो तहलका मच गया। फिलौरासिंह को बड़ा गुस्सा आया, और वह आपे से बाहर हो गया। उसका ख़्याल था कि वह पुलिस में साफ़-साफ़ कह देगा कि इस क़त्ल में नत्थासिंह का हाथ है। गुलज़ारासिंह नहीं चाहता था कि उनके ख़ानदान में से कोई भी आदमी इस मामले में टाँग अड़ाये। बात होने

पर फिलौरासिंह ने अड़ियलपने से कह दिया—"भ्रा जी! आप ज़रूरत से ज़्यादा ही शरीफ़ हैं। लेकिन मैं बुड्ढे साँप का सिर कुचलने का यह मौक़ा हाथ से नहीं जाने दूँगा।"

बेचारा दीनदयाल काफ़ी घबरा गया था। वह शाम के समय अकालगढ़ पहुँच गया। सुबह वह चूनीलाल से शहर जाने की बात कर चुका था। उसने सोचा कि जो हो सो हो, कम-से-कम उसे अपना काम करते रहना चाहिए। जब वह अकालगढ़ में पहुँचा तो नत्थासिंह से मुलाक़ात करने के लिए उसके यहाँ चला गया।

नत्थासिंह ने उसे बड़े आदर से चारपाई पर बैठाते हुए भोजन-पानी के बारे में पूछा तो दीनदयाल ने कहा—"मैं भोजन तो करके आया हूँ। मैंने सुबह के समय तुमको बताया था कि मैं लाला चूनीलाल के साथ शहर जाने की सोच रहा हूँ। चूँकि आज रात वह जा रहा है, मैंने सोचा कि मैं भी उसके साथ चक्कर लगा आऊँ।"

इधर-उधर की बातों के बावजूद उन दोनों के मन में नाहरसिंह छाया हुआ था। आख़िर नत्थासिंह ने भेदभरे लहज़े में पूछा—"और कहो लाला। सब ठीक-ठाक है न?"

दीनदयाल ने गर्दन काफ़ी आगे बढ़ाकर जवाब दिया—"हाँ, सब ठीक-ठाक है..."

इतना कहकर दीनदयाल ने दायें-बायें नज़र दौड़ायी, और अपनी बात चालू रखते हुए बोला—"तबेले में ख़ून की तो एक भी बूँद नहीं थी।"

नत्थासिंह ख़ुश होकर कहने लगा—"यह तो बहुत अच्छी बात है। दीनदयाल मैं तुम्हारा बहुत एहसानमन्द हूँ। तुमने इस टेढ़े मौक़े पर मेरी बड़ी मदद की है। तुम्हारी इस भलाई को मैं और मेरे बेटे कभी नहीं भूलेंगे।"

दीनदयाल दोनों हाथ जोड़कर बोला, "हम तो व्यापारी आदमी हैं। किसी उलटे-सीधे काम में फँसने से डरते हैं। मैंने कोई एहसान नहीं किया। सच्ची बात यह है कि मैं अपनी चमड़ी बचाना चाहता था।"

नत्थासिंह को सीधे-साधे दीनदयाल पर बहुत दया आयी। बोला—"लाला! मैं उसे जान से नहीं मारना चाहता था। मैं बचाव के लिए अपने साथ हथियार ज़रूर ले गया था, लेकिन उसको क़त्ल करने का इरादा नहीं था। वह सूर दा पुत्तर अपने-आप ही सब-कुछ बक गया। उसने पुरानी दुश्मनी का मुर्दा खोद निकाला। मैंने समझाया कि उसके बाप को मैंने तब मारा जब उसने मेरी जान लेने की कोशिश की। लेकिन उसके समझ में यह बात नहीं आयी। चलो, वह गुरु अकाल पुरुख ने यह भी अच्छा ही किया। उसकी बकवास से मेरी बेटी के मन से प्रेम का नशा उतर गया। वह समझ गयी कि अब तक नाहर उसे धोखा ही देता रहा था। अपने बाप की तरह उसने भी हम दोनों की जान लेने की कोशिश की। लेकिन मेरी होशियारी की वजह से वह हमारा

कुछ नहीं बिगाड़ सका। वह अपने-आपको बड़ा धाकड़ जवान समझता था, लेकिन उसे मालूम नहीं था कि इन बुड्ढी हड्डियों में अब भी काफ़ी बल है। मैंने इस बात की पूरी कोशिश की थी कि ख़ून तुम्हारे कमरे में न गिरने पाये। सो शुक्र है वाह गुरु अकाल पुरुख का कि मैं इस काम में क़ामयाब रहा।''

''अच्छा तो बन्दूक चलने की दो अवाज़ें हम सबने सुनी थीं...वे कैसी आवाज़ें थीं?''

''लाला अभी चुप रहो। यह आँधी गुज़र जाने दो फिर तुम्हें सब-कुछ बता दूँगा।—''

''मैं तो घबरा गया, मैंने यही सोचा कि मेरे तबेले में ही गोली चल गयी है।''

''गोली तो वहीं चली थी, लेकिन उससे मरा कोई नहीं। अब इस सिलसिले में तुम ज़्यादा कुरेद मत करो—मुझे इस बात की ख़बर मिल चुकी है कि खेत में पड़ी लाश किसी औरत ने देख ली, और उसने गाँववालों को बता दिया।''

''यह ख़बर तो अकालगढ़ में पहुँच चुकी है, और सरदारों के यहाँ तो तहलका मचा हुआ है।''

नत्थासिंह मन-ही-मन में ख़ुश हुआ, फिर बोला—''देखो लाला! तुम मज़े-मज़े में अपने काम की देखभाल करो। घबराने की कोई ज़रूरत नहीं। न तो तुम्हारे तबेले के भीतर यह हत्या हुई और न उसके भीतर या आसपास ख़ून की बूँद गिरी। लाश तुम्हारे तबेले से दूर खेतों में पायी गयी। इसलिए ख़ामुख़ाह परेशान होने की ज़रूरत नहीं।''

''अभी हमें क्या ज़रूरत है परेशान होने को। ऊपर भगवान् है, अकालगढ़ में तुम हो...तो फिर हम क्यों परेशान होने लगे।''

नत्थासिंह उसे राज़ की बात नहीं बताना चाहता था कि कहीं उसके मुँह से कुछ निकल जाय। वह यह भी नहीं चाहता था कि उसकी मदद करनेवाला दीनदयाल भी किसी मुसीबत में फँसे। वह दीनदयाल की पीठ पर थपकी देते हुए बोला—''हाँ! यह हुई न 'छत्रियों'वाली बात!''

इस पर दीनदयाल खिसियाकर बोला—''मुझे क्यों काँटों में घसीटते हो। मैं तो सीधा-सादा बनिया हूँ।''

इस बात पर वे दोनों ही हँस दिये। फिर दीनदयाल मानो कुछ याद करके बोल उठा—''मैंने कहा, बन्तासिंह के बारे में सुना कुछ?''

''क्यों, उसे क्या हुआ?'' नत्थासिंह ने चिन्तित होकर पूछा।

''बन्तासिंह को तो कुछ नहीं हुआ, लेकिन जानकी तवायफ़ मर गयी है।''

"अच्छा—मैंने सुना कि उसे तपेदिक हो गयी थी।"

"लेकिन उसकी मौत डबल निमोनिया की वजह से हुई—गुजरात से आये एक आदमी ने मुझे बताया था। वह यह भी कह रहा था कि बन्तासिंह अब अकालगढ़ लौटने की सोच रहा है।"

इतना कहकर दीनदयाल उठ खड़ा हुआ। नत्थासिंह उसके साथ चलता हुआ घर के बाहर उस जगह तक पहुँच गया जहाँ से नीवाँ अकालगढ़ की ढलान शुरू हो जाती थी। दीनू साँहसी भी कुछ दूरी पर अपने मकान के बाहर खड़ा हुक्का पी रहा था। दीनदयाल साँहसी को देखकर मुस्कुराया—"हुक्के की नली तो आठों पहर इसके मुँह में लगी रहती है...हाँ, जब सो जाता है तो शायद नली इसके मुँह से हट जाती होगी।"

इतना कहकर दीनदयाल मुस्कुराता हुआ ढलान पर उतरने लगा, और नत्थासिंह दीनू साँहसी को अपनी ओर आते देखकर उसकी ओर बढ़ा।

पास पहुँचते ही दीनू ने पूछा—"कुछ सुना आपने?"

"क्या बात है?" नत्थासिंह ने अनजान बनकर पूछा।

दीनू ने हुक्का पास के पेड़ के तने के साथ टिका दिया, और कहने लगा—"आज दूसरे या तीसरे पहर लालाचक्क के एक खेत में नाहरसिंह की लाश मिली है। न जाने किसने उसका क़त्ल कर डाला। वहाँ तो सारा थाना पहुँच गया है। पाँव के निशान देखकर यही पता चला है कि नाहरसिंह ख़ुद ही लालाचक्क के पास से चलकर उस खेत में पहुँचा। शायद वहाँ पहले से कोई छिपा बैठा था, जिसने मौक़ा पाकर उसे मार डाला।"

नत्थासिंह ने सोचा कि उसकी तरक़ीब काम कर गयी। वह नाहरसिंह की लाश कन्धे पर लादकर और नाहरसिंह के ही जूते पहनकर उस खेत तक पहुँचा था। लाश को खेत में फेंककर उसने नाहरसिंह के जूते तो वहीं छोड़े और पाँव पर कपड़ा लपेटकर वहाँ से अपनी बेटी के पास पहुँच गया। यह सारी बातें उसे याद हो आयीं। यक़ीन होने लगा कि पुलिस उसके ख़िलाफ़ कोई ठोस सबूत नहीं पा सकेगी। इसमें शक़ नहीं था कि सरदार लोग उसे फँसाने की कोशिश ज़रूर करेंगे।

नत्थासिंह ने सब-कुछ वाह गुरु अकाल पुरुख पर छोड़ दिया, और उस समय बहुत गम्भीर होकर दीनू से बातें करता रहा।

: ३ :

सरदारों के अहाते में सचमुच ही हलचल मच गयी थी। इस ख़बर को सुनकर फिलौरासिंह ने मन में पक्का इरादा कर लिया कि वह नत्थासिंह को क़ानून के चंगुल

में फँसा देगा। उसे इस पर ज़रा भी शक़ नहीं था कि नत्थासिंह ने ही नाहरसिंह की जान ली है। फिलौरासिंह को नाहरसिंह से ख़ास प्यार नहीं था, लेकिन उसका कुत्ते की तरह मारा जाना फिलौरासिंह की बरदाश्त से बाहर था। उसने योजना तो ऐसी बनायी थी कि आज के दिन नत्थासिंह कहीं मुँह दिखाने लायक न रहे, लेकिन हुआ यह कि अमरो अपने घर में मौजूद थी, और नाहरसिंह के मुर्दे पर चीलें और गिद्ध चोंच मार चुके थे। किसी को कानोंकान ख़बर नहीं हुई कि अमरो पिछली रात गहने-कपड़े समेत घर से भाग निकली थी, और फिर रातोंरात वापस भी लौट आयी। इससे फिलौरासिंह-जैसे आदमी को जितनी झुँझलाहट हो सकती थी, उसका अन्दाज़ा लगाना मुश्किल नहीं।

वैसे फिलौरासिंह ने बड़े भाई को यह नहीं बताया कि वह पुलिस के अफ़सरों से मिलकर नत्थासिंह को फँसाने की कोशिश करेगा, फिर भी गुलज़ारासिंह अपने भाई के ख़यालों को अच्छी तरह समझता था। उसके मन में भी नत्थासिंह और उसके ख़ानदान के लिए हमदर्दी नहीं थी, लेकिन वह फिलौरासिंह को यह समझाना चाहता था कि अगर नत्थासिंह झूठे-सच्चे मुक़दमें में फँसकर मौत की सज़ा पा भी गया तो उसके बाद उसके बेटे उनके ख़ानदान से बदला चुकाये बिना न रहेंगे। गुलज़ारासिंह चाहता था कि पुलिस अपने-आप ही जो कार्रवाई चाहे सो करे। इस काम में उसके ख़ानदान के किसी भी आदमी का हाथ नहीं होना चाहिए। फिलौरासिंह ने बड़े भाई से ज़्यादा बहस करना ठीक नहीं समझा, लेकिन जब पुलिस लालाचक्क में जाँच-पड़ताल करने के लिए आयी तो फिलौरासिंह भी वहाँ पहुँच गया। उसने थानेदार को सब-कुछ बता दिया। उसने बताया कि नाहरसिंह और नत्थासिंह की लड़की का आपस में प्रेम था। पिछली रात उसने अपनी आँखों से उन दोनों को घोड़े पर सवार देखा था। उसने यह भी कह दिया कि लालाचक्क के किसी तबेले में उन दोनों प्रेमियों ने अपना सामान पहले से ही रख दिया था। लगता है कि नत्थासिंह को बेटी के भागने की ख़बर मिल गयी। उसने उनका पीछा किया और नाहरसिंह को मारकर खेत में डाल दिया।

उस समय फिलौरा और थानेदार लालाचक्क गाँव के बाहर दूसरे लोगों से अलग-अलग बातचीत कर रहे थे। वे दोनों एक-दूसरे को अच्छी तरह जानते थे। थानेदार को यह भी मालूम था कि इन दोनों ख़ानदानों में कितनी गहरी दुश्मनी है। वह यह भी जानता था कि नाहरसिंह फिलौरे का ख़ास आदमी था। इन सब बातों को सामने रखते हुए थानेदार बोला—"देखिये सरदार साहब, यह बड़ा संगीन मामला है। अभी तक इस बात का सबूत नहीं मिला कि नत्थासिंह का इसमें हाथ है। पिछली रात अकालगढ़ के शब्द-कीर्त्तन में लालाचक्क के आठ-दस आदमी भी मौजूद थे। उनका कहना है कि नत्थासिंह संगत में ही था..."

फिलौरासिंह की झुँझलाहट और भी बढ़ गयी। वह तिलमिलाकर बोला—"मुझे इसमें बाल भर शक़ नहीं है कि नत्थासिंह ने ही नाहर का क़त्ल किया है। अमरो और नाहर को मैंने पिछली रात ख़ुद अपनी आँखों से जाते देखा था। नत्थासिंह ने ज़रूर कोई चालाकी की है..."

थानेदार ने फिलौरासिंह की ओर चुभती हुई आँखों से देखते हुए पूछा—"क्या आप अदालत में यही कुछ कहने को तैयार हैं?"

फिलौरासिंह ताव में आकर बोला—"हाँ, मैं यह बयान आपको लिखवा दूँगा, और अदालत में मेरे अलावा और भी कई गवाह भुगता दिये जायेंगे.... और फिर मैं आपका जी भी ख़ुश कर दूँगा।"

थानेदार उसके आख़िरी वाक्य का मतलब समझ गया। चार-पाँच सौ रुपये नगद तो कहीं नहीं गये थे। वह बोला—"बहुत अच्छा, आपके इस बयान पर मैं एक बार तो नत्थासिंह को जूडीशियल हवालात में बन्द कर ही दूँगा। बाद में जो कुछ होगा वह देखा जायगा।"

फिलौरासिंह की बाँछें खिल गयीं।

दूसरे दिन सूरज निकलते ही थानेदार ने नत्थासिंह के मकान का दरवाज़ा जा खटखटाया। पुलिस को देखकर नत्थासिंह को कुछ भी ताज़्ज़ुब नहीं हुआ। उसने सहज भाव से थानेदार का स्वागत किया। थानेदार ने उसे गिरफ़्तारी का वारण्ट दिखाने के बाद कहा—"मुझे आपके मकान की तलाशी भी लेनी होगी।"

नत्थासिंह ने कोई एतराज़ नहीं उठाया, लेकिन चरनो ने ज़रा शोर मचाया तो नत्थासिंह ने घुड़ककर कहा—"चुप रहो, उल्लू की पट्ठी।"

तलाशी में कोई भी आपत्तिजनक चीज़ नहीं मिली। थानेदार नत्थासिंह को पहले तो सरदारों के अहाते में ले गया। वहाँ गुलज़ारासिंह से आँखें चार हुई तो नत्थासिंह ने व्यंग्यपूर्ण लहज़े में कहा—"मेरी गवाही तो सरदार गुलज़ारासिंह दे सकते हैं कि पिछली रात मैं गुरुद्वारे में 'साध संगत' के साथ था।"

गुलज़ारासिंह इस बात को काट नहीं सका।

नत्थासिंह इलाक़े के थाने में पहुँच गया।

उसी दिन, दोपहर के भोजन से पहले गज्जनसिंह और दीदारसिंह अकालगढ़ पहुँच गये। उन्होंने रास्ते में ही नाहरसिंह के क़त्ल और अपने बाप की गिरफ़्तारी की अफ़वाहें सुनी थीं, लेकिन पूरा हाल घर पहुँचने पर ही मालूम हुआ।

दोनों भाइयों को जल्दी ही पता लग गया कि उनके बाप की गिरफ़्तारी में फिलौरासिंह का हाथ था। उन्हें यह भी मालूम हो गया कि फिलौरासिंह ने रुपये देकर कुछ झूठे गवाह भी खड़े कर लिये हैं।

नत्थासिंह की गिरफ़्तारी और अमरो के भगाये जाने की ख़बर से सारे अकालगढ़ में तहलका-सा मच गया था। लेकिन किसी को भी इस बात पर यक़ीन नहीं हो रहा था। ज़्यादातर लोगों की यही राय थी कि नाहरसिंह को उसके किसी दुश्मन ने मार डाला है और फिलौरासिंह ने इस मौक़े का फ़ायदा उठाते हुए अमरो और नाहर के प्रेम की झूठी कहानी गढ़कर नत्थासिंह को बेटी के आशिक़ के क़त्ल के इल्ज़ाम में गिरफ़्तार करा दिया है।

गज्जनसिंह और दीदारसिंह को किसी तरह की घबराहट नहीं थी। उसी शाम जब वे दोनों भाई दीनू साँहसी से बातें कर रहे थे तो दीदारसिंह फिलौरासिंह का ज़िक्र करते हुए बोला—''इस उल्लू के पट्ठे को यह भी नहीं मालूम कि इसने जितने झूठे गवाह रुपया खिलाकर खड़े किये हैं, वे भरी कचहरी में या तो अपने बयान से मुकर जायेंगे, या कोई-न-कोई ऐसी बात कह देंगे कि उनकी गवाही बेकार हो जायगी। दीनू चाचा! अगर फिलौरे का एक भी गवाह कचहरी में ठहर गया तो मैं अपनी मूँछें गधे के मूत्र से मुँड़वा दूँगा।''

गुजरात में बन्तासिंह को माँ की चिट्ठी से पता चला कि उसका बाप क़त्ल के इल्ज़ाम में पकड़ा गया है। उसकी गुजरात, लाहौर और अमृतसर के बड़े-बड़े लोगों से जान-पहचान थी। उसने लाहौर में एक बहुत बड़े वकील का इन्तज़ाम कर दिया। दीदार और गज्जन भी लाहौर पहुँच गये। इस तरह इस सनसनीख़ेज मुक़दमे की शुरुआत हो गयी।

अकालगढ़ में रोज़ नयी-नयी ख़बरें पहुँचती रहती थीं। दोनों ख़ानदानों से जिस किसी को जो ख़बर भी मिलती उसे वह सारे अकालगढ़ में फैला देता।

जब गुलज़ारासिंह ने देखा कि फिलौरासिंह ने इस मामले में अपनी टाँग ज़बर्दस्ती अड़ा दी है तो उसे दु:ख हुआ। यह समझते हुए भी कि उसके भाई ने बहुत बड़ी भूल कर डाली है, उसने रुपये-पैसे की मदद्द में कोई कमी नहीं की। मन में गुलज़ारासिंह अच्छी तरह जानता था कि नत्थासिंह साफ़ बच निकलेगा।

गुलज़ारासिंह का यह ख़ायाल ठीक निकला। नत्थासिंह का मुक़दमा सेशन तक भी न पहुँच सका। उस सारी खींच-तान और जोड़-तोड़ में चार महीने से ऊपर हो गये। फिलौरासिंह के गवाह दीदार और गज्जन की धमकियों के सामने टिक नहीं सके। वे पहली पेशी में ही उड़ गये। मई के पहले हफ़्ते में ही नत्थासिंह बरी हो गया। उसके तीन बड़े बेटों ने एड़ी-चोटी का ज़ोर लगाकर अपने बाप को बचा लिया।

क़ानून के शिकंजे से छुटकारा पाकर नत्थासिंह अमृतसर चला गया। उसने दीदारसिंह को बताया कि उसने मन्नत मान रखी थी कि अपने ख़ानदान की आबरू के दुश्मन के जायज़ क़त्ल के बाद अगर वह क़ानून के शिकंजे से छूट गया तो श्री दरबार साहब जाकर एक सौ एक रुपये की अर्दास करेगा। नत्थासिंह के बरी होने

की ख़बर जब अकालगढ़ में पहुँची तो गज्जन और दीदार के दोस्त नीवाँ अकालगढ़ और उच्च अकालगढ़ में भाँगड़ा नाच करते रहे। सरदारों के ख़ानदान के लोग अपने घरों में घुसे रहे। उन्हें बाहर निकलने की हिम्मत नहीं हुई।

गुलज़ारासिंह ने फिलौरे को फटकारते हुए कहा—"मैं पहले से ही जानता था कि तुम्हारी हरकतों का क्या नतीज़ा होनेवाला है। तुम ज़िन्दगी भर यह बात नहीं समझ पाओगे कि सिर्फ़ उजड्डपने से इस तरह के दुश्मनों का मुक़ाबला नहीं किया जा सकता। तुमने मेरी सलाह नहीं मानी और तुम्हें जो झक मारनी थी सो मारकर रहे।"

फिलौरासिंह की छाती पर साँप लोट रहा था, लेकिन अब क्या हो सकता था। बुड्ढ़ा नत्थासिंह इतना चालाक निकलेगा, फिलौरासिंह ने यह सोचा भी नहीं था। मज़े की बात यह थी कि गज्जन और दीदार खुल्लमख़ुल्ला कहते थे कि हाँ, उनके बाप ने नाहरसिंह को मारा, लेकिन वह फाँसी नहीं पा सकता। वे शुरू से यही कहते आ रहे थे। उनका दावा ठीक निकला। सारा मामला उलझकर रह गया। गाँव के किसी आदमी ने गवाही नहीं दी और न यह साबित हो सका कि अमरो और नाहर का प्रेम था। फिलौरा और उसके एकाध झूठे गवाहों के सिवा किसी ने नहीं कहा कि उसने नाहर और अमरो को एक साथ जाते देखा था। गाँव के ऐसे कई गवाह मिल गये जिन्होंने मंज़ूर किया कि नाहर के क़त्ल के समय नत्थासिंह गुरुद्वारे में था और अमरो अपने घर में थी।

: ४ :

अमृतसर में दो दिन गुज़ारने के बाद नत्थासिंह अपने घर जाने के लिए गाड़ी पर सवार हो गया। उसे यों लग रहा था जैसे उसके मन का बहुत बड़ा बोझ हलका हो गया है। कुछ ही महीने पहले एक ऐसा तूफ़ान आया था, जिसमें उसके घर की इज़्ज़त और आबरू सदा के लिए बर्बाद हो जाती। इतने महीनों तक यह आँधी चलती ही रही। लेकिन इसके साथ-ही-साथ नत्थासिंह को लगा कि क़दम-क़दम पर वाह गुरु अकाल पुरुख उसकी मदद कर रहा था। अगर वाह गुरु की नज़र सीधी न होती तो उसके दुश्मनों ने उसे मिट्टी में मिला दिया होता। श्री दरबार साहब में वह गुरु ग्रन्थ साहब के सामने घुटनों के बल झुका देर तक नाक रगड़ता रहा।

अब भी गाड़ी में बैठे-बैठे दूसरे मुसाफ़िरों के शोर-गुल से बेख़बर वह अपने ही ख़यालों में खोया हुआ था। उसे लग रहा था जैसे उसने कोई लम्बा-सा बहुत ही भयंकर सपना देखा है। जब उसे इस बात का एहसास होता कि अब मुसीबत के दिन टल गये हैं तो उसका मन झूम उठता। इस मुसीबत के मौक़े पर उसके बेटों ने उसकी बहुत ही मदद की। बन्तासिंह ने अधिक-से-अधिक रुपया ख़र्च करके बहुत बड़ा वकील खड़ा किया। दीदार और गज्जन भाग-दौड़ करते रहे। यहाँ तक कि उन्होंने

फिलौरासिंह के झूठे गवाह भी उड़ा दिये। कोई गवाह मुकर गया, किसी ने बयान ही ऐसा ग़लत दिया कि पहली पेशी पर टिक नहीं सका। यह सब वाह गुरु अकाल पुरुख की मेहरबानी नहीं थी तो और क्या था!

लाहौर से चलकर गाड़ी उनके अपने इलाक़े में पहुँची तो वह खिड़की के बाहर फैले हुए एक-एक खेत, एक-एक पौधे, एक-एक पेड़ तो प्रेमभरी नज़र से देखने लगा। पल-पल पर वह अपनी मंज़िल के नज़दीक पहुँच रहा था। ज़िन्दगी का एक भयंकर अध्याय ख़त्म होकर नया अध्याय शुरू होनेवाला था।

आख़िर तीसरे पहर गाड़ी उस स्टेशन के पास पहुँची, जहाँ उसे उतरना था। वह सिर खिड़की में से बाहर निकालकर प्लेटफ़ार्म की ओर देखने लगा। गाड़ी बढ़ती चली गयी... और जब इंजन प्लेटफ़ार्म के पास पहुँचा तो वह सोचने लगा कि उसका स्वागत करने के लिए कोई-न-कोई तो स्टेशन पर आया ही होगा—लेकिन जो कुछ उसने देखा उसकी उसने कभी कल्पना भी नहीं की थी।

उसके चारों बेटे प्लेटफ़ार्म पर खड़े थे।

गज्जनसिंह, दीदारसिंह, बन्तासिंह और तेज़ासिंह। सभी के गहरे-गहरे रंग तेज़ धूप में पुराने ताँबे की तरह हो रहे थे, गर्मी और पसीने की वजह से उनके चेहरे तमतमा उठे थे। हर बेटा आम लोगों से अलग दिखायी देता था। उनकी कलफ़ लगी पगड़ियों के तुर्रे मोर के फैले हुए पंखों की तरह ऊपर को उठे हुए थे। हर एक के कानों में बालियाँ, गले में सोने के कण्ठे और कलाइयों पर लोहे के कड़े थे। उनके फूले-फूले उजले कुर्तों पर सीप के कई बटनोंवाली गहरे या काले रंगों की वास्केटें अजीब बहार दिखा रही थीं। उनकी मूँगिया, तूतिया, हरे और नीले रंग की तहमद हवा में लहरा रही थी। हर एक के पाँव में ढाई-तीन सेर का जूता था, जिनके मोटे तल्लों पर लोहे की कीलें और नाल जड़ी थीं। गाड़ी रुकी तो चारों बेटे बाप के डिब्बे की ओर लपके। जब उन्होंने बाप को बड़ी गम्भीरता से डिब्बे से नीचे उतरते देखा तो वे सब एक जगह रुक गये। नत्थासिंह के हाथ में सिर्फ़ एक गोल-सा बिस्तर था, जिसे उसने प्लेटफ़ार्म पर रख दिया, और ख़ुद सीधा खड़ा हो गया। न जाने कितने अर्से से वह अपने सब बेटों को एक साथ देखना चाहता था। आज वही नज़ारा उसकी आँखों के सामने था। कैसी अनहोनी घटना थी! बिलकुल ऐसे ही जैसे नींद में देखा हुआ कोई सपना असलियत का रूप अख़्तियार कर ले। उसका जी तो चाहा कि वह हर बेटे को अलग-अलग गले से लगा ले, लेकिन ऐसी भावुकता उसने न तो पहले कभी दिखायी थी, और न अब दिखायी। वहाँ खड़े-खड़े उसे यों लगा जैसे उसकी नस-नस में किसी ने सेरों ख़ून भर दिया हो, जैसे उसकी बूढ़ी हड्डियाँ फ़ौलाद की बन गयी हों, जैसे अब वह धरती पर क़दम रखकर नहीं चला करेगा, बल्कि उड़ता फिरेगा।

एक बार झुककर उसने अपना बिस्तर हाथ से ऊपर उठा लिया। वह इस बिस्तर को बेटों की ओर फेंक देना चाहता था। वे बेटे, जिनकी आँखें उनकी लम्बी लाठियों पर लगी हुई छब्बियों की तरह चमक रही थीं—फिर सचमुच ही उसने अपना बिस्तर उनकी ओर यों फेंका जैसे ख़ानदान की सारी ज़िम्मेदारियों को उनके कन्धों पर फेंक रहा हो। लड़कों ने झट से आगे बढ़कर बिस्तर दबोच लिया। फिर उन्होंने देखा कि उनका बाप लड़कों की-सी फ़ुर्ती के साथ लम्बे-लम्बे डग भरता हुआ फाटक की ओर बढ़ रहा है। जो मुसाफ़िर गाड़ी से उतरे थे, उनमें से अधिकतर बाहर जा चुके थे। फाटक पर नत्थासिंह ने बाबू की ओर टिकट बढ़ाया। बाबू की आँखें उसके पीछे खड़े छव्वियोंवाले नौजवानों पर टिकी रह गयीं। नत्थासिंह बोला—"ये मेरे बेटे हैं। मुझे लेने आये हैं।"

नत्थासिंह ने टिकट हाथ से छोड़ दी, लेकिन बाबू उसे थाम ही नहीं पाया। जब चारों बेटे भी दनदनाते हुए फाटक में से गुज़र गये तो वह टिकट भी उनके जूतों की ठोकरों से कहीं-का-कहीं पहुँच गया।

स्टेशन से वे सीधे लारियों के अड्डे पर पहुंचे। एक लड़का मुसाफ़िरों को बुलाने के लिए हाँक लगा रहा था। ये पाँचों लारी में घुसे तो देखा कि अभी उसमें बहुत थोड़े मुसाफ़िर बैठे हैं। गज्जन ने ड्राइवर को बुलाकर पूछा—"लारी चलने में कितनी देर है?"

ड्राइवर ने दाढ़ी ख़ुजाते हुए जवाब दिया—"सवारियाँ भर जायेंगी। तो चलेंगे।"

दीदार भारी आवाज़ में बोला—"हमारे पास इतना टैम नहीं है। चलो।"

ड्राइवर ने कुछ डरकर उनकी ओर देखा। एक बार पहले भी ऐसे ही टेढ़े आदमी ने ताव में आकर अपनी छव्वी से चारों टायर और ट्यूबें काट डाली थीं। ड्राइवर ने मज़बूर होकर चारों ओर देखा, लेकिन कोई भी उसकी मदद करनेवाला दिखायी नहीं दिया। जो मदद किया करते थे वे इस समय दुबके बैठे थे।

बन्तासिंह ने अपनी दाढ़ी को थपथपाते हुए ड्राइवर से पूछा—"तुम एक चक्कर में कितना रुपया कमा लेते हो?"

वह लारी अकालगढ़ से कुछ दूरी पर होती हुई पक्की सड़क से नौशहरे तक जाती थी। वहाँ तक एक सवारी से वह छह आने लेता था। लेकिन कुछ सवारियाँ रास्ते के किसी गाँव में ही उतर जाती थीं। चौदह सीटों की लारी थी, लेकिन वह उसमें बीस आदमी तक भर लेता था। बीस सवारी के हिसाब से नौशहरे तक उसे साढ़े सात रुपये मिलते थे।

ड्राइवर ने जवाब दिया—"सरदार जी! यही कोई सात-आठ रुपये मिल जाते हैं।"

बन्तासिंह ने अपने लम्बे कुर्ते के नीचे तहमद की टेंट खोली, और उसमें से आठ रुपये पहलू में बैठे हुए तेजासिंह के हाथ पर रखकर कहा—"जाओ, तेजे, डरेवर को आठ रुपये दे दो।"

आठ रुपये पाते ही ड्राइवर की बाँछें खिल गयीं। उसने अपनी तहमद को कसकर बाँधा, और चुटकी बजाते हुए बोला—"लो सरदार जी, मैं फ़ौरन से पेश्तर आपको नौशहरे तक पहुँचा दूँगा।'

दीदार हाथों की अँगुलियाँ चटखाते हुए बोला—"हम अकालगढ़वाले अड्डे पर उतर जायेंगे—और देखो, यहाँ जितनी भी दूसरी सवारियाँ हैं, और जितनी भी रास्ते में उतरेंगी-चढ़ेंगी, तुम उनसे एक पैसा नहीं लोगे।"

ड्राइवर चहककर बोला—"नहीं लूँगा सरदार जी—अब तो नौशहरे तक यह लारी आप ही की है—चल मुण्ड्या ! मार हैण्डल।"

क्लीनर लड़के ने हैण्डल घुमाया तो लारी का इंजन घड़घड़ा उठा। सारी लारी थरथराने लगी। लम्बा हैण्डल ड्राइवर की सीट के नीचे फेंककर क्लीनर ने भागती हुई लारी को पीछे से जा पकड़ा।

बन्तासिंह के रुपये दे देने पर फ़ख्र से नत्थासिंह के नुथने फूल गये। उसने मन-ही-मन में सरदारों के ख़ानदान को गालियाँ देते हुए कहा : बद के तुख़्म! हमें डाकुओं का ख़ानदान समझते हैं।

लारी उछलती-कूदती, ज़ख्मी बत्तख़ की तरह फड़फड़ाती अकालगढ़ के अड्डे तक पहुँच गयी। जब नत्थासिंह और उसके बेटे नीचे उतरे तो मुफ़्त में बैठी हुई सवारियों ने प्रेमपूर्वक सत सिरी अकाल के नारे लगाये।

लारी आगे बढ़ गयी, और नत्थासिंह ने अकालगढ़ पर यों नज़र डाली जैसे वह किसी बड़ी सेना का सेनापति है, जो देखते-ही-देखते उन गाँवों की ईंट-से-ईंट बजा देगा। घर जाने से पहले मदरसे में हेड-मास्टर साहब से मिलना चाहता था। वह जानता था कि बड़े मुन्शी जी उसके चारों बेटों को उसके साथ देखकर बहुत ख़ुश होंगे।

यह तय करके वह सीधा मदरसे की ओर चल दिया। दो क़दम पीछे उसके बेटे चल रहे थे। वे अपने तबेले के पास से होकर गुज़रे तो नत्थासिंह ने पल-भर को रुककर कहा—"तेजे! मेरा बिस्तर तबेले में फेंक दो। बाद में मूला घर पर पहुँचा देगा।"

तेजे ने ऐसा ही किया। जब से उसके बाप पर मुक़दमा चला था, तभी से वह अकालगढ़ में रह रहा था, ताकि अपनी माँ, भाभी और बहन को सहारा दे सके।

मदरसे में छुट्टी होने को थी। हेड-मास्टर टेकचन्द ने भीतर बैठे-बैठे खिड़की में से नत्थासिंह को आते देखा। उसके चारों बेटों को भी साथ देखकर बड़े मुन्शी जी

समझ गये कि आज नत्थासिंह कितना ख़ुश हो रहा होगा। एक तो मुक़दमे से बरी हो गया, और दूसरे उसके सभी बेटे उसके पास जमा हो गये।

ज्यों ही नत्थासिंह ज़रा-सा सिर झुकाकर दरवाज़े में घुसा, त्यों ही मुन्शी जी ने लपककर उससे हाथ मिलाया। नत्थासिंह के सभी बेटों को ऊँचे क़द की वजह से दरवाज़े में से झुककर भीतर आना पड़ा।

बड़े मुन्शी जी ने मुबारकबाद देते हुए कहा—"बधाई होवे नत्थासिंह जी। आपके बरी हो जाने की ख़बर सुनकर मुझे बड़ी ख़ुशी हुई—यह देखकर तो और भी ख़ुशी हुई कि आज चारों बेटे आपके साथ हैं। आख़िर वाह गुरु अकाल पुरुख ने आपकी इच्छा पूरी कर ही दी।"

नत्थासिंह नम्रता से बोला—"यह सब वाह गुरु की किरपा है।"

नत्थासिंह और उसके बेटे चबूतरे पर बैठ गये और मदरसे के दूसरे मुन्शी भी उनके पास खड़े हो गये। लड़के खिड़कियों में से भीतर झाँकने लगे।

आठ-दस मिनट तक बातचीत चलती रही। फिर नत्थासिंह ने चबूतरे से उठते हुए कहा—"अच्छा लाला जी, अब जाने की इजाज़त दीजिये।"

चलते-चलते नत्थासिंह की नज़र मेज़ पर रखे अख़बार पर पड़ी। बड़े मुन्शी जी बोले—"यह तो डेढ़ महीने पहले का अख़बार है।"

"मैं यह फ़ोटो देख रहा हूँ।" नत्थासिंह ने जवाब दिया।

बड़े मुन्शी जी बोले—"यह सरदार भगतसिंह की फ़ोटो है। इन्होंने अंग्रेज़ी सरकार से टक्कर ली, और विदेशी सरकार ने इन्हें पिछले मार्च की तेईस तारीख को फाँसी दे दी...।"

नत्थासिंह ने तस्वीर के नीचे अपनी मोटी अँगुली टिका दी, और माथे पर बल डालकर बोला—"लेकिन मैं तो इन्हें मिला हूँ। इन्हें बड़ा ख़तरनाक क़ैदी माना जाता था। कुछ दूसरे क़ैदियों ने और मैंने इनसे हाथ भी मिलाया था।"

यह सुनकर बड़े मुन्शी जी मानो सकते में आ गये। वह कुछ पल तक नत्थासिंह को टकटकी बाँधकर देखते रहे, और मुँह से एक शब्द तक न निकल सका।

नत्थासिंह को ताज़्ज़ुब हुआ।

एकाएक बड़े मुन्शी जी ने बढ़कर नत्थासिंह का दाहिना हाथ चूम लिया और उसे सिर आँखों से लगाया। फिर कहने लगे—"नत्थासिंह जी! आप तो बड़े महान् व्यक्ति हैं। आपने शहीदे-आज़म सरदार भगतसिंह से हाथ मिलाया है।"

नत्थासिंह ने कुछ झेंपकर कहा—"मुझे तो उस समय भी नहीं पता चला कि मैं ऐसे महापुरुष से हाथ मिला रहा हूँ।"

मदरसे से निकलकर जब वे पाँचों कुछ दूरी पर पहुँचे तो नत्थासिंह एक बार फिर रुक गया। उसके पीछे-पीछे आते हुए लड़के भी रुक गये। नत्थासिंह नीवाँ अकालगढ़ की ओर देख रहा था। थोड़ी देर बाद बड़बड़ाया—"एक मैं हूँ जिसने इतने बड़े महापुरुष के साथ हाथ मिलाया है, और दूसरी तरफ़ फिलौरासिंह और गुलज़ारासिंह-जैसे आदमी हैं....टोडी बच्चा!"

लड़के 'टोड़ी बच्चा' का मतलब बिलकुल नहीं समझे। अच्छा ही हुआ जो उन्होंने बाप से इसका मतलब नहीं पूछा, क्योंकि उसे भी ठीक से मालूम नहीं था कि किसी को 'टोडी बच्चा' क्यों कहा जाता है?

इतना कहकर नत्थासिंह उच्चा अकालगढ़ के बाहर-बाहर गुरुद्वारे की ओर चल दिया। घर में क़दम रखने से पहले वह गुरुद्वारे में मत्था टेकना चाहता था।

आख़िर जब वे गुरुद्वारे के भीतर गुरुग्रन्थ साहब के सामने मत्था टेकने के बाद दालान में आये तो उन्होंने देखा कि ग्रन्थी की पत्नी अपना सामान बाँध रही है। नत्थासिंह ने पूछा—"कहीं जाने का इरादा है क्या?"

ग्रन्थी की औरत ने पहले तो नत्थासिंह को मुक़दमा जीत जाने की बधाई दी, और फिर बोली—'हमारा तो कहीं जाने का इरादा नहीं था, लेकिन सरदारों ने हमें नौकरी से हटा दिया है। अब हम वापस अपने गाँव जा रहे हैं।"

नत्थासिंह ने दोनों हाथ कूल्हों पर रखकर पूछा—"लेकिन तुम्हें निकालनेवाले वे होते कौन हैं? आख़िर तुम्हारा कसूर क्या है?"

ग्रन्थी की औरत भर्राये हुए स्वर में बोली—"हमारा कसूर यह है कि हम ग़रीब हैं। मुझे सरदारों के घर में जाकर उनके मैले कपड़े धोने पड़ते हैं। वे मुझसे बेगार लेते हैं। मैं यह सब-कुछ करती हूँ तो भी उन्हें शिकायत होती है। आख़िर मेरे अपने भी बच्चे हैं। मुझे उनकी देख-भाल भी तो करनी है—और उन्होंने मुन्नी के पिता जी पर इल्ज़ाम लगाया है। कहते हैं कि ग्रन्थी सरदारों के ख़ानदान को जान-बूझकर कम कड़ाह प्रसाद (हलुआ) बाँटता है। उसके बच्चे ही सारा कड़ाह प्रसाद खा जाते हैं।"

घड़ी-दो-घड़ी नत्थासिंह चुपचाप खड़ा रहा। फिर उसने पूछा—"ग्रन्थी कहाँ है?"

"बाहर, पासवाले खेत में होंगे।"

जब नत्थासिंह गुरुद्वारे के बड़े मेहराबदार फाटक में से बाहर निकला तो उसे ग्रन्थी आता दिखायी दिया। ग्रन्थी का चेहरा उतरा हुआ था, और होंठों पर पपड़ी जमी थी। नत्थासिंह ने उस पर नज़र पड़ते ही कहा—"ग्रन्थी, मुझे तुम्हारी औरत से सब बातों का पता लग गया है। लेकिन तुम गुरुद्वारे में ही रहोगे। अपना बँधा हुआ सामान खोल दो..."

ग्रन्थी उसे मुक़दमे में जीत की बधाई देना भूल गया। वह हाथ जोड़कर और भी पास सरक आया और भरी हुई आवाज़ में बोला—"मुझे सरदार फिलौरासिंह ने हुक्म दिया है कि..."

"ऐसी की तैसी फिलौरासिंह की!....उसके बाप का राज है क्या यहाँ पर!"

ग्रन्थी ने आँखों-ही-आँखों में किसी और की मौजूदगी की ओर इशारा किया। नत्थासिंह ने उधर को देखा तो उसे वधावासिंह नज़र आया। वह ऊँची आवाज़ में बोला—"देखो वधावे! अपने फिलौरे से कह देना कि ग्रन्थी यहीं रहेगा। बता देना कि नत्थासिंह ने उसे रोक लिया है।"

वधावासिंह सरकारी साँड़ की तरह जहाँ-का-तहाँ खड़ा रहा। अपने शारीरिक बल और उजड्डपन के बावजूद उसे पूरा-पूरा एहसास था कि इस मौक़े पर ज़रा-सी भी ग़लत बात कही तो उन चारों भाइयों में से किसी की भी छब्वी हवा में तड़पेगी, और उसके पेट की अँतड़ियाँ उधड़कर बाहर को निकल पड़ेंगी।

ग्रन्थी ग़लत परिस्थिति में नहीं पड़ना चाहता था। वह डरता था कि दो बड़े साँड़ों की टक्कर में उसकी चटनी हो जायगी। वह और भी नम्रता से बोला—"सरदार नत्थासिंह जी, मुझ ग़रीब को तो जाने ही दीजिये। जहाँ जाऊँगा वहीं वाह गुरु अकाल पुरुख दो रूखी-सूखी रोटियाँ खाने को दे देगा..."

गज्जनसिंह भी ताव में आ गया था। वह ग्रन्थी की छाती पर अपनी मोटी अँगुली से टहोका देते हुए बोला—"देखो ग्रन्थी, तुम यहाँ से जा नहीं सकते। अगर तुमने भागने की कोशिश की तो तुम्हारे और तुम्हारे बाल-बच्चों के मुर्दे खेतों में चील और कौवे खाते दिखायी देंगे—और इसके साथ यह भी समझ लो कि इन भान छोद सरदारों के ख़ानदान का एक आदमी भी अकालगढ़ में रह नहीं सकता। मैंने इस बात का इन्तज़ाम कर लिया है।"

इतना कहकर गज्जनसिंह वधावे की ओर दो क़दम बढ़ा, और भेड़िये की तरह बाँछें चीरकर बोला—"तुम सरदारों से कह दो कि अगर आज रातोंरात वे अकालगढ़ से न निकल गये तो कल दिनदहाड़े हम उनके मकानों को आग लगा देंगे, और जो उनका आदमी या उनका पाला हुआ किराये का टट्टू हमारे सामने आया तो हम छव्वियों से उनके सिर काटकर फेंकते जायेंगे।"

दीदारसिंह ने यह बात सुनी तो वह कुछ चौंक पड़ा। उसके मन में रूपी बसी हुई थी, और अपनी प्रेमिका की ख़ातिर वह उनके ख़ानदान पर इतनी ज़बर्दस्ती नहीं करना चाहता था, लेकिन परिस्थितियाँ ऐसी हो गयी थीं कि वह गज्जन के ख़िलाफ़ बोल नहीं सकता था। गज्जन ने दो दिन पहले इशारे में उसे कुछ ऐसी बात बतायी थी, लेकिन अब पता चला कि उसने अपने कई साथियों को बुला लिया था। जिसका मतलब यह था कि अब ख़ूनख़राबा होकर ही रहेगा।

वधावासिंह आख़िर को किराये का टट्टू था। जो चेतावनी उसके मालिकों को दी जा रही थी, उसकी वजह से वह अपनी जान ख़तरे में क्यों डाले। उसका बस इतना ही फ़र्ज़ था कि वह गज्जन का सन्देशा मालिकों तक पहुँचा दे।

नत्थासिंह ने महसूस किया कि गज्जन ने बहुत बड़ा क़दम उठाया है, बहुत बड़ा दावा किया है...लेकिन इस समय वह अपने बेटे का साथ देने को तैयार था। सालों की दबी हुई नफ़रत अपनी आख़िरी हद तक पहुँच चुकी थी। उसे दिल की गहराइयों में इस बात का भी यक़ीन था कि इस स्थिति में सरदारों के ख़ानदान का अकालगढ़ से खिसक जाना कोई अनोखी बात नहीं होगी। चाहे चार-छह महीनों बाद वे फिर धीरे-धीरे लौट आयें, लेकिन एक बार तो अकालगढ़ के इतिहास में यह बात आ ही जायगी कि नत्थासिंह और उसके बेटों ने सरदार ख़ानदान की लम्बी नाक में नकेल डालकर उन्हें अकालगढ़ छोड़ देने पर मज़बूर कर दिया।

गाँव के कुछ लोग दूर खड़े गज्जन की ललकार सुन रहे थे। इसलिए जब वधावासिंह बिना कुछ कहे नीवाँ अकालगढ़ की ओर बढ़ा तो वे लोग पहले से ही खिसक गये, और उन्होंने तुरन्त ही लोगों में यह बात फैला दी।

बेचारा ग्रन्थी कान लपेटकर गुरुद्वारे में चला गया, और अपनी पत्नी से कहने लगा—"सामान बाँधना बन्द करो। हम यहीं रहेंगे— यह सरदार गज्जनसिंह का हुक्म है।"

: ५ :

जब वधावासिंह ने यह ख़बर सरदारों तक पहुँचायी तो उनके ख़ानदान—यानी चाचा, ताया वगैरह सभी लोगों में हलचल मच गयी। फिलौरासिंह ने अपने आदमियों को हुक्म दिया कि वे लाठियों पर छव्वियाँ चढ़ा लें। थोड़ी ही देर में वह अहाता छोटी-मोटी सेना की छावनी दिखायी देने लगा। फिलौरासिंह को उनके आदमियों में से किसी ने यह सलाह भी दी कि सब लोग मिलकर नत्थासिंह के मकान पर हमला बोल दें।

गुलज़ारासिंह अपने मकान के भीतर बैठा था। फिलौरासिंह तो सीधी टक्कर लेने पर तुला हुआ था, इसलिए उसने बड़े भाई के पास जाने की ज़रूरत ही नहीं महसूस की। घर में बैठे गुलज़ारासिह को केहरसिंह ने यह ख़बर सुनायी तो उसे अपने कानों पर यक़ीन नहीं हुआ। वह फ़ौरन लपकता हुआ अहाते में पहुँचा। वहाँ देखा तो हर ओर कृपाणें, कुल्हाड़ियाँ और छव्वियाँ चमक रही थीं। उसने ऊँचे और भारी स्वर में पूछा—"यह सब क्या हो रहा है?"

दूसरे लोग तो चुप रहे, लेकिन फिलौरासिंह आगे बढ़ा और उत्तेजित होकर बोला—"भ्रा जी, आज इन मज़हबी सिक्खों ने...इन शिगलीगारों ने हमें बीच मैदान में ललकारा है। आज कुछ-न-कुछ करके हटेंगे।"

गुलज़ारासिंह के मन में काफ़ी दिनों से फिलौरे के प्रति नफ़रत बढ़ती जा रही थी। यह बात सुनकर वह आपे से बाहर हो गया, और उसने एक हाथ से फिलौरे की गर्दन पकड़कर उसे ज़ोर से धकेल दिया। फिलौरा कुछ दूर तक पीछे की ओर लड़खड़ाता चला गया। गुलज़ारासिंह ने लाल-लाल आँखें निकालते हुए कहा—"अरे बेवकूफ़! लड़ने का भी कोई तुक होता है। दुश्मन पर क़ाबू पाने के लिए भी सूझ-बूझ की ज़रूरत होती है। तेरी बेवकूफ़ी की वजह से हम मार-पे-मार खाये जा रहे हैं—पहले मुझे बताओ कि यह सारा झगड़ा क्या है?"

धीरे-धीरे यह बात खुली कि वधावासिंह यह सन्देशा लेकर आया था। गुलज़ारासिंह ने वधावासिंह से बैठक में चलने का इशारा किया, और दूसरे लोगों से कहा—"ख़बरदार! मेरी इच्छा और मेरी इजाज़त के बिना कोई आदमी ऐसी-वैसी हरकत न करे।"

गुलज़ारासिंह सिर्फ़ वधावे को बैठक में ले गया। शुरू से आख़िर तक सारी बात सुनी। इतने में ही उनके ख़ानदान के कई और लोग बैठक में घुस आये। उनमें से कुछ के हाथों में बन्दूकें भी थीं।

गुलज़ारासिंह ने देखा कि ख़ानदान के लगभग सभी बड़े-बड़े वहाँ पहुँच गये थे। उन्होंने उड़ती-उड़ती अफ़वाहें सुनीं तो सीधे उसके पास भागे आये। गुलज़ारासिंह उन्हें देखकर बोला—"आप लोग इत्मीनान से बैठ जाइये, मैं सब-कुछ बताता हूँ।"

उनमें से एक अधेड़ उम्र का सरदार बोला—"गुलज़ारासिंह जी, हम इत्मीनान से कैसे बैठ सकते हैं? घर की औरतों तक यह बात पहुँच चुकी है। वे बहुत घबरायी हुई हैं। गाँव के जो आदमी हमारे पास आते हैं वे नयी-नयी ख़बर लाते हैं। एक ने तो यहाँ तक कहा कि गज्जनसिंह ने दूर-दूर के इलाक़े से अपने दोस्त डाकू जमा कर लिये हैं। वे लोग लाठियों पर छव्वियाँ चढ़ाये या बन्दूकें सँभाल अकालगढ़ के चारों ओर घेरा डाले बैठे हैं। उन्हें तो वाह गुरु ऐसा मौक़ा शायद ही कभी दे। वे हमारी ईंट-से-ईंट बजाकर हमारा सब-कुछ लूट लेना चाहते हैं।"

गुलज़ारासिंह बोला—इसीलिए तो कहता हूँ कि इस मसले पर ठण्डे दिल से ग़ौर करने की ज़रूरत है।"

इस पर सब लोग इधर-उधर बैठ गये।

इतने में ही फिलौरासिंह दरवाज़े में खड़ा दिखायी दिया। उस पर नज़र पड़ते ही गुलज़ारे ने कहा—"वहाँ क्यों खड़े हो? भीतर चले आओ।"

फिलौरा सुस्त क़दमों के साथ चलता हुआ एक कोने में बैठ गया। गुलज़ारे ने अपने ख़ानदान के लोगों में वधावासिंह की मौजूदगी ठीक नहीं समझी। वह जो कुछ उससे पता करना चाहता था सो कर चुका था। उसने धीरे से कहा—"वधावे! तुम जाओ और अपना काम करो। तुम्हारी ज़रूरत होगी तो हम फिर बुला लेंगे।"

कुछ देर तक मौन छाया रहा। सब लोग गुलज़ारासिंह की ओर देख रहे थे। आख़िर गुलज़ारे ने बोलना शुरू किया—"सबसे पहले तो मैं आपसे यह कहूँगा कि इस समय हमें फूँक-फूँककर क़दम उठाना होगा। हमारी ज़रा-सी भूल हमारी तबाही का कारण बन सकती है। मैं महसूस करता हूँ कि अगर फिलौरे ने ख़ामुख़ाह नत्थासिंह के मामले में पुलिसवालों के कान न भरे होते तो यह नौबत न आती। चाहे यह बात क़ानूनी तौर पर साबित नहीं हो सकी कि नत्थासिंह ने ही नाहरसिंह का क़त्ल किया था, लेकिन हम सब अच्छी तरह जानते हैं कि उसी ने नाहर का क़त्ल किया है। ठण्डे दिल से ग़ौर करें तो हमें मानना पड़ेगा कि अपने ख़ानदान की इज़्ज़त बचाने के लिए कोई भी बाप यह हरकत कर सकता है। मैं यह भी अच्छी तरह जानता हूँ कि नाहरसिंह-जैसे आदमी को अमरो से सच्चा प्रेम नहीं हो सकता था। आख़िर उसी लड़की के बाप को वह अपने बाप का क़ातिल समझता था। नत्थासिंह उजड्ड है, लेकिन उसे यक़ीन हो जाता है कि नाहरसिंह सच्चे दिल से अमरो को प्रेम करता है और अपनी पत्नी बनाकर घर बसाना चाहता है, तो वह ख़ास एतराज़ न उठाता। हम यह भी तो नहीं कह सकते कि उस रात नाहरसिंह और नत्थासिंह में किस तरह की बातचीत हुई। नाहरसिंह भी तो भला आदमी नहीं था, बल्कि वह बहुत उजड्ड, अनाड़ी, मुँहफट और हथछुट आदमी था। कौन कह सकता है कि लड़ाई में पहल भी नाहरसिंह ने की हो—ख़ैर! इन बातों को छोड़िये। मेरे लिये दुःख की बात यही है कि फिलौरे ने मेरे समझाने के बावजूद नत्थासिंह के ख़िलाफ़ झूठे गवाह खड़े किये, पुलिस को घूस खिलायी, और इस तरह खुल्लमखुल्ला नत्थासिंह को फाँसी दिलवाने की कोशिश की। मैंने तो इससे यह भी कह दिया था कि नत्थासिंह के फाँसी पर चढ़ जाने से भी हमें कोई फ़ायदा नहीं होगा। उसके बाद उसके लड़के बदला चुकाने से बाज़ न रहते..."

रिश्तेदारों में से एक बोला—"लेकिन गुलज़ारासिंह जी, आप भी तो इस मामले में फिलौरे की पूरी-पूरी मदद करते रहे।"

गुलज़ारा ने जवाब दिया—"हाँ, यह बात मैं मानता हूँ कि जब फिलौरे ने एक क़दम उठा ही लिया, तो मैंने उसका पूरा-पूरा साथ दिया। आख़िर वह मेरा सगा भाई है।"

अब फिलौरा बोला—"आप लोग चाहें तो हम अब भी इन लोगों से सीधी टक्कर लेने को तैयार हैं।"

इस पर गुलज़ारा गर्म होकर बोला—"देखो फिलौरे, वाह गुरु के लिए अब हमारी मर्ज़ी के बिना कोई काम मत करना। जो कुछ हम चाहेंगे और जिस बात पर हम सब सहमत हो जायेंगे, तुम्हें बस वही कुछ करना होगा।"

फिलौरे ने चुपचाप सिर झुका लिया।

आपस की बातचीत फिर शुरू हो गयी। इस मसले के हर पहलू पर ग़ौर किया गया। इसी बहस में आधी रात ख़त्म हो गयी। अन्त में गुलज़ारासिंह बोला—"वधावासिंह की पूरी बात सुन लेने के बाद, और इस मसले में हर पहलू पर ग़ौर करने के बाद मैं इस नतीज़े पर पहुँचा कि इस समय हमारा यहाँ से टल जाना ही ठीक होगा। अब यह सोचना बेकार है कि इस तरह हमारी मूँछ नीची हो जायगी। मौजूदा हालत में उन लोगों से मुक़ाबला करना हमारे लिये सरासर घाटे का सौदा होगा। इस बातचीत के दौरान भी जो ख़बरें हमें मिलती रही हैं उनसे लगता है कि गज्जनसिंह पूरी तैयारियाँ कर चुका है, उसे सिर्फ़ अपने बाप के लौटने का इन्तज़ार था। उसके ज़्यादातर साथी बाहर के देहात से आये हैं। उनमें से जिस किसी के भी बाल-बच्चे होंगे, वे अपने-अपने गाँव में ख़तरे से बाहर हैं। इधर हमारे ख़ानदान की औरतें, हमारी जवान लड़कियाँ और हमारे बच्चे ख़तरे में हैं। हम मर्द तो लड़ मरेंगे, लेकिन हमारे इन सब बाल-बच्चों का क्या होगा? नत्थासिंह के बेटे खोखली धमकियाँ नहीं दिया करते। अगर हम अकालगढ़ से न निकले तो कल वे वही कुछ कर गुज़रेंगे, जो उन्होंने कहा है। हमारी यह भी मज़बूरी है कि हम इलाक़े के थाने को अपना कोई आदमी भी नहीं भेज सकते, क्योंकि नीवाँ अकालगढ़ को चारों ओर से उनके साथियों ने घेर रखा है। हमारा कोई भी आदमी निकला तो वे उसे धर लेंगे। कल को अगर उन्होंने आग लगा दी, फ़ौजदारी की, तो क़ानून उसे भी दंगा-फ़साद मानेगा। लड़ाई होने पर हम लोग भी चुप तो नहीं बैठे रहेंगे। उनके भी कुछ आदमी मारे जायेंगे। क़ानून इसे दो गुटों का दंगा-फसाद समझेगा। मगर इस दंगे में हमारी बुरी गत बन जायगी। हमारे घरों की लूट-मार होगी, और न जाने औरतों, लड़कियों और बच्चों पर क्या बीते—आप में से कोई यह न समझे कि मैं डरपोक हूँ। लेकिन बेवक़ूफ़ी की बहादुरी अकसर नुकसान पहुँचानेवाली होती है..."

फिलौरासिंह को यह सुझाव पसन्द तो नहीं था, लेकिन दिल की गहराई में उसने भी मान लिया कि उसके बड़े भाई की बातें ग़लत नहीं हैं। अन्त में, फैसला यही हुआ कि वे लोग एक बार तो अपना रुपया-पैसा, सोना-चाँदी वगैरह लेकर वहाँ से निकल जायँ। बीवी-बच्चों को अपने रिश्तेदारों के घरों में कर दें। इसके बाद इस मामले पर फिर से ग़ौर किया जायगा।

यह तय हो जाने पर सब लोग अपने-अपने घरों को चले गये। आधी रात बीत चुकी थी। वक़्त कम था। जल्दी-जल्दी छकड़ों के आगे बैल जोते गये। घोड़ों पर काठियाँ डाल दी गयीं। उनके मकानों में जो सामान भरा पड़ा था, वह निकाल ले जाना तो नामुमकिन था, लेकिन रुपया, ज़ेवर, सोना चाँदी और ज़रूरी कपड़े लेकर वे जाने को तैयार हो गये।

रात के चौथे पहर उच्चा अकालगढ़ के लोगों ने देखा कि नीवाँ अकालगढ़ से बैलगाड़ियों और घोड़ों का एक काफ़िला निकला, और एक ओर को चल दिया। सरदारों की औरतें बैलगाड़ियों पर लदी हुई थीं, और मर्द घोड़ों पर सवार थे। उनके पाले हुए पट्ठे भी उनके साथ-साथ थे। एक रिश्तेदार ने गुलज़ारासिंह से पूछा—"हम अपने भरे-पूरे घरों को सिर्फ़ ताला लगाकर चले आये हैं, क्या हमारे दुश्मन ताले तोड़कर हमारे घरों को लूट नहीं लेंगे।"

गुलज़ारासिंह धीरे से बोला—"मुझे उम्मीद तो यही है कि ऐसा नहीं होगा। वे लोग हमारी बेइज़्ज़ती करना चाहते थे। हमारे वहाँ से निकल आने से उनकी यह ख़्वाहिश पूरी हो गयी। जब भी मौक़ा मिला हमने उनका अपमान किया, और हम कई बार क़ामयाब भी हुए। इसी तरह आज उनको मौक़ा मिल गया तो उन्होंने हमारा अपमान कर दिया, और वे इसमें क़ामयाब भी रहे—ज़िन्दगी की असलियत से आँखें बन्द करना बेवकूफ़ी है।"

भोर का तारा उगने तक वे लोग अकालगढ़ से काफ़ी दूर निकल आये। धीरे-धीरे धूप निकल आयी। अभी तो खुली हवा की वजह से धूप में वह तेज़ी नहीं लेकिन थोड़ी ही देर में गर्मी बढ़ने लगेगी। वे जानते थे कि अब उनके साथ लड़ाई-झगड़ा करने कोई नहीं आयेगा। वे जहाँ चाहते आराम कर सकते थे। गुलज़ारासिंह ने सोचा कि सुबह की ठण्डक में जितनी दूर वे जा सकें उतनी दूर तो बढ़ते ही जायँ। फिर कहीं रुककर नाश्ते-पानी का इन्तज़ाम किया जा सकता था।

जिस इलाक़े में वे जा रहे थे, वहाँ आस-पास कोई गाँव भी नहीं था। उजाड़ और जंगली इलाक़ा था। चारों ओर झाड़ियाँ-ही-झाड़ियाँ फैली हुई थीं। सूरज की पहली-पहली किरणों से फैलती हुई धूप में झाड़ियाँ जगमगा उठी थीं। अब वे लोग ऐसे चौड़े से रास्ते पर चलने लगे, जिसके दोनों ओर जण्ड के पेड़ थे। कहीं-कहीं हरी-भरी घास पर ओस की भूली-भटकी बूँद भी चमक रही थी। इतने में ही पीछे से घोड़े की टाँपों की आवाज़ सुनायी देने लगी।

सारा काफ़िला रुक गया। औरतें घबरा गयीं। क्या वे सारे डाकू और बदमाश इकट्ठे होकर उन्हें लूटने आ रहे हैं?

दूर से धूल उड़ती दिखायी दी। धीरे-धीरे ज़ाहिर हो गया कि सिर्फ़ एक ही घुड़सवार चला आ रहा है।

वह कौन था?

जब वह उनके काफ़ी नज़दीक आ गया तो सब उसे पहचानकर हैरान रह गये—वह दीदारसिंह था!

उन सबके मन में एक ही बात उठी! आख़िर अकेला दीदारसिंह मौत के मुँह में क्यों चला आया?

दीदारसिंह दनदनाता हुआ उनके भीतर घुस पड़ा। वह सीधा गुलज़ारासिंह के सामने जाकर रुका। उसकी घोड़ी की साँस सीने में नहीं समा रही थी, और घोड़ी के नथुने सिमट-सिमटकर फैल रहे थे।

दीदार और गुलज़ारे की आँखें मिलीं तो दीदार को यह समझने में देर नहीं लगी कि गुलज़ारासिंह के मन में क्या है?

कुछ पलों तक शान्त वातावरण में दीदार की घोड़ी के लगाम चबाने की आवाज़ आती रही। आख़िर दीदार बोला—"सरदार जी! मैं अपनी औरत को लेने आया हूँ।

गुलज़ारासिंह के माथे पर आधे दर्जन बल पड़ गये। वह बौखलाकर बोला—"तुम्हारी औरत...?"

दीदार ने गुलज़ारे का सवाल सुना-अनसुनाकर दिया, और एड़ देकर घोड़ी को उस बैलगाड़ी के पहलू में ले जाकर रोक दिया, जिस पर रूपी बैठी थी।

उन दोनों की आँखें मिलीं। दीदारसिंह का चेहरा यों दिखायी दे रहा था जैसे किसी वीरान जंगल में शाम हो रही हो। रूपी ने देखा कि दीदार चारों ओर से घिरा हुआ है। उसका वहाँ से बच निकलना नामुमकिन था।

सब-के-सब दम रोके खड़े थे या बैठे थे—एकाएक रूपी उठी, उसने अपना हाथ बढ़ाया, और जब दीदार ने अपने हाथ का सहारा दिया तो वह उछलकर घोड़े पर उसके पीछे बैठ गयी।

यह देखते ही गुलज़ारासिंह के आदमियों ने दीदार के लौटने का रास्ता रोक लिया। उन्होंने लाठियों पर छव्वियाँ चढ़ा लीं। उन सबके आगे फिलौरा था। फिलौरे ने पहलू में सवार वधावे की ओर इशारे से देखा, और धीरे से दाँत पीसते हुए कहा—"अब की यहाँ से बचकर नहीं निकल सकेगा।"

दीदार लौटकर फिर गुलज़ारासिंह के सामने पहुँच गया, और नम्र स्वर में बोला—"अब हमें जाने की इजाज़त दीजिये।"

गुलज़ारासिंह ने उसकी बात का जवाब नहीं दिया। वह दीदार के पीछे बैठी अपनी बेटी की ओर चुभती हुई नज़रों से देखने लगा। वह झल्लाकर कड़े स्वर में बोला—"थू है तुम पर! तुम इसके साथ जाओगी? तुम इसकी औरत बनोगी?...धिक्कार है तुम पर..."

रूपी ने सिर्फ़ सिर झुका दिया। उसकी दोनों बाँहें दीदार की कमर से लिपटी हुई थीं। दीदार ने फिर धीरे से कहा—"सरदार साहब! आप रूपी के बारे में एक बात भूल रहे हैं। वह गुलज़ारासिंह की बेटी है...और गुलज़ारासिंह की बेटी होने के नाते से इसने चोरी-चोरी मेरे साथ भागने से इनकार कर दिया था! लेकिन इसने यह वचन भी दिया था कि अगर मैं खुल्लमखुल्ला सबके सामने इसे लेने आऊँगा तो यह मेरे साथ चल देगी..."

गुलज़ारासिंह की ग़ुफ़्फ़ेदार ऊपर को उठी हुई मूँछों में से चिनगारियाँ उड़ने लगीं। उसने झुककर उलटे हाथ से इतने ज़ोर का थप्पड़ दीदार के चेहरे पर दिया कि उसकी घोड़ी भी लड़खड़ा गयी। अगर दीदार ने दाढ़ी और पगड़ी पर ठाठा न बाँध रखा होता तो उसकी पगड़ी उड़कर परे जा गिरती।

चोट खाते ही दीदार की बाँहों की मछलियाँ तड़प उठीं। उसी पल रूपी के बाज़ू उसकी कमर से हटकर उसके दोनों बाजुओं पर लिपट गये.... और उनके स्पर्श से दीदार के हाथ जहाँ-के-तहाँ रुक गये।

थप्पड़ मारकर एकाएक गुलज़ारे को एहसास हुआ कि आज तक किसी और ने दीदार के चेहरे पर झापड़ मारने की हिम्मत नहीं की थी। घोड़ी की पाठ पर उसके कन्धे कितने चौड़े, कितने ऊँचे नज़र आ रहे थे। सिर के जूड़े पर बँधी हुई जाली के फुँदने उसके कानों में पड़ी सोने की बालियों के पास झूम रहे थे। गले में पड़ा कण्ठा सीने के बालों में धँसा जगमगा रहा था। उसके पीछे रूपी थी, जिसका रंग पीला पड़ चुका था, जिसका अंग-अंग नाजुक पत्ती की तरह काँप रहा था, जिसका चेहरा दीदार की पीठ पर टिका हुआ था, जिसकी बन्द आँखों से आँसू टपाटप नीचे गिर रहे थे....

गुलज़ारासिंह ने यह सब-कुछ नये सिरे से देखा। उसने देखा कि उसकी बेटी किसी फनियर नाग के मुँह में फँसी हुई मणि की तरह दिखायी दे रही थी—

जिस रास्ते से दीदारसिंह को वापस लौटना था उधर फिलौरा, वधावा और दूसरे अट्ठारह-बीस आदमियों की दीवार खड़ी थी। हाथों में छव्वियाँ, कुल्हाड़ियाँ, कृपाणें सँभाले वे गुलज़ारासिंह के इशारे का इन्तज़ार कर रहे थे।

पल-दो-पल की ख़ामोशी सदियों की ख़ामोशी बनकर रह गयी।

रूपी जानती थी कि वह कभी दीदार की बीवी नहीं बन सकेगी, कभी उसके घर में नहीं पहुँच सकेगी... वह सिर्फ़ इतना जानती थी कि उन दोनों के शरीर टुकड़े-टुकड़े होकर इन्हीं झाड़ियों में बिखर जायेंगे, जिन्हें बाद में चील-कौवे खा जायेंगे...

गुलज़ारासिंह ने तमतमाया हुआ चेहरा उठाकर अपने साथियों की ओर देखा। वे सब दीदार पर पिल पड़ने को तैयार थे। सिर्फ़ एक इशारा...एक इशारा!

गुलज़ारासिंह ने फिर इस सारे दृश्य को देखा, फिर बड़े ही थके हुए, बोझिल और भारी स्वर में बोला—"जाने दो इस हरामज़ादे को!"

पहले तो सब लोग कुछ पलों तक गुलज़ारासिंह की ओर फटी-फटी आँखों से देखते रह गये...फिर जब दीदार की घोड़ी क़दम-ब-क़दम बढ़ी वे सब काई की तरह फटते गये, और दीदार के लिए रास्ता छोड़ते गये...!

बीस

: १ :

ख़ूब अच्छी धूप चढ़ गयी थी। माहौल में गर्मी बढ़ती जा रही थी।

गुरुद्वारे में काफ़ी गहमागहमी थी। पिछली रात अकालगढ़वालों के लिए बड़ी ही भयानक रात थी। नीवाँ अकालगढ़ में अफ़वाह फैल गयी थी कि इनके पूरे गाँव को रातोंरात फूँक दिया जायगा। लोग घरों में बैठे काँपते रहे। कुछ आदमी बाल-बच्चों को लेकर उच्चा अकालगढ़ भाग आये। इसमें शक़ नहीं कि नत्थासिंह के बेटों ने तय कर रखा था कि अगर सरदारों का ख़ानदान सूरज उगने से पहले ही गाँव से न निकल गया तो वे उन्हें ऐसा मज़ा चखायेंगे कि उनकी पीढ़ियाँ भी याद रखेंगी। लेकिन जब उच्चा अकालगढ़वालों ने रात का एक पहर रह जाने पर सरदारों के ख़ानदान का काफ़िला गाँव से बाहर निकलते देखा तो हर ओर ख़ुशी की लहर दौड़ गयी।

नत्थासिंह अपने साथियों को लेकर गुरुद्वारे में चला गया। मुक़दमे में बरी हो जाने और दुश्मन को भगा देने की ख़ुशी में उसने श्री गुरु ग्रन्थ साहब का अखण्ड पाठ रखवा दिया। इस बात का एलान भी कर दिया गया कि अखण्ड पाठ पूरा होने तक सब के लिए गुरु का लंगर नत्थासिंह के ख़र्चे पर चलेगा। इस दौरान गज्जनसिंह अपने साथियों समेत और बन्तासिंह बाप के साथ ही रहे। तेजासिंह भी कभी-कभी नज़र आ जाता था। लेकिन दीदारसिंह का किसी को पता नहीं था। यह कोई फ़िकर की बात भी नहीं समझी गयी।

गुरुद्वारे के बाहर सब लोग तेज़ धूप से बचने के लिए इधर-उधर फैले हुए पेड़ों के नीचे बैठे थे। नत्थासिंह भी गाँव के कुछ बड़े-बूढ़ों के साथ धरेक के एक पेड़ की छाँव में बैठा बढ़-बढ़कर गप्पें हाँक रहा था—इतने में ही नीवाँ अकालगढ़ की ओर से कुछ आदमी आते दिखायी दिये। सबसे आगे बिशनसिंह था। उसने नत्थासिंह के सामने पहुँचकर कहा—"नत्थासिंह जी, आप तो यहाँ ख़ुशियाँ मना रहे हैं। और उधर सरदारों का सारा ख़ानदान अपने घरों को लौट आया है।"

उसकी यह बात सुनते ही चारों ओर सन्नाटा छा गया। नत्थासिंह के कान खड़े हो गये...उसके कानों पर उगे हुए बाल खड़े हो गये। वह ख़ुद भी उठ खड़ा हुआ...

: २ :

एक बार फिर गज्जनसिंह और उसके साथी अपनी कृपाणें, कुल्हाड़ियाँ और छव्वियाँ सँभालने लगे।

उनके लिए सबसे ज़्यादा हैरानी की बात यह थी कि एक बार मैदान से भागकर सरदारों का ख़ानदान वापस किस बूते पर आ गया। क्या वे पुलिस को अपने साथ ले आये थे? या उन्होंने कुछ और लड़नेवाले आदमियों का इन्तज़ाम कर लिया था?

बिशनसिंह के पीछे आनेवाले आदमियों में से एक दूसरा आदमी नत्थासिंह के निकट पहुँचकर बोला—"उनके लौट आने में हर्ज़ भी क्या है—आख़िर सरदार गुलज़ारासिंह की बेटी रूपी सरदार नत्थासिंह की बहू बनकर उनके घर पहुँच चुकी है।"

नत्थासिंह के आस-पास खड़े बड़े-बूढ़ों में से एक ने ताज़्ज़ुब में आकर पूछा—"यह कैसे मुमकिन हो सकता है?"

वह आदमी फिर बोला—"आप लोग तो इधर चले आये और दीदारसिंह ने घोड़ी पर सवार होकर उनका पीछा किया...और जब वह लौटकर आया तो रूपी भी घोड़ी पर उसके साथ सवार थी।"

एक बूढ़ा सरदार बोला—"चलो जी, यह भी अच्छा हुआ [illegible]ने नत्थासिंह जी का परिवार तो बढ़ ही गया। यह समझिये कि दोनों बड़े बेटे घ[illegible]के हो गये।"

इन शब्दों में व्यंग्य भी था और सच्चाई भी। नत्थासिंह का मन यह ख़बर सुनते ही फूल की तरह खिल गया। लेकिन उसने अपने दिल की ख़ुशी को चेहरे तक नहीं आने दिया। गाँव के बड़े-बूढ़े तो यही सोचेंगे न कि उनका लड़का कुँवारी लड़की को भगा लाया है।

नत्थासिंह जल्दी-जल्दी सोचने लगा कि उसे क्या करना चाहिए? अनायास ही उसे याद आया कि अपने बाप के मरने पर वह कैसे धाड़ मारकर रोया था।

उसने अपने साथवाले बड़े-बूढ़ों की ओर देखा और बड़ी गम्भीरता से भर्रायी हुई आवाज़ में बोला—"देखा आप लोगों ने... क्या कर डाला है मेरे लौंडे ने!"

इसके साथ ही नत्थासिंह ने ज़ोर की धाड़ मारी और मुँह पर पगड़ी का शमला रखकर सिसकियाँ भरते हुए नीचे गिरे हुए एक पेड़ के तने पर बैठ गया। बड़े ज़ोर-ज़ोर से उसके रोने की आवाज़ वातावरण में गूँजती रही। यहाँ तक कि एक सफ़ेद मूँछोंवाले बुजुर्ग को बड़ी दया आयी और वह नत्थासिंह की पीठ पर हाथ रखकर बोले—"आप इतना क्यों दु:खी होते हैं। आख़िर लड़की की भी तो कुछ मर्ज़ी रही होगी..."

नत्थासिंह ने बिना आँसुओं के अपनी सूखी आँखों को पगड़ी के शमले से मलते हुए उन बुजुर्ग की ओर देखा और बड़े-से बटुवे की तरह मुँह फैलाकर बोला—"आप ठीक कहते हो शाह जी...लेकिन उस मा यावे ने बुढ़ापे में मेरी 'बेइज़्ज़ती' तो ख़राब कर दी न...।"

●●●